"神话学文库"编委会

“神话学文库”学术支持

上海交通大学文学人类学研究中心

上海交通大学神话学研究院

中国社会科学院比较文学研究中心

陕西师范大学人文社会科学高等研究院

上海市社会科学创新研究基地——中华创世神话研究

“十二五”“十三五”国家重点图书出版规划项目
第五届、第八届中华优秀出版物奖获奖作品

神话学文库
叶舒宪主编

神话—原型批评

（增订版）

ARCHETYPAL CRITICISM

叶舒宪◎编译

陕西师范大学出版总社

图书代号 SK23N1131

图书在版编目(CIP)数据

神话—原型批评 / 叶舒宪编译. —增订版. —
西安：陕西师范大学出版总社有限公司，2023.10
（神话学文库 / 叶舒宪主编）
ISBN 978－7－5695－3686－7

Ⅰ. ①神…　Ⅱ. ①叶…　Ⅲ. ①神话—文学研究—世界　Ⅳ. ①I106.7

中国国家版本馆 CIP 数据核字(2023)第109299号

神话—原型批评（增订版）
SHENHUA—YUANXING PIPING
叶舒宪　编译

出 版 人	刘东风
责任编辑	王丽敏
责任校对	谢勇蝶
出版发行	陕西师范大学出版总社 （西安市长安南路199号　邮编710062）
网　　址	http://www.snupg.com
印　　刷	中煤地西安地图制印有限公司
开　　本	720 mm × 1020 mm　1/16
印　　张	33.25
插　　页	4
字　　数	529千
版　　次	2023年10月第1版
印　　次	2023年10月第1次印刷
书　　号	ISBN 978－7－5695－3686－7
定　　价	158.00元

读者购书、书店添货或发现印刷装订问题，请与本公司营销部联系、调换。
电话：(029)85307864　85303629　传真：(029)85303879

“神话学文库”总序

叶舒宪

神话是文学和文化的源头，也是人类群体的梦。

神话学是研究神话的新兴边缘学科，近一个世纪以来，获得了长足发展，并与哲学、文学、美学、民俗学、文化人类学、宗教学、心理学、精神分析、文化创意产业等领域形成了密切的互动关系。当代思想家中精研神话学知识的学者，如詹姆斯·乔治·弗雷泽、爱德华·泰勒、西格蒙德·弗洛伊德、卡尔·古斯塔夫·荣格、恩斯特·卡西尔、克劳德·列维－斯特劳斯、罗兰·巴特、约瑟夫·坎贝尔等，都对20世纪以来的世界人文学术产生了巨大影响，其研究著述给现代读者带来了深刻的启迪。

进入21世纪，自然资源逐渐枯竭，环境危机日益加剧，人类生活和思想正面临前所未有的大转型。在全球知识精英寻求转变发展方式的探索中，对文化资本的认识和开发正在形成一种国际新潮流。作为文化资本的神话思维和神话题材，成为当今的学术研究和文化产业共同关注的热点。经过《指环王》《哈利·波特》《达·芬奇密码》《纳尼亚传奇》《阿凡达》等一系列新神话作品的“洗礼”，越来越多的当代作家、编剧和导演意识到神话原型的巨大文化号召力和影响力。我们从学术上给这一方兴未艾的创作潮流起名叫“新神话主义”，将其思想背景概括为全球“文化寻根运动”。目前，“新神话主义”和“文化寻根运动”已经成为当代生活中不可缺少的内容，影响到文学艺术、影视、动漫、网络游戏、主题公园、品牌策划、物语营销等各个方面。现代人终于重新发现：在前现代乃至原始时代所产生的神话，原来就是人类生存不可或缺的文化之根和精神本源，是人之所以为人的独特遗产。

可以预期的是，神话在未来社会中还将发挥日益明显的积极作用。大体上讲，在学术价值之外，神话有两大方面的社会作用：

一是让精神紧张、心灵困顿的现代人重新体验灵性的召唤和幻想飞扬的奇妙乐趣；二是为符号经济时代的到来提供深层的文化资本矿藏。

前一方面的作用，可由约瑟夫·坎贝尔一部书的名字精辟概括——“我们赖以生存的神话”（Myths to live by）；后一方面的作用，可以套用布迪厄的一个书名，称为“文化炼金术”。

在21世纪迎接神话复兴大潮，首先需要了解世界范围神话学的发展及优秀成果，参悟神话资源在新的知识经济浪潮中所起到的重要符号催化剂作用。在这方面，现行的教育体制和教学内容并没有提供及时的系统知识。本着建设和发展中国神话学的初衷，以及引进神话学著述，拓展中国神话研究视野和领域，传承学术精品，积累丰富的文化成果之目标，上海交通大学文学人类学研究中心、中国社会科学院比较文学研究中心、中国民间文艺家协会神话学专业委员会（简称“中国神话学会”）、中国比较文学学会，与陕西师范大学出版总社达成合作意向，共同编辑出版“神话学文库”。

本文库内容包括：译介国际著名神话学研究成果（包括修订再版者）；推出中国神话学研究的新成果。尤其注重具有跨学科视角的前沿性神话学探索，希望给过去一个世纪中大体局限在民间文学范畴的中国神话研究带来变革和拓展，鼓励将神话作为思想资源和文化的原型编码，促进研究格局的转变，即从寻找和界定“中国神话”，到重新认识和解读“神话中国”的学术范式转变。同时让文献记载之外的材料，如考古文物的图像叙事和民间活态神话传承等，发挥重要作用。

本文库的编辑出版得到编委会同人的鼎力协助，也得到上述机构的大力支持，谨在此鸣谢。

是为序。

目 录

导读：神话—原型批评的理论与实践

叶舒宪

一 引 言

有人说，20世纪是神话复兴的世纪。

不论这话是否有所夸大，现代艺术发展中的神话化倾向和人文科学领域中神话研究的长足进展确实格外引人注目。

19世纪前叶，黑格尔曾预言说，由于精神的前行势必超越物质，理性内容的膨胀必将冲破感性形式。艺术，在经历了象征型、古典型和浪漫型的发展阶段之后，不可避免地要走向衰落，为抽象的概念认知方式——哲学所取代。然而，100多年过去了，这位哲人的预言尚未兑现，而且至今没有兑现的迹象。艺术还在发展，非但没有被理性内容所超越，反倒使理性本身分化与解体：在重逻辑、纯抽象的分析哲学之外，崛起了重感性、重直观的现象哲学和存在哲学。

哲学与理性不得不重估它们的出发点：非理性。

艺术则借神话的重建又复归于它的初始形态：象征型。

面对艺术跨越"浪漫型"重又趋向于神话的现实发展，20世纪的理论家们便决然扬弃了黑格尔的有限发展模式，掉头转向曾被视为与理性和科学背道而驰的远古神话、仪式、梦和幻想，试图在理性的非理性之根中、意识的无意识之源中重新发现救治现代痼疾的希望，寻求弥补技术统治与理性异化所造成的人性残缺和萎缩的良方。

只有联系着现代歌星们那振聋发聩的奔放歌声和源于土著舞蹈的狂放热情的迪斯科节奏，以及整个造型艺术中的原始主义，才能更真切地体会人们对神话与日俱增的兴趣，以及神话学在整个学术领域中的先锋地位。

那么，什么是“神话—原型批评”呢？

在文艺学范围内，对神话的兴趣逐渐升华为一种研究旨趣、批评方法乃至理论体系，这就是我们所要讨论的“神话—原型批评”。

所谓神话—原型批评在国外文论界并没有一个众所公认的统一名称。最初，流行的称谓是“神话批评”（myth criticism），泛指那种从早期的宗教现象（包括仪式、神话、图腾崇拜等）入手探索和解释文学现象，特别是文学起源和发展的批评、研究倾向。1957年，加拿大学者弗莱（N. Frye）在《批评的解剖》中系统阐发了该派的批评理论，正式确立了以原型概念为核心的“原型批评”（archetypal criticism）观。此后，神话批评和原型批评成了两个并行不悖的同义词。为了便于统一起见，笔者拟综合这两种异名同实的概念，统称为“神话—原型批评”，简称则可用“原型批评”，以避免同神话学研究的概念相混淆。

神话—原型批评作为一种文学研究的途径或文学批评的方法，起源于20世纪初的英国，在战后兴盛于北美，成为取代统治文坛多年的新批评派的一个新的派别。魏尔弗雷德·居因（Wifred L. Guerin）等人将它列为当代文学研究的四大方法之一[①]；魏伯·司各特则把它归入文学批评的五种模式之一[②]；美国文论界权威人士韦勒克（L. Wellek）认为，从影响和普及程度上看，神话—原型批评同马克思主义批评、精神分析批评鼎足而三，“是仅有的真正具有国际性的文学批评”。[③]

这里，笔者拟根据有限的材料，从神话—原型批评的理论渊源、原型概念的由来和发展、原型批评理论的体系化、原型批评方法的几种不同倾向几方面对这一批评流派的理论和实践作一个轮廓的勾勒，并试图就其特点和局限作出概括与评价。

二　跨学科动力：原型批评的理论渊源

纵观现代学术进展的历史，不同学科的相互影响渗透、交叉融合已经成为一

① W.L.Guerin & E.G.Labor，*A Handbook of Critical Approaches to Literature*（Harper & Row，1966），p. 115.

② 魏伯·司各特：《西方文艺批评的五种模式》中译本，重庆出版社，1983年版。

③ *Encyclopedia of World Literature in the 20th Century*（Frederick Ungar Publishing Co. 1975）Vo1. 2，p. 288.

种必然之势，由此而产生的新理论、新方法、新角度确实给旧有的相对封闭的各学科体系带来了发展变化的生机。原型批评也不例外，其产生和发展曾至少分别受益于以下三个不同的学科，它们是以弗雷泽（J. G. Frazer）为代表的文化人类学、以荣格为代表的分析心理学和以卡西尔为代表的象征哲学。

（一）《金枝》与人类学

人类学[①]是19世纪末兴起的综合学科，它跨越民族和国界，研究整个人类文化的起源、发展和变迁过程，比较各族、各国、各地区和各社群之间的文化异同，以求发现文化的共同规律和个别文化的模式。在早期人类学家中，对20世纪的文学和文学批评影响最大的莫过于弗雷泽。他一生著述甚多，以《金枝》最为著名。该书先以两卷的篇幅问世于1890年，后经不断扩充，至1915年又以12卷的形式再度出版。该书内容是对以巫术为中心的仪式、神话和民间习俗的比较研究。因其中所收集的材料几乎遍及全球，素有人类学百科全书之称。《金枝》在理论上的建树是确立了交感巫术原理，从而为理解诸多早期文化现象提供了一把钥匙。按照弗雷泽的理论，交感巫术有两种基本形式，即模仿巫术和染触巫术。前者以“同类相生”（like produces like）的信念或“相似律”（law of similarity）为基础，后者以染触律（law of contact）为基础。原始人相信可以通过自身的象征性活动——仪式，达到干预、控制自然环境的目的。一旦人类意识到用巫术来驾驭自然的无效性，便转而信仰取代巫术力量的神灵，于是有了以祈祷祭献为特征的宗教；而到了神灵信仰衰微之际，才有真正的科学出现。

正是在这个巫术——宗教——科学的历时程序之中，许许多多神秘的仪式和奇异的神话才变得完全可以理解了。例如，原始人常常在大地回春之季举行一种巫术仪式：

> ……在同一时间内用同一行动把植物再生的戏剧表演同真实的或戏剧性的两性交媾结合在一起，以便促进农产品的多产，动物和人类的繁衍。
>
> 埃及和西亚的人民在奥息里斯、塔穆斯、阿都尼斯和阿提斯的神名下，表演一年一度的生命兴衰，特别是把植物生命的循环人格化为一位年年都要死去并从死中复活的神。在名称和细节方面，这种仪式在不同的地点不尽相同，然而其实质却是相同的。[②]

---

① 这里所用“人类学”一词系指文化人类学，以区别于体质人类学。

② Frazer, *The Illustrated Golden Bough* (George Rainbird, 1978), pp.122 – 123.参看本书上编第一篇文章。

依照同样的原则，弗雷泽推而广之，使在古希腊罗马流传下来的关于阿弗罗狄忒与阿都尼斯、维纳斯与阿都尼斯、得墨忒尔与佩耳塞福涅等的众多神话的本质和来源都大白于天下。不仅如此，弗雷泽还在同西亚的阿都尼斯崇拜的关联中找到了基督教核心观念——耶稣基督死而复活的历史渊源，从而揭示出一个在西方文化和文学中极为普遍的重要原型。

《金枝》的启示是巨大的。继弗雷泽之后，从神话和仪式的角度研究文学蔚然成为风气，形成了所谓“剑桥学派”（Cambridge Schoo1）。弗莱甚至提出：“《金枝》本来是人类学著作，但它对文学批评的影响比在它自己的领域中的影响还要大，因而也确实不妨把它看成一部文学批评著作。”[①]从这一意义上说，《金枝》可以视为神话—原型批评的奠基作了。[②]

（二）荣格的分析心理学

荣格本是精神分析学创始人弗洛伊德的学生，由于学术发展方向的分歧，于1912年自立门户，开创了新的派别“分析心理学”，同老师的精神分析学相区别。师生之间的分歧在《变形的象征》中首先得到了说明。荣格在该书中修正了弗洛伊德的“里比多”概念，认为它不再仅仅是性欲本能的代称，而是指一种中性的个人的身心能量，这种能量总是经过转变以象征形式表现出来，构成神话、民间传说、童话的永恒母题，艺术创作的根本动力。[③]

针对弗洛伊德的个体无意识理论，荣格提出了集体无意识的学说。他认为在无意识心理中不仅有个人自童年起的经验，而且积存着许多原始的、祖先的经验。人生下来并不像洛克所说的那样是一块白板，而是先天遗传着一种“种族记忆”，这就像动物身上先天遗传着某些本能一样。种族记忆或集体无意识是潜藏在每个人心底深处的超个人的内容，因而研究这些内容势必使荣格从个别的病例转向了神话和民间文学，从精神医学转向了人类学的广泛对象。在这里，荣格终于找到了把由里比多转化而成的象征形式同集体无意识的存在统一起来的、可经验的、可实证的实体。在荣格的早期著作中，这种实体被叫做“原始意象”（primodial images）或“优势遗传物”（dominants），后来则正式命名为“原型”

---

① Frye，*Anatomy of Criticism*（Princeton Univ. Press，1957），p.109.

② 卡顿（J.A.Cuddon）所编《文学术语词典》“原型”条下所开列的精选书目中第一本就是《金枝》。参看：*A Dictionary of Literary Terms*（W&J Mackay，1979），p. 56.

③ 参看《荣格选集》英译本，第5卷第2部分。（*The Collected Works of C. G. Jung*，Vol. 5，Part2，Routledge & Kegan Paul，1967） （archetypes）。

原始意象或原型作为集体无意识的结构形式，主要由那些被抑制的和被遗忘的心理素材所构成，它们在神话和宗教中得到最明显的表现，但也会自发地出现在个人的梦和幻想中，它们的存在为艺术和文学提供了基本的创作主题。

> 今天，我们不妨大胆提出这样一条定则：原型显现在神话和童话中，如同出现在梦和精神幻想的产物中。原型所附着的媒介，在前者是有秩序的，并且在大多数情形中具有一目了然的前后关联；而在后者，则一般不易理解，毫无理性……[①]

从集体无意识和原型的理论出发，荣格对弗洛伊德派精神分析方法在艺术领域中的应用给予了激烈的批评，并试图建立新的艺术心理学原理。他在 1922 年的一次重要讲演《论分析心理学与诗的关系》中指出，弗洛伊德的性心理决定论把艺术现象当成精神病例，其研究方向不外乎追溯艺术家的童年心理以及艺术家同父母的私人关系。在这种千篇一律的处理中，艺术作品所特有的价值完全被忽略了。由医生的职业有色镜中所看出的一切具体对象全都被归入某几种片面的心理类型模式。与此相反，分析心理学要求在超个人的集体心理中去探索艺术活动（包括创作和欣赏）的主体根源，发现伟大艺术的魅力所在。荣格用原始意象即原型的自我显现来解释创作中的非自觉性现象，认为作家一旦表现了原始意象，就好像道出了一千个人的声音。“与此同时，他也将他所要表达的思想从偶然和短暂提升到永恒的王国之中。他把个人的命运纳入了人类的命运，并在我们身上唤起那些时时激励着人类摆脱危险，熬过漫漫长夜的亲切的力量。”[②]艺术的奥秘就在于此，艺术的社会意义亦在于此。“艺术家以不倦的努力回溯于无意识的原始意象，这恰恰为现代的畸形化和片面化提供了最好的补偿。艺术家把握住这些意象，把它们从无意识的深渊中发掘出来，赋以意识的价值，并经过转化使之能为他的同时代人的心灵所理解和接受。”[③]在荣格看来，艺术代表着民族和时代生活中的自我调节活动，它在对抗异化，维护人性完整方面具有不可替代的作用。

与弗雷泽一样，荣格也不是职业的文学批评家，但他们在现代批评史上所留

---

① Jung, *The Psychology of the Child Archetype*, *The Collected Works of C.G.Jung*, Vo1. 9, Part 1,（Routledge & Kegan Paul, 1968）, p. 153.

② Jung, *On the Relation of Analytical Psychology to Poetry*, From H. Adams ed. , *Critcal Theory Since Plato*（1971）, p. 818. 参看本书上编第七篇文章。

③ Jung, *On the Relation of Analytical Psychology to Poetry*, Form H. Adams ed. , *Critical Theory Since Plato*（1971）, p.818. 参看本书上编第七篇文章。

下的足迹却远不是哪一个文学批评家所能比拟的。荣格对文艺有着特殊的兴趣，在他一生的心理学著述中无数次提到或引用作家的实例，像但丁、歌德、席勒、乔伊斯、朗费罗等都是他所热衷探讨的对象。荣格所阐发的“原型”概念成了现代文艺学中的重要术语，他的《论分析心理学与诗的关系》等论著也被奉为神话—原型批评的早期经典文献。不过，荣格对原型的心理遗传性的说法，后来的批评家很少有随声附和的。

（三）卡西尔的象征形式哲学

与弗雷泽和荣格的理论相比，德国哲学家卡西尔对原型批评的贡献既较晚，又较为间接。尽管如此，在几乎所有的有代表性的原型批评家的著作里，如蔡斯（R. Chase）的《探求神话》（*The Quest for Myth*，1949）、威尔赖特（P. Wheelwright）的《燃烧的源泉》（*The Burning Fountain*，1954）和弗莱的《批评的解剖》（*Anatomy of Criticism*，1957）中，都可以看到卡西尔神话观的印迹。

卡西尔在 20 世纪 20 年代完成的 3 卷巨著《象征形式哲学》是一部非常独特的著作，作者在这里小心翼翼地构筑起一座与传统哲学迥然不同的文化哲学大厦，其中的每一块砖石都是“象征形式”。卡西尔想把哲学作为某种活生生的、具体的东西与整个文化过程融为一体。他所提出的一句名言是：“人是象征（符号）动物。”作为活动着、创造着的主体，人类正是通过意指性的象征行为建立起使自身区别于动物的文化实体的。这种象征行为包括语言交际、神话思维和科学认识。换言之，人类精神文化的所有具体形式——语言、神话、宗教、艺术、科学、历史、哲学等等，无一不是象征活动所创造的产品。出于这样一种宏观的观照，卡西尔在题名为“神话思维”的《象征形式哲学》第 2 卷中着手从认识论的角度研究神话，认为神话既不是虚构的谎话，也不是任意的幻想，而是人类在达到理论思维之前的一种普遍的认识世界、解释世界的思维方式。这种思维方式给原始人带来一种神话的世界观，它有自身的特点和规律。例如，神话思维中“并不存在对于具有经验意义的本质与偶然、真理与假相的区分”，“所以常常把单纯的表象同现实的知觉、愿望与愿望的实现、影像与实物混同起来”。[①]神话思维尚不能理解纯概念的东西，语言名称同其所指的具体存在往往相等同。表现在神话与信仰中，“神的名字就是其本质和力量的现实部分。许多祈祷赞歌必呼神名”。知晓了某一神的名字，便可支配该神。如埃及神话中的伊息斯（Isis）得知了太阳神

① 卡西尔：《象征形式哲学》第 2 卷第 1 章，矢田部达郎日译本，见《矢田部达郎著作集》第 10 卷，东京，培风馆昭和五十八年版，第 145 页。

拉（Ra）的名字，就把太阳神控制在自己手中。[①]神话思维有其特殊的客观观念和因果观念，它不对事物进行由表及里的分析，而是“从单纯的共在关系中直接发现因果”。[②]如夏季的到来同燕子的出现有一种共在关系，于是便用燕子直接表示将来的夏季。这种思维符号与思维对象之间的隐喻关系恰恰奠定了后世的诗的本质，并在语言和科学认识中留下永久的印记。

在希特勒上台之后，卡西尔流亡英美，他的德文著作也在20世纪40年代被译成英文，其象征理论和文化哲学开始在国际学术界产生广泛的影响。

三　神话与原型概念的由来及发展

在描述原型批评的理论体系及其不同的倾向之前，有必要对这一派别的两个核心概念加以阐释，以便追索对这两个关键术语的不尽相同的理解，从中看出这一批评流派发展演变的若干迹象。

（一）神话

从一般意义上来说，神话一词要比原型一词更为常见，但它在古代和现代的含义确有很大差别。在古希腊，随着哲学和科学的兴起，神话思维的时代被取代了。附和着早期哲学家对以荷马为代表的诗人们的指责乃至控告，神话一词便成了同逻辑、理性、思维相对立的概念。在亚里士多德的《诗学》中，神话（mythos）一词的意义是故事、叙述或情节。到了中世纪的基督教统治时期，神话被看成是虚假、谎言、异端邪说的同义语。甚至在17、18世纪的启蒙时代，这一术语仍然通常被作贬义的理解。“‘神话’就是虚构，从科学和历史上讲，它是不真实的。但在维柯的《新科学》中这一观念已经发生变化。从德国的浪漫主义者、柯勒律治、爱默生和尼采以来，这一术语所包含的新的观念逐渐取得了正统的地位，即‘神话’像诗一样，是一种真理，或者是一种相当于真理的东西，当然，这种真理并不与历史的真理或科学的真理相抗衡，而是对它们的补充。”[③]在尼采和海德格尔等人看来，神话或诗作为一种思维方式，反倒比逻辑

---

① 卡西尔:《象征形式哲学》第2卷第1章,矢田部达郎日译本,见《矢田部达郎著作集》第10卷,东京,培风馆昭和五十八年版,第147页。

② 卡西尔:《象征形式哲学》第2卷第1章,矢田部达郎日译本,见《矢田部达郎著作集》第10卷,东京,培风馆昭和五十八年版,第149页。

③ 韦勒克、沃伦:《文学理论》中译本,三联书店1984年版,第206页。

赫拉克勒斯塑像，摄于罗马国家考古博物馆

理念哲学更能趋近真理，因而他们将苏格拉底和柏拉图视为把人类认识引入歧途的始作俑者。

有了上述背景，对神话的各种现代解说便易于理解了。弗雷泽认为，神话的发生与巫术仪式密切相关。神话用形象语言所讲述的事件往往要实际表演出来。在历史演进之中，仪式演出消亡了，而神话故事却流传下来。因此，我们须从活的神话中推演出已死的仪式。[①]而从神话—仪式的合体之中，可以清楚地归纳出人类共同的基本生存需要。这样看来，神话是文化的有机成分，它以象征的叙述故事的形式表达着一个民族或一种文化的基本价值观。

在荣格那里，神话的原型含义是从心理方面提出的。他指出，人们在试图解释神话的时候往往忽略了心理活动，他们不知道，无意识的心理活动包括了产生神话的全部意象。这恰恰是由于原始人用比拟类推的方式认识和解释自然的过程是无意识的。[②]原始的智力并不能“发明”（invent）神话，而是“体验”（experience）神话。“神话是潜意识心理的最初的显现，是对无意识的心理事件的不自觉的陈述……”[③]这样，荣格便从无意识心理学的角度对神话学家们和文学批评家们聚讼纷纭的一个难题提供了新的解释。这个难题是：为什么在时空上彼此隔绝、各自相对独立发展的文化中会产生出许多十分类似的神话故事、文学形象和主题的类型呢？

对于同样的问题，卡西尔也从神话思维普遍规律的角度提出了认识论方面的答案（如上一节所述）。这样，神话概念经过来自人类学家、心理学家和文化哲

---

① Frazer, *The Illustrated Golden Bough*, p. 198.

② Jung, *Archetypes of the Collective Unconscious*, *The Collected Works of C. G. Jung*, Vol. 9, Part1, pp. 6 – 7.

③ Jung, *The Psychology of the Child Archetype*, *The Collected Works of C. G. Jung*, Vol. 9, Part1, p. 154.

学家的多重阐发，到了文学批评家手中，也就成了一个具有多种意指可能性的“万能”术语。蔡斯在《探求神话》中主张，“神话是文学，必须被看做是人类想象的一种审美创造”。“从某种意义上说，并不存在神话这样一种东西，只存在或多或少具有神话性的（mythical）的诗的故事。”[①]在弗莱的早期著作中，神话相当于具有原型意义的叙述程式。在《批评的解剖》一书所附的词汇表中，他对神话的释义是：“一种叙述，其中的某些形象是超人的存在，他们的所作所为‘只能发生在故事中’，因而（神话）是一种与真实性或‘现实主义’不完全相符的传统化或程式化的叙述。”[②]这样，神话一词就彻底摆脱了原始的语义局限，成为一个纵贯全部文学史的基本术语，用来概括文学中反复出现的一种叙述结构原则。按照这种理解，不仅普罗米修斯和亚当夏娃的故事属于神话，莎士比亚的哈姆雷特故事和麦尔维尔的白鲸故事同样可以归入神话范畴。从弗莱对神话的释义中可以看出，这一概念的扩充和延展并不是毫无限制的，它给文学批评家提供了一种便利，使他们能把自古及今的文学现象看成一个自身完整的有机整体。在这种整体观的透视之下，批评家所关注的不再只是文学中重现的神话典故，而是力求发现特定的文学表现程式及其演变规律。

（二）原型

原型（archetype）又译为“原始模型”或“民话雏型”，[③]这个词出自希腊文“archetypos”。“arche”本是“最初的”、“原始的”之意，而“typos”意为形式。柏拉图使用这个概念来指事物的理念本源。在他看来，现实事物只不过是理念的影子，因而理念乃是客观事物的“原型”。时隔两千多年，这个已几乎被忘却的概念因荣格的再阐释而重新获得了生命，在当今世界上流行的各种大型权威百科全书和专科工具书中占有一席地位。

1936 年 10 月，荣格在伦敦的一次学术报告《集体无意识的概念》中对原型概念作了较详尽的说明：

> 与集体无意识的思想不可分割的原型概念指的是心理中明确的形式的存在，它们总是到处寻求表现。神话学研究称之为“母题”；在原始人心

---

① From T.E.Miller ed., *Myth and Method* (Univ. of Nebraska Press, 1960), p.129.

② Frye, *Anatomy of Criticism*, p. 366.

③ 管东贵、芮逸夫：《民话雏型》，见《云五社会科学大辞典》第 10 卷《人类学》，台湾商务印书馆 1971 年版，第 98 页。

理学中，原型与列维－布留尔所说的“集体表象”概念相符……[①]

在同一报告中，荣格还指出，原型作为人类“本能自身的无意识形象”和“本能行为的模式”必然会自发地出现在个人的心理中，尤其是借梦、幻觉、妄想等消极想象和创造性的积极想象而显现出来。由于原型的这种潜在的心理特征，对于精神病病原学和艺术创作动力学来说，研究原型及原型重现的境况条件都将具有启示意义。

例如在1912年的《变形的象征》中，荣格探讨了美国诗人朗费罗根据印第安人传说而创作的史诗《海华沙之歌》，认为那是一些基本的神话原型的诗体表现，其中有双重诞生原型，还有以海怪同英雄（太阳）斗争的形式出现的死与再生的原型。

如果说，心理学家限于职业习惯，主要是从心理根源和象征表现方面来考察原型的，那么，原型的符号性、历史性和社会性则是由文学批评家们加以补充说明的。他们包括英国的鲍特金（M. Bodkin），美国的威尔赖特和费德莱尔（L. A. Fiedler），以及加拿大的弗莱。下面便是弗莱对原型的几种不同层次的规定。

在1951年所写的《文学的原型》中有这样的话：

神话是一种核心性的传播力量，它使仪式具有原型意义，使神谕成为原型叙述。因此，神话“就是”原型，虽然为了方便起见，我们在提到叙述时说神话，在提到意义时说原型。[②]

到了1957年的《批评的解剖》，我们又看到：

在这一相（指神话相）中的象征是可交际的单位（communicable unit）。我把它称为原型，即那种典型的反复出现的意象。我用“原型”一词表示把一首诗同其他的诗联系起来并因此有助于整合统一我们的文学经验的象征。[③]

原型是一些联想群（associative clusters），与符号（sign）不同，它们是复杂可变化的。在既定的语境中，它们常常有大量特别的已知联想物，这些联想物都是可交际的，因为特定文化中的大多数人很熟悉它们。[④]

---

① Jung, *The Concepte of the Collective Unconscious, The Collected Works of C.G.Jung*, Vo1.9, Part1, pp.42 － 43.参看本书上编第八篇文章。

② Frye, *The Archetypes of Literature*, in D.Lodge ed., *20th Century Literary Criticism* (Longman, 1972), p. 429.

③ Frye, *Anatomy of Criticism*, p. 99. 参看本书上编第十二篇文章。

④ Frye, *Anatomy of Criticism*, p. 102.

一年以后弗莱在一次学术专题报告中又重申：

> 我用原型这个词指那种在文学中反复使用，并因此而具有了约定性的文学象征或象征群。[①]

时隔24年，弗莱在《伟大的编码》一书中对原型的说明又略有不同：

> 关于文学，我首先注意的东西之一是其结构单位的稳定性。比如说在喜剧中，某些主题、情景和人物类型从阿里斯托芬时代直到我们今天都几乎没有多大变化地保持下来。我曾用“原型”这个术语来表示这些结构单位。……[②]

综合以上几种表述，我们可以对弗莱的原型概念作出以下几点归纳：

第一，原型是文学中可以独立交际的单位，就像语言中的交际单位——词一样。

第二，原型可以是意象、象征、主题、人物，也可以是结构单位，只要它们在不同的作品中反复出现，具有约定性的语义联想。

第三，原型体现着文学传统的力量，它们把孤立的作品相互联结起来，使文学成为一种社会交际的特殊形态。

第四，原型的根源既是社会心理的，又是历史文化的，它把文学同生活联系起来，成为二者相互作用的媒介。

四　《批评的解剖》：原型批评理论的体系

弗莱的《批评的解剖》一书体大思精，逻辑结构严谨，在当今西方学术界享有盛誉，被公认为是神话—原型批评的集大成之作。

该书共由四篇相互联系的专论组成。第一篇题为《历史的批评：模式理论》，把全部文学划分为两大类：虚构文学和主题文学。前者主要包括小说和戏剧，其主要兴趣在于虚构故事；后者主要是散文和抒情诗，其首要兴趣在于表意。[③]文学史则依次划分为五种模式：神话、传奇、高级模拟、低级模拟和讽刺。西方文学的发展就是由神话逐渐走向写实，最后又经由讽刺而重新趋向于神话的。第二篇题为《伦理的批评：象征理论》，把全部文学作为象征系统来考察，突出强

---

① Frye, *Literature as Context: Milton's Lycidas*, in D. Lodge ed., *20th Century Literary Criticism* (Longman, 1972), p. 434. 参看本书第 276 页以下。

② Frye, *The Great Code* (Routledge &Kagen Paul, 1982), p. 48. 参看本书 329 页以下。

③ Frye, *Anatomy of Criticism*, p.52.

调的是文学作品的两个方面。其一为“独特的人工物”；其二为“由相互类似的形式所构成的部类”。前者把文学作为独立自足的个体创造，后者体现着使所有独立的作品联系起来的约定俗成的传统。文学的象征表现分为四种不同的相位（phases）：逐字相、形式相、神话相和寓意相。在每一相中，象征分别作为母题、意象、原型和单子（monad）而出现。第三篇题为《原型批评：神话理论》，是全书重心所在。第四篇叫做《修辞的批评：文体理论》，分别讨论了各种主要的文学体裁。以下主要将第三篇所揭示的神话理论体系作一个概略的分析及引申。

早在19世纪前半叶，黑格尔天才地提出了这样一个空前的命题：哲学理论就是哲学史。这也就是说，在共时性的理论体系中的逻辑联系的内容应该来自理论对象本身的历时性的发展程序。这一重要的原则自黑格尔时代以来已经成为任何一个哲学理论家或哲学史家不得不考虑的问题。然而，在文艺学领域，这个原则远远没有得到足够的重视。尽管有勃兰兑斯的《19世纪文学主流》那样引人入胜的文学史著作和瑞恰兹的《文学批评原理》那样别开生面的理论著作，但是还没有一部尝试将史的线索同论的逻辑有机统一起来的著作。弗莱的《批评的解剖》正是在这个方向上迈进了一大步。

弗莱在写《批评的解剖》以前，就曾颇有抱负地断言：物理学和天文学形成于文艺复兴时期，化学形成于18世纪，生物学形成于19世纪，而社会科学则形成于20世纪。系统的文学批评学只是到了今天才得以发展。[①]弗莱之所以有此宏论，就因为他似乎已摸索到了一条能将文学批评理论同文学史统一起来的重要线索。他认为，文学批评的系统化有赖于对文学本身的规律性因素的把握，正像自然科学体系的建立有赖于把握自然界本身的规律。一部文学作品，它所体现的规律性因素不是作家个人天才创造发明的，而是在文学的历史发展中，在文化传统中所形成的，这种规律性因素就是“原型”。“一个原型，应当不仅是在批评中起统一作用的范畴，而且本身就是整个（文学）形式的一个组成部分；它直接把我们引向这样的问题：文学批评所能看到的这整个形式属于文学的哪一个类型？我们对批评技巧的分析，已将我们带到文学史这一范围。”从对文学史的考察中可以看到，文学作为一个有机整体，植根于原始文化，最初的文学模式必然要追溯到远古的宗教仪式、神话和民间传说中去。“这样说来，探求原型实际上就是一种文学上的人类学。”[②]

---

① Frye, *The Archetypes of Literature*, in D. Lodge ed., *20th Century Literary Criticism*, p. 425.

② Frye, *The Archetypes of Literature*, in D. Lodge ed., *20th Century Literary Criticism*, p. 426.

在绘画和音乐中，理论家们已经归纳出了一些基本的结构要素，那么，文学中是否也能找出相应于音乐中的音调、韵律那样的结构要素呢？《批评的解剖》对这个问题作了肯定的答复：艺术表现的结构原则应该而且只能从艺术自身的内部相似性中推出。过去的文学批评只强调文学模仿生活，实不知文学更直接地模仿文学。文学自神话发展而来，神话是所有文学中最传统化的部分，因而，文学的结构原则与神话学和比较宗教学密切相关，就好像绘画的结构原则与几何学那样。[①]基于这种认识，弗莱从基督教《圣经》神话和古希腊罗马神话入手，对西方文学发展中的基本结构模式作了理性描述和概括。

希腊瓶画中的细瘦型斯芬克斯

弗莱指出，神话和现实主义分别代表着文学表现的两极。就叙述方面而言，神话乃是对以欲望为限度的行动的模仿，这种模仿是以隐喻的形式出现的。换言之，神的为所欲为的超人性只是人类欲望的隐喻表现。随着理性思维的崛起，原始人的欲望幻想渐受压制，神话趋于消亡，但变形为文学而继续存在。在神话中用隐喻来表现的内容，到了后世文学中改用明喻来表现。现实主义强调所表现的东西与现实的相似关系，这实际上还是一种明喻艺术，只是不大明显罢了。这样，从神话到现实主义的整个文学，就都建立在一种共同的结构原则——比喻的基础之上了。神话只求喻体与被喻的内容神似，现实主义则须使二者形似，从而获得真实可信性。在这两极之间是传奇文学。这里所说的传奇不是指文学体裁，而是从虚构过渡到写实的整个文学过程。神话——传奇——现实主义，文学发展演变的规律线索在于原型的“置换变形”（displacement）。就传奇文学而言，它是神话的直接变形：神被置换成了人，但又不同于现实主义（现实主义是传奇文学向写实方向的进一步置换），而是朝着（源于神话的）理想化方向使内容程式化。[②]举例来说，欧洲中世纪著名的传奇圣乔治屠龙的故事就可

① Frye, *Anatomy of Criticism*, pp.134 – 135.参看本书上编第十二篇文章。

② 在传奇文学中，总是男主角英勇善战，女主角美貌绝伦，反面人物则是十足的恶棍。所表现的总是胜利、成功、团圆、如愿。

以看做是俄狄浦斯传说的置换变形。在传说中英雄杀死的是女妖，英雄本人是国王的儿子；在传奇中英雄变成了国王的女婿，他所杀死的是巨龙。再往上溯，俄狄浦斯传说本身亦可看做是更为古老的神话——例如克洛诺斯杀父娶母神话的置换变形。杀父娶母反映了原始社会的事实，所以克洛诺斯在神话中并未受到道德谴责。到了希腊文明社会，俄狄浦斯虽然在无意识中杀父娶母，他本人却必须承担道德责任了。再到中世纪，娶母乱伦的现实早已成了历史的陈迹，要使同一个故事显得真实可信，在艺术上和谐，在道德上为人普遍接受，就需要再度的置换变形。由此可见，文学的叙述方面是一个有规律可循的演变过程，文学内容的置换更新取决于每一个时代所特有的真善美标准。这样，文学史上无数千变万化的作品就可以通过某些基本的原型而串联起来，构成有机的统一体，从中清楚地看出文学发展中变与不变的规律现象。

为了说明这种规律现象，弗莱从文学史中归纳出五个意象世界：启示的世界、魔幻的世界、天真类比的世界、自然和理性的类比的世界、经验类比的世界。前两个世界直接源于神话，分别对应于宗教中的天堂和地狱。后三个世界由前两个世界类比而来，因其趋向理想或趋向现实的不同程度，分别适用于传奇、高级模拟和低级模拟。在每个意象世界之中，弗莱进一步划分出五类意象，详尽地分析它们之间相互转换和替代的关系。一部西方文学史，在弗莱的描述方式中，呈现为这些意象系统的延续和变化，从中可以看到不同时代的文学怎样表现出独自的构造特征。

经过一番旁征博引的论述，弗莱从对意象世界的动态考察中概括出四个比文学体裁更为广泛、而且在逻辑上先于体裁的文学叙述范畴，即传奇的、喜剧的、悲剧的、反讽或嘲弄的。弗莱借用亚里士多德的术语，把它们称为“叙述程式”（mythoi）。四种叙述程式分别代表着主要的神话运行方向：喜剧对应于春天，述说英雄的诞生或复活；传奇对应于夏天，表现英雄的成长和胜利；悲剧对应于秋天，展示英雄的末路与死亡；讽刺对应于冬天，讲述英雄死后的世界。喜剧和传奇是向上的运动，悲剧和讽刺是向下的运动，四者衔接起来，构成一个圆形的循环模式。弗莱认为，现代文学正处在秋去冬来的季节，在英雄已逝的舞台上，反英雄即在陌生孤寂的世界里显得渺小无能的小人物正扮演着主角。这种悲哀的看法表面上似乎类同于黑格尔的现代艺术没落说，然而，弗莱的四阶段循环模式毕竟有别于黑格尔的三段直线模式。仅此一种区别，人们就有理由怀抱着雪莱《西风颂》中所传达的信念，像翘首瞻望日出那样，等待着现代艺术春天的降临。

如果我们还记得《老子》所说的"道"是"周行而不殆"的，而《易》所说的"亢龙有悔"是因为它"往而不返"的缘故，那就不难领会循环模式优越于直线模式的所在了。《批评的解剖》受到众多的人的赞赏和推崇，弗莱本人则先后荣获加拿大皇家学会授予的勋章，英国皇家科学院授予的通讯院士、美国艺术科学院授予的名誉院士等称号，1976年还被聘为美国哲学学会的外籍会员。理论界先后出现各种研究弗莱的论著、传记和文献索引。有人说，"《批评的解剖》是一部具有不朽意义的重要著作……批评家不再是艺术家的佣人，而是同行，有其专门的知识和力量。弗莱既富有人性又具有深度的文化素养，这些特点即使在《解剖》图解性最强的部分也闪烁出来，但他提出的一套体系使批评家站在艺术家和读者之间，成了一支独立的创造性力量"。[①]还有人认为，《解剖》一书代表着自浪漫主义开始的文学批评运动的顶点。[②]不过也有人对弗莱的体系持全盘否定的态度，认为那是一种失败的臆造。笔者以为，《解剖》的体系气魄雄伟，其理论建树的功绩是难以抹杀的。它所遵循的历史与逻辑相统一的原则在文艺学界具有重要意义。但是，黑格尔为了构造体系的需要主观地剪裁历史事实的弊病在《解剖》中也可以看到。弗莱所构拟出的共时性模式是否能准确、完整地概括全部文学现象，他所描述的历时性模式究竟在何种程度上符合文学发展的实际，这些都还是值得认真考虑的。

此外，《批评的解剖》主要是对西方文学现象的研究和概括，在他看来，东方各民族的文学大都还处在传奇阶段，因而根本没有得到他的重视。从这一点也可以看出黑格尔欧洲中心论对弗莱体系的影响，把包括中国文学和印度文学在内的悠久而丰富的东方文学遗产排斥在外，要想建立真正的"文学人类学"理论，可以说是不可能的。

五　原型批评方法的不同倾向

作为20世纪以来文学研究领域中实力雄厚的一大派别，神话—原型批评在实际发展中包含着几种各有侧重的方法倾向。为了便于陈述，笔者把它们概括

---

① D.Hoffman ed., *Harvard Guide to Contemporary American Writing* (Harvard Univ. Press, 1979), p. 66.

② *Encyclopedia of World Literature in the 20th Century*, Vol. 4, p. 127.

为以下四类：

（一）剑桥学派：仪式与文学的发生

在弗雷泽直接影响下形成的剑桥学派主要由以英国剑桥大学为中心的一批人类学家、古典学家和文化史学家构成，其中包括简·赫丽生（J. Harrison）、亚瑟·伯纳德·库克（A. B. Cook）、康福德（F. M. Cornford）以及牛津大学的吉尔伯特·墨雷（G. Murray）等。墨雷是希腊古典学方面的权威，他在1912年发表的《保存在希腊悲剧中的仪式形式》正式揭开了剑桥学派探索希腊文学的宗教起源这一重大课题的序幕。墨雷指出，希腊悲剧是从古代宗教仪式中派生出来的，甚至在较晚的悲剧家欧里庇得斯的《酒神的伴侣》中依然可以清晰地分辨出酒神祭仪的结构。[①]在《哈姆雷特和俄瑞斯忒斯》一文（收入《诗歌的古典传统》，1927）中，墨雷比较了这两个不同时代和国度的悲剧人物，指出了他们之间的共同之处，认为这种巧合不是出于影响关系，而是出于构成戏剧基础的原始宗教仪式的共同性。这两个剧中人的原型都是弗雷泽所揭示的那种遍及世界的仪式故事：部落首领或国王为了社会群体的福利被当做替罪羊杀死或放逐。莎士比亚和埃斯库罗斯这两位天才的戏剧大师自然地表现了潜藏在原始萌芽中的戏剧因素，分别写出了震撼人心的作品。

与墨雷同时的英国女考古学家赫丽生在《忒弥斯女神：论希腊宗教的社会根源》（1912）和《古代的艺术与仪式》（1913）等著作中，对同一论题展开了多方面的考证。她强调说，希腊文“戏剧”（drama）和“仪式”（dromenon）这两个词之间的相似性绝非出于偶然。借助于弗雷泽《金枝》所提供的丰富材料，她从古希腊的宗教演出上溯到埃及和巴比伦的岁神祭拜仪式，得出结论说，古代的艺术和仪式相辅相成，源于同一种人性冲动，那就是要通过模仿行为来表达主体情感意愿的强烈要求。[②]

对希腊文化的特殊兴趣和对仪式功能的关注是剑桥学派成员的共同特征。该派的另一重要人物康福德完成了希腊喜剧的仪式起源的论证，在《从宗教到哲学》这一部为后人广泛称引的著作里，他第一次提出，希腊哲学亦导源于宗教神话和仪式。

人们把剑桥学派归入原型批评的范畴是有充分理由的。不过，似应说明，他们是早在原型批评这个名称产生之前的一批原型批评家。尽管他们的研究不仅限

---

① K. K. Ruthven：*Myth*（Methuen &Co. Ltd，1976），p. 37.

② 参看本书上编第三篇文章。

于文学，同时涉及了宗教、艺术、思想史和文化史，但是他们以充分的证据解决了希腊戏剧的仪式基础问题，其结论至今仍为国际学术界所采纳[①]。更重要的是，他们的研究方法给后代批评家提供了有益的经验。在被人为地割裂已久的原始与文明之间重新建立了有机联系，包括文学在内的众多文化现象得以在深广的史前背景中得到溯源求本的探察。“懂得了起源便懂得了本质”这个启蒙时代提出的金言再一次显示出它的魅力。

继剑桥学派之后，从原始文化尤其是宗教仪式的角度探讨文学和历史现象，形成了“神话—仪式学派”（Myth and Ritual Schoo1）[②]。英国女学者杰茜·韦斯顿（J. L. Weston）在《从仪式到传奇》（1920）一书中揭示了欧洲中世纪流行的圣杯故事的仪式根源。这本书和弗雷泽的《金枝》共同奠定了现代派诗歌经典作品——T. S. 艾略特《荒原》的构思基础。另一位英国学者拉格伦（L. Raglan）的《英雄》（1936）讨论了神话英雄故事的基本母题同仪式的渊源关系。

美国考古学家卡彭特（R. Carpenter）研究荷马史诗的由来，于1946年发表《荷马史诗中的民间故事、虚构和英雄传说》，认为《奥德修纪》的核心故事滥觞于图腾仪式——熊祭，奥德修斯本人则是熊图腾的后裔。[③]匈牙利著名的马克思主义美学家卢卡契在他的《审美特性》（《美学》第1卷）一书中，借鉴弗雷泽《金枝》的巫术理论及剑桥学派的研究成果，创立了审美发生学理论，将艺术起源研究推进了一步。

日本学者小金丸研一在所著《古代文学的发生序说》一书中用剑桥派的方法考察日本上古文学，提出了抒情文学起源于仪式的观点。他认为，韵律文学最早出自仪式上的唱和形式，“招魂祭仪的唱和歌是日本短歌和长歌（系日本的两种诗体——引者）发源的直接土壤”。[④]另一位日本学者高崎正秀在为该书所写的序言中进一步声称：“一切文学艺术都来自宗教上的仪式，最初的日本文学便是从祭祀仪式上发生的巫觋文学，作为一种咒术宗教而存在。这些最初的作家群，当然是祭神的巫祝们了。”[⑤]

---

① 参看《大英百科全书》1973—1974年版第4卷第958页，第5卷第983页，第17卷第530页，第18卷第236、580页等处的有关论述。

② 参看 S.H.Hooke ed., *Myth, Ritual and Kingship* (Oxford Univ. Press, 1958), p. 263.

③ Carpenter, *Folktale, Fiction and Saga in the Homeric Epics* (Univ. of California Press, 1946), p. 128.

④ 小金丸研一:《古代文学的发生序说》，东京樱枫社昭和五十四年版，第234页。

⑤ 小金丸研一:《古代文学的发生序说》，东京樱枫社昭和五十四年版，序言。

综观上述见解，笔者以为，仪式就其实质而言是一种特殊的象征性交际行为。文艺起源于仪式的说法在微观的实证方面自有其无可辩驳的合理性，但从多元的宏观方面看，又难免有重大的局限性。实际上，各门类艺术的起源同各种原始宗教形式的起源，归根结底都可以在主体符号功能的系统发生过程中找到合适的解答。[①]

在神话—仪式学派的鼓舞之下，还有些批评家不再纠缠于文学的直接来源问题，转而去研究作家作品，获得了显著的成效。美国戏剧理论家费格生（F. Fergusson）以“替罪羊”型的祭仪为基础重新阐发索福克勒斯的戏剧《俄狄浦斯王》，提出了“悲剧行动的旋律”说[②]，在文学批评界引起重视。另一位戏剧研究者巴伯尔（C. L. Barber）联系着民间风俗和节庆仪式考察莎士比亚的作品，著有《莎士比亚的节日喜剧》（1959）一书，解释了六部喜剧作品的构成与地方文化的内在联系。该书第6章[③]研究《仲夏夜之梦》与中世纪英国盛行的“五月游戏”（May Games）在时间、地点、场景和人物活动程式方面的类似性，使这部名剧在民间风情的实地背景中得到了新的理解。

在这方面，或许最值得一提的还是当代莎学家威尔逊·奈特（G. W. Knight）。他着重从基督教的仪式结构和功能方面研究莎剧，认为莎士比亚笔下的悲剧英雄总是作为牺牲者死在舞台上，还占据着舞台的中心位置，架在高处，恰似摆在祭坛上。悲剧的收场酷似祭献仪式。奈特的结论是，基督的牺牲行动在莎翁的悲剧世界中占据着核心地位，他的悲剧创作实际上是对这种牺牲行为的各种各样的注释。[④]到了弗莱那里，奈特的这一观点得到了理论性的概括：悲剧是对牺牲的模仿。在悲剧中如同在牺牲仪式中，有两种彼此矛盾的情感在起作用，即对英雄死亡的必然性的恐惧感和对英雄死亡的不合理性的遗憾感。[⑤]正是这两种情感的冲突造成了悲剧特有的张力。

（二）荣格学派:原型心理学研究

与剑桥学派的人类学倾向不同，荣格学派的批评家所偏重的不是从文化、宗

① 参看笔者与俞建章合写的《艺术起源与符号的发生》，载《当代文艺思潮》1985年第6期。

② Fergusson, *Oedipus Rex*: *the Tragic Rhythm of Action*, in D.Lodge ed., *20th Century Literary Criticism* (Longman, 1972), pp.402 – 420.参看本书下编第四篇文章。

③ Barber, *May Games and Metamorphoses on a Mid Summer Night*, in W.Sutton and R.Foster ed., *Modern Criticism* (Western Press, 1963), pp.430 – 438.

④ 奈特:《莎士比亚与宗教仪式》，中译文，见《莎士比亚评论汇编》下卷，中国社会科学出版社1981年版，第411—426页。

⑤ Frye, *Anatomy of Criticism*, p. 214.

教方面探讨社会群体的外在行为与文学发生的关系，而是从心理方面研究原型在创作和欣赏过程中的内在反应。就这一点而言，该派的原型研究可以划入艺术心理学范畴。这方面最引人注目的人物首推英国女学者鲍特金（M. Bodkin）。

鲍特金早年曾在瑞士的苏黎世旁听过荣格的分析心理学讲座，她带着荣格原型理论的深刻影响开始了文学研究生涯。1934年问世的《诗歌中的原模型式》一书便是她借鉴分析心理学对文学进行跨学科研究的一项尝试。该书一开始便提出了这样的问题：像《俄狄浦斯王》这样的古典悲剧为什么能够历久不衰地打动古今的观众呢？剑桥学派对这个问题的解答是：因为剧中潜伏着几乎同人类本身一样古老的牺牲仪式的中心主题。鲍特金没有停留在这个现成结论上，她把问题进一步引向了原型的心理功能层次：《俄》剧中表现着一种原型性的冲突，即遭受瘟疫的社会群体与导致了这场瘟疫的主人公个人之间的冲突。这种冲突是每个人在心理发展过程中都要经历的本人的自我形象和群体的自我形象之间冲突的外化表现。悲剧冲突的解决将在观众心理中引起某种释放感，它在心理功能上十分接近与悲剧观念素有关联的宗教上的净化和赎罪。欣赏悲剧也就是观众直接参与到由伟大的悲剧神话所传达的道德的、心理的传统中去，获得某种集中的社会化的精神体验。[①]在这里，我们看到了荣格关于梦是“个人化的神话”而神话是“非个人化的梦”的著名论断的反响。

鲍特金在给悲剧的艺术魅力提供了新的答案之后，将原型心理研究扩展到戏剧以外的其他文学领域，用贯穿于西方文明的一些基本原型（如天堂与地狱、死而复活等）的心理功能去阐释像但丁的《神曲》、弥尔顿的《失乐园》、柯勒律治的《老水手之歌》等一系列文学杰作，试图从审美心理方面描述艺术家和读者对潜藏在素材或作品背后的原型内容的认同感受。

鲍特金的著作虽被认为是荣格学派在文学理论方面的代表作，但她对于荣格的理论是有所扬弃和修正的。例如，对荣格关于原型的遗传性的说法，她显然持有异议。她认为人类情感的原型模式不是先天预成在个人的心理结构中的，而是借特殊的语言意象在诗人和读者的心中重建起来的。针对荣格所说的种族经验的“生物性继承”，她强调“社会性继承”（Social inheritance）在创作中的决定作用。用当代的术语来说，所谓原型模式并不能看成是某种遗传信息的载体，同语言符号一样，它也是文化信息的载体形式。在重构人类情感经验方面，它

---

① Bodkin, *Archetypal Patterns in Tragic Poetry*, in W.Sutton and R. Foster ed., *Modern Criticism*, pp. 219 – 220.参看本书上编第十一篇文章。

有着不可替代的独特作用。

除了鲍特金之外，荣格学派的重要人物还可以举出纽曼（Erich Neumann）、阿润森（Alex Aronson）等。前者著有《大母神：一个原型的分析》（1955），详尽探讨了大母神原型的种种表现及在不同民族神话和民间故事中的变体。纽曼的著作代表了职业心理学家的原型研究。阿润森着重运用荣格理论研究具体的作家，著有《莎士比亚的心理与象征》（1972）等著作，代表着心理学与文艺学交相渗透的趋势。

（三）原型的文化价值研究

人类学和心理学的原型研究大都倾向于自外向内来考察文学现象，而美国文学批评家蔡斯（R. Chase）和费德莱尔（L. Fiedler）等人却持有另外一种旨趣，善于做由内向外的引申，从文学作品的原型分析中发现特殊的文化价值。

蔡斯曾在《探求神话》（1949）一书中强调，神话即是文学艺术。远古神话曾经驯服过人性中的毁灭力量，现代神话作为一种新的艺术创造应该发挥同样的功能。在同年发表的《麦尔维尔研究》中，蔡斯试图阐发这位美国作家所创造的个人神话的社会政治意义，认为麦尔维尔的神话是一种象征性的寻求父亲的努力。这个父亲不是宗教中的上帝，而是一种文化理想。这个神话具有两个中心主题：堕落与探寻。所要探寻的恰是在堕落中失去了的东西。堕落是麦尔维尔从家庭的命运和自己的命运中获得的一个本能的意象。蔡斯发挥说，麦尔维尔的个人神话同时也是原始的美国神话：美国也经历了失去父亲后的探寻，它被从欧洲文化的古老土壤中分离出来，抛掷在美洲的荒原上，就像《旧约》中的以实马利被父亲赶出家园一样。麦尔维尔通过他的神话创造，实际上提出了这样的问题：美国能否成为真正的普罗米修斯？也就是说，违背父神宙斯的意志，以自身的创造性领导人类走向更高的文化层次？①

蔡斯的“神话发现”因立论新颖曾轰动一时，不过他的观点虽然颇有气势，但论证却显得牵强，难免招致了许多尖锐的批评。倒是费德莱尔在阐发文学原型的文化价值方面提出了既发人深省又较有说服力的见解，他的代表作《美国小说中的爱与死》（1960）等书成了美国“新一代的大学和高中教师们对于我们的（指美国的——引者）古典文学和我们的文化作出新的理解的基础，同时也成了文学批评研究的典范”。②费德莱尔认为，人类意识始于叙述故事，那是对经

---

① 参看 E.Borklund, *Contemporary Literary Critics* (St. James Press, 1977), p. 115.

② 参看 E.Borklund, *Contemporary Literary Critics* (St. James Press, 1977), p. 202.

验的一种原型性直觉领悟。科学的兴起导致“从直觉到概念的堕落”，导致感觉能力的不断退化。科学知识是一种无情感的知识，是对自然的一种“劫取”。只有想象的文学依然保留着直觉与情感，并借原型的力量传达出人类所面对的基本生活境况以及与之相应的情感要素。文学家代表社会的良心，他们的作品是对生活的批评。费德莱尔从对具体作品的分析中概括出构成美国小说叙述中心的几个重要原型：犹太人、印第安人和黑人等，作为这个多民族新兴国家的社会和历史力量的焦点，用来说明人们意识不到的有关政治、道德、种族和性方面潜在的现实问题。例如，他在19世纪美国文学的重要作品，如达纳的《当水手的两年》、库柏的“皮袜子小说”、麦尔维尔的《白鲸》和马克·吐温的《哈克贝利·芬历险记》中发现了“美国生活中的返祖现象”，即对童年生活的怀念和对同性黑人的爱慕情感：如《白鲸》中的伊西墨尔对黑奴魁奎克的眷恋；《最后一个莫希干人》中的纳提·邦坡和印第安人金加古克之间的终生爱慕；达纳小说中的故事叙述人对黑人霍普的追求；马克·吐温笔下的男孩哈克对黑人吉姆的感情。费德莱尔写道，许多世界著名小说中所描写的感情都是异性间的爱，无论是柏拉图式的精神之恋还是通奸、私奔或调情，“但在美国小说中，我们却发现一个逃亡的黑奴和一个无名小子并躺在木筏上随波逐流，枉费心机地逃跑；或者一个流浪水手躺在叉鱼手的画着花纹的手臂上……”对于文学中的这种特异现象该作何解释呢？这位批评家接着写道：“这些故事所描写的童年状态和同性爱慕，我模糊地有些感觉，但只有通过努力才会发现：尽管我们有许多成年人由于肤色的差异而厌恶有色人种，甚至产生仇恨的情绪，这些故事却都在歌颂白人与有色人之间相互爱悦的感情。这种意识受到公开事实的压力，只是不自觉地存在着……朦胧地体现于一个原型。”[①]暴力和种族歧视的残酷现实粉碎了多民族人民友爱相处的纯真之梦，然而这梦却没有全然绝迹，它透过艺术家——社会的良心——悄悄地化作小说中常见的主题，化作儿童那无邪的爱心。

蔡斯和费德莱尔的批评实践告诉人们，原型批评已不仅局限于从古代神话中提取模式，它也可以同社会的或历史的兴趣结合起来，从现当代作品中发现具有文化特征的神话和原型，使文学批评超越无意识的作者，上升为具有强大理性透视力的文化批评。

（四）原型的语义学和语用学研究

除了从宗教、心理、社会文化诸方面研究原型之外，还可以从语言、意象、

---

① 费德莱尔：《好哈克，再回到木筏上来吧！》，参看本书下编第六篇文章。

象征的角度研究原型的意义发生和演变，或研究原型在具体作品中的语用功能和修辞学意义。笔者将这两类研究分别称为原型的语义学研究和语用学研究。

美国哲学家威尔赖特（P. Wheelwright）是原型语义研究的代表人物。他的《燃烧的源泉》（1954）和《隐喻与真实》（1962）被视为原型批评的必读参考书。文学原型作为一种具有约定俗成的语义和联想群的意象，总是以语言为媒介而存在的。那么，原型的语言与日常的或科学的语言有没有差别；如果有，又是怎样区分的呢？威尔赖特试图回答上述问题。《燃烧的源泉》副标题是“象征语言研究”，该书发挥了新批评派关于诗是一种语言的论点，提出了“速度语言”（即语义平淡的语言）和“深度语言”的区别。前者是逻辑的语言，它“只能表达无限的语义可能性的大千世界中有限的一些情况”；[①]后者是超逻辑的象征语言，广义地说便是诗的或表现的语言，它植根于宗教、神话和艺术所形成的象征系统，成为原型赖以存在和显现的框架。威尔赖特借用存在主义神学家马丁·布贝尔（M. Buber）的一种比喻来说明这两种语言的特征。速度语言倾向于把认识者和认识对象分离成“我——它”关系，用分析和抽象使对象非人化，成为对象物即“它”。深度语言则使认识者和认识对象保持一种亲密的“我——你”关系，认识者将把他在外部世界看到的每一种有意义的事物当做“你”，并通过想象使自己和事物对换身份，让事物用“我”的即人的身份发出信息，“我”自己变为信息的接收者。在《隐喻与真实》一书中，威尔赖特从哲学认识论的层次进一步阐述了象征语言问题，勾勒出原型语义的生成过程。他提出，象征可以按其语义适用范围而划分为五个等级：（1）一部作品中的主导意象，如克莱恩诗中的“桥”。（2）一个作家个人性的象征，如莎士比亚的十四行诗和剧作中多次出现的一些对立意象：花园与暴风雨，音乐与噪音等。（3）超个人的象征，它出现在不同作家的笔下，如艾略特《荒原》中下棋的意象，其语义源出于莎士比亚的喜剧《暴风雨》。（4）文化区域性的象征，如遍布在西方文学中的基督教的象征。（5）原型性象征，也就是原型，指那种“对于人类或至少对大多数民族来说具有相同或类似意义的象征”。[②]在这里，威尔赖特更为严格地限定了原型概念的外延。原型成了一种跨文化的符号，其意义的相对普遍适应性来源于人类感觉和联想的共通性。威尔赖特还列举了一些基本的原型性象征——

---

① Wheelwright, *The Burning Fountain*, in H. Adams ed., *Critical Theory since Plato*（Harcourt Brace Jovanovich Inc, 1971）, p. 1104.

② Wheelwright, *Metaphor and Reality*（Indiana Univ. Press, 1962）, p.110.

血、光与火、黑暗、水、圆圈和轮子等，考察了它们在各种不同文化中的相关意象和隐喻变体。[①]

在原型的语用学研究方面，可以列举的人物很多，包括那些虽未公开打出原型批评的旗号，但在实际中运用了类似的分析方法的批评家，如英国的大卫·洛奇（D. Lodge）。他的名著《小说的语言》（1966）便充分吸收了原型批评的长处，韦勒克赞誉这本书"成功地沟通了语言分析与文学欣赏、评价之间惯有的分歧"[②]。该书在解析夏洛蒂·勃朗特的《简·爱》时，便别具慧眼地从一个纵贯全篇的原型意象"火"入手，以它作为把握作品整体的一把钥匙。[③]洛奇指出，火是人类生活所必需的光与热之源。在英国的气候下，它是社会生活和家庭生活的象征。火也时常被用来暗指情欲，即欲火，它能带来快乐，也能烧毁一切。火还可代表基督教的精神净化和永恒惩罚。小说《简·爱》一书中一百多次提到火的地方，上述各种意义都可以找到，只是随着不同的语境而起不同的作用。洛奇还发现，小说中大凡出现火的意象，其语义效用总是由下文中一种相冲突的原素意象来限定的。简和罗切斯特之间的激情关系常表现为燃烧的火。而这种关系的断裂则表现为石、冰、雨、雪的意象。简和里弗斯之间格格不入的情况甚至暗喻在后者的名字里：勃朗特不仅常把冰冷的激流的意象用在他身上，而且"里弗斯"（Rivers）一词本身就指河水。简在内心独白中曾用火山意象，有效地传达出她对罗切斯特的那种敬畏与爱欲相交织的矛盾心理。罗切斯特也正是爱上了简那如火的叛逆性格，屡次表明他是能够赏识这种火的人："我已经看见了，你生气的时候可真像个火神。""你冷，因为你孤独，没有和什么人接触把你内心的火激发出来。"……经过洛奇的发掘，人们在这部流行了一百多年的小说中看到了以前未曾注意到的深层内涵，看到了夏洛蒂是怎样把写实主义的具体性、日常性同浪漫的激情、幻想及诗意彼此统一在火的原型意象及其语义变奏中的。

洛奇的著作对自亚里士多德以来流行的一种批评观念起了反拨作用，这种观念是，正宗的文艺学只是诗学，因为诗才是一种独特的语言形式。洛奇借助于原型批评方法冲破了新批评派的教条，为小说语言的研究开辟了新的前景。

---

① Wheelwright, *Metaphor and Reality*（Indiana Univ. Press, 1962）, p.128.参看本书上编第十四篇文章。

② R. Wellek, *Discriminations: Further Concepts of Criticism*（Yale Univ. Press, 1970）, p. 350.

③ 洛奇：《火与爱：夏洛蒂·勃朗特的尘世原素之战》，中译文，见《勃朗特姐妹研究》，中国社会科学出版社 1983 年版，第 526—541 页。

美国批评家维恩尼（T. G. Winner）在《契诃夫作品中的神话作用》（1962）一文中研究了原型人物的运用方式与契诃夫的小说技巧及风格的关系，显示了原型的语用学研究的另一个层面。[①]维恩尼指出，契诃夫这位短篇小说大师是自觉运用原型的能手，其原型人物来源有二：一是古代神话中的原型，如《宝贝儿》中运用的普绪克，《公爵夫人》和《决斗》中运用的那尔基索斯；二是前代文学名著提供的原型，如《海鸥》中的《哈姆雷特》主题，《黑僧侣》中的《浮士德》原型，《脖子上的安娜》和《带小狗的太太》中套用的《安娜·卡列尼娜》原型等。契诃夫的这种借用或隐或显，作为一种使作品获得多层次意蕴的技巧，达到嘲弄、讽喻、悲悯或情感深度的效果。如果读者忽略了作品中原型的特殊功用，就无法深入理解作者的用心以及他的作品特有的讽刺的风格。

六　原型批评的特点与局限

同19世纪相比，20世纪的西方文艺学的一大特色就是多元化和多样化。各种理论和方法流派此起彼伏，相互竞争又相互促进。它们各有其独到之处，也各有其弱点或短处。原型批评自然也不例外。无论是作为理论还是作为方法，它都有自身的特点与局限。对此，笔者拟根据个人的理解作出如下几点归纳和说明。

第一，宏观性。原型批评是取代了统治现代批评史数十年之久的新批评派而流行于西方的。相对来说，新批评派的不足之处恰恰是原型批评的特长，这也是后者能取代前者而称雄于学术界的原因之一。新批评派以语言修辞之学为其理论基础，专注于作品本身的篇章词句的研析。该派的核心方法叫做“细读”或“近读”（Close reading），相当于一种显微镜式的文学研究，在微观剖析诗歌方面确有使别的门派望尘莫及的优势。相比之下，原型批评以人类学的理论及视野为基础，其核心方法，按照弗莱的倡导，叫做“远观”（Stand back），可以说是一种宏观的全景式的文学眼光。它要求把文学的各种现象——体裁、题材、主题、结构乃至作品名称——放到文化整体中去考察，恢复被新批评派所割断了的文学的外部联系。在这种“文学人类学”的处理下，文学不再是孤立的字面上的东西，而是整个人类文化创造中的有机组成部分，它同古老的神话、信仰、宗教仪式及民间风俗等有着密不可分的血缘关系。弗莱指出：“从这种观点来看，

① Winner, *Myth as a Device in the Works of Chekhov*, in B. Slote ed., *Myth and Symbol* (Univ. of Nebraska Press. 1963), pp. 71 – 78.参看本书下编第七篇文章。

文学的叙述方面乃是一种重复出现的象征交际活动，换句话说，是一种仪式。在原型批评家那里，叙述被当做仪式或对人类行为整体的模仿而加以研究，而不是被当做对某一个别行为的模仿。”具体来说，“对于一篇小说、一部戏剧中某一情节的原型分析将按照下列方式展开：把这一情节当做某种普遍的、重复发生的或显示出与仪式相类似的传统行为：婚礼、葬礼、智力方面或社会方面的加入仪式、死刑或模拟死刑、对替罪羊或恶人的驱逐，等等”。[①]比如考察《哈姆雷特》第五幕开始的情节。哈姆雷特和雷欧提斯都往下跳到墓坑里，接着开始了二人的决斗。这一情节乍看起来无甚道理，若用“细读法”就更不知所云了。原型批评却能从中一眼看出：主人公下墓穴之前和之后判若两人，这一举动显然表明了某种“生命仪式”（rite de passage，又译“通过仪式”）的作用。[②]这种作用，若不用“远观”即从文化中看文学的方法，是难以从直感中悟出的。值得提出的是，原型批评所倡导的“远观”法在中国文学研究中也取得过可喜的成果。早在20世纪30年代，郑振铎先生就按照弗雷泽《金枝》所揭示的线索，分析了上古传说中汤祷于桑林的故事，指出该故事的真相是作为“祭师王”的汤以自己为牺牲的仪式祷求降雨。[③]最近，日本学者伊藤清司从成人仪式的结构和功能入手分析广泛流传在中国民间的“难题求婚”型故事，不仅令人信服地阐明了这类故事模式的仪式来源，而且揭开了古代典籍中关于尧舜禅让传说的真相。[④]笔者以为，文学研究中的这种宏观性的特长可以从发生认识论方面得到理论说明。仪式和文学都是传递文化信息载体的符号现象，但在发生学上，以主体动作为象征形式的仪式行为显然大大早于以语言为媒介的文学创作，因此，这两种符号系统之间存在着结构上的渊源关系和相似性就不足为奇了。正像语词在历史发展中会丧失本义而变得难以理解，文学也会因时间的尘封成为对现代人来说的“密码”。在这种情况下，必须摆脱文学批评的“近视”，在宏观文化背景中，从仪式和原型的“远观”中找到“解码”的奥秘。

第二，系统性。这可以说是“远观”所包含的另一层意思，即把单个文学作品的研究放到整个文学大系统中。用弗莱的话就是“诗歌总体中的诗篇”。用一个比喻来说，单个棋子只有放到棋盘整体中才能显出它的价值和作用，同样，一

---

① Frye, *Anatomy of Criticism*, p. 105.

② Frye, *Anatomy of Criticism*, p. 359.

③ 郑振铎：《汤祷篇》，载《东方杂志》30卷一号；又见《郑振铎古典文学论文集》上册，上海古籍出版社1984年版，第100—130页。

④ 伊藤清司：《难题求婚型故事、成人仪式与尧舜禅让传说》，参看本书下编第十一篇文章。

部作品、一个主题、一个意象、一种结构，都只有在历史地形成的文学总体中才能得到真正透彻的理解。原型批评的这种系统性的特点突出地表现在对文学传统的高度重视上。荣格和弗莱都曾强调，艺术作品不是某个艺术家个人的凭空创造，而是传统的产物，其特殊意义是超个人的。如柯勒律治《老水手之歌》中写到老水手乘孤舟漂在海上，因看到白色的月光心情由绝望转向希望，诗中接着出现了海水泛红与船的阴影等意象。如果孤立地看，人们会以为这只是景物描绘。然而，从文学系统中看，“红”这个词就不光指示一种颜色，而且具有一种“恐怖的灵魂”。鲍特金指出，但丁早在《神曲》的一些可怕的诗句中塑造了“红”这个词的灵魂：地狱的永劫之火曾把地帝城映得通红。再往上溯，欧洲史前的洞窟壁画便赋予了红色以象征的意义。如果读者能意识到由文学传统铸就的红色意象的这种联想关系，便可以在柯勒律治的诗中体悟到一种超越个人心灵的心灵，从而理解“红”字的非词典意义：“刚刚从月亮那美的力量中解救出来的老水手，现在又乘坐在船的红色阴影中再一次坠向地狱。”[①]与此类似的系统分析法在弗莱对英国诗人弥尔顿的牧歌体悼亡诗《黎西达斯》的研究中显得更加明确。弗莱为了弄清该诗的构思和潜在的深层意蕴，几乎勾勒出自古希腊至近代的牧歌和悼亡诗的发展史。他为自己这一研究所加的标题本身就很能说明这种研究方法的特色，那标题是“文学即 Context”，后一词可直译为“上下文”，若意译则为“整体关系”。

在这里，还可以提到台湾学者李瑞腾的《说镜：现代诗的原型意象试探之一》[②]一文，作者搜集了自上古文献到后代诗词、传奇、笔记中有关镜子意象的大量材料，构拟出该意象的语义系统，进而考察现代诗人对这个原型意象的自觉或不自觉的运用，发现了作品的字面意义与“言外之意”相互作用的“张力场”，从而深化了对诗的现代理解。实际上，闻一多先生早在 20 世纪 40 年代所著《神话与诗》中就已经广泛采用了这种系统观照的研究方法。李瑞腾在《说镜》中就从方法论角度引用了闻一多的《说鱼》，把它同弗莱的原型批评观相联系，可见将这种方法运用于中国文学的研究还是大有可为的。香港中文大学的周英雄所著《作为组合模式的“兴”的语言结构与神话结构》[③]，台湾大学的张

---

① Bodkin, *Archetypes in the Ancient Mariner*, in D.Lodge ed., *20th Century Literary Criticism*, pp.190 - 201.参看本书上编第十一篇文章。

② 见张汉良、萧萧编选《现代诗导读 · 理论篇》，台北故乡出版社 1982 年版，第 229—262 页。

③ 见 J.Deeney ed., *Chinese Western Comparative Literature* (HongKong, 1980), pp. 51 - 78.

汉良所著《扬林故事系列的原型结构》[①]分别将原型批评方法同结构主义和精神分析方法相结合，在中国文学研究中作出了具有开创性的尝试。

上举诸例足以说明，原型批评所主张的“远观”并非要把文学作品当成人类学或心理学的素材，借助于人类学和心理学的目的还在于站在更高的高度去俯视文学现象，在系统观照中更好地把握作品。笔者以为，原型批评的发展在一定程度上正体现着现代科学的系统方法向文艺学的渗透。这种注重从总体、从相互联系中考察对象的思维方式同法国结构主义有某种相通之处。二者的差别在于，结构主义偏向于对纯形式作共时性的抽象，而原型批评则长于从历时性方面对局部现象作整体透视。这样一来，批评家的重要性便提高了：他可以不再跟在作者后面亦步亦趋，他可以同作者分享对作品的解释权，甚至站在文学和文化传统的制高点上，用强大的理性之光照亮作者本人无意识地或不自觉地表达出来的东西……然而，问题也就在这里，即系统方法在文学研究中的适用限度问题。前面所说的棋盘之喻实际上已暗示了原型批评方法中潜伏着的重大缺陷：文学系统与科学系统毕竟不同，它的单个对象——作品是独特的生命存在，一旦把它们处理成彼此雷同的棋子，就会有使之丧失艺术生命力的危险。如果像荣格和弗莱那样过分强调集体无意识与文学传统，把艺术家当成它们借以显现的被动媒介，将鲜活的艺术品一味地还原为种种原型模式中的实例，那么，不仅批评面临着贬值的危机，文学艺术的特性也可能随之荡然无存了。

第三，重认知而轻判断。弗莱曾把文学批评这一范畴划分为两种实际类型，一种是“学术式”批评，另一种叫“审判式”批评。前者有助于知识的累积，因而从属于科学的领域，它从事于尽可能深入细致的描述和分类；后者算不上科学，只属于“书评”的领域，批评家有如判官，作出各种肯定或否定的价值判断：一部作品是好还是不好，是否值得一读等等。审判式批评无助于知识的累积、文学经验的扩展和学术的进步，因为价值判断往往是由审判官的个人趣味所左右的，难免具有偶然性、任意性和易变性。弗莱认为原型批评乃是学术式批评的代表，批评家所关注的是文学的有机构成，而从不把自己置身于审判官的席位上。尽管不是所有的原型批评家都信守弗莱的这一主张，重认知而轻判断的确是该派批评实践中的重要特点。所谓认知，就是对在文学中反复出现的、可交际的原型性的文体、原型性的叙述或表现程式、原型性的意象、母题、人

④ 见古添洪等编《比较文学的垦拓在台湾》，台北东大图书公司 1976 年版，第 216—234 页。

物乃至主题的识别和归纳，使个别作品的研究趋向于形式化、科学化，有助于探索文学作品的构成和文学发展演变的规律性。借用荷兰学者弗克马（D. W. Fokkema）评价结构主义的说法，也可以把原型批评的这种努力看做是探求一种文学研究的“元语言”（metalanguage）[①]的努力。对此，简单地斥之为形式主义是失之于肤浅的。问题在于如何将形式化的认知与社会历史的、文化的、审美的价值判断有效地结合起来。因为缺乏研究的轻率判断固然不足取，但建立在认知基础上的判断也未必不是好的文学批评所当具有的职能。诚如黑格尔所言：“对那具有坚实内容的东西最容易的工作是进行判断，比较困难的是对它进行理解，而最困难的，则是结合两者，作出对它的陈述。”[②]重认知轻判断的要求反映了文学批评向学术研究深度进展的趋势，但将认知理解与价值判断完全割裂和对立起来的做法，同时也是原型批评本身局限的反映。这种批评能帮助人们理解其他批评难以揭示的作品的深层内容，却不能圆满地回答下列问题：为什么一部包含了原型内容的优秀作品能够给我们以审美的愉悦，而另一部包含了同样原型内容的低劣作品却不能呢?

综上所述，原型批评的特点往往也反映出它的弱点，我们还不能说这是一种理想的批评方法。如何发挥其优势，促进文学理论与批评方法更新，同时在美学的和历史的方法基础上对它加以改造，扬长避短，这可以说是值得我们认真思索的新课题。

---

① Fokkema and Kunne-Ibsch, *Theories of Literature in the Twentieth Century* (St. Martin's Press, 1978), p. 9.

② 黑格尔:《精神现象学》中译本，商务印书馆 1979 年版，第 3 页。

上　编

阿都尼斯的神话与仪式

［英］J. G. 弗雷泽

本文选自玛丽·道格拉斯（Mary Douglas）和萨宾·麦考麦克（Sabine MacCormack）重编的《金枝》插图节本（*The Illustrated Golden Bough*）第四部分“阿都尼斯”，英国乔治·瑞因伯德出版公司 1978 年版，第 122—131 页。题目为中译者所加。《金枝》原作者弗雷泽（James George Frazer，1854—1941）是英国著名古典学家和人类学家，以对巫术和原始宗教仪式的研究而蜚声学林。弗雷泽生于苏格兰的格拉斯哥，15 岁即考入格拉斯哥大学，20 岁考入剑桥大学，后为剑桥大学三一学院公费研究生。1907 年任利物浦大学社会人类学教授。曾先后被聘为不列颠科学院研究员、爱丁堡皇家学会名誉会员和普鲁士皇家科学院通讯院士。1925 年获得英国皇家功勋勋位。主要著作有：《金枝》（*Golden Bough*，1890），《社会人类学的范围》（*The Scope of Social Anthropology*，1908），《图腾制与族外婚》（*Totemism and Exogamy*，1910），《旧约民俗》（*Folklore in the Old Testament*，1910），《人、上帝和不朽》（*Man, God and Immortality*，1927）。其中对后世影响最大的是《金枝》，该书共有 7 部 12 卷，是以巫术和仪式为主要对象的原始宗教习俗研究专著，因其搜罗宏富，辨析精详，被誉为人类学的百科全书。20 世纪以来的文学理论和文学创作都曾受其影响，实为原型批评派的早期理论渊源。这里所选的部分原属该书第 4 部。作者通过对古代西亚死而复活的神阿都尼斯的神话及其相关的仪式的考察，阐明了西方文学和文化中一个极为普遍的基本主题即死而复生观念的历史起源，以及这一观念随着社会物质生活方式的改变所表现出的不同形式，同时也具体地展现了戏剧这种文学体裁在古代仪式中的雏形状态。

一　阿都尼斯的神话

大地外表上所经历的一年一度的巨大变化强烈地铭刻在世世代代的人类心中，并激发人们去思索：如此宏大、如此神奇的变化究竟是出于什么原因呢?人们的好奇并不总是全然无私的，即使野蛮人也早已懂得他们自己的生命同大自然的生命是怎样唇齿相依着的。他们懂得，那让河流冻结、使大地脱下绿色外衣的同一个过程是怎样以毁灭威胁着他们自身的生存。在某一特定的发展阶段，人类似乎开始了这样的想象：避免这些可怕灾难的方法就掌握在他们自己手中。他们可以用巫术来促进或阻碍季节的运行。于是，他们举行仪式，念符咒，使雨水降下，太阳发光，使动物繁衍，大地上果实生长。终于有那么一天，知识的缓慢进展驱散了原始人心中如此之多的幻想，使人类，至少是其中较有思想的那部分人意识到，春夏秋冬的更替并不仅仅是他们自己的巫术仪式的结果，有某种更为深刻的原因，更为强大的力量，在大自然面貌变易的背后发挥着作用。这时，人们便开始把植物的荣枯、生物的兴亡设想为神圣的存在——男女众神们的威力增长或衰退的结果，这些想象中的神灵按照人类生活的模式，有生也有死，他们也恋爱结婚，生儿育女。

这样，有关季节的古老的巫术理论就被一种宗教理论所取代，或者不如说是被补充了。虽然人们这时已把一年一度的自然变化首先归因于相应的神灵变化，但他们仍然认为通过举行某些巫术仪式便能帮助生命的主宰神对死亡主宰神的斗争。他们设想可以借助宗教活动恢复生命神失去了的活力，甚至能使他起死回生。他们为了这一目的所举行的仪式大体上是对自然进程的戏剧性表演，他们希望借表演使自然运行得更为顺利。这里所体现出的是一种类似于巫术的信条，即仅仅通过模仿便可以产生出任何期望的效果。由于他们现在用神的结婚、死亡、再生或复活来解释自然的生长与衰败、诞生与死亡的交替循环，所以他们的宗教，或者说是巫术性戏剧，也就在很大程度上转向了这些主题。他们演出诸种繁殖力量的富有成效的结合，这种演出中至少有一位神的爱侣悲伤地死去，然后又欢乐地复活。这样，宗教的理论就同巫术的实践混合在一起了。这种混合在历史中是常见的。事实上，几乎没有哪种宗教能完全摆脱古老的巫术信条的痕迹。按照两种相对的原则而行事，自然会有不协调之处，但不论这种不协调将怎样使哲学家伤脑筋，一般老百姓是不会为之费神的，实际上他们甚

古埃及王陵中的三联祭司图

至难以意识到这一点。他们的职责就是行动，而不是去分析行动的动机。假使人类一开始就是逻辑和智慧的生物，历史也就不会是一部愚昧和罪行的漫长的编年志了。

在四季给人们带来的变化之中，就温带地区来说最为惊人的乃是那些对植物产生影响的变化。季节对动物的影响虽然也很大，却不如对植物那样明显。因此，在那些表示驱走寒冬、春回大地的巫术戏剧中，所强调的重点在于植物方面，也就是自然而然的了。也就是说，在这类表演中树木和花草比之兽类和禽鸟充当着更为重要的角色。不过，生命形态的这两个方面，植物和动物，在那些举行仪式的人们看来并不是毫无关联的。其实，他们所普遍相信的动植物世界之间的联系甚至要比动植物的实际联系还要紧密。因而，人们常常在同一时间内用同一行动把植物再生的戏剧表演同真实的或戏剧性的两性交媾结合在一起，以便促进农产品的多产，动物和人类的繁衍。对他们来说，生命和繁殖的原则，不论就动物而言还是就植物而言，都只是一个不可分割的原则。活着并创造新的生命，吃饭和生儿育女，这是过去人类的基本需求，只要世界还存在，也将是今后人类的基本需求。其他方面可以加上人类生活的富裕及美化，但除非上述需求首先得到了满足，不然的话人类也就无法存在了。因此，食物和孩子这两种东西乃是人们用巫术仪式来表演季节运行所追求的最主要的东西。

很明显，世界上没有别的地方比地中海东岸地区更为广泛地流行这类仪式庆典了。埃及和西亚的人民在奥息里斯（Osiris）、塔穆斯（Tammuz）、阿都尼斯（Adonis）和阿提斯（Attis）的名下，表演一年一度的生命兴衰，特别是被人格化为一位年年都要死去并从死中复活的神的植物生命循环。在名称和细节方面，这种仪式在不同的地点不尽相同，然而其实质却是相同的。我们在这里所要探讨的便是这位被想象为能死而复活的东方神祇，他有许多不同的名字，但其性质是一致的。我们选择塔穆斯或阿都尼斯作为这类崇拜仪式的例子。

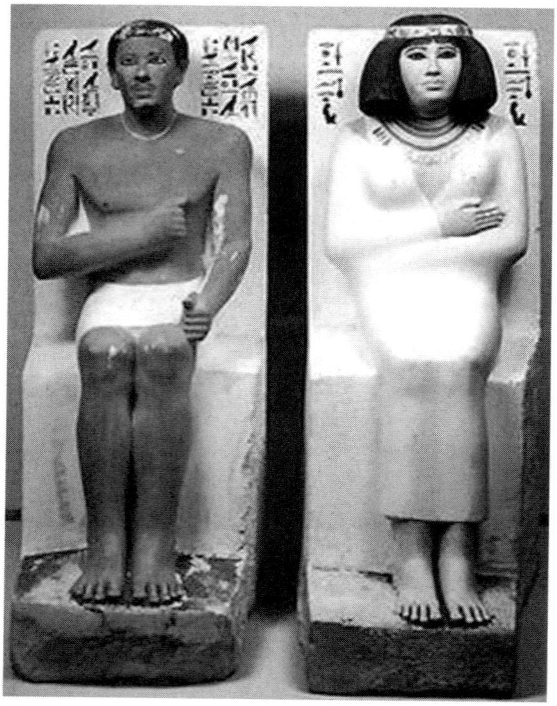

古埃及人像艺术的阴阳原型构图

阿都尼斯崇拜流行于巴比伦尼亚和叙利亚的闪族人民中间，早在公元前 7 世纪，希腊人便从闪族人那里把这种崇拜移植了过去。这位神本名为塔穆斯，阿都尼斯这个名字出自闪族语中的“阿顿”（Adon），意思是“主”，这是塔穆斯的崇拜者们对他的尊称。在希伯来文的《旧约》中，同一个名称“阿都奈”（Adonai），原先可能就是“阿都尼”（Adoni），意为“我主”，常常用于对耶和华的称呼。但是希腊人出于误解把这种尊称当成了真名。塔穆斯或他的等同者阿都尼斯虽然在闪族人民中享有着广泛而持久的声誉，但我们有理由认为这一崇拜来源于另一个具有不同血缘和语言的民族——苏美尔人。[①]正是他们，这些于人类文明史的黎明期居住在波斯湾顶端坦荡的冲积平原上的人们，创造了后来被称做巴比伦尼亚的文明。

塔穆斯在巴比伦尼亚的宗教文学中是作为伟大母亲神易士塔（Ishtar）的年青配偶或情人而出现的。易士塔是大自然的生产活力的象征。在神话和仪式文献中关于他们相互联系的记载都是片断的和含混的，但我们从中看到这样一种

① 20 世纪以来不断发现的考古材料已经表明，塔穆斯的前身是苏美尔人的生殖神杜姆兹（Dumuzi），参看尼尔森（N. C. Nielsen）等编《世界上的宗教》，纽约，圣马丁出版社 1983 年版，第 52— 54 页。——译注

情况，即人们确信塔穆斯每年都要死一次，离开欢乐的地上世界，进入那阴暗的地下世界，而他的神圣的配偶也要每年一次踏上寻找丈夫的旅程，“来到那永劫不返的土地，那大门和门闩上落满尘埃的黑暗之家”。在她离开地上世界这一期间，爱的激情停止了运动，人和动物都忘却了自己种族的繁殖，所有的生命都濒于灭绝的边缘。与这位女神联系得极为密切的乃是动物王国中的性功能，女神不在的时候，动物的性功能就不再发挥作用了。面对这种情形，大神埃阿（Ea）派出使者去地下解救那位自然界赖之以生息繁衍的女神。名叫阿拉图（Allatu）或埃列什－吉加尔（Eresh-kigal）的苛刻的阴间女王勉强同意了使者的要求，给易士塔洒上生命之水，允许她离去，或许还让她带走了她的情侣塔穆斯。于是，二位神祇得以重返阳世，伴随着他们的归来，大自然又复苏了。

悲悼塔穆斯离世的哀歌保存在巴比伦的某些赞美诗中，这些诗把他比作迅速衰败的植物。他成了

一株得不到水喝的园中柳，
它在大地上的头冠不会开出花朵。
一株无人浇灌的垂柳，
一株被切断了根须的垂柳。
一棵得不到水喝的园中草。

他的死亡带来了人们一年一度的悲悼活动。在仲夏时节以他的名字命名的那个月份中，男男女女用笛子吹奏出刺耳的乐声。那些挽歌看来是唱给为这死去的神所塑的一座雕像的，这神像被用洁净的水清洗后又涂上油，穿上红袍，同时香烟缭绕上升，好像要以刺鼻的香气激活他那蛰伏中的感觉，把他从死亡的沉睡中唤醒。在一首题为《悲悼塔穆斯的笛歌》的挽歌中，我们似乎仍然可以听到歌者们吟唱着悲伤的重叠唱词，伴随着像古老的乐曲一般的笛歌的咏叹调的声音：

当他逝去之际，她唱出一首哀歌，
“噢，我的孩儿！”当他逝去之际，她唱出一首哀歌；
“我的塔穆斯！”当他逝去之际，她唱出一首哀歌。
“我的宝贝我的主！”当他逝去之际，她唱出一首哀歌，
在植根于广阔原野的一棵不凡的杉树旁，
在埃阿那，向苍天大地，她唱出一首哀歌。
就像一所房屋为它主人所唱出的哀歌，

她唱出了一首哀歌，
就像一座城市为它的君主所唱出的哀歌，
她唱出了一首哀歌。
她的哀歌是对一株沉睡中不再生长的草木的哀歌，
她的哀歌是对那不再结穗的谷物的哀歌。
她的房子是不能再产生出财产的财产，
一个疲乏的女人，一个疲乏的孩子，疲乏到了极点。

她的哀歌唱给一条大河，那里柳树不再生长。
她的哀歌唱给一块土地，那里谷物和草木不再生长。
她的哀歌唱给一个水池，那里的鱼不再繁殖。
她的哀歌唱给一片芦苇丛，那里的芦苇不再茂盛。
她的哀歌唱给森林，那里没有树木在生长。
她的哀歌唱给一片荒地，那里没有丝柏在生长。
她的哀歌唱给一个果园的深处，那里不再出产蜂蜜和果酒。
她的哀歌唱给一块牧场，那里没有牧草在生长。
她的哀歌唱给一座宫殿，那里生命的力量不再生长。

对我们来说，有关阿都尼斯的悲剧故事和悲伤的仪式从希腊作家们的描绘中要比从巴比伦文学中的片断记载，或从曾在耶路撒冷圣殿北门看到为塔穆斯哭泣的妇女们的先知以西结的简略提及[①]中可以了解得更为清楚。经过希腊神话的镜子的反照，这位东方的神又作为阿弗洛狄忒所钟爱的一个美少年而出现了。那位女神将他从小藏在一只盒子中交给阴间女王珀耳塞福涅（Persephone）保管。但当后者打开盒子看到那少年的美貌时，便拒绝把他还给阿弗洛狄忒了，尽管爱神亲自来到冥间要从死亡的势力中救回自己亲爱的人，然而还是无济于事。爱与死两位女神之间的争执最后由宙斯来裁决。他宣布，一年之中阿都尼斯得和珀耳塞福涅在冥间住一段时间，和阿弗洛狄忒在阳世过另一部分时间。后来，美少年在一次打猎中被一只大野猪——或者说被嫉妒的战神阿瑞斯（Ares）为了暗算情敌而假扮成的野猪所咬伤致死。阿弗洛狄忒痛悼她死去的情人。在阿都尼斯神话的这一形式中，阿弗洛狄忒和珀尔塞福涅为了占有阿都尼斯而进行的争斗清楚地反映了易士塔和阿拉图之间在死亡之国中的斗争，而宙斯关于阿都尼

① 参看《旧约·以西结书》第 8 章第 14 节。——译注

斯在地上过半年、在地下过半年的决定也只不过是塔穆斯每年的逝去和重生这一情节在希腊的翻版。

二　阿都尼斯在叙利亚

在叙利亚海岸的拜布勒斯（Byblus）[①]和塞浦路斯的帕弗斯（Paphos）[②]，阿都尼斯神话完全地方化了，那里对他的祭拜仪式也更为庄严神圣。这两处也是阿弗洛狄忒，或者说是她在闪族人中对应的神阿斯塔忒（Astarte）的崇拜中心。如果我们接受属于这两个地方的传说，那么，阿都尼斯的父亲塞内拉斯（Cinyras）便是国王。在两个城市中，拜布勒斯更为古老，它在过去的时代被认为是一个圣地，成了那个国家的宗教都市，腓尼基人的麦加或耶路撒冷。从最早的时候起，这个城市就一直由国王们所统治，作为辅弼，或许还有议会或元老院。这些国王的名字表明他们自认为是他们的神灵巴尔（Baal）或莫洛克（Moloch）的亲族，因为莫洛克只不过是"梅勒克"（Melech）的一种讹传，这个词的意思是"国王"。总之，许多其他的闪族人的国王也都作过同样的自诩。例如，早期的巴比伦君王在他们生前就被当成神来崇拜。拜布勒斯的国王们可能以同样的方式假借阿都尼斯的名分，因为阿都尼斯只是该城的神圣的"阿顿"或"主"，这个名称在意义上和"巴尔"（主人）、"梅勒克"（国王）几乎没有什么区别。耶路撒冷的古代迦南人国王在生前亦曾扮演过阿都尼斯的角色，这一点可以从他们的名字判断出来，诸如"阿都尼－贝泽克"、"阿都尼－泽狄克"之类都要比凡人的名称神圣得多。由此看来，在后来的时代中，耶路撒冷城的妇女常常在圣殿北门外为塔穆斯即阿都尼斯而哀哭也就不足为奇了。

不过，如果耶路撒冷在此以前就是神圣统治者们或控制着上天、作为集王者与神明为一身的人而受到普遍崇敬的至上教主（Grand Lamas）的王朝中心的话，我们就不难理解为什么得势的大卫要选择它作为自己即将统辖的新王国的都城。然而，中心的位置和未曾陷落过的要塞的自然地理还不足以成为促使这位政治君主把他的王权从希伯来迁至耶路撒冷的唯一的或首要的原因。通过充当这个城市的古代君主们的继承人，大卫可以期望名正言顺地承袭他们的宗教上的声

---

① 拜布勒斯，古代腓尼基王国的重要港口城市、商业中心。——译注

② 帕弗斯，塞浦路斯西南的重要港口城市，古代贸易中心。——译注

誉，连同那广阔的土地；戴上他们的王冠，连同他们头上的光轮。希伯来诸王们的历史表现出某些特征，这些特征如果不被过分曲解的话，可以解释为这样一种时代的遗迹：在那个时代之中，他们或他们的前任国君们扮演着神的角色，尤其是该地域的神圣之主阿都尼斯的角色。但是，不论是否与阿都尼斯相等同，希伯来王者们肯定是被看做具有某种神性的，代表着并在某种程度上象征着地面上的耶和华。原因在于，国王的王位被称为耶和华之位；而使用圣油涂王者的头被认为是直接将部分圣灵赋予了他。因此，国王有了弥塞亚（Messiah）的称号，在希腊文中则叫基督，意思只是“涂了圣油者”或“受膏者”。这样，当大卫在他所藏身的黑暗洞穴中割断扫罗袍子上的衣襟时，他的良心便责备自己用亵渎之手触及了阿都尼弥塞亚耶和华。

国王受膏的习俗也可以在玻利尼西亚的各地看到。在萨摩亚群岛（Samoa）的“古代王者们以受膏的方式当着各部酋长和人民的面公开宣布为王，并被认可。一块圣石或者凳子被奉为王位，国王站在上面，一位祭司——他也必须是一个酋长——呼吁神灵给国王降恩赐福，并对不服从他的人发出警告。然后他从一个天然的瓶中取出圣油涂在国王的头上、肩上和身上，宣告他的一些名号和尊荣”。

像其他的神圣或半神圣的统治者一样，希伯来国王们显然也要为饥荒和瘟疫负责。一次，可能是由于冬季无雨引起的歉收连续三年发生在这块地方，大卫王祈求神谕，神没有将责任归咎于他而是归给了他的前任王扫罗。死去的王实际上已超然于惩罚的手掌之外了，但他的子孙却可充为替身。于是，大卫找出了他们当中的七个，于春季收获大麦的时候把他们吊死在主的面前。整个夏天，死者中的二人的母亲坐在绞架下守尸，她白天不让兀鹰来啄食尸体，夜间不容许野兽走近，直到秋天来临，神赐的雨水终于降下，滋润了那些吊着的尸身，并给干旱的土地重新带来了生命力。这时，那七人的尸骨才被取下绞架，埋进其先祖的墓穴之中。①

在希伯来君主国时代，人们显然相信国王具有致病和治病的能力。因而叙利亚国王将一麻风病人送交以色列的国王去治愈，正如瘰疬病患者们曾幻想与某一位法国或英国的国王接触便能治愈他们的病一样。然而，希伯来的君王要比现代的国君们具有更多的理性，他宣称自己不能做出这样的奇迹。

① 这里的记载与今本《圣经》略有出入，参看《旧约·撒母耳记下》第21章。——译注

不仅对这种神化理论，而且对希伯来国王们的神性也会有人提出反对意见，因为在《圣经》的历史书中几乎难以找到这方面的痕迹。但是，考虑到这些书最后写定的时间和环境，这种反对意见就显得无力了。公元前 8 世纪和前 7 世纪的伟大先知们以其教诲的精神理想和道德热情掀起了一场在历史上可能是空前的宗教和道德的改革运动。在他们的影响下，一种严格的一神教取代了过去那种感觉上的自然力崇拜，一种严酷的清教徒式的精神，一种内心的不可屈服的严苛取代了旧宗教那种摇摆易变的特性，及其软弱的依从性、无力的感召能力，和易犯肉体罪恶的倾向。先知们的道德教诲又由于当时的政治事件，尤其是强大的亚述王国对以色列这样的巴勒斯坦小邦所造成的日益增长的威胁而更加为时人所接受。

正是在这样一个国家民族意气消沉的时期完成了两次以色列宗教的伟大改革。前一次由希西家[①]国王发起，后一次由 1 世纪之后的约西亚国王发起。这样看来，我们就无须奇怪那时及后来的改革者们在编写国史的时候，对于他们所看到的他们的先祖所信奉的异教信仰是怎样感到不愉快了，正如英国共和政体[②]时期的狂热者们看待“快乐的英国”时期那些远为天真的娱乐游戏一样。我们也不必奇怪，在对上帝之荣耀的热烈信念鼓舞下，他们一定对历史中的许多记载作了更改，以抹去人们对一些传统习惯的记忆，因为他们现在把国家的灾难都归咎于这些习惯。

但是，假如一般说来闪族的国王们，特别是拜布勒斯的国王们常常假借巴尔或阿都尼斯的名分的话，那么与之相伴随的便是他们同该城的女神巴拉斯（Baalath）或阿斯塔忒的匹配。我们确实听到过泰尔（Tyre）和西顿（Sidon）国王充任阿斯塔忒的祭司之事。对于以农业为生的闪族人来说，巴尔或某一块土地之神乃是该地所有的繁殖力的主宰，他就是那能以其生命之水生产出粮食、果酒、无花果、油料和亚麻的神，而他的生命之水在那闪族人世界中的干旱不毛地区更多地显现为泉水、溪水和地下水，而不是自天而降的雨水。“巴尔被想象为生殖中的雄性因素，即他所滋润的土地的丈夫。”因此，由于闪族人把大自然的生产活力人格化为男性和女性—— 一位巴尔和一位巴拉斯，他们也就自然而然地把男性生殖力特别和水等同起来，而将女性生殖力特别与大地等同起来。按照这种观念，植物和树木，动物和人都是巴尔和巴拉斯的子孙后代。

① 希西家（Hezekiah），古犹太国王，公元前 715—前 687 年在位，与先知以塞亚同时。——译注

② 指 1649—1660 年间克伦威尔父子统治下的共和政体。——译注

这样看来，如果拜布勒斯和其他地方的闪族王被恩准，或者干脆说需要装扮为男神并同女神婚配的话，那么这一风俗的动机也无非是要依照交感巫术的原则来确保土地的繁殖力和人丁、畜群的兴旺。有理由认为，出于类似动机的同样风俗在古代世界的其他地区也一样可以找到。尤其是在古罗马的奈米（Nemi），那里的男性生殖力和女性生殖力的代表狄阿纽斯（Dianus）和狄安娜（Diana）按其性质的同一个方面都被人格化为能赋予生命的水。

至于拜布勒斯的人民，在每年哀悼阿都尼斯之际都剃光头发。不愿牺牲自己美发的妇女须在节日期间为陌生人提供肉体，由此挣来的钱奉献给女神。这一风俗可能是在拜布勒斯等地更为古老的律法的一种缓和形式，按照那种律法，从前的女子毫无例外都要被迫以自己的贞洁去供奉宗教。据说在雷底亚（Lydia）[①]，所有的姑娘都得自己去卖淫以便挣得嫁妆。但是我们可以推测这一风俗的真实动机不是经济方面的，而是为宗教信仰而献身。在雷底亚的垂尔斯（Tralles）所发现的一块希腊铭文证实了上述推测，根据铭文可知，宗教性的卖淫活动在那个地区一直延续到了公元 2 世纪。那上面还记载着一个名叫奥瑞利雅・艾米利雅的真实女子，不仅她自己要按照神的特别吩咐作为娼妓侍奉神，而且她的母亲和其他的女祖先也早在她以前同样侍奉过神。刻在一个用于献祭的大理石柱上的这段公开记述表明，对于这样的生活和这样的血统关系，当时人丝毫不以为羞耻。在亚美尼亚，贵族家庭献出他们的女儿，让她们到位于阿西利塞那（Acilisena）的阿奈提斯（Anaitis）女神神庙中去服务，在那里，处女们以相当长的时间充当娼妓，直到她们结婚。当她们服务期满之后，没有哪个男人会顾忌娶一个这样的姑娘为妻。

在同样崇拜阿都尼斯的塞浦路斯，所有的女子在婚前都须按照习俗在名为阿弗洛狄忒或阿斯塔忒或其他什么女神的神庙中向陌生人献身。类似的风俗在西亚的许多地区流行。不论这类风俗的动机是什么，其活动总是被明确认为是对西亚的伟大母亲神服务的一种神圣的宗教义务，而不是情欲的放荡。这位女神在不同地区有不同的名字，而其性质却都一样。在巴比伦，每一个女子，不论贫富，都要在她的一生中有一次到梅利泰（Mylitta）即易士塔或阿斯塔忒的神庙中去投身于陌生人的怀抱，并把卖身所得的收入奉献给女神。那神庙的附近云集着来自四方的妇女，等待着履行这种宗教义务。有些人甚至得等上好几年。在

① 雷底亚，小亚细亚的古代国家，地属今之土耳其。——译注

叙利亚的黑利奥波里斯（Heliopolis）或巴尔贝克（Baalbec）（那里以其巨大的神庙群残迹而远近闻名），地方习俗规定所有的处女须到阿斯塔忒神庙中献身于陌生人，已婚妇女也要像姑娘们一样，用同一种方式证明自己对女神的忠诚。康斯坦丁大帝取缔了这一习俗，他下令摧毁了神庙，在那里建起教堂。在腓尼基的神庙中，妇女们卖淫挣钱以服务于宗教，她们确信通过这种行为便向女神赎了罪并获得了她的庇护。"这是阿摩来特人（Amorites）的一条法律：将要结婚的女子应在门旁与外人私通七天。"

作为大自然所有的生产能量人格化的一位伟大母亲神在亚洲西部的众多民族中受到崇拜，她有各种不同的名称，但关于她的神话和仪式则是基本相同的。与她相联系的还有一位情人，或者是一系列情人，或为神或为凡人，他们年复一年地结为配偶，这种结合被认为是各种动植物繁殖的关键；而且，这二神夫妇的传奇般结合又为地上的人类所仿效，衍生出在女神神庙中真实的，虽然是临时的两性结合，以便借此确保大地的丰产，人畜兴旺。

拜布勒斯的最后一任国王承袭了塞内拉斯（Cinyras）的古老名称，他因过于残暴被罗马大将庞培斩了首。传说中他的同名人塞内拉斯曾在距都城约一日路程之远的黎巴嫩山建起一座阿弗洛狄忒即阿斯塔忒的神殿。那地点可能是位于阿都尼斯河源头处的阿帕卡（Aphaca），处在拜布勒斯和巴尔贝克之间，因为在阿帕卡有著名的阿斯塔忒的园林和圣殿，康斯坦丁大帝因为那里的崇拜过于鄙俗而毁掉了它们。按照传说，也正是在那里，阿都尼斯第一次或最后一次同阿弗洛狄忒相会。正是在那里，他的血肉模糊的尸体被埋葬了。在他的崇拜者们的信念中，阿都尼斯每年在山上受伤致死，每年大自然的面貌也伴随着他的神圣的血的丧失而衰老。因此，叙利亚的少女们年复一年地哀哭他的早逝，在那红牡丹即他的花盛开在黎巴嫩杉树林中的时候。那条以他的名字命名的河则变成红色流向海洋，每当海风卷向岸边时，便给湛蓝湛蓝的地中海那委曲蜿蜒的海岸镶上一条晃动起伏的殷红的边。

三　阿都尼斯的今昔

（一）阿都尼斯仪式

至此，我们讨论了阿都尼斯的神话以及把他和拜布勒斯相联系的传说。对这些传说的考察使我们得出这样的结论，在早先的闪族人中，阿都尼斯——该城的神主——常常由祭司国王来扮演。与此同时，可以认为人们每年悲悼的阿都尼斯之死反映着一种古老的风俗：每年将国王处死以使大自然的生命得到更新。

现在我们从传说转向阿都尼斯的仪式,这方面的知识主要来自那些曾目睹了他们所描述的实情的希腊作家们。随着时代的推移，人类情感日渐成熟，这类崇拜仪式的粗野性质也多少得到了改善。

在西亚和希腊每年举行的阿都尼斯节庆上，人们，主要是妇女们以悲惨的痛哭悼念该神的死，他的偶像则被装扮成像真的尸首，抬到葬仪上来，然后被投入大海或水源之中。在一些地区，第二天还要庆祝他的复活。在亚历山大里亚，人们把阿都尼斯和阿弗洛狄忒的像放置在两张卧榻上，周围放上各种各样成熟的水果、糕饼，长到开花期的植物，以及以大茴香结成的绿色枝条。还有一天庆祝二神的婚配，次日，妇女们装扮成送葬者，披头散发，敞胸露怀，抬着死去的阿都尼斯像来到海岸边，将他扔进大海的浪涛中。当然，她们的悲悼并不是毫无希望的，因为她们歌唱着那逝去的神还要复还。

在希腊东南部的阿提卡（Attica），这一节庆在每年的盛夏时举行。因为对抗西那库斯[①]的雅典舰队正是在仲夏时节起航的。由于在那次海战中雅典舰队的覆没，雅典的势力也就一蹶不振了。根据这一预兆性的巧合，忧郁的阿都尼斯仪式也就定在这同一时期了。当军队奔赴港口登船之际，他们经过的街道上排列着棺材和像尸体一样的偶像，妇女们哀哭阿都尼斯的喊声响彻天空。这种环境给雅典海军有史以来最壮观的一次出航蒙上了阴沉的气氛。多年以后，当朱利安大帝首次进入安提阿城[②]时，他发现放纵而豪华的东方都城也陷入哀悼阿都尼斯的年度之死的悲哀之中。如果他具有某种不祥的预感的话，那么那哀痛的声音在他听起来会像是丧钟呢。

塔穆斯或阿都尼斯作为谷物之精灵的特征在一位 10 世纪的阿拉伯作者关于谷灵节庆的一次记载中得到了清楚的说明。在描述于一年不同的季节里由哈兰（Harran）的异教叙利亚人所举行的仪式和献祭时，他写道："塔穆斯（7 月）。在这个月的中旬有埃尔布嘎特（el-B$\hat{u}$g$\hat{a}$t）节庆，即哭泣的妇女节，那是悼念塔乌兹（$\hat{T}$a-uz）神的节日。妇女们为他痛哭，因为谷物的主人对它过于残忍，碾碎它的骨头，当风扬撒开。节日期间妇女们不吃任何碾成粉的食物，将自己的饮食限制为浸泡过的小麦、甜豌豆、枣子、葡萄干以及诸如此类的东西。"

---

① 西那库斯（Syracuse），位于西西里岛东南部的古城。——译注

② 安提阿（Antioch），小亚细亚的古代城市，在今土耳其境内。——译注

可以说，阿都尼斯的性质集中到了谷类作物，这乃是其崇拜者在历史上所达到的耕作阶段的特征表现。他们已经远远离开了游荡的猎人和牧人那种游牧生活，多少年来定居在耕地上，主要靠耕作的产品而维生。旷野中的浆果和植物根，牧场的青草，这些对他们未开化的祖先们具有生存意义的东西现在对他们已显得无足轻重了。他们越来越多的思索和精力都转到了他们主要的物质生活产品——粮食方面。与此相应，对于一般的丰产神以及特殊的谷物精灵的越来越多的关注便成了他们宗教的核心性质。他们在庆祝仪式中所期望的目标完全是实际的。并没有一种含糊的诗性情感促使他们为草木的新生而欢呼，为其摇落而悲伤。感受到的或恐惧中的饥饿是他们崇拜阿都尼斯的根本原因。

比利时出土的神鹿彩陶盆

有人认为，对阿都尼斯的哀悼实质上是一种收获仪式，其目的是向谷神赎罪，因为此后不久他就要在收割者的镰刀之下丧生，或在打谷场上被牛蹄践踏至死了。

按照这种解释，阿都尼斯之死便不是在炎夏酷暑或严冬寒冷之中一般植物的自然衰败了；这是由人所造成的对谷物的暴力摧毁，是人把它们割倒在地里，在打谷场上将它们碾碎，在磨房中将它们磨成粉面。可以认为，这便是阿都尼斯于后来的时代中在利凡特[①]地区的农业民族中所表现出来的主要方面。但是，他是否在一开始就是谷神，而且只是谷神，这倒是值得怀疑的。在较早的时期，他可能曾是一个牧者，一种在雨后发芽的稚嫩的牧草，为贫弱而饥饿的畜群提供丰盛的饲料。在更早一些的时候，他可能象征着坚果和草莓的精灵，原始的猎

① 利凡特（Levant），指地中海东部及爱琴海沿岸的地区和岛屿。——译注

人及其家眷正是以秋天的森林所提供的这些果品作为食物来源之一的。正像农夫们要向他们所食用的谷物之精灵请罪一样，牧人需要平息他们的牲畜所吃掉的草和叶之精灵，而猎人则必须设法安抚他们所挖掘的植物根的精灵以及他们从树枝上采集的果实之精灵。

有理由认为在早先时代中阿都尼斯有时显现为一个活人，他扮演因暴力而死的神的角色。进一步说，有证据表明在地中海东部的农业民族中，谷物精灵，不论人们叫他什么名字，总是年复一年地由被杀死在田地中的人类牺牲者来代表的。果真如此的话，很可能向谷物精灵的赎罪同对死者的崇拜在一定程度上融合了。因为这些牺牲者的灵魂会被想象为能在他们的血所浇灌的土地上重获生命，并在谷物收割之际去死第二次。

　　我常想，从没有一朵玫瑰
像在恺撒流过血的地方长出的玫瑰开得那么红；
　　园中的每一朵风信子花
都将那可爱的头垂在她的枝叶下。

　　这复活的草木，她那柔美的绿色，
养育着我们赖以生存的这河口的土地——
　　噢，还是少依赖这土地吧，
谁知那绿草是怎样从这可爱的河口长出的？

……（下略）

叶舒宪　译

《金枝》：影响与原型

［美］J. B. 维克里

我想没有人会否认《金枝》影响的广度，既然这种影响已出现在雷蒙德·钱德勒的侦探小说、获哈波奖的小说（弗兰克·诺里斯的《西方之塔》）和某些较小的严肃作品，如《尾妖》或《颤叶之城》，还有更多重要的当代作品之中。《金枝》不仅仅是英语世界中可以见到的对原始生活的最宏富的写照，也是给当今流行的文学兴趣——对神话与仪式主题的追求——开辟道路的奠基之作。不过，弗雷泽的经典之作成为“20 世纪文学的核心神话与象征的一个几乎无穷无尽的源头”[①]的原因是什么，就不是那么显而易见了。实际上，这些原因包括事实方面的、历史的和文学的原因。

事实方面的原因是指渗透在《金枝》与19 世纪末 20 世纪初的时代思潮中的那些观念。在《金枝》与它所产生的时代中，这些观念的流行是以下述概念为基准的，那就是理性、多产、非理性和不育。人们主要关注的话题是性、迷信和生存。弗雷泽对原始崇拜的阳性本质的客观揭示是弗洛伊德探究现代人的性本能这一举动的人类学对应物。他们两人都对那样一种方式极感兴趣，如弗雷泽所说，是“性本能造就了我们这个种族的宗教意识”。尽管弗雷泽对无意识理论持怀疑态度并且拒不读弗洛伊德的著述，但他对于20 世纪人类意识的水平与模式的形成也同样有所贡献。像《存在与虚无》一样，《金枝》也将心理学和具体的小说场景融为一体，不过其可读性要比前者大得多。

从一些精神现象之中，弗雷泽引出了一些关键概念，它们显示出他同那个时代的重要思想家如马克思和达尔文的相似之处。他并未真正把握原始社会经济方面的复杂本相，但他却捕捉到一个有关人类制度如宗教、政府、私有财产和婚姻等的突出事实。同马克思一样，他分析制度的作用特征，将其视为独断的迷信的力量的产物。虽然弗雷泽和马克思之间的差异显而易见，但从他们的时

① J. H. 贝克莱：《维多利亚庙宇》，哈佛大学出版社 1951 年版，第 245 页。——原注

代影响中看到基本的相似性仍然是可能的。两人都以大量证据表明关于人类及其历史的以往的看法都不足以相信了。他们也都在迷信、自大和历史必然性的复合体中找到了对这种错误的解释。

当达尔文、弗洛伊德和马克思分别用生物学、心理学和社会经济学的术语探讨问题时，弗雷泽正在思考他的神话与现实的辩证法。对于他的原始人来说，求生存的斗争是双重的。一方面是达尔文和马克思所指出的：敌对部落或民族的攻击，干旱和饥荒的损耗，还有受制于经济需求、社会传统和宗教习俗的统治者。另一方面，可以称为是弗洛伊德派的心理投射方面，像神话和神灵也在斗争中扮演着突出角色。弗雷泽所考察的初民们也依靠讲述神助的神话和仪式而生存，仪式中的完美表演确证神灵征服敌人，使人民得以存活。实际上，当他指出"为了种的延续，再生产机制同营养因素同样重要"时，已表明了他对马克思、达尔文的外在世界和弗洛伊德的内在世界的调和。在这种调和之中，他揭示出个人和土地是人类为求生存而进行的无休止的战争的两个焦点，由此形成的主题已经成为现代文学的取之不尽的思想之源，因为它们对于现代生活来说也是至关重要的。

就《金枝》的文学影响而言，它的内容和出版日期都是意味深长的，它们给后人留下了一个悬而未决的问题：为什么是弗雷泽的研究而不是其他的人类学或比较宗教学的著作为现代英国文学和美国文学提供了模型？比如说，为什么不是法奈尔（L. R. Farnell）的《希腊城邦的崇拜》或者库克（A. B. Cook）的《宙斯》在文学领域中获得像《金枝》那样的显赫地位呢？这三部大著篇幅类似，都具有百科全书的风格，也都充满着各种远古传说，甚至发表的时间也相差不到十年。这样看来，问题的解答必然在于寻求某种可以称做文学原因的因素。大致而言，这个文学原因有三个主要的、相互关联的方面：《金枝》的风格、结构和文体。

既然这三个方面有彼此相关的明显次序，也许最好还是从第一个方面开始。拉丁语的措辞，精心运用的掉尾句式，雄辩的论说，对自始至终的类比的掌握，贴切的用典，段落的自如展开，所有这些使《金枝》成为风格宏伟的一部惊人持久的典范之作，也就是赫伯特·里德（Herbert Read）爵士所称的英语散文的核心传统的典范之作。[1]这虽然还不是在20世纪占主导地位的风格，但是它显然

① 赫伯特·里德：《英语散文风格》，纽约，1952年版，第186页、第191—193页。——原注

是弗雷泽自己称为“人性的史诗”（an epic of humanity）[①]的那种研究著作所能选用的最为合适的修辞学风格。T. S. 艾略特[②]曾把弗雷泽爵士描绘为“一位非常伟大的艺术大师”，他赞同埃德蒙·古斯（Edmund Gosse）的下述见解：弗雷泽的著作属于那种其内容与形式同等珍贵的作品。

此外，《金枝》还具有另外一种特质，20世纪的许多作家都把它当做值得效法的优点和当代风格的要素而加以推崇。T. S. 艾略特、庞德、劳伦斯和海明威——仅举出几个众所周知的名字——他们每个人都按照自己的方式强调具体化和将外部世界表现得具有视觉画面般质感特征的重要性。他们用某种洛克式的隐喻把视觉的清晰等同于智力上的清晰。庞德甚至走得更远，他坚持认为弗雷泽的重要价值不仅在于“将意义赋予语词的艺术”，也在于“具有当代性的清晰思维”。

如果弗雷泽《金枝》的风格是一种天才的文学成就，一种可以和吉朋（Gibbon）[③]相提并论的成就的话，那么可以发现在它的结构和现代文学的主要作品之间有着某种密切联系。尽管初看起来，《金枝》显示了那种19世纪式的保守的叙述方式，但它实际上拥有的结构特色却吸引着当代作家们急切地从事形式上的实验。弗雷泽有意地避免了对所选事件的纯逻辑的系统性安排，代之以“一种更加艺术化的方式”，以此来“吸引读者”。因此，著作一开始的场面便是内米的祭司和他举行的仪式，这虽然不算绝对重要，但却为行为和信仰提供了一种简单明快的直观形象，这种神秘信仰随着更加重要和复杂的将死之神的出现以及对他们的作用的揭示而变得逐渐清晰起来。有人将《金枝》的这种形式比作严格的奏鸣曲形式。[④]把《金枝》的结构形式视为直接的源头将是富有启发性的，人们不禁想到众多作家表现出来的对音乐形式的兴趣，如艾略特的《四个四重奏》、康拉德·艾肯（Conrad Aiken）的《朝圣》、詹姆斯·乔伊斯的《芬尼根的觉醒》（尤其是第2卷第4部分）、托马斯·曼的《浮士德博士》，还有西特韦尔（Edith Sitwell）的《外观》（*Facade*）以及部分的《田园喜剧》（*Bucolic Comedies*）。

不过弗雷泽本人是按照绘画的方式构思他的著作的。内米的祭司据作者说是处在“画面的前端”，而在画的背景之中拥挤着祭司王、替罪羊、将死之神、巫

---

① 转引自R. A. 董尼：《弗雷泽》，伦敦，1940年版，第21页。——原注

② 艾略特：《关于三位英语作家的预言》，载《空虚展览》1924年第31卷第6期。——原注

③ 吉朋（1737—1794），英国著名历史学家，著有《罗马帝国衰亡史》。——译注

④ H. N. 布瑞斯福德：《论〈金枝〉》，载《新政治家和国家》1941年第21卷，第502页。——原注

师，以及生殖神。事实上，弗雷泽像叶芝那样，是受到一幅真实的绘画作品的启发而写作的，他按照他自己的意图去发展这幅画的蕴涵，解释画的意义。按照弗雷泽的看法，特纳画的内米之美只有当马考来（Macaulay）关于内米仪式的诗体记述得到阐释之后才能获得充分的感受。[①]就这样，《金枝》的卷头插画和开场白便紧紧扣住了全书的中心主题。当他用“间接的框架”和“在光与影之间变幻的戏剧”来描绘他的这部著作时，似乎是一个小小的奇观。或许他要促使读者在翻开书的第一页时就形成一幅内米的“精确画面”。就像叶芝和奥登那样，他奏出了图画与语言的彼此对应的二重奏，以便使两个方面相得益彰，交互说明。像艾略特、庞德和怀特海·李维斯（Wyndham Lewis）一样，他将艺术家的视觉原理带入文学之中。像劳伦斯和弗吉尼亚·伍尔芙那样，就在他创造出对象与背景中的情感的震撼力时，仍然是专心致志的。

在弗雷泽的研究著作与现代诗歌和小说之间的那种音乐的和绘画的类似性虽然令人惊奇，发人深省，但确实是一种实质性的类似，是平行对应地发展的。由此得出的最明显的启示是，弗雷泽的结构技巧在何种广度上预示了20世纪一些重要艺术大师的创作方式？如果这涉及影响的问题，那么可以说这种影响几乎完全发生在意识的大门之外。影响的另外一个更加重要的方面在于《金枝》的非编年式的叙述方法，这也是《金枝》特有的魅力的部分原因。这一方法派生出一部作品，它的结构是由构成现代文学特征的诸多新技巧所创造出来的。对这部作品我们也许可以称做是《金枝》的缩略形式。这是一部匠心独具地安排素材、体现重大主题的作品；它统合起相互冲突的事实和场景，追求戏剧性的效果；它用间接的和迂回的方式表达它的观点；它把人类存在视为一种反复发生的经验之流；它运用反复和重述的方法体现情感和理智的力量；它通过非常有限的和简单的行动创造出人类历史的象征性缩影；它依靠叙述中一整套前后照应的典故和引述将一大堆彼此分离的场面和话题统合为一个有机整体。假若不否认其他方面的创造性贡献，人们会有充分的理由认为《金枝》对于现代文学的形式和模式也作出了非常切实的重大贡献。

在《荒原》《诗章》[②]《桥》[③]和《帕特森》中，素材的系统组织，渐隐的透

---

① 《金枝》开篇一句是：“谁不知道特纳（J. M. W. Turner，1775—1851，英国画家）的那幅题为《金枝》的画呢？画中是内米林中小湖那梦幻似的奇景。”作者从这幅画开始，引出了内米曾流行的古老仪式风俗。——译注

②《诗章》是庞德自1917年至1959年间创作的由109首诗篇组成的一部长诗，内容涉及世界文学、艺术、建筑、神话、经济史、名人传、孔子哲学等，是反映人类成就的现代史诗。——译注

③《桥》是美国诗人克莱恩受《荒原》影响而创作的长诗，作者试图通过横跨纽约伊斯特河的布鲁克林桥象征整个美国的机器文明。——译注

视画面，全景式的范围空间，深沉与琐屑的组合，伤感情调和异乎寻常的构想，这些都是《金枝》所运用过的同样的技巧。与此类似，人们不禁又想到乔伊斯，他同弗雷泽一样，通过细节的选择和场景的安排去传达思想观点，而不是用明确声明的方式，这种技巧在当代文学中得到广泛的应用。在此种技巧背后潜在的那种非人格化的艺术原则通常都是与乔伊斯和艾略特相联系的，在弗雷泽那种平静的、公正的、超然独立的学术文风中可以看到相似的原则。他遵循这种非人格化原则可以观照人类整个历史，发现这历史不过是无数荒唐事件的记录，同时眼看着自己的理论的毁灭而泰然处之。

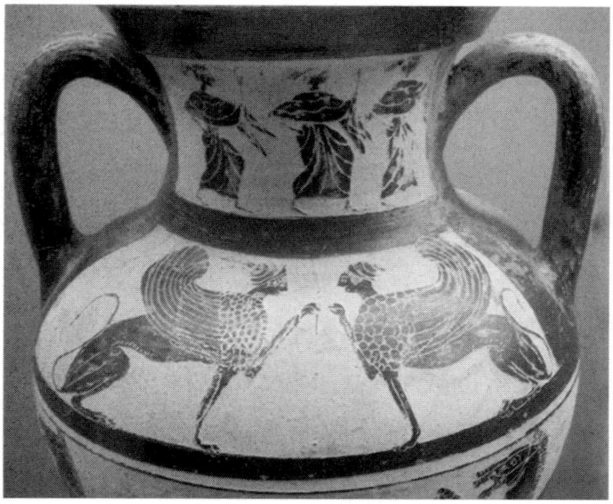

希腊陶瓶上的斯芬克斯造型

更为惊人的一点是现代文学对于生命、历史和文化的循环理论的迷恋程度。《幻景》[①]和《菲尼根的觉醒》都以极大的关注和大量的细节去表现这一观念，正像《金枝》所表现的那样，后者不仅用一个诞生、发育、死亡和复生的模式将天文学的、植物的和人类的世界联系起来，而且用内米的神秘的小树林作为起点和归宿，把循环观念表现得首尾圆贯。当弗雷泽追溯这个循环模式时，他采用的方式是事例的重复和假说与推论的重申。这样做的效果不仅在于加深印象，使主要观点不至于被忽略，而且在于让读者真切地领会其深刻的含义，激发他们进一步思考和联想的能力。这虽然无疑是对小说写作的实际过程的一种特殊的和个人化的态度，但像劳伦斯这样的作家却也在创作中获得了同样一种效果：他在《虹》和《羽蛇》等作品中使用了近乎是仪式般重复的描写段落。像乔伊斯和艾略特那样，劳伦斯也发现平凡的日常事物象征性地表现着人的生命过程。对于这些作家来说，正像对于弗雷泽一样，收获、做爱、替他人受罪、从事日常生活中的低贱工作，所有这些都以不同的方式反映着可以被认为是生命之本质的东西。为了传达这种复杂的本质，诸如《荒原》《尤利西斯》《菲尼根的觉醒》和《阿纳梅塔》这样一些作品，如同《金枝》所做的那样，在极大程度上

① 《幻景》是爱尔兰诗人叶芝的诗作。——译注

依赖于一种多重系列的交叉引述和典故，用它们来不断地强调所有时间的当代性。

在《金枝》和现代文学之间存在的这些风格上的和结构上的密切关系足以说明，即使弗雷泽的著作没有被直接地模仿，也没有被有意识地用作素材来源，它仍然对创造性的艺术家们发挥了影响作用，这是由于它所展示出的想象和技巧的缘故。带着这样一点认识，下面将讨论的是我所称为《金枝》成功的文学原因的最后一个方面。尽管以上简述表明了为什么是弗雷泽而不是法奈尔或库克或赫丽生女士[①]或克劳利（Crawley）或哈特兰德（Hartland）成为将比较宗教学引入文学的先驱者，以及弗雷泽怎样获得了文学方面的成就，但是仍有一个问题尚未解决：为什么《金枝》是他所有著作当中的出类拔萃之作呢？答案在于《金枝》的文体或文学模式。就实质而言，《金枝》以客观研究的形式所表达出来的不是一种事实的提要，而是一部宏大的探求传奇。正是这样一种基本上的原型性的考虑，可以揭示《金枝》对文学的影响并非出于偶然，而是必然的和不可避免的。如果将《金枝》的开头同《旧约民俗》《原始宗教中的死者恐惧》或《关于火的起源的神话》[②]的开头加以比较，便可看出在前者之中有着比一般的论说性写作多得多的东西，而后者却是直接地、平淡无奇地道破主题的：

> 细心的读者在读《圣经》时大都不会错过《创世记》第一章和第二章中关于造人的两种记载之间的分歧。
>
> ——《旧约民俗》

> 人们普遍相信他们的意识的存在并不会随着死亡的到来而终止，它会持续到某个不确定的时刻或者永存下去，远远超过负载着它的脆弱的肉体躯壳腐烂在尘土之后。
>
> ——《原始宗教中的死者恐惧》

> 在人类的所有发明中，取火方法的发现也许是最值得纪念和最具有深远意义的一个。这一定得上溯到极远的远古时期，因为没有一个原始部落不使用火或不懂得取火方法。
>
> ——《关于火的起源的神话》

然而，在《金枝》里，修辞的设问，头韵的运用，典故、隐喻和倒装的技巧，所有这些都被用来创造一种天才的文学经验，对此，《菲尼根的觉醒》的作者乔伊

① 赫丽生是英国古典学家，著有《古代的艺术与仪式》《希腊宗教研究绪论》等。

② 《旧约民俗》：纽约，麦克米兰公司 1918 年版，第 1 卷第 3 页；《原始宗教中的死者恐惧》：纽约，麦克米兰公司 1933 年版，第 1 卷第 3 页；《关于火的起源的神话》：纽约，麦克米兰公司 1930 年版，第 1 页。

斯会称做“人类学诗学”（anthropoetic）的经验：

> 谁不知道特纳的那幅题为《金枝》的画呢？那是内米林中小湖的梦幻般的景象。——古人把它称为“狄安娜的明镜”。画中闪烁着想象的金色光辉，特纳凭借这想象将自己的神圣灵魂渗透到最美妙的自然景观之中。没有一个人看过那被镶嵌在阿尔巴群山中绿色洼地里的宁静的湖水之后会忘记它。那两座沉睡在湖畔的具有意大利特色的村庄和同样意大利特色的宫殿（它的阶梯式花园一直坐落到湖边）并没有打破画面的静谧乃至孤寂。狄安娜女神大概依然徘徊在那幽静的岸边，出没在那林中荒野。
>
> 在古代，这个风景秀丽的地方却是一种奇特的悲剧反复重演的场所。为了确切地理解这悲剧，我们必须尝试在我们的心中构成悲剧发生的地方的精确图景，因为正像我们将在后面看到的那样，在那个地方的自然之美和在该地时常发生的以宗教为假面的黑色罪恶之间潜存着某种微妙的联系。那些罪恶在经过了许多世纪的流逝之后依然给这宁静的林地和湖水罩上一种悲哀之感，犹如在“没有一片树叶枯萎”的明媚的9月中的一天吹来了寒冷的秋风。
>
> ——《金枝》第1卷，第1—2页。

认识到《金枝》在写作上比他的其他著作更为精心也更富有想象力（《自然崇拜》中的某些段落和他编辑的《鲍塞尼阿斯》可以视为例外），这本身并不足以使《金枝》成为一部传奇，而不是我们总以为的那样一部百科全书式的论著。在它和传统的传奇作品之间，大多数读者都有某种察觉的那一明显的联系已由庞德的评论作了恰当的说明。

假如我们记得《金枝》是诺斯洛普·弗莱（Northrop Frye）所说的“置换”（displacement）原则的一个实例，那么便可以看到某些附带的特征，这些特征使《金枝》成为传奇，同时也能说明它的影响力。①首先，同中世纪的传奇一样，它明显地表现出一种探求——在此是一种试图发现内米的森林王即狄安娜的祭司所观察到的仪式的意义的探求。仅此一个事实便可说明弗雷泽在现代文学中的潜在作用，因为艾略特对救赎的探求，乔伊斯对父亲的探求，劳伦斯对黄金时代的探求，叶芝对埋藏的珍宝或隐蔽的神秘的探求，还有西特韦尔夫人对净化

---

①弗莱：《批评的解剖》，普林斯顿大学出版社1957年版，第136—137页、第365页。——原注

的探求都已在《金枝》中预示了出来。由于弗雷泽从开篇就申明了他的探求并且在终止叙述前结束了探求，所以他并未因袭纯粹的传奇写法：把探求作为主要的冒险行为，并用一系列较小的事件作为先导，使探求构成整个故事的高潮。弗雷泽用以一个次要的现象作为开端和结尾的办法，将传统的内在程式加以改制，逐渐地向他所处理的中心经历逼近，那就是受刑与复活。由此而达到的效果对于现代文学来说具有极大的启示作用。

弗雷泽不再强调情节和叙述的连贯性，这一点与许多现代小说的写法相类同。这种类同在下述倾向中体现得最为充分：作者将高潮和中心的、关键的经历同时安排在几乎完全没有行动的发现或揭示的事件中。这样一来，那种可以称为“重要的非重要情境或事件”（the important unimportant situation or event）的观念就成了《金枝》的构成原则之一，这也成为当代短篇小说的主要技巧之一。

对传奇模式的这种改造对于现代文学还提供了另一种重要启示。就主题而言，由于读者追随着一系列暗示的踪迹和艺术地表达的不完全的信息流，主题便是由不断增加的意义所构成的。正如弗雷泽几乎通过全书扩展着“发现”（anagnorisis）[①]，《喧哗与骚动》《押沙龙，押沙龙》，亨利·詹姆斯的主要小说作品以及《亚历山大四重奏》也都遵循着同样的原则。就结构而言，对传奇模式的改造提供了一种由破碎的断片逐渐形成的模式的观念。这种观念建立在搅乱透视焦点的基础之上，透视焦点让我们离场景太近，或是使我们被细节所淹没。搅乱焦点之后，只有当我们向后站并考虑到作品整体时，内在模式方才呈现出来。这方面易于联想到的例子是《菲尼根的觉醒》《诗章》和多斯·帕索斯的《美利坚合众国》。弗雷泽不论在主题上还是在结构上都完全达到了同样的效果，我们读他的《金枝》时不得不跟随着他穿过那一大堆巫师的魔法、禁忌的种类和灵魂的冒险故事，直到在第 4 卷和第 5 卷中遇见他的中心论题之一——神的死亡与复活。由于艾略特以这两卷而不是其他卷作为基础，他在《荒原》中表明了他对《金枝》的理解和把握要比对罗纳得·博特拉尔（Ronald Bottrall）的《火的节庆》的把握深刻得多。

我们知道传奇的探求有三个阶段（冲突、死亡、发现或结局），这种三重结构又体现在许多其他特征中。探求涉及两个中心人物（主人公和敌手），次要人

① 希腊文，意为“认识”、“发现”。亚里士多德《诗学》第 11 章指出，悲剧情节有两个本质的组成部分，一是“突转”，二是“发现”——指从不知到知的转变，如俄狄浦斯王发现自己的身份。——译注

物轮廓简单而模糊。探求最常见的目标是屠龙和取宝。[1]现在看起来，《金枝》不仅拥有作为主导特征的探求母题，而且还展示出了传奇的上述所有特征，尽管其表现方式与在《波西佛》《波累斯佛斯》或《加文与绿衣骑士》中有明显不同。

与中世纪传奇有别，《金枝》并不体现封建社会的君主制理想，但它确实表达了在达尔文之后的19世纪晚期英国的理性主义社会思潮中占主导地位的价值观念。理性和真理对弗雷泽来说有如神秘之爱对范·斯特劳伯格，武士荣誉对克里斯坦，或基督教信仰对范·埃斯陈巴赫那样重要。于是，《金枝》的真正英雄或主人公实际上是探索未知的道路以求揭示有关人类生活方式的新的未知事实的文明开化之心。简言之，主人公就是弗雷泽自己。

弗雷泽的探求亦具有必要的三阶段。对三重形式的次要的改变乃是《金枝》的三大主题（巫术与神圣王权、禁忌法则、将死之神的神话与仪式）。至于探求阶段本身，总是伴随主人公与敌手之间扩展的冲突而展开。在《金枝》中，冲突在于同人类的信仰和习俗作斗争。虽然理性与信仰或宗教与科学的冲突可能是无止境的，但《金枝》却在想象中达到了第二个探求阶段，表现某一斗士的死亡。在此，战胜者被表现为弗雷泽称做迷信的那种传统与信仰的代表。很难精确地说这发生在全书中的哪一点上，不过把它确定在第9卷中关于“耶稣受难”一段也许不至于差得太远。弗雷泽把耶稣之死表现为一位在西亚广为人知的神的一年一度的代表，一种处死神王的野蛮迷信的众多牺牲者中的一员。弗雷泽在此同尼采站在了同一战线上，因为在他对神之死的解说中，他正在处死他的作为神的敌手。至于第三个阶段，即发现、颂扬和结局的阶段，恰恰无误地发生在整个研究的倒数第二章。至此，弗雷泽终于发现了金树枝与槲寄生之间的关联，这使他能够通过建立对埃涅阿斯、巴尔德尔和内米的森林王的英勇业绩的发生学解释，圆满地结束他的探求。在这里，弗雷泽实际上已经获得了对他自己作为一个完成大任的英雄的颂扬，而且还借他的同代人与下代人共同确证了他的发现。

从传统角度看，传奇的三阶段探求指向杀死巨龙和发现被埋藏的宝物。当我们转向《金枝》时，遇到了作为传奇标志的足够的龙和珍宝，但这些似乎并非我们要找的东西，因为它们的存在与我们的主人公弗雷泽爵士没有直接的、积极的关联。对此弗莱的见解提供了有益的线索：迷宫乃是龙或妖怪的意象。[2]人

① 《批评的解剖》，第186—202页。——原注

② 《批评的解剖》，第190页。——原注

陕西长安县出土唐代镇墓人面兽

们看到《金枝》围绕其特殊主题而不断转圈子的技巧之后便会清楚意识到，这是一个巨大规模的复杂的迷宫。很显然，《金枝》背后的那个神话——也就是众多神话之下的那个神话——是忒修斯与弥诺陶洛斯的神话①。由此看来，理性英雄弗雷泽所要杀的妖怪乃是无知本身，其原型形态是由过去的和现代的仪式风俗、远古神话与现代民间故事所构成的半人半兽。弗雷泽的报偿不只是对谎言和迷信的摧毁，而且还包括获得深藏在迷宫中的宝物。因为对像弗雷泽这样的学者来说，财富的理想形式便是秩然有序的知识和智慧的启迪。

关于《金枝》作为一部置换变形了的探求传奇，还有许多可说之处。我们面临的最后一个未决的问题是：即使《金枝》真是探求传奇，那又如何解释它对于现代文学的重要意义呢？答案显然会包括这样一些重要方面：它的探求母题，宗教意义，还有原型象征。不过，现代文学还以其深沉的反讽态度而著称，这对于传奇的理想化世界显得有些陌生。这一点把我们带回到前述特征问题——《金枝》的风格与结构。无疑的是，纯粹的传奇与反讽无缘；不过与我们在时间上最接近的一些传奇作品如霍桑或赫德森的作品，常常带有相当明显的混合反讽。《金枝》也不例外。弗雷泽把阿那托尔·法朗士和恩斯特·勒南当做散文大师不是没有理由的。

我们的一位最敏感的批评家已经指出乔伊斯运用了勒南对反讽和怜悯的结合，这一点同样适合于《金枝》。②它以内米“梦幻般的景象”开篇，在那描写的魅力之中表达了对发生在那里的人类愚蠢行为的悲怜。随后便立即变了调子，转入一种复合的以人与神的关系为基础的反讽。

同作为整体的现代文学一样，弗雷泽的反讽始于现实主义，带着对人类愚行

① 弥诺陶洛斯是希腊神话中人身牛首的怪物，住在迷宫中，后被英雄忒修斯所杀。——译注
② 哈里·列文：《詹姆斯·乔伊斯》，新方向出版社 1941 年版，第 217 页。——原注

的扭曲的认识，把它拓展到对一些人的神话处理中，这些人模仿神灵，为社会的需要而牺牲，通过不正当的手段获取权力并掌握关于大众心理的知识，又贬低自己以求服从一个比他们更伟大的人物。假如我们把哈代、赫胥黎、劳伦斯和乔伊斯视为现代反讽的典型范本，那么就能看到《金枝》如何综合了他们的宿命观、愤怒、怀古幽思和冷峻超然，并将这些因素统一到对社会固有的知识的百科全书式的观照之中。事实上,《金枝》成了 20 世纪文学最重要的作品，因为它以对理想事物的传奇式探求的形式，带着在神圣的神话与人类习俗之中的反讽张力，为人类学研究奠定了现实主义的基础。所有这些加在一起使它成为论说的原型，并因此而充当了现代文学的母胎。

（本文译自维克里著《〈金枝〉的文学影响》一书第四章，美国普林斯顿大学出版社 1973 年版）

叶舒宪　译

艺术与仪式

［英］J. E. 赫丽生

本文选自《古代的艺术与仪式》（*Ancient Art and Ritual*）第 1 章，1927 年英文版。作者赫丽生（Jane Ellen Harrison，1850—1928）是英国女学者，古典学家与宗教史学家。生于约克郡的科腾罕姆，先后就学于剑桥大学的契尔特讷姆学院和纽讷姆学院。1880 至 1898 年间任职于伦敦大英博物馆，以对古希腊宗教和艺术的研究著称，先后获英、美诸大学名誉学衔。1900 年起在剑桥大学纽讷姆学院任教。主要著作有：《希腊宗教研究绪论》（*The Prolegomena to the Study of Greek Religion*，1903），《文学艺术中关于奥德赛的神话》（*Myths of the Odeyssey in Art and Literature*，1882），《忒弥斯女神：论希腊宗教的社会根源》（*Themis*：*A Study of the Social Origins of Greek Religion*，1912），《古代的艺术与仪式》（1913），等等。赫丽生深受人类学家弗雷泽的影响，专注于希腊文学艺术的社会和宗教起源研究，成绩显著，开启了英国古典学和研究中的“剑桥学派”。在本文中，作者试图从对古代宗教仪式的剖析入手重新建构艺术起源的理论。针对柏拉图以来的“模仿说”，她指出，艺术和仪式一样，都含有模仿的成分，但也都“并非由模仿而来”，它们共同出自一种人性的冲动，即通过创造所希望的实物和行动来表达出强烈的内心感情或愿望。尽管她所涉及的材料实际上主要在于戏剧艺术的起源方面，因而所得出的推论未免有以偏概全之嫌，但她所倡导的研究方向却沟通了文艺学和人类学两大学科领域，对于神话—原型批评观念的形成起到了促进作用。

读者看了这个书名，会觉得它奇怪，甚至觉得不协调。艺术与仪式有什么相干呢？现代人想来，做仪式的人过于关心固定的礼仪形式，执行教会或教派严格制定的宗教仪式。另一方面，一提到艺术家，我们就联想到思想自由，行动不受习俗束缚，性格奔放不羁等等。艺术与仪式今天已经分了家，这倒是真的；可是这本书的题目是经过考虑才选定的。目的是想说明这两个分家了的产物本出一源；去掉一个，另一个便无法了解。一开始，人们去教堂和上剧院是出于同一个动力。

这种说法今天听来有点似是而非，甚至对神不敬。然而对公元前 6 世纪、前 5 世纪乃至前 4 世纪的希腊人来说，却是简单明白的事情。要想明白这个道理，我们最好在举行狄奥尼索斯①的盛大春节的那一天，跟一位雅典人一起上剧院去看看。

我们这位雅典公民跨进位于街城南面的剧院的大门，就来到了圣地。他进入了 temenos②，或者说境区，这个境区与一般的土地“割离”开来，是专献给神的。他靠左面走，左面有两座相邻的神庙，一座建立较早，另一座是后建的，因一座神庙既经建成，就变为不可侵犯的了，要拆掉它是万不得已的事情。他进剧院，用不着花钱买票；他来看戏是一种敬神的行为，从社会的观点看，是一种义务，因此看戏的钱是由政府替他出的。

所有的雅典公民都能进剧院，不过普通人不敢坐在前排。只有前排的座位才有靠背，这排正中的座位是扶手靠背椅；全部前排座位永远是定座，这不是为了个别坐得起“包厢”的阔人而设，这是固定给某些政府长官，而这些长官全都是僧侣。每个座位都刻着物主的名字；中间的座位刻着圣区的神“厄琉忒柔赖·狄奥尼索斯③的祭司”，他旁边是“戴桂冠的阿波罗④的祭司”，再旁边是“阿斯刻勒庇俄斯⑤的祭司”和“奥林比亚宙斯⑥的祭司”，前排这半圈都是这样。这好像皇家教堂里，主教坐在牧师座位的第一排，坎特伯雷大主教坐在第一排的正中。

---

①酒神，狄奥尼索斯是掌管农业的神。为了祈祷和庆祝丰收，每年要举行两次酒神祭祀。从公元前 7 世纪开始，这种祭祀已流行于许多城市。庇士特拉妥执政期间（公元前 560—前 527 年），雅典的酒神祭祀开始由政府举办，成了全民性的节庆，到了公元前 5 世纪，这种祭祀更为隆重了。——译注

② 希腊文，意即神圣的境区。——译注

③ 厄琉忒柔赖，位于阿提刻（Attic）与玻俄提亚（Boeoria）之间。希腊文是 Eleulherai，第二格成-reus。——译注

④ 阿波罗，太阳神，宙斯的儿子。他掌管的方面很多，其中之一是音乐歌唱、是缪司的领袖，因此“戴桂冠”。——译注

⑤ 阿斯刻勒庇俄斯，掌管医药治病的神。——译注

⑥ 宙斯是奥林比亚众神之王。——译注

雅典剧院不是天天晚上都有演出，也不是每天白天都有演出。只有在冬春两季狄奥尼索斯节日的高潮中才有戏剧演出。这又像现代剧院只在主显节和复活节开放一样。我们现代人的习惯，至少是新教的习惯恰恰相反。我们的倾向是大的宗教节日中，剧院不是开放，而是关门。还有一点相反的是观看演出的时间。我们做完了一天的工作，晚饭后上剧院，或者至多下午看两个小时。我们把看戏当娱乐。希腊剧院太阳一升起就开放，人们在这一整天都把精力奉献给激昂的宗教节日。举行酒神大节的五六天里面，整个城市都处于罕见的敬神情绪之中，还有所禁忌。扣押负债人是非法的，哪怕轻微的人身攻击也算亵渎圣明。

最使人难忘、心旷神怡的是演出前夕的仪式。火光照耀下，人们排着盛大的行列，抬着酒神狄奥尼索斯的偶像来到剧院，放在合唱队歌唱的地方。还有，酒神不是人的形状，而是动物的形状①。雅典人中挑选出来的正值青春的青年——epheboi②——把一头极好看的公牛护送到圣区。牛应该“配得上神”，这是特别规定的；其实我们不久便能看到，牛是神的最初化身。这又像是现代剧院一样，里面站着救世主的神像，写着“一切奉献给我们，为我们服务，我们为上帝服务”，救世主旁边放着逾越节的羔羊③。但是我们碰到奇怪的事了。剧院由神掌管，上剧院表示向狄奥尼索斯礼拜，可是戏一开始，四次中倒有三次，我们听不到狄奥尼索斯的名字。我们看到的，可能是阿伽门农从特洛亚归来，克吕泰涅斯特拉伺机杀死他，俄瑞斯忒斯因此而复仇，④也可能是淮德拉向希波吕托斯求爱⑤；也许是美狄亚的憎恨，杀死亲生儿子⑥……这些故事都很优美，也许还有道德教育意义，不过我们却感觉不到宗教气味。虔诚的希腊人自己有时候埋怨：他们看的戏“同狄奥尼索斯毫不相干”。

既然戏剧打一开始便是宗教性的，起源于仪式，那么结果怎么会成了十分严肃的、悲剧性的而又纯粹是人情的艺术了呢？演员都穿上举行仪式时所穿的祭服，像参加厄琉西斯⑦祭谷神的神秘仪式的人一样。那么，他们为什么不举行宗

---

① 狄奥尼索斯原是一头牛，象征力量与生殖力，参看欧里庇得斯的《酒神的伴侣》。——译注

② epheboi，希腊文，刚成人的青年，年为 18 岁。——译注

③ 基督教举行逾越节（或复活节），要把一只小羊献给上帝。——译注

④ 以上是埃斯库罗斯的悲剧故事，即《阿伽门农》的三部曲。——译注

⑤ 欧里庇得斯悲剧《希波吕托斯》。——译注

⑥ 欧里庇得斯悲剧《美狄亚》。——译注

⑦ 厄琉西斯，位于雅典西南方，以务农的得墨忒耳神闻名。希腊人每年在那里举行一次仪式。——译注

教仪式，也不演男神女神的戏，而只扮演荷马的男女英雄呢？希腊戏剧最初仿佛给我们提供了一个线索，用以说明仪式与艺术的真正的关系，却中途停止了，像是在最紧要关头背弃了我们，把问题留下来由我们自己解决。

我们如果只有希腊这种仪式和艺术，那是会失望的。希腊这个民族创造想象的能力如此敏捷，他们甚至会模糊问题，追溯不出根源。他们高耸云霄的城堡如此美丽奇妙，分散了我们的注意力，叫我们不去追根究底。只靠希腊思想的领域，希腊神话和宗教的起源的问题，几乎没有一个已经获得解决。拿戏剧来说，他们的仪式这样迅速而又彻底地变成了艺术，我们如果手边只有希腊的材料，就永远不能区别出转变的地方。好在我们并不局限在希腊天堂的范围之内。我们有更广阔的天地。我们的题目不只是希腊，而是古代的艺术与仪式。我们可以马上看看埃及的情况，埃及人的智力发育比希腊人迟缓些，我们可以看一看他们的缓慢的、但对我们更有教益的过程。对于研究人类思想发展的人来说，普通的、甚至愚笨的孩子常常比异常聪敏的孩子更能说明问题。希腊与我们太相近、太先进、太现代化了，为比较的目的反倒没有什么用处。

埃及所有的神祇中，可以说古代所有的神祇中，没有一个神像奥息里斯[①]活得那样长久，发生这样深远的影响。死而复生的那类复活神当中，他算是一个典型。在阿比陀斯[②]盛大的神秘剧中，年年表演他的受折磨、死亡和复生。在那个神秘剧中，首先表演他的希腊人所谓的 agon[③]，他同敌人赛脱的斗争；然后表演他的 Pathos[④]，他的受折磨，或者是垮台和失败，他的受伤、死亡和埋葬；最后表演他的复活和“相认”，他自己或者他与独生儿子荷鲁斯的 anagnorisis[⑤]。这个三重性故事的意义，我们底下再研究；这里有关的是：这个故事的表演既是艺术又是仪式。

奥息里斯的节日中，小神的偶像是用沙和种植蔬菜的泥土捏成的，面颊涂绿色，脸涂黄色。这些偶像的模型都是用纯金铸成，把神当成木乃伊。在乔亚克那月第 24 天太阳下山后，奥息里斯的雕像被放到坟墓里，用来代替前一年放入

---

① 奥息里斯，埃及太阳神，掌管光明、农业、洪水等。他到外地旅行，回到埃及后，被弟弟泰丰杀死，身体被切成 14 块，撒在尼罗河中。后被他妻子救活，并与儿子荷鲁斯一起打垮泰丰。——译注

② 阿比陀斯是埃及地名，位于尼罗河西岸，那里有奥息里斯的神庙。——译注

③ 希腊文，斗争。——译注

④ 希腊文，痛苦灾难。——译注

⑤ 希腊文，相认。例如欧里庇得斯悲剧《厄勒克特拉》中，兄妹分离之后再相认，是希腊悲剧中常见的情节。——译注

的雕像。再看看其他形式，这一切仪式的意图便可了然。节日开始时，举行耕种和播种的仪式。田地的一头种大麦，另一头种小麦，另有一部分种亚麻。这一切进行的同时，主祭司吟诵“撒种”仪式的次序。神的“园地”像一只大壶，先放进沙和大麦，再用一只金瓶装上尼罗河发洪的新鲜活水，倒在神的“园地”里，这样大麦才能生长。这象征神埋葬后的复生，“因为园地的生长就是神祇的生长”。

神的死而复生，和同时进行的土地开花结果，就是这样用仪式表现出来的，但它也是一清二楚、毫无疑问地用艺术来表现，这就接触到我们的本题。在菲拉岛伊希斯[①]的大庙里，有一间房专献给奥息里斯。这里用画来表现死了的奥息里斯：他的身上长出麦穗，一个祭司用水壶灌浇正在生长的麦秆。画上的题铭是这样的：“这是你不能直呼其名的神秘的奥息里斯之像，他在活水中生长。”在乔亚克月里，还有一种表现仪式：泥土捏成的神像和谷物都被埋起来。当神像被拿出来，人们看到谷物真的在神身上发芽了，正如弗雷泽博士所说，这种谷物发芽将“被人们当做吉兆来欢呼，还可以说当做庄稼生长的原因来欢呼”。

更为生动的是邓得拉[②]表现复活的半浮雕像同伟大的奥息里斯神像。这儿，神最初被雕刻成木乃伊，身子包裹着，平躺在尸体台上。慢慢地他直起来了，那种姿态是体操里不可能做到的，最后他从一只碗——也许是他的“园地”——上站立起来，不是笔直的，显现在伊希斯施展开来的翅膀中间，他面前有一个男子雕像拿着 crux ansata[③]，即“有柄的十字架”，埃及的生命的象征。在仪式中人们所向往的复活是表演出来的，在艺术中再现出来。

没有人能说这些半浮雕像不是艺术。在埃及，我们有一个十分清楚的例子——只不过是许多例子之一 ——说明艺术与仪式不能分离。装饰埃及坟墓庙宇的无数浮雕像只不过用石头来表现宗教仪式。我们将看到，这是我们的论点里重要的一点。古代的艺术和仪式不但联系密切，相辅相成，而且我们将看到，它们实际上出于同一的人性的冲动。

死而复活的神当然不止是埃及，世界上许多地方都有。当以西结“到耶和华殿外院朝北的门口”时，他看到“在那里有妇女坐着，为塔穆斯哭泣”。[④]这一

① 伊希斯，埃及女神，奥息里斯的妻子，掌管土地农业；菲拉是尼罗河一岛名。——译注
② 或译作丹得拉斯，古埃及一村庄，位于尼罗河岸。——译注
③ 拉丁文，丁字形十字。——译注
④见《旧约·以西结书》第 8 章第 14 节。——译注

“大可憎的事”是犹大家从巴比伦带来的。塔穆斯就是 Dumuzi，即“真正的儿子”，或者更清楚些，是 Dumuzi absu，“河水的真正儿子”。他同奥息里斯一样从洪水里诞生，在炎热的夏天去世。在弥尔顿假神的行列里：

下一个是塔穆斯，

他每年受伤在黎巴嫩

叙利亚妇女为他哀悼

夏天唱着恋爱的曲调。①

塔穆斯在巴比伦是易士塔的年轻恋人。每年他都死去，到地底下去，到尘土和死亡的地方，“这个地方去了就不得生还，这是黑暗的房子，门和插销上满是尘土”。女神跟他一起去，她在地下的时候，地上一切有生命的东西都没有生命了，花不开了，不论动物还是人都不生育了。

我们所知道的“真正的儿子”塔穆斯还有一个称号：阿都尼斯王或者皇。阿都尼斯的仪式是在盛夏举行的。这是确实的，可以回顾的。正当雅典舰队得到不幸预兆开往西那库斯②的时候，雅典街道上挤满了送殡的行列，到处可以看到死去了的神的偶像，充满了妇女哭泣哀悼的气氛。③修昔底德没多描写这件巧合的事情，但是普鲁塔克告诉我们，重视兆头的人们因同胞的命运满怀忧虑④。在迦南天国⑤的“王”阿都尼斯举行葬礼的日子出发远征，正像在天主教的“主”的受难日星期五开航一样倒霉⑥。

在夏天举行的塔穆斯和阿都尼斯仪式是死的仪式，而不是复活的仪式，强调种植作物的枯萎死亡，而不是生长。道理很清楚，立刻可以说明。这里我们只需注意：在埃及为奥息里斯举行的仪式中，艺术与仪式的成分一样多，在巴比伦和巴勒斯坦的塔穆斯和阿都尼斯的宴席中，一般通行的是仪式，而不是艺术。

现在我们研究另一个问题。我们已经看到：不但在希腊而且在埃及和巴勒斯坦，艺术和仪式是紧密相连的。它们紧密的程度使人怀疑它们是否同出一源。现在我们要问：把艺术与仪式如此紧密联系起来的是什么东西？它们的共同点究竟在哪里？它们是不是出于同一的冲动？如果是的话，为什么发展起来竟如此

---

① 见弥尔顿《失乐园》卷1。——原注

② 古代西西里岛上最富有、人口最多的城市。——译注

③ 指公元前415年5月雅典舰队进兵西西里。——译注

④ 见《希腊罗马名人传》中“尼细阿斯”章。——译注

⑤ 迦南，古代地名，今巴勒斯坦西部地区。——译注

⑥ 耶稣死在星期五，是不吉利的日子。——译注

古埃及王陵中的蜥蜴与鸮浮雕

迥异呢？

如果我们想一想我们所谓的艺术是什么意思，我们所谓仪式——更细致些——又是什么意思，那就很清楚了。柏拉图在《理想国》中告诉我们，艺术是模仿；艺术家模仿自然物体，根据他的哲学，这些物体本身，不过是更高理式的复制品。①艺术家所能做到的是复制复制品，拿一面镜子照自然；照柏拉图的话说，他旋转镜子，照出“太阳、天空、大地和人”，每件东西，一切东西都照得出来。从来没有一个如此虚假、如此糊涂的说法，而又包含了这么多的真理，我们分析了仪式之后，才能把这个真理弄清楚。但是首先要抓住这一虚假性，它之所以更为重要，是因为柏拉图的误解今天仍然改头换面地存在。一位画家不久以前这样地说明他的艺术：“绘画艺术是运用颜色在平面模仿实物体的艺术。”一个令人遗憾的终身事业！也许今天已经没有人把艺术看成自然的近似的、现实的复制品了，至少照相术已经粉碎了——即使还未砍死——这种错误想法；但是许多人仍然把艺术当成对自然的一种改进，或者说把它“理想化”。他们认为艺术家的本分是向自然拿取启示与材料，由此来制造一种自然的改写本。也许只有研究了那种与仪式有嫡亲关系的根本的艺术形式之后，我们才能看出这种理解错误到什么程度。

拿我们刚才谈到的奥息里斯的绘画为例，木乃伊从他的尸体台慢慢地直起来。这儿难道还有人坚持说艺术复制现实或者模仿现实吗？不管这幅画有多大的现实性，它所表现的东西是想象出来而不是实际存在的。从来没有奥息里斯这样的一个人，即使有，那么变成木乃伊之后，也不可能从坟墓里爬起来。这里不存在事实的问题，不存在复制事实的问题。而且，即使有，为什么人们希望去复制自然的事实呢？整个的“模仿”的理论——理论及其所含的真理成分，实际上错在没有运用适当的动机来考虑广泛存在的人类精神。很可能正因为缺

① 见《理想国》第 10 章。——原注

乏这一动机，使其他的理论家采用艺术是理想化这一观点。他们认为，具有可饶恕的乐观精神的人希望改良自然。

新几内亚神话宇宙图，摄于荷兰莱顿人类学博物馆

现代科学遇到像艺术起源一类的问题的时候，不再含糊推测艺术可能如何产生，而是要调查出艺术是怎样真的产生的。从未开化民族中已经收集出关于他们艺术的丰富的材料，这种艺术太原始了，我们甚至会犹豫称不称它为艺术；在这些不成熟的做法之中，我们能够追溯出神秘的动机的源泉，这些源泉像当时一样在今天仍然推动着艺术家的创作。

黑柯尔的印第安人担心极热的太阳会造成旱灾，便拿一只泥制的圆盘，在盘子一面上画着父亲太阳的“面孔”，四周画上红的、蓝的和黄的光线，他们称之为太阳的“箭”，因为黑柯尔太阳神像福伊鲍斯·阿波罗[①]一样，把箭当做光芒。圆盘的另一面，画着太阳经过天空的四个部分。一个巨大的十字架状的人形，中间有圆圈代表中午，这些象征着太阳的路程。边上是蜂房状的假山，这表示地球上的山岭。山岭周围红、黄小圆点是种庄稼的地。山岭上的十字符号表示金钱财富的意思。有些圆盘上还画着鸟和蝎，有一只还画上弯弯曲曲的线条表示雨。这些盘子留献在神庙的祭台上，于是一切平安无事。在我们看来，这种意图可能不大清楚，但是一个黑柯尔印第安人是这样理解的：“父亲太阳带着盾（或者“脸”）和箭从东方升起，给黑柯尔人带来金钱财富。他的光芒射出的热和光使得五谷生长，但是人们要求他不要晒散集结在山岭上的云层。”

① 福伊鲍斯，太阳神阿波罗的绰号，是光明的意思。——译注

这是艺术还是宗教仪式？都是，都不是。我们能区分什么是祷告形式，什么是艺术作品，不会把它们混淆起来；然而黑柯尔人追溯到更早的事情，追溯一种表现。他说出话，表示他对太阳的想法，对太阳的感情和与太阳的关系，如果说“祈祷是灵魂真诚愿望”，那么他就描绘出了一种祈祷。相当令人好奇的是同一想法来自古希腊字“祈祷”，euché[①]。希腊人需要“救世主”狄俄斯居里兄弟[②]帮助的时候，就雕他们的像，要是水手的话，就加上一艘船，下面刻上 euché 这个字。这不是从“许愿”开始的，这是他们强烈的内心愿望的表现，这是雕刻出来的祷告。

于是仪式也包括模仿了，但并非由“模仿”而来。它想再创造一种感情，不是再制造一个实体。我们以后将讲到，仪式实际上是一种固定不变的行动，这种行动虽然不是真正可行，却还没有完全同实际做法割断联系，只是对真正实际做法的回忆或者预示。希腊人称之为 dromenon，“一件做了的事情”，虽然不尽相同，却也吻合。

实质上，艺术的动力和源泉，不是那种想复制自然的愿望，也不是想改进自然的愿望——黑柯尔印第安人把精力花在这样无结果的努力上，并非无的放矢——而是一种艺术与仪式同享的冲动，是想通过再现，通过创造或丰富所希望的实物或行动来说出、表现出强烈的内心感情或愿望。奥息里斯的艺术与仪式的共同来源是举世都有的、深切的愿望：但愿那看来是死的自然能复活起来。这个共同的感情上的因素使得艺术和仪式在一开始就密切得无法区别。首先两者都从复制一个动作开始，但是并非首要地为了复制。只有在感情衰退并被人遗忘的时候，复制本身才成了目的，仅仅是为了仿造。

正是这条从创造到仿造的下坡路，使我们今天一提起宗教仪式便想到这是一件拘于形式的乏味事情。一种仪式没人相信了，并不等于说它就没人做了，我们得考虑到一切巨大的习惯势力。运动神经的方向一经固定，只要稍受刺激，它就老是重复同一反应。甚至在所有正当行动的感情都衰亡之后，我们不但模仿别人，还机械地模仿自己；又因为仿作有一定程度巧妙之处，因此不但对仪式来说，甚至对艺术来说，仿作本身也就成了目的。

…………

董衡巽　译

① 希腊文，祈祷、愿望。——译注

② 狄俄斯居里兄弟即卡斯托耳与普卢克斯，是掌管航海的神。——译注

仪式谱系：戏剧文学与人类学

彭兆荣

本文从仪式谱系中的文学、戏剧和人类学的因素入手，试图说明：像“日神 / 酒神”这样的纯粹具有西学伦理和哲学美学发生学意义的叙事范式其实充满着“东方叙事”的因子；它是一个“东学西渐”的历史变迁过程。它可以说明：在“西方诗学”的“我者叙事”当中事实上存在着许多东方文化的“他者叙事”。所谓“西方”的叙事范式（假定为“同质性”）本身同样值得我们进行反思；因为连“西方戏剧文学”这样的概念都包含了“想象”和“制造”的成分。许多因素原本并不属于所谓的“西方”，由于一个标志着帝国隐喻和现代“民族—国家”（nation-state）权力范式的作用，许多历史因素或经过选择，或经过排斥，或经过变形，或经过转换……使得现代西方的知识范畴变得具有逻辑上的“所属边界”（西方化）。这不能不说是一个历史的“共谋”（complicity）。本文在这方面提供了一个例证。同时，戏剧文学与仪式在肇端上同源。

一

让我们再一次重温古希腊神话中怪兽斯芬克斯令俄狄浦斯猜的那个谜语：是什么早晨用四条腿走路，中午用两条腿走路，晚上用三条腿走路？

这一令人听得腻耳的谜语已经为无数睿智哲人所破译和解读，它的谜底当然是“人”，是人文精神。洛克尔担心对它的理解和解释不够周全，费尽心机地以六个不朽的文学经典形象的求索道路予以囊括，他们是：浮士德的路、唐·璜的路、哈姆雷特的路、唐吉诃德的路、麦达尔都斯的路和冯·阿夫特尔丁根的路。[①]可是，纵观大量解谜者，罕见有人注意到这个谜语仿佛是人的生命旅程“通

①浮士德、唐·璜、哈姆雷特原先皆属民间传说中的人物，他们分别为歌德、拜伦、莫里哀、莎士比亚等作家所借用。唐吉诃德是西班牙大文豪塞万提斯笔下的人物；麦达尔都斯是德国作家霍夫曼塑造的人物；冯·阿夫特尔丁根则是18世纪德国名诗《歌者的战争》中的歌者。

古罗马广场上的斯芬克斯，摄于罗马

过礼仪”（The Rites of Passage）中三个完整的“阈限”（threshold）。我们相信，任何社会的演变形态都具有人类生命演变形态的经验价值和叙事附会，而“任何社会里的个人生活，都是随着其年龄的增长，从一个阶段向另一个阶段过渡的序列”。[①]这是人类生命的内容表述，亦是人类生命的形式体现。区别在于：人的生命的轨迹如何，人的生命个体作如何求索是一个方面；另一方面，无论人们对待生命的态度有什么不同，作为一个完整生命形式总要“通过”三个基本的“阈限”——出生、成年（或以婚姻为标志）和死亡。所以，我们不妨将这一谜语译解为最简单的人类生命过程：从生到死的通过仪式。

这样，我们进入到另外一个命题——在仪式性展演的理解上，它既可以是一个通过仪式，也可以是一出作为“人”的完整无缺的戏剧。作为一个“传统的贮存器”（container），仪式素来为人类学家们所重视，特别对于那些属于“异文化”的无文字民族（no-1iterary nation）、小规模社会（small-scare society），大约相当于殖民时代西方人类学所惯用的“野蛮民族”和“原始社会”；仪式不啻为人类学研究提供了一个观察和体验社会历史生活的不可多得的实践场域。诚如

① A. Van Gennep, *The Rites of Passage*（1908）（London：Routledge & Kegan Paul，1965），p.3.

人类学家格尔兹所说的那样："在仪式里面，世界是活生生的，同时世界又是想象的……然而，它展演的却是同一个世界。"[①]正是由于人类学长期致力于对仪式的研究，人类学的仪式理论也因此蔚为大观。然而，近三十年来，文学批评和戏剧理论叙事中间却大量出现仪式理论，"仪式"一词的出现频率也越来越高。诸如："弥尔顿的《失乐园》是一个哀悼的仪式"[②]，歌德的《浮士德》完全是一个社会化"通过仪式"在艺术作品中的范例[③]，艾略特的"阿尔福雷德·普鲁弗罗克的情歌"（Love Song of J. Alfred Prufrock）的结尾"以一个戏剧化仪式驱动着世界走向它的极端"[④]，"诗歌是一种复活和再生的仪式"[⑤]，甚至还有人认为叶芝的戏剧作品"不是戏剧，而是一种丧失信念的仪式"[⑥]。……这种趋之若鹜的词汇新潮与其说在赶时髦，还不如说是一种回归——"诗性"的回归。或是一种发现——"批评"的发现。"回归"，指现代诗学在它的"缘生纽带"上找回了丰富的元语言叙事。"发现"，指文学研究在比较文化的学术背景下，发现了人类学仪式理论具有的非凡的整合性价值。

因此，仪式研究便引携出了戏剧文学的人类学研究的一个"公共空间"（public space），而仪式也就成为一个公共话题。就仪式的性质特征而言，它是表达性的但不仅限于表达性；它是形式化的但不限于形式化；它的效用发生于仪式性场合但不仅仅限于仪式性场合。"仪式之所以被认为有意义，是因为它们对于一系列其他仪式性行动以及整个社群的生活，都是有意义的。仪式能够反映价值和意义赋予那些操演者的全部生活。"[⑦]既然仪式具有"贮存"历史的功能，也就意味着它具有"礼会记忆"、"历史记忆"的能力和事实。以最简单的认知，"社会记忆"基本上属于机能和能力；它必须建立在另一个前提之上："社会叙事"（social narrative）。叙事经常被简约地等同于故事的讲述。其实，人的具体和抽象都贯穿于"故事"之中。理查德森认为，人类的本质有多种表现形式，人除

---

① C. Geertz, *The Interpretation of Culture* (New York: Basic Books, 1973), p. 112.

② Wittreich J. A., *Visionary Poetics: Milton's Tradition and His Legacy* (San Marino, Calif.: Huntington Library, 1979), p. 78.

③ G. H. Hartman, *The Fate of Reading and other Essays* (University of Chicago Press, 1975), p. 110.

④ L. Feder, *Ancient Myth in Modern Poetry* (Princeton University Press, 1971), p. 221.

⑤ J. I. Cope, *The Theater and the Dream: From Metaphor to Form in Renaissance Drama* (Johns Hopkins University Press, 1973), p. 174.

⑥ S. R. Gorsky, "A Ritual Drama: Yeats's Plays for Dancers," *Mordern Drama* 17, 1974, p. 176.

⑦ 保罗·康纳顿：《社会如何记忆》，纳日碧力戈译，上海人民出版社2000年版，第50页。

了“生物存在和经济存在”之外，还有一个基本的属性：“故事的讲述者”(storyteller)。[①]人是故事的制造者，故事又使人变得充满了想象的虚构。没有基本的“故事讲述者”，记忆便有束之高阁之虞。其间的关系理应是这样的：社会叙事和社会记忆互为依据，共同建构成为一个社会传承机制。

毫无疑问，仪式具备着社会功能，正像特纳所说：“我们可以最终看到，作为特殊的强调功能，仪式的展演在社会进程中所起到的作用，在具体的族群中起到了调整其内部变化、适应外部环境的作用。就此而言，仪式的象征成为了社会行为的一种因素，一种社会活动领域的积极力量。”[②]那么，仪式的社会化功能如何作用于叙事呢？我们可以从几个方面来认识：首先，无论叙事是什么，按照叙事的基本形态，解释、表现、记忆……都无法遮盖一个基本的事实：“任何一种解释，只要它在时间中展开，在过程中时有惊人之处，知识仅仅得之于事后的聪明，那它就是一个故事，无论它如何记实。[③]换言之，叙事的“时间性展开”决定着它的历时性，从这种意义上说，它具有物质的性质。其次，时间的一维决定了叙事的过程。但是，叙事的过程并非一本“流水账”，没有衔接，没有阈限。恰恰相反，叙事的过程刻意于事件过程的波澜起伏，仪式的力量在此起到了非常重要的作用。它的程序化的设置，使得叙事在过程中的关键阶段必须“通过”某种程序以保证叙事社会化和文学化。这样，仪式和文本构成了叙事的一个坐标。[④]这个简单的坐标让人们看到文学叙事的“文本”和“仪式”构成了纵横相交的“物质化形态”。这样，文学化文本与仪式性叙事便成为戏剧文学、人类学研究和拓展的一个新领域。

二

其实，“故事的讲述”就是“历史的讲述”，也是戏剧的表演。西文中的“历

---

① M. Richardson, “Point of View in Anthropological Discourse,” in Brady I. ed., *Anthropological Poetics* (Rowman & Littlefield Publisher. Inc. 1991), p. 207.

② V. W. Turner, *The Forest of Symbol*: *Aspects of Ndembu Ritual* (Ithaca: Cornell University Press, 1 967), p. 20.

③ 华莱士・马丁：《当代叙事学》，伍晓明译，北京大学出版社 1990 年版，第 238 页。

④ M. Bal, *Experiencing Murder*: *Ritualistic Interpretation of Ancient Texts*. in Ashley K. M. ed., *Victor Turner and the Construction of Cultural Criticism*: *Between Literature and Anthropology* (Indiana University Press, 1990), p. 19.

史"的本义为"他讲的故事"（his-story）。既然如此，两个"F"：事实（fact）/虚构（fiction）的错综复杂便不可避免。因此有必要加以甄别和厘清：特别是所谓的"他者的故事"（other histories）。一个既成的事实是：在现代历史学中，欧洲被描述成为具有"独一性"（uniqueness）和"一致性"（unity）。[①]"他者"却被排斥在"我者"的历史之外，或者被放在一个完全不同的时间里。[②]历史就是这样被"制作"出来的。而这样的历史其实是自我概念的制造者，对自我的行动负责。[③]它不仅直接构造出族群记忆的社会结构中的知识系统、权力话语和资源配置，而且，一个族群的族性认同（ethnic identity）也与之有着密切关联。作为神话—仪式这样一个历史"贮存器"，事实成了一种最具权威的族性和历史记忆形式。它讲述了什么，展演了什么，遗留了什么，记忆了什么都清清楚楚，使我们有机会看到一个社会、民族是怎样进行记忆的：什么被剔除了，什么遗留了下来；什么是事实，什么是虚构；虚构怎样成为一个"事件"，并构成历史的一部分。

萨林斯曾经在他的著作《历史的隐喻与神话的现实》一书中精巧地以夏威夷神话仪式与库克船长的历史传说为例，彻底打破了"想象/历史"、"神话/现实"之间的貌离神合的价值界线，在虚拟与事实、主观与客观的内部关系的结构中再生产（reproduction）出超越对简单真实的追求，而寻找到另外一种真实——"诗性逻辑"（poetic logic）。[④]历史在此一如神话，本身就是一种叙事。它有一套规则："夏威夷的历史经常重复叙述着自己，第一次它是神话，而第二次它却成了事件。"[⑤]其中的对应逻辑在于：一，神话和传说的虚拟性正好构成历史不可或缺的元素；二，对同一个虚拟故事的复述包含着人们对某种价值的认同和传承；三，叙事行为本身也是一种事件和事实，一种动态的实践。对某一种社会知识和行为的刻意强调或重复本身就成为了历史再生产的一部分。它既是历史的，也是真实的。知识的再生产仿佛社会的再生产。布迪厄看到了这一点：

① 克斯汀·海斯翠普：《他者的历史：社会人类学与历史制作》，贾士蘅译，台北麦田出版1998年版，第14页。

② 克斯汀·海斯翠普：《他者的历史：社会人类学与历史制作》，贾士蘅译，台北麦田出版1998年版，第14页。

③ M. Sahlins，*Islands of History*（Chicago：University of Chicago Press，1985），p. 152.

④ M. Sahlins，*Historical Metaphors and Mythical Realities*（Ann Arbor：The University of Michigan Press，1981），pp. 10 – 11.

⑤ M. Sahlins，*Historical Metaphors and Mythical Realities*（Ann Arbor：The University of Michigan Press，1981），p. 9.

“社会事实是对象，但也是存在于现实自身之中的那些知识的对象，这是因为世界塑造了人类，人类也给这个世界塑造了意义。”“与自然科学不同的是，完整的人类学不能仅限于建构客观关系，因为有关意义的体验是体验的总体意义的重要部分。”[①]所以，社会意义实质上为“双重解读”（double reading）的果实。

胡克曾经注意到近东和爱琴海地区的神话和仪式作为一种文化的交会点并不局限于像马林诺夫斯基和德拉克利夫·布朗等人类学家所看到的“功能性存在”。他认为，神话经常用于对仪式进行曲折的调整和协同，这使得多种文化相互作用的模式和所观察到的“事实”显得相当具有一致性。这些材料通常可以在更加广泛的意义上作认同：这便是人——作为应用符号的动物——不只作行为需要上的解释，而且还要给其以语言或其他“符号”上的解释的理由。神话和仪式本身就具备了“事实”与“理念”的相互作用。[②]换言之，人作为生物的动物和社会文化的分子，必定同时具有多种“事实”的认定可能。它既是“本文”（存在化、物质化的事实）又是“文本”（人文化、精神化的事实）。两种“事实”都可视为叙事。它既具有“肇因论神话”（the aetiological myth）的发生性基型，同时，又为“后发生学概念”——即为后来进行各种分析提供重要的本源性价值。我们可以在很多神话的事例中看到仪式的“后续事实”（after the fact），也可以看到新神话产生出的新仪式。许多事实和例子说明，神话和仪式在缘生上趋向于相互作用和影响。[③]据此，我们可以从“神话／仪式”、“本文／文本”、“事实／虚构”的双重表象中感受到机制化形式变化的巨大的话语表述能力和诠释基础。

需要指出的是，在对古典学的历史研究中，许多学者循着神话仪式所引导的“事实”寻索，却经常忘却一个更为重要的“事实”：神话和仪式本身也构成了一种颠扑不破的事实——非纯粹作为载体的神话。换言之，出于某种职业习惯，学者们不停地论证或寻找“神话中的事实”，忘记了作为神话事实的本体要件。有时甚至连基本的认知和认同准则都出了问题，忽略了像“神话和仪式为什么是这样而不是那样”的元初性问题。这是因为人们通常已经习惯于把神话仪式当做一个认识、反映和解释世界的文本手段，殊不知，它也可以被当做一种相

---

① 皮埃尔·布迪厄等：《实践与反思——反思社会学导引》，李猛等译，中央编译出版社 1998 年版，第 7—9 页。

② S. H. Hooke, *The Labyrinth*.（ed.）（New York：Macmillan Publishing Company, 1935），p. Ⅸ.

③ Kluckhohn，“Myths and Rituals：A General Theory，”（orig. 1942）in Segal，R. A. ed.，*The Myth and Ritual Theory*（Blackwell Publishers，1988），p. 329.

对独立的事实。“神话就是一种重要的社会和文化的事实，因为神话本身分享和分担着社会存在的一个基本方面。”[①]事实上，任何神话和仪式无不是自然和真实的一个社会媒介机构，它将自然的事件以转换的形态和面目出现，因而变得非常特别。

不幸的是，现代社会的研究者和观察者们经常误将社会中“神话交流的理由”和“社会中神话交流本身”混为一谈。然而，神话仪式作为社会生成形态的一个部分，只是暂时存在的形式，而非存在的理由。如果神话的存在形式被误认为是它的存在理由，那么人们只能从其形式中轻易而片面地去获得相关的信息。据此，穆兹认为马林诺夫斯基从神话中看到一种“功能”，列维－斯特劳斯看到一种“社会冲突的和解”都犯了同样的错误。[②]从这个意义上说，我们在讨论神话仪式叙事中的变形的时候，也不能简单地将它视作一个形式和手段。它本身也具备着自我说明的“事实”。以民族学、人类学的眼光看，人类的行为和创造都可以理解为“历史的事件和事实”。人们“造神”具有一个历史的需要和必要。人们当然可以把“神”视为虚幻，但我们必须记住：人类创造这些“虚幻”的过程与结果完全真实。仅此一款，我们至多只有部分权利（承认作为个体的认知权和解释权）说：“那些结果是虚构的或虚假的。”退而言之，即使按照现代学问“证真”的嗜好，我们同时应该给予“虚构”思维、活动和行为以事件和事实的真实性确认。而且，就在我们面对任何“虚构”的时候，它本身就可能呈现一种“历史记忆”的事实。

考察西方戏剧文学，酒神狄奥尼索斯不能不是一个需要给予充分关注的形象。因为他既是一种祭仪，西方戏剧的原始肇端，艺术门类的美学发生学基因，文学的原型批评的一个重要依据，同时也涉及古希腊的城邦（city-state）制度，跨境跨国的多民族交流的历史实践，也是还原“西方中心”中“东方因子”的一个过程。然而，在“西方中心”的知识体系和价值理念的历史作用下，在西方“民族—国家”（nation-state）的近代国家体制的作用下，酒神已经彻底地“想象化”了。“想象”在这里并非简单的“无中生有”，而是在某一种权力话语的操控下对具有历史价值的“事实”和“事件”进行制作（making）的过程，因

① P. Munz, *When the Golden Bough Breaks*: *Structuralism or Typology*?（London and Boston: Routledge & Kegan Paul, 1973）, p. 118.

② P. Munz, *When the Golden Bough Breaks*: *Structuralism or Typology*?（London and Boston: Routledge & Kegan Paul, 1973）, pp. 119 – 120.

此，它可以是有历史依据的、有限度和策略性的。安德森在他的《想象的共同体》一书中有过四个特质的规定：想象的、有历史事实的、有限的和共同体的。[①]如果说“民族主义”是“想象的”，那么，“西方中心”的历史价值同样不能逃脱“想象”的干系。本文选择酒神为例作历史性的诠释，旨在揭示酒神充满着非西方的“边缘形态的异质性特征”。至少，通过这样的研究，我们清楚地看到，酒神神话和仪式叙事本身充满着“想象”，同样它又被西方中心的价值论策略性地“被想象”着，这一历史过程的同构不断地发生作用。当然，人们注意到，所谓“想象的共同体”实指“民族—国家”形态，但它同时又成为历史解释的一部分。我们今天所看到的戏剧文学，哪怕它的发生形态属于远古，都羼入了后来各历史时段和形态的知识积累和堆垒。这是不言而喻的。

三

酒神的戏剧文学原型价值为文学人类学的仪式研究提供了一个原生形貌。文学叙事总会不停地出现酒神原型。原型，就文化符号的叙事原则与仪式在生命体验的意义上可以搁置在一起来看待，荣格曾就“原型”的“原”作过原则性的注释：“Archaic 这个词的意思是原始的、根本的……但事实上，我们已将我们的主题扩大了，因为并不只有原始人的心灵运行程序才能称为古代的。今天的文明人也同样有这种特性。而且，这些特性的出现也不仅仅是间歇性的‘返祖现象’。相反，每个文明人，不管他的思想的进展如何，在他心灵深处仍然保持着古代人的特性。”[②]批评理论大师弗莱继承原型理论并有重大发展，特别是将心理分析理论作了对象上的应用、发挥和提升。比如他对原型结构的文学叙事有着独特的看法：“我所取名的原型（archetype）是一种典型的或重复出现的意象。我用原型指一种象征，它把一首诗和另外的诗联系起来，从而有助于统一和整合我们的文学经验。”[③]不言而喻，仪式作为一种“文化的贮存器”和“记忆的识别物”，贮存和积淀了大量的原型要素，差别只在于仪式的表现更加具有实践行为的特征，而原型的文学叙事则更具形象化而已。比如，文学的生死母题原本

① 班纳迪克·安德森：《想象的共同体：民族主义的起源与散布》，吴睿人译，台北时报文化出版企业股份有限公司 2000 年版。

② 荣格：《探索心灵奥秘的现代人》，黄奇铭译，社会科学文献出版社 1987 年版，第 118—119 页。

③ 诺斯洛普·弗莱：《批评的剖析》，陈慧等译，百花文艺出版社 1998 年版，第 99 页。

与仪式生死主题并无二致：它们都来自于人类早期对于自然律动的“互渗”和理解。

酒神祭仪和酒神精神所以成为一种最重要的戏剧文学叙事类型，根本原因在于它呈现了人类的生命体验和生死母题。荷马在《奥德修纪》中对二者有过精细的描述。尼采断言：“荷马式的人物的真正悲剧在于生存分离，尤其是过早分离。因此，关于这些人物，现在人们可以逆西勒诺斯的智慧而断言：‘对于他们，最坏的是立即要死，其次是迟早要死。’”[①]于是，忘却死的烦恼或希冀死后再生也就成了人们永恒的“心理情结”。酒神不独可以制造出醉境和迷狂，排解、释放由此所造成的积郁，而且酒神与再生母题直接联系。无论是酒神狄奥尼索斯抑或是他在埃及、小亚细亚的复本奥息里斯、杜穆兹（Dumuzi）都有死而再生的能力。“狄奥尼索斯的神话有许多形式。有一种说，狄奥尼索斯是宙斯和波息丰的儿子；他还是小孩子的时候就被巨人族撕碎，他们吃光了他的肉，只剩下他的心。有人说，宙斯把这颗心给了西弥斯。另外有人说，宙斯吞掉了这颗心。无论哪一种说法，都形成了狄奥尼索斯第二次诞生的起源。”[②]所以，古老的酒神祭祀仪式中有一奇特的仪式：“一个想象的上帝生殖器被伟大的母亲祭司簇拥着，信徒们（多为女性）疯狂迷醉，放荡不羁。把想象中的神圣小灵物（即生殖器）撕碎后吞食，这样便把神性注入自己的身体，从而获得了巨大的再生能力。”[③]

远古时期，人类的生死母题与自然界各种物类的演变进行着直观的参照，直接的参与和直觉的认知。人类学家布朗甚至将来自于自然的变化因素放到社会结构中来考察。他说：“自然现象诸如白天、黑夜的轮替，月亮的形态变化，季节的行进，变幻的气候，无不对社会产生作用……人类的这些自然的生命循环表现特征之于社会的存在具有着非常重要的意义。”[④]诚如布朗所说，人类对生命体认的社会背景依据来自于生命的自然演绎。无怪乎在原型研究领域里，生命母题（“生—死—再生”、“生—半死—死亡”、“生—替死‘替罪羊’”等）一直是一个体现原型价值的具体单位叙事。换言之，所谓原型，其实指“元生类型”或“原始类型”的本来意义，即是对具有明确文化倾向的主题的类型化演绎和

① 尼采：《悲剧的诞生》，周国平译，三联书店 1986 年版，第 12 页。

② 罗素：《西方哲学史》上卷，何兆武、李约瑟译，商务印书馆 1976 年版，第 41 页。

③ D. A. Leeming, *Mythology* (New York: Newsweek Books, 1977), p. 13.

④ A. R. Radcliffe-Brown , *Andaman Islanders* (Cambridge: Cambridge University Press, 1933), pp. 380 – 381.

古希腊献祭浮雕（公元前350年），摄于希腊考古博物馆

表述。而母题（motif）正是原型的具体化。弗莱的原型批评理论的基础性工作是在自然的四季节律、生物种类的生命形态、人类的心理诉求、神话仪式的母题以及“诗学”门类的叙事特征等方面作出知识上的沟通。这样的原型叙事仿佛让人们看到一幅生命“通过礼仪”的展示和展演。

酒神的原型在弗莱那里甚至与诗学的哲理、艺术的门类、神话的叙事、仪式的表演、心理的情结、文化的类型都糅在了一起，宛若生命的诗性演绎：春天的神话与传奇对应；夏天的神话与喜剧对应；秋天的神话与悲剧对应；冬天的神话与讽刺对应。[1]诗学与人类学的整合在原型批评的话语表述中已经水到渠成，蔚为大观。“为了达到起死回生的目的所举行的仪式大体上是对自然进程的戏剧性表演，他们希望借表演使自然运行得更为顺利。这里所体现出的是一种类似于巫术的信条，即仅仅通过模仿便可以产生任何期望的效果。由于他们现在用神的结婚、死亡、再生或复活来解释自然的生长与衰败、诞生与死亡的交替循

① E. M. Meletinsky, *The Poetics of Myth* (New York and London: Garland Publishing, Inc. 1998), p. 83.

雅典卫城的圆形剧场俯视图

环，所以他们的宗教，或者说是巫术性戏剧，也就在很大程度上转向了这些主题。”[①]与其说弗雷泽描述的是一种巫术，还不如说是原始仪式的“元叙事”：一条戏剧、文学与人类学的缘生纽带。

现代人在看待古希腊戏剧的时候往往将它们视为戏剧文学，如悲剧、喜剧等。但是，如果真正来到古希腊的狄奥尼索斯圆形剧场，现代人的因分析时代所遗留下来的分析产物就显得完全不够。“分析”其实是把一个原先完整的东西按各种分类加以区分。所幸的是，大量酒神祭祀仪式的祭殿、圆形剧场的遗址被保留了下来。笔者也专门走访了一些酒神“剧场”。那是戏剧表演的场所，是竞技的地点，是人们祭祀的圣地，是歌颂的地方，还是集会的广场……有学者对罗慕洛斯的城剧作过一个实体鉴定，它的空间既可以作为戏剧美学的概念，更可以实际进行丈量。学者们根据大量戏剧表演的实物，描绘出酒神祭仪与戏剧表演的空间格局。[②]

① 弗雷泽：《阿都尼斯的神话与仪式》，见叶舒宪选编《神话—原型批评》，陕西师范大学出版社 1987 年版，第 49 页。

② D. Wiles, *Tragedy in Athens*: *Performance Space and Theatrical Meaning* (Cambridge University Press, 1997), p. 57.

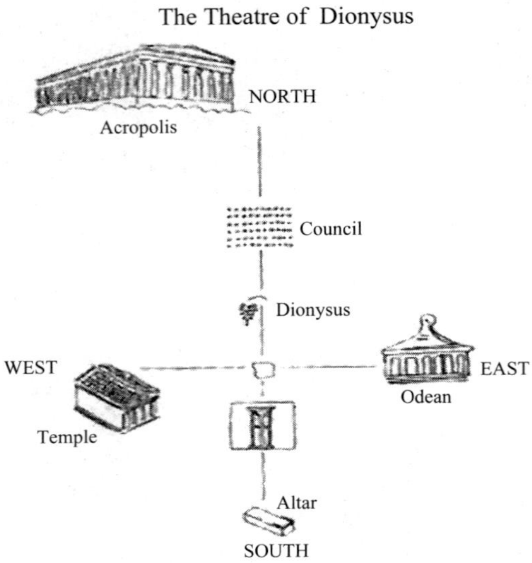

戏剧表演空间的相关领域图

Acropolis（城邦主殿） Council（议会场所） Dionysus（酒神剧场） Temple（祭祀庙宇） Odeon（音乐会堂）Altar（神圣祭堂）

从上图我们可以很清楚地看到，民众的空间意识、戏剧的表演活动、城市的建筑格局和宗教的祭祀崇拜都融合在一起。这一切复合的因素全部通过某一个仪式性展示和参与性实践被整合了起来。我们可以把它看成戏剧—— 一种更接近于仪式的社会实践。

中国戏剧源于宗教仪典考

［荷兰］龙彼得

本文原题 “Les origines rituelles du theatre chinois”，是牛津大学龙彼得教授（Professor Piet van der Loon）于 1976 年 3 月 10 日在巴黎 I’Institut des Hautes Etudes Chinoises 所作的演讲稿，后发表于 *Journal Asiatique* CCLXV，let2（1977），pp. 141 – 168。本文翻译事先征得龙教授同意，且承龙教授惠借英文稿及若干引用文献以供参考，译文并蒙龙教授订正，特此一并致谢。

诸位可能认为整个中国戏剧的传统包罗广阔，非一次演讲所能尽论。讲到这题目，我不能不提及过去及现今的情形，各种职业戏种，民间百戏，通俗游艺及舞蹈。

但我的讨论方式并不拘泥于纯粹的历史观点。许多研究中国戏剧史的学者都认为中国戏剧乃循一直线发展：由先民祀神的舞蹈，原始巫觋的表演，或散乐百戏，而发展为形式较复杂的戏曲。我对于上述的看法并不赞同；这也就是我为什么在今天讲述涵盖如此广泛的题目。在中国，如同在世界任何地方，宗教仪式在任何时候，包括现代，都可能发展成为戏剧。决定戏剧发展的各种因素，不必求诸遥远的过去；它们在今天仍活跃着。故重要的问题是戏剧“如何”兴起，而非“何时”兴起。我们尤其想探讨戏剧在社会中有何种功能。

将近时的材料列入讨论范围有其实际的便利。史籍中有关我们题目的记载可说是极其贫乏，而且这些记载通常著笔于仕宦，尤其是皇帝及其近臣的活动和嗜好。民众的行事，如非影响到社会秩序，则常遭忽略。从近代的一些田野工作我们才知道各式各样以官话或方言演出的地方戏剧，以及各种不同的法事戏、祀神的舞蹈和民间百戏。我们必须强调，上述后一类的活动并非仅为过去的遗迹：一些通常具有季节性的民间表演，一直到近世还有演变成新的职业剧种的例子，如华中的花鼓戏，又如台湾的歌仔戏等等。这种演变的发生通常是由来自乡间的小型歌舞杂耍团，前往大都市谋生，而最后变成职业剧团所造成。12 世纪兴起于浙江及其他各地的戏曲均具相似的端源。今天，我首先想略述这些来自民间的戏剧先驱。

千余年来的文献中不断提及在新年或秋收后演出的淫戏。关于这些戏的性质，学者们只是一笔带过。他们关切的是这些戏对世道人心所造成的种种不良影响。例如陈淳（1159—1217）在《上傅寺丞论淫戏》中所提的八条弊端：

一、无故剥民膏为妄费；

二、荒民本业事游观；

三、鼓簧人家子弟玩物丧恭谨之志；

四、诱惑深闺妇女出外动邪僻之思；

五、贪夫萌抢夺之奸；

六、后生逞斗殴之忿；

七、旷夫怨女邂逅为淫奔之丑；

八、州县二庭纷纷起狱讼之繁。[①]

我们该了解的是，这种指责不仅加诸季节性的民间戏乐，亦常加诸所有公开的戏剧的演出。但戏班私下为官宦演戏，则另当别论。我们可说这是假道学的态度。但我们不该忘记，淫戏往往和淫祀相提并论。所谓淫祀通常用来指民间所信行的宗教，是护道之士立意所要压制，而且如果可能的话，要加以消灭的。更值得一提的是：以传统的标准来看，民间百戏，尤其是民间的舞蹈，都涉及色情——且是刻意如此。

我所能找到最早的这种中国民间舞蹈的例子是在 9 世纪末期。裴铏的传奇中收有一则文箫及仙女吴彩鸾的故事。背景是钟陵西山，其上有“许真君上升第。每岁中秋，士女栉比，多召名姝，夜与丈夫间立，握臂连踏而唱”[②]。裴铏的记载更阐述了八月十五中秋佳节所具有的更深的意义：即此一时日是一年中少有的几次凡人可与女神交合的节期之一。不过，范致明的《岳阳风土记》（约成书

---

①见《北溪先生全集》，1881 年刻本，第四门，劄卷二七，第 7b—8b 页。傅寺丞，名雍，1219 年至 1221 年知漳州。

②《传奇》，见《类说》，1626 年刻本，卷三二，第 5b—6a 页。参见《宣和书谱》，《津逮秘书》，卷五，第 4a—5a 页；赵道一：《历世真仙体道通鉴后集》，见《道藏》册一五〇，卷五，第 15b—17b 页。裴铏乃一道家之士（约当 880 年），熟悉西山的环境（《云笈七签》，见《道藏》本，卷八八，第 1a 页）。他或曾亲见该地中秋夜的盛况。

于 1119 年）中记道：“荆湖民俗，岁时会集，或祷祠，多击鼓令男女踏歌，谓之歌场。”[①]由此可见，此种男女和歌共舞的场合并不只限于中秋。12 世纪以后一直到近代，相同的情形亦发生于其他许多地区。现今台湾的情形也一样：带有色情的求爱的舞蹈常可见于许多不同的宗教庆典中。

然而，民间舞蹈，在通常的情形下，主要是新年庆典的一部分。我们可以翁源的舞牛为例。翁源是粤北一客家区。舞牛是要点缀年俗，时期是在新春的半月内。依据张清水和李经才在《舞牛歌》一文中所载：

> 每天晚上，舞牛的，闹着锣鼓，擎着纸糊的牛头与扁灯，沿村沿屋去舞。有不少的人，跟着去看热闹。开场后，有人画面，穿烂衫，吊起裤头，戴帽子，蒙毛巾，架眼镜，手挥葵扇的扮个丑角。有人着女衫裤，梳髻，戴额子，手执司洋帕（或许是“思娘帕”之讹），乔装为女子。另有一个人擎牛头。锣鼓响后，丑角舞手动脚，鞭牛，执犁而歌，状殊谑极。乔装的女子，担着花篮，娉婷地随在后边，用女人的嫩喨调口和着；娇羞羞的，十足是个女子。其他的人，也和唱着最末尾的一句或二句。锣鼓有节奏的与歌声调和。舞牛的动作，也很合度。时断时续，歌声嘹亮，末句众和，声动云霄，尤觉可喜。末句有时重沓，音调之美妙，更非言语之可以形容。有间或插以滑稽的言谈，如说反话，装呆子、聋子之类，无一不足以怡吾身而快我心的。约莫半点多钟，便可完结一场。歌词，有的按月次唱下去，有的按节期（如立春、雨水……）唱下去，有的唱牛，有的唱耕种上的事情，有的唱做长工的可怜。种种色色，无不俱备。词虽粗俗，但其中的用意，与其描写的深刻入微，却可以说是民间绝妙的自然诗而无愧。有的，起首还有一段开场白；结尾是向观者祝福：排布的妥当，是不可多得的。[②]

此文中还附有两场舞牛歌的歌词。它们虽相当精彩，但可能尚无法传达出现场滑稽的气氛。在台湾南部还可看到与此极为类似的牛犁戏，其穿插于歌舞中的对话之淫靡，实在是难以转述。我们不妨顺带指出，这类穿插于歌舞中的对话，似乎就是从民间百戏过渡为舞台戏的里程碑。

鞭打春牛是古代祈求丰沃的仪式。它以另一形式存于官方的迎春盛典中。这项迎春盛典每年大约阳历二月五日于全国各州县同时举行。立春前一日，游行

---

① 《岳阳风土记》，见《小石山房丛书》本，第 13a 页。

② 张清水、李经才：《舞牛歌》，载《民俗周刊》，1930 年第 105—106 期，第 33—42 页。

泥塑或纸扎的勾芒神及春牛。至少在明和清初时，游行队伍中有官妓所扮的社火春梦婆、春姐、春吏、皂隶、春官等。1673 年有严令禁止伶人倡妇参加。在重要的商业中心扬州，原来队伍中的官妓只好“以灯节花鼓中色目替之”[①]。虽然我无法肯定在 19 世纪，这些花鼓演员是否仍被雇用于迎春典礼中，但在那期间行之于扬州的惯俗值得引述。春牛和芒神游行，最后停于城东琼花观内。

> 立春之辰，县官着吉服，全班执事，至琼花观，对青帝司神行礼，既毕，筵席预设于檐外，此檐甚奇，一切杯盘碟碗，皆破碎不堪，悉以红纸粘贴补缀之，羹肴蔬馔，皆为像生样品，无一能食，以水作酒，更不待言。长官既入席，端居上位，桌前设桌围，此时由优人就席前平地演剧三幕，每出只三五分钟。向例，第一幕不开口，跳加官之类，第二幕不动手，唱小曲春词一段，如春季相思之类，第三幕活现丑，饰男女相悦，极狎亵谑浪之至，演至此，县官大怒，立拍惊堂，训以不知爱惜春光，从事耕种，饱食之余，纵情放荡，不独有关风化，直欲荒废田畴。丑角聆训，叩首为礼，辩称非不知一耕二读，实因老牛懒惰，以至如此。县官闻罢，立呼重打，此时差役即取芒神所持之鞭，对牛鞭策，且高呼曰：一打风调雨顺，二打国泰民安，三打大老爷高升。是时县官推席而起，杯盘碗箸，悉碎于地，参观人民，一拥向前，抢扯春牛，立时四分五裂，俗称攉之回家，或送于亲友，可以生子……[②]

我们无须逐一解说此记载中所有含仪式内涵的成分。我只想以其他一些有关迎春典礼的描述来说明其中的一二特色。在 17 世纪初北京的迎春行列中，先是旗帜前导，接着是田家乐，后才是勾芒神亭和春牛台。所谓田家乐者，“二荆笼，上着纸泥鬼判头也。又五六长竿，竿头缚脬如瓜状，见僧则捶使避匿，不令见牛芒也”。[③]这是因为春牛和芒神都是丰饶多产的象征，不使它们为和尚所见。

但我认为有关扬州那一段记载最见深意处，还是在于那些不能食用的食品。它们构成一种我们预期会出现在宴会上的正常食物的“转换”。转换仪式——其间常涉及角色的转换，可见于世界各处。虽然就我所知，还没有人能提供一个令人信服的解析。在中国可找到的一个例子是仪式性的偷取，在山西西南的平

① 李斗：《扬州画舫录》（1796 年自序），1960 年排印本，卷九，第 197—198 页。
② 杜召棠：《岁时乡梦录》，台北，1965 年版，第 19—20 页。作者生于 1891 年。
③ 刘侗：《帝京景物略》（1635 年），1957 年排印本，卷二，第 23—24 页。

陆县，当迎春时，“社民赛鼓前驱，士庶夹道而观。春婆一人，以男为之，前二日入市，见物掠取少许，鬻物者又不强拦”[①]。仪式性的偷取特别是上元的习俗，我所发现最早有关于此的记载是在公元537年[②]。12世纪温革著的《琐碎录》中记道：“亳社里巷小人，上元夜偷人灯盏等，欲得人咒诅，云吉利。都城人上元夜一夕亦如此，谓之放偷。”[③]

和此同样有趣的是假官。他有时亦出现在迎春节，但较常出现在元宵节中。这两种节日的关系颇为复杂：一是根据阳历所定的官方仪式，一是根据阴历而来的民间庆典。元宵节大约在阳历一月底至二月底间来临，当然有时也会和迎春日碰巧在同一天。而元宵保存了某些古时大傩的面貌。大傩通常是在阴历年尾举行。此种迹象显出，除旧布新的仪式是在相当长的一段时间内，而不是限于特定的一天中举行。

河北所谓的灯官跨坐在二人抬着的杆上。身着马褂，头戴凉帽（在冬天！），帽上一枚山楂代表官阶，左手握一死乌鸦，右手摇一破扇。他危危地坐在杆上的形象常逗发观众极大的欢乐。[④]在别处，还呈给灯官假讼案，让他判决。在甘肃，他又被称为“豆腐官”。他衣裳褴褛，骑一驴。伴随他的有手持鞭子的仆人，骑马的枪手，及头戴圆锥帽，身穿红衣，头衔谐谑的小童[⑤]。

我想再举另一个转换仪式的例子：旱船。旱船牵涉一大堆问题。在这儿，我无法逐一探讨。我只想简单地提出一些论点。

在近代，旱船以两种基本形态出现在元宵节。第一种为一无底小船，由一人在内带动。这一种是由竹、柳条或黍杆制成，再糊以五彩的纸或布。船附于人腰上，或以绳绑紧而垂于颈下。人的脚几乎全被遮盖。但通常船上装有假脚，使“乘客”——通常扮为女人，看起来好像坐于船内。在许多地方常由另一个人以竹竿推船，逼使船内之人跑步。但有时亦由船内之人自行做划船的动作。旱船常伴有成群的歌手与鼓吹。这一种旱船亦为南越的高棉人使用于祈雨的仪式[⑥]，

---

① 见《平陆县续志》，1880年刊本，卷一，第5a页。

② 见《魏书》，1974年排印本，卷一二，第301页：（天平）四年，春正月禁十五日相偷戏。

③ 温革著，陈昱增补：《琐碎录》，引自《岁时广记》，见《十万卷楼丛书》本，卷一二，第18a页。但在某些情形下，放偷和驱邪除煞有直接的关系，见第060页注②。

④ L. Wieger, *Rudiments de parler et de style chinois 4*：*Morale et usages*，deuxieme，éd，Ho-kien fou，1905，pp. 368 – 370.

⑤ J. Dols, “La vie chinoise dans la province de Kan-sou（Chine），” *Anthropos* 12 – 13，1917 – 1918，p. 1005.

⑥ Eveline Porée-Maspero, *Etude sur les rites agraires des Cambodgiens*，（Paris, 1962 – 1969），p. 234.

但旱船在中国却似乎无此种功用。

第二种旱船可以江西万安的神船为代表。这是种体积很大的彩船。人们在白天“祀以牲醴”，在晚上“群执歌本曼声唱之”。游行街道则“持桡执旗回旋走”。在某些市镇，自十三日起，“穿袍靴戴神头面游行各庙”。其时，“食用素必斋戒，以祈神佑”。[①]这种旱船早在1273年即被提及。当时，江西提刑司说：“近在抚州烧毁划船千三百余只，拆毁邪庙，禁绝瘟神”。[②]我们大可认为这类神船与初夏用来驱邪除瘟的灵舟或龙舟有相同的功用。这些龙舟不仅行于中国南部、西部，而且可见于远东其他各地。它们往往先游行街巷，而后被烧毁或放入海中。

范成大（1126—1193），《上元纪吴中节物俳谐体三十二韵》中有句：“旱船摇似泛”，下注“夹道陆行为竞渡之乐谓之划旱船”。周密（1232—1298），《武林旧事》中记杭州元夕舞队亦有“划旱船”一项。[③]这12世纪和13世纪的旱船不知是属一二人划的简单旱船，还是像《广东新语》所载17世纪广州的陆龙船（这比较不可能）：“陆龙船，长者十余丈，以轮旋转。人皆锦袍倭帽，扬旗弄鼓，对舞宝镫于其上……”[④]不过将整部乐设于旱船则是宋初大酺的一个主要特色[⑤]。大酺并非每年定期的节日，而是特为庆祝胜战、吉兆、改元等事而举，此种庆典的历史可追溯至公元前296年。欢庆中的游行队伍“百戏竞作，歌吹沸腾”。皇帝御楼观酺，与民同乐。此种活动娱乐过度，常遭学者诟病。最早提及旱船用于大酺是在公元713年[⑥]。

有关旱船的来源，我们只有求诸神话。《尚书·皋陶谟》篇言道，尧子丹朱“罔水行舟，朋淫于家，用殄厥世”[⑦]。此段记载也许是要将丹朱与大禹的四载作一对照：据《史记》所载，禹“陆行乘车，水行乘船，泥行乘橇，山行乘檋”[⑧]。丹朱悖逆自然之道，或违反正常行为的规范，其罪之深重足可与风淫相比。

---

① 见《万安县志》，1873年刊本，卷一，第29b—30a页。

② 黄震：《黄氏日抄》，见《四库全书珍本》，卷七九，第21b—22b页。

③ 分见《石湖居士诗集》，1962年排印本《范石湖集》，卷二三，第326页；《武林旧事》，1956年排印本，卷二，第372页等。

④ 屈大均：《广东新语》，原刻本，卷九，第22b页。

⑤ 见《宋会要辑稿》，1936年版，册四一，《礼》六〇第1b页。

⑥ 见《唐大诏令集》，1959年排印本，卷一〇八，第562页。

⑦ 孙星衍：《尚书今古文注疏》，见《平津馆丛书》，卷二下，第1b—2a页。朋淫（《后汉书》卷四〇，第1673页，作风淫）之意有待商榷；参见B. Karlgren，“Glosses on the Book of Documents,” *Bulletin of the Museum of Far Eastern Antiquities 20*，1948，pp. 132 – 133。

⑧ 见《史记》，1959年排印本，卷二，第51、79页。此十六字或是今文《尚书》之遗文。

旱船，如中古欧洲的愚人船，无疑是种“转换”。不过，这并不能解释一切。前文中我所提到的祭仪成分是不可忽视的。我们应可联想到 1133 年时游行于 Aachen，Maastricht，Tongeren 等地的那条装有轮子的船被成群疯狂的男女迎接的情形。那些男女在那“可憎的邪神之居”（malignorum spirituum execrabile domicilium）之前又歌又舞直至午夜方休。[①]

转换是标明过渡的方法之一。过渡往往指由旧年至新年，或由一朝至另一朝的移转，但也可指节期庆典、人神寿诞、祭祀、进香等从一期至下一期的过渡。我们已经探讨过一个角色转换的例子——假官。我们可申论道：戏剧的演出一般而言也是人们正常行径的一种转换——粉碎自己并扮演某种角色并非仅为消遣或娱乐，而必有其更深的动机。若非如此，我们将如何解释各个相异的文化中民间戏剧的类同？

我无须讨论那些迎神赛会中的艺阁，因为它们富有寓意，且艺阁上的童男女所装扮的都是既有的故事。一般所称的秧歌或花鼓——此二者及其他名称常可互换且无定例——则较生动有趣。秧歌是由或多或少的一伙人，穿扮起来，随着鼓、锣及钹的伴奏在游行行列中或沿着民房，以歌舞的方式演出。秧歌中的角色通常包括戴着面具的大头和尚、呆公子、渔婆、渔翁、樵夫，及卖膏药者等[②]。所有这些人物都是类型；我们不用从历史或演义中去探求他们的来历，因为他们一些戏谑的演出比书中描述的言行举止其年代要来得久远。我们可以看出他们并不是表演一个故事，而是要表现一个滑稽的场面。

我认为有一点我们必须了解，像秧歌这种以往被称为社火的团体都是有系统的组织。一个为此目的成立的会，由社团以募捐或征收方式筹集款项，并在节庆开始前负责邀聘教师教导各项技艺。会同时亦负责管理表演所需的道具。这些道具往往收存于木箱内并置放于会的总部，而总部则常设于当地庙中。这种会往往有数个之多，至少在城市中是如此。这几个会联合安排游行节目。游行行列中可包括开路（即舞叉）、踩高跷、舞狮、竹马、舞龙、五虎棍、少林拳、

---

① *Gesta abbatum trudonensium*，XII 11 － 14，ed. *Monumenta Germaniae historicaserie Scriptores*，10，pp. 309 － 311.

② 秧歌中的角色并无定格，参见厉秀芳《真州竹枝词》引言（1857 年），台北，1958 年排印本，第 26 — 27 页；齐如山，《故都百戏》，刊于《大公报》1935 年 8 月 16 日。很奇怪的是，亲见秧歌演出的外国人中没有一个人发表过详细的描述。Wilhelm Grude 在 *Zur Pekinger Volkskunde*（Berlin，1901），pp. 104 － 109 中的记载是基于中国农民所提供的资料，并非其亲眼所见。

杂技及前文中已述及的各项[1]。有些节目具禳灾的作用，特别是舞狮。它进入每个家中以驱除疾病及恶运。每一节目都值得仔细分析。今天我只能略谈其中的一种：迎神赛会的威仪团所演出的打斗。借此，我们可探讨戏剧传统中的另一成分。

其实像这样一群身着朴素或鲜艳的制服，手执旗帜和武器的青年男子并非是游行或节庆中不可或缺的一部分。在京城和其他的许多城市，他们从未出现过。甚至在乡下，他们也遭当局禁止，唯恐假斗可能导发成真斗。然而这样的团体通常编制很小。比方在广州和客家地区，他们的人数从未超过四十，且常少于四十许多。他们的任务在随从舞狮者。配备大部分是木头所制的剑、枪、棍、盾等武器。他们可面对面或成其他队形相斗，或弄拳棒，或要特技[2]。

在华北地区有所谓武士会者，人数高达七八十。在义和团和红枪会等运动后，情形依然如此。[3]义和团和红枪会都称得上是乡团武力的大结合。而他们对降神附体、符咒法术的重视也显示出他们原始组成成分的真正功能。[4]

在台湾的种种观察直接证明了这类团体在仪式中的功能。他们参与许多重要的宗教典礼，如新庙宇的庆成、佛像的开光、节期性的送瘟神。这威仪团有一先锋掌大旗，并由一手举双斧之人带队。队伍成单行前进，再围成圆圈，时而蹲踞，时而快跑。在圈内成双地对打后，整队即陷入混战，以剑击盾，持武器齐挥向中央，后又分散。除此之外，另亦有单独拳师的表演，表演者似有神灵附身，时做威吓之姿挥打隐身的敌人。

和在广东的情形一样，台湾的这些队伍常由神狮伴随。原则上一队由三十六人组成，以合天罡之数。另有人数较少，称为八家将或十家将者。他们的脸涂红黑绿三色，并系一具神力的红头巾。他们大都手持剑及鞭，有时还以蛇环颈。他们的黑旗之上绘有雷神之符，这表示天将附于其身以战胜凶煞——此即祭典的主要目的之一。由此观之，则谓威仪团即代表神兵亦不足为怪。

---

①游行的节目因地而异，差别很大。以北平为例，可参见佟晶心：《北平的百戏》，载《剧学月刊》1934 年第 3 卷第 8 期。《中国杂技艺术》（上海，1959 年版）一书中收有许多各种表演的插图。

②张心泰：《粤游小志》（约 1885 年），见《小方壶舆地丛钞》本，卷九，第 302a 页；黄华节：《中国古今民间百戏》，台北，1967 年版，第 117—120 页。

③ 李景汉：《定县社会概况调查》，北平，1933 年，第 376 页。

④ Jerome Chén, "The Nature and Characteristics of the Boxer Movement," *Bulletin of the School of Oriental and African Studies* 23, 1960, pp. 287 – 308；戴玄之：《义和研究》，台北，1963 年版；戴玄之：《红枪会》，台北，1973 年版。

在台湾这些队伍常被称为宋江阵。我们切不可为此名称所误导。宋江是《水浒传》中的主角。在中国其他各地，《水浒传》也被认为是民间百戏题材的泉源。这种观念往往混淆了游行行列的本来面目。他们并非在重演一个故事。相反的，《水浒传》本身有些地方浪漫地反映了民间的各种风俗及信仰，包括上举的社火。民间威仪团的历史比书中所描写的事件都要来得久远。

天官赐福木版年画

事实上，在公元1003年至13世纪中叶之间，宋朝的各个皇帝曾多次禁止这些有组织的团体在庙会中携带武器。例如，据《续资治通鉴长编》所载，在1060年，成都诸州“每年有游惰不逞之民，以祭赛鬼神为名，敛求钱物。一坊巷至聚三二百人，作将军、曹吏、牙直之号，执枪刀旗幡队仗，及以女人为男子衣或男子衣妇人衣，导以音乐百戏，三四夜往来不绝”①。不过禁令并不彻底，如在1124年，就把“竹木为器，蠟纸等裹贴为刃者”列在禁限之外。②这一类的表演性质为何并无明载。唯一的例外是《黄氏日抄》中的一段记事，其中言道在1268年和1270年间广德的春会中，人们持刀枪兵器迎伤神并跳舞于神之前。③伤神是横死者的灵魂所化成的神。

虽然神灵附身的场面未必出现于每一次的游行行列中，扮演的成分却是少不了的。更进一步而言，打斗之戏在中国以多种形式出现。举极端的例子而言，一方面我们有高度艺术性的潮州棍舞，即所谓英歌。这种表演我去年过年时在泰国的华人市中参观过。另一方面，我们可以举公开的械斗为例。时间或在除夕，或在新年；打斗时双方互掷石头，或持械相杀④。而这两种极端不同的活动都以同样的理由来说明：不举行的话，来年的景况便不吉利。游戏及竞赛同样是过渡仪式中的标记。它们亦肯定人和神的权威和声望。

① 《续资治通鉴长编》，1881年刊本，卷一九二，第17b—18a页。

② 见《宋会要辑稿》，册一六五，《刑法》卷二，第90b页。

③ 黄震：《黄氏日抄》，卷七四，第19a—22a、26a页。

④ 见《海澄县志》，1693年刊本，卷一一，第7a—7b页；J. J. M.de Groot, *Les fêtes annuellement célébrées à Emoui*（Paris，1886），p. 142; John Henry Gray，*China*（London，1878），p . 256；谭隆安：《南海狮山旁除夕械斗的风俗》，载《民俗周刊》1929年第79期，第27—28页。

早在公元前208年，秦二世皇帝就在甘泉“作角抵优俳之观”（《史记》，卷八十七，二五五九页）。一个世纪之后，角抵戏发展为各种竞赛、特技、杂耍、幻术、假面之戏及鱼龙曼延。这些陈于天子之前的百戏都是露天演出，特别是在新年时。这些活动常被指责为过分奢侈及浪费，但却仍持续两千年之久。据史书所载，外国使者，不论来自中亚，或是荷兰东印度公司所派，都被要求参观这些表演。无疑的，百戏的主要目的在于夸示皇帝的武力与威风。

以上所述并非和我们的题目无关。因为演戏基本的功用即是在表现敬意。娱乐，虽有助于达到相同的目的，却只是次要的考虑。雇用一班戏子演出一场或数场戏总不外是为了庆祝寿辰或考试及第，或在超渡仪式中对死去的亲人表达崇敬之情，或为迎高宾，或为赔礼。对大部分中国人而言，演戏最主要的功用还是在节庆中表现对神的敬意，而他们也是在这些场合中才有机会看到戏。戏台，不论是固定的或临时搭的，总是面对受礼之人或受祭之神。更具排场的是在他们面前摆上对台戏，能有其他的观众最好，但没有也无所谓。在白天演的戏或祭祀玉皇的傀儡戏上，常是没有观众的。不过，在任何情况下，观众用不着买票入场，因为所有的费用均由赞助者或社团负担。他们的声誉与演出的好坏息息相关。故毫不足奇的，除了在几个大都市内，以往在中国没有为名利而演的戏。

一般而言，演的戏的主题和演出的场合无关；因为剧情总是以团圆收场，大部分的戏都可在任何场合中演出。舞台的动作比剧情更能达到表示敬意的目的，因为音乐及扮演本身常能产生一种喜庆的气氛。为加强这种效果，演员常于开场前先演一出或数出例戏。这些例戏主要以哑戏的方式演出，仅有少量的对话，而可注意的是这些对话往往用官话而不用方言。虽然在内容、演出和次序上各个剧种彼此都有相异之处，但它们明显地来自同一传统。比方说，现尚有许多八仙戏。最早而有刊本流传的八仙戏是周宪王朱有燉（1379—1439）的“瑶池会八仙庆寿”。我最熟悉的是较短的一出八仙戏，描写西王母蟠桃盛会。西王母令东方朔邀八仙至华堂祝寿。八仙入场后和东方朔拥王母依桌椅相次叠成寿字形。西王母于是开始吟诗，八仙和之。[①]其他的例戏如以豪华的戏装和竹马取胜的六国封相等也常在正戏前演出。这些都强化了整个演出中所含有的贺喜的成分。

这例戏以外还有一更形式化的哑戏，这就是跳加官。直至今天，跳加官还是

---

① 萧遥天：《民间戏剧丛考》，香港，1957年版，第25—27页。

中国每一个剧种必演的节目。一演员，身着蟒袍，脸戴白面具，手持朝笏进场。他一语不发，只随着乐器的敲击蹦跳于台上，好像难以控制住他的兴奋。他慢慢地对观众展示一卷轴，上书“天官赐福”或其他吉祥语。下场前，他以手指日。在整个演出中，跳加官可重复数次，尤其是有要人入座时，有时甚至是当戏演至中途时。

仅有扮演神、灵怪及动物者需戴面具，但跳加官者所扮演之神的身份并不清楚。神附身于演员的时刻是以明确的方式显出，因演员只有在进场的当儿才戴上面具。在后台，面具是从不示人的。

最早可见有关跳加官的记载是在两百年前，但从其普遍行于全国的现象看来，其历史应更为久远。日本戏剧中“翁”舞与跳加官极为相似，而且也是在正戏前演出。“翁”可远溯至 12 世纪。职业剧种外，民间百戏中的大头和尚也与跳加官极为相类。大头和尚往往是百戏之首；他也出现于新年的舞狮节目中。大头和尚有极久远的历史，且可能与 11 世纪设于年尾诸戏之前、戴面具演出的“笑面”、“嗔拳”有关[①]。我们不妨推想到更早五百年的傀儡子歌舞戏的郭秃[②]。在唐朝，郭郎“必在俳儿之首”[③]。

前述的跳加官强调喜庆的一面。不论舞台表演或民间百戏都是欢乐的表现。不论是在年节或在其他场合演出，它们都被视为迎接新的到来。但由其宗教祭仪的成分看来，百戏有它另外的一面，即肯定旧的结束。驱邪，不论是以船或其他方式行之，都是它象征的一部分。戏剧同样有逐祟的特性，即使为的是求得动人的效果。危险和苦难必须克服，这如能演得令人信服，大团圆的结局更能讨好观众。然而，中国戏剧所提供的净化作用却更有其深意。

所有汉学家都知道目连到地狱救母的传说。这故事初见于佛经而被认为是七月的盂兰盆会之所据。该会乃是为救度过去七世父母，使他们得脱一切饿鬼之苦。这故事后来在变文中大有增饰，并被刻于砖石之上。12 世纪初时，此故事已由开封“构肆乐人”在中元之前演出，而直到今天，目连戏都是定期搬演。这戏曾被称为神怪剧（mysteries），我认为这名称掩盖了这戏演出的真正功用。

至少从 16 世纪起，目连戏出现于与盂兰盆会无关的各式各样的宗教庆典中。

---

① 高承：《事务纪原集类》（约 1095 年），1447 年刻本，卷九，第 27a 页。

② 颜之推：《颜氏家训》（约 597 年），周法高辑彙注本，台北，1960 年版，卷一七，第 112b 页；《旧唐书》，1975 年排印本，卷二九，第 1074 页。

③ 段安节（约活跃于 894 年）：《乐府杂录》，见《中国古典戏曲论著集成本》，第 1 册，第 62 页。

在安徽南部及江苏的一些地方，做醮时就演出目连戏。醮是道教的大祭典，其主要目的之一即在祓除不祥。在有些地方，醮一年举行一次；不过更常见的是五年或十年举行一次。除此外，醮在自杀较多的地区举行。不论在哪一种情形下举行，醮的目的即在安抚孤魂野鬼，并防止他们在人世间找寻替身。做醮期间禁屠，社团人家必须素食，不得赌博、同房及为不端之事。

戏开始，先招五方横死恶鬼。扮演目连之母刘氏游地狱十殿之事，景象逼真触目。全戏可演数日。中间尚且穿插打诨戏及惊险的特技。戏的高潮却与刘氏无关。这时的主角是东方亮之妻。她因受骗且不见谅于丈夫，只得走上自杀一途，死后为溺鬼、碰鬼和缢鬼争替。后者身穿红衣，惨白的脸上吊着血淋淋的长舌头。此刻，舞台上灯光全熄，而嚎叫的溺死鬼和吊死鬼仍在黑暗中继续其争夺，直至一神出现，才将他们驱下台。此神手执钢鞭，有时率领神将追逐恶鬼至三叉路口或河边方罢①。

浙江的演出情形也与此相类。在有些地区，特别是绍兴，目连戏是平安戏的一部分。谓之平安戏，意味着是在做醮时演出。这是由半职业性的目连戏班或由职业的乱弹戏班当做大戏来演的。从鲁迅的《无常》和《女吊》二文中我们可知前者所演的是包括游地狱的目连故事本身。相反的，乱弹戏班所演的是平常的戏，其情节可容穿插或铺陈一些自杀或驱鬼的主题。两类戏都强调某些场中的触目特性，就是鬼魂找替身，或恶人——不论是刘氏或其他人——为从地狱来的鬼卒所追逐②。

在湖南以高腔演出的大戏，不管剧目为何，都有惨死和神判的场面。整本大戏常可持续七天、十天，甚至十五天不断。据黄芝冈言，在诸大戏中，“《目莲传》的罗卜，《西游记》的唐太宗，《南游记》的观音，《精忠传》的何立（秦桧之仆）都有一段游十八地狱的相同的场子”。据周贻白言，常演的大戏只有《封神》《岳传》两种。每当演至“纣王自焚”或“岳飞毙命”时，

① 胡朴安：《中华全国风俗志》（1923 年）下篇，卷五，上海，1936 年第二版，第 24—26 页；老辛，《演目莲戏》，载《国剧画报》卷一，1932 年第 12—13 期；朱今：《我乡的目莲戏》，载《太白》半月刊卷一，1934—1935 年版，第 409—410 页。在安徽，该神为普化天尊，在其他地区则为王灵官。

② 棘公：《越剧杂谈》，载《戏剧月刊》1929 年第 2 卷第 3 期；《鲁迅全集》第 2 册，1956—1958 年版，第 244—251 页，第 6 册，第 498—504 页；赵景深：《银字集》，上海，1946 年版，第 164—174 页；袁斯洪：《绍兴乱弹简史》，见华东戏曲研究院编：《华东戏曲剧种介绍》第 1 册，上海，1955 年版，第 92—93 页。在追逐中，刘氏和鬼将可在台下任意抓东西吃，且吃且跑。

满台黄烟，鞭炮连响，台口陈香烛架，大烧纸马，完全为追荐亡灵的宗教仪式……其间最使人惨怛不欢的，为《岳传》最后一天……岳飞为防止岳云张宪二人有所异动，在自己未就刑前，亲手将二人杀死，在追一过场之后，双手提头而上。其彩人头中空，颈下各置一甫经斩下之鸭头，当挂于台口时，鸭颈尚颤动，鲜血点滴而下，彩人头亦随之抖动，俨然如真。①

就我所知，最早提及湖南目连戏的是在康熙四十七年（1708 年）。当时，衡州寿狱庙，二门前建台演戏一月，自闰三月为始。于十八日本戏演出之后，搬演“何栗回话”一出，系秦桧家婆被鬼捐去，观者无不惊骇。方且建醮于内殿，复于十九等日，接演目连全本，直至七日，种种亵慢②。这两种戏也是四川祭祀酬神的愿戏：“祈祷雨泽有东窗戏，驱逐疫疠有目连戏。”③

今天我们无须逐一讨论中国各省所演出的目连戏。这些戏的功用是极其明显的。它们的目的并非在于生动地描述目连或观音的一生。它们的演出亦非在给予道德教训或灌输恶有恶报的宗教观念。它们主要的关注甚至也不是对于祖先的崇拜。它们乃是以直接而触目惊心的动作来清除社区的邪祟，挥扫疫疠的威胁，并安抚惨死、冤死的鬼魂。从目连及其他的故事看来，看似装饰的、额外的、穿插的一些戏剧成分，其实是仪式中不可或缺的部分。因此这些演出不可被视为原来情节上的附加物。相反的，戏剧的故事只是为这些表演提供一方便的架构，而这些表演其实是可以脱离故事而独立出现的。由此看来，我们上面所讨论的目连戏和神舟逐祟的祭仪有显著的相似之处。

截至目前的讨论为止，我一直假定戏班的演出反映雇主的意愿，但我们却不能忽略演员本身。演员和乐师的社会地位极低；在许多地区，他们地位卑贱。千百年来，他们不断地使自己的唱功和技艺日臻完善。他们自己亦有一套仪节传统，而此传统在全中国都相当一致。以川剧来说：

凡是大戏班初到一个地方，无论是接演“神功戏”或“帮口戏”，在开戏首日的正午，也就是正戏之前，照例要请“灵官镇台”，有镇邪

---

① 周贻白：《湘剧漫谈》（1952 年），见《中国戏曲论集》，北京，1960 年版，第 262—264 页；黄芝冈：《论长沙湘戏的流变》，见欧阳予倩编：《中国戏曲研究资料初辑》，北京，1965 年版，第 56—57 页。

② 赵申乔、赵恭毅：《公自治官书》，1849 年刻本，卷五，第 80a—111a 页；卷八，第 2a—3a、4a—6a 页。

③ 见《广安州新志》，1907 年刊本，卷三四，第 22a 页。

驱鬼，保定太平之意。由净角演员一人扮演灵官，当灵官出场拉站四门，并即绕场一周之后，上高台坐定。由经理人焚香化纸，参叩完毕，再由武行一人斩公鸡一头，以鸡血遍洒满台。这时便由“座钟人”（比总管更有权力者）出场为灵官开光，以鸡胸之毛拔下五根沾上鸡血，贴于灵官正额上端；另取五张一串纸钱，洒上鸡血，挂于灵官右手所执金鞭第五节处，座钟人参叩完毕，起身向戏园四周察望一遍（观察有无不净之物）。若诸事顺利，则抓一把米洒向灵官，由座钟人说：“请灵官开金口”，灵官大吼三声之后，接念：“人间子宇，天降末雷，暗室亏心，神魔如电。吾乃王天宫灵官是也，今奉玉旨，镇守某某地方一带（即该戏园所在辖区地名），吾当在此，邪鬼远遁，妖魔绝迹，家家清吉，户户平安，财源茂盛，五谷丰收……”再跳“五子夺魁”，接灵官下场。①

这种祓除不祥的仪式应该是十分普遍。清朝御前承应戏开场之前“例跳灵官，谓了净台，亦曰扫台。由杂色扮灵官八人……持鞭跳舞上场，鸣鞭炮”②。民国以来，在大部分地区，这种仪式似乎只用于特殊的场合。如新戏园落成，戏台上尚未演戏必先行一繁复的仪式叫破台。在上海，则戏园易主，或生意萧条时也有重行破台者。在北平，则于除夕时为之，其目的在净除曾在戏台上演过之惨死者或夭折者的鬼魂。在这些重大的场合中，通常有五个灵官，由其中三眼的王灵官领导。仪式通常于午夜后举行，不欢迎外人参观③。

也许我该强调舞台上的凶煞恶鬼是由戏班的成员自己来驱除。他们并非处于辅助的地位，发挥或阐示由法师所主持的仪式的意义；他们是亲自完成整个包括请神、附身、驱邪的仪式，就好像他们自己是法师和乩童。一般而言，开光的工作易为任何人完成，但并不是每一个人都愿承担灵媒这种危险的角色。我已举过一个例子，即相信戴上面具即意味神灵附身。画脸谱亦具相同的意义。许多戏台上的迷信即建立在一种恐惧感之上，就是怕被所扮的神灵附身。

中国人所事的灵媒信仰及所属的巫教集团不在此一演讲范围之内，然而研究

---

① 蔡启国：《川剧习语》，载《四川文献月刊》1971 年第 109 期，第 34 页。

② 谢醒石：《梨花片片》，载《戏剧月刊》，1930 年第 2 卷第 11 期；傅惜华：《南府轶闻》，载《国剧画报》，1932 年第 1 卷第 8 期。后者的资料来源似乎是清朝印行的剧本：例见《劝善金科》，《古本戏曲丛刊》本，第一本卷上，第 1a、10a 页。

③ 蔡启国：《川剧习语》，第 34—36 页；孙玉声：《上海戏园变迁志》，载《戏剧月刊》，1929 年第 1 卷第 12 期；寒香亭主：《北平梨园岁时记》，载《剧学月刊》1935 年第 4 卷第 1 期第 5 页，第 5 期第 22 页。

中国宗教习行的人绝对不会不注意到庆典中乩童的表演所显示的戏剧特质。到底是他们模仿演员，还是演员模仿他们且本身亦形成一专门化的灵媒崇拜的遗存体？这两种职业间的关系至少说明了他们为何都被贬到社会的最低层：他们大都因和他们自己所呼唤的神灵打交道而被歧视。

台北关渡宫砖雕“天官赐福”

据汤显祖作于近16世纪末的《宜黄县戏神清源师庙记》中言，“清源西川灌口神也……讫无祠者。子弟开呵时一醪之，唱啰哩嗹而已，又言清源以田、窦两将军配食”[①]。在最近发现的15世纪刻本《新编刘知远还乡白兔记》中，“啰哩嗹”由末角开场唱诵。在清代宫中的承应戏中，这咒语是后台念的“净台咒”，在今日福建的兴化戏中，这咒语被称为“田公元帅咒”，亦具净台的功用[②]。但此咒语真可驱邪？为回答此一问题，我们必先简短地探讨守护神之一的田都元帅的功能及其来历。田都元帅至今仍为来自闽粤的伶人所祭祀。

田都元帅有时被称为“相公”。他事实上也被认为是一小男孩而在后台上常以一雕得连下体亦具之木偶表之。他和喜神或有所关联，喜神亦常以一舞台的木偶为代表，而为中国北部及西部的伶人所崇祀。有关田都元帅的神话相当丰富，也相当复杂[③]。今天我只提及某些和他有关的祭典。

我们可由傀儡戏讲起，因为田都元帅看起来很自然地就是傀儡戏神。傀儡戏常是献给玉皇大帝看的。在戏之前先有一仪式。这仪式通常在午夜以后举行，至少在福建和台湾是如此。就我在新加坡所见的情形，开始是起鼓，然后对代表

① 见《汤显祖集》，1962年排印本，卷三四，第1127—1128页。

② 陈啸高、顾曼庄：《福建的莆仙戏》，见《华东戏曲剧种介绍》第2册，第94页。相似的咒文可见于日本戏剧（tō tō tarari tararira……）和韩国戏剧（tteru tteru ta）。

③ 见K. M. Schipper，“The Divine Jester,”《中央研究院民族学研究所集刊》1966年第21期，第81—94页。

陕西皮影中十八层地狱造型

田都元帅的木偶呼唤。接着傀儡演师以鸡血点田都元帅的嘴和腿，以及帘幕两端和戏台的四根柱子。然后他放一面镜子及一把刀子于戏台上。接着他在帘幕上燃烧金纸并洒符水于幕后每一人及每一物上。然后他轻拍手掌，口诵啰哩嗹，将代表田都元帅的木偶从架上拿下，整理它的衣服，准备把它送上舞台搬演。傀儡演师与一道士以诗句简短对话后，将田都元帅置于舞台上，再以他的名义向玉皇大帝呈诵表文。最后傀儡演师再次吟曲，不断地反复唱诵啰哩嗹咒文，而田都元帅则舞于台上。

依此例看来，啰哩嗹并不是对神的祈求语，亦非驱邪的咒文，而是伴随并强调神的每一个动作的套语：神在幕后的准备，在幕前的出现及对玉帝致敬的舞步。田都元帅代表所有的傀儡行其敬意，因他乃一喜神。

不仅是木偶，就是人也可做田都元帅的化身。潮州的农村，中秋前后有关于戏童的习俗。

> 演时，先由主持的人到田里拾捧田土一撮，回来恭置香炉中，陈瓜果香烛率众膜拜，称“请田元帅”。于是再邀十几个童子，推出一二个做脚色，拈香闭目，蹲坐中央，群童四周环绕，每人各执香火一炷，上下左右摇荡，像鱼贯飞萤。火光一缕缕闪烁，凝视之必眼眩头昏，群童接着齐声念咒，其词各地互异。

潮阳的咒语常有“一催请”、“二催请”、“三催请”，及“急急如律令”等句。

> 咒语唪诵历十百遍，待蹲坐的童子香落跃起，便群呼道：“老先生来了。”主持的马上点定戏目嘱令演唱，如受术的二人三人都跃起，可以对唱，居然戛玉敲金，铿锵合韵，可以谱入丝竹。嘱唱某出便与某

出惟妙惟肖，颇可娱悦。可是这些剧曲，都不是受术的所素习，经过这种催眠作用，即能演唱娴熟中节……[①]

田都元帅作为教师爷的声望不仅建立在他的音乐才具上，而且也表现在他调兵遣将的能耐上，因为武生也祭祀他。他同时是潮州英歌队和台湾宋江阵的守护神。因此他们表演武力对抗及社团的凶神恶煞时，他也主持其事。

在约 13 世纪的一些仪典中[②]，田都元帅是赵公明手下的大将之一。赵公明是中国众神中威力最高者之一，而且在最早的道教团体中已被视为瘟神。[③]赵公明可能是一惨死者之灵。他在世间的好几位从属则可确定是在阳间遭横死的。他们都是历史上有名的人物[④]。像这些神灵在中国宗教中是最宜于就特殊官职参加驱邪的永恒战役。若辉煌成功如赵公明者则可变成有名的财神。虽然我们对田都元帅的来历不十分清楚，然而在那些仪典中，他的一些特质和赵公明相似。和赵公明一样，他拥有昭烈侯的头衔。他是四大猖烈将军之一，并且是冲天风火院的太尉。不过他被描写成“白面芙蓉口边黑如意，头戴三山帽半红半绿，双钱花袍皂靴，双手执金盒”[⑤]。田都元帅是借其武功来赐福于民。

我刚刚所作有关田都元帅的描述旨在举例说明戏剧演出所具的祭仪上的功用。我所言并不完备，因为我没能把法事戏也列入讨论范围内。也许我应该强调，就其艺术，尤其是音乐传统来看，以数十种较老的剧种所代表的职业剧团和民间百戏大不相同。但两者都可用来表示崇敬及迎新，都可有效地用来驱邪和除旧。迎神和驱邪的功能，就如同文戏和武戏，是相辅相成的。它们只是同一仪式过程中的两面。它们的戏剧形式可能源自中国宗教的下层，就是较佛教和道教更为久远的巫教传统。

（原刊于《中外文学》1979 年第 7 卷第 12 期）

王秋桂　苏友贞　译

① 萧遥天：《民间戏剧丛考》，第 53—54 页；郑德能：《潮俗中秋的观戏童及其他》，载《国立第一中山大学语文历史学研究所周刊》1928 年第 11—12 期，第 267 页。

② 这些仪典收于《道法会元》（见《道藏》，八八四至九四一册），这是一部 14 世纪时编的庞大的集子，所收的材料常有重复之处，因而明显地是来自不同的地方。

③ 陶景弘：《真诰》，见《道藏》六三七至六四〇册，卷十，第 17a 页，引《千二百官仪》。《千二百官仪》一书来自汉中五斗米道，现已失传。

④ 如钟士季（《搜神记》，见《太平广记》，1959 年排印本，卷二九四，第 2336 页）和伍子胥（《道法会元》，卷二三五，第 1a 页）。前者即钟会，他于公元 264 年为士兵所杀。伍子胥约于公元前 483 年自杀。

⑤ 见《道法会元》，卷二三三，第 6b—7a 页；卷二三六，第 3a 页；卷二三七，第 1b、4a 页。

中国戏曲文学从祭祀里产生的条件及过程①

［日］田仲一成②

对于戏曲的起源，中国大多数专家都持多元论的观点，即认为戏曲是一种由歌舞、科段、说白、故事等因素组成的综合艺术。本文就是在对上述这种观点产生质疑的基础上提出主要论点——戏曲文学起源于祭祀这样的一元论观点。戏曲文学的发展在中国经历了这样一个历程——从原始社会的巫觋凭依的动作到唐代的类似戏剧的戏弄，再到五代至北宋之间出现的孤魂祭祀、祭祀咒术、咒术密仪，最后在农业社会过渡到商业社会的阶段（即在北宋以后），受到商业刺激和墟市发展的影响才产生了真正的戏剧艺术。不过在其中起着主要推动作用的还是戏剧产生的母体——祭祀。而且，在戏曲的发展过程中，中国戏曲文学又呈现出它独有的特点——结构上的大团圆式的结局，剧情展开方面的善人最终能战胜坏人，而所有这些也正体现了中国戏剧产生的过程和结果的独一无二的特点。

一 引 言

自王国维《宋元戏曲考》以来，关于中国戏曲起源，大多数的，甚至于所有的中国专家都站在多元论观点的一方。就是说，戏曲是综合性的艺术，是由歌舞、科段、说白、故事等因素组成的。其产生的历史也一样，歌舞、科段、说

① 本文在《中国早期戏剧从孤魂祭祀里产生的过程》（胡忌主编《戏史辨》第2辑，中国戏剧出版社2001年版）基础上修改而成。

② 田仲一成（1932— ），男，日本东京大学名誉教授、日本学士院会员、东洋文库研究员。——编注

白、故事等因素先成立，然后这些因素在城市里或宫廷里慢慢被综合起来，最后发展为一门综合艺术，就是戏剧。这个观点，表面来看，似乎是合理的而且合乎历史事实的。但是其中有很大的矛盾。我发问：其诸多因素为什么需要被综合起来呢？会有一个回答，就是“娱乐上的需要”。可是歌舞、科段、说白、故事各个因素本身不是已经成为独立的娱乐艺术么？各个因素已经发挥其娱乐功能，还需要添上另外的娱乐功能吗？而且综合时，为什么以歌舞为主呢？为什么不以科白为主呢？综合的要求出于谁，是演员还是观众呢？这是不容易回答的难题。我想，我的看法似乎是相反的。很可能另外有一条思路：先有一个含有歌舞、科段、说白、故事等诸多因素在本身里融合而未分化的某些动作，然后各个因素慢慢独立且美化，最后成为一门含有多因素的艺术——戏剧。其发展的过程是因素分化的历史，不是因素综合的历史。这种怀有诸多未分化的因素而成立的动作，就是从原始神灵附身的巫觋凭依动作里所看到的。被神灵占领身体的巫觋暂时丧失感觉，又跳舞又唱歌，又说出神灵的语言，陷入一种精神错乱的心态。在这种原始巫觋凭依动作之中，可以看到戏剧的起源。后代戏剧有歌有舞，有说有事，分而有合，合而有分的心态，其原型就在这里。之后，环境变化，宗教迷信的要求降低，娱乐的要求升高，巫觋从而变为戏人，把固有的歌、舞、白、话等因素洗练化、美化，慢慢造成含有多因素的艺术——戏剧。我相信，这样一元论的思路比从前的多元论的看法更为合理，而且会更全面地说明各方面的有关戏剧的问题。这里说得太笼统，而且有些问题还没有解决。下面详细地讨论其细小部分的问题。

二　戏剧产生的深层构成

戏剧表演形式是从哪里来的呢？这个问题，应该首先讨论。戏剧表演中的所谓“形式”主要指表演者装扮剧中人物，通过演唱或舞蹈来展开故事情节而言，其核心可以分为三部分：一是人物的拟态（装做别人）；二是人物之间的对舞、对唱、对白；三是故事的起伏。我认为：这些戏剧因素都是在原始巫觋受到神灵附身而做凭依动作之中或其环境之中具备的。关于第一部分和第二部分，我在从前的著作里作了充分的说明，不用再多说了。所以下面，集中在第三部分（故事的起伏）上，比以前更详细地研讨一下。

除了上述表演形式起源于巫觋凭依动作的设想之外，还有表演形式上的重要问题。就是说，戏剧关目情节上的结构形式的起源问题。一般来说，戏剧这一种艺术形式有比较明显的特点，就是主人公（男／女）先向下方下降（陷入悲惨的境遇），然后通过自己的努力来慢慢向上方上升（克服困难的问题），最后得到胜利（团圆）。诗词没有这样的关目结构，小说虽然有起伏，但不一定以团圆结局。据此可以得知，戏剧情节非一伏一起式的结构不可。如果缺乏这类一伏一起，就不像戏剧了。那么，这类戏剧所独有的一伏一起的形式是从哪里来的呢？我认为：这是起源于村民做迎神活动的时节和环境。下面，研讨这个问题。

（一）自然环境

原始祭祀的时节，无非是冬春之交，这是有原因的。原始人不知自然之规律，也不知时节的循环性。大家身在冬天，天气寒冷，没有饭吃，不知春天是否再来。因此，很害怕春天不一定自然而来，觉得应该用力气邀请她来，所以村民举行祭祀。一方面邀请神灵，献给祭品，要他赶走冬天以诱引春天；另一方面他们自己也打鼓跳舞，发出大声，叫醒地下睡觉的春天，使她再来或促使她再来。村民跟神灵连在一起，跟冬天斗争，打胜冬天，才有春天可以出面。那时才有东西吃，才有条件养孩子。人类学者把这种冬春交替时之祭祀解释为“死而复生”的咒术，赶走冬天使她死去，邀请春天再生，祭祀就是演出“死而复活”的仪礼。这种“死而复活”的过程很像一种“先下降，后升起”的戏剧结构，也就是说，自然和祭祀，可以看做一场每逢冬春之交演出“死而复活”的“戏剧”。后来大家要求戏剧内容也具有这样一伏一起的“死而复活”，克服痛苦而获得欢喜的结构，这并不是偶然的。戏剧故事之所以一伏一起，就是在这种环境中创造出来的。

（二）人间环境

跟自然环境一样，人类群体也有“死而复活”的过程和促进这个过程的咒术。在欣欣向荣的春季，万物由死亡转向再生，对于人类群体来说也是如此。人类也应该趁此由死转生，就是说，让群体的老化的部分下台，邀请群体的年轻有力气的部分上台。人类群体为了维持其生命，应该培养接班人。老人死故是难免的，没有年轻人接替老人的事业，群体就容易消灭。所以把年轻人锻炼为成人（壮丁）是群体最要紧的事。但不是所有的年轻人都有资格成为老人的接班人，其中应该有所选择。羸弱的男孩经不起锻炼，不算壮丁。先锻炼年轻人，经得起这锻炼的人，才被看做成人（壮丁），就是“有资格作为群体的成员而负责维持群体且可以受到神灵的祝福”的人。这里也可以看到“死而复活”的观念，就是说："少年作为旧的年轻人死了，而作为新的成人（壮丁）再生出来。"这就是人类学家所谓的"通过仪礼"。这种锻炼少年、祝福他成为壮丁的行为，应该在神灵降临保护之下才能举行。经得起锻炼而成为壮丁的男人才有资格跟女人结婚，准备繁衍下一代。因此，村人举行巡神祭祀也是在冬春之交，同时实施的。所以，春天祭祀时，自然方面演出"死而复活"的活动，人类群体方面也演出"死而复活"的活动。两方面都有"一伏一起，克服痛苦而获得喜悦"的戏剧性的现象。两者在彼此交感之下，一起举行这种"复活仪礼"以促进或培养以后的戏剧产生的环境，在日本学术界，这个观点是由日本文学专家西乡信纲教授第一次提出来的。他在论文《镇魂论》（1957 年）里指出："在日本的庆典祭祀活动中，年轻人等候着神灵的来临，成群结队地固守在深山里，素食寡欲，经过种种肉体考验之后，就可以接受作为群体成员的祝福了。在这里，的确可发现'经受并克服困难而得到喜悦'这样戏剧表演形式的萌芽。"①

老人考验少年后举行成人（壮丁）仪式的习惯，在世界各民族里并不少见。然而我们不能确切地知道，在中国的春季节庆活动中，村里的年轻人是否举行，或者以前曾经举行过这样的人生仪礼，目前进行这样的调查还有相当的困难。但在中国乡村祭祀里，春节流行舞狮、舞龙等，是由年轻壮丁参加的组织性练功活动，从表面来看是崇拜神灵的祭祀活动，但实际上是以防卫乡村为目的的对于乡村不可或缺的重要任务。而且，这是年青一代从老一辈人手里接过吃苦锻炼的集体性工作，是年青一代的责任。因此，这些舞狮、舞龙的演出，在经过苦练才学会这一点上，可以看做相当于日本"成人"仪式的通过典礼，而代表乡村的生命力。而且过关而成壮丁的男青年，此时须跟女人结婚，农村的春节至今还是结婚的季节，这是反映出原始的"死而复活"的通过仪式。

三　祭祀蜕变成戏剧的条件

这里应该首先讨论，祭祀咒术（壮丁仪礼）在什么条件之下会蜕变为戏剧，尤其是其环境条件。关于这个，又有两个问题应该首先提出：

第一，咒术蜕变为戏剧的历史条件是什么？

世界各民族都有歌唱和跳舞，但是不一定都有戏剧。有的民族就只有跳舞歌

① 西乡信纲：《镇魂论》，见《诗的发生学》，东京未来社 1964 年版。

木偶戏穆桂英挂帅道具，摄于国家非物质文化遗产展

唱，而没有戏剧。因此，这里一定存在戏剧产生的条件问题。如果戏剧只在农耕社会里冬去春来、万物死而复活的条件之下，经过很长的时间从成人仪礼才产生出来的话，那么，没有耕地、在草原随时移动的游牧社会根本不会有戏剧，这是容易了解的。现在，伊斯兰社会里看不见戏剧的原因也在这里。但是同属于农耕社会之民族、集团、地域有的带有戏剧，有的没带戏剧，这里一定有条件上的差别。

关于这个，还是西乡信纲先生的意见值得注意。他说，神巫之间的咒术密仪只在祭祀组织开放而民主化的条件之下，才能够脱掉其神秘性而发展为戏剧艺术。古代的祭祀权和其组织被极少数的独裁者（父老）掌握，他们利用这个祭祀支配村民，不愿意公开其接神的密仪。因此古代不会有戏剧出现的条件。然而古代末期到中世初期，进入商业发达的而且合理启蒙的时代，农民们向父老要求参加咒术密仪。组织因而扩大，神秘性也弱化，同时村民开始怀疑祭祀是否有招甘雨、招丰收的真正效果。有的村民慢慢知道春天再来是自然规律所必然带来的，并不因神德而来的。因此他们不像从前那样积极地参加祭祀（集体跳舞）而变成旁观者（一种观众）。到这个阶段，从前不出门的神巫之间的黑暗而恐怖的对舞、对歌、对白，也暴露在白日之下，变成村民鉴赏的对象。巫觋们也适应这个变化，修饰从前的咒术歌舞而加工美化，于是出现戏剧艺术。

由此观之，一个农业社会，等到进入商业社会的阶段，才有条件产生出戏剧艺术。那个历史阶段，一般来说，是属于中世时代以后的。希腊戏剧，在古代已经产生，可以算是一个例外。其时希腊是城市国家，依靠地中海贸易，商业盛行。商人权利扩大，急速地脱离农业社会，就有利于摆脱咒术宗教。而且城市国家的成员之间比较平等，这使祭祀组织扩大而民主化。这样特殊的条件很可能使神巫密仪变成为戏剧，是世界历史上罕见的事。其他民族、国家都等到古代末期，社会进入一个以村落共同体为经济中心的所谓封建时代以后，才有了戏剧的产生。日本在13世纪产生能乐或其前身田乐，中国也在13世纪南宋至元代才出现北剧南戏，这是很自然的。

第二，戏剧艺术产生以前的类似戏剧的咒术形态怎么解释?

戏剧是从古代神巫对舞对歌的咒术密仪中蜕变而来的,所以在古代某些宗教活动中很容易发现类似戏剧的行为。有些专家把类似戏剧的咒术（比如楚辞）看做戏剧的前身，叫做“戏”（周华斌教授的观点）或“泛戏剧”（黄竹三教授的观点）。最近作这类论说的，似乎不少。我认为，这样不彻底的概念，在学术上不但一点用没有，而且容易引人误解，何况这些专家们大约仍然站在进化论的角度，怀有前身慢慢变成戏剧这样简单的想法，或站在戏剧多元论的角度，且没放弃王国维关于戏剧综合歌舞科白故事而成立的观点。我认为，类似戏剧的咒术和真正的戏剧之间，有一条不可逾越的鸿沟。前者和后者之间，间隔着一条很广很深的深渊，不容易跳过。为了逾越鸿沟，需要严苛的条件，且需很长的历史时间，《诗经》的颂以来，大家试过跳跃，试了好几次，有时接近戏剧，尤其是唐一代很接近，但没有达到彼岸，关键在是否有悲剧的因素。没有悲剧的因素，不可以算真正的戏剧。忽略这一点，把类似戏剧的咒术看做戏剧的前身，在学术上大概没有意义，而且也不能解释中国戏剧产生的逻辑。

四　戏剧产生的条件

上面所讨论的是关于戏剧产生的深层结构,下面我们开始讨论戏剧从深层显现到表层来的构成。

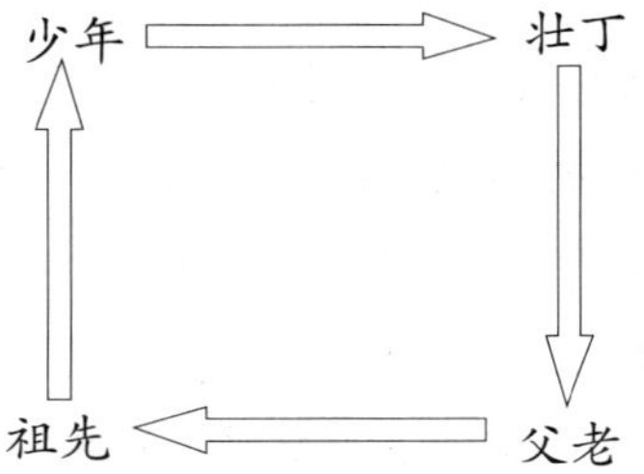

上面所说的通过礼仪是在一种循环体系的基础上成立的。就是说，少年→壮丁→父老→祖先→少年。少年是祖先再生的，壮丁是少年再生的，父老是壮丁

再生的，祖先是父老再生的。祖先→少年有死而复活的过关过程（再生：祭礼），少年→壮丁有死而复活的过关过程（成人仪式：冠婚），壮丁→父老有过关过程（寿礼），父老→祖先有过关过程（死：丧礼）。这体系是原始的、阶级未发生以前而没有阶级矛盾的、只有年龄秩序的原始社会的结构。每个过关，都是在祖先和神灵关注保护的条件下，逐步进行的。死和生是连续地接下去，生和死之间，没有明显的区别。这里个体的生命是集体的生命的分身（被分割的化身），个体的生命会死，但集体的生命不会死，会永远持续下去，这是一种很乐观的世界观。前几万年或几千年的人类，他们的想法大概如此，目前较为开化民族的想法也是如此。

不过，这样乐观的世界观，经过历史的变迁，早晚难免破产。人类生产力提高，阶级产生，集团和集团之间，个体和个体之间，产生了矛盾，发生了斗争，甚至于械斗或战争。因此少年未成壮丁便夭折的也有，壮丁在械斗中死故的也不少，父老死于非命、祖先不能享祭祀的亦有。循环顺利的时代过去，到达循环中断的时代。在这样的历史时代，最难解决的是弱年死故的孤魂的问题。他们不能安身于循环体系之中，被赶到安定体系的外面去，不得不浮游于空中，忍耐饥寒。他们被迫抓取田地里的食物，甚至于引发天灾地变。那么，乡村应怎么样对付他们呢？面对这个回题，村民应该考虑两方面：一是春天死而复活的传统的祭祀，一是秋天寒气接近时安慰孤魂的新的祭祀。

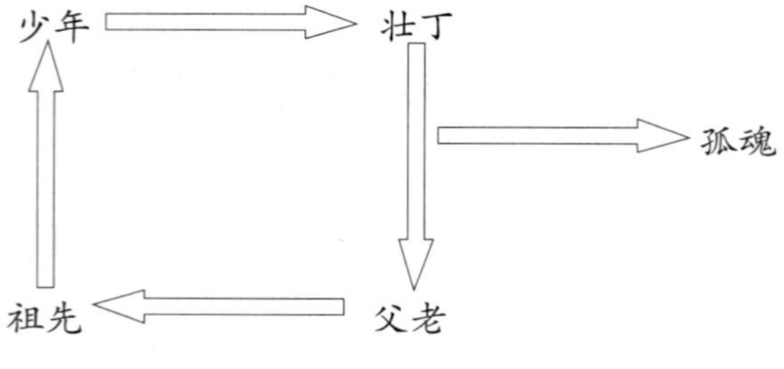

除了春天之外，古代也有秋季的拜神活动。其主要内容一般都是感谢神灵赐予了丰收，并把一年的收获物奉献给神灵和祖先。但一旦面临孤魂的威胁，农村便越发重视孤魂祭祀，孤魂也会增加。除了以上这些内容以外，还包括给阵亡的年轻男子、自杀的年轻女子、离乡未归的官吏商人等举行祭祀。根据民间的信仰，由于这些孤魂没有子孙，不能享受节庆的欢乐，跳出循环之外，因此只能整天附着在草木上，漫游徘徊在空中。可是时间一长，孤魂便会越来越多。那么孤魂带有的阴气过多地积聚，就会破坏阴阳的平衡，最后导致发生水灾、旱

灾之类的大灾祸，而这也是村民最害怕的事。于是，每到秋季，自然界中食物减少，寒气迫近，孤魂开始陷入冻馁之苦的时候，村民们就在奉祀神灵及祖先的同时，向孤魂们施舍足以度过寒冬的大量的食物和纸衣。

如此，村民为了保护包括自己在内的循环体系，需要安慰将破坏这循环体系的孤魂。在这安慰和救济方面，佛教和道教的贡献一定是不小的。初期的镇魂礼仪可能由僧侣承担，后来道士也来参加。通过僧道的诵经行忏，孤魂的怨恨才会消解。有的孤魂得以向天界上升而获得新生。这里可以看出，秋季祭祀所依据的表现形式仍然是前面提到的春季成人仪式中的“死而复活”方式。如此，秋季镇魂祭祀虽然跟春季迎神祭祀在“死而复活”的形式上不无共同之处，但是其内容上有不可忽略的特点。就是说，每个孤魂有自己的悲惨的故事。僧道安慰或镇抚他们时，僧道和孤魂之间，一定有孤魂向神灵告诉自己悲惨命运而要求救济的机会。届时，孤魂下降，巫觋迎接，两者对舞对歌，仪礼带有神秘、恐怖的成分。承担密仪的道士依靠咒术、法术对孤魂施以安慰镇抚。英灵很可能告诉他自己的悲惨故事，而这正是后代悲剧的母体所存。春季祭祀里大巫（代表神灵）和小巫（代表村民）之间有一段以村民祈求丰收为内容的对舞、对唱、对白。秋季祭祀里僧道（代表神佛）和孤魂之间有一系列以孤魂的悲惨故事为内容的对舞、对唱、对白。前者会发展为庆祝剧，相反的，后者，我认为会发展到一个以孤魂为主人公（男／女）的悲剧。一般来说，世界各国的戏剧等到其悲剧成立时才可以说真正地成立，喜剧作为戏剧还是属于不完整、不成熟阶段的。所以从这种观点来说，等到孤魂祭祀出现，真正的戏剧（悲剧）才有了面世的条件。而在这里，我们才会了解到戏剧产生的真正原因。

那么，在中国的历史上，这种含有悲剧萌芽的孤魂祭祀在什么时代才出现的呢？下面逐步研讨这个问题。

五　真正的中国戏剧的产生

上面，我们已经研讨过戏剧形式和内容从哪里产生的这种理论性机制，而且还研讨了其在什么环境下会展现出来。下面就可以讨论最关键的问题了，就是说：真正的中国戏剧是在什么时候才产生出来的呢？

第一，孤魂祭祀在什么时候出现的呢？很可能在五代至北宋之间才出现。五代以前就没有，所以这种祭祀对于戏剧形成的过程能够提供一系列以英雄或自杀女人为主人公的故事题材，就不会在唐代以前出现了。反过来说，五代、北宋以后，将要发展到艺术的咒术密仪才有了条件可以吸引孤魂故事而成为作为艺术的戏剧。

首先，每个乡村举行孤魂祭祀，其孤魂都是无名男女，没有什么特别。宋元时代道士们编纂安慰孤魂时用的科仪书，即所谓黄箓斋科书，里面记载了有关孤魂的项目，如下：

宋代无名氏《黄箓九幽无碍夜斋次第仪》

（《道藏》第291册）所云如下：

次往大门外，设香桌子上香，召无主孤魂滞魄。

1. 其或英雄佐国，忠赤事君。逢危不顾于一身，致命乃酬于万乘。殁于沙碛，死在战场。骨未瘗藏，魂方沉滞。（英雄）

2. 或即效官万里，驰命四方。染疫疠以卒终，遇伤害而横夭。关源为阻，闾里攸赊。春秋夏冬，绝于祭祀。（官游文士）

3. 或投名上国，商贾东西。跋履山川，泛涉江海。遇毒虫而害命，遭狂浪以摧舟。（经商）

4. 或幼入空门，长依释教。孤隐于林泉之里，栖迟于岩谷之中。志慕修行，自甘寂寞。（僧侣）

5. 或为游客，或掌化缘。荏苒倾亡，因循迁化。（僧尼）

6. 或情嫌凡俗，心乐仙乡。全清闲养素之名，居碧嶂出尘之界。未遂长生之理，难逃短景之期。（道士）

7. 或有工妙丹青，艺高药［乐］术。因兹游历，客死他乡。（路岐艺人）

8. 或效力往还，佣身驱役。［上下不接，疑兹有脱文］，或有冤而暗害，或无告以自残。魂魄飞扬，无依无倚。（冤死者）

9. 或作狂徒劫盗，逆党叛臣。负国难以自甘，坠阴冥而敢恨。（盗贼逆臣）

10. 或有欺慢神理，或不孝父娘。受天谴以灭殂，犯罪责而致殒。（犯罪者）

11. 或困贫而寒饿，或避法以逃藏。计穷而自尽山林，事急而身投河井。（自杀者）

12. 或被虎狼啖，或以水火漂焚。（难死者）

是女是男，或少或老。虽莫知于名姓，冀相率以惧来。先沐浴以清身。受法筵之享祭。

这里开列有十二类孤魂，字句长短参差而表现不太整齐，其间很可能有误脱。但是以英雄为首的秩序似乎反映出五代、北宋时期乡村农民对于孤魂怀有的朴素观念。而这又可以看做后世悲剧的萌芽之所在。根据《黄箓九幽无碍夜斋》所说，道士救济这些飘游于地上的远路孤魂以后，他们会去地府，打破二十四地狱，救出冥途滞魂。如下：

次往地狱，破二十四地狱……次吟未央偈：九幽黑暗那堪往，到者雷同是罪人，冥冥难得见光明，太上慈尊来救度。……

这里描写的是地狱的悲惨。《东京梦华录》所载的北宋汴京《目连救母》杂剧也似乎是在这些农村孤魂祭祀里破狱仪礼的习惯中产生出来的，可见中国戏剧的产生始终离不开孤魂祭祀。

第二，在中国乡村，这种孤魂祭祀是在什么时候、什么环境之下才蜕变成戏剧的呢？

关于这个问题，西乡信纲教授的学说中就有相关的阐释。他主张推进这种蜕变的是商业的刺激①。农业社会进入商业社会的过渡之中后，人们对于迷信咒术的心态才会解放，而孤魂祭祀也才有可能变成娱乐性戏剧。一般来说，商业是在什么时代都会有的。集团和集团之间的交易，早在原始时代就出现了。而且古代城市里也有发展规模较大的商业和市场，何况于以后的城市？到处都有商业的记录。但是在乡村社会里，商业的兴起并不是早期出现的。农村的交易是以农民出卖粮米而购买农具或日用品为主的。这种农村市场最初只是临时举行，但是后来地点和时间慢慢固定下来，最终成了定期市场。每十天至少开一次，叫做墟市或集市。这种定期市场，等到五代至北宋时期才有所发达。其时神巫对歌对舞的密仪受到墟市开放的气氛和商人尊重合理的想法的影响，就能逐渐褪掉其神秘性、恐怖性变成大众鉴赏的娱乐性的对象。由此可见，中国戏剧只有在宋代乡村墟市的环境下才能展现出来。实际上，早期宋元戏剧的记录都是跟墟市的记录分不开的。例子如下：

---

① 西乡信纲认为：希腊戏剧还是在商业繁盛的市民社会的条件之下才产生的。其早期性是例外，但逻辑上不算例外。东方世界一般在中世纪（10—13 世纪）以后才有这样的历史条件。日本最早的戏剧“能乐”还是在 13 世纪产生的。

陆游《夜投山家》诗："夜行山步鼓冬冬，小市优场炬火红。"《书喜》诗："酒坊饮客朝成市，佛庙村伶夜作场。"《初夏闲居》诗："高城薄暮闻吹角，小市丰年有戏场。"

杨万里《观社》诗："虎面豹头时自顾，野讴市舞各争妍。"

从这些描写农村祭祀的诗句里，我们可以看到戏剧和墟市连在一起的关系。而这又使我们推想到中国戏剧产生初期所需要的有关商业因素的条件，只有在宋代农村定期市场的环境里才是充分的。由此观之，有些中国专家认为中国戏剧在古代或唐代以前已经产生的主张是不成立的。

孤魂的出现、农村定期市场的盛行，都是在南宋时才出现，唐代以前是不可能看见的。由此，我们大概可以断定戏剧文学在中国北宋末期至南宋初期才产生。唐以前的类似戏剧的戏弄，不能算戏剧，只是其萌芽而已。

六　孤魂祭祀的体系化和中国早期戏剧的产生

上面所说的道士孤魂祭祀，后来发展得更具有体系性，每个孤魂的描写也带有更丰富的故事性。商业圈扩大，有时几个乡村联合起来，共同举行孤魂祭祀，此时乡村父老们认为：威胁本村的孤魂不一定限于本地的人物，别的地区的或过去的有名人物的孤魂有时也会袭击本村。而且其中有名的孤魂还有惹人注目的故事。如下就是对此类孤魂的故事的记叙：

北宋吴处厚《青箱杂记》卷九，关于战国时代赵国忠臣程婴、公孙杵臼的孤魂英灵云：

> 况二人者，忠诚精刚，洞贯天地。则其魂常游于大空，而百世不灭。……如或自来未立庙貌，即速令如法崇建。著于甲令，永为典祀。

由此可见，一千几百年前的孤魂漂游天下会带来灾害，村庄应该祭祀安慰。

又，明代徽州休宁县山区茗洲村吴姓族谱《茗洲吴氏家记》（社会记）正德十三年条下云：

> 朝廷敕封护国通天达地感应张一侯王，夫人吴氏，子六甲将军，女花诰小娣。称杀贼有功，神游天下。黟、祁、歙俱设坛迎迓。我里亦于门前河滩设坛。

这里所说的张一侯王等人是在唐代安史之乱时死守睢阳，粮尽城陷，悲惨阵亡的将军张巡和他的家属。可见一千年前战死的英灵孤魂还能漂游天下。远离睢阳的徽州各县乡村也不得不祭祀安慰。商业圈的扩大使孤魂祭祀的主角从无名孤魂变成为有名孤魂，从而推动历史悲剧的产生。

这种发展在南宋以后的江南道士《黄箓斋系统科仪书》上可以看到。而这种情形也造就了一种使祭祀仪礼发展为戏剧艺术的条件。关于这个过程，我们应该讨论两个问题：一是早期戏剧的题材来源问题，一是其结构问题。下面逐一研讨。

（一）元杂剧的题材起源于孤魂故事

金末元初的江东道士金允中所著《上清灵宝大法》（施食普度品）把从前的十二类孤魂扩大了一倍，有二十四类之多；同时把孤魂的秩序也加以改变，而英雄之前增补帝王后妃等以显出儒家式的阶层观。故事更为丰富，如下：

> （1）以今焚香，先伸恭请，历代帝王，前朝君主。或揖逊而有天下，或开拓以立基图。……然而数传之后，累叶之余，未免泰极而否生，运气而变起。或王纲之不振，或太阿之倒持。或权臣肆凌逼之虞，或胡骑有寇攘之祸。小而播迁郡邑，大而倾覆邦家。
>
> 虽云德之或亏，亦恐数之有定。昔日銮舆归杳漠，如今殿宇已丘墟。傥英灵未陟于丹霄，虑清跸尚稽于黄壤。伏望暂迂丈卫，略盼坛筵。鉴兹开度之斋修，密悟希夷之隐奥。当知富贵如梦，成败一空。往事难追，前途可勉。仰祈宸慈，俯赐降临。
>
> （2）以今焚香，奉请昔朝禁壶，往古掖庭。尊而后妃，下而嫔御。或望隆后苑，或德最坤仪。外佐圣明，内闲典则。虽古今之既革，必慈爱以如初。仰冀在天之灵，俯察由中之祷。其或德分厚薄，宠有盛衰。虽金屋玉楼，翻成寂寞。长门邃宇，徒围悲凉。
>
> 至如青冢之殡难归，马嵬之变罔测。或谢身于丹禁，或白首于上阳。遗恨未销，清魂无倚。……
>
> （3）以今焚香，奉请千古英雄，历代将帅，登坛授钺，拜命策勋。或三箭而定天山，或七擒而伏南虏。或削平于僭乱，或拯复于寰区。嘉绩济时，精忠贯日。或尽节而没于王事，或退老而终于天年。或守正而罹害于一时，或深入而丧躯于万里。义之无失，理则何伤。或生不至于封侯，或死于今而庙食。伏愿暂扬麾纛，俯届坛场。享于克诚，诞乎灵

佑。其有负可疑之势，挟不赏之功。或自失于忠诚，或偶生于嫌隙。祸萌不测，变起于形。或放逐而终，或诛锄而逝。或家门之废坠，或嗣息之凋零。杳霭阵云，昔日之壮图已谢。沉昏夜府，今朝之滞识尤迷。愿应召以来临，庶随机而感悟。不壥宿障，咸濯生津。

（4）以今焚香，摄召戎门卒众，军阵兵行。历代以来，六合之内。兴废不知其几，战斗莫计其时。或寇盗猖獗于城中，或夷虏腥口于邦内。不得已而征讨，终未免于残伤。

身命殒于弓枪，血肉涂于草野。或围城而败绩，或遇伏而丧功。或失援而悬军，或轻敌而饵毒。胜者未能全壁，败者必将陷师。郡邑为之荒凉，生灵遭于屠戮，虽云天数之或定，其亦人情之至哀，然奋义引以效勤，尽忠而死节。若非返生人世，则尤隶役冥司。伏愿略驻扎于灵坛，共赞扶于元化。同沾利佑，早遂升腾。其间或缺于忠诚，或失于疑二，或阵未交而自溃，或势非急而就降，或爽律而受诛，或违伍而被罪。恐一念之不正，虑九地之尚留。符命已颁，拘缠必解。所当悔愆昔咎，灌洗前厌愆。各承大宥之恩，尽脱九沉之苦。即希来赴，同领善功。

（5）以今焚香，摄召文场秀士，学海儒生。博通百氏之书，深造六经之奥。……其有志徒切而天命乖，学虽优而至理昧。凌霄壮气，易以差池。眩世辞华，竞成委靡。场屋屡困，名器愈赊。一息不流，万缘皆断。虑其未悟穷通之分，莫明祸福之机，生而事爽素心，死恐魂稽泉曲。……

从这篇文章里，可以指出每个孤魂的故事跟元杂剧题材之间的内在关系。前面的《黄箓斋次第》中头一名的英雄，在这《上清灵宝大法》里可以看见，扩大到帝王、后妃、文士、阵亡将士等。这些头五名的孤魂可以算是第一流的孤魂，应该首先安慰镇压，要不然的话，会发生大灾害。这种第一流孤魂的故事，我想，会发展成元杂剧的题材，同时元杂剧会继承这一系列孤魂故事而成立。比方说：（1）帝王类所举的“权臣肆凌逼之虞”，元杂剧里其例不乏。（2）后妃类所举的“青冢之殡”是指王昭君而言，元杂剧有《汉宫秋》。“马嵬之变”是指杨贵妃的故事，元杂剧有《梧桐雨》。（3）英雄类所举的“三箭而定天山”指的是薛仁贵。“七擒而伏南虏”的是诸葛孔明。“精忠贯日。或尽节而没于王事”，如关羽、张飞等，元杂剧有《西蜀梦》。“或守正而罹害于一时”，如岳飞，元杂剧有《东窗事犯》。“或深入而丧躯于万里”，如杨令公，元杂剧有《昊天塔》。最后所提到的犯刑徒众，法死伤魂，元杂剧有《窦娥冤》。由此观之，元杂剧的题材似乎是从孤魂祭祀自然延伸而来。

（二）元杂剧的结构保存超度孤魂仪礼的痕迹

二神鹿升仙山构图，西汉彩绘棺头档图（马王堆一号墓出土）

这里有更为值得注意的，就是说，在元杂剧里，不但其题材跟孤魂祭祀分不开，而且其作品结构也跟孤魂仪礼分不开。

上面《上清灵宝大法》中，每举一类孤魂以后，都有咒言救济孤魂。而且，开列二十四类以后，附有一个很长的总结性的咒语。如下：

> 摄召三途之众，万类之魂。有识有情，无依无倚。具述不尽，声说难详。无段无穷，无数无限。无远无近，无姓无名。或以寿终，或以恶死。或因痨瘵，或被瘟癀。或坠马而覆车，或溺江而赴水。或自刑自害，或自缢自残。或落涧坠崖，或委沟陷井。
>
> 或中蛊而殒，或服毒而伤。或死于家乡，或终于道路。或已老而逝，或尚少而亡。或虎噬蛇伤，或雷嗔电击。或受刀刃，或被弓枪。或万类人民，或百工技艺。或官或吏，或贤或愚。或富或贵之流，或贫或贱之辈。或寡或孤，或男或女。或无资基，或有家产。或为奴婢，或陷孤寒。或患聋盲，或困喑哑。或腰身中疾，或手足不全。或少也奔驰，或壮而游荡。或久绝嗣息，或尚存子孙。或尸柩已焚，或坟墓犹在。或浮有郊野，或执滞丘处。或系阴狱地司，或在狱宫水府。或拘城隍社

河南密县县衙之三鉴堂

令，或沉蒿里黄泉。或拘冤仇，或怀忿怒。或已经证结，或为尽报偿。或役电驱雷，或担沙负石。或萦闭幽夜，或涟汲溟波。或未得迁升，或不经济度。或往劫沉滞，或近世沦亡。或土石精灵，或山林鬼怪。或魑魅而处潜隐之地，或魍魉而在恍惚之中。一切幽灵，无边鬼爽。想皆只赴，尽已来临。

这里，所有的孤魂都被描写做：先陷入悲惨境遇，而后恭蒙神佛的摄召，超升天堂。具有一伏一起、死而复活的结构。其超度孤魂的仪礼具有三个阶段：第一，沉吟郊野、地狱、水府等的孤魂们向僧侣道士告诉自己的悲惨境遇。第二，僧侣道士把孤魂们所告的内容向神佛转达而替他们祈求超度。第三，神佛接到僧侣道士的申请，审查孤魂的功过以后，对他们加以超度或惩罚（一种审判）。仪礼变成戏剧时，这三个阶段也被继承在戏剧之中。但是早期戏剧在继承这三个阶段时，各个作品之间也有些差别。尤其是继承第三阶段的形态上反映出各个戏剧的发达的程度。比方说，在最早期最朴素的戏剧里，在困境中苦恼的主人公，跟孤魂仪礼一样，完全依靠神佛之力被救济。而随着戏剧发达，神佛干预的成分减少，主人公自己努力的成分增加。最发达的戏剧里，神佛不管，困境完全由主人公自己努力解决。

从这个观点来说，有些元杂剧虽然拟通过人的努力来解决困难，但是毕竟只能由神佛救济，可以算是最早期的阶段。比如，关汉卿《关张双赴西蜀梦》，张飞的英灵在第三折登场，在丧礼中，向君王（刘备）告诉而唱：

［二煞］君王索怀痛忧，报了仇也快活。除了刘封槛车里囚着三个，并无喜况敲金镫，有甚心情和凯歌。若是将贼臣报，君王将咱祭奠，也不用道场锣鼓。

［二煞］烧残半堆柴，支起九顶镬。把那厮四肢梢，一节节钢刀剁。

刳开了肠肚鸡鸭啄，数算了肥膏猛虎拖。咱人灵位上端然坐。也不用僧人持咒，道士宣科。

这里张飞在丧礼神位当中，面临道场锣鼓，僧人持咒，道士宣科，虽然拒绝仪礼，但君王刘备只能由僧道祈求神佛以超度而已。因此，这杂剧以张飞冤魂的诉苦为结束，观众不知其下落。这不算有头有尾的戏剧，而很像上面开列的道士孤魂祭祀的咒文。也可以说是一种还没成熟为真正戏剧的，停在一半仪礼一半戏剧的早期过渡性阶段的表演。比如，孔文卿的《东窗事犯》也一样。其第三折，岳飞英灵向高宗诉苦：

［收尾］忠臣难出贼臣彀。陛下宣的文武公卿讲究。用刀斧将秦桧市曹中诛。唤俺这屈死冤魂奠盏酒。

这孤魂诉苦，跟上面张飞的差不多。但是下面有些差别，就是说：在第四折，地藏王接受岳飞的诉苦，就审判秦桧夫妻，断罪而终。最后有岳飞诉苦的歌唱，之后，有审判，如下：

［柳叶儿］今日都撇在九霄云外，不能够位三公，日转千阶。将秦桧三宗九族家族坏。每家冤仇大。将秦桧剖棺剐尸骸。恁的呵，恩和仇，报的明白。

（等地藏王队子来）（断出了）

这里有“断”，是审判的结论。虽然跟《西蜀梦》同属于神佛审判，但更为有头有尾。可以说，把孤魂祭祀客观化而使之接近于戏剧还有一个例子值得注意，是元代无名氏的《昊天塔》。第一折：杨继业英灵显圣于儿子杨六郎的梦里，要求从敌人那里夺回自己尸骸，以带回家乡。唱词如下：

［赚煞尾］儿也，说甚的，犹恐相逢是梦中。属付恁个养家业种。须念着子父每情重。

接此，杨六郎带着部下孟良，装做客贩，强袭敌人，夺回父骨，跑回家乡，七天七夜建醮，超度父魂。这里问题由登场人物的努力解决，孤魂祭祀可说是发展到真正的戏剧。

除了上面的英雄孤魂祭祀之外，还有应泼承桃的孤魂，就是女人冤魂。上引《上清灵宝大法》所开列孤魂提到产死女人的孤魂而云，“或因结胎而受患，竟以伤生。或由育子以成艰，终于殒命。或子母不分而死，或血液未静而亡。在常情已可惊疑，于死魂必生迷执”。这些产死的女人，为了乡村的后代而牺牲自己，所以乡民最害怕其冤气。此外，乡村妇人从外面嫁入，受屈的机会比较多，自杀者也不少。上引《黄箓斋次第》所说的冤魂，“或有冤而暗害，或无告以自残，魂魄飞扬，无依无倚”，我想，主要是指乡村妇女而说的。安慰妇女孤魂是乡民最重视的祭祀。早在北宋已有的《目连救母》杂剧也含有安慰妇女冤魂的目的。元杂剧里最有名的悲剧《窦娥冤》还是从安慰妇女冤魂的祭祀产生出来的。其第四折，窦娥孤魂说唱如下：

> ［新水令］我每日哭啼啼守住望乡台。急煎煎把仇人等待。慢腾腾昏地里走，足律律旋风中来。则被这雾锁云埋撺掇的鬼魂快。

这里表现出上面《上清灵宝大法》（总结咒语）所说的或浮有郊野，或执滞丘处的孤魂心态。窦娥灵魂最后由她父亲（法官）救出来，跟目连的母亲灵魂依靠释迦如来救出来的结构比起来，可以说更为接近于真正的戏剧。但是结构上，两者都是跟孤魂祭祀分不开的。

由此观之，中国早期戏剧，英雄剧也好，冤女剧也好，都是从孤魂祭祀里产生出来的。这个设想，我相信是值得考虑的。

七　结论：中国戏剧发展的特点

前面，我是站在欧洲人“死而复活”的观念上[①]，把自己的戏剧起源论展开来的。不过，中国是否有“死而复活”的观念，这是一个问题。对于冬春交替的自然现象，中国人与其解作“死而复活”，宁可解作“否极泰来”。就是说，不是春天和冬天激烈对立而斗争的绝对性的想法，而是阴阳缓慢交替的相对性的解释。冬天是阴气极多、阳气微少的时期，这时出现“否极泰来”的现象，阴气就开始减少，阳气却增加起来，逐渐到达春天，以后阳气凌驾阴气，就到夏天，就是阳气极多，阴气微少的阶段。这时又出现“泰极否来”，阳气就开始减少，阴气就增加，慢慢转到秋天，最后达到冬天，周而复始。在这样的想法下，冬春之间并不是断绝对立，而是连续推移。这影响到中国戏剧的结构。戏剧里主人公通过悲惨苦恼获得喜悦的结构是东西两方相同的，但是西方戏剧里主人公对于困境和坏人全力斗争而获得胜利，是非常激烈的。而且在悲剧里，主人

① 在欧洲的学术界，根据希腊戏剧的历史，最早指出这种思路的是英国人类学者 Jane Ellen Harrison（1850—1928）。她在《古代艺术和仪式》（Oxford University Press，1913）里论述了仪式发展为艺术的途径。

公陷入彻底破灭而终，这就是“死而复活”的样式。反过来，在中国戏剧里，悲剧的结局没有西方那样的彻底性，多数终于团圆式的结局，其剧情的展开也一样。首先善人和坏人之间发生矛盾，善人陷入困境，但是以后不一定仅由于善人的斗争，而主要由于环境的变化或改善，善人逐渐占据有利条件，坏人却慢慢后退，最后善人终于战胜坏人，达到团圆。这类结构后来越来越多，元明长篇南戏和传奇都有这类情节。这可以看做中国“否极泰来”式的自然观的反映。

但其间还是可以看到与欧洲的“死而复活”类似的形式。比如：宋元明清的戏曲里，主人公和他妻子，经历种种曲折，之后，他一朝登第，所有的问题立刻一举解决，全局忽然得到团圆。这样急转直下式的结构似乎起源于上述的壮丁仪礼里“死而复活”的形式。宗族社会里作为壮丁的最高资格就是登第做官。宗族年轻子弟，大多数刻苦十年，等到中试，才算作最合于理想的壮丁了。这很像各民族年轻人受到严格的训练，经受过各种曲折和痛苦，才得到成人仪礼的祝福。宋元以后的小说也有主人翁一举团圆的结构，但是没有戏曲那么明显突出。只有在戏曲里可以看到这样典型的“死而复活”式的结构。这似乎不是偶然的事。我认为，即使在中国，也可以说成人（壮丁）仪礼和戏曲结构之间潜藏着一个隐约的关系。

春天再来，赶走冬天，与此同时，年青一代接替老一代，是一个戏剧性的过程。促进这新旧交替的祭祀，是戏剧产生的母体。这是世界普遍的事实，但其间各民族各有特点。中国戏剧产生的过程和其结果也有独一无二的特点。

（原刊于《文化遗产》2007 年创刊号）

论分析心理学与诗的关系

［瑞士］C. G. 荣格

本文译自亚当斯（H. Adams）所编《自柏拉图以来的批评理论》（*Critical Theory since Plato*）美国卓凡诺维克出版公司 1971 年版，第 810—818 页。此文原为荣格 1922 年 5 月在苏黎世为德国语言与文学协会所作的学术报告，后收入英译本《荣格选集》第 15 卷。作者荣格（Carl Gustav Jung，1875—1961）是瑞士著名心理学家和精神病学家。生于瑞士的巴塞尔，求学于巴塞尔大学医学系。1900 年至 1909 年任苏黎世大学精神病诊所医师和心理学讲师。1907 年与精神分析学派创始人弗洛伊德结识，并成为其主要门徒之一。1911 年任国际精神分析学会第一任主席。1912 年与弗洛伊德分裂，在苏黎世另创一新的学派——分析心理学。荣格一生著述甚丰，英译本主要有：《精神分析理论》（*The Theory of Psychoanalysis*，1912），《无意识心理学》（*Psychology of Unconscious*，1916），《分析心理学文选》（*Collected Papers on Analytical Psychology*，1916），《现代人寻找灵魂》（*Modern Man in Search for a Soul*，1933），《宗教心理学》（*Psychology of Religion*，1938），等等。这里的选文是荣格文学艺术观的代表作。文中所说的"诗"按照西方文论传统可理解为"艺术"的代称。荣格首先提出对艺术进行心理学研究的可行性及其限度问题，并以此为基点对弗洛伊德派精神分析学的艺术研究作了尖锐的批评。他强调艺术品的特殊意义在于它超越个人的界限，力图把握艺术创作心理活动中的非自觉性特征及其同集体无意识的关系。为此，荣格提出了创作的"自主情结"概念和"原型"概念，前者可以使艺术家的创作超越本人的意识局限，激荡出人类原始世界的声音，使作品具有不期而然的象征意义，而这一切的实现又是通过集体无意识的载体——原型或原始意象的作用而完成的。伟大艺术之所以感人就在于它能借激活的古老原型而发出一千个人的声音；而艺术的社会功能也就是从无意识的深渊中把浸透着远古人类深沉情感的原型重新发掘出来。

讨论分析心理学与诗的关系尽管有其难处，却给我提供了一个便利的机会，使我能总括地表明我对于心理学与艺术的关系方面颇有争议的一些问题的看法。虽然这两种事物不可同日而语，但无疑地存在于二者之间的密切关联却有必要加以研讨。这种关联在下述事实中是不言自明的：艺术实践本身就是一种心理活动，因而可以从心理学角度去研究。由此看来，艺术，同源出于心理动机的其他人类活动一样，对心理学来说是理所当然的课题。不过，当我们试图把上述主张诉诸实践的时候，就难免要涉及心理学观点的明确界限问题。具体而言，艺术，只有其创作过程那一方面才可以成为心理学研究的课题，而不是构成基本性质的那一方面。艺术就其自身来说是什么，这一问题不是心理学家所能解答的，必须从美学方面去探讨。

在宗教领域里，有必要作出同样的区别。心理学的研究只适用于构成宗教现象而无关乎宗教本质的情感和象征。如果心理学研究能阐明宗教与艺术的本质，那么二者就会变为心理学的分支了。这并不是说，这种对它们的性质的冒犯未曾发生过。但那些冒犯宗教和艺术的性质的人显然是忘记了心理学本身也很容易遭受同样的命运，理由很简单，如果心理学仅仅被看做是一种大脑的活动，被贬黜为生理学的一个分支的内分泌功能，那么其内在的价值和特殊性质将被抹杀。这样的事，如我们所知，也确曾发生过。

艺术就其特质而言并非科学，科学在本质上亦不同于艺术，所有这些心灵的领域都贮存着某种具有其特殊性的东西，并只能依据它们自身得到阐释。因而，当我们谈到心理学与诗的关系时，我们只能论述艺术的适宜于心理学考察的那一方面，并且以不僭越其本质为前提。关于艺术，无论心理学家要说什么，都将限定在艺术家的创作过程这一方面，同艺术的根本性质无关。心理学家阐释艺术不会比用理智来描述或理解情感的本质更为精确。事实上，假使艺术和科学之间的根本差别不是很久以来就植根于人们心灵之中的话，它们就根本不能作为独立的实体而存在。在幼儿的身上，艺术的、科学的和宗教的倾向尚混为一体处于沉睡状态，这一事实，或者下列事实，艺术、科学和宗教发端于原始人那种巫术性智力的无差别混沌状态；在自然本能的动物身上找不到“精神”的痕迹——所有这些都不足以证明某种能够抹杀事物之间差别的同一性原则的存在。因为一旦我们回溯心灵的历史过于遥远，以至于心灵各种不同活动领域之间的差异都消失了，那么我们所得到的就不是一种关于它们的结合的基本原则，而仅仅是一种尚不存在各种独立活动的早期未分状态。然而，初始的状态并非解释性的原则，我们不能靠它来对后来的状态，对高度发展了的状态的性质下结论，尽管这些后来状态都是从初始状态中发展而来的。科学的态度总是倾向于从其因果由来方面俯视这些更为分化的状态的特殊性质，并努力使它们附属于一个总的但又是更基本的原则。

上述理论说明在今天对我来说是必要的，因为我们见到的那种把艺术作品，特别是诗简化到其初始状态而加以详细阐发的现象实在太多了。我这里是指弗洛伊德派而言。虽然诗人所加工的素材及其特殊的处理方式可以很容易地被追溯到他同父母的私人关系中去，但这并不能使我们理解他的诗。同样的简化在所有其他的领域中也能施行，并不仅限于在病理性紊乱的情形之下。神经官能症和病态心理同样可以简化为幼儿与父母的关系，一个人的好的和坏的习惯，他的信仰、特点、激情、兴趣等等也是如此。不过，很难说所有这些差别很大的东西都肯定有完全相同的解释，不然的话，我们就得作出结论说它们实际上都是同一个东西。如果一部艺术作品以同样的方式被解释为神经官能症，那么就可以说艺术作品是神经官能症或神经官能症是艺术作品。作为文字游戏，这种解释再好不过了，但是健全的常识却不允许把艺术作品置于像神经官能症这样的水平上。在极端的情形中，心理分析家透过其职业有色镜把神经质看成艺术品，可是一个理智健全的外行人却不会把病理现象误认为是艺术，尽管艺术作品在相当程度上源于像神经质这样的心理条件是无可否认的事实。这也很自然，因为某些这类的条件在每个人身上都有，并且由于人类环境的相对恒定性而总是同样的，无论是神经过敏的知识分子、诗人还是普通人都是如此。所有的人都有父母，所有的人都有恋父情绪或恋母情绪，所有的人都知道性因而具有某种共同的和典型的做人之难处。一个诗人可能受他父亲的影响多一些，另一个诗人可能受他母亲的影响重一些，而第三个诗人则可能在诗中表现出性压抑的明显迹象。由于所有这些不仅在每个神经病患者而且在每一个正常人那里都可以说是同样的，所以以此来判断艺术作品就得不到什么特殊的东西。至多不过使我们对作品产生的心理前提的了解的深度和广度有所增加。

毫无疑问，由弗洛伊德首创的医疗心理学鼓励了文学史家，将艺术作品的某些特征同作者隐秘的私人生活联系在一起。不过这在原理上并不新颖。艺术的科学考察将揭示出艺术家有意识或无意识地编织到其作品中去的私人的线索,这早已为人所知了。弗洛伊德的方法，不管怎么说，使对这种能追溯到最早的婴儿时期的并对艺术创作起重要作用的影响，可以得到更详尽的揭示。在这一程度上，对艺术的精神分析同一种深化了的文学分析的微妙的心理学方法之间并无本质的差别，这里的差别至多不过是程度上的。但有时仅从感觉出发，我们会惊讶地看到，本应仔细体会和详尽探索的东西竟被粗略地一带而过了。这种对审慎的缺乏似乎是医疗心理学家的职业性特点，而这种轻易下结论的草率行为将很容易招致使自己声名狼藉的攻击。传记中加入一点奇闻逸事或许会使它增加趣味，可是如果堆积得太多了，总不免使人感到厌倦。

我们的兴趣不知不觉地偏离了艺术作品，迷失到心理决定论的迷宫之中，诗人成了临床病例，而且很可能还要成为性的精神紊乱的少数病例的另一种补充。但是，这样一来就意味着艺术的精神分析已从其适当的对象偏向一边去了，滑入了一个同人类本身一样宽无边际的领域中，那里与艺术家的特性毫不相干，对于他的艺术就更不着边际了。

这种分析将艺术品带入一般人类心理学的范围，在那里许多艺术之外的其他事物都有其根源。用这种方式解释艺术，正像一句陈腐的话所说“每个艺术家都是自恋者”一样妙不可言。每个追求自己的目标的人都是“自恋者”——虽然人们会怀疑怎能容忍这一为神经病状而特别铸就的术语如此广泛的流行。这样一来，这句话等于什么也没说，它似乎只能引起对一句名言的微弱的惊奇感而已。由于这种分析与艺术品本身并无关联，却像一只鼹鼠那样竭力使自己尽快隐匿在土壤之中，所以它最终总是在把整个人类联结在一起的大地中寿终正寝。因而，其解释就会像人们每天在咨询室中所听到的内容一样单调乏味。

弗洛伊德的简化方法是纯粹的医疗方法，这种处理针对的是病理的或是其他取代了正常功能的心理构成物。因而，必须消除这些构成物，为恢复正常功能扫清道路。在这种情况下，对人体的共同基础加以简化是适宜的。但一旦把这种简化应用于艺术品，就将导致我们已描述过的那种后果。它剥去了艺术品的华美外衣，将人类（Homo Sapiens）赤裸的和单调乏味的一面揭示出来，诗人和艺术家也正属于这一物种。艺术创作的金色光华——讨论的最初对象——在我们把分析歇斯底里的幻觉所使用的腐蚀性方法挪用过来时就完全暗淡了。结果显然是很有趣的，或许就像给尼采的大脑做尸体检查那样具有同类的科学价值。那次解剖可以令人信服地说明致尼采于死命的那种特别的具有代表性的瘫痪。但是，这同《查拉图斯特拉如是说》[1]又有什么关系呢？不论其隐蔽的背景可能是什么，它本身不是超越人类与所有的人体缺陷，超越了偏头痛和大脑萎缩的一个完整的世界吗？

我已经谈过了弗洛伊德的简化法，但尚未说明这种方法是由什么构成的。在本质上这是一种调查病态心理现象的医疗技术，它仅仅是关于克服或穿透意识的外壳以便达到心灵深处或无意识层次的方式和手段。它建立在下述假说之上：神经官能症患者压抑了自己的某种心理内容，因为这内容在道德方面与他的意识的价值是相对立的。其结果是被压抑的内容必然具有否定的特征——婴儿性欲、猥亵甚至犯罪冲动——这些内容是意识所无法接受的。由于人无完人，每个人都不可避免地拥有这样一种心理背景，不管他是否承认。因此，只要人们运用弗洛伊德创立的这一解释方法，就能把这种心理背景揭示出来。

在这样一次讲演的短时间内，我当然不能深入到这一技术的细部，应该做的是几点提示。无意识的背景不是以静止状态存在的，它以其对艺术内容的特殊作用将自身显露出来。举例来说，它产生出一种特别性质的幻想，这种幻想很容易解释为性的意象；或者它给意识过程造成特殊的混乱，而混乱则减轻了被压抑的内容。了解无意识内容的一个非常重要的来源乃是梦，因为梦是无意识活动的直接产物。弗洛伊德简化方法的基本内容是搜集所有表明无意识背景的线索，然后通过对这些材料的分析和解释，重构出初始的本能活动。那些给我们提供了无意识背景线索的意识内容被弗洛伊德不恰当地称为“象征”。然而，它们不是真正的象征，按照他自己的理论，它们实际上只起着无意识过程的“符号”或“征兆”的作用。真正的象征与此根本不同，应理解为一种无法用其他的或更好的方式而定形的直觉观念的表达。[2]例如，当柏拉图以他的洞穴之喻[3]来说明知识理论的整个问题时，当耶稣用譬喻表达他的天国观念时，那都是真实的、真正的象征，即试图表达某种尚不存在恰当的语言概念能表达的东西。假使我们按照弗洛伊德的观点来解释柏拉图的比喻，那么我们自然就会提到子宫，并将证明甚至像柏拉图这样的思想家也仍然植根于一种婴儿的性特征的原始水平。但是，我们却会完全忽略柏拉图从他的哲学思想的原始决定论中实际创造出来的东西，会把握不到根本的要点而仅仅发现他同一般人一样也具有婴儿性

① 《查拉图斯特拉如是说》是尼采超人哲学的代表作。——译注

② 荣格在这里采用了浪漫主义批评家们对“象征”和“寓意”的区分。——原编者注

③ 柏拉图在《理想国》卷 7 中所使用的一个著名比喻。——译注

欲的幻想。这样一种发现只有对把柏拉图当成了超人的人来说才有价值，因为他现在可以心满意足地说柏拉图也是个普通人。但是，谁会把柏拉图当成神呢？肯定只有那种被婴儿幻觉所操纵因而具有神经官能症心理状态的人才会这样认为，对他来说，人类共同的真理简化为医疗问题是有益于健康的，但不管怎么说，这毕竟同柏拉图比喻的含义毫不相干。

我已特意详述了医疗精神分析学在艺术品方面的应用，因为我想强调精神分析方法同时也是弗洛伊德学说的一个基本部分。弗洛伊德本人曾用他僵固的教条确证，方法和学说——就它们本身而言是两种非常不同的东西——被公众看成是同一种东西。然而在不把精神分析抬高为一种学说的同时，它作为方法在医疗方面的应用仍是有成效的。针对这一学说，我们必然要提出强烈的反对。因为它作为基点的那种假定是相当武断的。例如说，神经官能症根本不仅仅是由性压抑引起的，病态心理也是如此。没有根据可以说梦只包括那种其道德的对立面要求它们由假定的梦检查员伪装起来的被压抑的愿望。弗洛伊德的解释技术因受到其自身的片面性，以及由此产生的错误假说的影响，表现出相当明显的偏见。

为了公正地对待艺术作品，分析心理学本身必须完全摆脱医疗的偏见；因为艺术品不是疾病，因而要求一种与治疗不同的方法。一个医生自然得找出病因以便根除之，但同样自然的是心理学家面对艺术品必须采取恰恰相反的态度。不是去调查其典型的人体决定因素，而是首先探讨其意义，只是为了更全面地理解作品，他才考虑其决定因素。私人方面的原因多少与艺术作品有关，就像土壤与赖之以生长的植物的关系一样。我们当然可以通过了解土壤的特性学会了解植物的某些特性，对于植物学家来说，这是他的研究的一个重要组成部分。但是没有人会认为任何基础方面的东西都是对植物本身的发现。在医学上面临病原学问题时医生所需要的是私人方面的情况。对于处理艺术作品来说并不相宜，因为艺术品不是人，而是超个人的存在。它是物，不是人格，因此就不能以个人的标准来判断。事实上，真正的艺术作品的特殊意义存在于下列事实之中，即它已超越了个人的界限，跨出了与其创造者的个人联系。

我必须根据我们的经验承认，对一个医生来说，当他用他那受到过生物学因果关系的系统训练的头脑来考虑艺术品的时候，不受其职业偏见的影响是很不容易的。不过，我也逐渐认识到，虽然具有纯生物学倾向的心理学能够解释有关一般人类的许多问题，却不适用于处理艺术作品，更不用说作为创作者的人了。由于一种纯因果关系性的心理学的范围只限于探讨什么成分是得自遗传的或是派生于别的什么源头的，所以这样的心理学仅仅能够把每个人简化为人类这个大类别中的一个成员而已。但一件艺术作品既不是遗传而来也不是派生出来的，它是对因果性心理学总是要加以简化的那些条件的创造性重构。植物不是土壤的一种纯粹产品，它是一种生命的，在本质上同土壤的性质毫不相干的自我调节的过程。同样，艺术作品的含义和特质也存在于艺术作品本身，而不存在于外来的决定因素。几乎可以把它描述为一种利用人作为滋生媒介的生命存在，它按照其自身的法则运用它的能力，为了完成其自身的创造性目的而自我形成。

但在这里我有所保留，因为我脑中还有一种需要说明的特殊类型的艺术。并非所有的艺术作品都是以我方才描述的方式产生的。文学作品，不光是诗，还有散文，都可以完全出自作者要造成一种特殊结果的意图，他以特定的目的对材料加以特定的处理，取舍增删，偏重某一效果，忽略另一种效果，这里或那里加入浓墨重彩，始终小心翼翼地考虑着总的目标，严格关注着形式和风格方面的法则。他细心判断，完全自由地斟字酌句。他的材料完全从属于他的艺术目的，除了要求表现这一点，他别无他求。他同创造过程已全然合为一体了：要么是他有意地使自己隶属于它，要么是它使他全然成了它的工具，以至于让他完全失去了对创作事实的意识。总之，不论哪种情况，艺术家都同他的作品相互融合了，他的意图和他的才能已与创作活动本身难以区分。我想在这里无须再列举出文学史上或艺术家们自己的表白例证了。

我也无须再举出或多或少全然涌出于作家笔端的其他等级的作品为例了。它们似乎是盛装来到这世界上，犹如从宙斯头上跳出来的智慧女神雅典娜。这类作品能动地强迫着作者，他的手不由自主，笔下写出的东西使他瞠目结舌。这种作品自成一体，不容作者添枝加叶，凡作者所不愿意要的东西都抛回给他。正当他的清醒意识在这些现象面前惊诧之时，一些他从未想过要写的思想和形象却有如万斛源泉一般不择地而出了。不论他自己怎样，他总得被迫承认这是他自己的自我在讲话，他自己的内在本性在表白，说出一些连自己也不敢相信的东西。他只能服从于显然是外来的冲动，受它引导，感到这作品比他本人伟大，投身于一种不属于他的，不为他所驾驭的力量。在这里，艺术家与创作过程并没有融合为一；他明白他是作品的附庸，或置身于作品之外；仿佛他是一个局外人，或者为异己的法术力量所操纵的人。

这样，在论及艺术心理学问题时，必须区分这两种完全不同的创作方式。判断一件艺术作品，许多最重要的东西首先取决于这一区分。这一点席勒早就先意识到了，众所周知，他试图用自己的概念“感伤的”和“朴素的”来划分它们。[①]心理学家将“感伤的”艺术称为“内倾的”（introverted）艺术，将“朴素的”艺术称为“外倾的”（extraverted）艺术。内倾态度的特点是，主体明确意识到其意向和目的以对抗客体的需要，而外倾态度的特点则是主体服从于客体对它的需要。在我看来，席勒的剧作以及他的大部分诗都是属于内倾态度的：其材料完全为诗人的意识的意向所主宰。外倾态度可由《浮士德》第二部来说明：其素材似乎不完全受作者对它的驾驭。更明显的例子是尼采的《查拉图斯特拉如是说》，在那里人们可以看到作者怎样“一人化为二人”。

从以上所述可以看出，当人们谈到不是作为个人的诗人，而是作为使他冲动的创作过程的诗人时，心理学的观点就发生了转变。兴趣从前者移到了后者，诗人仅仅作为反应的主体而引起注意。在第二类作品中这一点更为明显，诗人的意识在那里并不融合于创作过程。但在第一类作品中情况则相反，其中诗人就是创作活动本身，可以毫无强迫之感地自由创造。他甚至能完全意识到自己的活动自由，深信他的创作只是他的意志和能力的表现。

这里我遇到一个按照诗人的表白所无法解答的问题。这确是只有心理学才能解答的科学问题。如上文所示，很可能诗人在进行明显的自我创造，产生出他意中所向往的东西时，会因创作冲动而忘其所以，根本不知道还有一个“异己的”意志存在，正好像另一种诗人完全受控于“异己的”意志而不知道他自己的意志在对他说话一样，尽管这实际上就是他自己的心声。诗人对他的创作绝对自由的确信将会成为一种幻想：他以为他在游泳，但实际上却在无形中随波逐流。

这绝不是一个虚幻的问题，而是由分析心理学的证据作为基础的。研究表明，意识为无意识所影响并实际上受其制约的方式是各种各样的。然而能否证明诗人尽管有其自我意识，但仍会被他的作品所左右呢？证明有直接和间接的两种。直接的证明是诗人知道他所表达的内容，但实际上表达出来的东西却超出了他的意识。这种情况很常见。间接的证明是，在诗人的明显的自觉意志背后，有一种更高的需要，当诗人自愿中止创作活动时它就重新发出其强制性的

① 参看席勒《论朴素的诗和感伤的诗》。——原编者注

指令，或者在他的创作不由自主地中断时产生心理混乱。

对艺术家的分析有力地表明，无意识不仅能产生强烈的创作冲动，而且使创作变化无常。从伟大艺术家的传说中足以看出，创作欲是如何驱使他们不顾一切地忘我工作，甚至牺牲健康和日常生活的幸福。在艺术家心中孕育着的作品是一种自然力量，它或以狂暴或以自然本身的机巧来实现自身，根本无视充当它的载体的人的个人命运，创作欲望犹如一颗树苗在他身上生存和生长，从那里汲取养料。因此，我们应把创作活动视为植根于人类心灵中的一个生物。用分析心理学的术语来说，这一生物是一种“自主情结”（autonomous complex）。它是一种心理的分化物，独立生活在意识的系统之外。根据其所拥有的能量的大小，它或者仅表现为对意识活动的干扰，或者作为一种至上权威，挟制自我为其目的而行动。相应的，自身与创作活动融为一体的诗人，当无意识需要开始作用时便欣然承命。但另一类视创作力为异物的诗人却因种种理由而不肯屈从，这样就在不自觉中为自主情结所俘获。

可以预料，这一区分的根源可以在作品中看到。在一种情形中，作品是意识的产物，其设计和产生都有预定的目的。在另一种情形中，我们看到的是无意识的产物，它无须借助于人类意识就能达到目的，并且常常以任意坚持其自身的形式和结果的方式公然反抗意识。据此可知，第一类作品从不会超越理解的界限，其效果已由作者的意图所决定，不会超出这种意图之外。但对第二类作品，我们就得预计到某种超个人的东西，它超出我们理解的程度正像作者在创作过程中意识中止作用的程度。

总的来说，这些标准在实践中得到了证实。一篇经过有意识地构思和选材的作品，总是符合于第一类作品的性质；其他的情况与第二类作品相符。作为说明的实例，上面所举的席勒剧作属于一种情况，《浮士德》第二部和《查拉图斯特拉如是说》则属于另一种情况。不过，在相当详细地了解一个未知的诗人与其作品的个人关系之前，我不会把其作品置于任何一类之中。仅了解诗人是内倾还是外倾是不够的，因为不论是哪一类型的诗人，都既能写出内倾作品，也能写出外倾作品。在席勒的剧作和他的哲学著作之间，在歌德的精雕细琢的诗和他那与材料相抗争的《浮士德》第二部之间，在尼采的精辟警句和他的奔放挥洒的《查拉图斯特拉如是说》之间，都明显地存在这种差别。同一作者可以在不同时间对他的作品采取不同的态度，我们所用的标准即以此为基础。

由此看来，问题是相当复杂的，特别是当我们讨论那些与创作活动融为一体的作家时。因为需要说明的是：明显的意识和有目的的创作态度是诗人的主观幻想，他的作品会产生某种超出他的意识范围之外的象征性。这种象征性只会更难加以把握，因为读者也无法超出由时代精神所决定的诗人的意识。并不存在一种读者世界以外的阿基米德观点，使他能摆脱他的时代意识的锁链以便认知隐伏在诗人作品背后的象征。理由很简单，象征就是对超出我们目前理解力水平之外的意义的模仿。

我提出这个问题，只是为了不至于让我的分类局限住那些其内涵并不超出本身表现出来的东西的艺术作品。不过，我们常常发现一个超越时尚的诗人忽然间被再发现。这是由于我们意识的发展达到了一个更高的水平，从而可以认识到诗人作品中以前未曾被认识到的东西。而这层新的含义却始终存在于作品本身，隐匿于象征之中，只有当时代精神更新之际我们才可能领会它。它需要一种新的眼光来观照，旧眼光只能从中看到寻常之物。这类经验应该引起我们的注意，它证明了我前面提出的观点。但是，那种一目了然的象征性作品无须这一微妙的理解方法，它们的含蓄语言已经告诉人们它们的意义是超出字面之外的。我们可以立即感触到象征，哪怕我们尚未能完全满意地理会其意义。象征对我们的思想和情感来说总是一种挑战。这也许能说明为何一篇象征性作品如此具有吸引力，如此强烈地打动我们，并且为何常常不能给我们一种纯审美的愉悦。一篇无明显象征性的作品对我们的美感会有更大的作用，因为它自身完整，意旨清晰。

那么，你们或许要问，分析心理学对于艺术创作的奥秘这一根本问题能有什么贡献呢？到现在为止，我们讲的只是艺术的心理现象问题。既然无人能洞察自然的奥秘，你们也不要期望心理学能创造奇迹，给创作的玄妙提供一种完满的解释。与其他科学一样，心理学只能在某些方面对于加深理解生活现象有所帮助，它不能比别的学科更加接近绝对真理。

关于艺术作品的意义我们已谈了许多，有人不免要问：艺术究竟有没有“意义”呢？也许艺术并无“意义”，至少没有我们所理解的意义。或许同大自然一样，是什么就是什么，并无自身以外的“意义”。除了解释（解释是被渴求意义的智力隐匿在事物之中的）以外，意义是否必要呢？有人说，艺术即是美，“美的事物便是永恒的愉悦”。他不需要意义，意义与艺术并不相干。在艺术的领域内，我必须接受这一真实的说法。但讲到分析心理学与艺术的关系，我们便已站到了这个领域之外，不加以思索是不可能的。我们必须解释，必须发现事物中的意义，否则就简直无法讨论问题了。生活和事件是一种自我调节的过程，我们必须将它分解成意义、形象、概念，虽然我们十分清楚这样做的结果会使我们更加远离生活的奥秘。只要我们自己沉浸到创造活动中，就会物我两忘了，实际上我们也无须去理解什么，因为没有什么比认识对直接感受更有害的了。但是为了达到认识性的理解，我们必须置身于创作过程之外，从外部来观照它，惟其如此，它才成为表现出我们称之为“意义”的东西的意象。以前仅仅是纯粹现象的东西，现在成了与其他有意义的现象相关联的东西。它具有特定的作用，服务于某种目的，产生了具有意义的效果。当我们看到这一切之后，便会感到理解了并解释了某种事物，按这一方式，我们便满足了科学的要求。

在前面，我曾把艺术作品喻为自沃土而长出的树木，或者母腹中诞生的婴儿。不过，任何比喻总有局限，我们仍须诉诸较为精确的科学术语。你们记得，我曾将艺术家创作初始时的心理描述为自主情结。我用这个术语表示一种心理构成，直到其能量积聚到足以脱颖而出的程度，它才由无意识升华为意识。它与意识的联系并不意味着它被意识所同化，只意味着它被发觉，但它不是意识所控制的对象，既不能受其制约，也不能有意识地使它产生。这就是所谓情结的自主性：它的出现和消逝都依据自身固有的倾向，独立于意识的意志之外。创造情结同其他任何一种自主情结一样都具有上述特征。从这一意义看，它类似于病理过程，因为病理过程也以自主情结的出现为特点，尤其是在精神失常的症状中。艺术家灵感冲动与病状现象十分相近，虽然二者未可同日而语。“第三情结”便是自主情结。但自主情结的出现本身并不是病态的，正常人也可能偶尔地或长久地受其支配。这只是心理的正常特征之一。并未意识到自主情结存在的人恰恰说明在他们身上无意识具有更高的水平。各种典型的在某种程度上具有区别特征的心理态度都有变为自主情结的趋向，这种情况实际上常常发生。此外，每一种本能都或多或少具有自主情结的特点。因而，自主情结本身不是致病的因素，只有频繁发作并引起紊乱时，它才是疾病的征兆。

自主情结是怎样产生的呢？这里不可能详谈，所要说明的是心理中迄今存在着的无意识部分进入了活跃状态，并通过激活毗邻的联想区域而取得优势。为此所需要的能量自然从意识中汲取——直至意识与情结融为一体。不过在没有发生这种现象的情况下，能量的耗散就导致了简奈特（Janet）所说的“精神水平下降”。意识的能力和活动强度渐次减弱，或者导致淡漠——一种对艺术家来说极为常见的状况，或者导致意识功能的退化，即返回到一种幼儿的或原始的水平，出现智力倒退现象。“功能的低级部分”，如简奈特所称，占有了前台，人格的本能方面压倒了伦理方面，原生的方面压倒了成熟的方面，不和谐的方面压倒了和谐的方面。这种情形在许多艺术家的生活中都可见到。自主情结便是这样通过利用从控制人格的意识中汲取来的能量而得到发展。

那么，自主的创造情结究竟包含了哪些成分呢？只要艺术家的创作不能给我们提供洞察其底蕴的基础，关于这个问题我们便无从得知了。创作呈现给我们的是已完成了的图画，这幅画只有达到了我们能够把它认作是象征的程度，才适合经受分析。如果我们从中看不出什么象征的价值，那么我们只不过是证实了它的内容就是它本身，换句话说，它看上去是什么就是什么，如此而已。我使用“看上去”这个词，因为我们自己的偏见会阻碍对它的深入理解。不论如何，我们找不到分析的动机和出发点。但是，如果作品确有象征性，我们应记住盖尔哈德·霍普特曼①的名言：“诗歌从语词中激荡起原始世界的反响。”于是，我们所应提出的问题是：在艺术的形象中蕴涵着什么样的原始意象呢？

对这个疑问须略作说明。我认为我们要加以分析的艺术作品不仅具有象征性，而且其产生的根源不在诗人的个体无意识，而在无意识的神话领域之中，这个神话领域中的原始意象乃是人类的共同遗产。我把这个领域称为“集体无意识”，以区别于个体无意识。我把后者视为所有能够转化为意识并且确实经常转化为意识的心理活动和内容的总和，它由于与意识不相容而受到压抑，处于潜在状态。艺术也受益于这一领域，不过其渊源关系并不明显，而且，个体无意识的优势远远不能使艺术作品成为象征，只不过能使之成为征兆而已。我们可以毫无疑虑地将弗洛伊德所运用的净化法用于这类型的艺术。

个体无意识是潜藏在意识层次之下的一个相对很薄的层次，集体无意识与此不同，它在正常情况下不会变成意识，也不能靠任何一种精神分析技术把它追忆和再造出来，因为它既非被压抑的又非被遗忘的。不应把集体无意识设想为一种独立自存的实体，它不过是一种以记忆的意象②所特有的形式——也就是附着于大脑的组织结构而从原始时代流传下来的潜能。不存在天生的思想，但存

---

① 霍普特曼（1862—1946），德国作家，以优秀剧作使德国戏剧复苏，1912 年荣获诺贝尔文学奖。——译注

② 荣格在这里对集体无意识的定义与前一年（《心理类型》，1923 年编，第 338 页，555 页以下）对“原型”的定义方式大体相同。更早一些，即 1919 年，他第一次使用“原型”这个术语。他写道“本能与原型同样出自集体无意识”（《本能与无意识》第 133 页以下）。本文中上一句话应理解为原型。——原编者注

藏传佛教人面鸟身神形象，桑吉扎西摄

在着天生的思想潜能，它给无边的幻想设定疆界，使我们的幻想活动保持在某些范畴以内：一种前思想（a priori ideas），其存在似乎只能从其效果方面来认识。它们只出现在成型的艺术素材中，作为构成艺术作品的支配原则。这也就是说，只有依据已完成的作品进行推断，我们才能重构原始意象的本来面目。

原始意象或原型是一种形象，或为妖魔，或为人，或为某种活动，它们在历史过程中不断重现，凡是创造性幻想得以自由表现的地方，就有它们的踪影，因而它们基本上是一种神话的形象。更为深入地考察可以看出，这些原始意象给我们的祖先的无数典型经验赋予形式。可以说，它们是无数同类经验的心理凝结物。它们呈现出一幅分化为各种神话世界中的形象的普遍心灵生活的图画。但神话的形象本身仍是创造性幻想的产物，它们仍有待于转译为概念语言。在神话时代只存在这种语言的开端，然而一旦创造出了必要的概念，就将使我们能够抽象地、科学地理解作为原始意象的基础的无意识过程。每一个意象中都凝聚着一些人类心理和人类命运的因素，渗透着我们祖先历史中大致按照同样的方式无数次重复产生的欢乐与悲伤的残留物。它就像心理中一条深深的河床，起先生活之水在其中流淌得既宽且浅，突然间涨起成为一股巨流。大凡碰到有助于原始意象长时期储存的特殊环境条件，就会发生上述情况。

每当这一神话的情境再出现之际，总伴随有特别的情感强度，就好像我们心中以前从未发过声响的琴弦被拨动，或者有如我们从未察觉到的力量顿然勃发。原始意象寻求自身表现的斗争之所以如此艰巨，是由于我们总得不断地对付个体的、非典型的情境。这样看来，当原型的情境发生之时，我们会突然体验到一种异常的释放感也就不足为奇了，就像被一种不可抗拒的强力所操纵。这时我们已不再是个人，而是全体，整个人类的声音在我们心中回响。个体的人并不能完全运用他的力量，除非他受到我们称为理想的某种集体表象的赞助，它能释放出为我们的自觉意志所望尘莫及的所有隐匿着的本能力量。最有效的观念总是某一原型的十分明显的变体，这一点在下述事实中一目了然，这些观念本身倾向于构成寓言，例如，“母亲之邦”（mother country）的理念显然是关于母亲的寓言，正像“祖国”（fatherland）的观念是有关父亲的寓言。其激励我们的力量不是出于寓言本身，而是出自我们的故土的象征价值。这里的原型是原始人对他们所居住的、包含着他们祖先的精灵的土地所特有的那种“互渗的神秘性”。

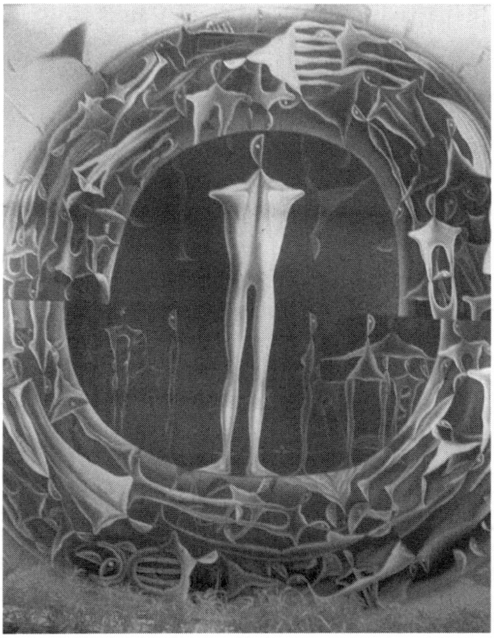
天地人三才，Kiettisak Chanonnart 作于 1995 年

一个原型的影响力，无论是采取直接体验的形式还是通过叙述语言表达出来，我们之所以激动是因为它发出了比我们自己的声音强烈得多的声音。谁讲到了原始意象，谁就道出了一千个人的声音，可以使人心醉神迷，为之倾倒。与此同时，他把他正在寻求表达的思想从偶然和短暂提升到永恒的王国之中。他把个人的命运纳入人类的命运，并在我们身上唤起那些时时激励着人类摆脱危险、熬过漫漫长夜的亲切的力量。

这便是伟大艺术的奥秘，是它对我们产生影响的奥秘。创造过程，就我们所能理解的来说，包含着对某一原型意象的无意识的激活，以及将该意象精雕细琢地铸造到整个作品中去。通过给它赋予形式的努力，艺术家将它转译成了现有语言，并因此而使我们找到了回返最深邃的生命源头的途径。艺术的社会意义就在于此：它不断地造就着时代精神，提供时代所最缺乏的形式。艺术家以不倦的努力回溯于无意识的原始意象，这恰恰为现代的畸形化和片面化提供了最好的补偿。艺术家把握住这些意象，把它们从无意识的深渊中发掘出来，赋予意识的价值，并经过转化使之能为他的同时代人的心灵所理解和接受。

民族与时代和个人一样，有其特有的倾向和态度。“态度”这个词表示着每一种明显的倾向必然具有的偏见。倾向包含着排他性，排他性意味着在生活中起作用的诸多心理因素由于和总的态度不相容而失去了存在的权利。正常人可以依从总的倾向而不损害自身，但因为厌弃阳关道而专走背街小路的人将首先发现那些期待着在集体生活中超作用的心理因素。这里，艺术家的相对缺乏适应能力反而成了他的优越处；因为那将使他遵行自己的志向，远离人们走惯了的老路，从而发现能满足他的时代的无意识需要的东西。这样，正如个人的意识态度的片面性可以由无意识的反应所纠正那样，艺术代表着民族的和时代的生活中自我调节的活动。

我知道在这次报告中我只能粗略地勾勒我的观点。但我希望我不得不省略的内容，即将心理学方法实际应用于艺术作品的工作，能由你们的思想来加以补充，使我的抽象理论骨架变得有血有肉。

朱国屏　叶舒宪　译

集体无意识的概念

[瑞士] C. G. 荣格

本文译自《荣格选集》第 9 卷《原型和集体无意识》(*The Archetypes and the Collective Unconscious*) 1968 年英文版，第 42—53 页。此文初为荣格 1936 年 10 月在伦敦的圣巴斯奥勒缪医院（St. Bartholomew's Hospital）所作的学术报告，首次发表在该院院刊第 XLIV 期上。本文经过作者的修订。荣格在本文中对集体无意识的概念和与之密切相关联的原型概念作了清晰的界说，着重探讨了原型的心理学意义，指出它就是“本能自身的无意识形象”，或“本能行为的模式”。由于原型具有这种潜在的心理根源性，所以，对于精神病病原学和艺术创作动力学来说，研究原型都将具有重要启示。文中还涉及原型重现的境况条件、原型的鉴别和证明方法、原型与梦的关系等问题。

在我的经验概念中，或许没有一个像集体无意识的思想这样受到诸多误解的。本文试图阐述以下几个问题：一、集体无意识这一概念的定义；二、说明它的心理学意义；三、证明方法的解释；四、一个实例。

一 定 义

集体无意识是人类心理的一部分,它可以依据下述事实而同个体无意识作否定性的区别：它不像个体无意识那样依赖个体经验而存在，因而不是一种个人的心理财富。个体无意识主要是由那些曾经被意识但又因遗忘或抑制而从意识中消失的内容所构成的，而集体无意识的内容却从不在意识中，因此从来不曾为单个人所独有，它的存在毫无例外地要经过遗传。个体无意识的绝大部分由

"情结"所组成，而集体无意识主要是由"原型"所组成的。

与集体无意识的思想不可分割的原型概念指心理中的明确的形式的存在，它们总是到处寻求表现。神话学研究称之为"母题"；在原始人心理学中，原型与列维－布留尔所说的"集体表象"概念相符，在比较宗教学领域中，胡伯特（Hubert）和毛斯（Mauss）把它们定义为"想象的范畴"。阿道夫·巴斯蒂安（Adolf Bastian）很早以前曾称之为"初级的"或"原始的"思想。上述这些参照材料足以表明，我所说的原型——从字面上讲就是预先存在的形式——并不是孤立的现象，而是某种在其他知识领域中已被认可和命名了的东西。

以下是我的看法：除了我们的直接意识——这是一种完全个人性的，而且我们确信是唯一的经验心理（即使我们再附加上个体无意识），还存在着一种集体的、普遍的、对所有个人来说都是相同的非个体性的第二心理系统。这种集体无意识并不依赖个人而得到发展，而是遗传的。它由各种预先存在的形式即原型所组成，这些原型只能次生性地变为意识，给某些心理内容以确定的形式。

二　集体无意识的心理学意义

医疗心理学产生于专业实践，它所关注的是心理的个体性质。我在这里指的是弗洛伊德和阿德勒的观点。这是一种"个体心理学"，其病原理论或原因要素在本质上几乎全被视为是个人性的。然而，这种心理学本身却是建立在某些普遍的生物学因素基础上的，诸如性本能或自我维护的冲动，这些都绝不仅仅是个人的特性。个人心理学不得不承认这些，因为它要求成为一门说明性科学。它既不能否认一种"先在的"、对人和动物都相同的本能的存在，也无法否认这种本能对个人心理的重要影响。然而，本能是非个人的、普遍赋有的、遗传性的机能或动力因素，它们总是完全地被排斥在意识之外，因而现代精神疗法的任务便是帮助患者意识到它们。此外，本能不是生来便有力和明确的，而是被特殊构成的动力，它们早在意识产生之前就存在，并不顾后来的意识所达到的任何程度，追求着它们固有的目标。这样，它们构成了和原型非常紧密的类似关系，事实上如此接近，有充分理由设想原型便是本能自身的无意识形象，换句话说，它们是"本能行为的模式"。

所以，提出集体无意识的假说并不比设想本能的存在更为大胆。人们愿意承认人类活动在很大程度上受本能影响，本能是独立于意识的心灵的理性动机之外的。这样，如果提出下述主张，即我们的想象、知觉和思维都同样受先天的和普遍的形式因素的影响，那么在我看来，一个智力机能正常的人就如同能从本能理论中那样也从这一思想中发现或多或少的神秘主义。尽管这种对神秘主义的非难在我的观念中常常不值一驳，可我仍然必须再次着重强调，集体无意识的概念既不是推测性的，也不是哲学性的，而是经验性的。问题仅仅是：是否存在无意识这种普遍性的形式？如果存在，那就有一个人们可以称之为集体无意识的心理领域。的确，确认集体无意识常常不是一件容易的事。指出无意识的精神产品通常所具有的那种明显的原型性质是不够的，因为这些也可以通过语言和教育的获得而引发出来。隐秘记忆也将被排除在外，它在某些情形中几乎无法处理。尽管有这么多困难，仍然存在足够的个别例子以表明神话母题的自我重现，从而使集体无意识的研究得以摆脱合理的怀疑。但是如果这种无意识确实存在，那么心理学的解释就必须考虑到它，并且使某些被认可了的个人病原理论面对更尖锐的批评。

我所说的意思也许用一个具体例子可以得到最清楚的说明。你们或许读过弗洛伊德对列奥纳多·达·芬奇的《圣安娜与圣母子》这幅画的讨论。①弗洛伊德根据达·芬奇有两个母亲这一事实来解释这幅杰作。我们不打算纠缠于一个事实，即这幅画并非无与伦比，也不介意圣安娜恰恰是圣子的祖母，而不像弗洛伊德的解释所需要的是母亲这一小小的疏漏，我们只想指出，同显而易见的个人心理交织在一起的是一个我们在其他领域中很熟悉的非个人的母题。这便是“双重母亲”的母题，一个在神话学和比较宗教领域中可以找到许多变体并构成无数“集体表象”之基础的原型。例如，我可以提到“双重血统”的母题，即人与神的双亲血统，如在赫拉克勒斯的情形中，他通过被赫拉不情愿的过继获得了神的不死性。在希腊是一个神话的东西，在埃及则实际上是一种仪式：法老生来既是人又是神。在埃及神庙的生育室中，法老的再次神秘被孕育和出生被镌刻在墙上；他被“重生出来”。这是一种构成所有再生秘密的思想，包括基督教的再生在内。圣子基督本人便是“重生的”，通过在约旦河的洗礼，他从水中和精神上再生和复活了。所以，在罗马天主教礼拜仪式中，圣水盆被称为“子宫堂”，而且，正如你们可以在天主教祈祷书中读到的，在复活节前的星期六举行的圣水盆祝祷中，它甚至今天仍被这样称呼。此外，在早期的基督教——诺

① 参看弗洛伊德《列奥纳多·达·芬奇儿童时期的一个回忆》，第 4 部分。——原注

斯替教派的思想中，以一只鸽子的形式显现的这种精灵被解释为索菲亚之智慧——即圣智与基督母亲。由于二重出生的母题，今天的孩子们在出生之际虽然已没有善或恶的妖精以祝福或诅咒的巫术形式收养他们，却依然有教父母来行使类似的职能，孩子们一出生就被赋予一个“神父”和一个“神母”。

二重出生的观念在所有时代所有地区都可看到。在医学的最早阶段，这是一种治病的法术手段。在许多宗教里，它是中心的神秘体验。在中世纪，它是玄学的关键思想。最后，但不是最不重要的，它是发生在无数大小儿童脑中的幼稚的幻想，他们相信他们的父母不是他们真正的父母，而只是他们被交付给的养父母。本维努托·柴利尼[①]也有这种思想，如他本人在其自传中所记述的。

现在看来毫无疑问的是，所有确信双重血统的个人事实上总是有两个母亲，或者与此相反，那些少数同达·芬奇具有同样命运的人以他们的情结感染人类的其他成员。进一步说，人们不能回避下列假说：与两个母亲的幻想联系在一起的双重诞生的母题的普遍发生反映着表现在这些母题中的普遍性的人类需要。假如达·芬奇真的在圣安娜和圣母玛丽亚的形象中画出了他的两个母亲——这一点我是怀疑的——他也不过是在表现在他之前和在他之后的无数人们所确信的东西。兀鹰的象征（弗洛伊德在上面提到的著作中也讨论过）使我的这一见解更为可信。弗洛伊德曾略有修正地引用了贺拉波罗的《象征符号》作为该象征的出处，那本书在达·芬奇时代十分流行。其中所载的兀鹰只有雌性的，象征着母亲。它们通过风（呼吸）受孕。这个词主要因为基督教的影响而具有了“精神”的意义。甚至在五旬节的奇迹剧中，呼吸仍具有风和精神的双重意义。在我看来，这一事实无疑表明了玛丽亚这个童贞女像兀鹰一样通过呼吸而受孕。而且，按照贺拉波罗的观点，兀鹰还象征着雅典娜，她也是童贞女，未经怀孕就直接从宙斯的头中跳了出来，她只知道精神的母亲。所有这些对玛丽亚和再生母题都确是一种暗示（allusion）。没有丝毫证据可以表明达·芬奇用他的绘画表达了任何其他东西。即使假定他把自己等同于画中的圣子是正确的，他还是在一切可能性中表现着神话的双重母亲的母题，并未涉及他自己私人的经历。况且，还有画过同样主题的其他艺术家，他们的情况如何呢？至少他们肯定不会都有两个母亲吧？

现在让我们把达·芬奇的情形转移到精神病领域，并假定一个具有恋母情结的患者正苦于他的一种错觉：他的精神病的病因就在于他确有两个母亲。个人的解释将不得不承认这个患者是对的——当然也可能完全是错的。因为实际上

① 柴利尼（Benvenuto Cellini，1500—1571），意大利雕刻家。——译注

他的精神病病因可能在于双重母亲原型的再度显现，不论他是否有一个或两个母亲。理由很简单，如我们所说，这一原型发挥着个人性和历史性的作用，它与相对罕见的双重母亲的情形毫不相干。

在这样的情况下，提出一个如此简单的个人原因当然是诱人的，然而这种假说不仅不精确，而且完全错了。理解一个双重母亲的母题——对于只受过医学训练的医生来说是未知的——如何能具有这样巨大的决定力量以至造成某种心理创伤，这是众所周知的难事。不过，如果我们考虑到隐藏在人类的神话和宗教领域中的可怕力量，原型的病原学意义就会更显得确实可信了。在许多精神病病例中，骚乱的原因就在于病人的心理生活缺少这些动机力量的协作。尽管如此，纯粹个体性的心理学，用把一切都归结为个人原因的方式，竭力在否认原型母题的存在，甚至力图用个体分析来消解它们。我以为这是一种相当危险的做法，无法从医学上来纠正它。今天，比起 20 年以前，人们可以更好地判断我们所讨论的那种力量的性质。难道我们看不见这整个民族怎样在复兴一个古代象征，是的，甚至古代的宗教形式吗？难道我们看不见这种群体感情是怎样以一种剧变方式影响着、改变着个人生活吗？过去的人以一种在战前[①]难以想象的程度至今活在我们中间，并且，在最后的分析中，伟大民族的命运不也只成了个人心理变化的总结吗？

就精神病而言确只是一种私人的事情，其病根纯属于个人方面的原因，原型并不起什么作用。但如果这是一个普遍矛盾的问题，或在相当大数量的个人身上产生精神病的其他有害状况，那么我们就必须提出群体原型的存在。由于精神病在大多数场合下并非私人事件，而是“社会的”现象，所以我们必须承认原型也在这些场合中起了作用。与特定的情境相应的原型是被激活的，其结果是隐藏在原型中的那些爆发性的和危险的力量得到释放，常常导致预想不到的后果。在原型支配下的精神病人没有一个不成为其牺牲品的。假如 30 年前有人敢预言我们的心理学的发展趋向于中世纪对犹太人迫害的复兴，欧洲将再度在罗马的权标和军团的铁蹄面前战栗，人民将再次向罗马屈膝行礼，像两千年前一样，而且替代了基督教的十字架的一种古代的“卐”字将诱使千百万士兵前去赴死——呵，怎么说呢？这个预言者一定会被当做一个不可思议的傻瓜而遭到嘲骂。那么今天呢？不管我们会感到多么惊异，所有这些荒唐的事都成了可怕的现实。私人生活、私人病原学、私人精神病几乎成了今日世界的一种虚构。

① 原文未注，疑指第一次世界大战之前。——译注

生活在古代的“集体表象”世界中的过去的人重新兴起，再度进入非常明显的和痛苦的现实生活，这不只是少数失去平衡的个人，而是亿万人民。

有许许多多的原型，正像生活中有许多典型的情境。无穷无尽的重复已经将这些经验铭刻在我们的心理构造中了，不是以充满着内容的形象的形式，而首先是作为“无内容的形式”表现着一种感知和行动的确定类型的可能性。当相应于某一特定原型的境况出现时，该原型便被激活起来，成为强制性的显现，像本能冲动一样，对抗着所有的理性和意志为自己开辟道路，或者不这样的话，便产生一种病理方面的冲突，也就是说，导致精神疾患。

三 证明的方法

现在我们必须转向下述问题：怎样证明原型的存在？既然我们已经提出原型产生出某些心理形态，那么我们就必须探讨怎样以及在何处才能掌握能够说明这些形态的材料。应该说，主要的来源是“梦”。梦具有无意识心理产品的那种非自觉性、自发性的特点，因而是未经意识的意向所改造的纯自然的产物。用向个人提问的方式，人们可以确认在梦中出现的诸母题中哪些是他已知的，而从那些他尚不知道的母题中我们必须自然地排除所有他“可能”知道的母题。例如，回到达·芬奇的例子中来，那个兀鹰的象征就是他可能知道的。我们不能断言达·芬奇是否从贺拉波罗的书中借用了这个象征，尽管这对当时受过教育的人来说是完全可能的，因为那个时代的艺术家们有着广博的人文科学知识。因而，虽然这一鸟的母题是个同样出色的原型，但它在达·芬奇的幻想中的存在仍不能证明什么。这样，我们必须去寻找那些对做梦者来说不可能知晓的、却又在他的梦中发挥了功能作用的母题，其作用方式恰符合于从历史渊源中所知的原型。

我们所需要的另一个材料来源应在“积极的想象”①中去寻找。我用这个术语表示某种由有意的集中注意而产生的幻想系列。我发现，不现实的无意识幻想的存在增加着梦幻的次数和强度，当这些幻想变为意识时，梦便改变了性质，强度减弱，次数减少。由此我得出结论，梦常常包含着那些“想要”变成意识

① “积极的想象”（active imagination）是相对于梦幻中的无意识想象而提出的概念。——译注

的幻想。梦的来源往往是被压抑的本能，它们有一种自然趋向要影响有意识的心灵。在这种情况下，只要求病人对某一重要的幻想的任意片断加以关注——或许是一个偶然的思想，或是梦中的某一被他意识到的事情——直到该片断的上下联系即隐伏着的相关的联想材料变得清晰可见。这不是弗洛伊德为解析梦而提出的“自由联想”的问题，而是通过考察那些以自然的方式附着于片断的、进一步的幻想材料，精细地研究幻想的问题。

这里不宜深入探讨这种方法的技术问题。我只想说明，幻想的合成系列释放了无意识并产生出富有原型意象及联想的材料。显然，这是一种只能适用于某些精心挑选的场合的方法。这种方法并非毫无危险，因为他会使患者过分地远离现实。因此，不应轻率地乱用这一方法。

最后，还可以在偏执狂的妄想、可观察到的神志恍惚状态的幻想以及早期儿童（3 至 5 岁）的梦中发现原型材料的非常有趣的来源。这样的材料有很多用处，但除非人们能引出令人信服的神话方面的类似物，这些材料才能显出其价值。当然，仅仅把一个关于蛇的梦同神话中各种有关蛇的事件联系在一起是不够的。谁能担保蛇在梦中的功能意义同在神话背景中是相同的呢？为了找出一个有根据的类似物，必须弄清单个象征的功能意义，然后去确认明显相似的神话的象征是否有一种类似的关联域，进而判断是否有同样的功能意义。确立这些事实不光需要冗长和令人厌倦的研究，还要有一个费力不讨好的主题加以说明。由于象征不能脱离它们的前后关联域，人们不得不进行无穷尽的描述，既要描述个人方面的情形，又要描述象征系统方面的情形。这样的任务在一次演讲的框架中实际上是不可能完成的。我曾屡次冒着使我的一半听众打瞌睡的危险尝试过这一点了。

四　一个实例

我现在选择一个病例做实例，它虽然已发表过了，但其简洁性特别适宜于说明问题。况且，我能对先前发表时疏漏的地方略加补充说明。

大约在 1906 年，我在一个曾被拘禁多年的偏执狂早发性痴呆症患者那儿碰到一种极为奇特的妄想。患者从青年时起即患此病并无法治愈。他曾在一所州立学校受过教育，在一家公司当过职员。他没有什么特别的天赋，而我在那时也不知道什么神话学或考古学，因而那时的情形没有可怀疑之处。一天，我看见这患者站在窗前，摇着头向太阳眨眼。他叫我也这样做，说这样我便能看到些十分有趣的东西。我问他看见了什么，他很吃惊我什么也看不见，说："你一定看见了太阳的阴茎，我来回摇头的时候，它也动，那里正是风来的地方。"我自然一点也不懂这种奇怪的思想，但我把它记了下来。后来大约过了 4 年，我在研究神话学期间，接触到一本由已故的著名语言学家奥伯瑞特·戴特瑞乞所写的书，从中弄懂了这种幻想。该书研究的是在巴黎的国家图书馆中所藏的一本希腊文纸草书。戴特瑞乞相信他在该书的一部分中发现了密特拉[①]的崇拜仪式。原文无疑是一种执行魔法的宗教规约，其中有密特拉的名字。它出自亚历山大神秘教派，同《来登古卷》(*Leiden Papyri*)以及《炼金术大全》中的某些段落似有关系。在戴特瑞乞的书中我们读到下列说明：

> 从光线中吸气，尽力猛吸三次，你将感到自己升起来走向高处，你仿佛置身于空中。……可见的诸神之路将通过太阳的圆形表面而显现，那太阳是上帝和我的父亲。还有那所谓的管道，神助之风的来源。你将从太阳的圆面上看到下垂的像管子一样的东西。朝向西面似乎有一股强大的东风。但如果其他的风在东方的区域占了上风，你便会以同样的方式看到风朝那个方向转向的情景。

很显然，作者的意图是使读者体验到他曾经历过的情景，或者至少是他所确信的情景，读者或者被引入作者的内在宗教体验中去，或者被引进到菲洛·朱达乌斯(Philo Judaeus)做过现代的解释的那些神秘教共同体的体验中去，后者看来可能性更大一些。这里所祈求的火或太阳神是一个具有许多历史的类似物的形象，如《启示录》中的基督形象。因此，这是一种"集体表象"，也是一种被描绘出的仪式行为，诸如模仿动物的声音等等。这一情景深深地植根于一种独特的迷狂性质的宗教背景，并为我们描绘出与神合一的神秘体验的一种心理状态。

我们的病人约大我 10 岁。在他的妄想自大狂中，他认为他集上帝与基督于一身。他对我的态度是恩赐性的。他喜欢我，或许因为我是对他的玄妙思想持同情的唯一的人。他的妄想主要是宗教性的，当他邀我像他那样向太阳眨眼和摇头时，他显然是要让我分享他的幻景。他扮演着神秘教的圣者角色，我则是新入教者。他感到他自己是太阳神，用来回摇头的方式创造出风。进入神性状

① 密特拉(Mithra)，古代波斯宗教中的光明神，后为太阳神。——译注

态的转变仪式在阿普列尤斯[①]所记载的伊希斯[②]神秘仪式以及更多的赫利俄斯[③]崇拜形式中得到了证明。“神助之风”的意思或许同有生殖力的呼吸（精神）一样，后者恰恰是从太阳神那里流进灵魂中，使灵魂感而受孕。太阳与风的联系在古代的象征系统中经常发生。

现在需要说明的是，以上所述并不是两种孤立情形的偶然巧合。因此，我们必须说明，与上帝或太阳相联系的风管的观念存在于上述两种情形之外，在其他的时代、其他的地点亦有发生。作为事实材料，中世纪绘画中有玛丽亚感孕图，一只管子或蛇管从上帝之位降下通过她的身体，我们能看到鸽子或圣子飞在下面。鸽子代表着感孕的媒介，即圣灵之风。

毫无疑问，那位病人根本不可能知道那本 4 年后出版的希腊文古书，他的幻景同那些罕见的中世纪关于圣灵感孕的表现也不可能有什么牵连，即使他有过偶然得令人难以置信的机会看到这样一幅画的复制品。这个病人的先前 20 年被证明得很清楚：他从未旅行过，在他的家乡苏黎世[④]城的公共美术馆中也没有这样一幅画。

我提到这一病例并不是为了证明那种幻景是一种原型，而只是想以尽可能简单的形式表明我的处理方法。如果我们只有这样的病例，研究的任务会相对容易些，但在现实中，证明要复杂得多。首先，必须清楚地划分出那些作为典型现象而不是偶然使用的象征。做到这一点须考察一系列的梦，我是说考察数百个梦，以便找出典型的意象；还须考察它们的连续发展。同样的方法亦可用于分析积极性想象的产物。按照这种方式可以建立某种持续性，以及某一意象和同样的意象之间的变化关系。你可以根据其在一系列的梦或幻景中的功能而选出任何一个具有原型意义的意象。如果材料经过处理已很清楚并十分充实，就可以发现有关一个单个典型产生的各种变体的有趣事实。不仅只是典型本身，而且还有其变体都能由比较神话学和人种学所提供的证据得到证实。我已在其他地方[⑤]描述了这一研究方法并提供了必要的病例材料。

王 艾 译

---

① 阿普列尤斯（Apuleius），公元 2 世纪罗马作家。——译注

② 伊希斯（Isis），古埃及女神，在希腊罗马时代亦有伊希斯崇拜的神秘宗教派别。——译注

③ 赫利俄斯（Helios），古希腊宗教中的太阳神，后为光明神阿波罗所取代。——译注

④ 苏黎世（Zurich），瑞士东北部城市。——译注

⑤《心理学和炼金术》第 2 部分。——原注

荣格原型理论的难题与潜在意义

程金城

一　原型理论的难题与面临的挑战

对荣格的假定和推测本身不应否定。因为有创见的假定和推测比平庸地重复别人要有意义得多。

荣格的原型理论所具有的重要性是显而易见的，它所涉及的问题的价值同样是显而易见的；但是，荣格在阐发其理论的过程中也留下了许多疑问，甚至在一些根本问题上面临着来自各方面的挑战，包括荣格理论在原型批评实践中遇到的挑战，以及荣格原型理论自身的矛盾性的挑战。这主要是：

（一）原型的"内容"到底指什么？

这首先涉及原型与集体无意识的关系。集体无意识是一个有重要意义的理论概念，这一概念已经被普遍承认和运用，但是问题在于，人们对于它的理解实际上存在着许多差异，其焦点是关于无意识的内涵及其来源。大多数人对无意识的理解也许是弗洛伊德的理解，即它与"压抑"相关，是后天获得的；它是不能意识到的"意识"，而不是先天存在的。然而，这与荣格的集体无意识理论是有距离的。

荣格的观点之所以不能被特别重视和接受，不是这一观点不重要，而在于其中还有许多理论"环节"不连贯，或者有脱节。荣格为了强调集体无意识的存在，把人的心灵世界的"空间"极大地拓展——揭示出比个人无意识更深层的集体无意识；为了强调集体无意识与人类祖先精神的联系，把假设的人的这种精神现象的获得的"时间"极度地推远——提出原型是人类祖先遗留给我们的精神遗存；为了解释这种心灵现象是先天的而不是后天的，把人的心理现象与生理遗传联系起来——实际提出了人的精神可以遗传的难以使人接受的观点，并使原型理论蒙上了神秘色彩。荣格理论自身存在着矛盾，这种矛盾的根源是他不能用人类实践的、历史的观点来解释人类精神的发生发展，而企图以先验的假定作为它的出发点。正因为如此，它的那些在医疗实践乃至精神现象中所收集到的实证材料，始终不能科学地和逻辑地证明其观点，反而有时得出与他的起点相左的结论，使其显得矛盾重重。这在他的核心观点集体无意识与原型的关系上就表现得非常突出。

荣格假定原型是集体无意识的主要内容，换句话说，原型所显现的内容是集体无意识。但他在对原型理论的实际阐发中，特别是在原型批评实践中已经超出它本来的内涵，而使其本身已面临重新解释的问题。实际的情形是，一方面，类似集体无意识的现象确实是原型的重要内容，但是，人类的这种集体“无意识”现象，又不仅仅以原型或原始意象为确定的存在方式，从原型批评的理论与实践中可以看出，集体无意识还以仪式、神话、习俗、意象、形象、母题、象征、梦幻、文艺等形式存在。另一方面，荣格所用来证明集体无意识和原型的现象，虽有着原型的反复、再现、约定性等特征，但是，这些行为却似乎又不仅仅是一种集体“无意识”的表现，有些活动中有着人类明确的意识，有着理性成分。这样，原型所体现的似乎不限于集体“无意识”，而且有集体“意识”，是一种综合的精神的现象。这样“原型”与“集体无意识”概念范畴的内涵和外延及其相互关系，在论证原型理论的过程中被打破。因此，原型、集体无意识、原始意象概念本身及其相互的关系，原型的内部结构都需要重新理解和建构，否则理论探讨将在概念的矛盾中徘徊。

（二）如何理解原始意象与纯粹形式的关系？

原始意象是荣格原型理论中的一个重要概念，但是他在解释意象与原始意象时，只是说明了原始意象的性质在于它比意象古老。而在我看来，一般意义上的意象与荣格的原始意象的区别，并不只是在于是否“古老”，而在于对意象的“象”本身的理解。

顾名思义，意象不仅有“意”，同时必须有“象”，是意与象的一种特殊的契合，而“象”就有“图式”、“模式”的特性，只有如此，才能谈到原型的瞬间再现。按荣格的解释，只有通过意象才能沟通特定情境与人类祖先的情感交流，激活集体无意识。荣格曾经对“图像”与人的无意识心灵的关系进行过长期研究，在《毕加索（1932）》一文中，荣格说：“近20年来，我一直致力于对图像再现心理活动之心理学的研究。”但是，他的直接对象是作为艺术作品的图画，还不是人的直接的心灵图像或图式。

那么，荣格所说的这种意象又从何而来呢？

按荣格对原型的解释，原型的载体不是意象和“图式”，而是一种纯形式，一种不可见的行为的可能性，就是说，他的原型本身又否认“象”（图式）的存在，它的“原始意象”与纯粹形式的关系令人费解。而这个问题牵扯到原型理论的一个根本问题，即原型是作为图式“象”被遗传呢，还是一种类似本能的行为模式，或者一种需要后天“填充”具体意象的形式？这是有区别的。如果是一种意象图式，它就倾向于（类似于）精神现象的承传，如果只是一种本能模式，是一种行为的可能性，那么它就倾向于（类似于）生理本能的遗传。如果是后者，那么，荣格又何以要使用原始意象这一术语呢？

（三）原型是生物遗传还是文化继承？

荣格对于原型是如何从远古传承到当下人们的心灵深处这一问题，实际上用的是生物遗传的观点、进化的观点，认为它凝聚、沉淀在人的大脑中，即是一种生理的遗传。但是，荣格没有说明这种从心理到生理的过渡是如何完成的，没有解释人类这种心理结构与历史过程的关系。这就是他的理论带有神秘色彩和不能被人理解的重要原因，这种观点在原型批评的实践中或被置之一旁，或被有意回避。但是，这种回避也是原型批评局限的要害所在。对于荣格原型理论的这个重大问题，荣格研究者霍尔曾有所觉察，并提出补救方法。

霍尔说：“原始指的是最初或本源，原始意象因此涉及心理的最初的发展。人从他的祖先（包括他的人类祖先，也包括他的前人类祖先和动物祖先）那儿继承了这些意象。这里所说的种族记忆的继承并不意味着一个人可以有意识地回忆或拥有他的祖先所曾拥有过的那些意象，而是说，它们是一些先天倾向或潜在的可能性，即采取与自己的祖先同样的方式来把握世界和作出反应。……我们之所以具有怕蛇和怕黑暗的先天倾向，是因为我们的原始祖先对这些恐惧有着千万年的经验。这些经验于是深深地镂刻在人的大脑之中。”①霍尔在这里小心地运用了“一些先天倾向或潜在可能性”这样的术语，其目的就是要说明，荣格的原始意象并不是一般意义上的意象，原型的瞬间再现并不是再现“意象”，而是按人类祖先的某种方式把握世界和作出反应。但是，霍尔的这种观点与荣

① 霍尔：《荣格心理学入门》（中译本），第41页。

格自己的说法实际有了很大的距离。如前所说，荣格也讲过“纯粹形式”，但是，荣格同时又提出了原始意象的概念，并强调了人的集体无意识的先天性。也因此，荣格给自己出了一个不仅在当时而且在今天都无法证明的难题。

显然，从遗传的角度理解原型的古老和先天性是行不通的。于是，霍尔另辟蹊径，指出：“集体无意识这一概念并不一定要从获得性遗传理论中去寻求解释，它也可以从突变论和自然选择论中获得解释。这就是说，一种或一系列突变，可以导致一种怕蛇的先天倾向。既然原始人暴露在毒蛇的伤害之下，他对蛇的恐惧可以使他小心警惕着不被蛇咬伤。那么导致这种恐惧并因而导致这种小心警惕的突变，就可以增加人的生存机会，这样，基因胚质中这种变异就会传给后代。也就是说，我们对于集体无意识的进化可以像对人体的进化那样来说明和解释，因为大脑是精神最重要的器官，而集体无意识则直接依赖于大脑的进化。”“人生下来就具有思维、情感、知觉等种种先天倾向，这些先天倾向（或潜在意象）的发展和显现完全依赖于后天经验。”“从个体出生那一天起，集体无意识的内容就给个人提供了一套预先形成的模式”，他引用荣格的话说：“一个人出生后将要进入的那个世界的形式，作为一种心灵的虚像（Virtual image），已经先天地被他具备了。”[①]

从突变论和自然选择论来解释集体无意识的承传，是一条值得重视的思路。霍尔力图从人与自然的关系、与环境的关系的角度来说明人的集体无意识形成的现实基础，进而说明这种精神现象在生理中的遗传和镂刻。无疑，他的动机是要为集体无意识现象找到现实基点。然而，霍尔的理论实际还是一种与获得性遗传的理论相似的理论，它的要害仍然没有离开说明原型的先天存在的思路，并力图证明它。这本是对荣格理论的一种较为有说服力的解释。不这样就难以解释集体无意识这种精神现象如何通过个体的生理的机制被承传给后代。因为虽然现代生物学的发展一再地证明人类遗传基因对于后代的意义，说明人类作为一个族类在基因方面的基本特征及其相通性，但是，我们却没有足够的理由说明精神可以遗传。问题是，第一，这里隐含着这样一个问题，就是这种观点实际在假设人在一生下来的时候一切都是既定的，是完备的，人的行为是预先的，后天只是一种激发作用；第二，既然人一生下来就按照预先的模式行动，那么人在本质上就是对前人的重复和模仿，由此生发出来，精神，包括艺术创造

① 霍尔：《荣格心理学入门》（中译本），第 43 页。

在本质上就是对于前人、祖先精神的重复模仿，或“移位”。这在根本上难以解释人的创造性，也难以解释人类实践的动因；第三，它不能解释人（出生后）在现时社会中新的集体无意识的形成机制。显然，这里有着片面性，即在对于实际存在的这种现象的解释中存在着不符合事实的偏差。原型理论要获得新的意义和为人们所接受，仍然不能回避这一重要问题。

二　原型理论假设的重大潜在意义

荣格原型理论有着潜在的重大意义。

首先，荣格反对近代物质决定精神的观点，又反对灵魂观念，因而他在试图寻找第三种路径的过程中，客观上触及了一个重要的问题：人的精神的深层无意识领域可能与人的某种先天的生物因素相关，人在降生时就存在着某种决定行为方式的先在的本能。这种本能本身不是自主精神，但却是我们探讨自主精神或精神本能的基础。荣格由于纠缠于他的集体无意识“先天”性假设，认定它是一种精神的遗传，而当不能证明时，他用远古、祖先这样含混的时空概念来作推测，而不去思考它就是一种与本能相关的心理反应。如前所说，他已经在许多地方触及了生物本能与心理现象之间的关系的问题，但是他为了不动摇关于集体无意识原型先天性的假设而不开启这种思路。这导致他不能正视本已涉及的一个有重要意义的问题，即原型现象与人的生物本能的关系，或者说原型的生成有其生物学维度的要素。

这个问题的重要性，是荣格在探讨原型作为原始模式时，在强调原型的先天性时，被客观上突现出来的。由于他始终强调人的精神的独立自主性，强调先在性，因而他把对人性的探讨引向对历来被忽视的、与理性割裂对立的人的生物本能方面的关注，引向对“人之初”的重新思考。对一向被忽视和轻视的人的表象方面的重视，与对精神的自主性的重视，使得对于人性的探讨追溯到生物学维度，重新拓展出关于人性、人的精神研究的领域。东西方几千年来未占据重要地位的人的感性、生物因素在荣格的理论中有了重要的位置。在这一点上，荣格的原型理论具有现代西方人文科学重视人的非理性因素的鲜明特点。直到现在，我们仍然不能科学地证明精神可以脱离物质而“独立自主”地产生和存在，不能科学地证明人类集体无意识现象与远古祖先的关系，但是，人类有无精神本体，人类的精神与肉体是否同步产生，却是不应轻易否定的命题。尽管还难以有公认的结论，但是对这些问题的探讨过程本身，却促使人们思考一些新问题，它们所具有的启示意义是不容抹杀的。荣格原型理论虽然有许多疑点，但它在促使人们重新探索人类精神发展、人的心灵世界方面，在研究人性的生成和分析人的心理结构方面，有着重要的开拓意义。荣格提出的命题包含着可供向纵深开掘的价值和可能。

荣格的集体无意识概念，特别是“集体”概念，也是一个极有意义的理论命题，可以说是有时代意义的重大的命题。其重要性就在于，它从“集体的人”即人类性、民族共同性方面切入，探讨人性，揭示人类心灵世界。这种探讨的意义或许就在于，它在客观上有可能避免从单个人（个体）身上探索普遍人性和人性本质，因而出现抽象人性论的局限。当然，在这个问题上，荣格同样纠缠于他的集体无意识假设，把人类的“集体”精神现象的研究局限于“无意识”层次的领域，然后将这个有局限的领域无限地扩展，而无视或忽视了人类精神领域许多值得探讨的“集体”性质的研究，或者说他把自己的研究变成主要为集体无意识寻找依据和例证的过程。

回过头来看，荣格关于建立在自主精神基础上的心理学假设的潜在意义正在于，它启示我们从人的生物性与社会性两个维度、从人的先天本能性与后天实践性两个方面、从生理反应与心理情感两种角度的结合上去探讨人类自主精神或精神本能，从而进一步解开人类精神领域的那些未解之谜。

如果把这种具有重大潜在意义的探讨，置于现代自然科学、社会科学和人文科学发展的背景下来看，其价值更为重要。

直到今天，人类仍然面临着许多未知的领域，包括物质领域，也包括精神领域。爱因斯坦相对论的提出、星际探险的开展等等，使地球和人类的“中心”地位再次动摇。由此所引起的人的思维方式的改变和时空意识的改变，对于人类重新理解和探索自己的精神世界发挥着持续的影响作用。诺贝尔物理奖得主李政道博士在谈到当今人类对于物质的认识问题时指出，科学面临着一系列挑战，人类对于世界的认识是十分有限的。比如，在宇宙研究方面，关于类星体和暗物质的认识上所面临的课题，就使人类不敢轻易地在无限的宇宙面前自夸：“在我们的宇宙中，一切物质都产生引力场，影响其他物质（星体、星系等）的运动，我们可以观察到它所具有的引力场。但是有些星际物质我们无论是用红外线、紫外线、X光或雷达等等仪器，都无法观测到它；然而，这些物质确实是存在着。这就是暗物质。就在我们生活的太阳系的星系集团中，至少有3/10是暗物质；在全宇宙至少有 90%是暗物质，可能会更多。”“在宇宙中的大部分物质都是我们所不知道的。”[①] 人类科学技术发展到今天，我们对于物质世界的认识尚且如此有限，对于自己的心灵世界的认识恐怕也不能过于自信。随着人类的进步和社会的发展，人类不断地拓展新的认识领域，包括精神领域，这是一种必然。因此，任何大胆的质疑都是应该认真对待的，荣格的理论虽有缺陷，但是他对于精神自主的探索，是一个极具重要意义的未来的课题。

荣格关于原型的先天遗传的观点，关于人的大脑中有祖先的精神的遗留物的观点，在他去世后并没有从飞速发展的现代科学，包括他曾从事的医学科学领域得到直接明确的证明，但是，一些新的研究成果却又使我们不能断然否定他的理论假设。一些本来属于精神范畴的现象确有从生理方面作出解释的可能。这些解释，一方面动摇着荣格关于人类精神遗传和心理结构“先天”性的假设基础，另一方面却又表明某些心理现象确与人的生理相关。从下面摘要的文字中可以看出，现代自然科学确实在向一些古老的结论挑战，也在改变着人们的一些传统观念：

> 人脑作为思维器官是一切智慧活动的基础。然而由于人脑结构极其复杂，其功能又和神经细胞的动态活动过程相关，因而过去长时间内被蒙上了一层神秘的面纱。关于意识本质，通常的假设是：意识作为人类独有的主观世界，它虽然是人脑的技能，但却不能归结为纯粹的自然过程，不能归结为人脑的物理活动过程和化学活动过程。这种人类意识超自然论，几乎构成了科学解释意识现象的不可超越的界限。
>
> 值得注意的是，随着近代物理和近代化学的进步，特别是现代生物化学和分子生物学的发展，以及在此背景下神经生理学和神经心理学的飞速成长，为我们认识意识现象提供了可靠的科学方法与手段。新的科学发现对人类意识超自然力提出了强有力的挑战。首先，脑电生理研究表明，人脑神经细胞不论大小、形状如何，都全部采用两类电信号——动作电位和分级电位（又称局部电位）来处理和传导信息。……神经生理学称这一过程为“产生了一个神经冲动”，而认知科学、心理学和哲学等所讲的意识现象，也正好是以上述的生理学过程为基础的。其次，本世纪 50 年代以来，人类对于自己脑神经细胞的化学变化已有了较为明确的了解与认识。神经化学的研究已经表明，人脑神经元的突触之间

① 李政道：《科学的挑战——从中国古代到现代》，载《新华文摘》1994 年第 11 期。

的信息传递是靠化学信号完成的。现已发现，这种能传递化学信号的物质有20多种，基本上可分为兴奋性递质和抑制性递质两种。人类各种心理现象，都和脑内神经细胞化学递质的变化相关。

上述科学发展表明，作为一个天然的信息处理系统，人类意识在其生理机制方面，其特性与一般动物只有复杂程度上的不同，并不存在质上的差异。由此，科学智慧便陷入了"自相矛盾"的窘境：从人类"独有"的理性能力出发，在发掘自己不同于动物的独特能力的过程中，却发现了自己以为得天独厚的那种认识能力并无神秘之处，而是一种很普通的生物电过程和生物化学过程。而且更为严重的是，如果我们从上述科学事实出发，还会发现原本为人类意识所独有的社会性、主观能动性等观念现在都变得需要重新认识了。①

这些新的科学研究成果，迫使人类必须科学地、理智地正视，而不是假设地、推理地设想自己，包括自己的特性（人性）。换句话说，对人、人性问题的探讨，应以最新的发展的科学智慧为背景，立足于新的科学基础。它告诫我们，人类必须重新正视自身，为了区别人类与一般动物、生物之间的界限，找到不同点，认识人性，人类必须首先承认人的生物性和动物性，认识其相同点，而后才能真正找到两者的界限。这个界限的分明的过程，应是人类进化发展的过程，是文化的发展过程。

另外，梦作为精神分析和心理分析的重要研究对象，始终是用来证明其观点的重要依据。弗洛伊德对于梦的解析，荣格将梦与集体无意识结合起来研究的努力，都产生了重要的影响。他们的共同特点是试图从心理和精神方面对梦的来源和象征意义作出解释。但是，新近的研究却从人的生理功能方面对梦作出解释：

日有所思夜有所梦，这是人们通常对人为什么会做梦的一种解释。美国研究人员在新的研究中发现，做梦是大脑低级部分对高级部分的一种"检测手段"。

据美国《科学》杂志报道，美国国立研究所和沃尔特·里德陆军研究所的研究人员使用正电子释放断层扫描术对正在熟睡中的10名男性进行测量，以便精确地确定大脑的哪一部分在晚间熟睡后还处于活跃状态。他们发现，大多数活跃的梦都发生在人睡着了而眼球还处于不断运

① 苟志效：《科学智慧面临自我挑战》，载《新华文摘》1994年第11期。

动状态时，这时人的大脑里更加原始的部分正在活动中，就像大脑边缘系统那样能够调节情绪和长期记忆。与此同时，大脑的另一部分如参与“高级命令”处理过程的前额皮质处于完全关闭状态。参加这项研究的美国聋人和其他疾病研究所的阿伦·布朗说，他们的这一发现有助于阐明梦中的一些情景为什么会稀奇古怪。[①]

这则由新华社记者发自华盛顿的消息，当然只能看做对梦的研究的一个阶段性的成果或一家之言，但是，它包含了一个重要信息，即梦与生理功能有关，同时，这种生理现象与“大脑里更加原始的部分”的活动有直接关系，它“就像大脑边缘系统那样能够调节情绪和长期记忆”，其结论认为“做梦是大脑低级部分对高级部分的一种‘检测手段’”。这种结论似乎与弗洛伊德关于人的意识与前意识、无意识的结构分析有相似之处，而更重要的意义也许在于启示人们，对于梦这类神秘的精神现象需要从生理与心理的联系中去作解释。

还有，荣格曾“一直致力于图像再现与心理活动之心理学的研究”。在这种研究中，虽然荣格本人及他的老师弗洛伊德的成果曾经受到人们的质疑，被指出有许多牵强的地方，但是，另外一些研究，如贡布里希的图像研究，在这方面有着重要的进展。而我认为，在这方面，还有相当的余地，比如中国的绘画、书法这类强调写意的艺术，人人都能体会到它们作为图像与人的心理的特殊关系，但从心理学的角度作更深刻的解释还有许多工作可做，而荣格的一系列理论，如人格的内倾与外倾、作品的抽象与移情的关系的论述，就有极大的借鉴意义。所有这些方面，说明荣格的原型理论还有重大的潜在的意义。

为了不致使原型这一有重要价值的命题被轻易放弃，也为了不使原型理论流于一般的心理学水平，看来，我们需要在保持原型基本特征的前提下，跳出荣格的思路，对其重新阐述。

（选自《原型批判与重释》，东方出版社 1998 年版）

① 载《兰州晨报》1998 年 1 月 7 日。

原型的内涵与外延

程金城

一　原型的内涵和维度

通过前面的考察分析，可以说，原型的基本内涵是相同的，这一概念的逻辑起点是相同的、一元的，即原型是指事物的原始模式，原型并非是“先在”于人的肉体和物质实践活动的先天精神，而是人在历史实践过程中对事物本原的追寻的抽象和心灵情感的模式化。而它的外延则是多维的，表现形态是多样的。它有哲学、神学、心理、文化等不同的维度；而其表现形态，则有接近事物本原的“理念”，类似本能的“行为模式”，有作为心理原型的“领悟模式”，有神学领域的“上帝”原型等等不同的角度。从柏拉图到荣格、弗莱等人没有对此进行区分，而从各自的理论体系的需要出发去界定原型概念。柏拉图把原型等同于“理念”，是服从于它的先验论的哲学体系。荣格把原型看做集体无意识的主要内容，偏重强调原型的领悟模式的作用，突出的是心理之维，同时他努力在寻找从生理本能到心理情感之间的过渡，为此提出了集体无意识来源于人类祖先的精神遗传的观点。弗莱则强调原型的文化之维，即它的文化的社会承传性特点，寻找从心理之维到文化之维的联系，为此，他提出了原型置换变形的观点。而在人文科学领域，如文学批评中，对于原型这一概念的运用也因具体的批评对象而有各取所需的现象，有时它被看做是心理现象，是意象的反复，有时被看做是文化现象，有时被看做某种观念，有时则专指本能、潜意识等人的非理性的表现。这种现实情况表明了一个问题，原型有其基本一致的内涵，也有其多维的外延。

（一）原型的哲学之维

从哲学维度来说，“原型”概念含有“原”和“型”两个方面的意义。

作为原型之“原”，一方面表示“最初的”、“原始的”和“开端”的意思，就是说它含有“源”的意味，心理原型标志着具体的精神现象的出现和存在，即最初的、原始的、作为开端的精神体验和心理情感即“心源”的出现和存在。另一方面，“原”又有“原来”、“原本”和“本质”、“本真”的含义。

关于“原”的形而上学命意，亚里士多德曾作过如下定义：(1)〈原始〉事物之所发始；(2)〈原始〉是事物之所开头；(3)〈原本〉是事物内在的基本部分；(4)〈原由〉不是内在的部分，而是事物最初的生成以及所从动变的来源；(5)〈原意〉是事物动变的缘由，动变的事物因它的意旨从而发生动变；(6)〈原理〉是事物所由明示其初义的。“这样，所谓‘原’就是事物的所由成，或所从来，或所由以说明的第一点；这些，有的是内含于事物之中，亦有的在于事物之外；所以‘原’是一事物的本性，如此也是一事物之元素，以及思想与意旨，与怎是和极因——因为善与美正是许多事物所由以认识并由以动变的本原。”[①] 关于“原始实是”，亚里士多德说：“事物之称为第一〈原始〉者有数义——(1)于定义为始，(2)于认识之序为始，(3)于时间为始。本体于此三者皆为始。”[②] 亚里士多德对“原”的这些含义的形而上学解释，应该是与原型之“原”相通的。

作为原型之“型”，它则有这样一些主要含义：(1)模子，式样；(2)类型；(3)事物的范式；(4)事物的深层结构；(5)能被“反复用”；(6)可以“复制”(或复现)。

原型包括“原”的发生和“型”的功能两方面的因素。没有“原”，“型”则无以成“型”，它缺了“型”之具体“内容”、“依据”和动因；没有“型”，“原”则可能一闪即逝，无以“定型”并“再现”。原型的内涵大致包含了：(1)“原型”即“事物之所发始”时所生成的式样、模型，即事物的原始形态、初始样式。它具有模式的功能，又具有发生学意义，它与人类的本原和本性相关；(2)“原型”即“原性”、“原本”，由事物的内在的基本部分和本元因素所决定的事物的特质；(3)“原型”即事物的最先的模型、范式（图式）；(4)“原型”含有“原意”的命意。原意是事物动变的缘由，事物的动变（如文艺作品中的置换变形）不是随意的，而是由原来的意旨所决定的；(5)原型“是事物最初的生成以及所从动变的来源”，它以被确定的原初形态而存在；(6)原型有反

① 亚里士多德：《形而上学》，商务印书馆 1959 年版，第 83—84 页。

② 亚里士多德：《形而上学》，商务印书馆 1959 年版，第 125 页。

复性、发生性、普遍一致性、恒常性、象征性等特性；（7）原型可以置换变形。

从一般意义上说，任何原型都具有在对某一事物共相的感觉经验基础上所形成的范型的特点，任何原型的出现和生成，都意味着对事物普遍特性和共相的心理性“提炼”、“固化”和形式化的完成，也意味着它将作为一种“模式”存在。先验论者认为它是事物固有的本质，是理念；经验论者认为这种模式是后天形成的不是先天的；实践论者认为它是人类在历史实践中积淀的文化—心理结构，是人性的历史生成的结果。

（二）原型的生理之维

原型不是生理本能，但与生理本能相关，它类似于作为“典型的行为模式”的本能的反应；原型不是遗传的情感模式，但它涉及人类遗传本能对于外界的相同的反应，因而有情感模式的特征；原型不是与生俱来的意象图式，但借助意象图式“再现”心灵内容；原型以“模式”形态反复“再现”普遍的精神现象，显现人类深层的情感体验。原型以呈现集体无意识的方式，显现着包括集体意识在内的人的心灵世界的深层结构，即在那些具体行为方式中所体现的人类的相通性、共同性，那些相对稳定的心理常量，那些在相似情境中的相似体验。原型的“集体”“无意识”性与“集体的人”的童年的创伤性经验相关，是人类“集体”受压抑并反抗压抑的本能冲动的历史结晶。

人类的生理本能作为人类共同心理反应的生物基础，是原型生成的前提条件，也是要素之一。原型作为精神范畴不能被遗传，但是人的生理本能可以通过遗传而获得。原型与本能不同，但与本能有着深层的联结。荣格说：“原型与天生的方式意义相同，换句话说，它是一种‘行为模式’”。[①]所谓遗传的原型要素是指个体身上所天生带来的人类集体性本能，这种本能是在人类与环境（自然的和社会的环境）关系中长期形成的，它决定了人在出生后，有可能在面对同样情境时产生相同的心理反应和情感，具有一定的模式特点。这是人首先在对自然物象特性的感悟基础上把自己的心理意绪投射其中的原因；而当社会现象构成另一种人与“环境”的关系时，人的生理本能作出相应的反应，人对社会事象规律的把握成为原型生成的另一现实基础。

原型是人面对“环境”而产生的特定心理体验与生物本能的确定形式的契合，这是人的生物本能性与社会适应性、先天生物基础与后天心理反应共同作

① 艾瑟·哈婷：《月亮神话·序》（中译本），上海文艺出版社 1992 年版，第 1 页。

用而形成的一种类似本能的精神现象。它类似本能又不是本能。类似本能是因为它确与生物本能相关，带有预定的属于先天的性质，具有“集体”的特点；它不是本能，因为它是一种在生物本能基础上产生的心理反应，是一种精神现象。从这个意义上说，原型是与人的生物本能相关的对情境反应能力的确定形式。这种本能是人类作为宇宙中的一种生物类属，在与环境的适应中积累的千百万年祖先的经验，这些经验随着人类进化过程而成为一种自然本性，亦即它实际上已经积淀着文化的因子。在人面临相同的情境时会产生基本相同的体验（如对蛇的恐惧，对于光的向往等等），并必然地作出本能的反应。而这种本能的反应，才是荣格所谓的世代相传的、人人共有的“集体无意识”的表现。原型在功能意义上，有确定心理反应向度的作用，人对外界事物的反应带有预定的模式，或者类似于模式的特性。

生理之维是原型能够体现“集体”心理的生物基础。原型的特性之一是它的“再现”性。而心理情感的再现离不开人的生理反应，如视觉、听觉、感受、体验等。由此及彼，由生理感觉到心理情感，由感性直观到浮想联翩，由表层形式的对应到深层意蕴的领悟，都有生理功能发挥作用。而人的基本的生理本能决定了人的心理反应相似性的方面，在遇到相同和相似的情境时，都会产生相关的心理情感，这是原型超个体性、超时空性的原因之一。

（三）原型的心理之维

原型的心理之维，是人对外界感悟、体验所产生的共同的心理情感，是个体之间的共同的精神现象。人的体验、感悟要依赖于生理感官。共同的情境下的共同的体验和感受产生共同的心理情感。个人（特殊）感受中包含人类共同（普遍）感受的因素，这种共同因素决定了原型心理的“集体”性。不同的人在相同或相似的情境下，有可能产生相同的心理反应，在个体的特殊感悟中有人类共同的体验，而这种体验越是个人化、越是深邃，越能触及人性的深层，越具有集体无意识性。这里的原型实际是一种由集体性所体现出的心理情感的普遍一致性和永恒性，它的这些特性在特定条件下的反复再现在客观上似乎就是“先天性”，即原型。

原型所显现出的“原”的原始性和“型”的模式性，不仅仅体现了作为人类共同心理体验载体的那个原型的古老和原始的性质，同时也体现着人类心理需求和情感体验本身的恒定性、相通性和它的古老原始性。原型形态的类似性和含义的相同性，并不表明原型作为精神遗留物的先天性和遗传的可能性，而表明了人类生物本能对于心理反应的制约性、类同性，表明人类作为一个有共同特性的族类面临“问题”的相同性与心理情感的相通性。在这里，纵向时间的相通使不断显现的原型方式具有了原始古老的意味，而横向空间的相通则使原型有着类似生物本能的普遍性和精神的先天性意味，这就是作为领悟模式的原型的反复发生和普遍一致性。所谓“原型的再现”，只不过是不同时空中人类相似的精神内容的一种相似的显现形式。这种显现有两种方式，一种是现实中的人面临着与远古祖先相类似的情境，有着相类似的情感需求和体验，形成了与远古祖先或前人相同的心理机制，在客观上表现为原型的激活和重现，而实际是在相同的生理本能基础上对相似的情境的相似心理反应。另一种方式，是在特定情境中对前人已积累的文化心理成果的利用。

因此可以说，心理学意义上的原型，并不是一种固定的模式，也不是一种可以遗传的完整不变的图式或图像，而是一种类似的或相同的心理现象的反复；它带有记忆的特性和一遇特殊情境“再现”的功能。换句话说，原型的激活、瞬间再现背后反应的都是人性在特定情境下的显现，原型在这个意义上就是体现人性内容的特殊方式，而不是先天存在于人的大脑中、作为固定模式的原型本身的激活。人们忽视了这种过程中人的主观的需要及其体现的人性内容，而误认为原型可以作为图式或模式再现。

原型是一种“关系”，作为心理现象的原型“再现”，其实是意与象的特殊生成。原型是创造性显现或过程呈现，而不是一般的“复现”或“重现”。每一次原型的所谓激活实际都有主客关系，都是一次需要和功能的契合、心理与情境的融合。不同民族神话的相似性，艺术模式的深层类似性，不同个体之间心理的相通性，不是生理结构中“遗传”的精神的共同性，而是建立在人类生物本能相同性基础上的对于环境的一种类似的心理反应。

原型得以形成的内在的驱动力是人类的心理需求，主要是由匮乏感而产生的需求感。这种需求的核心是创造幻境来消除匮乏感，或者达到自我与自然“力量”的一种沟通、对等，或者人对自然的“占有”、“征服”。在这个意义上，心理原型体现着人类的创造意识和某种愿望，原型的再现带有抒发压抑情感的功能。

（四）原型的文化之维

原型的生理之维是原型生成的重要前提，原型的心理之维是原型的内核，而原型的最终“呈现”，原型作为能为人们所知、所见和被后世承传的“纯形式”，则离不开文化。所以，生理之维的原型，是一种共同的相似的生理感受；心理之维的原型，是个体将外界感觉经验同化为心理事件的自我体验和领悟；文化之维的原型，才是具有真正的“集体”性质的、“可见”的、可承传的原型。原型的文化之维，是一种社会性承传的共同的心理。文化意义上的原型是可见的，如文学作品中的母题、意象，它有反复性、象征性、约定性。

原型的最终生成、呈现、承传等是文化现象，原型的载体是文化方式。个体的心理反应只有借助于文化方式才能显现而被他人感知，或者说是将“心理事件”外化为一种文化方式而得以“可见”。人们所说的原型现象是对以某种文化方式承传的、相同的、有继承性的精神现象的归纳分析推论出的一种结论，而不是原型本身，只有类似现象的对比才能呈现其相同的深层模式，这是一种广义的原型。狭义的原型是“共相”之“根”，这个根也是人依据社会文化承传中可见的现象而追溯推演出的。文化之维的原型所具有的反复性、象征性和模式功能等，可以供人在特定情境下与特定的心理情感契合而生成具有新质的原型模式，显现新的精神现象。这种精神现象以重现的方式出现，但是每一次的“重现”实际都是以主体的需要为动因，以对其“利用”为取舍原则而对既定模式进行两次以上的“重复”，是人的主观需要与客观对应物的契合过程。原型作为文化的特殊载体是解决人的心理匮乏的一种“现成”的经验积累。它在群体的族类的社会性承传中，是人类共同的心理积淀，是群体精神的结晶，变成客观“存在”的精神遗留物。原型是根植于一定的文化模式基础上的心理情感模式。原型的文化之维，也决定了原型的民族特性，它在体现人类性的同时，又有着与不同的民族文化模式紧密联系的民族性。原型的文化之维在集体性行为中得到显现。

原型的生理之维是人类的共同的生物本能，它是人类具有相同的精神需求和情感体验的生理基础；原型的心理之维，是人类在相似和共同的情境下所产生的相同或相似的心理反应，它是意与象、主观体验与客观物象的特殊契合关系；原型的文化之维，是人类相同的或相通的精神体验和心理模式的外化结果与承传，它通过具体的方式（如文学艺术中的原型、母题、象征的反复等等）使其“可见”。所以，原型是一个可以从不同的角度和层面理解的观念。这几个不同的角度和层面的共同性在于原型都以“先在”的形态“存在”，都以人人“共有”的特点显示其“集体性”。生理之维决定了原型生成建立在共同生物本能的基础之上，也决定了在这一层次上人类的集体性、族类性，决定了通过个体生理遗传而获得的可生成原型的某些要素。尽管这仅是一种可能而已，但这种可能性也就是原型之“型”得以反复的最基础的现实根源。心理需求决定了原型在本质上是一种相似的心理现象，同时决定了这种心理现象的相似性是通过每一个个体呈现出来的，是一种具体的生理与心理的融合、生成关系，而不是直接自然地遗传在每一个人身上的“自主精神”。人们所说的原型的共通性是对每一个个体身上心理的共相的概括，并为之找到一个最先的“根”。文化之维决定着原型的呈现、存在方式。

通过遗传而获得的人类“集体”的生理本能，决定了原型的生物基础和跨越时空的特性，在相同的环境下可能有相同或相似的反应；遇到特殊情境而产生的个体的心理体验，决定了原型的后天经验性质和心理现象特点，因为它有前述共同的生理本能，所以它既可以以个体的方式反映个体的情感体验，也可以以个体的方式反映集体的心理需求，而不必通过“遗传”来获得这种共同性。文化因素则是原型的载体，也是原型的重现方式，它以“集体”现象的方式而使得心理原型被领悟和解读。

（五）原型的宗教之维

荣格将原型心理学的研究与宗教联系起来，并成为他原型理论的重要构成部分。这方面的主要论文有《心理学与宗教》《对〈西藏亡灵书〉的心理学评论》《炼金术中的宗教观念》《序铃木〈禅宗导引〉》《弥撒中的转变象征》《关于蔓荼罗象征》等。限于条件，笔者对荣格这方面的论著不能全部读到，但是仅从上述目录就可以看出，荣格对于宗教与原型的关系有着很大的兴趣。因为荣格认为，宗教无疑是人类心灵中一个最早和最具普遍性的表达方式，属于触及个人心理结构的心理学。在他的一些讲演中，他要“证明无意识中存在着可靠的宗教功能的心理事实”，并对无意识心理过程中的宗教象征作出解释。荣格认为，“宗教”这个词指的是“已被‘圣秘’体验改变了意识的一种特有的态度”。“宗教教条是原初宗教体验的法典化了的和教条化了的形式；宗教体验的内容则是已经在严格的和往往十分精致的思想结构中圣化的结果。”“原初宗教体验的实践和重复已经成为一种仪式和一种不可改变的制度。这并不一定意味着这些仪式和制度已经是僵化的、无生命的东西。恰恰相反，在几千年的时间里，对数以千万计的人来说，在没有产生任何生气勃勃的需要来改变它们的情况下，它们很可能仍然是宗教体验的一种有效方式。”[①]荣格对于宗教的这种理解，包括对于宗教的来源与它的功能的解释，以及认为宗教体验被法典化和教条化为一种形式而又仍然具有体验的效力的看法，与他对于原型及其特点、功能的理解是一致的，也可以说，宗教仪

① 荣格：《心理学与宗教》，见《荣格文集》（中译本），第310页。

式、教义等等就是一种包含了圣秘体验的原型再现，或者说是这种体验的“领悟模式”。

世界三大宗教即基督教、伊斯兰教、佛教，几乎都与原型相关。基督教与原型的关系，笔者在《原型批判与重释》一书第一章已有所论及。佛教与原型的关系已有专著对其研究，如美国学者拉·莫阿卡宁的《荣格心理学与西藏佛学》。在这本书中，作者探讨了荣格集体无意识理论与西藏佛学的关系，认为“荣格心理学和藏传佛教的终极目标是获得精神转化”。布赖恩·莫里斯的《宗教人类学》中，作者在阐述宗教与心理学时，就专门介绍过伊利亚德的“宗教原型论”。而伊斯兰文化中，也有许多观念就与原型有直接关系。比如，关于“光”，虽在世界各大宗教中都被认为是神圣、智慧、吉祥、光明、知识、灵气的象征，但在伊斯兰教中，“光”还有更多的解释，被认为是一个具有普遍意义的象征原型。据有的学者研究，围绕“光”，伊斯兰教中有“照明学派”与“神光思想”之分。照明学派的基本主张是：光分为两类，一类称为“纯粹之光”（或“至上之光”、“绝对之光”、“光之光”）；另一类光是与暗形成鲜明对照的普通可见之光。认为“纯粹之光”是宇宙万物之本源；光的基本特性在于永恒不断地照明；宇宙万物由不同程度的光与暗结合而构成，宇宙万物根据接近光（或被照明）的程度而决定自身在宇宙中的地位；“纯粹之光”统治着整个宇宙，它在各个领域都有自己的代理和象征物。先知的知识是一切知识的原型，天上的声音是世间一切声音的原型，人的认识过程本身不过是上界对人的心灵的照明过程，而照明之可能是因为人的心灵中已具有了先天的光明，“照明”只不过是已经潜在于人的灵魂中的知识的再现。总之，光成为宇宙的基本原则，被认为是宇宙万物之源。而根据神光论的观点，穆罕默德不仅是现世的、以肉身形式体现的“至圣”、“先知”，而更为重要的是，他在前世是以精神的、无形的、神光的形式，或者说是以理念的形式存在；他在后天是使者中的最后者，而在先天却是一切理念中的原始者。在神光论中，新柏拉图学派的“流溢说”起着基本模式的作用。神光作为安拉的最初产物，是先天和后天、上界和下界、理世和象世、精神世界和物质世界的总根源。安拉的造化借助于神光之余光不断地、分层次地照射和衍化，从而有先天的、上界的种种理性、“本来”（或宇宙万物的理念，或本质）；先天的人神鸟兽的“性”和灵魂、天地万物的“理”或本质，是后天的、下界的人神鸟兽、天地万物的“原型”或“摹本”。[①]从伊斯兰教对“光”作为原型的

① 中国社会科学院世界宗教研究所伊斯兰教研究室：《伊斯兰教文化面面观》，齐鲁书社 1992 年版，第 125 页。

观点中可以看出，伊斯兰教认为事物都有其原型。

鉴于宗教的神秘色彩及其涉及内容的广博深邃，笔者不敢贸然对宗教与原型心理作更多的联系和解释，但是，宗教作为伴随人类历史实践过程的一种特殊精神现象，它与原型及集体无意识的深层联结是毫无疑义的，这还是一个有待深入探讨的领域。由此，笔者认为可以肯定地说，宗教是原型的一个重要的维度。

二 原型的外延与形态

荣格的目的不仅在于要对人的心灵和意识结构作进一步揭示，而且在于他把这种揭示与建立一种自主的精神心理学结合起来，而当他有这种结合的动机之时，也就意味着他的研究实际上将打破“集体无意识的内容是原型”这一概念的范畴。荣格在阐述集体无意识的内容是原型的观点时，实际上已超出了他自己概念的内涵。

集体无意识可以以原型的形态得到显现，但是原型显现的并不一定限于无意识或集体无意识，它可能是意识、是观念、是习俗、是文化等等。这是因为，荣格既讲过集体无意识的主要内容是原型，又讲过生活中有多少典型情境就有多少原型。这就是说，原型产生于人类生活的过程中和其基础之上，原型将在各种生活情境中继续生成并得到再现，或以各种不同的载体和表现形态得到显现。弗莱能突破荣格原型理论并把原型批评推向一个高峰，其重要原因就在于它对原型进行了重新定义，扩大了原型概念的范畴。弗莱认为原型是意象的反复出现，是有约定性的联想物，可交际的语言单位，原型可以置换变形等等，这实际上就将原型由心理方面转向了文化现象中。所以原型概念的外延，不管在原型理论的阐述中还是在原型批评的实践中，实际上都已超出了集体无意识的范围，而原型的载体，也已不限于意象或原始意象。

荣格说，原型可以是一个故事，一个形象，一个过程等等。从广义上说，原型的载体和表达形式是“无限”的，因为“有多少典型的人生情境，就有多少原型”。而从狭义上说，原型有其特定的含义，也有特定的重现方式。

前面已经说到，荣格在他所识别的众多原型中，列举的有出生原型、再生原型、死亡原型、力量原型、巫术原型、英雄原型、儿童原型、骗子原型、上帝原型、魔鬼原型、智叟原型、大地母亲原型、巨人原型，以及许多自然物如森林原型，太阳原型，月亮原型，风、水、火原型，动物原型，还有人造物原型如圆圈原型、武器原型等。比较重要的原型有阿尼玛（男人心理中女性的一面）和阿尼姆斯（女性心理中男性的一面）、阴影、智慧老人等。此外还有转换的原型等等。这些原型本身是属于不同范畴和类型的，有的是具体的意象（物象），有的则是抽象的理念，但无论是何种原型，在其成为具体的可见的原型时，都有某种特殊的载体使其显现。

下面主要谈谈神话作为原型和仪式作为原型。

（一）神话作为原型

在作为原型的诸多载体中，神话是最为重要和直接的。

关于神话的定义，众说纷纭；关于它的来源、特性、功能等等都有不同的理解。比如，仅美国学者阿兰·邓蒂斯编著的《西方神话学文论选》中就有如下一些不同然而各有道理的观点：

“许多人试图通过神话来回答的较大问题是世界和人的起源，可见的天体运动，季节有规律的更迭，植物盛衰，天空落雨，雷鸣电闪的景象，日月食和地震，火的发现，实用技艺的发明，社会的出现，以及死亡的神秘。简言之，神话的范围与自然本身一样宽阔，与人类的好奇心和无知一样广大。”“如果这些定义被接受了，我们就可以说神话源于理性，传说来自记忆，而民间故事来自想象；与人类心灵这些幼稚的产物相关而又比它们更成熟的是科学、历史和长篇小说。”①

“神话是关于世界和人怎样产生并成为今天这个样子的神圣的叙述性解释。”②

“神话是信条的化身，它们通常是神圣的，并总是与神学和宗教仪式相结合。其间的主要角色一般不是人类，却又常具有人类的本性；它们是动物、神祇或高尚的英雄。”③

“神话具有一种阐述性功能。它解释一切起因不明的自然现象，或一些来源于业已遗忘的仪式的功用。”

“神话以一种富于哲理的方式看待事物，起着一种对周围现实或非现实事物的解释作用。”

---

① 弗雷泽语，引自阿兰·邓蒂斯编：《西方神话学文论选》（中译本），上海文艺出版社 1994 年版，第 34—35 页。

② 阿兰·邓蒂斯编：《西方神话学文论选·导言》，上海文艺出版社 1994 年版。

③ 威廉·巴斯科姆：《民间文学形式：叙述散文》，见《西方神话学文论选》（中译本），第 11 页。

“神话把不容易描述的信仰内容生动明确地表现出来。”

“神话是构成宗教仪式的根据，或者说，它是以另一种形式与崇拜相联系。”“神话对于宇宙和自然现象给予认可，也对世俗和宗教的文化制度给予认可。”[①]

“神话不是一种与逻辑相对立的先逻辑的心理结构，而是对世界的另一种见解，一种最初使万物有内在联系的手段，一种对逻辑行为起补充作用的看法。”[②]

还有人“编列出学者们在其研究中涉及神话的十二种方法，这十二类分为四组，它们是历史的、心理学的、社会学的、结构透视的”。十二种方法是：

（1）作为认识范畴来源的神话；

（2）作为象征性表述形式的神话；

（3）作为意识的投射的神话；

（4）作为人类改变生活的整合因素（integrating factor）的神话，神话作为世界观；

（5）作为行为特许状的神话；

（6）作为社会制度的合法化证明的神话；

（7）作为契合社会的标牌的神话；

（8）作为文化的镜子和社会的结构等的神话；

（9）作为历史状况结果的神话；

（10）作为传播宗教的神话；

（11）作为宗教形式的神话；

（12）作为结构媒介的神话。[③]

以上对于神话的这些解释，从不同的方面说明神话的来源和含义，也从不同的方面发挥了神话的功能意义。这种解释的纷繁复杂本身表明，神话无疑已经是一种包容极大的原型，或者说是原型的重要的载体。

在众多的关于原型的解释中，卡西尔在《人论》中的见解极具概括性，也极有启发性：“神话一开始就是潜在的宗教”，“神话仿佛具有一幅双重面目。一方面它向我们展示一个概念的结构，另一方面则又展示一个感性的结构。它并不只是一大团无组织的混乱概念，而是依赖于一定的感知方式。如果神话不以一

---

①艾克·霍特克莱茨：《神话与宗教的分离：肖肖尼人中的神话与民间信仰》，引自《西方神话学文论选》中译本，第206页。

②埃里克·达戴尔：《神话》，引自《西方神话学文论选》中译本，第302页。

③劳里·杭柯：《神话界定问题》，引自《西方神话学文论选》中译本，第150页。

种不同的方式感知世界，那它就不可能以其独特的方式对之作出判断或解释。我们必须追溯到这种更深的感知层，以便理解神话思想的特性。在经验思维中引起我们注意的是我们感觉经验的不变特征。”“神话最先感知的并不是客观的特征而是观相学的特征。”在这里，卡西尔关于神话具有概念的结构和感性的结构的论点是很有见地的，就是说，对于神话，一方面要看到它作为观相学的特征，它的感性的方面，它建立在对于宇宙感知基础上的关于神话的“感性的结构”，以及在其中所反映的“我们感觉经验的不变特征”。另一方面，则要注意到神话作为“概念的结构”的功能。我理解，这概念的结构就是我们从神话中所抽象出的“理念”，一个神话故事后面总是包含着某种我们认为是与人的本性或宇宙本原相关的道理的原型，如亚当和夏娃与原罪说、西西弗斯与人生意义的虚无等等。另外，卡西尔所引用的杜尔克姆的观点也有一定的启示意义：“不是自然，而是社会才是神话的原型。神话的所有基本主旨都是人的社会生活的投影。靠着这种投影，自然成了社会化世界的映象：自然反映了社会的全部基本特征，反映了社会的组织和结构、区域的划分和再划分。”

这些解释已经与传统意义上的神话有了很大的区别，神话被看做所有精神现象的源头。而荣格在他的原型理论中，认为原型最重要的载体就是神话；弗莱在他的《批评的剖析》中则更是认为文学是神话的移位，文学的深层结构是神话模式的置换变形等等。正是从这个意义上说，神话被视为原型本身，作为原型的代名词。神话因不同的需要被“作为”某种精神的载体，神话以它的反复性和不断置换变形而活在文化历史过程中。

严格意义上的神话作为原型的载体之一，其表现形式是多样的、复杂的，或以其故事，或以其形象，或以其母题，或以其意态结构而为后世不断地利用发挥。神话被作为原始文化中的精神的“活化石”来分析考察，是因为它较完整地直接地体现着人类童年的精神面貌和心理特征。

（二）仪式作为原型

仪式作为原型，是与仪式的反复性、规范性以及集体活动方式相联系的，它具有原型的原始模式的含义和功能。而仪式的出现又是由远古先民的生存方式和需求本身所决定的。“仪式的目的是以其规范化、戏剧化和直接时间性的方式表现某种情态。无论是必然会发生的实情，还是偶然发生的事件，所要表现的内容和个人的行动都包含在仪式之中。但是神话的目的则是以其观念和超验的方式表现某种情态。它是永恒地同时发散出来（非偶然发生的），并且包括那些超时间性的存在……”“人们普遍认为原始民族在一年结束之际，或共同体生命之循环终结之际有必要再生或新生。……为此目的，就要在公社的主持和赞许下，采取某些功能的步骤或进程。这就是仪式。”[①]直到今天，仪式仍然是社会生活的一种具有独特功能的活动方式。“因为仪式就在于不断地重复由祖先或神所曾完成过的一种原型行动，所以人类实际上就是在试图利用圣物来赋予人类的甚至是最普遍和最无意义的行动以‘生命’。通过不断地重复，这个行动就与原型一致起来，同时这个行动也就成为永存的了。”[②]

原始仪式的功能包含人类对于自然的感悟性，掌握自己命运的努力，对生命与环境关系的感悟的形式化、模式化，它的反复和约定俗成就是一种原型。弗雷泽指出，巫术交感的象征活动和仪式是原始人类力图控制自然环境的一种实践。在《金枝》中他提到人与环境的关系的不同，因而形成仪式内容的不同。如温带地区、地中海地区、埃及、西亚的区别。但是，这种关系是一种什么关系？人面对自然的具体性来“设计”具体的对策，神话就是人这种对策的结果，推而广之，艺术的创造也有其具体的针对性，人的创造总是在营造一个自己所能想象得到的虚拟的现实，一个环境，一个过程。

仪式是人的一种有目的的活动，它以无意识的外在的形态反映着人的有意识的行为，以非理性的举动为理性的目的服务。比如中国某些偏远地区至今还存在的求雨仪式可以说是原始仪式的“重现”。这种仪式，就是一种原型仪式，每一个象征物、每一个细节和动作都是约定俗成的。有位作者在一篇关于中国陕北情歌的文章中记载了陕西安塞县一个山庄的祈雨场面：

> 他们扎起牌楼，塑起龙王爷、水神娘娘和兼管龙王大帝的偶像，烧起高香。为了生存，为了婆姨们、儿娃们，这些咬钢嚼铁的汉子终于匍匐了下来。请来多路尊神，是因为他们脑子里的神仙世界也和人间一样，钩心斗角、暗中使坏的事时有发生，只敬一个神，怕人家说用着的靠前，用不着的靠后，太不仗义。在这个世界上，农民惹得起谁呢？
>
> 献上生猪生羊之后，司雨便向龙王爷请示：“龙王老爷哟，天旱得没办法了！直旱得上山吃得没草了！下山喝得没水了！全庄的人向你祷告，下一场海（大）雨！”如果这时天还没有下雨，暴怒穷极的山民便

① 西奥多·加斯特：《神话和故事》，见《西方神话学文论选》中译本，第153页。
② 布赖恩·莫里斯：《宗教人类学》，周国黎译，今日中国出版社1992年版，第249页。

将龙王背上山顶，放在日头下曝晒。然后，众汉子吼叫着抬起龙王的牌楼，朝卜卦的方向猛跑，见山翻山，见崖跳崖，粗犷至极。轿子里的龙王被颠得前仰后栽，不得片刻安生。神话中的旱魃是黄帝之女，秃头青衣状如女鬼——属阴雌之像。因此，祈雨的未婚男性怀抱祈雨瓶，含义在阴阳相感。领头的司雨则背绑刀，刀刃向肉，充满献身的悲壮。最后，他们从河里灌起一瓶水，边跑边拿柳条往外洒，象征着普降甘霖。汉子们开始用嘶哑力竭的喉咙唱《祈雨歌》，许下心愿，以改变混蛋龙王不下雨的主意……

农民强压怒火向自然界的暴君低头。而那歌声以爆炸般的力量揭示了他们貌似木讷憨厚，实则充满纷繁复杂和渴望的精神内涵。①

这里描述的是中国现代的神话仪式，是现成的文化人类学的研究资料。从这个完整的仪式中可以看出，山民们对于龙王的态度，完全以自身的需要为尺度。（1）他们相信龙王，是在自己无法战胜自然时的一种与生存相关的精神反映，本身有非常现实的利益和功利目的；（2）他们对神的态度，以神对自己的“态度”为尺度，为了求助于神，他们可以表面上屈服，而当他们的目的一时不能达到时，他们可以迁怒于神，对之进行报复；（3）从反面说，如果他们对一切都能自己把握，他们便没有对于神的需要，就是说，神的出现是一种“有用”。神对于人，其价值也在于它有用，只是这种有用性是各种各样的；（4）不仅仪式过程本身以其约定俗成的象征意味体现为原型模式，而且仪式活动背后还有原型心理在发挥作用。

仪式的一个重要方式是庆典。理查德·道森在一篇题为《庆典中使用的物品》的论文中指出：“庆典这一术语可以包括节日、仪式、集会、游行、宴会、假日、狂欢以及这类成分构成的种种综合体。”②

原型与庆典关系的构成，基于庆典仪式所具有的行为模式的鲜明特征。“心理学家试图从庆典的个人行为模式中，把握住难以捉摸的‘集体无意识’，从而叩开人类心智中最底层的意识之门。”“群体庆典的社会化功能更为显著，这一功能体现为庆典的两种相反的作用：一是凝聚向心作用，一是宣泄离心作用。它们往往同时并存，相反相成。”“庆典在人类最初的社会形态——原始社会便已

① 张林：《情歌情种——为陕北民歌信天游招魂，抑或是挽歌》，载《十月》1994年第3期。

② 维克多·特纳编：《庆典·译者序》，方永德译，上海文艺出版社1993年版，第20页。

出现，最初庆典活动目的明确而直接。成年礼、祈丰仪式、驱邪仪式，这些都是重要的原始庆典。”“庆典是人类一种重要的交际方式，从这一意义而论，它的本质与语言颇为相似，所以它被称为‘一种无言的交往形式’，庆典和语言一样，也是一种符号体系。”①

维克多·特纳在他编辑的《庆典》一书的《引言》中，在分析用于庆典的物品的意义时说，那些“文化的圣物，通常是博物馆收藏品中最美丽、最引人瞩目的部分，它将永远令西方公众入迷。也许，其中原因是，它们正是西方人为了达到用理性征服物质世界时力图从自己内心意识中驱走的东西。正如梦及想入非非的功能一样，心理学家认为这种功能是健康的心理不可缺少的组成部分。同样，对于健康的社会而言，这种由庆祝热情而产生出来的物品化的梦想与幻想也是完全必需的。……在这些收藏品面前，我们能够比通过内省更加充分地认识个人的内心深处，因为，尽管它们用完全不同的文化外衣装扮自己，但它们是从全人类这一整体意识的高度产生出来的。”这说明，庆典仪式的各个方面，都体现了集体的、普遍的心理上的某种需求，并且只有用这种方式才能满足这种需求，它与原型的关联性就在于它的集体参与和约定俗成的象征。“象征物的可视特征及性质与其包含的意义之间有一定的关联……这种‘自然相似性’是由文化选择的。当这种联系获得解释时，我们认为它们是十分合理的、为我们所熟悉的，是人类普遍经验中的一部分事实”；“此类物品象征着西方神学家可能称做‘神秘物’的东西，它们超出人类认知范围之外，它们是万物底层结构的组成部分（就像康德的‘范畴’或荣格的‘原型’一样），是无法为理性所感知的。”

关于庆典的特征和功能，特纳还指出，通常，庆典具有神秘的“情节”，其基础则是有关神明干预人世活动的传说。庆典中既包括仪式框架，也包括游戏框架。广义地说，仪式框架是建立在这一前提之上的：“在这一界限之内，我们所说的、所做的、所感觉的都是由‘让我们相信吧’这一前提所支配的，也就是说，我们信仰真理，信仰现实，相信某种超自然的，凌驾于人类、社会、国家之上的力量具有善性，并将它们视作各种现象的初始及终极原因。”而游戏框架则正相反，它取决于“让我们假装”或“让我们使人相信”这一前提。在庆典中，我们不能将参加者从其参加的活动中分离出来，也无法将主观从客观中

① 维克多·特纳编：《庆典》，方永德译，上海文艺出版社1993年版。

分离出来。参加者都具有一种“参与意识”，这使他无法将庆典中的事物群体视作身外之物，他无法与之保持一定距离而加以认知，它们浸入了他的身心，改变了认知模式，令他眼花缭乱、头晕目眩。他无法抗拒象征群体铭刻在他心头的寓意。因此，在庆典中，个人空间被社会化、文化化了，而社会空间也相应被个人化了。[①]

仪式，包括庆典仪式在现代文明社会中的存在，也有着心理方面的原因，有着精神生活领域的特殊作用。有位叫巴巴拉·梅尔霍夫的作家，在过去十年中写了一本名为《我们的日子屈指可数》的书，在书中她指出：“我们在维持和修补人际关系方面，在将意义赋予那些我们主观上认为仅仅是痛苦与失落的事物方面，都存在着反复出现的问题。假如我们能认识这些问题并使之仪式化，那么这样做本身便具有深刻的‘治疗’价值。”“我们需要的仅仅是一个小小的朋友团体或家庭，某些能给我们以启迪的象征或传统源泉，有关变化的程式及其涵义以及勇气。”她指出了如何用庆典仪式克服困难，或在逆境中坚定生活信念。她列举了如下场合：“绝经期、外科手术、‘空空的鸟巢’、退休、五十岁生日、妇女丢弃了她丈夫的姓氏。”“所有上述场合都是举行过渡仪式的契机，这些仪式能够把受创伤的体验或被迫改变生活方向的插曲变成承认变革的纪念。我们常常独自一人进行某些带有仪式意味的行为——烧毁已变心的情人的信件；把礼物退回给我们觉得不再珍视的人；把头发剪短……”她的提议归根结底就是：我们应当将“心理阈之下的东西”变成“心理阈之上”，即将危机与转折控制在自己手中，将它们仪式化，使它们变得有意义，用一种“庆典精神”经历它们，以焕然一新的姿态开始生活中的新阶段，从世界上最古老、最持久的文化中学到一些它们的智慧，它们对于人类状况的了解。[②]仪式作为原型的载体和表现形态之一，其作用至今不衰。仪式，不仅是神话、宗教仪式，而且大量的重要的是人的日常生活的仪式的艺术化。它可以是习俗，或行为方式的仪式化。仪式作为一种特殊的原型，渗透到人类的日常生活中和意识中，也体现于诸如戏剧、舞蹈等等艺术形式中。这说明，仪式是以特殊的方法，以具体的行为为原型的载体，呈现着集体无意识。

综上所述，原型的显现可以借助于多种特定的形式，有多种载体。比如：

---

① 维克多·特纳编：《庆典》，方永德译，上海文艺出版社1993年版，第28页。

② 维克多·特纳编：《庆典》，方永德译，上海文艺出版社1993年版，第170页。

作为原型的神话，既具感性结构的特征，讲述幻想的故事，塑造人格化的神话人物，使之以原型形象的形态活跃在人类的精神历程中；同时，神话又具概念结构的特点，每个故事背后阐述一个原型观念和普遍的道理，反复叙说人类永恒的话题。

作为原型的象征，是通过某种具有约定性的象征物，以特殊方法突现某种“观念”。象征作为原型的特质，在于它反复地以具有约定性的他物表达难以言说的意蕴，揭示人的潜意识深层心理。

作为原型的母题，是一个故事的反复和置换变形。“母题”是基本的叙述单位，即指日常生活或社会现实领域中的典型事件。母题是最小的故事单位，母题的特质是将故事中包含的哲理和共通性，抽象化为一种故事的“模式”，因而具有一种交际性。母题具有原型的要素。但是，母题的功能要以它在“形式”中的关系来确定。

作为原型的仪式，是通过一定的程式化的“过程”的展开和多次“重演”，使现实的人沉迷于超现实的特殊情景和氛围之中，唤醒集体无意识，并使之变为现实行为的内驱力。

以上关于原型的载体和具体表现形态的分析，说明了原型的外延并不限于原始意象，而原型所负载的并不仅仅是集体无意识。

（选自《原型批判与重释》，东方出版社 1998 年版）

悲剧诗歌中的原型模式

［英］M. 鲍特金

本文选自海曼（S. E. Hyman）所编《批评的业绩》（*The Critical Performance*）1956 年英文版。作者鲍特金（Maud Bodkin，1875—1967）是英国心理学家和文学理论家，生于艾塞克斯，1901 年毕业于威尔斯大学院，曾任教于剑桥大学。鲍特金是原型批评理论和实践的早期代表人物。她的主要著作有：《诗歌中的原型模式：想象的心理学研究》（*Archetypal Patterns in Poetry*: *Psychological Studies of Imagination*，1934），《一部古代剧和一部现代剧中的寻求拯救》（*The Quest for Salvation in an Ancient and a Modern Play*，1941），《诗歌、宗教和哲学中的类型意象研究》（*Studies in Type -Images in Poetry*，*Religion*，*and Philosophy*，1951）。其中以《诗歌中的原型模式》一书影响最大，成为文学研究领域中的原型批评派的开山之作。鲍特金将荣格心理学中关于集体无意识和原型的理论直接运用到对文学作品的分析解剖之中，并综合了人类学和宗教学方面的研究成果，开辟了文学研究的新领域。本文是《诗歌中的原型模式》一书的第 1 章，作者通过对西方文学史上几部著名悲剧的对比研究，试图归纳出与悲剧这一文学形式相对应的具有原型意义的人类情感模式，并借此来说明作家的创作活动与读者的想象反应之间的心理同一性。在这里，我们可以清楚地看到，原型批评的两大理论渊源——人类学和心理学是怎样在文艺学中汇合起来，导向批评理论的深化和方法的更新的。

一　探索的性质和进行探索的理由[①]

荣格博士在《论分析心理学与诗的关系》一文中对诗歌在心理学上的意义提

① 原书的小标题只见于目录，现移入正文。——译注

出了一个假说。他把某些诗歌特有的感情意义——这个意义在任何表达出来的明确的意义之外——归为一些无意识的力量在读者心中的掀动，或是在他的意识反应之内掀动，或是在他的意识反应之下掀动，他把这些无意识的力量称为“原始意象”，或称原型。他把这些原型描写为“无数同一类型的经验在心理上留下的沉淀物”，这些经验不是个人经历的，而是他祖先经历的，这些经验的一切后果都在大脑组织中继承下来，是个人经验的先验的决定因素。

笔者的目的就是要考察这个假说，参照我们的例证——我们把记录下来的经验和从不同角度来接触这个经验的心灵反应放在一起——来检验这个假说。希望能用这种办法多少做点工作，通过更富有直觉力的研究者的深刻见解使系统心理学家已形成的理论更加丰富，同时，这些研究者的成果也多少可以得到更准确一些的说明。

我想拿吉尔伯特·墨雷教授的一篇文章[①]作为我的第一个例证，这篇文章描述伟大诗剧的效果，说法与荣格的很相近。吉尔伯特·墨雷比较《哈姆雷特》和《俄瑞斯忒斯》这两出悲剧，注意两剧间那些出乎寻常的共同点，以及两剧的题材似乎表明了一种“近于永恒的持续性”。这类激起原始人类的兴趣的题材，现在又使我们感动，他说：“这些题材将来激动我们时，我们看出其方式将是特别深刻和有诗意的。”吉尔伯特·墨雷认为这类故事和情景“深深地插入人类的记忆里，像是在我们的机体里打下了印记”，他感到抱歉，他不能摆脱比喻的说法。我们说这类题材“对我们是陌生的。然而一看到它们，内心便有一个东西跳将出来，这是一种来自血缘的呼喊，它告诉我们：我们是一直认识它们的”。又说：

> 在《哈姆雷特》《阿伽门农》或《厄勒克特拉》那类剧本中，我们无疑地看到了一种细致和灵活的性格塑造。一个丰富的和有匠心的故事，充分体现了诗人和剧作家的技术；可是我想我们在表层下面看到奇异的、未经分析的震撼力，一种冀望，恐惧和情绪的潜流，这种长期沉睡然而永远令人亲近的情绪，几千年来一直潜藏于我们内心的感情深处，织进我们最神奇的梦幻之境。这条溪流可溯源于过去的年代究竟多远，我甚至连推测都不敢；不过看来，激动它，或随它而激动的那种魅力，是天才最终秘诀之一。

① 即《哈姆雷特与俄瑞斯忒斯》。——译注

这段话本身就有几分想象力，有几分诗意，说明读诗时的一种经验，我们可以把这种经验仔细考察一下——从两方面来考察。我们可以研究在社会或种族生活中表现了这种持续性的题材，可以比较这些题材所具有的不同形式；我们还可以有分析地研究一下不同个人对这类题材产生反应时的内在经验。

这种探索明明是细致、复杂的；有些人爱回避一切不能用严格技术去考察的问题，这种探索很容易叫他们一开始就灰心丧气。在这里几乎不可能进行实验，因为我们要考察的那种感性经验不能在实验的条件下由我们随意支配。要得到对伟大诗歌题材的深刻反应只能用这种办法：与这种题材生活在一起，对之长期冥思默想，选择心灵自然地接受其影响的时刻。那些这样熟知诗歌的人记录下来的经验，凡是我们能找到的，我们都要采用。

笔者倒是觉得在目前心理学正需要依靠研究这种更深刻的经验来丰富它。我们几乎可以这样说，经验心理学家之所以被自称能接触到内心底层的那些医学作者所击败，其原因正是经验心理学家要求准确真实的实验结果，这使他们局限于研究心灵的表层组织或表皮。要说医学作者的特点是思想不准确、强调片面性，那么，也只有随着他们向具体人类心理所开辟的路径，让更多的人对它感兴趣并且更准确细心地观察以后，才能下这样的断语。

要探索现代人对诗歌伟大题材的想象反应的研究者，如果不仅考察医学心理学家的著作，而且还考察企图科学地研究原始人的反应的那些人类学家的著作，他会得到好处的。人类学者研究一个民族接受文化的新成分时，采用过“文化模式”一词，以表明群体成员早已存在的心理倾向的“搭配”或秩序，这种秩序勾画出群体成员对新成分的反应。戈登韦塞（Goldenweiser）在讨论对“文化模式概念”进行我们这种“概念探索”的价值时注意到它与艺术的文化学科中的形式和体系的概念的关系；伯纳德（L. L. Bernard）在同一书中将各种不同的环境进行分类，将社会心理的环境另列出来，这个环境包括在书本中保存下来的那一类象征体系，他认为在这个环境里“心理进程达到其客观化发展的最高类型”。这种存放起来的象征内容在活跃群体成员心灵中的相应模型方面任何时候都能起作用，而这些象征则是群体的共同产物，为群体所共有。

我觉得我在这里所要探索的正属于人类学或社会心理学的一般领域。我将用“原型模式”一词表明吉尔伯特·墨雷所说的我们对成功地表现在诗歌里的古老题材的迅速反应。我们要考察的假说是：在诗歌中——在这里我们将特别考虑悲剧诗歌——有一些题材具有一个特殊形式或模式，这个形式或模式在一个时代又一个时代的变化中一直保存下来；并且，这个形式或模式是与被这个题材所感动的人的心灵中的那些感情倾向的某一模式或配搭相呼应的；我们可以断定诗歌中这样的一些题材的一致性。

荣格形成这个假说的时候，吉尔伯特·墨雷提出更是属于试验性的比拟的说法时，他们都主张这些模式“在我们肉身的机体上打下烙印”，是“在大脑组织中继承下来”的；但是，这种说法却没有值得在这里考虑的证据。荣格相信他自己有这样的证据：有些人在梦里或幻想里自然地产生古代模式，但发现这些人对体现这些模式的文化材料并无接触。这个证据倒很难估价，特别是某些旧材料在人们神志恍惚时居然又一次出现，叫人吃惊，但后来却由这种出现追溯出该人生平一些遗忘了的感官印象。

就我们现在所知道的来说，最有力的是这个概括的论点：凡是从稍有接触的环境中能吸取一些形式的时候，那一定是心里或脑子里有一些易于自然感应的因素。任何人，只要他曾经对一个毫无准备的人传达一个思想，并对当时情况回想过，他一定会发现保证别人吸收这个思想的并不是依靠别人接触到他表达的思想，而是一定要有某种内在因素协作。缺乏这个因素，传达的企图便会失败，这就最令人信服地证明巴特里特（F. C. Bartlett）先生所说的：如要凭借有同化力的想象力去捕捉完整的事物，我们内部必须开动“更大的感觉系统、记忆系统、思想系统和愿望系统”，“坚持这一点，并不是古怪想法”。这类系统可以限于某一时候存在于特定群体中的文化模式，或是限于某个个人的特点；但另外还有一些范围更广得多的系统。我们的问题是：是否有一些系统具有吉尔伯特·墨雷所说的“近于永恒的持续性”，使我们能正确地用“原型模式”一词称呼它们，使它们对心理学和文学的研究者具有特殊的意趣和重要性。

二　为什么必须在诗歌所给予的经验中研究原型模式

依靠诗歌来研究这些模式究竟有什么明显的好处呢？提出这个问题来，我们会更接近我们规定的题目。

吉尔伯特·墨雷谈到的这种题材在埃斯库罗斯以前的古希腊、莎士比亚处理这题材以前，在北欧，它已经是一个传统故事。它这种形式已是布拉德雷（A. C. Bradley）谈另一传统题材时所说的“一首初成的诗歌”：“这种一般的想象里的题材在诗人没有用它之前已有某种审美价值”；“它已经在一定程度上组织起来，具有形式”。[1]诗人的点染使这个传统故事变得丰富了，它便在我们想象中生存下去，是一个具有美学价值的记忆，但已失去形式。这时如提到俄瑞斯忒斯或哈姆雷特，却反激起对过去的一次生动的诗歌经验的朦胧回忆，也许此时读者心里是这种情况。所以，我们要从心理学上考察与某一诗歌题材相对应的感情模式，有时只提一提回忆中的故事轮廓就会有好处，但要仔细考察却需要恢复实际的诗歌经验，因而只有在伟大诗歌实际传达的想象经验中我们才能找到研究我们寻求的模式的最充分的机会——这是从诗歌经验本身的性质而来的。

斯皮厄曼（Spearman）教授的著作在决定心理学的方法上有过很大的影响，他的著作里，有好几处提到想象——有一处特别提到诗歌中所运用的想象[2]；他主张想象就其理智方面来说，与任何其他的逻辑过程并无重大区别，在其他的逻辑过程中也可以说是有新的内容产生，例如：我们从“好”这样一个既定字眼以及对其反义词的性质的了解过渡到“坏”这个字眼。这样一种处理想象的办法证实了那种抽象性质，这种抽象性质使心理学在一些思想家眼里显得像是一种很不真实很空洞的研究工作。任何一个对诗歌中的想象活动感兴趣的研究者都不能接受这种看法：即想象的理智方面可以与它的感情性质分开，并包含在任何斯皮厄曼提出的那类逻辑公式之内。

斯皮厄曼所概括的三条认识律中，似乎第一条与诗歌想象的关系最密切。这条规律是：“任何一次已有的经验都有直接唤起了解该经验的各种性质和各种经历的倾向。”有一条注补充说：“‘直接’一词在这里是指不需任何中介过程。”[3]也许正是在斯皮厄曼所否定的中介过程中，我们才能替诗歌中运用的想象找到一个明显的地位。

心理学家提出过这样的问题：我们如何了解已有的经验呢？这时，他们通常是满足于断定这要通过内省才行，而让哲学家去进一步探讨这个问题。经验心理学家与医学心理学家之间的争执恰好是在这里，因为后者相信他们发现了已有经验的广大领域，属于欲望的性质，这些广大的领域都不能用内省来说明——有人相信内省时我们是在直接了解我们欲望的性质，这些人见了上述发现会吃惊的。

---

① 布拉德雷：《牛津诗歌讲座》，麦克米兰公司 1909 年版，第 11—12 页。——原注

② 斯皮厄曼：《智能的性质和认知原则》，麦克米兰公司 1927 年版，第 334—336 页。——原注

③ 斯皮厄曼：《智能的性质和认知原则》，麦克米兰公司 1927 年版，第 334—336 页。——原注

亚历山大（S. Alexander）教授从哲学家的角度考察这个问题，得出结论说，属于欲望性质的——与感觉和形象，即心灵的对象不同——已有的经验，我们只可以“享有”它，而不能分析它。他说，内省是得到的“享有”加上“一整套仔细琢磨的语言工具”，这套语言工具使享有过的经验的诸成分在微妙地解体的形式中突出出来。他补充说：“毫不奇怪，我们应该把我们的内省看成是使我们的心转向于物，以了解表达我们心情的语言在实际利益的追求中，在和具体事物的接触中经过多么细心的琢磨。”①

如果接受这个看法，我们便知道要了解已有的经验，必须先有中介过程，它是这种经验与行动、事物之间的联系，这些行动和事物影响感觉，并且可以分析；这种经验与语言有关，语言能使人想起这些事物在人类观察下的千姿百态。正是在幻想的过程中，事物的被设想的性质才与历史背景脱离，才能表达正在经验中的心灵的需要和激动。近来对梦的研究似是肯定了这一点：睡眠中的心灵所引出的一串令人迷惑的形象是由于一些失去习惯控制的感情意向彼此之间的作用。在个人白昼的幻想中，在神话和传说中，我们见到另一串形象，这些形象也由感情模式决定，我们用表现逻辑思维的成果所用的语言复述这些形象时，我们就拿这些对经验的矛盾的表述相对照，这时，我们觉得这些形象也像梦一样奇怪。

一个伟大的诗人利用在群体幻想中已具形式的故事时，被他加以客观化的不只是他个人的敏感。诗人既然是用非凡的敏感对已经表现群众感情经验的那些词汇和形象发生反应，他安排这些词汇和形象时便能充分地利用它们的召唤力量。这样，他自己便见到他本人的灵魂和他周围的生活之间所产生的经验并占有它；并且，只要别人对他用的词汇和形象能充分地反应，他便是向别人传达了既是个人的又是共同的经验。

因此，我们就能看出：如果我们要考察我们个人经验里隐藏的那些感情模式，那么，只要我们还能记起我们的自发行为，我们就可以在我们自发行为的镜子里研究那些感情模式，否则也可在梦里或在白昼幻想的溪流中研究它们；但是，如果我们要思考我们与过往世代的人们所共有的原型模式，我们最好是在各时代都不断激发出感情反应的伟大诗歌所传达的经验中去研究它们。这里，我们研究这种诗歌，并不是要问埃斯库罗斯或莎士比亚铸造俄瑞斯忒斯或哈姆雷

① 亚历山大：《空间、时间与神》，麦克米兰公司 1920 年版，第 18—19 页。——原注

特这些人物时，他们心里想些什么，也不是要问这两个人物在希腊观众或伊丽莎白朝的观众身上产生怎样的影响。问题在于这本书的作者和读者：在我们观看、阅读或生动地回忆希腊或莎士比亚的悲剧时，俄瑞斯忒斯和哈姆雷特这两个人物在它们传给我们的经验中究竟代表什么。

三　某些具有“魔力”的特殊段落对这种研究的价值

初步困难已经谈过，还必须更详细地考虑一下。我们如何能保证一出伟大戏剧所传达的经验能那么完整、那么强烈地呈现在我们面前，使我们得以充分地研究它呢?

柏西·勒伯克（Percy Lubbock）在有关小说形式的研究上讨论过类似的问题。他说，如果我们不能保持住一本书的形象，一本书作为经验过程从来没有完整地呈现在我们面前，那么，评论也是没有用处的。读者的任务是在小说通过我们面前的时候，我们从经验的行列中将小说再铸造一次，然后他才能从事批评。这个过程“必须加以整顿并集中在某个地方”。[1]

看一出在舞台上表现得很充分的戏剧时，我们会比默读一部小说更快地发现：经验的进程是受过整理的并集中在某几点上面，所以回忆这些焦点的形象时，我们就能把整个剧作为活的整体来回顾。这样得到的强烈的感情印象，在一再重读或重看这个剧的时候都会一直保存下来，个别印象在与批评家或学者的思考结果相比较而被剔除时，它也会保存下来。戏剧与形象这样一起生活着的时候，那些中心段落的意义愈来愈丰富，终于与个人生活的感情经验交织在一起。

因为篇幅不容我全面回忆《哈姆雷特》，所以我不得不假定读者对这出戏已有一些这类的经验。不过，我要冒昧地提一下我觉得全剧意义似是最集中的那一段。

大约30年以前，从我看《哈姆雷特》的经验中，我至今还记得哈姆雷特临死时对霍拉旭所说的话里那种高贵奇妙的美：

---

① 勒伯克：《小说技巧》，旅行者丛书，1926版，第15页。——原注

如果你真把我放在你的心坎里，

现在你就慢一点自己去寻舒服，

忍痛在这个冷酷的世界上留口气

讲我的故事。[①]

这就是马修·阿诺德（Mattew Arnlod）选出来作为诗歌的“试金石”的那些段落中的一段——这几段诗的风格和内容含有至高无上的诗歌素质，含有亚里士多德的高度真实和严肃，超出历史或普通语言的真实和严肃之上。我想提示一下，马修·阿诺德所说的这种“高度真实”——很像拉萨尔斯·艾伯克罗比[②]归之于伟大诗歌的那种性质：“各种生活汇集为一股单一的意识的火焰”——不是这几行诗在孤立中所具有的，而是在它们的上下文中对它们熟悉之后才具有的——对该剧的综合经验聚集在这几行诗上面，这几行诗的音乐魔力把它们愈来愈深地引到喜爱它们的心灵的隐秘地方。

我们可以试着分析一下这个“魔力”或魅力，文字的节奏和音响在这个魔力中显然是起作用的。我觉得“现在你就慢一点自己去寻舒服”一行的魅力被霍拉旭后来所说的两行诗中对这行诗的音响所产生的回声加强了：

夜安，可爱的王子！成群的天使们

歌唱来送你安息吧！[③]……

“忍痛在这个冷酷的世界上留口气”这句话反衬着天堂的音乐，我们更加深切地感到它们的对比，这句话费力地向着它的目的——“讲我的故事”——这几个字移动。这几行诗通过它们的魔力，在它们出现的地方，似乎聚集了这场对一个模糊的障碍极力要求行动的斗争、全部无力的愤怒与惶惑，以及渴求得到正义和解脱的全部意义，这一切构成了莎士比亚所讲的哈姆雷特的故事，也使哈姆雷特和这几行诗成为一个象征，表明任何这类斗争和渴望同样折磨着对哈姆雷特这些话有所感应的心灵。

---

① 《哈姆雷特》，卞之琳译本，作家出版社 1956 年版，第 183 页。——译注

② 艾伯克罗比（Lascelles Abercrombie，1881—1938），英国作家、批评家。——译注

③ 《哈姆雷特》，卞之琳译本，作家出版社 1956 年版，第 183 页。——译注

四　俄狄浦斯情结是决定我们读《哈姆雷特》经历的想象经验的模式

在着手比较《哈姆雷特》和有关俄瑞斯忒斯的那些剧本中包含的感情模式之前，我们先简略地考察一下厄内斯特·琼斯博士对《哈姆雷特》的研究。①

琼斯博士探究哈姆雷特的矛盾性质时，在某种程度上和我现在的探索走同样的路子。一个批评家追踪剧里某一人物的动机时，他实际上是在做什么呢？

一个批评家突出具有某种气质的人的面貌，分析他行为后面的动力时，他必然是利用他自己在剧本中生活时所经历的感情经验。批评家经历了哈姆雷特的道白所传达的某种心理波折，这场波折是：强烈的行动愿望激起来了，而又再三地消歇下去，成为冷漠和失望——这个波折，读者在想象中经验它的时候，会把其归罪于虚构的说话人——然而，批评家检查他这样得来的整个印象，并分析、综合那些绵延不断的波折，于是，只要批评家的思路不错，他便会在哈姆雷特这个虚构人物的内心里觉察到那种在批评家本人的想象活动中反映出来并起作用的感情力量的模式。

在琼斯博士看来，哈姆雷特的矛盾是俄狄浦斯情结发生作用的范例。哈姆雷特不能一心一意地设法杀死他的叔父，因为“他叔父是与他本人人格最深切、最隐秘的部分结合在一起的”。被压抑的、希望父亲死去的欲望以及他对母亲从婴儿时就不自觉地保持下来一种性的享受，使哈姆雷特不自觉地把自己与他叔父等同起来，所以，只有到临死的时候“他已经作出那最后的牺牲……这时，他才自由地……杀死他那另一个自我”。

这个心理学的假说是弗洛伊德的贡献，琼斯博士细心经营一番，它曾受到某些文学批评家的欢迎。赫伯特·里德（Herbert Read）提到罗伯孙的看法：“现在这个样子的《哈姆雷特》归根结底是一出不可理解的戏。”——还说，莎士比亚不可能用他那粗野的情节和微妙已极的主人翁写出一出在心理学上首尾贯串的剧本来——他极力宣扬说，不管这出戏批评家多么难于理解，我们经验它的时候，却感到一种个人的、情绪表现的强烈感觉，这是首尾贯串的强烈感觉，它使剧本成为一个整体，老一代的经验批评家是没有探索这个整体的手段的。他

① 琼斯：《对〈哈姆雷特〉的精神分析研究》，见《应用精神分析论集》1923 年版。——原注

认为琼斯博士的假说确实能说明我们的感情为什么能接受我们思想上认为有困难和不一致的东西。如果运用我提出来的术语，我们可以这样说：这个俄狄浦斯情结的假说——即一种没有意识到的持续的欲望，它对父亲来说是敌视的，对母亲来说是不光彩的，它与孝心和忠实的情操相矛盾——给我们的思想提供了一种与剧本相对应的感情模式，一种充分地、想象地接触这出戏时会感受到刺激的感情模式。布拉德雷教授说过，《哈姆雷特》是称得上“道德上的理想主义的悲剧”①的，因为它有强烈感，又有理想的爱的强烈感，又有爱情被出卖时恐怖的强烈感，这些我们都能从哈姆雷特的道白中感觉到。他仔细谈到，哈姆雷特见到母亲和叔父的不忠，这使他那种具有道德敏感的人感到怎样震惊。但是，一个敏感的人见到别人这样不忠实时所感到的恐怖与反感和哈姆雷特对他自己、对他的整个世界和他要采取的行动所抱的排山倒海的反感似乎是不一样的；除非我们了解到他觉得母亲和叔父的不忠在他自己身上、在他对父亲的忠爱情操之内得到反响（这忠爱的情操原是他最强的、自觉的动机）。我们如果在检查这出戏传达的经验时，觉得忠爱像被一种使人迷惑的、不忠的感觉暗中破坏了，这不忠是外来的，但也是内在的，那么，我认为我们必须同意弗洛伊德的假说确实对亲切的、直接的经验作了某种说明，这种经验原是批评理论的最后的试金石。

五　进一步说明两代人之间冲突的题材，以及类型人物对同一事物抱正反两种态度的“分裂”

弗洛伊德释梦的理论对了解诗歌主题的情绪象征所作的最重要的贡献，大概是有关类型人物的“分裂”的理论。琼斯博士拿哈姆雷特的故事与俄狄浦斯的故事相比较的时候，他主张两个故事是同一主题的不同样式，只是在一个故事里，父亲这个人物始终只有一个，而另一故事里，这个人物“分裂为两个”——受人爱戴尊敬的父亲和为人所恨的残暴的篡位者。

这个论断涉及假说的两个部分：

(1)基本假定——在讨论开始时所提到的荣格和吉尔伯特·墨雷的说法中也暗示到——这两个古老的故事作为艺术的传统材料，其持续性是由于它们表达

① 布拉德雷：《莎士比亚的悲剧》，麦克米兰公司 1912 年版，第 113 页。——原注

或象征典型的人类感情的力量，从而也解放了这种感情。

（2）在这个例子里，解放出来的感情是儿子对父亲的双重的——即彼此敌对的——态度。让我更仔细地考察一下这后一假说。

父亲会在儿子身上既煽起钦佩、爱慕和忠实的感情，又引起愤怒、妒忌和表现自我的冲动，这在父子的关系上像是一个特点。儿子愈是“崇拜”父亲，发展尚德（Shand）所谓的“情操良知”，以致任何轻微的妒忌或敌意的批评都当做不孝而受到压抑，那么，内心态度的紧张便愈加强烈。正是这个态度能在想象活动中找到解脱，爱慕和被压抑的敌意在这想象活动中都有发挥作用的地方。根据弗洛伊德的假说，在俄狄浦斯的故事里，一种受到压抑的、持续不断的、代替父亲并享有母亲的冲动表现在前一部分的行动里；然后，在后一部分，在主人公悔恨、受难的那一部分里，表现了尊敬、忠实的情操。在哈姆雷特的传说中，——像北欧阿姆雷特传说（Amleth Saga）的那种形式——又是恐惧、又是对父亲含有敌意的自我保护呈现在伪装愚蠢的全部事例中，呈现在隐晦、辛酸的双关语里，最后，还呈现在图谋刺杀篡位者的成就中；同时，爱慕和忠实的情操则表现于这一幕里的报杀父之仇。莎士比亚本能地了解到促使他叔父反对他父亲的那种冲动与他本身所有的冲动原是一个东西，好像只有莎士比亚，他凭借这个本能的理解才把主人公意志分裂与意志瘫痪的微妙因素编进这古老的故事里。

俄瑞斯忒斯的故事可以当做想象地表现孩子对父母持两种彼此矛盾态度的另一范例来考察。正像雅典的三位伟大的悲剧作家所表现的，在这个故事里有丰富的材料，说明内在的感情力量是怎样通过想象所创造的形体而变成感官所能察觉的东西。但是，我们在这里只好简略地考察一下故事的轮廓。

把这出戏当做哈姆雷特主题的一个变体来考察，它的特点是：儿子强烈的自我保护和复仇的渴望所打击的篡位者，不只是那个男性亲属，而且还涉及母后，她出卖并亲手杀死儿子的父亲。所以，儿子表现出丈夫气概，在父亲仇人身上证明他的忠实，自我保护胜利的时刻，也就是唤起明显的、永不离身的、破坏孝道关系的恐怖的时刻——因为这敌人也是双亲之一，是杀人者的母亲。

俄瑞斯忒斯戏剧所表现的冲突明明与性爱无直接关系，但儿子和女儿的爱恨交织或是汇集在父亲身上，或是汇集在母亲身上。在故事里得到表现的正是两代人之间的持续性冲突，而临时性的问题——例如当时雅典人心里可能存在的父权与母亲之间的冲突——便不很迫切了。这两代人之间发生冲突的主题在莎士比亚戏剧里所表现的感情生活内具有伟大的意义，这一点在《李尔王》这出悲剧里是很明显的。

在这出戏里，两代人之间的感情冲突是从老人的角度表达出来的，就是那个父亲，他遇到极端的、兽性的自私和极端的孝顺分别体现在他的几个天然的继承者身上。布拉德雷注意到这出戏证明了“想象具有将人类天性分析、减弱，将人类天性分解为其构成因素的倾向”。[①]他提示说，这种思想方式说明了整个剧本之所以“不断提到下等动物”的原因。[②]这样，贡纳里尔被比作鹞子、蛇、野猪、狗、狼、老虎。想象在可恶的女儿和考黛丽亚身上把人性中的兽性和善心分开，并把它们突出地体现在罪恶女儿和考黛丽亚身上（还有艾德蒙德和艾德加，格劳斯特的两个儿子，一个残酷，一个忠实），想象的这种分解作用提供另一例证，说明我们在父亲这个人物的“分裂”中已经见到的情况。这个剧里的分裂是从父亲的观点来看，在俄瑞斯忒斯或哈姆雷特的故事里则是从孩子的观点来看的。对孩子的感觉来说，父母可以是可爱的保护人，又可以是无理的碍事的暴君，这两方面在这出戏的不同人物身上都有感情象征；所以，同样的，对父亲的感觉来说，孩子可以是老年的可爱的依靠，又可以是无情的篡位者和敌手，这两方面都表现在不同人物的身上，像李尔的那个温柔的女儿以及那两个可恶的女儿一样。

六　结合荣格关于集体无意识中幻想人物的探讨考察悲剧的形式

到此为止，我们已经考虑过与一个特定主题——两代人之间的冲突——相对应的感情模式，这个模式虽然一再出现，但它绝不是与悲剧整个领域一样宽广。我们能不能找到与悲剧本身——它的普遍概念和形式——相对应的原型模式呢？

吉尔伯特·墨雷把“基本的悲剧观念”看成是“高潮后有衰歇或骄傲后受制裁”的观念，并试图详细分析这个过程，他认为“悲剧冲突的真正特点”是“一种神秘成分，其最后根源出自古代宗教的净化和赎罪的观念”。悲剧主人公的死亡或没落在某种意义上具有净化或赎罪的牺牲的性质。

我们考虑一下他这个看法，首先，我们可以弥补前面讨论哈姆雷特和李尔、

① 布拉德雷：《莎士比亚的悲剧》，第 264 页。——原注

② 布拉德雷：《莎士比亚的悲剧》，第 266 页。——原注

俄瑞斯忒斯和俄狄浦斯的戏剧中的不足之处，读者或许已经注意到不足的地方了。到目前为止，我一直撇开了悲剧冲突里的父亲和儿子的帝王身份。但帝王身份对剧里表现的感情具有巨大的意义。

拿《李尔王》这出悲剧作为例子来考虑一下吧。格兰维尔－巴克（Granville-Barker）说："这出戏的主要动向"是李尔王"从个人哀伤过渡到挑起全世界悲哀的假想的担子，具有伟大天性的人都可以是这样的"。[①]这个发展之所以可能，李尔王的帝王身份是起了作用的。李尔王既是"一个可怜的、易变的、软弱的、被人看不起的老人"——一个被两个女儿搅得流泪发疯的父亲，又是一个在折磨中变成超人的形象——他为自己报冤，竟能要"威力四震的雷霆把又圆又厚的地球打扁"。痛苦中的李尔王被提高到人类之上，我们在莎士比亚诗句的魔力下能接受李尔王这样的形象，这一半是由于历史以及史前时代所赋予帝王这个称号和形象的许多联想。莎士比亚借一个侍臣的嘴，代表所有的旁观者作了一个说明，照这个说明的提法，李尔王的疯狂、他可怜的人性看来是"帝王身上的不堪景象"。这里"帝王"一词，由于它在戏里的地位是充满了意义的，要探求这个意义的根源，我们必须深深地追溯到种族的故事和个人的故事里去。

在个人想象的生命历史里，父亲的形象与帝王的形象总有结合在一起的倾向，这也许是由于对年轻孩子的心灵说来，父亲像是具有无限的权力。反映较原始的人对他们帝王的感觉的传说和神话故事被孩子用他自己早年对父亲的感觉来加以解释。在孩子的情况里，在原始个人的情况里，似乎发生过同样的过程——自我意识从混沌的知觉胚胎中浮现，这样的意识可以称为群体或集体意识。在诗歌可以透入的、心灵的较深的底层内，父亲和帝王的形象都保存了"曼那"[②]的某些东西，这曼那把一种力量赋予第一个代表者，这个力量与透入自我意识的个人的力量相似，但却大大超过它。

我们试图了解作为悲剧特点的宗教神秘的成分时——在过去，这是很明显的，并且像吉尔伯特・墨雷所主张的，即在我们今天的经验中，它也以某种微妙的方式存在着，重要的正是悲剧中的父亲—帝王对燃烧起来的想象所具有的这超自然的一面。

---

① 格兰维尔－巴克：《莎士比亚戏剧序言》，第 1 卷，1927 年版，第 171 页。——原注

② 曼那（mana）又译"马那"，原文为中太平洋岛美拉尼西亚土著语的译音，是土著人原始信仰的核心观念，后为西方学者援用，意指一种超自然的神秘力量，可以附着于物或人，有使人得福或致祸的能力。——校注

荣格博士在自我分析时见到幻象，他研究这些幻象，并得出一些结论，我想，考虑一下这些结论可能会使悲剧和悲剧主人公的这种性质得到某种新的说明。

在《无意识心理学》里题为《牺牲》的那一章中，他考察了将死的主人公在个人幻想中呈现出来的时候的象征，据他的解释，这象征近于一个趾高气扬的幼婴人格——这是一个孩子的自我，如果情欲进一步积极活动起来，这个孩子的自我必须牺牲掉，他后来的著作里用《曼那人格》（Mana Personality）为题，讨论了一个英雄形象，他在后来的分析中，发现这个形象具有丰富的内容。

特别是在去掉造成个人压抑的障碍、具有“宇宙”性格的形象自由地出现时，某个伟大的预言者或即将控制该人格的英雄这种幻想人物才可以出现，如果这个人的有意识的或实际的人格没有很好地发展，那么，这类强大形象从无意识中出现时，他的人格被掩盖的可能性就更大了。

荣格把威尔斯（H. G. Wells）的卜里姆比[1]的故事看做这种情况的文学范例，这个例子与他经验中的实际事例是相似的。卜里姆比是个“渺小无关的人物”，他在梦中和幻想中见到撒贡即王中之王的形象，如此生动逼真，使卜里姆比把自己和他等同起来。荣格说，在这里“作者描画了一个真正具有典范意义的补偿类型（type of compensation）”，我们可以拿这个类型与我们已考虑过的对父亲或母亲持矛盾态度的补偿类型比较一下。

在有意识的生活中，在与父亲或母亲的关系上，如果只承认那些钦佩、热爱的反应，而大脑里激动着的、敌视性质的其他反应则受到压抑，那么，受压抑的反应便会在梦里提出一个作为残暴或蔑视对象的父母形象。同样的，在有意识的生活中，本人的自我原来只是“一个旁观者，一个不起作用的沉默人物”，毫无意义；而在使大脑活跃的生活之内，人类有代表意义的成就在想象中却激起共鸣性质的兴高采烈的反应——正如威尔斯的小卜里姆比想到“阿特兰提斯岛的神秘如金字塔的规模”时感到一阵震动一样。这时，作为渺小的自我的补偿，一个英雄自我的形象或曼那人格，便会出现，好像是用这些想象反应的材料铸造的，正如被憎恨的父亲的形象是用受压抑的敌意的力量铸造的，作为过分理想化的爱的补偿。

威尔斯故事里的卜里姆比受了许多苦难之后，懂得把他的幻象看成人及其成就的精灵——这是一份遗产，属于他本人，也同样属于每个其他的人，他这才从幻象中得救了。同样的，所有那种人，他们的幻想里有这类强有力的鬼魂带

① 见《克利斯梯纳·阿尔伯塔的父亲》，1925 年版。——原注

着它那超人的要求和关系而出现，他们都必须学会区分这种要求和他本人自我的要求；而本人的自我又可以通过对自我与这类形象所代表的巨大力量之间的关系的有意识的经验而得到丰富。

根据荣格的见解，用这种办法——即说明并有意识地指导补偿形象在其中出现的幻想的“纯粹的自然过程”——这种幻想能够成为净化个人意志的工具，成为使个人意志与其自身和解的工具。在现在或在过去，深深经验过的悲剧对观众的激情具有净化或赎罪作用，是否就是用某种这类的方式呢？我们可以就这个问题再考察一下悲剧艺术的感情经验的性质，仍以《哈姆雷特》和《李尔王》为例。

布拉德雷教授在考察对悲剧的经验时，引用这两个剧作为悲剧的例子说明某类悲剧结尾时，我们感到苦痛中糅杂着某种类似喜悦的东西。他宣称：在这里“灵魂的伟大中有一种光荣”，并有对一种“最后力量”的了解，这力量“不是命运”，而是精神上的，“只有在这个力量要了主人公的性命时，主人公才最接近它……”[①]

我引布拉德雷的这些话，当然不是把它们看成大家都能接受，我只不过把它们看做一个杰出批评家试图表达他自己深入研究过的悲剧经验。他是用哲学或宗教的语言来表达的，不是用心理学的语言。我们究竟能不能用心理学的语言把它翻译出来呢？这精神力量是什么呢？这个精神力量与人物有血肉关系，并在某种意义上与全剧也有血肉关系，人物正是全剧的“部分、表现、产物”。[②]我愿意提出［照康福德（F. M. Cornford）的看法］心理学的这个假说：这个力量是群体成员或社会成员所经历的、所直接经验的共同天性——即“群体的集体感情和活动”。[③]这共同天性，用亚历山大的话来说，是可以享有而不可分析的。它既然不可用内省来探测，故荣格称它为“集体无意识”，即生命精力，它的自然的表现就是神话、传说的英雄形象，以及出现于个人幻想时能掩盖本人意识的类似形象。

据布拉德雷的看法，我们在《哈姆雷特》结尾时所感到的悲剧性的喜悦是与我们下面这种感觉连在一起的：我们感到，哈姆雷特在某种意义上是一种精神力量的表现或产物，在悲剧结尾时，这种精神力量正在将哈姆雷特吸收进去。要

① 布拉德雷：《牛津诗歌讲座》，第 84 页。——原注

② 布拉德雷：《莎士比亚的悲剧》，第 37 页。——原注

③ 康福德：《从宗教到哲学》，安诺德 1912 年版，第 78 页。——原注

求霍拉旭说出违反莎士比亚的习惯的话，提到另外一种生活："成群的天使们歌唱来送你安息"，并从他的话里感到满足的（布拉德雷说到这一点）一定也是这种感觉。如我所提示的，如果哲学家分析他的诗歌经验时不得不表达的这种感情力量，在心理学上被看成是感情活跃时我们共同天性的醒觉，那么，我们对哈姆雷特的死所感到的喜悦与原始群体所感到的宗教性喜悦是一脉相承的。原始群体把神圣帝王，即氏族生活的代表者神圣动物，作为牺牲，并通过分享神圣动物所流的血而感到生命加强了，更新了。哈姆雷特虽然死了，但他是不朽的，因为他是种族的不朽生命的代表者和创造物。他希望活着，他也真是活着，活在他讲给霍拉旭的故事中——也活在我们身上，我们听过这个故事之后，从诗歌的狂喜中降落下来，又在我们狭窄的不同的人格的冷酷世界中生活下去。

尼采既懂得艺术家的沉醉，又懂得哲学家分析的欲望，他的洞察力察觉出悲剧的主要性质是产生舞蹈的幻象[①]。有节奏的语言的舞蹈像古代乐队的舞蹈一样，激起酒神所引起的狂喜，在狂喜中出现静穆而明晰的阿波罗的幻象，这幻景是具有舞蹈语言所传达的形象意义的。

幻想中的痛苦形象既能被人们亲近地了解到、感觉到，又像大片风景中的物体一样，"持有距离"，"为美所远化"。想象活动所使用的记忆材料如来自个人经验，它便"与经验者的具体人格相分离"，"从它的个人面貌外溢"，[②]但与本人自我毫无联系的经验也利用到——例如在《李尔王》里，莎士比亚让演员"把李尔和暴风雨同时体现出来"[③]；在暴风雨里，"我们听到的、看到的正是受苦的灵魂的力量"[④]。在这里，剧作家、演员和观众是运用这样一种经验：这经验绝不是个人的，它是通过以前对实在的暴风雨的了解而形成的，此时形成主人公的魔鬼形象的那个非个人的感情力量被想象地注入实在的暴风雨中。

与非个人的、"持有距离"的幻象相对应的有一个叔本华所谓"自由意志的主体"，这主体对自我的目标和畏惧都持冷淡的态度——不为它的私人角度所限。

这个解放的感觉，它与更大整体的酒神式的结合似是构成在传统上与悲剧观念相联系的宗教神秘成分——即净化和赎罪的成分。

---

① 参见《悲剧的诞生》，第 8 节。——原注

② 布洛（E. Bullough）：《距离之作为美学原则》，载《英国心理学杂志》第 5 卷第 2 部分，第 116 页。——原注

③ 格兰维尔－巴克：《莎士比亚戏剧序言》，第 142 页。——原注

④ 布拉德雷：《莎士比亚的悲剧》，第 270 页。——原注

七 结 论

现在总结一下我们的结果。我们如回到这个问题上：与悲剧形式相对应的决定性的感情模式是什么呢？根据上面的讨论，我们就可以首先回答说：这模式是由对立性质的两种感情倾向所组成的，这两种倾向易于为同一物体、同一情景所激发；并且，这样彼此冲突就产生内在的紧张，这紧张或在幻想的活动中，或在独创地或相对地创造的诗歌想象中寻求解脱。通过对主要悲剧主题（主人公的灭亡或没落）的各种表现而寻求解脱的彼此对立的两种倾向，其性质却不易描写得又简明、又充分。但我们可以通过对自我持一种矛盾态度的概念来试加说明。

通过自我的概念在生活经验里逐渐形成和转化，每个个人都必定在某种程度上经验到一种对比：本人的自我—— 一个有限的自我，多数中的单数——和在想象中自由地包罗全部人类成就的自我之间的对比。在婴儿身上，在仍然很幼稚的成年人身上，一种比较微弱的想象活动和一种未受磨炼的、自我表现的本能会提出一个幻想的自我，即幼婴人格这个形象。它与引起屈从本能的社会活动所强加的、受过磨炼的形象是相冲突的。更成熟的心灵则冷静地衡量实际生活中所显示的本人自我，在这种心灵里仍有本人自我与想象中显示的自我之间的对照——想象中的自我，其交感力和向上心几乎是无限度的。在麦克道格尔（McDougall）所谓的自爱情操中，这两个对照的形象以及支持它们、对它们起反应的冲动会产生持续的紧张。悲剧经验既在英雄人物身上使具有想象欲望的自我或权力欲望得到客观的形式，又通过主人公的死亡，满足感情向相反的方向变动，即放弃本人的要求，自我被淹没在更大的力量——“群体意识”之中。

这样，与悲剧相对应的原型模式可以说是自我保护和屈服这两个倾向的某种组合。要求保护的自我被群体力量所增大，而最后也还是向这个群体力量屈服。从两种冲动形成的紧张中，和两种冲动彼此的反应中，以及在诗歌喜悦的条件下，显明的悲剧态度和感情开始呈现出来。

两代人之间互相冲突的主题——前面已就哈姆雷特和俄瑞斯忒斯的情况考虑过这种主题，它是与对父亲或母亲的形象持矛盾态度相对应的——显然与这个更普遍的主题和模式有关系；因为，如我们谈到过的，同样的隐伏的感情联系依附在父亲的形象和帝王的形象上。观众在想象中经验两代人的冲突时，他把自己与主人公等同起来，既是儿子，感到与父亲休戚相关并且反对他，同时，他在补偿对长辈的“不孝”时，又让位给顶替的人，并与他所从出的生活整体再一次结合起来。

关于这个论证，有几点可以简略地回顾一下。

有人曾提出这样的问题:诗人的创作活动与读者的想象反应在心理学上是否极相似，可以一并考察？我在这里谈过的主要是想象反应，并未试图考察原作者的不同的活动。不过，到现在为止，诗人作品如莎士比亚戏剧既然的确显示了诗人对别人传给他、他又传给我们的材料的想象反应，那么，我们也自然关心诗人的经验。

这篇文章以两种方式谈到种族经验这个观念：（1）看来像是从心或脑的组织中继承下来的那全部系统或倾向都可以说是源于过去的种族经验。对我们来说，其目的并不需要确定我们从祖先那里得来这种“生物性继承”所采取的方式。（2）对我们来说，更重要的问题则是有关种族经验的。语言也是我们祖先传下来的，它唤醒我们继承下来的潜力，使之活跃起来，在我们对语言中所保存的意义的那种“社会性继承”所发生的反应中，我们可以“享有”这个种族经验。正如我们在悲剧诗歌方面所讨论过的，在这种种族经验或群体经验中，如涉及一个经验者，那么，这经验者似乎不是一个个人，倒是更大的整体，我们所了解的个人的或本人的自我正是与这个更大的整体相区分的，这更大的整体作为对更大的力量的感觉而保留在我们身上，或是隐蔽着，或是活动着。

在这篇文章里，我们坚持的是：在这个意义上，种族经验在悲剧的总体经验中是一个重要成分，在产生戏剧的仪式舞蹈中是如此，在今天也是如此。对这个问题，只有进一步考察想象经验才能最后定案。

徐育新　译　叶舒宪　校

作为原型的象征

［加拿大］N. 弗莱

本文节译自《批评的解剖》(*Anatomy of Criticism*) 第二编，美国普林斯顿大学出版社 1971 年版，第 95—110 页。作者弗莱 (Northrop Frye, 1912—1991)，加拿大人，现代西方文学理论批评最有影响的人物之一。生于加拿大魁北克省的舍布鲁克，1933 年毕业于多伦多大学，获学士学位，1940 获牛津墨顿学院硕士学位。从 1940 年起任教于多伦多大学，1948—1952 年间兼任《加拿大公论》杂志编委。弗莱由于在文学理论批评方面的建树，1958 年获得加拿大皇家学会所授予的洛尼·皮尔斯勋章，1969 年被聘为美国艺术科学院名誉院士，1973 年被聘为英国牛津墨顿学院名誉院士，1975 年被聘为英国皇家科学院通讯院士，1976 年被聘为美国哲学学会外籍会员。主要著作有：《威严的均称：威廉·布莱克研究》(*Fearful Symmetry*: *A Study of William Blake*, 1947)，《批评的解剖》(1957)，《受过教育的想象》(*The Educated Imagination*, 1963)，《好脾气的批评家》(*The Well-Tempered Critic*, 1963)，《英国浪漫主义研究》(*A Study of English Romanticism*, 1968)，《世界之灵：论文学、神话与社会》(*Spiritus Mundi*: *Essays on Literature*, *Myth and Society*, 1976)，《伟大的编码：圣经与文学》(*The Great Code*: *The Bible and Literature*, 1982)。弗莱是原型批评理论的集大成者，他的代表作《批评的解剖》誉满欧美，被称做是 20 世纪原型批评理论的“圣经”。从本选文中，可以透视弗莱理论的一些基本内容：原型批评不同于文献式批评和历史批评，它主要考虑的既不是单个作品的意义，也不是作品与特定历史环境的直接关系，而是整个文学系统中作品与作品之间的内在联系。考察这种内在联系有两种具体途径，一是研究文学的传统，二是研究文体 (genre)。文章还着重论述了原型的概念及其在文学史中的意义，原型的来源，文学与仪式和梦的关系等问题。

在形式相[①]中的诗歌既不属于“艺术”等级，也不属于“语言”等级，它表现着它自身的等级。这样它的形式就有了两方面的意义。一方面，它是独特的、具有其特殊意象结构的技术制品（techne）或人工制品，它将自己检验自己，无须直接涉及那些与之相似的其他事物。在这种情况下，批评从诗开始，而不是从某一先于诗的概念或定义开始。另一方面，这首诗是类似的形式等级中的一个特例。亚里士多德知道《俄狄浦斯王》在某种意义上与其他任何悲剧都不同，但他也知道它还是属于叫做悲剧的那个等级。我们这些读过莎士比亚与拉辛作品的人可以相应地增加说，悲剧不仅仅是希腊戏剧发展的一个阶段。我们也能在那些不是戏剧的文学作品中找到悲剧。因此，为了理解什么是悲剧，我们就得从纯历史中抽身出来，进入下面的问题：作为一个整体的文学是怎样的？从这种关于一首诗同其他诗的外部关系观念出发，批评中的两种考虑就显得空前重要了，它们是传统和文体（convention and genre）。

文体的研究以形式的类似为基础。对于这种类似，文献式的和历史的批评都是无法加以探究的。文学影响是容易追溯的，而且也似乎很有理由去作这种追溯，不论影响是否存在。但是，面对一部莎士比亚的悲剧和一部索福克勒斯的悲剧，仅仅由于它们都是悲剧就得将二者加以比较，历史的批评家不得不把自己局限在悲剧对于生活的严峻性的一般反映上面。与此类似，在修辞批评中最为突出的一点便是丝毫不考虑文体：修辞批评家只管分析他面前的对象，根本不管它是一部戏剧，一首抒情诗，还是一篇小说。事实上，他甚至会断言文学中并不存在文体差异。那是因为他过于专注于仅仅作为一部艺术作品的结构了，看不到作为具有某种合理功能的人工制品的结构。然而，文学中存在着许多与渊源、影响无关的类似现象，注意到这种类似，不论在批评中有什么作用，都能构成我们的实际文学经验的一个很大的部分。

形式相中的核心原则即一首诗是对自然的一种模仿，虽然已十分流行，但仍然是一种把个别的诗孤立起来的原则。显而易见，任何一首诗都不仅可以作为对自然的模仿而加以研究，也可以作为对其他诗的模仿而加以研究。蒲泊就认为，维吉尔早已发现，仿效自然同仿效荷马几乎是一回事。一旦我们把一首诗

① 形式相：作者在本书中根据作品叙述方式的特征划分出五种不同的语境（context），分别称为文字相、描写相、形式相、神话（原型）相和寓意相。——译注

同其他诗联系起来考虑，视之为诗歌总体中的一个单位，我们就会意识到，文体研究应以对传统的研究为其基础。能够解决这方面问题的批评须建立在把个别的诗相互联系起来的象征系统上，它将选择那些把诗联结为一体的象征作为其主要的研究对象。这种批评所探究的终极目标，不是作为对自然的“一种”模仿的“某一首”诗，而是被相应的语词秩序作为一个整体加以模仿的自然秩序。

全部艺术都同样是传统化了的，但除非我们不熟悉这种传统，否则就不能普遍注意这一事实。在我们的时代，由于版权法宣称任何一部艺术作品都是足以获得专利权的独特创造，文学中的传统因素便被大大地遮蔽住了。因此，现代文学的传统化力量就常常被忽略掉。比如说，使发表在一个杂志上的东西按照编者的政策和读者的需要加以传统化的方式，揭示出某甲对某乙所欠的债，如果某甲已死，那只是一个学术性考证，如果某甲还活着，则是对其道德缺陷的一种证明。这种状况使人们很难称赞包括许多大作家在内的一种文学了——乔叟的许多诗都是从他人诗作翻译或转述过来的；莎士比亚，他的戏剧有时简直是他所取材的前人剧作的翻版；弥尔顿呢，他所寻求的不过是尽可能多地抄袭《圣经》。在这样的作品中寻找“些微的”独创性的人，并不仅仅是无经验的读者。我们大多数人都倾向于认为，一个诗人的真正成就在于与他所抄袭的东西所表现出的成就相区别甚至相对立，这样我们就等于把注意力集中到了外围的方面，而不是集中在核心的批评活动上。例如，《复乐园》作为一首诗，其伟大之处并不在于弥尔顿对他的题材加上了哪些修辞学的润饰，而在于弥尔顿从他的题材中所开掘出并传达给读者的主题本身的伟大。伟大诗人在于其伟大主题，这一观念对弥尔顿来说是完全适合的，但是却免不了要冒犯关于创造的“低级模拟”[①]的许多偏见，而我们大多数人则正是在这种偏见中受教育的。

低估传统，看来是自浪漫主义时代以来的那种认为个人在理想上优于他的社会的倾向的结果，或者甚至是这种倾向的一部分。与此相反的观点，即认为一个新生儿受制于遗传的和某一已经存在的社会环境的亲属关系，不论从中可以推论出什么道理，都显然与事实更加接近一些。把这后一种观点应用到文学方面，我们便可得出下述见解：一首新的诗作，就像一个新生儿，降生在一个已

① 低级模拟（low mimetic）是弗莱本书中的专门术语，指与高级模拟相对的一种文学模式，其中的人物所表现出的行动力量同我们自己的水平大致相当。大多数喜剧和现实主义的小说均属低级模拟。——译注

经存在的语词秩序之中，它对于它所附着的那种诗歌结构来说是典型的。新生儿“便是”他自己的社会以个体单位形式的再出现，新诗对其诗的“社会”来说也有同样的关系。

把独创的东西和个人自发产生的东西混淆起来，从而想象一个“创造性的”诗人拿起笔和白纸坐下来，于是便在一种特别的创造活动中“凭空”产生出一首新诗，这种批评观点是很难让人接受的。人类并不是以那种方式创造的。正像一项新的科学发现揭示出某种在自然秩序中早已潜在的东西，同时又和全部现有的科学结构有着逻辑联系一样，一首新诗所表现出的是已经潜在于语词秩序中的东西。文学中可以有生活、现实经验、自然、想象的真实、社会条件，或者你对其“内容”所愿望的一切东西，但是文学本身却不是由这些东西构成的。诗只能从别的诗中产生，小说只能从别的小说中产生。文学是自我形成的，而不是由外加的东西所形成的。文学的“形式”不可能存在于文学之外，就好比奏鸣曲、赋格曲和回旋曲的形式不可能存在于音乐之外一样。

…………

传统的问题乃是艺术怎样具有可交际性的问题，因为文学显然同既定的语词结构一样是一种交际（传播）的技术。诗歌，作为整体来看，就不再是一种对自然加以简单模仿的人工制品之汇集了，而是作为整体的人类技艺活动的一种形式。如果我们对此使用“文明”一词的话，那么，可以说我们在第四相①中把诗歌视为文明的技术之一。因此，它关系到诗歌的社会方面，关系到作为一个共同体所关注的中心的诗歌。在这一相中，象征是可交际的单位，我给它起名叫原型，即一种典型的、反复出现的意象。我用原型来表示那种把一首诗同其他诗联系起来并因此而有助于整合统一我们的文学经验的象征。由于原型是可交际的象征，所以原型批评首先考虑的是一种作为社会性的事实和交际模式的文学。通过对传统和文体的研究，原型批评试图将单篇诗作放回到作为一个整体的诗歌系统中去。

像海洋和森林这样的自然物质的普遍形象反复出现在大量诗作中并不能看成是“巧合”。当我们找不到“巧合”这个词的适当用途时，就用它来指称一种意匠好了。不过它确实也表明了在诗歌所模仿的自然中和在诗歌构成其一部分的交际活动中的一种特定的和谐。对于一个从未走出过萨斯喀彻温省②的读者来说，

---

① 即神话相。——译注

② 萨斯喀彻温省（Saskatchewan），加拿大西部一省。——译注

由于教育的交际背景的缘故，一个关于海洋的故事可能成为原型性的故事，对他产生深远的想象作用。当弥尔顿在其《黎西达斯》中有意运用牧歌意象时，那只是由于这些意象是传统的，我们可以看出牧歌的传统使我们把这些意象同化到文学经验的其他部分中去。

我们首先会想到牧歌从忒奥克里托斯[①]那里传下来，在他那里，牧歌体悼诗作为阿都尼斯仪式哀歌的文学改造品而首次在文学史上出现。我们还会想到从忒奥克里托斯到维吉尔，再到《牧人月历》[②]和《黎西达斯》之外的整个牧歌传统。接着，我们又会想到《圣经》和基督教教会中的复杂的牧歌象征系统，即亚伯的象征、《诗篇》第23首中的意象，作为牧者的基督，以及渗透在基督教中的"牧师"与"羊群"的譬喻。还会想到维吉尔预言救世主降生的那首《牧歌》[③]中古典传统与基督教传统之间的联系。接下来我们想到牧歌象征系统扩展到了锡德尼[④]的《阿卡迪亚》、斯宾塞的《仙后》、莎士比亚的森林喜剧以及类似的作品中。进而又想到弥尔顿以后牧歌体悼诗在雪莱、安诺德、惠特曼和狄兰·托马斯[⑤]那里的发展，或许还会想到在绘画和音乐中的牧歌传统。简言之，我们能够仅仅通过拣选一首传统的诗，追踪其原型在其余文学中的延伸，便得到一种完整的、丰富的教益。像《黎西达斯》这样的不言自明的传统诗歌非常需要有一种与之相应的批评方法，这种方法将能把它纳入对文学整体的研究中去。人们认为这种做法在最先受过系统教育的读者那里是不难做到的。这样，我们在文学中就有了一种同在数学乃至科学中十分相似的情形，在那里，天才的作品被同化到整个学科中去是如此迅速，人们简直无暇顾及创作的活动和批评的活动之间的差别。

如果我们不承认把一首诗同另一首诗联系起来的文学意象中的原型的或传统的因素，那么从单一的文学阅读中是不可能得到任何系统性的思想训练的。但是假如我们在学习文学的愿望之上再加上一个我们怎样学习文学的愿望，我们将发现：把我们所遇到的意象扩展延伸到文学的传统原型中去，这乃是我们所

---

① 忒奥克里托斯（Theocritus，公元前310—前250），古希腊诗人，田园牧歌体诗的首创者。——译注

② 《牧人月历》是英国诗人斯宾塞的诗集。——译注

③ 即维吉尔的《牧歌》第4首，作于公元前40年。诗中宣告一个婴儿的诞生将带来一个黄金时代。——译注

④ 锡德尼（P. Sidney，1554—1586），英国诗人，《阿卡迪亚》是他写的一部牧歌传奇小说。——译注

⑤ 狄兰·托马斯（Dylan Thomas，1914—1953），英国诗人。——译注

有阅读活动中无意识地发生的心理过程。一个像海洋或荒原这样的象征不会只停留在康拉德或哈代那里：它注定要把许多作品扩展到作为整体的文学的原型性象征中去。白鲸不会滞留在麦尔维尔的小说里：它被吸收到我们自《旧约》以来关于海中怪兽和深渊之龙的想象性经验中去了。读者可以理会的东西对于诗人就更不用说了，因为诗人会非常迅速地意识到：并没有适合他的灵魂的歌唱学校，他只有研究不朽杰作本身的无穷魅力。

在象征的每一相中都存在一个界点，批评家在这界点上被迫冲破诗人自己的知识范围。在历史的或文献的批评中，我们看到批评家迟早要把但丁称做“中世纪的”诗人，这个概念对但丁来说是不存在的，无法理解的。在原型批评中，诗人意识中的知识仅仅被视为他对其他诗人（“渊源”）的借用或模仿，也就是他对传统的自觉利用。超过这个范围之外，诗人对他的作品的主宰权无非是终止他的作品。只有原型批评才考虑到作品与其他文学的关系。不过，我们在这里还须区分显而易见的传统化文学与那些隐匿了或忽略了与传统的联系的文学。《黎西达斯》属于前一类文学，在那里诗人自己通过引用忒奥克里托斯、维吉尔、文艺复兴时期的牧歌作者以及《圣经》，已将其传统性显示出来了。版权的观念和低级模拟创作观的革命性质却助长了版权时代的作者们对于按传统研究他们的意象所持的普遍的反感。这样，在这一时期，大多数原型都有待于批评的考察才得以显现出来。

随便举个例子来看，19 世纪小说中一个非常普遍的传统是一正一反两个女主人公的运用。反面女主人公总是易动感情的、傲慢的、坦率的，外国人或犹太人，并以某种方式与某些不良的或禁忌的事相关联，如乱伦。当这两个女主人公同一个男主人公发生关联时，情节的发展往往要使男主人公摆脱反面女主人公，如果小说是以大团圆结尾的话，反面女主人公便会成为男主人公的姐妹。属于此类的小说包括《艾凡赫》《最后一个莫希干人》《白衣女人》《莉盖娅》《皮埃尔》《玉石雕像》[①]，还有无数次要作品中的类似处理。

…………

原型是一些联想群（associative clusters），与符号[②]不同，它们是复杂可变化的。在既定的语境之中，它们常常有大量特别的已知联想物，这些联想物都是

① 以上六部作品分别为司各特、库柏、科林斯、爱伦·坡、麦尔维尔和霍桑所作。——译注

② 在本书中，符号（sign）指的是作为对某一自然物体或概念的语言代码的象征。——译注

可交际传播的，因为特定文化中的大多数人都很熟悉它们。当我们说到日常生活中的“象征”时，常常想起这样一些已知的文化原型，如十字架或花冠，或者想到传统的联想物，如白色与纯洁，绿色与嫉妒。绿色作为一个原型，可以象征希望、植物界，或交通中的通行信号，或爱尔兰人的爱国主义，所有这些联想都同嫉妒的联想一样容易发生。不过，“绿”这个词作为一个语言符号总是专指一种特定颜色的。某些原型深深地植根于传统的联想之中，几乎无法使它们与那些联想分开。如十字交叉的几何形象难免要指向基督受难。“完全”传统化了的艺术应是这样一种艺术，其中的原型即可交际的单位已基本上成为一套秘传的符号。这种情况在一些艺术中可以发生，如在印度的某些神圣舞蹈中，但在西方文学中尚未出现。现代的作者们使其原型含混化所造成的阻力，可以说是由一种自然发生的焦虑所导致的，那就是要使原型尽可能有多方面的内涵，而不是把它们局限在一种解释之内。一个诗人如果专门指出了一种联想，如叶芝在他的某些早期诗歌的注脚中所做的，那么他可以显示出一种秘传的倾向。并没有一种“必然的”联想，只有某些异常明确的联想，如黑暗与恐怖或神秘之间的联想，但是不存在一种要必不可免地表现出来的、内在的和固有的反应。在后文中我们将看到，有一种语境，在那里“普遍性的象征”这一说法是可以成立的，不过我们这里所说的语境还不是。文学的溪流，同其他的流水一样，首先寻求最易行的通道：运用众所周知的联想的诗人将更为迅速地同读者建立交往关系。

在文学的一个极端方向上，我们看到了纯粹的传统，诗人之所以要利用这传统，仅仅因为它先前就常以同样的方式被人们使用。在质朴的诗歌中，在中世纪传奇和民歌的固定形容词和习用语中，在粗陋戏剧中不变的情节和人物类型上，最常出现对传统的因袭。在较小程度上，还可以在修辞的惯用手法方面看到这种情形。这些修辞技巧同文学中的其他观念一样，在其被表述为定理时显得十分枯燥乏味，但作为文学中的结构原则而被加以运用时则又显得那样丰富多彩。在文学的另一极端方向上，我们又看到了纯粹的变异性。那里有一种故意要标新立异的意图，这样就自然出现了将原型遮掩起来或晦涩化的做法。这类做法同对作为文学的一种功能的交际性的不信任是相当接近了。然而，两极免不了要相逢，如柯勒律治所说，反传统的诗立即反过来成了传统，成了有待于那些不畏难的、习惯于劣等文学之沉闷的学者们去研讨的传统。介于这两极之间，传统从最清晰到最隐晦，伴随着一种平行的尺度和一种寓意的尺度以及我们已经提到过的反论。这两种尺度常被混淆或等同，但是把意象转化为范式和规则的过程与把意象追溯到其他作品中的过程是根本不同的。

与纯粹传统这一极相接近的是翻译、转述，以及乔叟在《特罗伊拉斯》和《骑士讲的故事》中对薄伽丘的那种利用。[①]接下来我们看到的是有意地和明确地遵循的传统，如我们已在《黎西达斯》中注意到的那样。再下来是一种貌离神合的或反讽的传统，包括讽刺性模拟之作——常常是一种标志正在流行的传统中某些时髦内容已经过时的符号。再往下是那种以背弃明确传统的方式寻求独创性的企图，也就是我们在惠特曼那里看到的导致了潜在传统的企图。还有就是把独创性等同于“实验”写作的倾向，它是建立在同我们今日科学发现相类比的基础之上的一种创作倾向，最常用的口号是“打破传统”。当然，在文学的每一个阶段，都包括着这最后一种倾向，存在着大量肤浅的和不自然的传统，产生出使大多数文学研究者避而远之的那一类作品：伊丽莎白时代的复沓式十四行诗和爱情诗、普劳图斯[②]式喜剧程式、18 世纪的牧歌、19 世纪的大团圆小说，以及追随者、门徒、派别和倾向的作品等等。

从上述情形可以清楚地看出，在高度传统化的文学中，原型最容易研究。所谓高度传统化的文学在大多数场合是指那些质朴的、简单的和大众化的文学。我提出原型批评的可能性，也就是提出将民间故事和民歌研究中的比较方法和形态学方法扩大到其他文学中去。既然现在人们已不再像过去那样把大众的、简单的文学同一般文学截然分开了，上述方法的扩大也就更易于理解了。还有，我们会发现上面提到的那种浅显的文学恰恰因为是传统的所以对原型批评有很大的价值。如果说在本书中我提到通俗小说同提到最伟大的小说和史诗同样频繁的话，那么出于同样的理由，一个试图说明对位法的基础事实的音乐家也会首先从通俗曲《三只盲鼠》而不是从巴赫[③]的复杂遁走曲讲起。

象征的每一相都有其独特的叙述和表意方式。在文字相中，叙述是一种有意义的声音之流，而意义则是一种含混的复合的语言模式。在描写相中，叙述是对真实事件的模仿，意义则是对实际对象或主张的模仿。在形式相中，诗歌存在于范例和规则之间。在那些可作为鉴戒的事情中有一种“重复发生”的因素；

① 《特罗伊拉斯》和《骑士讲的故事》是乔叟写的叙事长诗，直接取材于薄伽丘的《菲洛斯特拉托》。——译注

② 普劳图斯（Plautus，约公元前 254—前 184），古罗马喜剧作家。——译注

③ 巴赫（Bach，1685—1750），德国音乐家。——译注

在规则或是关于应当做什么的表述中，有一种强烈的“愿望”因素，也就是所谓“意愿思维”（wish-thinking）。这些重复出现的和愿望的因素在原型批评中成了最引人注目的特征，因为原型批评所研究的就是作为诗歌整体之单位的诗作和作为交际单位的象征。

从这种观点来看，文学的叙述方面乃是一种重复出现的象征交际活动，换句话说，是一种仪式。在原型批评家那里，叙述被当做仪式或对作为整体的人类行为的模仿而加以研究，而不是被看成对某一个别行为的模仿。同样，在原型批评中，意义内容是愿望与现实之间的冲突，这种冲突以梦①的活动为其基础。这样，仪式和梦，就分别成了文学在其原型方面的叙述和意义内容了。对于一部小说、一部戏剧中某一情节的原型分析将按照以下方式展开，即把这一情节当做某种一般的、重复发生的或显示出与仪式相类似的传统的行为：婚礼、葬礼、智力方面或社会方面的加入仪式、死刑或模拟死刑、对替罪羊或恶人的驱逐，等等。对于作品的意义或意指方面的原型分析则将意义视为某种由其语气及变化所表示出来的一般的重复出现的即传统的形式（shape），不论是悲剧的、喜剧的、讽刺的，还是别的什么，只要在其中表现出愿望和经验之间的关系。

重复出现与愿望是交互作用的，而且在仪式与梦中都同样重要。在原型相中，诗歌模仿自然，但不是（像在形式相中那样）作为一种结构或系统的自然，而是作为循环过程的自然。艺术节奏之中的重复出现的原则看来是从大自然的循环往复中派生而来的，后者使我们知觉到时间的流程。围绕着太阳、月亮、季节和人类生活的循环运行，产生了多种多样的仪式。经验中每一种重要的周期性，如黎明与黄昏、月亮的圆缺、播种时节与收获时节、春分秋分与夏至冬至、诞生、入社、婚配和死亡都产生了与之相应的仪式。仪式的影响直接导致了纯粹的循环叙述，如果确实存在这类叙述的话，那会是一种自动的和无意识的重复。在所有这类重复出现的事物中央却是睡眠与醒觉生活的核心性反复循环，白天是本我的受挫，夜晚是巨人般的自我之觉醒。

原型批评家研究作为诗歌总体之部分的诗作，研究作为对自然的人类整体模仿之部分的诗歌，而对自然的整体模仿也就是我们所说的文明。文明不只是对

---

① 本书中所说的“梦”是就其扩大的意义而言的，它不仅表示睡眠中的心灵幻想，而且也表示在形成思想的过程中意愿和嫌弃的整个交互作用活动。——原注

自然的一种模仿，而且也是从自然之中产生出人类形式的过程，这一过程是我们刚才称做愿望的那种力量所推动的。对食物和住所的愿望并不因有了植物根和洞穴而满足：它产生出了我们叫做耕种和建筑的那些自然的人类形式。这样看来，愿望就不只是对需要的简单反应了，因为动物也有对食物的需要，却无须种植园林以得到食物。愿望也不只是对要求的一种简单反应，不是对特殊事物的单一愿望。它既不为物体所限，也不因获得物体而满足，它是引导人类社会发展其形式的动力所在。在这一意义上，愿望也就是我们在文字相中所碰到的那种东西——如激情——的社会方面，一种寻求表达的冲动，如果诗篇不能提供表达形式来释放它，这种冲动将仍然处在无定形的状态。同样的道理，愿望的形式是由文明来释放和显露出来的。文明所必不可少的动因是劳动。而诗歌从其社会方面来看，作为一种语词的假说、一种劳动目标的幻景和愿望的形式本身具有表达的功能。

然而，在愿望中存在着一种道德辩证法。花园的观念同杂草的观念是相互依存的，羊栏的修建使狼成了更大的敌人。诗歌在其社会的或原型的方面，并不只是试图说明愿望的满足，而且也是确定满足愿望的障碍。仪式并不仅是重复的活动，而且是表达愿望和嫌恶的辩证的活动：对丰产和胜利的愿望，对旱灾和敌人的嫌恶。我们有使社会完善的仪式，也有驱逐、处死和惩罚的仪式。在梦中也有同样的辩证法，因为既有满足愿望的梦，也有关于嫌恶和焦虑的梦即梦魇。这样看来，原型批评是建立在两种有机的节奏或模式之上的，一种是循环的模式，另一种是辩证的模式。

仪式和梦以语言交际的形式结合起来便有了神话。这里说到的“神话”这个词的意义同在前一章中的用法略有不同。不过，首先，这一意义也是我们同样熟悉的，含混性不是我造成的，而是词典造成的。其次，在“神话”这个词的两种意义中有着真实的联系，这种联系随着我们的论述会变得更为明确。神话对仪式和梦作出说明，并使它们成为可交际的。仪式不能靠它自身来说明自身：它是前逻辑的，前语言的，在某种意义上甚至是前人类的。作为社会行为的仪式要依赖历法（以自然过程为基础），这就把人类生活同对自然循环的生物依赖性联结了起来。这种生物依赖性是植物和某些动物所共同具有的。在自然中我们想到的每一事物似乎都同艺术作品有着某种类似性。如开花和鸟儿的歌唱，都是出自机体同其自然环境的节律——尤其是太阳运行的节律——之间的一种同时共生性。在动物那里，某些共生性的表现如鸟类的求偶舞蹈也几乎可称为仪式。

神话则更为严格地是属人的。因为就连智力最发达的松鸡也讲不出哪怕是最荒唐的故事来说明为什么它们要在求偶季节中翩翩起舞。同样，梦就其自身而言是做梦者自己生活的一种隐秘的幻象系统，他自己是不能完全理解的，而且据我们所知，对他也不能有真正的用途。但是在所有的梦中却存在着一种神话的因素，它具有独立的交际力量。这不仅在常为人们引用的俄狄浦斯的例子中，而且也在任何一部民间故事集中都清楚地表现出来。因此说，神话不仅给予仪式以意义，给予梦以叙述，它是仪式和梦的同一化，在这种同一化中，仪式被视为行动中的梦。不过，对于仪式和梦来说，如果没有一个共同的、能使它们中的一个成为另一个的社会表现的因素，上面的假说便难以成立。对于这种共同因素的研究我们必须留在后面考虑。在这里所要说的是：仪式是"叙述程式"[①]的原型方面，而梦是"意义"[②]的原型方面。在本书第一章中我们所强调的同样的区别即虚构文学与主题文学[③]的区别在这里又重复出现了。一些文学形式，如戏剧，使我们想起它们同仪式的特别明显的类似。因为文学中的戏剧恰如宗教中的仪式首先是一种社会的或集体的演出活动。另外的文学形式如传奇则显现出与梦的类似。仪式的类似物最容易看到，并不用在固定的剧场里演给有教养的观众看的戏剧中去寻找，就在那些质朴的或露天演出的戏剧——民间戏剧、木偶戏、滑稽表演、闹剧、化装表演及其派生物如假面戏、喜歌剧、广告演出和活报剧中就可看到。梦的类似物在质朴的传奇中最便于研究，包括那些与实现美好愿望的梦和吃人妖精与巫婆的噩梦非常接近的民间故事和童话故事。当然，质朴的戏剧和质朴的传奇也是相互融合的。质朴的戏剧所戏剧化的常常是某种传奇，传奇与仪式的密切关系可以在许多中世纪的与历法的某些部分有关的传奇中找到，如与冬至、五朔节之晨、圣徒纪念日前夕相关的传奇，还有同诸如骑士比武之类的等级仪式相关的传奇。原型首先是一种"可交际的"象征，

① "叙述程式"原文为希腊文"mythos"，是本书的核心术语，意为一部文学作品的叙述，它可以分别理解为作品的语法或语词秩序（字面的叙述）、情节或"梗概"（描写的叙述）、对活动的间接模仿（形式的叙述）、对文体和重复发生的活动即仪式的模仿（原型的叙述）以及对一个全能的神或人类社会的整个可以想象的活动的模仿（寓意的叙述）。——译注

② "意义"原文为希腊文"dianoia"，意为一部文学作品的意义，它可以是该作品的象征整体模式（字面意义）、该作品与外在的主张或事实的对应关系（描写意义）、作品的主题，或作为一种意象形式与可能的解释之间的关系（形式意义），作为一种文学传统或文体的作品意义（原型意义）和作品与整个文学经验的关系（寓意意义）。——译注

③ 主题文学（thematic literature）指与虚构文学相对的抒情性和寓意性文学作品。——译注

这一事实可以在很大程度上说明为什么民歌、民间故事和滑稽剧在世界各地那么容易流传，正像它们中的许多主人公那样超越了语言和文化的障碍。在这里，我们又回到了前述事实：受到原型相的象征的最深刻影响的文学使我们特别注意到质朴的和大众化的作品。

巴比伦蛇狮鹰三位一体神兽，摄于卢浮宫

…………

由于原型批评家关注仪式和梦，所以他很可能会对当代人类学的仪式研究和当代心理学的梦之研究感到很大兴趣。尤其在弗雷泽的《金枝》中对原始戏剧仪式基础的研究和在荣格及荣格学派那里对原始传奇的梦幻基础研究中，原型批评家会找到最直接的教益。但是人类学、心理学和文学批评的三种对象并不是截然分开的，我们还须注意防止决定论的危险。对于文学批评家来说，仪式是戏剧活动的“内容”，而不是它的来源或起源。从文学批评的观点来看，《金枝》是一部关于原始戏剧的仪式内容的专论，也就是说，它重构了一种原型仪式，可以从中引申出戏剧的结构和一般的原则，当然这种引申是逻辑上的而不是年代学上的。对文学批评家来说，这样的仪式在历史上存在与否是无关紧要的。非常可能的是，弗雷泽假说的仪式与实际仪式有许多惊人的相似之处，选出这些相似之处是他的论说的一部分。不过，一种类似并不一定是一种来源、影响、原因或一种胚胎形式，更不能是一种等同。仪式与戏剧的“文学的”关系如同人类活动的任何其他方面同戏剧的关系一样，只是内容和形式的关系，而不是源与流的关系。

因此，批评家只关心实际存在于他所研究的内容之中的仪式的或梦的模式，不管它们是怎样得出的。效法弗雷泽的榜样的古典学者们的研究曾提出一种关于希腊戏剧的重大的即仪式的内容的普遍理论。《金枝》本来是人类学著作，但它对文学批评的影响要比在它自己的领域中的影响还要大，因而也确实不妨把它看成一部文学批评著作。假如仪式模式存在于戏剧中是事实而不是意见的话，比如说在《伊菲革涅亚在陶洛人里》[1]中主要思想之一是人祭仪式，那么批评家就无须再介入关于希腊戏剧的仪式“起源”的历史纷争中去了。这样，仪式作为行动特别是戏剧行动的内容就是始终隐伏在语词秩序中的东西，因而也是独立于直接影响之外的了。我们甚至在 19 世纪也可发现即兴剧成了原始的和大众化的剧，如在前面曾提到过的《天皇》[2]就在某种程度上出现了弗雷泽所揭示的全套程序：国王之子，模拟的牺牲，与撒卡亚[3]节庆相类似的情形，还有许多吉尔伯特所知道但并未留意的其他东西。这些之所以重新出现是因为它们仍然是吸引观众的最佳方式，有经验的戏剧家是懂得这一点的。

全面探讨渊源和历史演变的文献式批评的诱惑，曾使某些原型批评家感到所有这些仪式因素都应直接追溯上去，就像王朝的世系一样，上溯得越远越好，直至难以相信的地方。年代上的巨大空缺常常由某种种族记忆的理论所弥合，或者由一种众人默契的历史观所弥合，这种历史观中渗透着多少世纪以来由秘传的崇拜传统小心翼翼地保存下来的难以理解的奥秘。很奇怪，当原型批评家们执著于一种历史框架时，他们几乎总是一成不变地提出某种关于历史衰落的假说，即从远古时失去了的黄金时代以来一直在继续的衰落。这样，托马斯·曼[4]在他关于约瑟的系列小说的序言中就把我们的某些核心神话回溯到阿特兰提斯[5]去了，阿特兰提斯作为一种原型观念显然要比作为一种历史观念有用得多。当原型批评随着太阳神话的流行在 19 世纪复兴时，有人试图嘲笑这种方法，他们要以同样的可信性证明拿破仑也属于太阳神话。这种嘲笑其实只是对原型批评方法的历史曲解来说才是有效的。从原型的意义上来说，只要我们说到拿破仑生涯的上升、他的命运的极点或他的命运趋于晦暗，也就是把这个人物的兴衰转化为太阳起落的神话了。

属于人类学范围的社会的和文化的历史，从扩大的意义上来说，总会构成文学批评的背景的组成部分。愈是清楚地区分出人类学和文学批评对待仪式的不

---

① 《伊菲革涅亚在陶洛人里》是古希腊戏剧家欧里庇得斯的剧作。——译注

② 《天皇》是英国戏剧家吉尔伯特（W. S. Gilbert，1836—1911）于 1885 年所作的两幕日本歌剧。——译注

③ 撒卡亚（Sacaea）是巴比伦节日，为期五天。五天中主仆易位，让一死囚坐上王位，发号施令。五天一满即把他赶下王位并处死。——译注

④ 托马斯·曼（Thomas Mann，1875—1955），德国小说家，著有长篇四部曲《约瑟和他的兄弟们》，其取材于《圣经》中的约瑟故事。——译注

⑤ 阿特兰提斯（Atlantis）是柏拉图首先提到的大西洋中的一神秘岛屿。——译注

甘肃合作市的九层佛阁

同态度，它们彼此之间的相互影响也就愈有益处。心理学同文学批评的关系也是这样。比单个诗歌更大的诗歌单位首推诗歌创作者的作品总体，这也是最引人注目的诗歌单位。传记将永远是批评的一部分，传记作者也将理所当然地关注他的主人公的诗作，因为那便是主人公的私人档案，记载着他私人的梦幻、联想、雄心以及表现出的或被压抑的欲望。对这类内容的研究构成了文学批评的一个基本部分。当然，我这里所说的不是指那种低能的传记作家，他们只想借笔下的人物去突出他们自己的桃色幻想，并罩上一层理性化了的临床诊断的伪装。我所说的只是那些严肃的研究者，在心理学和文学批评两方面都很精通，并懂得推测的限度，懂得一切结论应怎样避免武断。

…………

叶舒宪　译

原型批评：神话理论

［加拿大］N. 弗莱

本文译自《批评的解剖》（*Anatomy of Criticism*）一书第三编，美国普林斯顿大学出版社 1971 年版，第 131—162 页。作者弗莱在本文中系统阐发了原型批评的基础、出发点和原则——神话理论。这里所说的神话不同于一般的理解，特指由神话故事中所引申出来的纵贯整个文学史的叙述结构原则。从这一原则入手，弗莱把全部文学发展史（西方的）看成是三种依次出现的神话结构或原型象征模式。它们分别是未经置换变形的原生神话模式、传奇模式和写实模式。后两种模式实际上都是原生神话模式置换变形的产物。弗莱所说的“传奇”在本文中也不是指具体的历史体裁样式，而是介于神话与 19 世纪自然主义文学这两极之间的总的文学倾向。传奇文学把神话中的主角——神置换成了人，但仍然不同于写实模式的是，它要使内容朝向理想化的方向得到程式化的表现。弗莱认为，作为语言艺术的文学，应该像音乐那样归纳出基本的形式化单位即音调和韵律来。除了文学体裁的划分外，还可以从叙述程式（mythoi）的角度找到四种更基本的单位。它们分别是对应于春天的叙述程式：喜剧；对应于夏天的叙述程式：传奇；对应于秋天的叙述程式：悲剧；对应于冬天的叙述程式：反讽和嘲弄。

一　导　言

在绘画艺术中，结构要素和表现要素均易看出。一幅画通常总得有所表现：它把类似于感觉经验中的“对象”所构成的“主题”刻画或显示出来。与此同时，还有构图的某些要素：一幅画的表现内容被组织到绘画所特有的结构模式和传统之中。我们经常用“内容”、“形式”等术语表示绘画艺术这些相互补充的方面。“写实主义”意在突出画面内容；而无论质朴无华还是矫揉造作的风格倾向都意在突出画面结构。幻觉的极端写实主义或幻境画大约等于让画家随意所至突出某一方面；抽象派，或者更确切地说，非客观绘画，则任意让画家朝另一方向发展［既然绘画本身就是一种表现，我认为“无表现画”（non-representational painting）这一术语是不合逻辑的］。幻境画家无论如何也不能摆脱绘画传统，而非客观绘画，按亚里士多德的意思，仍属于模仿艺术。因此我们无须担心意思上的不大一致，可以说，整个绘画艺术不外是绘画“形式”即结构与绘画“内容”即主题两者的结合。

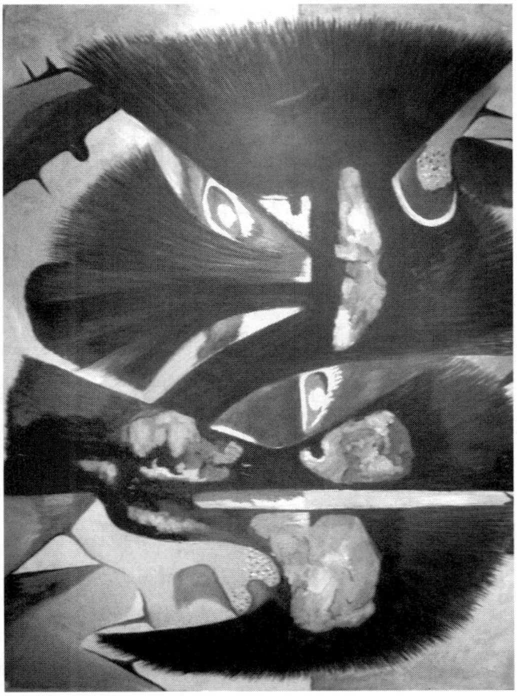
抽象 3，杨树峰画作

由于某种原因，西方绘画的理论传统与实践传统过于重视以模仿或表现为其目标。甚至在古典绘画那里就已包含了若干令人沮丧的传说：如画中的葡萄被鸟啄食，从而说明了希腊画家为创造了幻觉主义这个谜而颇感自豪。文艺复兴时期诞生的透视绘画使这些技法声望大振，以两维空间媒介表现三维空间便是“幻觉主义”技法所提出的根本手法。只需瞥一眼现代的画展，便不难发现这样一种强烈而难以消除的感觉：追求世所公认的自我意识的逼真并把它化为自己图画中的基本要素，乃是画家的一种道德义务。近半个世纪以来，实验主义运动中追求奇特的趋势便是由于它全力反抗称雄一时的表现主义的谬误所致。

富有独创性的画家当然懂得，公众要求绘画与对象相似的同时，普遍需要的倒是其反面，因为大家对于与绘画传统毫无二致的东西已司空见惯。于是，画家在突破传统的时候，往往轻易宣称他不过是充当了眼睛的作用，他只是原封不动地把所见之物画入画面，以及诸如此类的说法。这种辩解的动机是显而易见的。他想说的是：绘画不仅仅是一种温文尔雅的装饰品，绘画需要艰难地解决某些实际的空间问题。然而，人们尽可以随意承认这种说法而无须同意绘画之道原在画外；不过，如果过分强调绘画之道原在画外，也会使这门艺术陷于毁灭。一个画家实际之所为，不外乎服从一种模糊而又深刻的冲动——对画家所生活的那个时代建立起来的传统进行反抗，以便在更深的层次上重新发现某种传统。马奈脱离了巴比松画派，方才和戈雅与委拉斯开兹建立了更亲密的关系；塞尚脱离了印象派，方才和夏尔丹与马萨丘建立了更亲密的关系。富有创造性并不能使艺术家脱离传统，反而使他更加深入传统，服从艺术自身的规律性。艺术的不断探索在于从现有深度出发寻求艺术改观；较少天赋的艺术家寻求艺术变更；真正天才的艺术家追求艺术变形。

音乐在批评理论方面与绘画形成了新的对立。当绘画发现透视的时候，音乐本应向同一方向发展，但事实上表现主义或“程序”音乐的发现却受到了严格的限制。对于模仿得很精巧的音乐，听众仍能从其外部音响中获得乐趣，可是如果作曲家未能模仿成功，谁也不会说他是个颓废派或者是冒牌货。谁也不相信模仿技巧比音乐本身的形式更为重要，何况模仿技巧还是这些形式的组成部分呢。结果，音乐中的结构原则得到了明晰的理解，甚至可以教给儿童。

举例说吧，假如本书介绍的并不是文学理论而是音乐理论，那么，我们就可以这样开始从可感知的音频中把八音度这一段独立出来，然后解释说，八音度可以分为 12 个理论上相等的半音，组成含有 12 个音符的音阶；这些音符便可能包括本书读者常常听到的所有曲调与和声。接着把音阶中的两个和谐之点，即大调和弦与小调和弦抽象出来，并解释 24 个互相关联的音调系统和调性惯例。按照调性惯例，一段乐曲通常应以同一音调起始和终止。我们可以通过一系列基本原理把节奏的基础描述为对每一个第二拍或每一个第三拍的加重音。

以上概述可谓对 1600—1900 年间的西方音乐作了理性描述，而且以一种合格且更为灵活又无根本区别的形式，描述了本书读者习惯于称做音乐的各个方面。如果愿意的话，我们在本编引言部分作独立叙述时，也可以把所有西方传统之外的音乐都包括在内，然后再来讨论正题。有人可能会提出异议，说 $C_{\#}$ 和 $D_{\flat}$ 属于同一音符，其相等平均律系统是随意虚构的。又有人会说，作曲家不应自缚于一套如此顽固的传统化了的音乐要素，音乐的表现方法尽可以天高任鸟飞。第三个人也会说，我们谈论的压根就不是音乐，尽管丘比特交响曲以 C 大调写成，贝多芬第五交响曲以 C 小调写成，但解释两个曲调之间的区别谁也没有提供关于这两个交响曲差别的真正意念。所有这些异议皆可以置之不理。我们这本书不是为读者提供音乐教育的完整图景，也不在于描述上帝心目中的和天使行动中的音乐——而是有其本来的目的。

本书旨在概述文学表现的基本规律及其与音调、简单韵律或复杂韵律、典范模仿等音乐要素相应的文学要素。目的在于按照希腊罗马和基督教的传统对西方文学的一些结构原则进行理性描述。我们假定语言表达的有效性受制于文学意义上的韵律和音调，但这并不意味着艺术源泉的枯竭，即使在音乐中也并未枯竭。这样，我们无疑会招致一些人的反对，正如在音乐方面可能出现的那样。他们会说，我们的范畴是人为的，不能公正对待文学的各种样式，或者说不符合他们自己的阅历。不过，文学的结构原则究竟如何似乎至关重要，值得讨论。再者，由于文学是语言的艺术，用文学语言来描述文学的结构原则，至少不应比用音乐术语如奏鸣曲或赋格曲来描写音乐更为困难些吧。

文学一如绘画，理论和实践两方面的传统皆在强调表现或“酷似生活”。例如，翻开一本狄更斯的小说，我们直接的反应——有关评论使我们形成的习惯——是要把它与“生活”比较一番：要么与我们的现实生活相比较，要么与狄更斯同代人的生活相比较。接着会遇到希普[①]或奎尔普[②]这样的人物，可是不但我们并没有发现与这些奇特的怪物相“酷似”的人物，就连维多利亚时代的人也未必不与我们有同感。如此，比较法便即刻瓦解了。有些读者会抱怨说，狄更斯又在用“纯粹”的漫画手法了，似乎漫画手法唾手可得似的。再一细察，另一些读者索性放弃酷似生活这一评价标准，而乐于随意另立标准了。

人们往往用平面几何甚至立体几何概念来类推和图解绘画中的结构原则。塞尚在一封著名的信中说绘画形式近似于球体和立方体，而抽象派的艺术实践似乎与这一观点相吻合。几何形状只能与绘画形式类似，却绝不能与之等同。真正的绘画上的结构原则只能从艺术本身的内部相似性来推导，而不能与艺术以外的其他事物的外部相似性来推导。同样，文学中的结构原理也应从原型批评和宗教解释中引申出来，因为这两者为作为整体的文学提供了范围更广阔的前后联系。不过，从本书第一编可以看出，随着虚构文学模式由神话转入低级模拟[③]和讽刺，它已经接近“写实主义”，即对生活相似性的表现。再者，神话是关于神的故事，其人物性格具有最大可能的行动力量，因而乃是文学样式中最

---

① 希普（Heep），狄更斯的小说《大卫·科波菲尔》中的人物。——译注

② 奎尔普（Guilp），狄更斯的小说《老古玩店》中的人物。——译注

③ 低级模拟，参看本书上编第十二篇文章。

抽象、最传统化了的。这一点与其他艺术的相应样式一样——比如宗教的拜占庭绘画艺术——表现出本身结构方面因袭传统的最高程度。因此，文学中的结构原则与神话和比较宗教学密切相关，恰似绘画的结构原则与几何学密不可分。本编将以《圣经》的象征系统，以及在较小程度上以希腊神话的象征系统，来描述文学原型的基本特征。

埃及传说《两兄弟》被认为是约瑟传说中波提法[①]之妻故事的前身。讲的是兄长的妻子企图引诱与之同家生活的未婚弟弟，遭到拒绝后，反诬告其弟欲强奸她。于是弟弟被迫逃离，兄怒不可遏，追赶于后。至此所发生的事件或多或少再现了生活中的可信的事实。[②]弟祈祷太阳神的恩助，申明自己无罪。太阳神在两兄弟之间造一大湖，神明显灵使湖中遍布鳄鱼。这一事件和以前许多故事一样只不过是一段虚构的情节，又和其他情节一起合乎逻辑地被纳入整个故事情节。它抛弃了"生活"中外部相似的东西。我们说，这种事情只有在故事里才会发生。据此，这个埃及传说在其神话的插曲中已获得了抽象的文学性质。讲故事的人用一种更加"写实"的手法轻而易举地解决了这个问题。埃及文学像其他艺术一样，似乎体现了某种程度的程式化。

同样，头上饰有光环的中世纪圣徒看起来像个老人，但光环作为神化的特征既使画面具有更加抽象的结构，又赋予圣徒某种只有在绘画中才能见到的外观。原始社会时期，神话和民间传说的繁荣通常伴随着对造型艺术中几何装饰的欣赏趣味，在我们的传统中有着逼真的地位，有着巧妙而始终如一地被模仿的人类经验的地位。偶尔，虚假的小说描写相当于绘画中的幻觉主义，不仅被表现出来，甚至被误认为是事实而被接受，例如笛福的《瘟疫年纪事》，或者撒缪尔·勃特勒的《纯净天国》。另一方面是神话，即非实在的虚构，其中各种各样的神灵和类似神的人物为所欲为，实际上表明神话作者的随心所欲。本书第一编所叙述的文学中的讽刺复归于神话，同抽象主义、表现主义、立体主义以及绘画方面的类似追求同时并存，彼此相应，均强调自足的绘画结构。60 年前，萧伯纳强调了易卜生剧作和他本人剧作主题的社会意义。今天，艾略特则让我们注意《鸡尾酒会》中的阿尔刻提斯[③]原型和《机要秘书》中的爱奥尼亚人（Ion）

---

① 波提法（Potiphar），古埃及一法老的护卫长，约瑟被买到他家，受其妻引诱，不从，反遭诬陷。事见《旧约·创世记》第 39 章。——译注

② 这里我尚未提及其兄的牛曾告诫弟弟将面临的危险这一情节。——原注

③ 阿尔刻提斯（Alcetis），希腊神话中自愿替丈夫去死、被赫拉克勒斯从死神处救出的王后。欧里庇得斯曾以此为题材写悲剧《阿尔刻提斯》。——译注

原型。前一种强调属于马奈和德加时代，后者属于勃拉克和苏什兰时代。

那么，我们就从神话世界开始我们的原型研究吧。这是一个充满情节虚构和主题构想[1]的非实在的或纯粹的文学世界，它不受应该真实地符合日常经验这条规则的制约。就叙述方面而言，神话乃是对以欲望为限度或近乎这个限度的动作的模仿。神喜爱漂亮女人，以惊人的力量你争我斗，抚慰或帮助人，或者站在神的永恒自由的高度对人类的苦难袖手旁观。神话表现人类欲望的最高水平并不意味着神话所表现的世界就是人类已获得的或可以获得的。就意义（dianoia）[2]方面而论，神话世界同样可看做一个充满活动的场所或领域，同时需牢记一个原则：诗的意义或模式是一种具有概念内容的意象结构。神话意象的世界常常由宗教的天或天堂的概念来代表，而在对这个词已作解释的意义上，它又是启示性的。这是一个整体的隐喻世界，其中每一事物都暗中意指其他的事物，仿佛一切都包含在一个单一的无限本体之中。

现实主义，即逼真的艺术，唤起这样的反应："这和我所知道的是多么相像！"当见诸文字的东西和人们已知的东西达到相似时，这便是一种扩充的或隐含的比喻。正如现实主义是一种不明显的明喻艺术，神话则是一种不明显的隐喻的艺术。在庞德的术语中"sun-god"（太阳神）一词用连字符替代了谓语，成了一种纯粹的表意符号；按照我们的说法，则是一种字面的隐喻。我们在神话中看到的是孤立的文学结构原则，在现实主义那里看到的是同样的（不是类似的）结构原则被纳入似乎真实可信的前后联系之中。（同样，在音乐中，柏塞尔的一首乐曲和布立顿的一首乐曲可能毫不相似，但若均用 D 大调谱成，则两首乐曲的调性便是相同的。）不过，现实主义的虚构中所出现的神话结构要使人信以为真就会涉及某些技巧问题，而解决这些问题所用的手法则可统一命名为"置换变形"（displacement）。

因此，神话乃是文学构思的一个极端，另一个极端是自然主义，二者之间则是整个传奇文学。这里的传奇文学指的不是本书第一编中的历史的样式，而是本编往后将要叙述的一种倾向。它一方面使神话朝着人的方向置换变形，另一方面又不同于"现实主义"，而是朝着理想化的方向使内容程式化。置换变形的中心原则在于：神话中可以用隐喻表达的东西，在传奇文学中只能用某种明喻的形式来表达，如比拟、意义联想、偶然的附带意象等等。神话中可能有太阳

① 主题构想，参看本书上编第十二篇文章的注。

② 参看本书上编第十二篇文章的注。

神或树神，在传奇文学中则可能是一个与太阳神或树神密切相关的人。在更加写实的样式中，这一关系不再那么密切，却愈加是一个易发生的，甚至是巧合的或偶然的意象。在圣乔治和波修士一家屠龙的传说中（后面还要详加叙述），有一个年老昏弱的国王被巨龙搞得国无宁日，这条龙后来竟要索取国王的女儿，但终为英雄所杀。这似乎是对一个关于繁殖之神使荒原恢复生命的神话作了传奇式的比拟（就故事本身而言，不如说是神话的后裔）。在那个神话中，龙和国王皆可以找到。事实上，我们可以把这个神话进一步集中为俄狄浦斯幻想，在这里英雄不是老国王的女婿，而是他的儿子；那个得救的女子则是英雄的母亲。假如这个故事纯属个人的梦幻，那么上述发现是无可非议的。但要使它成为一个真实可信的、艺术上和谐、道德上可以接受的故事，就需要对它加以很大程度的置换变形。只有对已经产生的故事类型进行一番比较研究，其中的隐喻结构才能显示出来。

霍桑的《玉石雕像》因故事中的雕像而得名。这个雕像和一个名叫多纳泰罗的人物如此紧密相关，如果读者看不出多纳泰罗“就是”那个雕像的话，便会感到枯燥无味，甚至读不下去。接着读到一个叫希尔达的姑娘，单纯而温柔，住在一个围满鸽群的塔中。鸽子十分喜欢她；另一个人物把她称为他的“鸽子”。于是作者和书中人物有关姑娘的语言表明，这里存在一种和鸽子的特殊关系。假如我们说希尔达和维纳斯一样也是一个鸽神，把她和鸽子不加区分的话，就不能按照故事本来的面目正确地阅读，反而会把故事变成浅显的神话。不过认为霍桑在这里接近神话也并非不公正，也就是说我们认识到《玉石雕像》并不是一个典型的低级模拟小说。对这一点若感兴趣的话，可以使我们向前追溯到传奇小说，向后展望后一世纪的讽刺性神话作家，如卡夫卡或科克托[①]。这种兴趣往往称为讽寓，而霍桑本人称其为传奇小说恐怕是有道理的。可以看出，这种兴趣是怎样倾向于人物塑造中的非现实手法。假若我们对低级模拟以外的原则一无所知的话，就难免要抱怨了。

此外，神话中还有关于佩耳塞福涅[②]的故事，她每年之内有半年要在下界地府中度过。这一神话的原初形式显然是关于死亡与复活的；我们现在看到的故事虽然有些被置换变形了，但其神话模式倒是不难看出的。同样的结构要素在莎士比亚喜剧中也会出现，不过要适应一种大约是高级模拟水平上的真实罢了。

①科克托（J. Cocteau，1889—1963），法国现代诗人、作家，其创作多以神话为素材。——译注

② 佩耳塞福涅（Proserpine），希腊神话中的冥后，也是谷物女神。——译注

《无事生非》的女主人公确实死掉了，因此为她唱了哀歌，而似乎真实可信的解释一直拖延到剧终才作出。《辛白林》中的伊摩琴有个假冒的名字和一座空坟墓，可是也为她举行了葬礼，不过赫米温妮和潘狄塔[1]的故事与得墨忒尔和佩耳塞福涅的神话太接近了，作者完全没有必要再煞有介事地去解释其真实性了。赫米温妮在失踪之后曾一度化作鬼魂出现在梦中，后又从塑像复原为活人，这是皮格马利翁[2]神话的一种置换变形。这样做据说是为了唤起信任。姑且如此吧，但仅仅就可信性水平而言，她何曾是个塑像，而除了无害的骗局之外，简直什么也没有发生。我们还注意到，按照主题进行创作的作家远比纯虚构的作家具有更多的非现实的神话。例如斯宾塞的弗罗里梅尔[3]整个冬天消失在海里，而没有人提出任何疑问，她的替身是一位“白雪夫人”，到了第 4 卷结束时，她化为一股汹涌的春潮返回人间。

在低级模拟作品中，我们可以找到主人公死而复活的同一结构模式，如爱漱·索姆逊[4]患了天花，罗娜·杜恩[5]在婚礼上遭到枪击，不过这都更加接近现实主义传统了。虽然罗娜的眼中含有“死的阴影”，但我们明白，假如作者定要她活下去，就不会使她真的死去。这里重新把《玉石雕像》作为比较对象还是很有意思的。书中关于雕刻家的雕像与活人之间关系的描写颇多，我们几乎指望看到《冬天的故事》那样的结局。希尔达神秘地失踪了，在此期间她的情人雕刻家肯庸从地里挖出一尊雕像，使他联想起希尔达。此后，希尔达返回，讲了一堆她不在的理由，而霍桑也借机发了一通牢骚。他言有所指，大意是说，无意编造什么花言巧语的解释，他还希望广大读者多多给他一些自由。然而霍桑的自我抑制至少部分地是他自己造成的。这一点当我们转而研究爱伦·坡的《莉盖娅》时就更加明显了，因为坡直率地使用了神话的死和复活模式，用不着道歉的口气。显然，坡是一个比霍桑更为激进的抽象主义者，之所以坡对 20 世纪文学有着更加直接的影响，这当是一个原因。

神话与抽象文学之间的亲缘关系可以阐明小说的许多方面，尤其是那些更为流行的小说。这些小说的真实性使人相信其事件的真实，其浪漫性亦足以使人

---

① 赫米温妮和潘狄塔都是莎士比亚《冬天的故事》中的人物。——译注

② 皮格马利翁（Pygmalion），希腊神话中的塞浦路斯国王，善雕刻，曾爱上自己所塑的一个少女像，爱神使雕像变为活人，使他们结为夫妇。——译注

③ 弗罗里梅尔（Florimell），斯宾塞的长诗《仙后》中的人物。——译注

④ 爱漱·索姆逊（Esther Summerson），狄更斯小说《荒凉山庄》中的人物。——译注

⑤ 罗娜·杜恩（Lorna Doone），布拉克默尔（R. D. Blackmore）同名小说的女主人公。——译注

视之为精心构想出来的“好故事”。故事开头引入的吉凶预兆，即让整个故事成为某种预言的实现这样一种手法便是一例，这种手法在其实现的计划中暗示出一种不可避免的命运，或冥冥之中的全能的意志。这实际上是一种纯文学的构思，使作品首尾圆贯。那必然实现的意志就是作者本人的意志。因此，甚至在那些气质不大适合运用预兆的作家那里，我们也会发现这种手法。例如《安娜·卡列尼娜》一书卷首有个铁路搬运工死亡，被安娜认为是她自己的预兆。同样，假若我们在索福克勒斯那里发现了预兆，主要的也是由于这些预兆与悲剧类型的结构相符合，丝毫也不能证明剧作家或观众会断然相信命运。

这样，我们就有了文学上的三种神话结构和原型象征。首先是未经置换变形的神话，一般描写神明或恶魔，他们出现在两个对立的整体隐喻性的世界里：一个是理想世界，另一个是非理想世界。这两个世界又往往同与文学相应的宗教方面的天堂和地狱相一致。我们把这两种隐喻的结构分别称为启示的结构和魔幻的结构。其次是第二种创作倾向，我们称之为传奇的（浪漫的）。它显示出各种不明显的神话模式，讲述一个与人类经验关系更加密切的世界。第三种倾向是“现实主义”（这里的引号就反映了我本人对这个不够恰当的术语持不赞同态度），它强调内容和表现而不强调故事的外在形式。讽喻文学由现实主义开始，而后转向神话。其神话模式作为一种规则更多地表现了魔幻的世界而不是启示的世界。不过，讽喻文学有时倒是承续了浪漫主义的程式化传统。霍桑、坡、康拉德、哈代和弗吉尼亚·沃尔芙便是这种继承的明证。

赏画可以近观，细辨画家的笔法和刀法。这大致相当于文学方面新批评派对作品的修辞学分析。离画面稍远一些，便能够清晰地看到构图，这时观察到的是表现的内容。从某种意义上来说，这是在“读”画。观赏荷兰的写实派绘画这是最佳距离。再远一点儿，就愈见其整体构思。远观圣母像，我们只能看到圣母的原型，画面上一大片蓝色烘托出中央位置上的注意点，与之适成对照。同样，在文学批评中，我们也常常需要“站远些”来观照作品，以便发现其原型结构。远观斯宾塞的《无常篇》，我们看到的背景是按规则排列的光环，而前景的下方有一片不祥的黑色跃入眼帘。这和我们在《旧约·约伯记》开篇所看到的原型外观几乎相同。如果我们“远观”《哈姆雷特》第五幕的开头，舞台上出现的将是一口敞开的墓穴，男女主人公及其对手皆下到墓穴之中[①]，接着便是发

① 哈姆雷特下到墓穴中不是毫无意义的行动，他在这一场景之前和之后心境上的截然不同表明了这一行动具有某种“生命仪式”（rite de passage）的作用。——原注

生在上界的一场决斗。“远观”托尔斯泰的《复活》或者左拉的《萌芽》这类现实主义小说，便可看出书名所暗示的创造神话的构思。例证之多，不胜枚举。

下一节我们先来讨论启示世界和魔幻世界这两个未经置换变形的世界中的意象结构，我们着重取材于《圣经》这个西方传统中未经置换变形的神话的主要来源，然后论述两个中间形态的意象结构，最后则探讨作为这些意象结构的运动形态的所谓类属叙述（generic narratives）或“叙述程式”（mythoi）。

二　原型意义理论之一：启示的意象

对人类感觉经验材料进行分类的传统形式是生物链，或者用“20个问题游戏”[①]。让我们就按照这样的方式继续讨论下去。

启示的世界即宗教上的天国，首先以人类欲望的形式表现出现实的种类，这一点可以从人类文明社会的发展形态中看出。例如，人类的欲望和劳动使植物界中出现了花园、农田、森林、公园等形式。人工赋予动物界的形式是家禽家畜，家畜中的羊在希腊传统和基督教传统中都是最常见的隐喻。在矿物界中，人类把石头变成人化的形式——城市。城市、花园和羊栏是《圣经》和基督教象征系统中的结构性的隐喻。在《启示录》中，这些形式变为完整的隐喻世界。《启示录》的精心构思给作为整体的《圣经》提供了未经置换的神话结局。从我们的观点来看，这意味着《圣经·启示录》是我们所说的启示的意象的基本法典。

上述三种范畴中的城市、花园和羊栏已在上一编中根据原型性隐喻原则分别叙述过了。我们还记得，它们是具体的普遍范畴：既意指着每一范畴中的每个个体，又可代表其他。由此可知，在神明世界和人类世界中均可找到城市、花园和羊栏，它们各自在社会方面和个体方面都是等同划一的。这样，《圣经》的启示世界便为我们提供了下列图式。

神明世界＝诸神社会＝单个上帝

人类世界＝人类社会＝单个人

动物界＝羊栏＝单个羊

植物界＝花园或公园＝单个（生命）树

① “20个问题游戏”是西方的一种猜谜游戏，通过20个以内的层层递进的问题，逐渐缩小谜底的范围，最后得出答案。——译注

矿物界＝城市＝单个建筑、神庙、石碑

所有这些范畴皆统一于“救世主”这一概念：救世主既是单个上帝又是单个人，又是上帝之羊、生命之树；他是生命之藤，我们则是藤上的分枝；他是被建筑者所弃的石头，而重建起的神庙则意味着他站起的身体。宗教表现和诗歌表现仅在于意向上的不同，前者是存在的，后者是隐喻的。这一区别在中世纪的批评中无关紧要，“figura”[①]一词把救世主和象征物等同了起来，因而往往兼含两者的意义。

现在让我们把这个图式稍微扩展一下。基督教中的具体普遍性用于神明世界中，便是三位一体的形式。基督教义坚持认为，无论习惯性心理过程怎样脱出常规，上帝是三位一体，仍只有一个上帝。人与物的复合概念表明了把隐喻延伸为逻辑时所遇到的部分困难。当然，在纯隐喻的意义上，上帝的统一体可以指五个、七个、十七个，甚至百万个神圣的人，就像三个那样容易。在诗歌中，我们会发现神圣的具体普遍性脱离了三位一体的轨道。在《伊利亚特》卷八开首处，宙斯说，他能够随心所欲地把整个生物链条提升到他所处的高处。[②]显然，在荷马看来，奥林匹斯山可以从两个方面来看：奥林匹斯山上诸神争吵不息，但随时可以化为一个统一神的意志。在维吉尔的诗歌中，我们先看到的是心怀敌意、伺机寻衅的朱诺女神。但没读多久，便是埃涅阿斯对手下人说的一句话：

deus dabit his quoque finem。[③]

这表明在他那里存在着同样的双重视野。我们不妨再比较一下《约伯记》。约伯和他的朋友过于虔诚，竟不敢想象由于上帝和撒旦之间有一场半庄半谐的打赌，而使他本人身遭大难。在某种意义上，他们是对的，但书中关于天上的撒旦的描写是不准确的。诗的结尾没有提到撒旦，尽管修订时可以补救，仍然难以看出约伯最后的开悟，怎样才能从独一神意的观念重新回到开场时的平静心境中去。

关于人类社会，我们都是一个统一体的成员，这一比喻构成了自柏拉图至今的多数政治理论。弥尔顿写道：“英联邦只应是同一个巨大的基督教的人格，同一强大的发展和兴盛，同一诚实的人的高度。”这不过是同一种比喻的基督教化

---

①“figura”，拉丁文，既有“本质”、“种类”之意，又有“形式”、“形象”之意。——译注

② 宙斯为显示其无比的威力，对群神说：“你们可以从天上挂下一条金索，大家合力去拿住那一头。无论你们怎样努力，也绝不能把至高主谋神宙斯从天上拖落地去。可是我要一动手，把我那头认真一拉，就可以把你们大家连同大地、海洋什么的一齐都拉了上去。”（《伊利亚特》傅东华译本，人民文学出版社 1958 年版，第 137—138 页。）——译注

③ 拉丁文，大意为“此种结局亦由神定”。——译注

了的说法而已。和三位一体的信条一样，“基督既是神又是人”这个完全隐喻性的说法是正统的，而基督是雅利安人和基督是幻影的明喻性说法则被斥为异端邪说。霍布士的《利维坦》原书卷首插图，画的是一个体内有许多小人的巨人，这也和上述那类同一性的说法不无关系。在柏拉图的《理想国》中，个人的理性、意志和欲望表现为统治国家的哲学家、军人和手艺人的说法也是以同类隐喻为基础的。每当说到一群人便是一个“整体”时，我们实际上仍在用这种隐喻。

当然，在有关性的象征中，更容易采用所谓爱情把两个异性合为“同一肉体”的隐喻。约翰·多恩[①]的《出神》便是根据这种形象写出的众多诗篇之一。莎士比亚的《凤凰与斑鸠》则大谈这种“同一”对理性的危害。关于忠诚、英雄崇拜、守信的花朵等等主题，也使用这同一个隐喻。

按照基督教的化体教义，植物界基本的人化形态，如食物、饮料、面包、酒类以及庄稼的收获与酒的酿造，都是基督的肉体和血，基督又是人和上帝，我们存在于那些肉体之中正像在城市或神庙之中一样。这样，动物界和植物界就彼此相等同了，并且同神明世界和人类世界相等同。基督教正统教义宁愿要隐喻而不要明喻，在这里，物质的概念再次表明了为了吸收这个隐喻而发生的逻辑的冲突。在柏拉图的《法律篇》的开端，这一论题本身显然就显示出了同一象征系统的若干要素。在人类试图包围自然并把自然纳入他的（社会的）总体之中的场合，圣餐便是人类文明的最简单而又最生动的意象了。

人们惯常把羊归入动物界，这就为我们提供了田园牧歌意象的中心原型，同时也为宗教方面提供了“牧师”和“羊群”的隐喻。早在古埃及时人们就把国王比喻为臣民的牧者，这种说法的习惯沿用或许是由于羊群也和人类社会一样，既愚昧无知又温良柔顺，平时合群相处，遇到危险则蜂拥惊窜吧。不过，只要诗歌的读者可以接受，诗歌当然也可利用其他动物形象收到同样的比喻效果。例如，在《布利哈达拉奈卡·奥义书》的卷首，被用作祭品的马的身体就包含了整个宇宙。这种构思和基督教诗人描写“上帝的羔羊”（即基督）可以说是同样性质的。还有，鸟类中的鸽子，传统上代表宇宙的和谐统一，还可表示维纳斯的爱或基督教的圣灵之爱。把神灵同动物、植物认同一体，进而再与人类社会认同一体，这便构成了图腾象征的基础。某些推原性的民间传说类型讲的是超自然生物如何变

① 约翰·多恩（J. Donne，1573—1631），英国诗人、教士。——译注

成了我们所了解的动植物一类的故事。这种传说显示出隐喻的一种弱化形态，自从奥维德以来一直作为“变形”故事的原型类别而为人们所熟悉。

植物的意象也有这种类似的可变性。《圣经》中有些地方就没有用面包和酒，而是用生命之树的叶子和果实作为通用的象征，或者运用具体的普遍概念，不仅指一棵树，同时也指一颗果实或一朵花儿。在西方传统中用作原型的花里面，玫瑰历来占有优先的地位：人们总是容易想起《神曲·天堂篇》中作为通用象征的玫瑰。在《仙后》第1卷中，圣·乔治的象征是白底上的一个红十字，这不仅使人联想起救主耶稣升天时的躯体以及与之相伴的神圣象征，而且使人联想到都铎王朝时期[①]的红白玫瑰的联合体。在东方，取代玫瑰之地位的是莲花或中国的“金花”；在德国浪漫主义时期，蓝色矢车菊也曾风靡一时。

把人同植物界等同划一，我们才有了阿卡狄亚[②]人那种田园牧歌的意象原型，有了马韦尔[③]的绿色世界的原型，有了莎士比亚的林中喜剧的原型，有了罗宾汉和其他传奇中绿林好汉的世界的原型。这些都作为传奇文学中的树神的隐喻性神话的补充而流传下来。在马韦尔的《花园》中，我们看到了一个植根于传统却又有所扩展的意象：人的灵魂被看做是栖于生命之树上的一只鸟。橄榄树和橄榄油则提供了它们与“涂了油的”统治者之间的另一种等同。

一座城市，无论是否称为耶路撒冷，在启示意义上都可以等同为一座建筑或一个庙宇，或者等同为一个“有许多住处的家宅”[④]，其中的个人则都被视为“有生命的砖石”，这是《新约》中的一种说法。人类所利用的无机界包括铁路、公路、城市和街道。“道路”这一比喻是和所有的“探求类文学”（quest-1iterature）分不开的，无论是否属于《天路历程》一类明显的基督教文学。属于这一范畴的还有几何形象和建筑形象，诸如但丁和叶芝笔下的塔和盘绕楼梯，雅各的梯子[⑤]，新柏拉图主义的爱情诗人笔下的梯子，螺旋形上升物体或绘画雕刻中的羊角状物，忽必烈下令建造的“壮观而典雅的圆顶宫殿”，布朗[⑥]从艺术和自然的

① 都铎王朝始于英国1485年玫瑰战争结束后亨利七世统治时期，终于1603年伊丽莎白朝结束时。——译注

② 阿卡狄亚为古希腊一山区，以人民生活淳朴宁静而著称，为牧歌之起源地。——译注

③ 马韦尔（A. Marwell，162l—1678），英国诗人。——译注

④ 参看《新约·约翰福音》第14章第2节。——译注

⑤ 雅各（Jacob）是犹太人先祖之一，曾在梦中看到站在天梯上的上帝。事见《旧约·创世记》第24章。——译注

⑥ 布朗（T. Browne，1605—1682），英国医生兼作家。——译注

各个角落搜寻出来的十字图案和梅花图案，作为永恒标志的圆，丰恩[①]的“永久光明之环”等等，不一而足。

六角朝天，泰国普吉岛查龙寺建筑

在原型本身的层次上，诗歌是人类文明的产品，自然则是人类容身的寓所。在寓意的层次上，人是自然的容器，人所建造的城市和园林已不再是地球表面上的孔洞，而是人化宇宙的种种形态。因此，在启示的象征方面，就不应把人局限在土和水这两种人的自然要素之内。象征从一个层次进到另一个层次，必然要像《魔笛》[②]中的塔米诺那样经历水与火的考验。诗中的象征通常把火置于人的尘世生命之上，而把水置于其下。但丁欲前往天堂即启示的世界，便不得不由炼狱之山启程，经过火环与伊甸的河流。那炼狱之山始终处在我们这个世界的表面之上。《圣经》中的众天使总由火与光的意象所环绕，到了降灵节火才熄灭；六翼天使把燃烧的煤块放入以赛亚[③]的口中。这些写法把火同处于神与人之间的一个精灵的或天使的世界联系起来。在希腊神话中，普罗米修斯的故事说明了大抵相似的火的来源，如同宙斯和霹雳闪电之间有联想关系一样。总之，就纯粹天空的意义而言，日月星辰这些燃烧的天体所存在的昊天，通常被认为是启示世界的天国，或者被设想为通向天国的必由之路。

因而，不妨把我们所有的其他范畴皆等同于火，或想象成燃烧的东西。这里只需提一下，犹太—基督教诸神都在火中显现，并为火与光的小天使所围绕。祭献仪式上燃烧的家畜乃是神与人两个世界在动物身上的体现，使人想到祭坛上

① 丰恩（H. Vaughan，1622—1695），英国诗人。——译注
② 《魔笛》是英国作家狄肯生（G. L. Dickinson，1862—1932）于 1920 年写的作品。——译注
③ 以赛亚是犹太先知，其事见《旧约 · 以赛亚书》。——译注

的烟火、徐徐飘升的焚香烟雾等意象。圣徒的光环与国王的王冠均与太阳神相类似，又体现为燃烧的人①的形象。不妨再比较一下索思韦尔②的基督教诗中的“燃烧的婴儿”。传说中的凤凰是燃烧的鸟的形象。生命之树也可以是燃烧的树，是永烧不尽的摩西树丛，是犹太教仪式中的烛火，或者是后来神秘教派所说的“玫瑰色十字架”。炼金术中的植物界、动物界、矿物界体现为玫瑰、石头和长生不老药。花朵和宝石的原型则体现为佛教祈祷者的“莲花之宝”。人们还常常把动物身上炽热鲜红的血与熊熊烈火、醉人美酒联系在一起。

城市与火等同划一，便可解释为什么《启示录》中的上帝之城被表现为一堆闪光的金子和宝石，每块宝石想必会放射出一种光彩夺目的强焰，因为在启示的象征中，日月星辰这些燃烧的天体皆包孕在普遍的神性和人的身体之内。炼金学上的象征属于同一类型的启示象征：自然的中心，即隐藏在地下的金银珠宝，最终皆使人联想到围绕这个中心的天空中的日月星辰。精神世界的中心，即人的灵魂，则使人联想到围绕这个中心的上帝。因而，灵魂净化与点土成金之间有密切关联。这里的金不是指实际的金子，而是构成天体的五种基本元素之一的燃烧的金。《驶向拜占庭》③中的金树及金鸟用那种使人联想到炼金术的形式把植物和矿物世界等同了起来。

另一方面，按照传统，水属于低于人类生命的存在领域，属于正常死亡后的混沌和分解状态，或者属于有机体向无机体还原的过程。因此，人在死亡时，灵魂常常要涉过水域或者沉入水底。在启示的象征中，“生命之水”即伊甸园中的四重河水在上帝之城中再度出现，在宗教仪式上则体现为洗礼。按照《以西结书》④的说法，这条河水的倒流能使海水变淡，显然是由于这个原因。《启示录》的作者说启示世界中不再有海。从启示意义上看，水在宇宙之中的循环犹如血液在个人的体内循环，或许应该说血液“保留在”人体中而不说“循环”，以避免把血液循环理论与《圣经》的教义无原则地混为一谈。当然，自古以来，血属于人体的四种体液之一，正如生命之河按照传统的说法有四重水流那样。

---

① 参看 D. H. 劳伦斯的 *Etruscan Places* 第 3 章中关于朱红颜料的论述。——原注

② 索思韦尔（R. Southwell，156l—1595），英国祭司兼诗人。——译注

③《驶向拜占庭》是爱尔兰现代诗人叶芝的名诗，诗中提到古代工艺品中一种用金子铸成的上有鸟鸣唱的树。——译注

④《以西结书》是《圣经 · 旧约》中的一部书名，下面的典故出自该书第 47 章。——译注

三　原型意义理论之二：魔幻的意象

同启示意象截然相反的是一个完全违背人愿的世界。这是一个梦魇与替罪羊的世界，一个备受束缚、痛苦不堪、混乱无序的世界。这是一个人的想象力还未加工过的世界，一个诸如城市、公园之类人类意愿的形象尚未确立以前的世界，这个世界充满了邪恶的行为，无益的动作，到处是废墟、墓穴、刑具以及愚笨的碑石。正像诗歌中的启示意象与宗教中的天国密切相关，作为辩证的对立面，魔幻意象也同地狱观念密切联系，或是但丁所写那种本来就存在的地狱，或是人类创造出的人间地狱，像《1984》、《无出路》和《午间黑暗》，这后两个标题就点明了其主题。这样，魔幻意象的中心主题之一便是嘲弄性模拟，这是对艺术的夸饰作用的一种嘲讽，而有意去逼真地模拟"现实生活"。

魔幻的神的世界把出现在技术不发达的社会中的那种庞大、吓人、愚昧的自然力大大地人格化了。在这个世界中的天国象征倾向于联想到高不可及的天空，从这种象征中提炼出的中心思想则是不可测度的命运和外在的必然。命运的机器操纵在一些遥远而不可见的神的手中，神的快乐和自由是反常的，因为他们排斥了人。神有时也干预人事，但主要是为了捍卫自己的特权。神索取祭品，惩罚不敬，把自然法则和道德规范作为终极目的而强加于人类。这里我们无意再描述希腊悲剧中的神，只想提一下人类对神的秩序的那种远不可及、无益于人事的感觉。尽管这种感觉不过是造成尘世生活中的悲剧情境的众多因素之一，但却是根本性的因素。后来的各个时代，诗人们对于这种神的观点就坦率多了。例如布莱克所写的无人之父[①]，雪莱笔下的朱庇特，斯温伯恩[②]诗中的"上帝，万恶之源"，哈代笔下使人迷惑的"神意"，豪斯曼[③]诗中的"兽性与恶棍"。

魔幻的人类世界是一个由众多的自我的分子张力所连接而成的社会，或者说是一种对集团或领袖的忠诚表现。集团和领袖削弱了个人，或者充其量使个人的快乐同义务或荣誉彼此对立。这样一种社会是造成悲剧性进退两难处境的无尽的源头，如《哈姆雷特》和《安提戈涅》中主人公所面临的处境。我们在关

---

① 无人之父（Nobodaddy），又译"诺伯爹爹"，布莱克《致无人之父》一诗虚构的神，隐喻圣父上帝。——译注

② 斯温伯恩（A. C. Swinburne，1837—1909），英国诗人、批评家。——译注

③ 豪斯曼（A. E. Housman，1859—1936），英国学者、诗人。——译注

于人类生活的启示概念中找到了三种满足的方式：个人的、性的和社会的。在邪恶的人类世界之中，一极是暴君，他神秘莫测，冷漠无情，而且贪得无厌。一旦他的自我中心膨胀到足以代表其追随者的集体自我的时候，他就会要求对他本人的忠诚。另一极是献祭牺牲者（或 pharmakos[①]），他为了强化他人，自己不得不被杀死。在魔幻性嘲讽作品的最集中的形式中，暴君和牺牲者两极合而为一。对于神圣的国王被杀身死的场面，弗雷泽尽可以用人类学的眼光去看，但在文学批评中却具有悲剧和讽刺的结构，属于魔幻的或未经置换变形的原初形式。

宗教的精神世界也是一种现实，但不同于物质世界。诗歌中的物质世界即现实世界并不是同精神的存在相对立，而是同假想的世界相对立。在第一编中我们曾谈到一个原理：由野蛮进化为文明的中心特征之一，是实际行为变成模拟行为，宗教上郑重其事的仪式行为变为仪式上的表演。网球场和足球场上的模拟性斗争是显而易见的，然而正是由于这个原因，网球和足球运动员表现出一种文明，一种较之以刀剑进行决斗的文明更加优越的文明。由实际行动到模拟表演是生命自由的基本形式，比如自由教育——由行动到想象——这个更高的智能层次便采取了这样的形式。与此相一致，启示世界中的圣餐象征，即动物、植物、人和圣体的隐喻性等同，如果从魔幻性嘲弄的角度看，就有了同类相食的意象。但丁所描写的人间地狱的最后一个场景便是于谷霖（Ugolino）大嚼受害者的脑袋。斯宾塞的最后一个重要的寓意场景写的是西瑞纳（Serena）被剥得精光，摆上了人肉宴席。食人肉的意象不仅包括百般折磨和肢体残缺，而且还包括粉身碎骨，这在手法上叫做“撕碎牺牲者的肢体”（sparagmos）。在关于奥息里斯[②]、俄耳浦斯[③]和彭透斯[④]的神话中便有这类意象。同一类型的意象在民间传说中便是吃人巨怪或妖魔，如写进了文学作品中的独眼巨人波吕斐摩斯[⑤]。从塞埃斯提兹[⑥]的食子之肉到夏洛克的人肉契约这一系列的可怕行为也属于此类意象。这里又一次涉及弗雷泽所描述的历史的原初形式，也就是文学批评中基本的魔幻形式。福楼拜的《萨朗宝》是对魔幻意象的研究，当时被认为是考古学研究，

---

① 拉丁文，意为牺牲品。——译注

② 奥息里斯，参看本书上篇第三篇注。——编注

③ 俄耳浦斯，参看下篇第五篇注。——编注

④ 彭透斯（Pentheus）是希腊神话中的人物，在一次酒神节庆期间被其母误认为是野兽而杀死撕碎。——译注

⑤ 波吕斐摩斯是荷马的《奥德修纪》中的食人巨怪。——译注

⑥ 塞埃斯提兹（Thyestes）是希腊神话中的人物，曾被迫食子之肉。——译注

而今则被证明是带有预言性质的。

魔幻的性关系会转化为一种强烈的破坏性的情欲。它对抗忠贞，或使忠贞的人受挫。通常的象征是妓女、女巫、海妖以及其他诸如此类的迷人的女性。这种欲望的肉体对象，正因人们追求占有之，反倒永远不能占有。魔幻的嘲讽性婚姻，即两个灵魂结合为同一肉体，可以表现为雌雄同体、同性恋和乱伦，以后者最为常见。社会的关系在这里是一种乌合之众的关系，实际上是人类社会在寻求一种作为替代的牺牲者。这些乌合之众往往被等同于不祥的动物形象，如九头蛇、维吉尔的法码女神[①]或斯宾塞笔下的喧嚣的野兽这一形象。

其他世界只需略微提及。动物界被描绘成猛兽或妖怪，通常狼是羊的天敌，还有虎、雕、龙以及不能离开地面的冷血动物——蛇。在《圣经》中，魔幻社会由埃及和巴比伦来表示，其统治者各有相应的妖兽之身：尼布甲尼撒在《但以理书》中化为一头野兽；法老则被以西结称为河中的龙。龙之所以受到特殊的看待，是由于它不仅是巨怪邪物，而且神秘莫测，于是便代表一种自相矛盾的邪恶本性——既作为道德实体，又作为永恒的否定。因而在启示录中，龙被称为“昔日之兽，现已不是兽，然而终究还是兽”。

植物世界是一片不祥之林，如我们在《科玛斯》[②]或《神曲·地狱篇》卷首所看到的；还可以是一片杂草丛生的荒地，这种意象从莎士比亚到哈代一直同悲剧宿命相联系；也可以是一片荒野，如勃朗宁《公子罗兰德》或艾略特的《荒原》中所描绘的那样；要么就是一座邪气横生的园林，如荷马的《奥德修纪》中的女巫喀耳刻所在之处，以及文艺复兴时期塔索和斯宾塞对这种意象的再描绘。在《圣经》中，荒原以其具体的普遍性形式而出现：死亡之树、《创世记》中的禁果之树、《福音》中的无花果树，还有十字架。火刑柱及其上面缚着的蒙面罩的异教徒、黑人和女巫，乃是地狱世界中燃烧着的树和肢体。断头机、绞刑架、手足枷、颈枷、鞭杖、桦条都是或可以看做是火刑柱的变体。叶芝的诗《两棵树》精彩地表达了生命之树同死亡之树的对立。

无机界可能仍然停留在沙漠、岩石、荒野等未经加工的原始形态上。毁灭的

① 法码女神（Fama），参看维吉尔《埃涅阿斯纪》卷 4。——译注

② 《科玛斯》是弥尔顿以希腊神话中宴乐之神科玛斯（Comus）为名于 1634 年所作的牧歌体诗。——译注

城池和可怕的黑夜也属于这一世界。从《圣经》中的通天塔到奥兹曼迪亚斯[①]的宏大建筑，此种伟业的残迹均属这类意象，像刑具、武器、盔甲等异常用途的意象仍可归入这一形态。还有废弃的器具的意象，由于这种器具不能使自然人化，所以既是非自然的又是非人性的。同启示录中的庙宇或单个建筑（One Building）相对应，人间则有监狱、地牢、不见光线的密闭的熔炉，有如但丁所写的"地帝城"。这里还有不祥的几何形的对等物的意象：不祥的螺旋形，如旋涡（有海洋大旋涡、江湖旋流或意大利墨西拿海峡大旋涡）；不祥的十字架；不祥的圆形是象征吉凶的轮子。巨蛇自古以来就被认为是恶魔般的动物，因而把圆环作为巨蛇，我们就有了一幅首尾相接的蛇像（ouroboros）。以赛亚曾预言说经沙漠通向上帝有一条大道，即启示中的坦荡之路；与此相对应，无机界中有曲津迷宫。这是一种迷失方向的意象，中央常有一个怪物，如克里特岛迷宫中央那个吃人的半人半牛怪物。以色列人在沙漠中的那次如入迷津的 40 年流浪，重复发生在耶稣个人经历中的类似的旷野流浪——那时有魔鬼伴随着他（按照马可的说法是"野兽"伴随着他），也都属于迷失方向的意象模式。迷津也可以是一座不祥的树林，如《科玛斯》中所描绘的。《玉石雕像》则在同样的背景中有效地使用了墓穴的意象。若是进一步把这种隐喻压缩的话，迷津当然也可以表现为不祥的怪物体内缠绕一团的肠子。

火的世界是极恶的魔鬼世界。点点鬼火是从阴曹地府中迸出的精灵。在尘世中，火则如前所述表现为对异教徒所加的火刑，或者像所多玛那样焚烧的城池[②]。这类火的意象是同炼狱之火即涤罪之火——如《但以理书》中的烈焰之炉[③]相对的。魔幻的水的世界是死亡之水，常被等同于流淌的鲜血，如耶稣受难的形象和但丁所写的象征性的历史人物形象。更重要的是那"未经探测的遥远的咸海"的意象，它汇集了世上所有河流之水，却为了淡水的循环在启示世界中消失不见了。在《圣经》中海和怪兽的结合化成了海怪的形象，海怪又体现为社会中的巴比伦和埃及的暴君。

---

① 奥兹曼迪亚斯（Ozymandias）即古埃及新王国时期的国王拉美西斯二世，曾大兴土木，建造新都及神庙。——译注

② 所多玛是《圣经》中被上帝降火焚毁的两个罪恶之城中的一个，事见《创世记》第 19 章。——译注

③ 参看《但以理书》第 3 章。——译注

四　原型意义理论之三:类比意象

人们常设想有天堂和地狱这样两个永恒不变的世界,不过诗歌中的大多数意象当然并不都是与这两个极端世界相关的。在文学发展中，启示意象适用于神话模式，魔幻意象适用于晚近的返回神话的阶段的讽刺模式。在其他三种模式中，这两种结构是辩证地起作用的，它们把读者引向文学作品的核心——未置换变形的隐喻的和神话的世界。因此我们设想还存在三种中间形态的意象结构，它们大致相当于传奇模式、高级模拟模式和低级模拟模式。不过，为了把传奇的和“现实主义”的倾向的较为简单的模式保持在本编开头描述的未置换变形的结构之内，我们对高级模拟的意象不拟给予过多的注意。

这三种中间形态的结构已不全然是隐喻性的了,而是更有意蕴的形象群体。它们汇集在一起便构成了所谓的“氛围”——虽然这个词仍有些令人费解。传奇模式提供出一个理想化的世界：在传奇作品中，男主角英勇，女主角美貌，反面人物是十足的恶棍。对日常生活中的挫折、困窘和暧昧之事却很少加以表现。因此可以说，其意象提供了启示世界在人间的某种对应物，我们不妨称之为“天真类比”（analogy of innocence)。这种情形为我们所熟知，倒不是从传奇时代开始的，而是从后来的浪漫化倾向开始的：如文艺复兴时期的《科玛斯》《暴风雨》[①]和《仙后》第三卷；浪漫主义时代布莱克天真的歌及“安静土”[②]意象、济慈的《安狄米恩》和雪莱的《埃培赛奇顿》[③]等。

在天真类比中，神或精灵形象通常是父辈的，如普洛斯彼罗[④]那样具有法术力的老年智者，或者像亚当堕落以前的天使拉菲尔那样友善的守护神。人的形象则突出儿童,因而也就突出了与儿童密切相关的美德和天真无邪状态——贞洁。贞洁在类比意象结构中常常包括童贞。在《科玛斯》中，那位夫人的贞洁像普洛斯彼罗的智慧那样，是同法术相联系的，如同斯宾塞笔下的比托马特（Britomart）

---

①《暴风雨》是莎士比亚晚期的传奇剧。——译注

② “安静土”（Beulah)，原文为希伯来文，典出班扬《天路历程》，指朝圣者待命以渡死河之处。——译注

③《埃培赛奇顿》(Epipsychidion）是雪莱 1821 年所作的长诗名，原文为希腊文，意为“出自我灵魂的灵魂”。——译注

④ 普洛斯彼罗是莎士比亚的《暴风雨》中的主人公。——译注

具有一种不可战胜的贞洁。最易与此发生联想的是年轻女子，如但丁的马德达[1]和莎士比亚的米兰达[2]。不过，男子的贞洁也很重要，如我们在圣杯传奇中所看到的那样，丁尼生笔下的加兰哈德[3]曾说，他自己心灵的纯洁使他拥有了十倍的气力，这正与他所属的那个传奇世界的意象相符合。天真世界中的火往往是一种净化的象征，是只有纯洁无瑕者才可通过的火焰世界，如斯宾塞的布西瑞恩（Busirane）城堡，但丁的炼狱顶端那熔炼之火，还有那使堕落后的亚当夏娃难以接近天堂的冒火的剑。睡美人的故事也应在此提及，其中用荆棘之墙替代了火墙；然而瓦格纳[4]的《女武神》[5]中倒是保留了火，这给舞台布景者们带来麻烦。在燃烧的天体中，月亮最为清冷，因而也最雅洁，对于天真世界尤为重要。

动物界中出现最多的是牧野中的羊群，此外还有传奇里的马群和狗群，均表现出温顺和忠诚的那一方面。独角兽按照传统象征着纯洁和处女的情人，因而也在这里居于荣耀的地位。海豚也是如此，它同阿利翁[6]的关系使它自己成为与吞食异类的海中巨怪截然相对的一种天真的象征。另外，还有一种与众不同的动物——驴子，被认为既通达人性又柔顺谦恭。属于这类意象结构的还有驴子那戏剧性的节庆，简直不亚于幼儿主教[7]就任的庆典。莎士比亚把一颗驴头置于仙境之内，就不像罗宾逊[8]诗中所说的是要别出心裁，而是在沿袭传统——这可追溯到阿普列尤斯[9]笔下那倾听小爱神丘比特同普赛克相恋故事的变了形的路歇斯[10]。鸟类、蝴蝶（这是普赛克的世界，“普赛克”的意思就是蝴蝶）以及具有蝴蝶性质的精灵，如爱丽儿[11]和哈德孙[12]笔下的瑞马[13]，都是另外一些自然化了的

---

① 马德达（Matelda）是但丁《神曲》中的人物，见《炼狱》第 20 章。——译注

② 米兰达是莎士比亚的《暴风雨》中的人物，普洛斯彼罗之女。——译注

③ 加兰哈德是英国诗人丁尼生的组诗《国王歌集》中的人物。——译注

④ 瓦格纳（R. Wagner，1813—1883），德国作曲家、作家。——译注

⑤《女武神》（Die Walküre），原文为德文，是瓦格那的四联歌剧《尼伯龙根指环》的第 2 部。——译注

⑥ 阿利翁（Arion）是希腊来兹波斯岛的诗人和琴师，因遭水手抢劫而被投入海中，相传他的琴声引来了海豚，因此为海豚所救。——译注

⑦ 幼儿主教（Boy Bishop），指按照天主教风俗从教堂唱诗班中选出充任主教的男孩，其任期为三周。——译注

⑧ 罗宾逊（E. A. Robinson，1869—1935），美国诗人。——译注

⑨ 阿普列尤斯（L. Apuleius）是公元 2 世纪的罗马作家。——译注

⑩ 路歇斯（Lucius）是阿普列尤斯的小说《金驴记》中的人物。——译注

⑪ 爱丽儿是莎士比亚传奇剧《暴风雨》中的精灵。——译注

⑫ 哈德孙（W. H. Hudson，1841—1922），英国小说家。——译注

⑬ 瑞马是哈德孙的小说《绿房子》中的小主人公。——译注

人物。

我们知道，天堂上的乐园和生命之树属于启示结构，但是《圣经》和弥尔顿所描写的伊甸园本身则属于天真世界。因此，但丁把乐园恰好置于天堂之下。斯宾塞笔下的阿都尼斯花园——从中又派生出了《科玛斯》中的伴随精灵——与“欢乐之地”①这一主题在中世纪的所有发展是相似的。更有特殊意义的是圣母玛利亚的身体作为“关锁的花园”②这一象征，它来源于《圣经》中的《雅歌》。生命之树在传奇世界中的对应物是能赋予生命的魔杖，还有与此相似的象征，如《汤豪泽》③中能萌发花朵的棍子。

城市对于这个世界的田园的和乡野的精灵来说不大协调,因而住所的主要意象是塔楼、古堡，偶尔还有农舍小屋。水的象征主要表现为清泉、池塘、滋润万物的雨水，时而还有一道溪流把男人和女人隔开，从而保持了他们各自的贞洁，一如但丁笔下的忘川。T. S. 艾略特的组诗《四个四重奏》之一《焚毁的诺顿》中描绘敞开的玫瑰园那一段诗，可以说对天真类比的象征作了简洁而又特别完美的总结。我们还可以比较一下奥登④的《开罗斯和逻各斯》的第 2 节。

天真世界不像启示世界那样充满着生机，也不像尘世那样有过多的死亡。它是一个泛灵世界，其中充满了自然元素的精灵。《科玛斯》中所有的形象，除了夫人和她的弟兄，全是些自然元素的精灵。而爱丽儿和空气之灵、迫克⑤和火之精灵（伯顿⑥曾这样说到火之精灵：“我们通称他为‘迫克’。”）、凯列班⑦和土之精灵之间的联系都是再清楚不过的了。斯宾塞作品中的弗罗里梅尔和马里诺，顾名思义，就是花之精灵和水之精灵⑧，一个是佩耳塞福涅的变体，一个是阿都尼斯的化身。还有如在《科玛斯》和《耶稣诞生颂》中，自然作为神所恩准的一种秩序,其天真的即未经堕落的性质往往表现为天国音乐那无法听到的和谐之声。

正如传奇文学的主导观念是贞洁和魔力,高级模拟文学的主导观念不妨看做是爱和形式。又如传奇文学的意象领域可以称做天真类比，高级模拟文学的意

① “欢乐之地”（Locus amoenus），原文为拉丁文。——译注
② “关锁的花园”（hortus conclusus），原文为拉丁文。——译注
③《汤豪泽》是瓦格纳 1843 年创作的歌剧。——译注
④ 奥登（W. H. Auden，1907—1973），英国诗人。——译注
⑤ 迫克是莎士比亚喜剧《仲夏夜之梦》中的精灵。——译注
⑥ 伯顿（R. Burton，1577—1640），英国哲学家、作家。——译注
⑦ 凯列班是莎士比亚传奇剧《暴风雨》中的野性的奴隶。——译注
⑧ 弗罗里梅尔（Florimell）原意为花，马里诺（Marinel）原意为水。——译注

象领域也可以称做“自然和理性的类比”（analogy of nature and reason）。这里我们看到的是对焦点透视或集中凝视的强调，倾向于把神明世界和精灵世界的人类代表加以理想化，这便是高级模拟的特点之一。神性笼罩了国王，宫廷恋爱的女主角也成了女神，两者之间的爱便是教育和博识的能力，这种能力使凡人升华到神的世界和精灵世界。天使世界的火光闪烁在王冠上和女人的秋波中。动物具有了骄傲的美：苍鹰和雄狮代表忠臣眼中的君王；骏马和猎鹰代表骑士精神或骑马的贵族；孔雀和天鹅是众所瞩目的鸟类；凤凰这种独特的火中之鸟更是诗人乐于运用的形象，在英国尤为伊丽莎白女王所称道。花园类的象征如同传奇文学中的城市，已退居到背景方面去了。这里有的是紧挨在建筑物旁的正规花园，但是那种花园世界的观念仍然是传奇文学的。神仙手中的魔杖一变而为君王手中的王笏，魔树也化为飘动的旗帜。城市总表现为显赫的都城，宫廷位于中央，宫内有一系列由低到高的台阶直达顶端，上面坐着临朝的君王。我们看到，文学的模式越往后发展，来源于实际社会生活条件的诗歌意象也就越多。水的象征集中表现为规则运行的河流。英国的泰晤士河在斯宾塞笔下，在邓汉姆①的新古典主义诗歌中缓缓流过，而华丽的皇室巨船则是这条河最适合的装饰了。

在低级模拟的领域，我们进入了一个可称为“经验类比”（analogy of experience）的世界。这个世界同魔幻世界的对应关系相当于传奇的天真世界同启示世界的对应关系。在这里，除了某些潜在的讽刺意义，除了某些像霍桑的红字、亨利·詹姆斯的金碗和象牙塔这些宗教性的或有特殊意义的象征之外，其他意象均属日常的经验意象。因此，除了对某些可能有用的特殊性质作几句评述之外，无须对这类意象作过多的阐释。低级模拟的主导观念不妨说是发生（genesis）和工作（work）。在低级模拟作品中，神明和精灵的作用已经微乎其微了，在强主题作品②中，它们往往得到精心的改造或作为审美的替代物而出现。《埃瑞洪》③中曾有给未出生者的一席劝告：即便精灵世界是存在的，也应对它置之不理，应该投入眼前的工作中去，以便重新发现这个世界。（这个观点和勃特勒在《生活与习惯》中反复申明的思想显然相近。）在卡莱尔、罗斯金、莫里斯和萧伯纳那里也可以看到这种通过工作重新发现信仰的观点。在诗人中间，即使是鲜明的宗

① 邓汉姆（J. Denham，1615—1669），英国诗人、剧作家。——译注

② “强主题作品”，参看本书上编第十二篇文章的注。——编注

③《埃瑞洪》是 19 世纪英国小说家勃特勒（S. Butler）的讽刺小说。——译注

教诗人，也存在着相似的倾向。从许多方面来看，华兹华斯在听潭寺（Tintern Abbey）中所发现的“运动与精神”同霍普金斯[1]在茶隼中所发现的“骑士”之间的对比简直是无以复加了，不过二者之间仍有共同之点：都倾向于把精神的幻想固定在可以把握的心理经验之中。

当然，低级模拟在描写人类社会方面反映了华兹华斯的下述观点：对于诗人来说，人类的基本处境是共同的、典型的处境。与此相应，传奇文学中不乏把生活理想化了的模仿作品，那是一种扩展到宗教经验和审美经验的模仿作品。关于动物界，托马斯·赫胥黎所提到的人类与猿、虎所共同具有的品性是低级模拟的一个重要的选题。猿始终是模仿性极强的动物，早在进化之前，猿便是人类的特殊的模仿者。如尼采的《查拉图斯特拉如是说》所述，进化的兴起提出了一种相应的类比，即现在的人在将来会成为与人相对的猿。赫胥黎把猿和虎相提并论，唤回了人们这样一种信念：猿和“穴居人”都赋有着丝毫不可改变的野性。显然，为这种信念所能提供的证据似乎不会比为独角兽和凤凰所能提供的证据多。不过，与之相类似的观念毕竟表明了这样一种趋向：从诗的隐喻的适当框架内部去看整个自然史。低级模拟并不是一个充满着动物象征的领域，不过赫胥黎的猿和虎在吉卜林[2]的《丛林故事》[3]中确又出现了。书中的猴子像智人一样在树上喋喋不休，而人作为动物所学习的却是树下丛林的豹子那可怕的掠夺智慧。

在低级模拟中，花园意象让位于农田，荷锄的或者割荆豆的农夫的繁重劳动在哈代笔下代表着人类本身的形象——“受轻视且能忍耐”。城市意象当然扩展为迷宫般的现代化大都市，而在情感方面主要强调的是孤独感和缺少交际。正如天真世界中水的象征大都是泉源和溪流，低级模拟意象所突出的则是康拉德的“破坏性要素”——海。海上通常有人化的怪兽（humanized leviathan）或浮舟，其规模大至哈代笔下的泰坦尼克号巨轮，小到雪莱喜欢运用的形象——容易倾覆的敞篷船，该形象在文学中的反讽意味十分少见。《白鲸》把我们带回到海中怪兽更为传统的形态。H. G. 威尔斯[4]的《托诺－邦盖》末尾处出现的驱逐

[1] 霍普金斯（G. M. Hopkins，1844—1889），英国诗人。——译注

[2] 吉卜林（R. Kipling，1865—1936），英国小说家、诗人。——译注

[3] 《丛林故事》是吉卜林于 1894 年所写的作品，描绘自然界和动物的心理，力图说明生活就是掠夺，每一种生物都须为自身的生存而斗争，因而需要毅力和体力。——译注

[4] 威尔斯（H. G. Wells，1866—1946），英国作家，《托诺－邦盖》是他 1909 年写的小说。——译注

舰是值得注意的，这一看就可知道是出自对宗教神秘象征不大感兴趣的低级模拟作者的手笔。火的象征常常具有讽刺性和破坏性，如《波音敦的珍藏品》[①]结尾时的大火。即使在工业时代，为人类盗得天火的普罗米修斯也未尝不是诗人们最喜欢的神话形象之一。

天真意象、经验意象同启示意象、魔幻意象之间的关系表明了置换变形的一个方面，即朝向道德的置换变形。对此，我们到现在为止还很少涉及。这两种辩证的结构从根本上来说是合乎愿望的结构和不合愿望的结构。拷问刑架和地牢之所以属于不祥的物象，并不是由于它们在道德上是禁止的，而是由于不可能使它们成为愿望的对象。另一方面，性欲满足即使会受到道德谴责，却是合乎欲望的。人类的文明倾向于使合乎欲望的行为与合乎道德的行为相吻合。初学比较神话学的人出于对原始或古代的盲目推崇，有时表现出某种不可遏止的向往神话时代的倾向，这便使他意识到所有的高级宗教是怎样把启示的物象完全限制在道德上可以接受的范围以内。犹太神话、希腊神话和其他民族的神话发展背后显然有大量的删改。或者用维多利亚时代的神话学习者们惯用的说法，这是日益增长的道德完善使那些可憎而荒唐的野蛮行为得到了纯化。埃及神话体系一开始便讲到有一个神用手淫创造了世界，这原是一个象征着主神（de Deo）创造过程的极符合逻辑的表现方式，但在荷马史诗中就不能指望再看到了，更不用说《旧约》了。只要按照宗教向道德方向发展，宗教原型和诗歌原型就会十分切近，这种情形恰好可以在但丁笔下看到。在这样的影响之下，启示中有关性的意象就倾向于变成婚姻的意象或处女的意象，而乱伦、通奸和同性恋之类的意象就走向了魔幻一边。这种宗教与诗歌在一个共同的道德框架内和睦相处的结果，便使得艺术获得了一种品质——亚里士多德称之为“spoudaios”（严肃的），马修·阿诺德把这个词译为“高度庄重”。

然而诗歌不断地倾向于恢复其自身的平衡，返回欲望的模式，背离传统模式和道德模式。诗歌常通过讽刺实现这种平衡，这种讽刺性的文体与“高度庄重”相去甚远，但也未必总是如此。道德和欲望有着多方面的重要联系，但道德又毕竟不同于欲望。道德常常同经验、必然性相妥协，而欲望则倾向于背离必然。不难理解，文学照例比道德要具有更多的灵活性。在道德和宗教上称为下流、淫秽、败坏、卑劣、亵渎等内容在文学中则有其根本性的地位，不过这些内容往往是通过天才的置换变形手法而获得其自身的表现的。

① 《波音敦的珍藏品》是美国小说家亨利·詹姆斯于1897年所写的长篇小说。——译注

最简单的置换技巧是我们称为“魔幻变调”（demonic modulation）的那种现象，即把原型的惯常的道德联系故意颠倒过来。实际上，每一种象征都主要是从具体的前后联系中获得意义的：龙在中世纪传奇中是不祥之物，而在中国传说中却是友善的；岛屿则有普洛斯彼罗之岛和女巫喀耳刻之岛[①]的不同。不过，由于文学中有大量为人所熟知的传统象征，某些派生出的联想关系也就成了习以为常的了：在西方文学范围内，蛇由于在伊甸园故事中扮演的角色，通常被归入不祥的形象一类；而雪莱则出于对革命的同情，在《伊斯兰的起义》中把蛇写成是纯洁无罪的。一个自由平等的社会反倒可以用强盗、海盗或者吉卜赛人来象征。纯真的爱情也可以像多数三角关系类喜剧中那样用通奸对婚姻的胜利来象征；或者用同性的恋情（如果像维吉尔《牧歌》第2首中所赞美的那样是真正的爱的话）来象征；还可以像许多浪漫作品那样用乱伦来象征。在19世纪，随着魔幻神话的来临，这种逆反的象征被纳入“浪漫主义的骚动”的一切模式中，主要表现为虐待狂，普罗米修斯式的反叛和恶魔崇拜——后者在有些“颓废派”的笔下似乎具备了迷信的一切缺陷，而无宗教的丝毫优点。不过，恶魔崇拜也不是一成不变地向登峰造极发展。比如说哈克贝利·芬[②]，就赢得了广泛的同情与赞赏——他宁愿与他那被追捕的朋友为伍而下地狱，也不愿去白人奴隶主的神的天堂。另一方面，传统的魔幻意象也可以作为救赎运动的出发点，如《天路历程》中的毁灭之城。在救赎的背景联系之中，炼金术的象征也采用了首尾衔接的环形蛇像、阴阳人以及传统的传奇式的龙。

启示的象征，展示了无限的欲望领域：人的情欲和野心或者投射到诸神身上，或者变相地表现在诸神身上，或者干脆与诸神等同。天真类比的艺术包括大多数喜剧的（就其大团圆结局而言）、田园牧歌的、传奇的、虔敬的、颂神的、理想化的、魔法的作品，它们大都同那种用人性的、熟悉的、容易找到的、为道德所允许的语言来表现欲望的要求有关。魔幻世界与经验类比的关系也大抵如此。比如说，悲剧是那种确实发生了而又必须加以承认和接受的事情的幻象。就这个意义而言，悲剧是那些难以忍受的愤恨——认为人性本能地反对一切通向欲望的道路上的障碍的一种道德的和似乎合理的置换变形。无论我们认为雅典娜[③]在索福克勒斯的《埃阿斯》一剧中是多么邪恶，这出悲剧显然表明，我们

① 分别参看莎士比亚的《暴风雨》和荷马的《奥德修纪》。——译注

② 美国小说家马克·吐温的小说《哈克贝利·芬历险记》中的小主人公。——译注

③ 雅典娜是希腊神话中的智慧女神。——译注

必须承认她所拥有的力量，甚至是在我们的思想中的力量。一个认为希腊神话只不过是一群魔鬼的故事的基督教徒，如果他批评索福克勒斯的一出悲剧的话，显然不会对它作出置换变形的解释，而是作出魔幻的解释。这样一种解释会说出索福克勒斯并不想说的一切，但是对于潜在的即底层的魔幻结构，这倒可能是一种明智的批评。对于基督教诗歌中关于上帝正义惩罚的许多诗来说，上述解释也同样是适宜的，这类诗的魔幻内容常常是一个愤恨的父亲形象。在指出某些文学作品的潜在的启示模式或魔幻模式的时候，我们不能错误地设想说，这种潜在内容是“真实的”内容，只是被不讲实话的检察官伪善地掩饰了起来。应该说，这只不过是与全面的批评分析相关的因素之一，而这个因素往往可以把一部文学作品从单纯的历史范畴中提升出来。

五　叙述理论：导言

一首诗的意义，它的意象结构，是一种静止模式。再借用音乐类比的术语来说，我们已归纳出的五种意义结构乃是构成作品的基调，它们最终可以转换，不过叙述本身也关系到从一种结构到另一种结构的运动。这种转换运动的主要领域显然须有三个中间阶段。作为纯粹隐喻的同一性的结构，启示世界和魔幻世界表明了某种永恒不变的特性，它们分别被构想为天堂和地狱的存在，这真是再合适不过了，那里只有永续的生命而没有生命的“过程”。天真类比和经验类比体现了神话对自然的适应：对于人类幻想的最终目标，它们给我们的不是城市和花园，而是建筑和种植的过程。过程的基本形式是循环运动：盛与衰、劳与逸、生与死的交替发生都是过程本身的韵律。这样，我们的七个意象范畴亦不妨看做是循环运动的不同形态。它们是：

（一）神明世界中核心的过程或运动是某一个神的死亡与复活，消失与回返，隐退与重现。神的这种运动不是被看成一种或数种自然界的循环过程，就是由此而联想到自然界的循环过程。这个神可以是太阳神，夜晚死去而黎明重生，或是在每年的冬至重生一次。这个神也可以是植物神，秋天枯萎而死，春来又重新复生。或者（如佛的出生故事那样）是一个能够化身的神，随着人或动物的生命循环过程而不断地重新托生。由于神按其本性来说几乎是长生不死的，所以，将死的神在同一人格中重生便是所有同类神话的规律特征。因而这种神话的或抽象的循环结构原则便是：由生到死的个体生命在由死到生的持续发展中得到延伸。同一个个体的死与复活的这种同一性重生模式照例和其他所有循环模式是相同的。其相同的程度，由于东方文化中广泛信仰托生转世的教义，所以要比在西方文化中更高。

（二）天体中的发光世界为我们提供了三种重要的循环节奏。最明显的是太阳神每日经天一次，常常被认为是一只巨舟或一辆马车飘然而过，其后经历一段神秘的冥界的旅行——这种冥界有时被想象为吃人巨怪的大肚子——接着太阳神又回到了它所升起的地方。在基督教文学中，太阳每年自冬至到夏至的循环运行显现为上述象征的一种扩展了的形式。这里更加强调受黑暗势力威胁的新生的光明这一主题。月亮的循环，不论在史前作用如何，在文明时代的西方文学中总的来说并不特别重要。不过由残月到“隐月”再到新月这一严格的接续过程，却也构成了复活节象征系统中的死亡、消失和复活这样的三日节奏的基础。这显然又是一种准确的类比。

（三）人类世界处在精灵世界与动物世界之间，并在其循环节奏中反映出这两重性质。与太阳的昼夜循环极为相似的是想象出的醒觉生命与梦幻生命的循环。正是这种循环构成了前面所述作为对立面的经验想象与天真想象的基础。这是由于人生节奏与太阳运行的节奏恰恰相反：太阳沉睡之际，正是强大的里比多[①]苏醒之时，白昼的光明则往往是欲望的黑暗时期。再者，人类和动物一样，也表现出通常的生与死的循环往复，然而在这种循环中实际只有类的延续而无个体的重生。

（四）在文学中如同在生活中一样，即便是家畜也很少有这样的幸运：平安无事地过活一世，直到那“永别的时刻”[②]来临。其例外者如奥德修斯的狗倒是适合于 nostos（回返）主题，即完全闭合的循环运动。动物的生命[③]同人的生命一样都受制于自然法则，不过动物生命的那种悲剧性过程意味着更加频繁的意外、祭献、暴行，或者无情地斩断某种压倒一切的需要。在悲剧性的一幕结束之后，延续下来的只能是生命以外的东西了。

（五）植物世界无疑给我们提供了一年一度的四季交替，这也常常被等同于或表现为一个神的形象。他在秋季随着庄稼的收获和酒的酿成而被杀死，在冬

① 里比多（Libido），精神分析学术语，指人的本能欲望或生命力，尤其特指性欲。——译注

② “永别的时刻”（nunc dimittis），原文为拉丁文，语出《路加福音》第 2 章第 29 节。——译注

③ 动物的生命：标志动物象征与循环相位的关系的，与其说是动物的寿命，不如说是动物的类别。因而，我们可以指望在传奇文学中看到鹿，而在《荒原》中看到鼠。——原注

季消失掉，到了春天则又复活。这个神的形象可以是男性的（阿都尼斯），也可以是女性的（佩耳塞福涅），不过其象征结构有所不同。

（六）一般说来，诗人像批评家一样，一直是斯宾格勒[①]哲学的信奉者，因为在诗歌中如同在斯宾格勒观点中那样，文明社会的生命常常等同于有机物的循环过程：生长，成熟，衰落，死亡，以及以另一个体形式的再生。诗歌的主题包括：昔日的黄金时代或英雄时代，未来的太平盛世，社会生活中的宿命之轮，怀古幽思[②]的咏叹，面对废墟陈迹的冥想，追念已经逝去的田园生活的淳朴，对于一个帝国的崩溃所表现出的悔恨或狂喜。

（七）水的象征同样有其循环性，由雨水到泉水，由泉水、溪水再到江河之水，由江河之水到海水或冬雪。如此往复不已。

上述循环象征通常分为四个阶段，一年四季的划分预示了一日四个时辰的区别（早晨、中午、傍晚和夜间），水的四步循环（雨、泉、河、海或雪），人生的四个阶段（青年、成年、老年、死亡）等等。济慈的《恩底弥翁》中有着大量的第一、第二循环阶段的象征；《荒原》中有着许多第三、第四循环阶段（在此还应加上西方文化的四个阶段：中世纪、文艺复兴、18 世纪与当代）的象征。我们还可以看到，空气并无循环，风儿任意地吹[③]，有关“精灵”运动的意象往往同某种不可预料性或突发危机的主题相联系。

在研究涉及面极广的诗作如《神曲》或《失乐园》时，我们发现不得不懂得许多宇宙论方面的知识。宇宙论在当时显然被视为正确无误的科学—— 一种能把各种相应知识组成系统的图式。它为我们提供了一种并不怎么有效的历法以及诸如“迟钝型”、“活泼型”之类的词语之后，作为一门科学已不复存在。还有一些诗，如《紫色岛》[④]《植物之恋》[⑤]《保持健康的艺术》[⑥]，仍然包含着今日

---

① 斯宾格勒（Oswald Spengler，1880—1936，又译施本格勒），德国现代哲学家。主要著作为《西方国家的没落》（*Der Untergang des Abend Landes*，1918—1922），英译本名为《西方的没落》（*The Decline of the West*，1926—1929）。该书提出：任何一种文明都要经历发生、成长、衰落、死亡的必然过程；欧洲文明已经走向衰落。——译注

② 怀古幽思（ubi sunt），原文为拉丁文，本义为“悠悠古人今何在”。——译注

③ 此语出自《约翰福音》第 3 章第 8 节：“风儿任意地吹，你听见风的声响，却不知从哪里来，往哪里去。”——译注

④《紫色岛》是英国诗人弗雷彻（P. Fletcher，1582—1650）的诗。——译注

⑤《植物之恋》是英国医生、发明家艾拉莫斯·达尔文（E. Darwin，1731—1802）的作品。——译注

⑥《保持健康的艺术》是苏格兰医生、诗人阿姆斯特朗（J. Armstrong，1709—1779）的作品。——译注

仅仅作为猎奇对象的陈旧学科。文学批评家诚然不能忽视这类作品的存在给诗带来的累赘，但也应看到，这门见诸诗中的科学仍然保持着科学上的描写性结构，结果等于为诗歌强加了一种非诗歌的形式。写诗要成功当然需要丰富的技巧，但那些最为这些主题所吸引的多半是缺乏技巧的诗人。但丁和弥尔顿无疑比达尔文和弗雷泽更长于诗，然而也不妨更有效地说，正是由于诗人更富于直觉和判断力，才使得他们去把握有别于科学的即描写性的宇宙论主题。

宇宙论的形式与诗歌形式显然更为接近，这一说法本身就意味着均衡的宇宙论可能是神话的一个分支。果真如此，宇宙论就可以像神话那样成为诗的一种结构原理；而就科学本身而言，正如培根所看到的，均衡的宇宙论确实已成了剧场中的玩偶。那么，整个伪科学世界——三种情绪、四种体液、五大要素、七大行星、九重天宇、十二黄道带——无论在事实上还是在实践中都属于文学意象的基本纲目。人们早就注意到，比起哥白尼的地动说，托勒密的天动说提供了一个更好的象征框架，提供了象征所需的一切实体、联想物和对应物。或许它不是“提供了”而是本身就“是”一种象征构架，恰如希腊神话只有当其神谕不复存在之后才可成为纯粹的诗性的东西。同一原则还可解释 18、19 世纪的一种倾向——诗人们被吸引到各种相应学科所构建的玄妙体系中去，被吸引到像叶芝的《幻景》和爱伦·坡的《我找到了》之类的构想中去。

上有天堂，下有地狱，天地之间是宇宙循环或自然秩序。这些观念为但丁和弥尔顿提供了创作的整体构思，他们只是在细节方面作了一些必要的变动而已。同一构思还体现在绘画作品《最后的审判》[①]中：画面右侧是得救升天，左侧则是受罚入地狱，两者在旋转运动。我们可以把这个结构用于我们的原则：文学中存在着两种基本的叙述运动——在自然秩序之内的循环运动和由自然秩序上升到启示世界的辩证运动（朝向魔幻世界的下行运动是很少见的，因为自然秩序内的循环运动本身就是魔幻性的）。

自然循环的上一半是传奇和天真类比的世界，下一半是“现实主义”和经验类比的世界。由此可以得出四种主要的神话运动类型：传奇中的上下运动和经验中的上下运动。向下是悲剧型运动：命运之轮由天真滚落到判断失误，再由判断失误滚落到大灾难。向上是喜剧型运动：从可怕的混乱上升到大团圆，通向那一般认为是非常遥远的天真境界，此后人人都生活幸福。在但丁那里，上

① 《最后的审判》是意大利文艺复兴时期画家米开朗基罗的名画。——译注

升运动是通过炼狱而完成的。

至此，我们已回答了一个问题：是否存在比一般的文学体裁更为广泛，而且在逻辑上先于体裁的文学叙述范畴？这种范畴有下面四个：传奇的、悲剧的、喜剧的、反讽或嘲弄的。假如我们考察这些术语的一般意义，也会得出同样的结论。悲剧和喜剧原是两种戏剧的名称，但我们也可以用这两个术语来描述文学虚构的一般特性，而不管其文学体裁的意义。若是坚持认为喜剧只能指某种在舞台上演出的戏剧，绝不能用来说明乔叟或简·奥斯丁，那是不明智的。乔叟笔下的修道士就曾给悲剧下过定义，照此来看，乔叟本人未必就不能给喜剧下个定义，而且会是一种更为广泛的喜剧定义。如果有人说我们要读的是悲剧性或喜剧性的作品，那么我们所期待的将是某种结构和情感，而未必是某种文体。传奇这个词也是这样，反讽和嘲弄亦可作如是观。正像人们普遍承认的那样，反讽和嘲弄是经验文学的要素，我们在此用来替代“现实主义”一词。这样，我们就有了四种文学叙述的先决要素，我愿把它们叫做“叙述程式”（mythoi）或类属情节（generic plots）。

如果回想一下我们对这几类“叙述程式”的体验，就不难意识到它们分为相反的两对。悲剧和喜剧彼此对立而不是彼此融合，传奇和反讽也是如此，它们分别代表着理想的和现实的两端。另一方面，喜剧在一个极端上不知不觉地化为嘲弄，在另一个极端上又化为传奇。传奇既可是喜剧的又可是悲剧的，悲剧的传奇则会超越传奇的界限而通向严酷的讽刺的现实主义。

王宏印　叶舒宪　译

原型性的象征

［美］P. E. 威尔赖特

本文译自《隐喻和真实》（*Metaphor and Reality*）一书第 6 章，美国印第安纳大学出版社 1962 年版，第 111—128 页。作者威尔赖特（Philip Wheelwright，1901—1970）是美国哲学家、文学理论家，1921 年毕业于普林斯顿大学，先后任教于普林斯顿、耶鲁、纽约等大学。主要著作有：《伦理学批判导论》（*A Critical Introduction to Ethics*，1950），《哲学之路》（*The Way of Philosophy*，1954），《燃烧的源泉》（*The Burning Fountain*，1954），《赫拉克利特》（*Heraclitus*，1959），《隐喻和真实》（1962）。威尔赖特受德国哲学家卡西尔（Ernst Cassirer）的象征形式哲学影响，注重从语言和哲学角度研讨隐喻、象征和原型等现象，其《燃烧的源泉》和《隐喻和真实》都被视为原型批评的重要著作。在《隐喻和真实》第 5 章"从隐喻到象征"（即本选文的前一章）中，威尔赖特把象征描述为五个等级，第五级为原型性象征，又称原型，它是对于人类或至少对大部分人来说具有同等的或类似意义的象征。这里所选便是作者专门论述原型性象征的一章。文中引用了世界各民族大量的文学和文化实例，力图通过几个最基本的原型现象，揭示出原型的普遍性及其认识意义，并说明原型产生的心理学和语言学根源。

象征的第五等级即原型是由那种对人类的广大部分，如果不是全部的话，都具有同样的或非常近似的意义的象征所构成的。我们常常看到这样的事实，某些象征，诸如天父、地母、光、血、上下、轮轴等等，反反复复地重现在许多彼此之间在时间和空间上相隔得非常远的文化中，在它们中间不可能有任何历史的影响和因果联系。为什么会发生这样的并无联系的重复呢？在许多情况下，原因并不难找到。不论人类的各个社会之间以及他们的思维方式和反应方式之间有多么大的差异，在人们的身体方面和心理结构方面毕竟具有一定的本质的相似性。从身体方面来看，所有的人都得服从万有引力定律，由于这个原因，“上”（up）显然是比“下”（down）更难趋近的运动方向了。由此自然产生了下面一些联系。向上的观念同成就的观念联系了起来，而许多涉及高或上升的意象便同美德、王权和命令的观念联系了起来。这样，每个人都会十分自然地说“努力向上”，而不是“努力向下”。国王“君临”他的臣民，而不是“仰视”他们。我们说“克服”（surmount）困难，“战胜”（triumph over）诱惑，而不是“俯就”它们。各种不同的意象在经验中与“上”的观念相联系，比如飞鸟、射向空中的箭、星星、山峰、石柱、高塔、生长的树，关于某种有待于达到的地位或目的，希望得到的东西，而且在某种意义上还有“善”。“下”这个词有两种主要的语境，其中的一种意指与“上”相反的观念。我们“堕落”到恶习中或“衰落”到破产的境地，而不是“登上”恶习或破产的地步。在宗教的象征系统中，“深渊”的意象及其附带着的突然跌下的意思在人们对摔落和突然失去支撑物的深层恐惧（这种恐惧在婴儿那里表现为可经验的现象）中得到了强化。因此，下降很容易同虚空、混沌的观念联系在一起。在更大规模的象征表现中——例如那些在宗教方面和戏剧方面对人的影响最有效果的象征表现——“上”和“下”并不是孤立存在的，而是同其他一些相关的观念或意象相联系着的，尤为显著的是，同神的智慧的强烈光辉以及同痛苦、损失、惩罚的可怕的混沌般黑暗相联系。

不过，与下降相联系的还有第二种象征意义——它在日常口语中留下了更多的痕迹，在神话诗的思维中起着大得多的作用，因为“下”指向大地的广阔胸膛，所有有生命的存在物的根本的母亲和养育人。上与下的对立一旦采取了更为具体的天—地关系的形式，就已经自然走向了人格化，并因而倾向于变成那种我将在下一章中定义为“神话因子”（mythoid）的东西。

原型性象征“血”具有一种不寻常的紧张感和自身矛盾的性质。它的完整的语义范围既包含着善的因素又包含着恶的因素，前者一目了然，但后者相对含糊，其预兆性就更为含糊了。可以理解为，从其积极的方面来看，血暗示着生命，并进而暗示着各种形式的活力，包括膂力和遗传的高贵血统。也可以理解为，从已知最早的时代起，人们就用红颜色来给物体增强巫术性。然而，在大多数社会中，血还有一种更突出的预兆意义，它涉及某种禁忌，即某种须在特定的场合加以仪礼性处理的东西，不允许随意地加以处置。对于血的禁忌特征已有人提出了各种各样的解释。最明显的理由在于，过多地流血将导致死亡，血成了（不论是否明说出来）一种死的象征。血还同处女贞洁的丧失相联系，同女性的月经相联系。所有这些方面的事件在更为原始的民族中都有某种禁忌的性质。再有，按照一种自然而然的逻辑，血还同由于违背了誓约而遭受的可怕刑罚相联系，因为当两个或两个以上的团体在立约中发出誓言时，它们彼此之间常发生血缘混合，这样便成为象征性的兄弟关系了，按照坚定的兄弟忠诚的信念所建立的关系使誓约具有牢不可破的性质。因此，任何违约行为都是对共同的血的玷污。

由于血和死亡与诞生的时刻相联系，和青春期、结婚时的身体方面，战争，以及部落生活中更为普遍的观念如健壮、膂力等相联系，所以它就非常接近凡·吉奈普（Van Gennep）称为“生命仪式”（rites de passage）[①]的那种原始观念和仪式的共同范围。按照凡·吉奈普所证明了的理论，部落和个人生活中的每一件大事（在某一时期这两个方面是难以截然划分开的）都被认为是从某一种存在状态向另一种存在状态的转化，在某些方面就好像同时发生的死亡与再生。这种转变性的事件在部落的经验中须加以仪式性的对待，这种仪式则既是巫术性的，又是模仿性的，因为它一方面对事件给以促进，帮助它圆满地完成；另一方面又以人的方式——通过舞蹈、歌唱和制作偶像——来重新表现出该事件的内在性质。当然，在原始水平上，巫术和模仿是不能实际分开的，但正是后一个方面而不是前一个方面对于理解象征来说具有直接的重要性。

无疑的是，与转变性活动相联系的形象和人工制品是极为多样的，但在这些差异之中常常可以发现功能方面的一致性。吸烟斗、男性生殖器和耕地似乎是三个极为不同的意象观念；但是其中的每一个都由于自身的原因势必成为主要的转变性活动的一种象征性媒介。在北美印第安人中间，吸烟斗非常普及，这一行动同时意味着从和平转入战争以及从战争转入和平，意味着从生到死和从死到生（在生育的场合），意味着从疾病转入健康，从干晴转为下雨，从播种到收获。男性生殖器，除了是一个比吸烟斗更具有普遍性的象征以外，事实上也可以参加到同一个意义的行列中来。它同血、力量、生殖和死亡的联系无须详述。它同植物的发育、谷物的生长的联系由于一种极为普遍的经验现象——在性交与耕田、播种的双重活动之间显而易见的类似关系——而得到了强化。马

① 安诺德·凡·吉奈普：《生命仪式》英译本，芝加哥大学出版社 1960 年版。——原注

克斯·缪勒[①]曾追溯了"arable"（可耕种的）中的"ar"同"eros"（性本能）中的"er"之间的语言学方面的联系，并把它作为一个实例来说明远古的自然的隐喻是怎样出现在语言中，而且随后又凝固在词汇里的。在古老的文学中有时也可以看到一些零散的然而也是确实的证据。在索福克勒斯的《安提戈涅》中，克瑞翁宣布他的儿子海蒙不能和被定了罪的安提戈涅结婚时，说了一句嘲讽的话：

还有其他的土地可以让他去耕种。

早在比这更早一千年的古埃及，智者普塔赫契普（Ptah-Hotep）就曾为丈夫们提出过他那著名的教训：

要忠心对待你的妻子。她是一块多产的土地，等待着主人去耕耘。

在所有的原型性象征中，也许没有一个会比作为某些心理和精神品质象征的"光"更为普及，更易为人所理解的了。甚至在我们的有关精神现象的日常流行语汇中，仍然有许多由早先关于光的隐喻所产生的词和词组：阐明、启发、澄清、说明、明白等等。这些词语大体上都已不再作为积极的隐喻而发挥功能了，它们都失去张力感（tensive）的特性，成了纯粹的日常用语。不过，或许像"照亮"（throw light on）这样一些明白的措辞，对于那些有意的使用者来说仍然内含一些隐喻的生命。

已知的有关"光"的象征的最早的实例，发现于公元前3000年末期的古代美索不达米亚城市西帕尔（Sippar）。在底格里斯河和幼发拉底河之间的肥沃平原地带，曾有过留下文字记载的、40至45个世纪以前的最古老的学校。渴望学到知识的青年人从整个美索不达米亚地区，而且还可能从遥远的其他地区，聚集到这里来。考古发掘表明，他们当年坐在一些没有靠背的粗糙石凳上；从现有的关于该文化的史料中可以推知，他们的学业主要包括楔形文字的刻写艺术，包含巫术在内的医术，尚未从星相学中分离出来的天文学，附属于他们那复杂的、常常是含混不清的众神谱系的神话和神学的知识。第二次世界大战前不久，牛津的考古远征队发掘出一块被埋没的碑石，上面的古老文字尚依稀可辨。据判断，这块碑石原来是作为该学校正门的门楣用的。每当学生们走进那座建筑物的入口处，便会看到迎接他们的如下字句：

凡安坐于此学习者，将发光如太阳。

光有三种特殊性质，按照类比，它们自然地意味着心灵和精神方面的某些重

---

① 马克斯·缪勒（Max Müller），19世纪德国语言学家，比较神话学的创始人。——译注

要品质，因此，光的类比很容易地在人们心中成了象征。第一种也是最明显的一种便是，光产生出了可见性，它使在黑暗中消失、隐匿的东西显现出清晰的形状。经过一种自然的、容易的隐喻转换，我们可以从物理世界中这种光的可见的活动——呈现出空间的界限和形状,转到另一种心灵的活动——使观念的界限和形态显现为清晰的智力状态。于是，光便自然地变成了心理状态的一种符号，也就是说，变成了心灵在其最清晰状态时的一种标记。

然而，在神话诗的时代，光并不是一种独立存在的视觉实体。现代的家庭设备已经如此有效地使我们把光和热区分开来，以至我们几乎忘记了在遥远的古代，这两种现象是怎样自然地联结在一起的，忘记了原始人是怎样自然地将它们视为一个单独实体的自身表现的两个方面的。就是在一个寒冷的冬天的日子里，太阳也会被体会为某一个人（神）的活力。在那些把光作为一种智慧澄明状态的象征的背景下，也会产生某些有关火的隐喻性内涵。在象征系统的历史中，一个重要的含义便是从火的灼热力量之中引申出来的。因为燃烧发光的火给身体带来温暖，所以，智慧之光也就不仅仅指引着心灵和精神，而且也激发着心灵和精神了。在早先的时代中所理解的智慧之光的概念很容易包含着热情激昂的意思，这并不是对原有意义的随意增加，因为热情本来就是光的一个不可分割的属性。

光的第三种特征体现在物质的火中，火总能激发人们的想象，并拒绝人们的理性的解释。这是由于火具有一种特殊的力：它看起来能自然地发生，又会迅速地蔓延。从最早的时候起，人们便惊惧地看到，火常常可以突然地燃烧起来，并以相当快的速度增加其热量和光度。后来人们学会了控制火，能够从一个火把到另一个火把，从这个火堆到那个火堆使火蔓延增大。这一点又象征性地同人类心灵的特征联系起来，即心灵能够经过迅速的传授用它的光和热——智慧和热情去点燃别的心灵。

与光的这三种主要特征一起，形成了其象征意义的物质基础的，还有一个相关的重要特性。火在古代被广泛地（虽然不是普遍地）同“上”的观念相联系。火看起来好像要往上蹿，更重要的是，地上的火和光的终极来源都是每天运行在明亮的天空中的太阳。“上”的象征性含义，如前所述，主要是善的方面，因而火也常常在同向上的观念联系时具有善的含义。在一般的神话中，光明之神或者在一神教的发展中的光之上帝都居住在明亮的天界，或者在日光照耀的神圣高山上。在下则有地母的黑暗的子宫。她虽然在象征意义上与天相对，但在

神猴哈奴曼与七星火轮，摄于泰国普吉岛梦幻剧场

价值上却并不是对立的。因为地母的自然内涵不光包括死尸和鬼魅，也包括新生命的潜在可能性及助力。从神话方面来看，任何一种象征的实际对立面往往很不同于从逻辑方面来看的对立。

由此可以进一步理解，为什么古代的光明之神，如琐罗亚斯德教的伊朗神阿胡拉·马兹达，火神如印度吠陀教的阿耆尼，以及一般居住在光天之“上”的神灵们，常常被描绘或称呼为知识的拥有者和源泉，特别是道德方面的知识。阿胡拉·马兹达不仅是强有力的主（阿胡拉）和光芒（马兹达），还是智慧神，如在《阿维斯塔经注》（*Zend Avesta*）的许多诗篇中所证实的。阿耆尼，“他的财富是光”，他还是特别同家庭的神圣炉火相关联的神，在《梨俱吠陀》中往往被称为“智者”和“哲人”。在不同的古代宗教中还可找到许多其他类似的例证，而且同一态度在不同程度上一直影响到现今的宗教词汇。不过，最好还是不要作轻率的判断，应该注意到，虽然作为一般规律，光明之神确实也倾向于成为知识之神，但这种趋向受到关于诸神的神话的发展方式的限制和修正。这样，在印度吠陀时代的光天之神特尤斯看来并不成为心灵和精神品质的代表，而周天之神，尤其为夜天之神的伐楼那却实际获得了这种品质。伐楼那的道德智慧，他那透视罪人内心的本领，可以从下列事实中略窥一斑：他的崇拜者们可以在夜晚望见他正以他那只火眼看穿黑暗的天空。

另一种获得了象征性意义的光的特性在于过强的光会导致目盲的后果，特别是对弱视者。这样光也就同黑暗发生了联系。在亨利·丰恩[①]的诗中，永恒虽然“像一只纯粹而无尽的大光环”，但诗人却把与神相会的神秘境界表现为“一种深沉而令人昏眩的黑暗”。这种强光造成黑暗的主题也运用在《圣经》中。《旧

① 亨利·丰恩（Henry Vaughan），17 世纪英国诗人。——译注

约·诗篇》的作者虽然称上帝为“像用袍子一样用光”覆盖着人的神，但也将他描绘为“使其圣位变成黑暗”的神。这种对立的观念在保罗写给提摩太的书函的一段话中得到了逻辑上的调合，保罗在那里把上帝写成“住在人不能接近的光中，没有人见过他，也没有人能看见他”[①]。光，对于那些不能看到它的人来说，自然是黑暗了。

在世界上的许多宗教中，有一个虽然没有神圣的含义却经常出现的主题，即光明与黑暗是整个世界不分离的、相互补充的组成部分。在瓦哈卡[②]博物馆中有一个著名的古老的萨波特克[③]奖牌，它被发现于蒙特阿本（Monte Alban）的一个坟墓中。奖牌呈现为一个小圆盘状，半金半银，用精巧的直刻线分为两个半圆。中国传统的阴阳符号也涉及将一圆形划分为两个等份，但分割线却是S形的，其暗指的对偶具有一些混合的含义，其中主要的对偶可以用我们的语言表示为反义词：明暗、雌雄、生死、知与不知。平原印第安人中和平的烟斗也可以是战争烟斗，这要取决于在仪式上使用烟斗的场合，因为喷出的烟在形象上相似于云朵，因而意指下雨，进而又意指植物的生长乃至富足的日子；烟云也能暗示遮蔽太阳的阴云，因而意指战争的可怕威胁。这样一些对立因素彼此之间明显是类似的，在象征系统的一般历史中，光明和黑暗的对偶足以成为其他对偶的一个自然象征的代表。

光的意象于是就格外适合于充当代表心灵状态的主要的意指性象征了：光是语义的媒介，心灵则是意蕴（tenor）。二者之间的构造关系在一句由波菲利[④]所保存下来的古代琐罗亚斯德教的名言中得到了揭示：“阿胡拉·马兹达的身便是光，他的灵便是心。”心的本质是难以捉摸和含混不清的。没有任何一种分析方法能够使人们准确地理解它。但是我们知道它的一个不可或缺的方面——辨别力。不论在行动的领域里还是在沉思冥想中，辨别能力都是心灵的一个本质标记，而这一能力首先是光所象征的东西。

当《阿维斯塔经注》中的《神歌》称阿胡拉·马兹达神为“光主”的时候，便已创造了一个合成象征，其广泛流行的程度足以称之为原型了。伟大的主，不论在天上还是在地下，自然是要沐浴在光之中的；而照耀一切的光亦具有主的

① 参看《新约·提摩太前书》第6章第16节。——译注

② 瓦哈卡（Oaxaca），墨西哥东南部城市。——译注

③ 萨波特克（Zapotec），墨西哥的印第安人部落之一。——译注

④ 波菲利（Porphyrius），公元3世纪的新柏拉图主义哲学家，基督教的反对者。——译注

印度神话的九神驾车图，摄于曼谷机场外币兑换处

特性。“荣耀”（glory）这个词保存了在古代倾向于把统治权和光这两个观念联系在一起的记载。拉丁文中的“gloria”（荣光）和希腊文《旧约》中的“doxa”（荣耀）据说都是意为“强烈的光”的一个希伯来词的翻译。与此相应，英文词“荣耀”除了像形容词“荣耀的”一样，意指高贵的身份之外，在某种形象性的背景中还指围绕着一组宗教形象的光轮，不同于围绕单一宗教形象的“光环”（aureole）。光与荣耀，或光和统治权，总是倾向于混为一体的。

光和统治权是两个出自日常经验的意象观念，它们是神这个复合的原型性意象观念的组成因素。“上帝是光，在他身上根本没有黑暗”，这种《圣经》的语言是基督教把光确认为神性的象征的各种说法之一。在神学中，光的意象观念又发展为抽象观念——全知，统治权的意象观念发展为抽象观念——全能。尽管全知和全能的观念是人类智力所不及的，而且用严格的逻辑来检验的话，或许还是自相矛盾的，但这些轻微的困难远远不足以消除其象征性力量。光和统治权的神话观念同全知全能的神学观念发挥着大致相同的语义功能。

统治权的观念在神话时代要比在我们的时代更为接近父权的观念。作为父亲的上帝观念虽然不是普遍性的，毕竟流行很广。宙斯有为数众多的子女，其中大部分是私生的。一般来说，作为一种原型性的家长，他的行为正像亚里士多德所说：“如果有谁要去爱宙斯，那才非常奇怪呢。”尽管如此，在希腊各地都有宙斯的神庙，并有人在那里祭拜。而且语言学方面的证据表明宙斯的父权有时被当做某种值得崇拜的精神。从古典时代以前的迹象中可以得知，在对宙斯的直接称呼中曾使用过呼唤格“宙培特”（Zeu peter），意为父亲宙斯，类似于拉丁文的“朱庇特”（Ju-piter）和梵文中的“特尤庇塔”（Dyau-pitar）。在基督教的意义上作为严厉而慈爱的父亲的上帝观念，因流传有限还不足以成为原型性的，但不管怎么说，父权的观念，在没有任何有关道德或仁慈特征的必要含义的情况下，也是一个原型性的宗教象征。

与这一组宗教象征有着较为普遍联系的还有另一个象征——语词。人就其本质而言既是说话者又是听话者，随着人变得更善于反省，对话也变为内在的和无声的，但其真实的性质却并未减少。被呼唤的感觉——不是被一种幻觉的声音所呼唤，而是被一种在某一种神秘地方默默地发出的听不见的无声之声所呼唤——以这种或那种方式为那些具有道德敏感性的人所体验到。正是某种冲动之外的东西在必要时能够打消和激起冲动。于是，言词、逻各斯，就势必成为一种象征着正义，象征着赋予道德判断以意义的"应当如此"的听觉意象。在原始的水平上，神圣的命令被象征为某些物理的声音，怒吼的风便常常是这样的象征，还有用于一些美洲印第安人部落及其他地方的模仿风声的所谓"牛吼器"，旨在仿效超自然的声音，以便巫术性地激发和鼓舞超自然力。雷声也经常自然而然地被当成神圣命令的一种可听见的表露和代表。伴随着宗教日益向精神方向发展的趋势，这样一些外在的声音就渐渐不再起作用了，但是逻各斯这一听觉的意象、象征依然存在，作为表现在下面短语中的所谓"良心的声音"，以及诸如"呼唤"这样的词。

水这个原型性象征，其普遍性来自于它的复合的特性：水既是洁净的媒介，又是生命的维持者。因而水既象征着纯净又象征着新生命。在基督教的洗礼仪式中，这两种观念结合在一起了：洗礼用水一方面象征着洗去原罪的污浊，另一方面又象征着即将开始的精神上的新生。这后一个方面由耶稣在井边对撒玛利亚妇人讲道时所说的"活水"这一词组特别地揭示了出来。[①]在与基督教有别的希伯来人的信念中，圣灵不是以鸽子的形式降下的，而是作为一个水泉出现的。除了基督教之外，水的象征的类似例子也很容易在别处找到。

在伟大的原型性象征中，最富于哲学意义的也许就是圆圈及其最常见的意指性具象——轮子。从最初有记载的时代起，圆圈就被普遍认为是最完美的形象，这一方面是由于其简单的形式完整性，另一方面也由于赫拉克利特的金言所道出的原因："在圆圈中开端和结尾是同一的。"[②]当圆圈具象化为轮子时，便又获得了两种附加的特性：轮子有辐条，它还会转动。轮子的辐条在形象上被认作是太阳光线的象征，而辐条和太阳光二者又都是发自一个中心的生命渊源、对

---

① 耶稣对来井边汲水的撒玛利亚妇人说："人喝这水，还要再渴。但是喝了我所赐的活水，就永远不渴。因为我所赐的活水，要在他里面成为生命的泉源，涌流不息，直到永生。"（《新约·约翰福音》第 4 章第 13—14 节）——译注

② 参看《古希腊罗马哲学》中译本，商务印书馆 1961 年版，第 28 页。该处译文为："在圆周上，起点和终点是重合的。"——译注

宇宙间一切物体发生作用的创造力的象征。轮子在旋转中有这样一种特点，即当其轴心固定时，辐条和轮圈的运动是完全规则的。这一特点很容易成为一种人类真理的象征——找到一个人自己灵魂的静止的核心就等于产生出他的经验与活动的更为稳定的秩序。

同许多其他的原型性象征一样，轮子也潜藏着自身相反的性征。它既可以有积极的意义，又可以有消极的意义，有时还二者兼有。从消极方面来看，轮子在西方能够象征对命运的冒险赌博，在东方可以象征人们力求逃脱出来的死生之间无休止的轮回。对于印度人来说，瑜伽便是这样一种为个人作解脱轮回之准备的训练，训练的方式是持久而严格的活动与不活动的交替练习。从积极的方面看，除了上述的象征内容之外，轮子在印度传统中同“达磨”（Dharma）或“神圣的法”相联系。佛教雕像中可以见到许多“法轮”，还有一个流传很广的传说：佛陀在菩提树下经历了初次幻觉之后开始讲道（即所谓“鹿园讲道”）时，使那树旋转起来。在传统的中国佛教仪式中，常有一个车轮拴在柱子上并向右旋转。人们认为它代表着在轨道中运行的太阳，象征着宇宙之“道”的路径。在西藏，完善而真实的普遍的法可以用这样一个简单的手势来象征：将拇指和中指合成一圈。西藏佛教的祈祷轮在最初的时候也具有同样的意义，除了后来转化为粗俗的巫术用法以外，它的本义可能依然保留在一些博识的崇拜者之中。

轮子的象征还有一种特殊的发展形式，即在佛教中用莲花来象征清净之源。轮子常常被描绘成在轴上饰有莲花的，而莲花则被表现得伴有向外发散的光线。实际的莲花具有两种特别激发东方人想象力的特征——它朴素纯洁的美和它神秘的水中诞生。一种佛教的教诲说，由于莲花自黑暗的湖水深处升起来并以美表现其自身，由于太阳从黑暗中升起并发散它的光辉，所以佛陀从“存在的黑暗的子宫中”诞生出来，以揭示真理的方式驱散虚妄的黑暗。在印度，人们有时把轮子放置在圆柱的顶端，作为在枝茎上盛开的莲花的一种图像。在广受尊崇的大乘佛教的《莲花经》中，主要的教义既是神法的永恒性，又是表达和教授神法的多种方式——虚静的中心和神圣太阳轮的众多辐条即射线。[①]

我在这里作为例子而引用的象征都是人们很熟悉的，我们似应把它们视为隐喻活动的扩展和固定化。对于任何一种层次上的意义来说，没有语言，思想是

① 参看C．艾略特（Sir Charles Eliot）《印度教和佛教》，伦敦1921年版，第2卷第52页、第3卷第438页，等等。——原注

不可能的。没有公开的或隐蔽的隐喻活动，语言也是不可能的。把某些隐喻固定化为具有张力感的象征是一个完整过程中的必然阶段。任何一个特定的象征——十字架、旗帜、神圣父亲或跪拜之类的行为——都可以加以怀疑的考察，可以作为过时的或多余的东西、作为批评者本人所厌的观念或态度的关联物而抛弃掉。但如果要抛弃所有的象征，那么其最终结果将是语言和思想本身的抛弃。当某一个力求进行直截而简单的思维的人打算把自己从象征和隐喻的思维中解脱出来的时候，实际上他所要做的只是把自己限定于那些已成为日常生活中约定俗成的固定形式的象征和硬化了的隐喻。问题并不在于象征思维和非象征思维之间，而在于把人的思想和感受力限定于由约定俗成的象征所指示的清楚的意义上，并学会用更有张力感的精细性去思维。赫拉克利特说："那位在德尔斐发出神谕的大神既不说话，也不掩饰，他只给予符号。"①有张力感的象征也许能提供关于事物本质的暗示，而这种本质恰是直截的传递技术必然会忽略或误解的。如果现实主要是流体的和半自相矛盾的，那么钢制的网就不是最佳的取样器具了。

叶舒宪　译

① 参看《古希腊罗马哲学》中译本，商务印书馆1962年版，第28页。该处将后一句译为"只是暗示"。——译注

乱伦与神话

[法] 列维－斯特劳斯

本文选自戴维·洛奇所编《20世纪文学批评》(*20th Century Literary Criticism*)，英国朗曼出版公司1972年版，第546—550页。作者列维－斯特劳斯（Claude Levi-Strauss，1908—2009）是当代法国人类学家和哲学家，生于比利时的布鲁塞尔，就学于法国巴黎大学，1928年获哲学硕士学位。1935至1939年间在巴西圣保罗大学教授社会学，同时率考察队研究土著部落文化。40年代初旅居美国，任教于纽约社会调查学院。1944年起曾一度任法国驻美使馆文化参赞。1947年为巴黎人类博物馆副馆长。1959年以来任法兰西学院社会学教授。他由于在人类学研究中的突出成就，先后受聘为英国皇家人类学研究院名誉院士，美国哲学协会外籍会员，1973年获法国最高荣誉学位——法兰西学院文学院士。主要著作有:《亲属关系的基本结构》(*Les Structures élémentaires de la Parenté*，1949)，《人种与历史》(*Race et Histoire*，1952)，《结构人类学》(*Anthropologie Structurale*，1958)，《野性的思维》(*La Pensée Sauvage*，1962)，《神话学》(*Mythologiques*，1964—1971) 1至4卷，等等。列维－斯特劳斯并不是专业文学批评家，但他的结构人类学研究方法却对文学研究产生了很大影响。他和弗莱一样，都显示出了与英、美的传统批评不同的某种趋向，他们所关注的往往不是单个作家和单个作品，而是更大更有普遍性的文学或文化系统。与弗莱不同的是，列维－斯特劳斯深受索绪尔、雅各布逊和乔姆斯基等结构主义语言学家的影响，把神话、传说等文学形式看做是人类普遍的心灵逻辑的转换物，并力图通过对不同作品的解析找出这种深层的原型结构。在本文中，他以美洲印第安人的故事、希腊的俄狄浦斯神话和欧洲中世纪传说为例，揭示了乱伦禁忌作为普遍的深层结构是怎样转换生成不同的叙述作品的。

我试图以两个实例来说明社会人类学现在是怎样努力实现自己的纲领的。

我们知道对血亲相奸即乱伦的禁忌在原始社会中发挥着什么样的功能。乱伦禁忌将姐妹们、女儿们赶出血缘集团，规定她们只能嫁给属于其他集团的丈夫，从而在这些生物集团之间创造出了姻亲的联盟，最初的这样的联盟可以称为社会的联盟。就这样，乱伦禁忌乃是人类社会的基础，在某种意义上它就是社会。

我们并未以归纳法来证明上述解释。我们怎能处理这样一种具有普遍的相关性，然而在不同的社会中又派生出五花八门奇特的姻亲关系的现象呢？进一步说，这不是有关事实的问题，而是有关意义的问题。我们给自己提出的是乱伦禁忌的“意义”问题（18 世纪称之为“它的真意”），不是其“结果”的意义问题，不论这种结果是真实的还是虚构的。于是，有必要确立每种亲属关系的专门术语和与之相适应的婚姻法则的系统性质。这一点只要经过一些附加的努力就可以做到：精细地紬绎出这些系统的规律并把它放入某种转换关系中。这样一来，原来只是庞杂混乱的场景一样的东西就会按照语法组织的方式变为井然有序的东西，我们看到某种强制性规约，它以一切可能的方式建立和维系一种相互作用的系统。

以上便是我们讨论的出发点。接下来要解答的问题是：在包括当代社会在内的人类社会的总体中的这些法则的普遍性问题。即使我们不按照澳大利亚土著或美洲印第安人的方式规定乱伦禁忌，这种禁忌在我们的社会中所采取的形式是否仍然具有同样功能呢？事实可能是，我们仍然为了一些完全不同的原因而受它的约束，比如说关于近亲婚配不良后果的相当晚近的发现就是原因之一。或许也像涂尔干[①]所认为的那样，古老的规定在我们中间已不再起确实的作用，只是作为过了时的信仰的遗迹而残存下来，保留在民间习俗中。或者，不如说情况是这样的：我们的社会，属于一个庞大得多的诸社会谱系中的一个特例，同其他社会一样，为了自身的统一和现实存在而依赖于一种血缘家族之间的联系网络，尽管这种网络在我们这里已变得变化不定和错综复杂了。如果真是这样，我们是否应该承认这种网络的所有组成部分都是同质的？是否应该去辨别其中按环境和地区而有所差别，并作为地方性和历史性传统的功能而可变易的结构类型呢？

这些都是人类学的基本问题。对这些问题的反应将确定有关社会事实的最为

① 涂尔干（E. Durkheim，1858—1917），又译迪尔凯姆，法国哲学家和社会学家。——译注

内在的性质及其适应性的程度。目前尚不可能靠使用借自约翰·斯图尔特·穆勒的逻辑的方法一劳永逸地解决上述问题。我们不能变更作为当代社会存在前提的复杂关系——在技术的、经济的、职业的、政治的、宗教的和“生物的”平面上的关系。我们不能随意拆开和重组它们，奢望会发现哪些关系对社会本身的存在是不可或缺的，哪些关系是可有可无的。

然而，我们可以选择那种最复杂的和最不固定的、其相互作用功能建立得最完善的婚姻系统。这样我们就能在研究室中构拟出它们的模式，以便确定在个体的数量增加的情况下它们是怎样发挥功能的。我们还能变动我们的模式，从而得到其他同类型的但甚至更复杂和易变的模式。我们能比较这些相互作用的系统，从而在当代社会中可以进行实地考察的地方，例如一些小型的与世隔绝的地区，获得最自然的系统。经过从研究室到实地，再从实地到研究室的反复循环过程，我们可以尝试着用插入一系列中介形态的方式来逐渐填补两种形态系列—— 一种是已知的，另一种是未知的——之间的鸿沟。最后，我们所要做的只是精心琢磨出某种语言，同任何语言一样，其突出的特点在于它的严密性以及能按照极简略的法则说明迄今仍众说纷纭的现象的能力。这样，在无法得出实证真理的情况下，我们将获得推论的真理。

第二个实例涉及的是在另一个层次上的同类型问题。它仍然是有关乱伦禁忌的，但其表现形式已不是法则系统了，而是神话思想的主题。

易洛魁和阿贡奎因印第安人传述着一个屈从了某个夜间来访者情欲要求的年轻女子的故事，这女子确信来人是她的哥哥。一切都似乎指向罪恶：肉体的显现，衣服和被抓破的脸颊，后者可视为女主人公美德的见证。由于她的正式控告，这位哥哥揭露说有一个和他十分相似的人，或者更确切地说是他的替身。由于两人之间的联系过于密切，所以发生在这个人身上的事就自动传到了另一个人身上。为了打消他妹妹的怀疑，这小伙子当着她的面杀了他的替身。但同时他也宣告了自己的罪孽，因为他们的命运是连在一起的。

不用说，死者的母亲要为儿子报仇。恰巧她是位强有力的巫师和猫头鹰的女主人。蒙骗她的方法只有一个：那女子同她的哥哥结婚，后者充当被他杀死的那个替身者。乱伦进行得如此难以想象，母亲对此种欺骗简直毫无察觉。猫头鹰却没有被骗过，它揭发了罪恶。然而，兄妹夫妻还是逃走了。

西方的读者很容易从这神话中看出由俄狄浦斯传说所提供的一种主题：为了防止乱伦而采取的预防措施却在实际上促成了乱伦。在两个故事中，事件的奇特转折都来自这样的事实：起初是作为两个不同的形象而出现的人由于某种原因变成了一个人。这是一种偶然的巧合呢——不同的原因可以说明，同一母题只是被任意地联系在一起——还是在类似背后存在着更深刻的基础呢？作出这种比较，我们是否触及了某种意味深长的事物的迹象？

果真如此，易洛魁神话中兄妹之间的乱伦将构成俄狄浦斯式母子之间乱伦的一种转换。使前一种乱伦成为不可避免的偶然事件——男主人公的双重人格——将是俄狄浦斯的二重同一性的一种转换。俄狄浦斯虽被认为死了，却还活着；既是多余的弃儿，又是胜利的英雄。要作进一步的说明，有必要在上述美洲神话中找出有关斯芬克斯插话的某种变体，这是美洲神话中所缺的唯一一个俄狄浦斯传说的因子。

现在，在这一特殊的情形（正因为特殊，我们才宁愿选择它）中，证明那种因子的存在将确实是决定性的，因为正如博厄斯[1]首先指出的，谜语或谜，同谚语一样，在北美印第安人中是极为罕见的。如果在上述美洲神话的语义片断中找到谜的话，那将不是偶然的结果，而是一种必然性的证明。

在整个北美，确凿无疑起源于当地的谜语情境，迄今只发现了两个。第一个，在美国西南方的普比罗（Pueblo）印第安人中，我们看到一个世代扮演仪式上的丑角的家族，他们向观者提出谜语，而该家族则被神话说成是乱伦结合的后裔。第二个，就在阿贡奎因印第安人（请记住在该族的上述神话中的女巫恰恰是猫头鹰的女主人）中有关于猫头鹰或猫头鹰的祖先向处于死亡困境中的英雄提出必须由他解答的谜语这样一类神话。由此看来，在美洲，谜语也表现着双重的俄狄浦斯式特征：一方面与乱伦有关，另一方面与猫头鹰——在它身上我们看到了斯芬克斯的某种转换形式——有关。

这样看来，谜语和乱伦之间的相互关联在由历史、地理、语言和文化所隔绝开来的不同民族中同样存在。为了加以比较，让我们通过各种不同的神话系统构拟一个能最有效地表现其恒常特征的谜语的模式。按照这一观点，让我们把它界定为“一个人们认为没有答案的问题”。这里，不考虑这一表述的所有可能的转换形式，让我们依照经验，简单地将其词语加以倒置，于是便有了“一个没有问题的答案”。

这显然是一个完全违反理性的公式。不过，同样明显的是，有些神话或神话的片断，其戏剧性的力量便出自这种结构——即其他神话结构的对称性倒置。时

① 博厄斯（F. Boas，1858—1942），美国著名人类学家。——译注

间有限，我无法详述美洲的例子。因而我只提请你们回想一下佛陀之死，那是由于一个弟子未能答上所要解答的问题而导致的死。离我们更近一些，有由圣杯故事系统[①]所改造了的古老神话，其中的行动取决于主人公的怯懦。当那魔器出现时，他竟不敢问："它有什么益处？"

这些神话是独立的呢，还是必须把它们依次看成一个大种下属的亚种，恋母情结神话系只不过是构成该大种的另一个亚种？重述我们所描述的程序，我们将看到是否，而且在何种程度上，一个群团特有的因素会转换为其他群团的特有因素之变体（在我们的例子中表现为倒置）。真实的是那种发生了的事情：从一个胡乱性交的主人公（由于他的行为等于乱伦），转到一个谨戒乱伦的规矩男人；从一个知晓所有答案的精明人，转到一个甚至意识不到提问题之需要的白痴。在这第二种类型的美洲变体中，以及在圣杯型故事中，所要解释的问题是那种"gaste pays"的问题，即被消除了的夏天。这样，第一种类型或"恋母情结"类型的所有美洲神话都提到一个永恒的冬天，而当主人公解答了谜语时，冬天便被驱除，因而带来了夏天。大大简化一下，波西弗[②]便作为一个倒置了的俄狄浦斯而出现——如果叫我们比较一个希腊人和一个居尔特血统的人，我们是不敢考虑这一假说的，不过，在北美的背景中，我们不得不承认这一假说，因为在那里两种类型出现于同一民族。

然而，我们尚未达到说明的终点。一旦我们确证了在一个语义系统中，贞洁与"没有问题的答案"相联系，正如乱伦同"没有答案的问题"相联系，那么我们还必须承认，这两种社会生物学的陈述本身就同两种文法上的陈述具有类似的关系。在猜谜和乱伦之间存在着某种关系，不是外在的和事实上的关系，而是内在的和推理的关系，而这正是为什么像古代希腊和美洲土著这样不同的文明都能独自把二者联系起来的原因。像猜谜一样，乱伦把注定要处于分离状态的因素结合起来：儿子娶了母亲，哥哥娶了妹妹；谜语的答案也正是在同样的方式中找到的，它出乎所有的预料之外而回答了问题。

在俄狄浦斯传说中，同伊俄卡斯忒[③]的结婚并没有紧跟在战胜斯芬克斯之后。恋母情结型的神话（本文对这一类型作了相当确切的说明）总是将乱伦的发现

① 寻找圣杯的故事是欧洲中世纪流传很广的传说，其中的圣杯是耶稣于最后的晚餐上所用的杯子，耶稣尸体的埋葬者亚历马太城的约瑟曾用此杯收集了救主耶稣流在十字架上的血。中世纪关于亚瑟王与圆桌骑士的许多故事都同寻找圣杯的事件相联系。——译注

② 波西弗（Perceval），欧洲中世纪传说中亚瑟王的圆桌武士之一。——译注

③ 伊俄卡斯忒即俄狄浦斯的生母。——译注

同被人格化为一个英雄的谜底之发现融合在一起。除了这一事实之外，该类型的各种不同的插话则以不同的语言在不同的水平上重复着，提供出一种同样的证明。在寻找圣杯的古老神话中我们看到这种证明以倒置的形式出现。对隐蔽着的语词的大胆结合或者本人未意识到的血亲的大胆结合造成了腐败，引起骚乱，自然力量的释放——人们想到忒拜的灾荒——正像性方面的无力一样（以及加入一种设定的问答对话的能力上的欠缺）使动物和植物的繁殖力枯竭。

面对能够激发想象的两种可能性——永久的炎夏或同样永久的寒冬，前者放荡以至腐败，后者严苛以至生殖力衰退——人必须选择季节韵律的均衡和周期性。在自然秩序中，后者所执行的功能正是在社会中以婚姻形式进行的妇女交换和以谈话形式进行的语词交换所行使的同样功能。当然，这交换须以坦诚为前提，也就是说，没有欺诈和恶意，而且最重要的是，没有隐藏的动机。

叶舒宪　译

下　编

破译与重构：原型批评的发展趋向

叶舒宪

一 导言:弗莱以后的原型批评

自加拿大批评家诺斯洛普·弗莱的理论巨著《批评的解剖》于1957年问世以来，神话—原型批评取代雄踞文坛30年之久的新批评派，在西方文学批评领域中独占鳌头。但后来一领风骚的势头随着时光的流逝而逐渐减弱，退居为不再那么雄心勃勃的多元方法中的一元了。这一方面是由于结构主义、现象学、读者反应理论、解构主义和女权主义批评等后起的派别都有很强的竞争力，特别是解构主义者们提出的具有深刻否定倾向的“颠覆”战略已使任何试图充当批评界权威或盟主的企图都难以实现。另一方面也由于原型批评的发展本身早已形成了自己的神话“图腾”——《批评的解剖》以其罕有的渊博、功力和坚实体系成为后人难以超越的东西，35年来尚没有一部后继之作（包括弗莱本人的后期著作）能够同它相提并论。这种情形使后来对神话、原型深感兴趣的批评家们只好望而却步，就像心理分析学家所形容的，面对过于强有力的父亲的儿子们，天生就会产生一种莫名的“阉割恐惧”一样。从这一意义上看，《批评的解剖》既是原型批评影响最深远的一部书，又是无形中为原型批评的发展设立障碍的一部书。

儿子们对待高大的父亲形象无非有两种选择。要么是自愧弗如，甘心承认“眼前有景道不得，崔颢题诗在上头”（李白《黄鹤楼》）的残酷现实；要么是发动攻击，按照能啄下老鹰一支羽毛的鸡绝非寻常之鸡的逻辑，展开一场本来就不指望获胜的英勇搏斗。有幸的是，原型批评家们在这种两难选择的夹缝中窥测出了第三条道路——以迂回的绕道而行去相对超越横亘在面前的大山。这种迂回战术虽然无法达到巅峰之上领略无限风光的最高境界，却至少可以同时避免无所作为与力量悬殊的搏斗。假如在迂回途中可以顺便登上另一山峰，或许也会迎来柳暗花明般的新境界。

于是，我们虽然没有看到一部敢于向《批评的解剖》作正面挑战的原型批评理论著作，却看到迂回战术的不少丰硕成果。约翰·怀特继1971年发表的《现代小说中的神话——原型预示技巧研究》[①]之后，迂回到读者反应理论的山峰之上，写出《神话小说与阅读过程》这样横跨两大批评流派的别出心裁之作。作者试图借助于斯坦利·费什（Stanley Fish）的读者理论去超越弗莱，以乔伊思的神话小说为例说明原型预示技巧所需的阅读期待的种类，同时高度赞赏罗兰·巴尔特，将他的《S/Z》奉为“揭示原型预示在阅读活动中的作用的最佳典范”[②]。后起的批评理论家伦屈齐亚则在他的总结性著作《新批评之后》（1980）的第一章专论弗莱著作的地位，把《批评的解剖》所倡导的原型批评及其理论架构同后结构主义思潮中的哲学问题与诗学问题相联系。[③]一年以后问世的艾里克·葛尔德的新著《现代文学中的神话意向》（1981）在这个迂回方向上大进了一步，使这本书成为重构神话—原型理论的最引人注目的尝试。[④]作者在书中提到弗莱的地方只有6处，而提到海德格尔却有10处，提到罗兰·巴尔特与列维－斯特劳斯分别为15处和42处，仅从这种引用频率的对比上已可多少窥测出作者改造原型批评的理论趋向。

与理论上的重构同步展开的是运用原型眼光破译古今神话作品的批评实践。由于这种应用实践的难度较理论重构要相对小一些，所以取得的成果也显得丰富多彩。

在古代神话的现代译读方面，英国布里斯托大学古典学教授柯克（G. S. Kirk）的《神话：在古代和其他文化中的意义与功能》[⑤]一书颇受赞赏，它把西方神话学的传统视界从希腊罗马扩展开来，着重探讨希腊神话的东方原型，对于破除欧洲中心论的偏见有很大裨益。理查德·考德威尔的《希腊神话中占卜术的心理学》集中阐释俄耳浦斯神话的原型形象中的综合蕴涵：歌者、卜者、医

① J. White，*Mythology in the Modern Novel*：*A Study of Prefigurative Techniques*（Princeton University Press，1971）.

② J. White，*Mythological Fiction and the Reading Process*，In J. P. Strelka ed.，*Literary Criticism and Myth*（Philadelphia：The Pennsylvahia State University Press，1980），pp. 72 － 92.

③ Frank Lentricchia，*After the New Criticism*（Chicago：University of Chicago Press，1980），pp. 2 － 27.

④ Eric Gould，*Mythical Intentions in Modern Literature*（Princeton：Princeton University Press，1981）.

⑤ G. S. Kirk，*Myth*：*Its Meaning and Functions in Ancient and Other Cultures*（California：California University Press，1973）.

者与巫者合于一身的先知是初民社会中所有知识的占有者。[①]贝托·普齐的《缪斯的语言》探讨艺术创造女神与神话，和诗歌语言重复特征的潜在关联，揭示古人信仰中语言与音乐的重复乃是真理及其显现的必要条件。[②]塞金特·伯纳德的新著《希腊神话中的同性恋》则以神话的破译为媒介，阐明了古希腊娈童风的原始背景和仪式起源：主持成年仪式的首领以鸡奸方式给少男输入男性生命力，使之完成从童稚到成人的象征性转变。这正是神话中的同性恋故事和希腊人视娈童风为“高等教育”的共同根源。[③]在希伯来神话的破译方面，弗莱的《伟大的密码》[④]也许是最引人注目的收获，它表明这位原型理论的宗师自己也在晚年把兴趣转向了《圣经》神话密码的全面译解工程，从而补偿理论体系发展和完善方面的欠缺，向世人显示自己并未“江郎才尽”。在这部书中，不论是对《圣经》叙述的原型模式（所谓“U形结构”）的发现，还是对意象象征系统的解码，以及《新约》与《旧约》之间“置换”关系的洞察，都令人信服地显示了原型批评特有的眼光及其透视深度。

在现代作品的研究领域，破译主要体现为对神话模式的发现和阐释。在这方面，除了下面将着重评介的三种主要倾向——以维克里为代表的人类学派的原型破译，以斯洛科为代表的心理分析派的原型破译和以普拉特等为代表的女权主义的原型破译，在此值得一提的还有对现代科学幻想小说的原型破译，如卡西·弗雷德里克斯（Casey Fredericks）的《永恒前景：科幻小说与幻想的神话》（1982）；[⑤]对哲学文本的神话学观照，如1976年在荷兰出版的留基本（W. A. Luijpen）的著作《神话与形而上学》[⑥]，1989年在澳大利亚出版的论文《追寻消逝的神灵：海德格尔哲学中的启示神话》[⑦]等。前者研讨了形而上学如何在对神话的否定中脱胎而出，现代思想家如何借复活的神的声音克服形而上学；后者通过对海德格尔哲学底层的神话模式的追索，指出海氏借用启示神

① R. Caldwell，*The Psychology of Mantic Art in Greek Mythology*，In W. M. Aycock ed.，*Classical Mythology in 20th Century Thought and Literature*（Lubbock：Texas Tech.University Press，1980），pp. 45 – 66.

② Pietro Pucci，*The Language of Muses*，In W. M. Aycock ed.，*Classical Mythology in 20th Century Thought and Literature*（Lubbock：Texas Tech. University Press，1980），pp. 163 – 186.

③ Sergent Bernard，*Homosexuality in Greek Myth*（The Athlone Press，1987）.

④ N. Frye，*The Great Code*（Routledge and Kegan Paul，1982）.

⑤ C. Fredericks，*The Future of Eternity*（Indiana University Press，1982）.

⑥ W. A. Luijpen，*Myth and Metaphysics*（The Hague，Nether lands，1976）.

⑦ K. Brown，*Traces of Vanished Gods*，In F. West ed.，*Myth and Mythology*（Australian Academy of the Humanities，1989），pp. 119 – 138.

话重构西方形而上学——回归前苏格拉底时的黄金时代的宏大宗旨。海氏的启示神话中包含着二元对立的要素：人们只看到明确表达的否定的启示，而忽略了由神话模式暗寓的肯定的启示（拯救人类的希望），如卢卡奇《理性的毁灭》，这表明对神话的盲视导致对海德格尔哲学的误解。

二　破译:神话模式与作品解读

人们在追述原型批评以及现代主义文学的神话化倾向的理论根源时,总是把弗雷泽的人类学和卡尔·荣格的集体无意识与原型说相提并论。[①]实际上，二者虽然对神话的现代复兴都起到了推波助澜的作用，但是毕竟是来自两个不同的学科领域，因而影响的程度与方式有相当差异。后来的批评家们或是直接师承荣格学派，专注于原型的心理学蕴涵的发掘，如艾里克·纽曼（Erich Neumann）、约瑟夫·坎贝尔（J. Campbell），以及新近推出以《原型——自我的自然史》[②]为题的大部头著作的安东尼·史蒂文斯博士；或是以弗雷泽等文化人类学家为楷模，侧重于利用已归纳出的神话原型去破译古今的具体作品。

（一）维克里对《金枝》的再发现

早在原型批评臻于鼎盛的 1957 年，就出现了推崇荣格或推崇弗雷泽的分歧观点。弗莱本人对荣格心理学颇有些不以为然。《批评的解剖》虽然袭用了荣格的原型概念，却赋予它更突出的社会交际符号的作用，不提心理作用，同时还批评集体无意识理论对于文学批评是个“没有必要的假设”[③]。在同一书中，弗雷泽获得了较多的赞赏，他的《金枝》甚至被弗莱推为具有楷模作用的文学批评著作。同一年发表的由美国批评界权威学者威姆塞特和布鲁克斯合著的《文学批评简史》第 32 章“神话与原型”，则用相当篇幅推举荣格理论，认为“现代的神话批评得之于荣格的东西比其他任何人都多。因而探讨荣格关于神话研究与文学批评关系的见解将是有益的”[④]。这两位作者甚至没有提及弗雷泽的名字，只是轻描淡写地说了一下人类学的作用。这种偏颇，及至 1973 年发表的大部头

① 参阅拙作《探索非理性的世界》第 2 章第 1、2 节，四川人民出版社 1988 年版。

② Anthony Stevens, *Archetypes*: *A Natural History of the Self* (New York: Morrow, 1983).

③ N. Frye, *Anatomy of Criticism* (Princeton University Press, 1957), p. 112.

④ W. K. Wimsatt, C. Brooks, *Literary Criticism*: *A Short History* (New York: Knopf, 1957), p. 716.

著作《〈金枝〉的文学影响》，总算得到了补偿。

作者维克里（John B.Vickery）是美国影响最大的原型批评家之一。他早些时候编的论文集《神话与文学：当代理论与实践》（1966）就显示出对人类学的某种偏爱，集中所收布洛克（H. M. Block）《文化人类学与当代文学批评》一文宣称：只要翻阅一下主要的批评杂志中的任何一本，便可看到人类学的观念和技巧是怎样侵入文学批评之中的。这种侵入不仅影响了批评的标准，而且为人们提供了一个索引，从中可以看出当今伟大的创造性思想家们构思的发生。[①]布洛克还引述T. S.艾略特的见解说，弗雷泽的《金枝》的重要性不亚于弗洛伊德的著作，甚至可能有更永久的价值。弗雷泽使人类的自觉意识伸向了迄今所探索到的最古老、最幽暗的历史深处。维克里第二部有影响的书是《罗伯特·格雷福斯和白色女神》（1972），主要研究的是弗雷泽著作对英国当代诗人兼神话学者格雷福斯（R. Graves）的决定性影响。一年后问世的《〈金枝〉的文学影响》则把视野扩展到整个现代文学，是作者借助于人类学观点和方法破译现代作品的成果汇编。书中的14章大都是经过补充修改的专论：前5章集中探讨《金枝》的构成和文学性；第6至9章分论叶芝、艾略特和劳伦斯作品中的神话与仪式原型；后5章是对乔伊斯三部神话小说（《一个青年艺术家的画像》《尤利西斯》和《菲尼根的觉醒》）的人类学译解。

读过该书的人都会留下一种印象，弗雷泽的《金枝》在某种程度上成了现代派文学的奠基作和里程碑。不了解《金枝》的文学构成和它所提供的神话与仪式的原型模式，要想真正弄懂现代经典作家的诗歌和小说简直是不可思议的。维克里首先描述了弗雷泽写作他的13卷大著的时代背景——19世纪末20世纪初的欧洲学术思想，接着分析了《金枝》的文学价值，把它同达尔文、弗洛伊德的著作相对照，说明为什么是它而不是其他人类学著作成了现代作家们取之不竭的灵感源泉。最为有趣的是，维克里用“以其人之道还治其人之身”的战略，将弗雷泽、弗莱所倡导的原型模式方法运用于对《金枝》本身结构的宏观把握，把它译读为一部置换变形的以探求为主题的宏大传奇，它不仅在主题和表现方式上与欧洲传奇文学的传统血肉相连，而且巧妙地利用了古典神话作为结构全书的原型基础，那就是英雄忒修斯战胜人身牛首的弥诺陶洛斯的故事。[②]维克里

① Vickery ed.，*Myth and Literature*（University of Nebraska Press，1966），p.129.

② Vickery，*The Literary Impact of the Golden Bough*（Princeton University Press，1973），p.135. 中译文请参看《〈金枝〉：影响与原型》一文。

对《金枝》的这一再发现无疑具有双重意义：一方面显示了原型批评宏观透视的深度和力度不仅可以应用于文学作品，也可以用于像《金枝》这样具有艺术匠心的学术著作；另一方面揭示出从人类学、比较宗教学的兴起到现代派的文学变革之间潜在的跨学科联系，并结合具体作品描述出这种联系的清晰轨迹。

维克里对《金枝》的原型破译成了他对一系列现代经典作品进行破译的序曲。这也许是因为对人类学家著述的细心研读使他归纳出最常见的神话与仪式的表现模式，从而掌握了读解20世纪文学的原型密码本。在论爱尔兰诗人叶芝的一章中，维克里把叶芝的诗作按照编年顺序加以整体观照，认为他是第一位表明了《金枝》对于文学象征语汇的重要价值的现代作家。叶芝诗作所表达的智慧的痛苦（The Bitter Wisdom）的根源在于，主人公作为悲剧英雄实际上不可避免地要充当神话中将死之神的角色，这正是叶芝借自《金枝》的一个原型主题。充当社会领袖的神王必然要面对暴力、敌意、妒忌，最终又须以己身作为牺牲；爱尔兰自治党领袖巴奈尔（Parnell）在叶芝笔下正是远古神王的现代化身，其悲剧命运已由原型神话本身的二律悖反所决定。在死亡中求得永生，是解决二律悖反，达成悲剧性狂欢的唯一途径。①

与叶芝相比，《金枝》对于T. S. 艾略特的作用更为显著。《荒原》从形式到内容都大大受惠于弗雷泽，诗人在注解中明确承认了这一点。维克里将这种深刻影响一直追溯到艾略特在哈佛上大学时期。在原始仪式中被杀死而后又复活的神王形象在青年艾略特心中留下了永恒的回忆，后来作为原型形象表现成《荒原》中的主人公。诗中出现的祭司王也好，圣杯骑士也好，还有现代探索者，实际上都是一个原型的不同再现。他们通过目睹诗中时空跨度极大的不同场景——包括原始仪式、过去的历史和当代的事件，达到对自身作用的认识，从而勇敢地扮演牺牲者的角色——那正是《金枝》中走向人祭的仪式戏剧的神王。诗人利用原型主人公所要表达的是这样一个人类学主题：人通过其自身的历史可以建立并且复兴宗教的意识。②维克里充满自信地把他对艾略特诗作的破译结果概括为“宗教意识的人类学”。

就这样，维克里的原型分析方法似乎成了万花筒，透过它，弗雷泽的人类学著作变成了真正的文学作品，而艾略特的诗歌却变成了宗教人类学。不管怎样，

① Vickery, *The Literary Impact of the Golden Bough*（Princeton University Press, 1973）, p. 232.

② Vickery, *The Literary Impact of the Golden Bough*（Princeton University Press, 1973）, p. 244.

经过他的努力，文学、文学批评与人类学的关系大大密切了，《金枝》在创作和批评领域也都受到更多的关注。美国学者多提（W. G. Doty）新近指出，自觉地运用神话与仪式的模式作为试金石的文学批评在很大程度上是维克里所称《金枝》影响的继承与发扬。[①]

进入 80 年代以后，维克里的原型破译方法又有了新的变化。《神话与文本》（1983）这样的著作标题便可透露此中消息。首先，从破译对象看，已不再局限于艾略特、乔伊斯这样的现代派代表人物，而把某些前现代主义作家如易卜生、陀思妥耶夫斯基和后现代主义作家如罗伯特·洛威尔、约翰·厄普代克和约翰·巴思等也包括在内。从目的上看，维克里已不满足于从众多作家笔下寻求同样的神话原型，而把关注的中心转向每一作家对原型所作出的个性化改造，该书的副标题“组合与置换的策略”充分表明了这种研究重心的转换。这表明维克里已经在扬弃他早先热衷的以普遍模式而不是特殊性为目标的人类学方法了。他在导论部分写道：

> 人们可以从文学和神话中找到充分的证据和说明，据此不仅仅构成某种理论，而且构成一种想象的现象学（a phenomenology of imagination）。然而，这里所集中探讨的是特殊的文学作品中对神话因素的运用。正是通过这种复杂多样的关系，想象的作用机制方得以显现。真正被揭示出来的实际上是作者重演神话因素时所运用的形式、视点和语言形象的策略。[②]

不难看出，从人类学出发的维克里最终在现象学方法中找到了自己的理论归宿。他在发现作家们的“组合与置换策略”的同时，也发现了自己的“组合与置换策略”，那就是把弗雷泽同胡塞尔组合到自己的方法论中，置换出某种切近文学本质的人类学批评方式，而不是将文学素材置换为人类学模式的注脚。从单一性的模式到对模式的复杂多样的想象反应，维克里破译方法的转换为原型批评的发展提供了重要的启示，同时也表明那个亦步亦趋地追随人类学的时代业已结束。

维克里经过了 20 多年的原型破译实践，现在似可站在另一高点上观望弗莱，萌发出些许重构原型理论的希望了：“本书主要的努力在于描述反应的差异性并

①W. G. Doty，*Mythography*（the University of Alabama Press，1986），p. 169.

②Vickery，*Myths and Texts*（Louisiana State University Press，1983），p. 3.

至少得出某种临时性的概括分类。我希望这种描述和分类能够为构建一种可以更为全面地评价文学能量的语言学的和心理学的范围的诗学作出贡献。”[1]超越图腾的希望刚露曙光，打破禁忌的尝试已经开场。“评价”（assessing）一词表明，维克里不再谨守弗莱关于原型批评家只应埋头研究而不应热衷于价值判断的教规了。他对新的“诗学”的展望似乎在暗示人们，单纯的破译将被更具超越性的重构所接替。

（二）斯洛科的“神话诗艺”说

除了维克里，从原型模式出发译解文学作品而获得很大成功的是另外一个美国教授哈里·斯洛科（Harry Slochower）。他是职业心理分析家，主编一份心理学杂志《美国成象》（American Imago）。他的《神话诗艺：文学经典著作中的神话模式》（1970）融合了心理分析与原型批评之优势，不乏才气与洞见，再加上文采飞扬，可读性较一般枯燥理论强得多，因而产生了广泛的影响。斯洛科不是从单纯的文学批评家的立场出发去考察神话与文学的关系，而是从艺术生态学的广阔视野出发，把神话诗艺（Mythopoesis）看做是保持人类个体创造性的伟大传统。在当今这个异化日益严重的时代，需求面包的饥饿已经被另一种更深沉的饥饿所替代，后者是无法用技术发展的手段加以满足的，这便是对个性完整和创造性的饥饿。作家、艺术家执著地迷恋神话模式，实际上是要与创造性的传统相认同，恢复人与自然间的那种原初的亲密关系。“现代的神话复兴始于19世纪，那正是技术对古老的民俗方式形成致命威胁之际。在我们这个时代，同样的主题再度激发了艺术家的想象，从毕加索到超现实主义者，从普鲁斯特、乔伊斯和托马斯·曼到卡夫卡、萨特、科克托和福克纳。……神话向它自身提出了认同的问题：‘我是谁？’它试图考察三个具有有机联系的疑问：‘我从哪儿来？’‘我向哪儿去？’‘我现在必须怎样才能到达那里？’用神话的语汇说，这些问题乃是创造、命运和探求。”[2]从这种终极意义上说，神话类似于宗教，西方的神话与宗教从来就未曾彻底分离。神话诗艺作为独立的作家对神话所作的个性化表现，一开始就显示出与宗教信念不同的主体信念：它拒不承认一种人所必须服从的超自然的权威。根据这一特质，斯洛科把西方神话诗艺的发生分别追溯到《圣经·旧约·约伯记》和古希腊悲剧[3]，前者代表希伯来文化传统中

---

① Vickery，*Myths and Texts*（Louisiana State University Press，1983），p. 7.

② H. Slochower，*Mythopoesis*（Wayne State University Press，1970），p. 15.

③ H. Slochower，*Mythopoesis*（Wayne State University Press，1970），p. 22.

对上帝的本体论怀疑的开始，后者代表古希腊文化传统中对神和神定的命运的个性化反抗的滥觞。

斯洛科区分了神话与神话诗艺的本质差异之后，又归纳出所有的神话诗艺作品——从《约伯记》到托马斯·曼的《约瑟和他的兄弟》、萨特的《俄瑞斯忒斯》——反复再现的普遍模式或“结构的统一性”：这是一种带有收场白的三幕剧，其蕴涵便是人类漫游的本质。第一幕叫伊甸园的创造，它演示的是天堂、乐园、黄金时代的极乐状态和原始和谐。人处在家园之中，即与自然和社会保持着亲密关系。第二幕叫探求，它演示的是英雄的离家或放逐。英雄失去家园是因为他违背了神的权威意志，打破了被社会群体奉为神圣的秩序，用尼采的话说，他“犯下了罪”。犯罪通常表现为某种行为：盗窃天火，弑父或弑君，还有乱伦婚配。失却家国的英雄开始了他的探求旅程。“旅行是所有伟大神话的核心经验。其表现形式是降入地狱（在黑天、琐罗亚斯德、奥息里斯、巴尔德尔、赫拉克勒斯、奥德修斯的神话中），或是象征性地进入‘灵魂的黑夜’（耶稣、埃涅阿斯、但丁以及每一个现代神话的主人公）。在文艺复兴以前的神话诗艺中，旅行有一个既定的目标，而且我们也知道——即使英雄本人不知道——漫游最终会以归家为结束。回返家园是可保证的，因为英雄在他的反叛中已暗示了他将为王的迹象。在现代神话中，个人更为激进地要求从群体中解脱出来，旅行成了目标不确定的漫游，回返家园的希望是渺茫的，正像在《唐吉诃德》《哈姆雷特》《浮士德》《白鲸》，还有卡夫卡和托马斯·曼作品中那样。”[①]第三幕叫命运，它演示再创造或重返家园。再创造表现为复活或再生。在西方神话中，再生取决于英雄对自己偏差行为的探问的结果。自我探问导致主人公面貌的改变，他意识到他所从属的社会群体的利益，由此而转变为一个文化英雄。回返并不是回到原出发点，他学会为了他人而行动，成为社会性拯救的工具。他的牺牲使他成为具有神性的形象。俄狄浦斯在科洛诺斯，维吉尔在拉提姆，哈姆雷特在霍拉旭的最终祈祷中，都获得了这种圣洁化。所有这一切也可以发生在英雄的认识和意识中，即他能够为了责任而作出自己的选择。“总之，神话诗艺的英雄的胜利乃是意识和社会道德的胜利。”收场白所要表明的是“悲剧的超越”。主人公的悲剧结局一方面使自己的探求结果得到最后的升华，另一方面又通过作品中其他人物得到继承和发扬。因此可以说，英雄的探求不是排他的，而是具有

---

① H. Slochower，*Mythopoesis*（Wayne State University Press，1970），p. 24.

感召力和同化作用的。在对传统的保留与对传统的挑战的交互作用之下，英雄的探求被继承下去。继承普罗米修斯的是赫拉克勒斯，继承俄狄浦斯的是波吕尼克斯，唐吉诃德由桑丘·潘沙接替，哈姆雷特有福丁布拉斯和霍拉旭，亚哈（《白鲸》主人公）有以实马利，乔伊斯笔下的埃尔维克（《菲尼根的觉醒》主人公）有申姆肖，托马斯·曼笔下的约瑟有犹大。总之，神话中的超越不允许大团圆结局，神话诗艺的三幕剧模式总是在悲剧层面上收场的。

斯洛科在对神话诗艺作品的普遍模式作了上述概括描述之后，在全书各章中分别剖析了西方文学史上十多部名著，把它们一一破译为在不同时空中产生的追寻人类终极问题答案的“神话”，如把陀思妥耶夫斯基的《卡拉马佐夫兄弟》译读为“泛斯拉夫的大地母神意象”的重现，把麦尔维尔的《白鲸》译解为“对美国神话的探求”，把卡夫卡的小说总称为“非个性化主人公的当代神话”，把加缪的《西绪福斯神话》和萨特的《苍蝇》译读为表现无家可归的价值的存在主义神话……

与众不同的是，斯洛科并未将神话模式的发现和作品的译读当做目的，他还试图从心理学上说明神话与神话诗艺的不同功用。心理分析学家们已经指出了神话所特有的适应功用（Adaptive Function），使个人与群体相适应，因为神话本身代表着被抑制的本能冲动。斯洛科认为神话诗艺虽源于神话，但其发挥适应功用的方式却与神话相反：

> 在由卓越的个体艺术家们重新创造的神话中，英雄的探求成为对现存的社会规范的一种批判，并指向某种未来的秩序，它能够统合起过去与现在的一切有价值的东西。

换言之，神话诗艺作品的独特价值在于把英雄的反叛与觉悟看成有机整体，从而保存而不是压抑潜存在反叛精神中的创造性。在斯洛科看来，神话诗艺是解决个人与社会之间、本我与超我之间永恒冲突的最佳典范。这正是文学名著之所以历久而常新的生命力所在。

或许是出于职业心理分析学家的门派之见，斯洛科以弗洛伊德的后继者自居，在这部大谈古今神话的专著中有意避免使用荣格的原型概念，对于弗莱也只是偶尔在一个脚注中提了一下他的次要著作。

（三）普拉特的“强奸—创伤”原型与斯通的“女性上帝”

与斯洛科同样强调神话模式的心理学作用的还有一位知名的持女权主义观点的研究者安妮思·普拉特（Annis Pratt），她同另外三位女性合著的《妇女小说中的原型模式》（1982）是原型批评与女权主义态度相结合的一部典范之作。与斯洛科不同的是，普拉特像大多数女权主义者那样，对弗洛伊德这位深受父权制文化偏见浸染的心理学家及其心理分析学派不感兴趣，而是把弗洛伊德的叛逆弟子荣格奉为自己的理论宗师。作者在开篇就申明自己是按照荣格的集体无意识理论来理解和运用原型概念的。荣格及其追随者曾被指责用简单化的模板硬套在复杂的事物之上，这种简化的弊端确实发生在对“男性”和“女性”特质的抽象上，但是荣格并未将他的原型范畴作为僵死不变的绝对物。他充分认识到同一原型在不同的文化、不同的心理中会产生极不相同的反应。即使在同一文化甚至同一个体那里也会表现出差异性。把握这种异中求同、同中见异的相关尺度，是用原型眼光考察文学现象的一个重要原则。

古代近东出土鸟头女神，摄于卢浮宫

由于作者曾被人称做“原型的信徒”，所以她特别重申了她的方法论以免误解：

> 我所理解的原型模式指代那些可以在特定的本文或更大的文学体之中依照其相互关系而得到描述的特殊的范畴。教条式地执著于某些僵固不变的原型模式会歪曲文学批评。人们不应当把范畴演绎“进”文学材料之中，而应当从意象、象征和叙述模式中归纳“出”范畴……这样，我认为原型批评是一种归纳法而非演绎法，是亚里士多德式的按照事物的本来面目考察事物，而不是柏拉图式的把事物看成绝对的、普遍的观念的派生物。[①]

① A. Pratt, *Archetypal Patterns in Women's Fiction*（The Harvester Press, 1982）, p. 5.

接着，普拉特从自己发现妇女小说原型模式的研究实验出发，概述了她是如何借助于归纳法逐步超越男性中心文化的偏见的。在开始研究时她还沉溺在传统的信念之中：男人和女人是同样的造物，他们的经验并无本质上的差别。她本以为可以从妇女小说中发现类似于原型思想家们描述的具有人类普遍性的模式。但当她将荣格、坎贝尔和弗莱所描述的探求模式与妇女小说的情节结构相比较时，看到的却是很不同的东西。经过耐心阅读300多篇妇女小说，她终于发现了与原先的期望完全相反的一个原型，即所谓“强奸—心理创伤”（the rape-trauma）原型。体现它的原始神话是阿波罗与达芙妮的故事：阿波罗向达芙妮求爱，追逐不已，后者祈求神助化为月桂树。这个几千年来一直被当做爱情故事的神话在普拉特看来其实是表现强奸与侵略的。阿波罗原为印欧人中的一支阿开亚人（Achaeans）所崇拜之神，阿开亚人拥有父权制结构的高度军事化的社会组织，在公元前2000年左右侵入许多地区，强迫被征服的文化接受入侵者的信仰和生活方式。他们对入侵行为的解释在神话中构成了本族男神强奸和征服当地女神的叙述模式：除了阿波罗与达芙妮的故事，还表现为阿尔甫斯与阿瑞图萨的故事，潘与绪任克斯的故事，宙斯与勒达、与伊娥、与欧罗巴、与达那厄的故事。这些故事毫无例外地把男神美化为求爱者，其实都是野蛮征服的象征；女神被迫变形是为了保护自己的身体免遭强暴，在象征的背面意义则为保卫自己的领土免遭入侵者的蹂躏。

对“强奸—创伤”原型的发现使普拉特完全站到了女权主义立场上，把化为月桂树的达芙妮看成是在父权制统治下被扭曲了的女性灵魂，看成是被侮辱与被损害的第二性的象征。“我于是被迫接受在西方文化中妇女的‘他者性’，承认那些植根于这种异化本源的假设：妇女在社会中的地位是次要的和辅助性的。”“妇女小说所反映的经验与男人的完全不同，这是因为我们作为个人的成长动力被有关性别的社会规定所阻挠。无论女作家在她们的小说中是否意识到这一女权主义观点，在阿波罗想要做的与达芙妮愿意接受的之间的张力，或者说在要求我们屈服的压力和我们个性化的反叛主张之间的张力，已经成了我们的小说不容置疑的突出特征。”[①]从这样一种战斗性的立场出发，普拉特对近三个世纪以来的妇女小说的原型破译的意义就不仅仅是文学批评方面的，而且也是性别政治方面的了。这使我们自然想到另一位更为激进的女权主义神话研究者默林·斯

① A. Pratt, *Archetypal Patterns in Women's Fiction* (The Harvester Press, 1982), p. 6.

通（Merlin Stone）于1976年发表的更为石破天惊的著作《当上帝为女性时》。作者把印欧人的父权制文化入侵以前的欧亚大陆古文化看成是崇拜女性神灵的史前文化的后继者，其宗教发展的最高形态表现为女性创世主的神话观念：某一原始母神作为一切生物和无机物之母，单独创生了宇宙和人类。这种女创世主的观念可见于苏美尔、巴比伦、埃及、中国、澳洲和非洲，希伯来《圣经》中那位全知全能的上帝最初也是以女创世主为其原型的。[①]就这样，默林·斯通借助于考古学和神话学的大量资料，在典型的父权制意识形态的铁板背后发掘出以女性为中心的母权制意识和宗教的殿堂，给长期以来信奉男性上帝权威的西方人士带来深深的心灵震撼。

克里特出土扬臂女神陶像（公元前1200年），2003年摄于国家博物馆希腊文明展

如果说普拉特在现代妇女小说中发现的强奸原型为解构以男性为主的西方文学提供了独特的视角，那么，默林·斯通对上帝的女性原型的发掘更是旨在从根本上把西方的男性中心文化重新颠倒过来。达芙妮毕竟从阿波罗的性攻击下逃了出来，变形为美丽的月桂也还能给后人留下不无诗意的遐想；然而，古代近东地区的女神宗教被入侵的印欧父权文化彻底毁灭显然是一场历史性悲剧：男神马杜克杀害了女创世主蒂阿玛特，取而代之成为巴比伦众神之主，蒂阿玛特的地位一落千丈，被丑化为与众神为敌的混沌妖怪。[②]这种由创世神话所铸定的

① Merlin Stone, *When God Was a Woman* (New York: Harcourt Brace Jovanovich, 1976), p. 18.
② Merlin Stone, *When God Was a Woman* (New York: Harcourt Brace Jovanovich, 1976), p. 59.

父权文化的性别价值模式——以男性创世主为代表的创造与秩序，以混沌女妖为代表的罪恶与无秩序——成为《圣经》神话乃至整个犹太—基督教所遵循的叙述原型，女神就这样在父权制宗教的歪曲改造下演化为恶的象征——蛇与魔鬼，成了由上帝所代表的光明与善的永恒对立面。

三　重构:原型理论的更新

在这一节里,我将集中评述两部在原型批评理论方面多少有所建树的别开生面的著作，从中窥测弗莱之后的原型理论发展和更新的主要走向。这两部著作是导言中提到的分别问世于 70 年代和 80 年代初的《现代小说中的神话》和《现代文学中的神话意向》。

（一）约翰·怀特的“原型预示”理论

约翰·怀特是英国伦敦大学韦斯特菲尔德学院德语系的教师，他的《现代小说中的神话》是针对现代主义和后现代主义文学中的神话化倾向而作出的某种创作论方面的概括与总结。有人说这是一种类型学（typological）的研究，因为它考察的是现代作家在小说创作中运用神话对照模式的不同种类。与弗莱把作品中的神话原型视为结构要素和斯洛科把它看成神话诗艺的见解相异,怀特把神话母题的存在看做是作者本人的间接注释或评论，他着重从创作构思和修辞技巧的角度探讨这一问题，从而提出了一套关于“原型预示技巧”的理论，给十多年来相对沉寂的原型批评理论多少带来一些生机。

《现代小说中的神话》共分五章，前三章侧重于从理论上界定原型预示技巧及其对于神话小说创作及研究的作用，后二章结合八位典型的神话小说家的作品说明原型预示的运用类型。首章“神话与现代小说”开篇引用德国小说家赫尔曼·布洛克的话，把 20 世纪称为“神话的时代”，进而概述了“回归神话”的现代思潮，指出现代文学中神话的残存、复兴与创造对于文学读者和批评家所提出的新的课题，即作为文学的原型预示技巧的神话：

> 一个被现代小说家引入自己作品中的神话能够按照几种不同的方式预示并加入作品情节。尽管那种对出处的意识正在衰退，但理想的读者仍然能够熟悉大多数先在的原型预示，正如小说家本人在创作时那样。由于神话与新创作的作品相比早已为人所熟知，所以神话给小说家提供了对现代事件加以象征性评注的一套速记系统。“原型预示”对于描述

这种关系是一个有用的词，因为它有“先在”的意思，因而能够为行动或形象的整体构型提供一种比较。[①]

怀特在此所用的“原型预示”（prefiguration）并不是一个新造字汇，而是《圣经》学中沿用已久的术语，是拉丁词 figura 的英译。这个词原指使《旧约》中的人物和事件成为《新约》及其救世历史的预兆的设计。就这一意义而言，原型预示的典型例子可以举出《旧约》中亚伯拉罕准备以其子以撒献祭上帝的故事同《新约》中圣子耶稣舍身上十字架的故事之间的预兆关系。怀特认为，原型预示这个概念从宗教领域引入世俗领域，原有的“预言”、“预兆”之意即告消失。采用世俗化的原型预示概念，可以扩大对这种象征对应关系的研究范围，避免不精确的概念如神话等。如作品中引入了从传说或其他作品中得来的母题，像浮士德与魔鬼这一传说母题出现在约翰·赫西的《远不可及》之中，称之为神话不确切，称之为原型预示则很合适。这个含义较宽广的术语还可以用于对神话母题和文学的情节原型进行比较，如奥多斯·赫克斯利《勇敢的新世界》对莎士比亚戏剧的运用，麦克唐纳·哈里斯的《崔普里伏》对契诃夫的《海鸥》的运用。此外，“原型预示”一词还可用于一些不确定的出处，如通俗歌曲和大众读物，乃至电影和连环画所提供的文学母题。用原型预示的概念取代神话概念虽然只是一种语义上的替换，却为研究者从新的角度考察现代小说技巧革新开辟了道路。

在第二章“术语与差异”中，怀特对原型批评的主要概念进行了批判，指出原型这个概念的含混性以及弗莱等人用某一特殊的神话替代原型或给原型命名时的失误。对此，怀特着眼于原型预示的多样性表现形式，对现代神话小说重新加以类型学的描述。他区分出的四种类型是：

1. 完全地重新叙述一个古典神话。作者用这种方法时不可避免地要指明他所选择的神话人物及背景，因而这类作品涉及神话是一目了然的。

2. 将部分叙述的神话和部分叙述的当代世界并置起来。约翰·波温的《另外的世界》和大卫·斯塔克顿的《迦利优加》均属此类。此类小说还有一个区分问题——是神话叙述还是当代叙述占主导地位。判别标准是对母题与主题的区分。大多数此类小说的主要兴趣在当代，神话的章节乃是对当今事件的评注。

3. 一部以现代世界为叙述背景的小说包含某种贯穿全篇的神话参照模式。这

① J. White, *Mythology in the Modern Novel: A Study of Prefigurative Techniques* (Princeton: Princeton University Press, 1971), pp. 11 – 12.

类作品最著名的例子是乔伊斯的《尤利西斯》、托马斯·曼的《浮士德博士》和厄普代克的《马人》。这些作品的名称已向读者表明所用的是何种神话或原型预示。属于此类的另外一些作品，如罗伯-格里耶的《橡皮》，构成潜在模式的参照系统是较为隐蔽的。

4. 一部小说中的神话母题只构成叙述中的一部分（一个事件、人物或一组有限的人），而不是像第3类那样贯穿全篇。[①]

在前两类作品中，明显运用神话是其共同特征，神话作为被叙述的世界而出现。在后两类作品中，神话或原型预示仅作为暗含的母题而出现。在对神话小说重新分类之后，怀特接着在第三章中讨论了考察作品的不同方法，再次批评了那种用单一模式破译丰富多样的小说的简单化的弊端，并且详细分析了神话进入现代文学的多重因素及历史过程。

尽管在理论的体系性和深度方面尚嫌不足，论述中不免有琐碎和重复之处，约翰·怀特的著作在原型理论的发展史上仍将占有承上启下的地位。不论对于克服原型批评固有的简化倾向，还是对于继续探讨和总结20世纪文学创作提出的神话课题，该书都作出了特殊的贡献。

（二）葛尔德的"神话意向"理论

《现代文学中的神话意向》比怀特的著作晚出十年，作者葛尔德正是在怀特止步之处开始他的研究的。他指出，人们不能否认怀特关于小说采用神话是原型预示技巧的方式的观点，但还有一个问题悬而未决：我们并不知道原型预示的意图为何，为什么早先的故事比后来的故事更为重要呢？[②]葛尔德采用了一个颇具现象学味道的概念"意向"（intentions）组成他的标题，使争论已久的"神话"成为"意向"的一个定语，这已暗示出他改造和更新神话理论的努力。

葛尔德心目中的神话不是重复出现的母题，而是某种"理性的结构"，他认为对神话的多种定义和阐发已使这个词成了万能标签，它能指代一切，又什么也不能指代。现代文学中的神话之所以重要，是因为它以"浪费的"形式到处出现，"它被抽象成了一种只有文学才能把握的诡辩术"。[③]他用一个似乎是新造

① J. White, *Mythology in the Modern Novel*: *A Study of Prefigurative Techniques* (Princeton: Princeton University Press, 1971), pp. 52 - 54.

② Eric Gould, *Mythical Intentions in Modern Literature* (Princeton: Princeton University Press, 1981), p. 180.

③ Eric Gould, *Mythical Intentions in Modern Literature* (Princeton: Princeton University Press, 1981), p. 134.

的词"mythicity"来指代这种诡辩术，这里姑且译为"神话术"。葛尔德试图通过这个新术语的采用，强调神话作为关于人类表达的普遍理论的一部分，它所当有的本体论地位。人类使用语言来表达自己，试图跨越事件与意义之间的深沟，神话术的出现代表了人类要求弥合这一本体论的深沟的新尝试。葛尔德借鉴海德格尔关于语言与存在关系的看法，认为事件与意义从来就没有共同的界限，离开持续的阐释过程就没有意义可言。因此，神话术的本质必然涉及符号学和阐释理论。换言之，神话术的表达与阐释成为不可分割的东西。

从这种得之于现象学和阐释理论的见解出发，葛尔德要求重新理解被荣格和弗莱大大简化了的原型概念，认为那是一种本质主义者的概念，它把原始事件抛在语言之后的某个地方，那地方是不可阐释的，因而也是不可表达的。葛尔德还批评弗莱的《批评的解剖》将众多神话本质化为一个神话，即探求神话，因而导致原型批评的作茧自缚的局面。[①]他期望把原型概念界定为"一种转换模式"（a transactional model），"一个向着反复发生的意指活动开放的符号，而不是封闭的和客观的事实"。[②]经过这种半是现象学、半是结构主义和符号学的改制过程，原型仍然是某种预释的方式，它对我们发现的内在的意义提供外显化的表达和阐释模式。神话术的话语表达了语言的潜在能力，它将把我们发现的对于生存在本体论的深沟之中有用的内在意义带入日常生活。作为开放性的符号，原型为我们表达本来不可表达的东西提供了条件；作为转换模式，原型成了理解我们的知识中所缺乏的因素的阐释中介。

就这样，葛尔德像一位在大山的两侧同时掘进的探险家，终于挖穿了一条贯通的隧道：他把20世纪文学创作和文学批评中的核心问题——神话，同20世纪哲学中的核心问题——语言与阐释——联结为一体，从而获得了考察问题的新视野和新高度。由此出发，他在书中以三位作家（乔伊斯、劳伦斯和艾略特）为例，揭示出现代神话文学的哲学本体论意义：我们依靠小说和诗歌来赋予我们的世界以意义。神话术使我们相对克服了语言的有限性，帮助我们去理解那些不可理解的东西。

与此相应，神话批评家的作用也显得空前重要了：离开有效的阐释，我们将

---

① Eric Gould, *Mythical Intentions in Modern Literature* (Princeton: Princeton University Press, 1981), p. 28.

② Eric Gould, *Mythical Intentions in Modern Literature* (Princeton: Princeton University Press, 1981), p. 125.

沉溺于一个没有意义的可怕世界。对神话意向的捕捉和理解是我们暂时跨越本体论深沟的必要保证。在以“神话术与不可理解的”为题的第四章中，葛尔德对神话—原型批评的前景作了如下展望：

> 我通过本书所要表明的是，神话批评的未来不在于确认文学中的母题，而在于洞悉神话与小说创作的现象——每位作者都试图遮掩意识的无能为力和完全理解的失败，这些总是潜存于创作计划和封闭的情节之下的。……神话和小说都不能穷尽意识和语言，在把世界转化为新的意义的伟大事业中继续着的是意向，而“神话思维”则使我们能够理解这种意义。①

显而易见，葛尔德为了给盲目行进的原型批评寻找出路，已经迂回得比任何人都要远了。正是对胡塞尔、海德格尔、索绪尔、列维－斯特劳斯、德里达、拉康等众多派别的广收博取，使葛尔德的著作在变得晦涩的同时获得了理论的分量和深度。他的神话意向说明了一个生活在后现代主义和后结构主义的文化氛围中的批评家，关于神话所能作出的最具综合优势的理论探索。至于他所预示的原型批评的未来前景究竟在何种程度上会变为现实，我想目前还远远未到盖棺论定的时候。不过有一点可以肯定的是，原型批评从发现乔伊斯小说中的神话母题到确认乔伊斯创作的本体论地位，确实已经摸索到一条能够超越自身局限的开放性和综合性的发展道路。

①Eric Gould, *Mythical Intentions in Modern Literature* (Princeton: Princeton University Press, 1981), p. 180.

哈姆雷特与俄瑞斯忒斯（节选）

［英］G. 墨雷

本文译自《古典诗歌的传统》（*The Classical Tradition in Poetry*）1927年英文版。作者墨雷（Gilbert Murray，1866—1957），英国古典学家，生于澳大利亚的悉尼。1877年到英国，就学于伦敦的麦钱特泰勒学校和牛津大学圣约翰学院。1889年受聘为格拉斯哥大学希腊文教授，1908至1936年任牛津大学钦定希腊文教授。墨雷是古希腊戏剧的编纂者和英译者，在古希腊文化和文学方面著述甚多。曾被选为英国皇家文学协会会员，先后获牛津、剑桥、格拉斯哥、伯明翰等大学的名誉博士学位。1941年获功勋勋章。主要著作有：《古希腊文学史》（*A History of Ancient Greek Literature*，1897），《希腊史诗的兴起》（*The Rise of Greek Epic*，1907），《欧里庇得斯和他的时代》（*Euripides and His Age*，1913），《希腊宗教的五个阶段》（*Five Stages of Greek Religion*，1925），《希腊研究》（*Greek Studies*，1946），等等。本文原为四个部分，前两部分对比了莎士比亚的《哈姆雷特》和埃斯库罗斯的《俄瑞斯忒斯》之间的诸多共同因素，后两部分探讨产生这种类同现象的内在原因。这里所选的是后两部分。作者提出，在这两部彼此之间并不存在影响关系的剧作中所出现的类同现象，可以在作为戏剧艺术基础的史前或民间宗教仪式中得到溯源性的解释。被人类学家称做“金枝国王”（即弗雷泽《金枝》中所揭示的那种为了社会共同体的需要而被当做替罪羊杀死或放逐的国王）的几乎遍及世界的仪式故事乃是构成悲剧意识的基本要素。天才的戏剧家自然地表现出潜藏在原始萌芽中的戏剧潜力，于是写出了同样类型的戏剧杰作。这样的剧作之所以能够跨越时代震撼人心，就在于它们能唤醒几千年来沉睡在人类心灵深处的情绪的潜流。

我希望我并没有勉强立论，也没有强解事实。我想大家会承认：这两个悲剧英雄之间的相似之点——有些是根本的，有些也许是表面的——是相当突出的。更令人吃惊的是这样一个事实：哈姆雷特和俄瑞斯忒斯都是世界两大悲剧时代最伟大的，或者说最著名的英雄人物。

我们应该看到，相似之点可分为两部分。第一部分是我们可称为原始传说的双方故事背景的大的相似点，即俄瑞斯忒斯与哈姆雷特一般的故事。但第二部分更值得注意：希腊和英国伟大的戏剧家把这些传说写成悲剧时，虽互不影响且路子不同，然而，不但旧的相似点大半都保存下来，而且还增添了不少新的相似点。即是：埃斯库罗斯、欧里庇得斯和莎士比亚在有些点上相似得惊人，而在萨克索或《阿姆勃勒斯》或希腊史诗中则根本不是这样①。例如，莎士比亚和欧里庇得斯描写主人公发疯是写得一样的，但与萨克索或《阿姆勃勒斯》中的发疯则迥然不同。

其中有什么联系呢？所有批评家看来都同意说，莎士比亚没有直接研究过希腊悲剧家。而且，即使有人设想他曾经研究过，我想考虑许多问题之后，就会使那种设想落空。当然，也可能莎士比亚一些在大学里的朋友中，有些懂希腊文的，与他交谈时会提到希腊剧本中各种故事、场面或者效果。史本斯小姐提出马斯顿②的名字。她说马斯顿有意模仿希腊人——例如不用葬礼而取得特殊效果——可能对莎士比亚有相当影响。这是条很重要的研究线索，但是不能完全说明莎士比亚的情形，对萨克索的著作也无法解释。

通过塞内加③间接模仿也是不可能的。俄瑞斯忒斯在塞内加全部作品中只出现过一次，而且他还是个不会说话的婴儿。萨克索无论如何不会去研究塞内加。

拜占庭宫廷里斯堪的那维亚的雇佣文人有无影响呢？或者，更简单些，罗马人征服英国这件事有无影响呢？使北部与地中海建立联系，把古典故事的丰富世界介绍给北部的人，这两条路线无疑是重要的，但是作为解释则根本不妥当。它可能在传统的俄瑞斯忒斯与萨克索的阿姆罗迪之间架了一座桥梁，但它们并非急需一座桥梁。在关于俄瑞斯忒斯的悲剧和莎士比亚的哈姆雷特之间，最需要桥梁的地方，它并未架上一座。

---

① 萨克索·格拉马提刻斯（Saxo Crammaticus），丹麦 12 世纪史学家，著有《丹麦人的历史》，其中记载了关于哈姆雷特的故事。《阿姆勃勒斯》（Ambales），冰岛的传说故事。——译注

② 约翰·马斯顿（John Marston，1575？—1631），英国戏剧家。——译注

③ 塞内加（Seneca，公元前 4 年？—公元 65 年），罗马悲剧家。——译注

从我们有记载的历史看来，不管直接还是间接，都未曾有过模仿的机缘。那么，我们能不能回到更广泛、更简单然而惊人的设想上去？能不能说悲剧的天地生来就狭窄，相似是必不可免的？有些情况、故事和性格——简言之，即题材——生来就带悲剧性，这类题材为数甚少，因此，两位诗人或两类诗人在发现或创作悲剧题材的时候，很有可能走相同的路子。我看这种提法有点道理，我下面要用到与之类似的论点。然而我认为光是这一点还不够，或者说不是足够的，也还不能解释我们谈到的在细节上和基本结构上如此酷似。我看了看这两个传说，感到一定有另外的联系之处。

历史记载的范围内既找不到联系，那么此外有没有呢？剧作之间，或者直接些，传说之间，都没有什么联系；那么神话之间，或者说，作为戏剧基础的原始宗教仪式之间，有没有某种内在的联系呢？分析到最后，有没有可能，欧里庇得斯和莎士比亚之所以有相似之点，就是由于才能突出的戏剧家自然地表现了藏在原始萌芽中的戏剧潜力？如果这样说得通，那么我们就会得到一些有趣的结论。

首先，我们能否发掘产生希腊俄瑞斯忒斯传说的原始神话？（我不否认其中可能有历史成分；但如有历史成分，那就必然夹有神话。）那个传说包括两部分：

（1）“人中之王”阿伽门农，被他一年轻的亲戚，流放中的埃癸斯托斯推翻并杀死了，埃癸斯托斯是得到王后帮助的。[①]

（2）阿伽门农的继任者心里害怕，想杀害王位的继承人俄瑞斯忒斯，然而俄瑞斯忒斯却偷偷地回了家，在一个年轻的王后厄勒克特拉[②]帮助下，把埃癸斯托斯连同母后都处死了。

这个故事很清楚是一组发生在希腊的或前希腊的传说。我们回忆一下赫西俄德[③]所描写的太古时代的国王。

第一个王是乌剌诺斯，妻子叫伽依亚。他怕他的儿女们，把他们“藏起来”，结果他的儿子克洛诺斯起来，把他撵出天堂，这是得到母后伽依亚帮助的。

于是克洛诺斯即位，妻子是瑞亚。他也惧怕儿女，把他们“吞下去”，后来他的儿子宙斯起来，借母后瑞亚的帮助把他推翻。

再次——但是故事不能继续下去了。宙斯一直统治着，没有被人推翻。但他

① 埃癸斯托斯（Aeqisthus）是阿伽门农的堂弟；王后指克吕泰涅斯特拉。

② 俄瑞斯忒斯的妹妹。——译注

③ 相传公元前 8 世纪至公元前 7 世纪之间的希腊作者，著有《神谱》《劳动与时令》等。——译注

是死里逃生的。他正想娶海的女神忒提斯为妻的时候，普罗米修斯警告他：如果娶了她，那么忒提斯生下的儿子比宙斯还强大，会把他从天上撵出去。虽然我很喜欢忒提斯，但我不大怀疑她会帮助儿子进行他的罪恶勾当。

上述情形中，代表新的王位篡夺者的是老国王与王后的儿子。结果，母后虽帮助他，却不像别的传说那样，因他是年轻亲戚而嫁给他。但是有一传说，保留了母子联姻故事，未加删减改动。在忒拜，国王拉伊俄斯和他妻子伊俄卡斯忒知道他们的儿子将来会杀害并推翻父王。拉伊俄斯下令将儿子弄死，但母后救了他。儿子杀了父亲，继任王位后，便娶其母为妻。她后来与他一起被杀害或推翻了，正如克吕泰涅斯特拉与埃癸斯托斯，葛忒露德与克罗迪斯一起被杀害、推翻一样。

所有这些故事中，很清楚有一个共同的成分，读者一定已经看出来了。这就是我们称为"金枝国王"（Golden Bough King）的遍及全世界的仪式故事。我在别处已经说过，这种仪式故事是构成希腊悲剧基础的基本思想，而且还不止于希腊悲剧。它是传统的哑剧的基础，哑剧虽已极为退化和庸俗，在北欧诸国却尚未完全消灭，并且是人类大部分宗教的根基。

我看不必多解释繁殖之神或年神的故事。也许有两点我们应该记住，免得以后混淆。第一，早期算法有两种，可以用季节或半年，即夏冬两季一算；也可以以一年为一个单位。根据第一种算法，夏季的王或繁殖神被冬季王杀死，于春天复活。根据第二种算法，每年国王来时，先杀死冬季王，娶王后，变得骄傲神气起来，然后被其前任的复仇者杀死。这两种概念引起神话里一些混乱，这在多数哑剧形式中也能见到。

第二点要记住的是：这种死亡和复仇，在我们远古的祖先间，真的是以人的流血来演出的。神圣的国王真的"杀死杀害者"，而自己又命定被杀。王后可能做她丈夫的杀害者的妻子，要不就一同被处死。深染人类早年历史的不是苍白的神话，也不是寓意故事。这是人为了不致饿死的强烈的食欲，他记得很深切：为了活命，不管愿意与否，总得洒出许多鲜血。关于这个问题，我推荐读者去看看《金枝》[1]，其中有经典性的说明，看看杰恩·赫丽生的《忒弥斯》[2]，其中有卓越的阐述。

---

① 《金枝》，参看本书上编第一篇文章编者按。——编注

② 赫丽生，参见本书上编第三篇文章编者按。忒弥斯（Themis），希腊神话中宙斯之妻。

这样，俄瑞斯忒斯这个疯子、弑君者，就与傻子勃鲁忒斯和傻子阿姆罗迪并起并坐了，勃鲁忒斯驱逐了泰昆斯家族[1]，阿姆罗迪在他冬季的宴会上烧死范格王[2]。研究希腊的大学者海曼・乌塞内耳几年来以其他根据，证明俄瑞斯忒斯是一个冬季之神，他杀死夏季之神[3]。他是寒山上的人，一年一度在得尔福杀死红色的涅俄普托勒摩斯[4]，俄瑞斯忒斯是死亡和死者的联盟者；他在黑夜中突然出现；他疯狂愤怒，像冬季之神马伊梅克得斯[5]和 11 月的风暴一样。看来，在雅典的仪式里，人们真的在深秋给他织一件衣服，免得他受冻[6]。这样，他就完全不同于各种各样光辉的英雄人物，不是杀死黑夜的巨龙；他同许多哑剧中杀害快乐国王的凄厉的傻子倒是同行——能否说与凄厉的阿姆罗迪是同行？

对俄瑞斯忒斯，这样解释完全行得通；但是对于哈姆雷特和阿姆罗迪，我们可以这样解释吗？能不能把他放在神话领域里，就像我们在希腊看到的那一类的神话？这里，我是十足的门外汉，说起来有点胆怯，求高明之士指正。但是即使我对材料研究得极不完全，以下这一点却是没有疑问的：同样的神话形式，同样范围的原始宗教概念，可在斯堪的那维亚及其他亚利安族国家中找到。

英林格传说中有些妻子与伽依亚、瑞亚、克吕泰涅斯特拉、伊俄卡斯忒同属一类。例如，范伦迪王与芬兰的德里法成亲，他们的儿子维斯勃耳与母亲一起将他杀死，继承王位（用巫术杀死，我想没有审判官能替维斯勃耳洗罪）。

维斯勃耳继而娶财神奥德的女儿为妻，他像阿伽门农一样，对妻不忠，其妻就与他决裂，派两个儿子与他论理，用正当的仪式，及时地把他烧死在房子里——正像哈姆雷特传说中烧死范格王，真正的北部村民在节日烧死旧年神一样。

这里又有这种帝王的清楚的线索：他们被用来祭神，王位由杀他们的人继承。英林格的帝王大半以神祭方式死去。有一个国王，大家公认是用作牺牲来免除饥荒的，另一个被供祭的公牛杀害，还有一个在庙中从马上摔下而死，另有一个跳进节日火堆自焚。还有一个——像乌刺诺斯、克洛诺斯和其他吞食孩子的王一样——定时以牺牲自己孩子来延长自己的寿命。我引用这例子，只是

---

① 罗马传说，泰昆斯统治很残酷。——译注

② 见萨克索的《丹麦人的历史》。——译注

③ 见《宗教学宝藏》中《神圣的行动》，1904 年版。——原注

④ 涅俄普托勒摩斯，阿喀琉斯的儿子，因发呈红色，故名。神话中说，他娶赫耳弥俄涅为妻，但后者曾许婚于俄瑞斯忒斯，俄瑞斯忒斯便杀死他。——译注

⑤ 马伊梅克得斯（Maimaktes），宙斯在雅典的别名，意谓狂暴、风暴。——译注

⑥ 见阿里斯多芬的《鸟》，第 712 行。——原注

说明这种思想在挪威的原始社会里也像别处一样常见。但萨克索本人真正抓住了问题。他不但告诉我们俄勒的故事：俄勒是乞丐王，带着一个乔装成妇女的仆从，进入托瑞王的宫殿，让别人开玩笑地管他叫国王，后来他把国王杀死，取得王位。萨克索还在斯卡尔人的故事中肯定地告诉我们："据古人的公众法律，谁杀死国王，王位就归谁。"

所以我们发现传说中的哈姆雷特与俄瑞斯忒斯如此相近；我们发现他是凄厉的傻子和弑君者，特别是我们发现哈姆雷特的母亲也起这一奇特的作用，即虽说未曾帮助，总是嫁给了她丈夫的杀害者与继任者，不管她叫什么名字，葛露太也好，葛忒露德或者阿姆白也好；我们发现阿姆罗迪的母亲，阿姆勃勒斯的母亲，种种不同的哈姆雷特，如哈尔吉和黑罗亚的母亲，哈姆雷特的妻子，部分像哈姆雷特的安拉夫·古伦的妻子，她们都起了这一奇特的作用，当我们发现这一切的时候，我们毫不犹豫地能得出在希腊传说中必然得出的相同的结论。除赫西俄德记载外，最富有克吕泰涅斯特拉色彩的，就我所知，唯有哈姆雷特了。有一个事实不禁使人想起俄狄浦斯和伊俄卡斯忒，这个事实本身对故事虽无关紧要，但萨克索与《阿姆勃勒斯传说》中都记载下来，那就是：阿姆罗迪在他母亲卧房里睡过觉[①]。

传说故事对这古代的母后的描写，有一点异常富于特点，她总是一个带有通奸、乱伦和谋害色调的女人，然而在多数故事里，她又是一个有母性的、值得同情的人物。克吕泰涅斯特拉是一个例外，戈姆英拉莰也许也是例外。但是伽依亚、瑞亚甚至伊俄卡斯忒都是富有母性和值得同情的。欧尔凡迪尔的妻子、阿姆勒斯的母亲、葛露太和阿姆勃勒斯的母亲[②]阿姆白也是这样。欧尔凡迪尔的正妻格洛亚，她也许与葛露太是同一个人，也是这样。瑞德勃教授说："格洛亚是一个性情温柔的人，忠诚于她家里的人。"莎士比亚甚至还保留这一性格特点。布拉德雷[③]教授说："葛忒露德有一种软绵绵的动物天性。……她喜欢幸福，像沐浴在阳光下的绵羊，说公道些，她希望看到别人也幸福，像很多沐浴在阳光下的绵羊。"我们的大地母亲正是这种性格！当然，她正是这样的人。希腊故事公开提出她的姓名：伽依亚和瑞亚公认是大地母亲，伊俄卡斯忒差不多也是公

① 萨克索：《阿姆勃勒斯》。——原注

② 现存《阿姆勃勒斯》传说形式中，阿姆勃勒斯母后个人之保存贞洁是由于一种妙术；这一例更证实了这条通律。——原注

③ 布拉德雷（A. C. Bradley，1851—1935），英国批评家，莎士比亚研究者。——译注

认的了。我们不能从道德上否定大地母亲一年一度与新的春神结婚；也不能从道德上否定在十分原始的社会阶段人类的王后的并非私人性质的强制婚姻。但是，后来当人的生活越来越自觉、感性的时候，也许会有一位诗人或者戏剧家思考这一传说，想表现这个永远不贞的妻子，这个永远袒护子女的母亲的地位与感情，在这个时候，他情不自禁地会在她身上看到那种内心冲突的因素，而这正是伟大戏剧的萌芽。丈夫、情人和儿子分裂了她的内心；儿子要复仇，杀害母亲，他的内心也受到何等煎熬？

英国的悲剧写儿子。然而葛露太、阿姆白、葛忒露德、海墨忒露德、戈姆英拉茨、伽依亚、瑞亚、伊俄卡斯忒——她们每个人都是一场悲剧，一场大体上相同的悲剧。为什么她们中最有悲剧性的克吕泰涅斯特拉与她们不属一个画廊呢？

我们只能推测。克吕泰涅斯特拉像有些传说中的葛忒露德一样，她有原始国王妻子所共有的两个经历。她既嫁了杀害她丈夫的人，又被复仇者所杀；这两段故事同样突出，而其他女主人公则不是这样。其他女主人公的死亡一般不是轻描淡写，便是一字不提。但是除此之外，我想特别强调埃斯库罗斯悲剧艺术的匠心。他在传统中看到的克吕泰涅斯特拉的性格说不定不比葛露太清晰多少，只稍将笔头一转，沉静安分的形象便成了悲剧情绪激烈的女人。如果萨克索这人像埃斯库罗斯，如果莎士比亚的中心人物不是哈姆雷特而是葛忒露德，克吕泰涅斯特拉也许不会如此孤独了。

哈姆雷特作为神话中的人物是怎样的呢？我发现了我正要找的证据，这简直令我吃惊。在萨克索作品中，哈姆雷特是荷文迪罗斯或者欧尔凡迪尔的儿子，这是个古代条顿族的神，与黎明和春天有关。他的大脚趾就是现在的金星（这个脚趾被冻掉了，所以光芒寒彻）。他的妻子叫格罗亚，传说她就是绿色的土地；他杀死敌人柯勒鲁斯——带头巾的柯尔，说不定就是寒冷[①]——杀死的地方萨克索称为“可爱的春草碧绿的地点”，是在一个草木发芽的林间。他兄弟把他杀了，他儿子为他报了仇。我从不同路线探索到的那种结论，研究斯堪的那维亚的公认权威学者早已得到了，尤其是高伦兹教授（他特别注意主人公母亲的作用）、阿陀夫、晋佐和维克多、瑞德勃。艾尔顿教授较为审慎，但他的结论大抵也还是同样的方向。费尔波斯小姐出色的著作《古冰洲诗集》出版后，这些论断首

① 英语“寒冷”为 cold，发音与“柯尔”相近。

次公世以来，整个论证就大大加强了。[①]

因此，这些论点如果可信的话，我们终于追索出哈姆雷特传说的巢穴了，这个巢穴与俄瑞斯忒斯的在同一个地点：在先史时代举世普遍的仪式中，有夏冬、生死的斗争，它在人类思想发展中起如此巨大的作用，对中古戏剧史尤起巨大作用，正如查姆伯斯[②]先生所指出的那样。这两个英雄的风格与其说像夏天，不如说像冬天，但两者都站在正义的立场，反对邪恶。哈姆雷特不是什么胜利愉快的杀人者。他一身漆黑，独个儿狂怒不已，他是个非杀死国王不可的凄厉的傻子。

一个原始的民间故事，本身还相当空泛，缺乏性格特征，但经过不断的创造、再创造，最后却成了一出震撼世界的大悲剧，这真可以说是一件奇事。然而我相信，在希腊文学中，这是常见的，几乎是一个常规了。一位希腊作家给神话下的定义是：τα λεγσμενα επι τοις δρωμενσις，即“在做仪式时说的话”。我们设想，你为了某个农业仪式，把一束谷物揉成粒儿，把谷粒撒在田里；解释为什么这么做，你就说了一个神话故事：“从前有一位年轻漂亮的王子，他被撕得粉碎。……”他是因某种罪孽受到猎狗或野兽的报复而死，还是平白无故地死在特剌刻[③]疯狂女人或者魔鬼似的提坦手里，还是因为一个不公平的诅咒在起作用而丧身？村里人一起这样谈论着，开始思索并感兴趣，不自觉地写成诗歌，后来，故事愈来愈精彩、愈有力，结果产生了彭透斯、希波吕托斯、阿克泰翁或者狄奥尼索斯[④]那样的悲剧。当然其中一定也有历史的成分。原始时代的生活不会比今天平静。发生了什么事情，人们一时震动，后来便谈论它们。但观察得准确，记忆和报道得准确，这是人类最近才有的难得的功绩。今天有了许多书面材料和思想训练，我们才能把它做好。古人当时太激动了，不会观察，后来又不屑于记录它，又常为固定的思想形式所限，没有准确地考虑具体事实。（其实，他倒不想这么做的，他另有目的。）反正那时候，事实像神话一样，很快地放在同一个坩埚里熔炼。没有人进行研究。他们不去记清名字和日期。他们一起谈论，感叹，默想，后来历史上一个爱尔兰国王长得酷似古老神话中的阿姆

---

① 高伦兹著《哈姆雷特在冰岛》；晋佐著《哈姆雷特传说与同类传说研究》；瑞德勃著《条顿神话》；艾尔顿译萨克索。有附录二。——原注

② 查姆伯斯（E. K. Chambers，1866—1954），英国学者。——译注

③ 特剌刻，古地名，该地人勇蛮好战；提坦，宙斯父亲克洛诺斯的兄弟们。——译注

④ 彭透斯，忒拜国王，因偷看酒神节妇女狂欢被杀。希波吕托斯，拒绝后母淮德拉的爱情，遭淮德拉诬告而死。阿克泰翁因见神沐浴，被女猎神化为鹿，遭猎狗咬死。狄奥尼索斯即酒神，欧里庇得斯写过一个悲剧，叫《酒神的侣伴》。——译注

罗迪，一个历史上的迈锡尼国王渗入像与地母结婚的原始天神乌刺诺斯的故事中。到了后来，有生命力的，流行广泛的是神话，而不是历史。《哈姆雷特》或《阿伽门农》中激动我们的，不是什么中世纪艾尔西诺耳或史前的迈锡尼的历史细节，而是那些古老的传说和神话仪式中的事儿，这些事儿在五六千年以前震动、刺激着我们的祖先，使他们通夜在山上跳舞，把人与兽撕成碎片，自己也可怕地死亡，其目的是要绿色的世界永生不死，想做他们本民族的救护者。

我不是想制造一种似非而是的议论，亦无陈列一个理论公式的意思。我不怀疑，也不低估个人天才的存在和他们无所不包的艺术才干。我想没人会这么说我的。我只是想说明，在书籍不能印刷，还没有广大读者群的时候，在文艺创作中这种现象的发生是十分普通和常见的，并且从某种程度上说，今天无疑仍有这种现象。

我们这样设想包含什么意思呢？第一，它说明：在所有的诗人与孩子之间，创作者与一般人之间，艺术家与听众之间，有一种伟大的不自觉的固结性与连续性，世世代代继续下来。艺术创作和其他生活方面一样，传统的成分远比天真的人所想的要大，纯粹创作成分远比他们所想的要小。

第二，它说明：在流传的过程中—— 一代代传下来，不断地去粕存精，反复体会思考—— 一个题材有时候显示出一种近于永恒的持续性。它可以改动极大，它可以完全变样。然而，某种内在的东西仍然保留下来，一代代的诗人不自觉地重复意味深长的细节。不，还不止于此。它仿佛说明：某些原始神话中，常蕴涵有细致的戏剧力量的宝藏，只待天才的戏剧家去发现它，去表现它。当然我们不能夸大这一点。我们不能说《哈姆雷特》或《厄勒克特拉》存在于原始仪式中，像花朵存在于蓓蕾中似的。蓓蕾如果及时吸收养料，必然会沿着一条固定的线路生长；神话或者仪式就不是这样。它的生长得靠许许多多活人，依靠许许多多常变的和复杂的条件。我们只能说，其中有某种天然生长的线索，就目前的这个例子来说，相当突出的，它既具有大的面貌，又有好的细节。产生哈姆雷特与俄瑞斯忒斯的两个社会是十分不同的；诗人的个性不同，而且毫无联系，甚至剧本本身在布局、背景、技巧和许多其他方面也大不相同；唯一的联系点在于它们好几千年前的共同根源，根本相同之点仍然出现，几乎不会被人弄错。

这一想法看来奇怪，但在宗教史上，它毕竟早已是一个经过证实、为大家所接受的事实：原始概念甚至原始仪式具有这种“近于永恒的持续性”。我们的设想还含有这样的意思：我们已经知道在宗教上发生的现象，在戏剧创作中也可能发生。

如果确是如此，那么很自然会有下列现象：特别激起原始人兴趣的题材，或其中某些题材，对于人的某些根深蒂固的本能，仍然应该有种共鸣。我不是说这些题材将永远激动我们，而是说这些题材将来激动我们时，我们看出其方式将是特别深刻和有诗意的。这部分是由于它们原来的质地；另外，我想因为只是重复的缘故。我们都知道，有名的和亲切的词汇与名字有一种情感上的魅力，即便有些人不了解这些词汇，不知道这些是谁的名字，它们也有这种魅力。我想这些故事和背景中有一种类似的魅力；我不能完全回避比喻的说法；这些故事和背景深深地插入人类的记忆里，像在我们的肌体里打下了印记。我们已经忘却了它们的声音面貌，它们对我们是陌生的。然而我们一看到它们，内心便有一个东西跳将出来，这是一种来自血缘的呼喊，它告诉我们：我们是一直认识它们的。

当然，整个传统发展中还有一个主要部分，那就是：神话的材料与现实生活对照之下，常常得到修正和纯化。现实主义、文学技巧和想象就是打这儿来的。无疑的，甚至在开始时，就有来自现实生活的成分。最初的神话创造者绝非在真空里创造。他的确是想——用亚里士多德有名的话说——说出“那种将要发生的事情”；只是他这个“将要发生”的概念，拿我们的标准来衡量，有点虚妄。后来，人的生活经验更广泛、更稳定、更客观了，他“那种将要发生的事情”的概念也就更为可靠。它越来越接近自然的真理，接近它的丰富性、合理性和无限的微妙之处。在伟大时代的文学中，仿佛格外有一种魅力，使这两种对立成分保持适当的比例——表现丰富的原始感情，同时又微妙细致地再现人生。在《哈姆雷特》《阿伽门农》或《厄勒克特拉》这类剧本中，我们无疑地看到了一种细致和灵活的性格塑造，一个丰富和有匠心的故事，充分体现了诗人和剧作家的技术；可是我想我们在表层下面看到奇异的、未经分析的震撼力，一种冀望、恐惧和情绪的潜流，这种长期沉睡然而永远令人亲近的情绪，几千年来一直潜藏于我们内心的深处，织进我们最神奇的梦幻之境。这条溪流可溯源于过去的年代究竟多远，我甚至连推测都还不敢；不过看来，激动它，或随它而激动的那种魅力，是天才最终秘诀之一。

董衡巽　译

《老水手之歌》中的原型

［英］M. 鲍特金

本文译自戴维·洛奇所编《20世纪文学批评》(*20th Century Literary Criticism*)，英国朗曼出版公司1972年版，第190—201页。本文原为鲍特金[①]的《诗歌中的原型模式：想象的心理学研究》一书中的一节。《老水手之歌》(*The Rime of the Ancient Mariner*)旧译名为《古舟子咏》，是英国诗人柯勒律治的著名作品，历来为西方文学批评界所重视。鲍特金在本文中以前人的研究为基础，对本诗中的两个重要段落进行了深入细致的原型心理分析，着重挖掘诗人和读者对潜伏在素材与诗歌意象背后的深层情感力量的共同感受。文中还大量引述了比利时象征主义诗人维尔哈伦的作品作为柯勒律治创作心理的参照物，并试图借荣格的分析心理学理论来说明诗人创作以及诗歌欣赏活动中意象的发生、粘合与再造的普遍规律性，从而摸索人类审美反应的共同心理程序。

本文将研究构成这首诗动作高潮的一些诗节，它们包括第四部分中引出对水蛇的祝福的那些诗节，和第五部分中描述爱的冲动的直接结果的诗节。

我照例要请读者自己考察他们对本诗的这一中心部分的反应。由于这首诗容易理解，我不打算大量引用原诗。接下来再就人们自己对诗歌所发生的反应要加以研究的意图，提出若干值得探讨的观点。

当读者把注意力转回到对诗歌做生动的情感体验，从而探索诗的内容时，这种探索的答案往往是：除了诗中的词语之外，没有别的需要辨认的东西了。瓦伦廷[②]教授在对“诗歌欣赏中的意象作用”[③]进行实验研究的过程中发现，有些对生动的意象很敏感并且习惯于识别意象的学生，却报告说他们实际上不是通过

① 鲍特金，参看本书上编第十一篇文章编者按。

② 瓦伦廷（C. W. Valentine），英国文学研究者，生平不详。——译注

③ 载《英国心理学杂志》第14卷第2部分。——原注

表现出的意象而是通过词语来理解和欣赏诗的，甚至是那种描绘性的诗。一位这样的观察者写道，某些惊人的词语使意象“动荡于深层”，但就大多数情形而言，欣赏“似乎是无意识地参照于经验”[①]而完成的。又有些观察者发现，要想体察诗中的意象，就难免会打断“诗歌体验的连续性”[②]，因而对意象的关注有碍于对诗的审美享受。当读者把注意力转向意象时，似乎有某种更为重要的东西被置换掉了。

我本人对柯勒律治诗歌的体验是：在欣赏达到最充分的时刻，除了词语之外，没有出现意象。我在一定程度上意识到其整体的深远意蕴，好像有一种力量汇集在每一具体的诗节或诗行之后。只有欣赏活动的紧张状态松弛下来时，我才意识到意象，即参照了过去的具体经验。至于说到把与某些诗句相关的个人联想与文学联想相互联系到一起，那我只是在描述诗歌欣赏活动放松时所意识到的东西。不过，在作这样的区别时，我们看起来意识到的这些内容，似乎把某种东西加入到正在进行的对意义的统合体验中去了——似乎是“化合”联想在起作用[③]。比如说对“风停下来了”这样一句诗的欣赏，假如我在从自由联想的发生中部分地意识到其构成的那种思想之外，还渗入其他的记忆情结（memory complex）的话，那么，欣赏的效果就会有所不同。

詹姆士·拉塞尔·罗威尔[④]写道：“除了莎士比亚的十四行诗之外，柯勒律治给我留下的记忆比我年轻时所喜爱的任何其他诗人都要多。我认为这不是一种个人的癖好，而是一个普遍经验的问题。”[⑤]这种相当天真的自白表明，除非我们借助于比较心理学的研究成果来测定并估计我们自己在批评上的“个人误差”，否则，我们全都会觉得我们的个人经验仿佛真是“普遍经验”似的。似乎人人都能体验到某些诗歌或诗段对我们产生了感情控制——那种具有渗透性的感觉；实际上，气质和个性的多样化使得截然不同的记忆情结所造成的选择性影响因人而异。我们知道，有些诗句对我们来说会有特别的吸引力，而对另外的人却显得平淡无奇——这是由于缺乏联想或联想不同的缘故。这种联想既“植根于

① 载《英国心理学杂志》第 14 卷，第 181 页。——原注

② 载《英国心理学杂志》第 14 卷，第 183—184 页。——原注

③ 参看瓦伦廷教授和比尤（Bullough）先生对“‘化合’联想”一词的使用，他们意指的是一种“熟悉的、不可避免的、恒久的”联想，载《英国心理学杂志》第 14 卷，第 177 页。——原注

④ 罗威尔（J. R. Lowell，1819—1891），美国诗人和批评家，曾任美国驻西班牙、英国的大使。——译注

⑤ 见《罗威尔全集》第 7 卷，第 88 页。——原注

记忆之中”，又同那些具体的词语、意象、韵律相融合，这样就获得了特殊的含义。不过，尽管存在差别，有些联想对个性和气质极不同的人也能产生相似的效果。就拿我们刚才谈到的诗句为例，不论描写风停帆落或微风吹来的那些诗句对于个人的反应可能因气质和性格的不同而产生怎样的细微差别，像船儿因无风而滞留或乘风返航这样的内容确乎具有某种普遍的“原型的”特性。

在着手考虑本文所要研讨的诗节时，我要引用列文斯顿·罗韦斯[①]教授对《老水手之歌》及其渊源所做的极引人注目的研究成果。他把这种“渊源”看成是“发挥作用的……想象的动力”。罗韦斯教授把诗中的某些诗句和词语联系到柯勒律治读过的书中的诗文，从而使我们可以一瞥诗人头脑中的内容——他称之为“尚未表达出的骚动的混沌。它弥漫在脑海中，使一切焕发光彩，争先闪现，变成话语”[②]。

罗韦斯的研究与前文提到的福塞特[③]的研究适成对照。罗韦斯对笼罩一切的背景详加探究时几乎没有涉及情感力量，而是热衷地执著于“可以把握和验证”的证据。或许正因为这样，他倒敢于借助于心理学术语：其一是联想的联结法——柯勒律治本人叫做“记忆的钩子和环扣”——用来武装他从所读的书中得到的意象；其二是把这些被“钩住的原子”、对想象的“有意识的控制力”、“定向智能”以及“驱动意志”[④]排列成流。虽然在某些考察中包含着比这更深入的透视，但罗韦斯的一般的理论似乎没有把情感力量当做决定诗的素材选择和成形的力量。这种力量在他看来好像必然属于个人，就柯勒律治而言，经过了一百多年已经不能从他身上找到了。在一则注释中，罗韦斯强调说他无意研究可能潜在于诗的底层的关于愿望的满足或冲突等的象征内容。显然，他没有认识到性格的冲突或愿望的满足如此具有普遍性，以至于在诗歌中世世代代发出反响，而且遗留在语言痕迹中，这在某种意义上也是“可以把握和验证”的。

这样，如果我们转向罗韦斯的研究，来寻求某种提示：是何种记忆情结潜藏于柯勒律治的头脑之中，又隐藏在诗句的背后——特别是描写老水手面对死寂的热带海洋绝望地祈祷那几行诗的背后？这时，我们就会发现，当时尚未见过大海的柯勒律治却对他所描绘的对象了如指掌：

---

① 罗韦斯（J. L. Lowes，1867—1945），美国学者。——译注

② 罗韦斯：《夏那都之路》，1927 年版，第 13 页所引。——原注

③ 福塞特（Hugh I’Anson Fausset）：《萨缪尔·泰勒·柯勒律治》，1926 年版。——原编者注

④ 罗韦斯：《夏那都之路》，第 44 页、第 304—305 页。——原注

大海自身已经发臭，天啊！
竟会有这样的事情发生！
而且，在那黏糊糊的海面上，
有黏糊糊的东西在爬行。
…………
这样多如此美好的人，
都一命归阴，
而鄙俗的东西千千万，如我一般，
却继续活在人间。[①]

又如：

在那船影的外边，
我注视着成群的水蛇，
它们在闪闪的白光中爬动着。
当它们昂首直立时，
在雪白的浪花里，奇光异彩又一次飘落。

在船影里边，
我注视着它们多彩的装束：
天蓝、油绿和天鹅绒般的乌黑。
它们忽而蜷曲，忽而游动，
每条游踪都闪烁着金色的焰火。

在这些黏糊糊的东西、发臭的海和闪光的水蛇的背后，究竟存在着一种什么样的“尚未表达出的骚动的混沌”呢？

罗韦斯的著作告诉我们，柯勒律治读过许多有关黏糊糊的鱼的描写。在他“最喜爱的一个手抄本”中，有关于“多彩的蛇”的描写，目击者是豪金斯（Hawkins），他当时在埃苏瑞斯（Asores），“几个月无风不能出航”，他的水手们“找不到一桶水，更没有洁净无污的水”[②]。柯勒律治还读过卡普泰恩·库克（Captain Cook）关于小海生动物在静海中畅游的描述，当时海水中有些地方仿佛

① 鲁刚译：《老水手之歌》，见“漓江译丛”总第 6 辑《人生游戏》，漓江出版社 1983 年版，第 329—356 页。以下所引本诗不另注明。——译注

② 罗韦斯：《夏那都之路》，第 49 页所引。——原注

布满了黏糊糊的东西：这些动物“放射出奇珍异宝才有的辉煌色彩”，“犹如抛光的金属”忽蓝忽红忽绿，在黑暗中恰似“闪烁的火焰若隐若现”[①]。

罗韦斯写道，“钩子”即“近乎基本原素的那种化学亲和力”——在这里是有关“彩色的、平静的和腐臭的海”——形成了豪金斯的蛇和库克的海生动物的融合，并形成其他类似的记忆片断——“偶然的混合意象”——存储在“大脑的无意识作用的深井之中”[②]。罗韦斯还进一步注意到使混沌获得形式的幻象和控制意志。上面所引的两节诗描写了阴影之外和阴影之内的蛇，其“精妙的结构平衡”形式他早已看到了：“两段诗彼此呼应，词语叠合，犹如一唱一和的赞美诗。”

至此，我们尚未明确提及情感表达所需要的因素，而这些因素对于福塞特和现代作家来说似乎正是诗歌内在的最高构成力量了。我还要补充说，这种力量也存在于读者的头脑中，正是借助于这种力量，诗歌欣赏才能实现。

罗韦斯说：“在柯勒律治所读过的书中，很少有像库克作品第 2 卷第 257 页中的几个段落所描写的那样惊人地丰富了他的想象力；这一页描写了‘海中小动物浮游’于‘那种黏液之中’，‘犹如闪烁的火焰若隐若现’。”我们能推测出为什么会产生这样大的影响吗？罗韦斯可以帮助我们弄清原因。他并没有进行心理学的思考，而是通过文字分析竟能独自辨识出来，这显然是个奇迹。他告诉我们，柯勒律治曾打算写关于日、月和原素的赞美诗，当他读到这方面的描写时，便敏感地搜集素材。他的注意力集中于“每一种偶然闪现的光暗明晦及色彩，正是通过这些，海洋、天空和大地的外观才得以表现，其激荡的气息才可能捕捉并保持下来”。罗韦斯从柯勒律治的早期诗作《民族的命运》中摘引了数行，这几句诗把爱之翼的拍击所发出的“欢欣的声响”比作清风的吹拂打破了

> 瘟疫般的漫长的沉寂
> 那黏糊糊的形状和残缺的生命
> 正在腐化着广阔的太平洋……

我们开始明白了，柯勒律治的想象力，那始终在寻找一种能表达内在东西的语言的想象力，从这些黏糊糊的畸形而又闪烁着宝石般光泽和奇异火花的形体中将会领悟出什么样的象征价值。就库克的描绘，罗韦斯发问说：

---

① 罗韦斯：《夏那都之路》，第 46 页所引。——原注

② 罗韦斯：《夏那都之路》，第 58、65 页。——原注

那风平浪静的海洋在夜色中泛着红光，其强大的暗示力果真在诗人的想象中激不起一点波澜吗？在那伟大的诗节中，“皓月悄悄沉移，同一海生物的形体发出蓝色、油绿色的光泽，原生动物在海水中泛出不祥的红光，海水则由绿变蓝，由蓝变白：

月光戏弄着酷热的海洋，
好像撒满了四月的白霜。
但是在那巨船的阴影躺着的地方，
那魔水总是燃烧着，
射出静静的、可怕的红光。”

这里，一度曾见于太平洋的海生物的闪闪红光，同死寂不祥的海水所呈现的阴冷的神秘感化为一体；这种意象的混合在诗中所产生的巨大感染力，我想是任何魔力都难以相比的。

读者不妨由这一节诗回顾一下库克对那无风无浪的海在暗夜中泛着红光的描写，并根据自己对柯勒律治这节诗的反应，推测出库克的描写中潜伏着的情感力量对于诗人会激发出什么样的想象。在这里同在其他地方一样，正是通过对诗人传达给我们的经验之中激荡着的情感力量的切身感受，我们才能领悟出究竟是一种什么样的力量使诗人首先把握住了素材中的那些重要方面，然后再进行加工，将它塑造成完美的表现形式。

我现在集中考察一下那把白色月光和红色阴影对照描写的“伟大诗节”，以便说明我从中感受到的诗人所传达出的经验。

研读老水手在死寂的海上祈祷的描写，直至读到这一诗节，我才意识到一个从对诗意的综合把握中自动地、强有力地分化出来的意象。我曾设身处地地体验了老水手厌恶至极的痛苦——无法摆脱那死尸横陈的腐臭甲板、腐臭的海水和黏糊糊的生灵——却没有辨识出什么意象。只有传布着绝望的声音，以及始终与此相伴随的机体的暗中变化。然而，我毕竟需要一个意象。就在我搜寻意象之际，偶然浮现出了这样一个意象：在伦敦的某个街角，一群人正你推我挤争着上公共汽车。刹那间，一个数字的提示从“鄙俗的东西千千万”那句诗的上下文中跳脱出来。但当我继而重温我那街角意象的氛围时，我意识到那种极度厌恶的情感在起着作用。

随着老水手的极端绝望转变为他的沉湎于幻想：皓月轻移，缓行中天，我也感到一些意象的骚动，不过它们尚未从相应诗句的魔力中自行涌出。然而，当读到白色的月光给船只投下“巨大阴影”、海水泛红这一段描写时，那颜色词所负荷的情感力量十分强烈，一个意象顿时脱颖而出：透过那阴影有一片红色在燃烧，好像要下落进入一个深渊。莫泊桑曾说，词既有意义又有灵魂——诗人在其遣词中可揭示出的词的灵魂。“人们一定会发现灵魂产生于词与词的触碰之中”[①]。“红”这个词通过人类的历史获得了恐怖的灵魂。但丁在他那可怕的诗句中塑造了“红”这个词的灵魂。谁要是在青年时期读到但丁的那段诗，即便所读的是译文，“红”这个词所给他留下的印象一定会比没读这段诗以前大不相同：

……我们接近一个名叫地帝的城了……
“老师，我已经看得出里面的尖顶城楼，
红得像初出火炉似的。”
他又对我说：“这是下层地狱里永劫的火，
使他们映得通红。”[②]

至少对我本人来说，“红”这个词在柯勒律治的诗节中和在但丁的诗节中唤起了同样的灵魂；于是我感到，刚刚从月亮那美的力量中解救过来的老水手，现在又乘坐在船的红色阴影中再一次堕向地狱。

我所意识到的但丁的“红”这个词及其意象对于柯勒律治诗节的影响，到底在何种程度上能为 T. S. 艾略特先生所接受，我不得而知。不过，他毕竟曾以此为例来说明他所谓种族的或传统的心灵——“欧洲的心灵”——对于诗人来说比个人的心灵更为重要。他说，这种更大的心灵在变化着，不过“这种变化是一种发展，它不中途抛弃任何东西，既不淘汰莎士比亚、荷马，也不废弃马格德林时期[③]的画家们的石刻画”。[④]艾略特先生的“非个人诗歌理论”的一个方面是：“诗歌”同“迄今为止已见诸文字的所有诗作所构成的活的诗歌总体”有关。这种关系显然不能通过个人的心灵而实现。“欧洲心灵”是这样一个概念：它只有通过不同的个人在心灵中不同程度地接近并认识到的东西，尤其是通过人们之间的相互交流，才具有意义。通过交流的奥秘——但丁与柯勒律治及他们与读者之间的交流——我在某种程度上认识到，在我这里生出一种超越我个人心灵的心灵。正是通过这个心灵，我们推测到，红颜色的意象对于马格德林时期石

---

① 转引自巴菲尔德（O. Barfield）讨论词中的潜在“灵魂”时所引莫泊桑语，见《诗的措辞》第113页。——原注

② 但丁：《神曲》王维克译本，人民文学出版社 1980 年版，第 36 页。——译注

③ 马格德林时期是欧洲旧石器时代末期。——译注

④ T. S. 艾略特：《论文选集》，1917—1932 年版，第 16 页。——原注

刻画艺术家们已具有象征价值。也正是通过这个心灵，红色意象才把它那不断增加的意义传达给但丁和柯勒律治，再传达给当前的读者。[①]

现在让我们转而研究关于风暴的那一段吧。狂风怒号，大雨如注，雷鸣电闪打破了死寂和燥热，这时老水手的爱的冲动已经消解了那使他和大自然凝固呆滞的天罚。

高空的空气复活了！
千百支火旗在闪动，
来来往往，忙忙匆匆！

来来往往，进进出出，
几颗微弱的星星在跳舞。

呼啸的风声越来越高，
篷帆摇动像茅草。
从一片乌云中雨下如注，
云边上挂着一弯新月。

浓重的乌云裂开了缝，
弯月依然挂在云脚下，
那巨齿形的闪电，
有如高山流水直泻下，
变成一条陡削宽阔的大河。

据说柯勒律治曾研究过《航行》，罗韦斯便追踪研究了其中描述热带或亚热带风暴的段落。例如贝传姆[②]的如下描绘：大雨如注，天昏地暗，“只有乌云缝

---

① 我认为但丁对柯勒律治产生了影响，对此不可能提出具体证据。不过，罗韦斯在考察但丁对另一段诗的影响时推测说，即使在写作《老水手之歌》时，柯勒律治就已熟悉但丁了。不过不光是通过鲍埃德的译文，还可能通过华兹华斯的帮助直接深入到意大利原文的意义中去了。不论通过何种途径，我认为像柯勒律治这样一位已经接近欧洲心灵的真谛的诗人，确已受到了出自《神曲·地狱篇》的那些诗句的影响。

至于红色作为“血的代表”对于石器时代艺术家的意义问题，我要参考艾略特·史密斯等人的著作。——原注

② 贝传姆（W. Batram，1739—1823），美国植物学家，曾随父在北美探险旅行，所著《游记》影响了许多英国诗人。——译注

隙间闪烁着电光，犹如江河从空中泻下”[①]。罗韦斯认为，这样的霹雳闪电，柯勒律治在得翁郡和萨莫塞特郡确实未曾亲眼目睹，不过他倒是在“阅读时眼光扫过的书页中”见到过。

罗韦斯从柯勒律治所读过的作品中不仅追溯出闪电，还追溯出一些较为含混的参照物，如“火旗”和透过晨曦所看到的“苍白的星光”。我们会带着感激之情承认，旅行家游记中的零碎片断经过诗人的笔点铁成金，化为诗句，这一情况正是由于有了罗韦斯的探源研究才为我们所知。不过，在这里我又一次觉得，对于他的评论我们还需加上来自自己经验的补充，以便洞察到那作为再创造的动因的情感力量。有的读者思考过柯勒律治描写风暴的那些诗节，觉得那些描绘在他们的头脑中理所当然地占据了预先形成的、准备好的位置。我要问一下，该怎样解释这种阅读中所产生的似曾相识的感觉呢？据我自己看来，诗中所写的大雨闪电同在梦中所感到和看见的风暴是彼此相关的。在醒来时回味这种正在淡忘中的关于大雨闪电的印象，便给回忆披上了诗中词语的外衣，使二者融为一体了。

难道又是活跃在柯勒律治或读者个人的感觉中的种族心灵或天赋，既同化了热带风暴的描写，又以更夸张的模式看到了我们本国的类似的风暴——使人“震惊”，势不可挡，“把灵魂送往异国他乡”？我想，那是一场萨西克斯郡的风暴，“乌云为甲，骤雨为袍，驱雷挟电而奔来”。诚如别洛克（H. Belloc）所述：

> 这个造物身披甲胄威严而过，谁见了也不会记错认错，更不会无动于衷。这就是那伟大的主宰，那伟大的朋友，那伟大的敌人，那伟大的偶像（因为它是这一切的总和）。自从人类在地球上耕耘以来，我们就关注着它，欢迎它的到来，同它搏斗，又不幸崇拜着它。[②]

暴风雨的意象及其在心灵中所占据的位置，不仅对于欧洲人而且对于更广泛的、具有更古老文化的人们都是共同的。想到这一点，又把我们的注意引回到用来说明风和精灵的那种概念顺序。其间我们要区分出两个尚未分化的方面，一个是外在的感觉印象，一个是内在的感知过程。荣格博士引用《吠陀诗》中的句子，据说祈祷者或火钻仪式（ritual fire boring）引出或放出了黎达（Rita）的流水。他证明古代关于黎达的观念以未分化的形式，既代表提供水与火的自然界的循环，又代表着符合仪式秩序的内心生活过程，正是适当的仪礼行为把禁

① 罗韦斯：《夏那都之路》，第 186 页所引。——原注

② 别洛克：《这与那》。——原注

锢着的能量释放出来。[1]

对于经验过程中的心灵而言，暴风雨似乎不是外在的物质实体，而是其自身生活的一个阶段。因此，当祈祷者把整个内心、生活的趋向和氛围加以转化的时候，认为是祈祷者释放了暴风雨便是自然而然的了。在柯勒律治的诗中，大雨的释放紧接在爱和祈祷的行动放松了内心的焦虑之后，恰如先入睡后做梦一般自然和不可避免。

甲板上多少只空桶，
在那里已经放了许久，
在梦中我觉得它们是盛满露水，
我醒来时正是天降喜雨。

我的双唇湿了，我的喉咙清凉，
也湿透了我外面的衣裳。
一定是在梦中已经畅饮，
我的肉体依然在享受甘霖。

我们理解上述程序时的感觉如同根据已经意识到的隐喻来理解某一陈述：按照从情感上的能量紧张状态到能量的解放这一自然顺序。这正好比圣·奥古斯丁在《忏悔录》中告诉我们的一样：他在皈依上帝之前曾长时期焦虑不安，然而当反省的思绪"把我的心灵中所观照的一切悲哀都聚集、累积在一起的时候，一场风暴骤然掀起，带来一阵磅礴的泪雨"。

根据查尔斯·鲍都因（Charles Baudouin）的分析，在艾米尔·维尔哈伦[2]的诗作中有大量细节表明存在着一种与老水手的故事所表现的心理程序相仿佛的另一心理程序。不过，在维尔哈伦诗中，诗人通过经验表达灵魂的病患及恢复状态的意图与柯勒律治诗中的不同。这里运用的是隐喻，而不是潜在的情感的象征。不过我们看到了具有类似特征的表达程序，而且部分地运用了同样的意象。

这样，鲍都因认为，在表现维尔哈伦生活中"受挫的和悲剧的一面"的诗中，有一种多次出现的水中反光的意象，尤其是恶臭的死水——池塘或沼泽中的反光。作为例子，鲍都因引用了诗集《夜》中的《街道》片断：

---

① 参看荣格关于"作为动力调节原则的统一象征"的论述，见《心理类型》1923 年英文版，第 257 页等。——原注

② 维尔哈伦（Emile Verhaeren，1855—1916），比利时法语诗人。——原编者注

月色惨淡，如患重病，
映在臭沟中，使那里的腐物泛光。[1]

又如：

月亮，连同整个金色的夜空
坠落着，旋转着坠向死亡……
死亡亵渎了月亮，玷污了月亮，
又粗暴地把她拖到
海藻和水草所铺成的床上。

在这些诗句中出现了意象的共同因素，如死寂和腐烂，甚至连发光物都散播着恶臭。但有一点形成了对照：维尔哈伦的诗中，月亮意象被拖着向下运动，朝向腐朽和死亡，而《老水手之歌》中描绘危机的诗节里，月亮的美这一幻象开启了朝向拯救的运动：那纯美的月儿同下面观月者的绝望心境恰有天壤之别。

在柯勒律治诗中，直到那转折点到来之前，恐怖与厌恶的心面对周围的每一事物而畏缩一团，老水手眼帘紧闭，眼球像脉搏一样跳动不已。这同鲍都因所引用的维尔哈伦作品中表现其“内向的”苦难的危机所运用的意象十分类似。例如，在这一时期的散文中，维尔哈伦写出了自作自受的失明，“面对镜子弄瞎眼睛”的幻想。鲍都因说，（由于“缺乏面对现实的勇气，虚弱不堪而自我退缩”）“类似的思想”通过“折断的”和“松弛的”物体的意象表现出来：

折断了高傲的桅杆，松弛了巨大的篷帆。

在危机过后，当维尔哈伦再次转向人类世界和人类利益的时候，同一意象的出现则用来表达他已把苦难抛在身后这一思想：

我从那腐烂蔓延的旷野归来。
我从死亡那松弛的疆域归来。

鲍都因在谈到维尔哈伦由病态的内向状态解放出来时引用了歌德的名句：“我对自己说，为了把自己从自我折磨的忧郁心境中解救出来，关键是把我的注意力转向大自然，无条件地去享有身外世界。”维尔哈伦后期的诗作强烈地表达了享有外在世界生活的需要。鲍都因注意到，在《复合的光彩》开篇处，维尔哈伦把“彼此热爱”这句话作为铭文。至于如何“实现自己的格言”，他写道：

为了生活得安宁，坚定而公正，

---

① 鲍都因：《精神分析与美学》，1924 年版英译本，第 115 页所引。——原注
以下所引维尔哈伦诗句都出自此书，不另注明。——译注

我发自内心赞赏那些事物，

它们在人类的温情中，在庄严的大地上跃动着，激奋着，沸腾着。

还有：

假如我们真的彼此相爱……

我们就带来了世界和我们自己的陶醉日，

新人的心灵融进了古老的宇宙之中。

不难看出，维尔哈伦诗中的程序与柯勒律治在描述仰慕和爱的冲动重新焕发出里里外外的能量，从而消解了那使一切瘫痪的诅咒时所传达出的精神运动是一样的。

柯勒律治笔下那曾在远方怒号，又魔术般轻轻吹送老水手返航的风，在维尔哈伦晚期诗作中重现了，其情感象征性则更为明晰。

假如我爱慕并狂热地把风赞颂……

那是因为它把我的身心扩充，因为

它在散漫之前先吹透了我的肺腑和毛孔，

吹透了那热血——我的肉体的生命。

它以它那狂暴的力量，或以它那无限温情，

把整个世界搂进它博大的怀抱之中。

现在，让我们借助于鲍都因的解析，从在维尔哈伦诗中变得明晰的象征进而讨论荣格博士对同一心理程序的概括论断。荣格博士所使用的还是隐喻语言，这对于说明内心生活是不可避免的。在研讨作为“里比多理论的基本概念”的“前进”与“回归”时，他把前进描述为“心理适应过程的日常进展”①，这种进展有时会受挫。当“富有活力的情感”消失时，便会出现能量抑制——里比多抑制。在他所研究的病例中，在能量抑制发生的时刻，可以看到神经症状和被抑制内容的显现，这种内容具有自卑和不适应的特征。他运用我们刚才研究过的象征把这种内容称为“出自深层的粘化”。不过，“粘化”不仅包括“令人生厌的动物倾向，而且包含着生命的新的可能性的萌芽”②。

对于那种黏糊糊的发光丑物的两重性，柯勒律治似乎从旅行家游记中确实感觉到了，并把它纳入到对死寂事物的魔幻般图景的描绘之中。对此，老水手先是厌恶，后来又为了自己的救赎而怀着爱心予以接受。荣格曾主张：必须接受

① 荣格：《分析心理学成就》，第 34 页。——原注

② 荣格：《分析心理学成就》，第 39—40 页。——原注

隐伏在无意识内容中的“通过回归加以激活……又通过深层的粘化损毁其外形”的可能性，然后才有“生命的更新”[①]。

荣格认为上述原则还反映在“海底夜游”型的神话之中。[②]在这种神话里，主人公进入鲸或龙的身体向东游去。在这里我不打算详细考察荣格博士的这一理论，也不希望超出文学学生的经验范围。不过在这种经验范围以内，为了与《老水手之歌》相对照，我倒要选择《约拿书》第2章中人们最熟悉的海底夜游型神话的例子。

在这里注意到以下几点也许很有意思：一是出自不同思想水平的奇妙故事和精神忏悔是怎样殊途同归的；二是观察一下那种长于感受而怠于思考的读者是怎样容易地理会了这两个故事的相当不协调的巧合。

> 诸水环绕我，几乎淹没我。深渊围住我，海草缠绕我的头。
>
> 我下到山根，地的门将我永远关住：
>
> 耶和华我的上帝啊，你却将我的性命从腐烂中救出来。[③]

在这里又一次出现了与下降相联系的腐烂的意象以及像老水手那样的身体呆滞、情感麻木的意象。虽然山根下长满水草的海床这段描写同关于进入海怪腹中又从中复出的字面情节不大契合，但是那种试图就事论事以求搜寻表面矛盾的做法并不能阻碍要求体悟神话中所表现的价值的感受性。大地连同其表面上的障碍物，吞没一切的大海——就像张着大口吞没受难者的妖怪——以及大海和天空对肉眼和心灵造成重压时那种令人窒息的寂静，都可以毫无例外地成为表现情感力量的语言，成为那种要求得到表达的内容的美感形式。与每一个象征有关，救赎模式是以多少经过精细推敲的适合的细节塑造而成的，因而难免有些朦胧难解，其程度取决于诗人想象力对可塑的材料的透视深度，取决于他或是盲目地或是自觉地洞察材料的程度。

王宏印　叶舒宪　译

---

① 荣格：《分析心理学成就》，第38页。——原注

② 荣格：《分析心理学成就》，第40页。——原注

③ 见《旧约·约拿书》第2章第5—6节。—— 译注

附：

《老水手之歌》情节梗概

一个老水手拦住一个去赴婚礼宴会的人，向他讲述自己航海的遭遇。被他拦阻的人不愿听，但老水手奇异的目光使他情不自禁地听了下去。老水手说，他的船在海上航行，遇到暴风，船被吹到南极附近冰山环绕的海上。忽然有一只巨大的海鸟——信天翁从迷雾中飞来，水手们好像遇见了旧友似的，拿食物喂它。这时海上冰山崩裂，船却脱了险，被南风刮向北方。那只信天翁跟随着船飞了九天后，却被老水手一箭射死了。水手们责怪老水手射死这只带来南风的鸟。但后来天朗气清，水手们又都说老水手射杀这只鸟是对的，因为这鸟带来了迷雾。他们因此也应该和老水手一样担负杀鸟之罪。南风不断把船送向赤道方向。后来风停了。许多天来既没有风，也没有浪，船一动不动地停在海上，火热的太阳把船板晒裂，水手们干渴极了，但没有水喝，他们又责怪老水手，把死了的信天翁套在老水手的脖子上。老水手看到西方有一条船驶来，但这却是"魔舟"，外形像一条船的残骸，上边有妖女"死亡"和她的伴侣"死中之生"，她们正在赌博，"死中之生"高呼"我赢了"，意思是说船上的人都要死，唯独老水手的生命却被"死中之生"赢得。晚上，魔船消失。在昏黄的月光下，200名水手连呻吟都来不及，就接二连三地死去，但他们眼里充满怨恨，似乎诅咒着老水手的行为。最后只剩下老水手一人。

他孤零零地在大海上，想求神的庇护，但刚要对天祈祷，立即有魔咒入耳，冻结了他祈祷的热忱，一连七天七夜，那些死尸睁着怨恨的眼瞪着他。月光下，他凝视着在船舷边游动的水蛇，对神的这些创造物油然产生了敬爱之心；他双手合十，默默颂赞上天。于是上天也对他怜悯了，绕在他脖子上的死信天翁突然掉入海中。他熟睡了，梦见船上水桶满溢着甘露般的水，醒来才发现天在下细雨。后来海上又起了狂风暴雨，可是船却在恶浪中平稳地行驶。那些水手的尸体竟像活着时一般，照样掌舵和操纵缆索，老水手甚至同他侄儿的尸体一起挽一条缆绳。又一天正午，船在烈日下停顿，老水手晕倒了。等他苏醒时，听到南极神同另一位神明在评判他的罪孽，最后另一位神说，他已经忏悔，如果继续忏悔，便可以免除他的灾难。船回到了他故乡的港口，那些尸体还在船上，但老水手见到众仙降临了，异光照耀。有一个隐士见到满天红光，同领港人及其子划小船来援救。当小舟划近大船时，一声巨响，大船沉没了。老水手被震昏过去，醒来时发现自己已经身在小舟上。隐士和领港人惊讶地问他是人是鬼。老水手向隐士叙述了往事。这位隐士从他忏悔的心中，洗去信天翁的血，从此后，老水手只是靠重述他的往事来解除心头的剧痛。他永远向神忏悔自己的罪孽。

老水手讲完故事，临别时嘱咐听故事的人要永远爱护和尊重神所创造的万物。这位赴宴的宾客惘然若失，从此看破了人间的悲欢。

杨宜音　摘要

俄狄浦斯王——悲剧的行动旋律

［美］F. 费格生

本文原为《剧场观念》一书中的一部分，译文取自海曼（S. E. Hyman）编的《批评的业绩》（*The Critical Performance*）1956 年英文版。作者费格生（Francis Fergusson，1904—1986），美国文学批评家、戏剧理论家。生于新墨西哥州，先后求学于哈佛、剑桥、马萨诸塞、牛津等大学。曾任纽约的美国实验剧院编导（1927—1930），同时发表诗歌和批评论文。1930 至 1932 年任纽约《读书人》杂志的戏剧批评撰稿人。后任教于路特格大学、普林斯顿大学、印第安纳大学。1952—1960 年间为《比较文学》杂志编委，《西万尼评论》编委，并被选为国家艺术和文学院、美国艺术科学院成员，现任教于新墨西哥大学。主要论著有：《剧场观念：十部剧作研究：戏剧艺术变化概观》（*The Idea of a Theater*：*A Study of Ten Plays*：*The Art of Drama in Changing Perspective*，1949），《莫里哀戏剧导论》（*Introduction to Plays of Moliére*，1950），《戏剧文学中的人类形象》（*The Human Image in Dramatic Literature*，1957），《但丁》（*Dante*，1966），《文学界标：综论文学的理论与实践》（*Literary Landmarks*：*Essays on the Theory and Practice of Literature*，1976）。费格生认为，戏剧在古希腊和伊丽莎白时代曾经是文化的中心、社会生活和意识的中心，应该把像索福克勒斯的《俄狄浦斯王》和莎士比亚的《哈姆雷特》这样的剧作当做沉淀的文化状态的实例来研究，从而真正洞悉当时的艺术家和观众是怎样以戏剧艺术为媒介，共享一种对整体人类生活和行为的深切领悟的。在本文中，费格生按照剑桥学派“神话——仪式——文学”的思路，把《俄狄浦斯王》这部著名悲剧同为了维持自然运行和社会生活的正常秩序，将国王或神作为替罪羊杀死或放逐的古老仪式联系起来考察，概括出仪式中所固有的所谓“悲剧行动的旋律”（the tragic rhythm of action）即“意图——感情——认识”的心理过程，从而对理解悲剧的原型特征提出了独到的见解。这篇论文在西方被奉为批评的典范作品，曾先后收入各种批评选集中。

“……这二个国度，在那里人类的灵魂净化了。”

——《净界》，第一篇①

《俄狄浦斯王》是一部重要的剧作，我想是没有疑问的了，虽然在剧本的实质和完整方面，它还称不上戏剧艺术的最高典范。它之所以有这样的地位，部分原因是亚里士多德在它的基础上建立了他的定义。然而继亚里士多德之后，许多不同时代的人都模仿它，改写它，讨论它，其中不单有剧作家，还有道德家、心理学家、历史学家以及其他研究人类天性和命运的人们。

这一剧本虽然由此而公认是一个原型，至于它的意义或者形式，却未取得一致的看法。看来每一时期都有不同的解释和编剧。从 17 世纪到 18 世纪末，人们接受新古典主义和理性主义对于俄狄浦斯、希腊悲剧和亚里士多德的解释。高乃依和拉辛的剧作就建于这种解释的基础上。尼采在瓦格纳的《屈里斯顿与伊苏尔德》影响之下，发展了一种迥然不同的观点，由此产生了一种不同的戏剧理论。拉辛和尼采关于希腊悲剧的两种不同看法，仍然为俄狄浦斯提供了不可缺少的透视。它们显示了不少现代戏剧创作的原则；两种观点的对照，又说明索福克勒斯的戏剧作品是多么引人注目，多么重要。

今天看来正在发展着另一种对俄狄浦斯的观念，这种观念既不同于拉辛的，也不同于尼采的。这一观点是在剑桥学派——弗雷泽、康福德、赫丽生、墨雷——研究了希腊悲剧的仪式起源后的基础上形成的。它的产生多半因为当时人们对神话很感兴趣，把它当做一种整理人生经验的方式。现在我们看到：俄狄浦斯既是神话又是仪式。这种观点设想并运用了这两种理解和表现人生经验的古代的方法，而这两种方法远在现代的艺术、科学和哲学之前就存在了。为了理解它，（现在看来）我们必须努力重新获得以假当真的重要习惯，获得直接理解行动的习惯，因为索福克勒斯的戏剧是建于行动基础上的。

如果这样了解俄狄浦斯，那么我们必须纠正对索福克勒斯剧作的想法。至今

① 见但丁《神曲》第 2 部。——原注

仍具有影响的（虽有布查尔这样的《诗学》研究[①]）对亚里士多德戏剧理论以及希腊戏剧的想法，因为新古典主义的趣味和理性主义的思想方法的渲染已很不符合本来面目。如果我们同意说索福克勒斯是在有理论之前模仿行动，而不是像拉辛有了理论之后再模仿，那么，他的作品的内容和形式就有了新的面目。

在这篇文章里，我试图对当代索福克勒斯的戏剧创作所持的观点作一些推论。我们将发现关于这一剧作的各种不同的传统的观点，并非全都有偏废的毛病。

一　俄狄浦斯，神话与剧本

索福克勒斯是根据俄狄浦斯的神话来写这个剧本的。忒拜的国王和王后，拉伊俄斯和伊俄卡斯忒从神示里得知：他们的儿子长大以后，将杀死父王，娶母后为妻。他们就在婴儿脚上钉了钉子，把他抛在喀泰戎山上，让他死去。正巧一个牧人发现了弃儿，把他抚养起来，后来又把他送给另一个牧人，这个牧人带他到科任托斯，那儿的国王和王后便收他做自己的儿子。不幸俄狄浦斯——跛子——自己也受到神示的折磨；他听说他命里注定要杀父娶母。为了逃避他的命运，他离开科任托斯，永不回去。在路上遇见一个老人，还有他的侍从，他和老人争了起来，把老人和所有的侍从都杀了。[②]他来到了忒拜，那时城市正遭到斯芬克斯的灾祸，他解决了斯芬克斯提出的难题，拯救了那个城市。[③]他娶了丧夫的王后伊俄卡斯忒；生了几个孩子；顺顺当当地做了多年的国王。可是忒拜又遭到了瘟疫和旱灾，神示说神们发怒了，因为杀害拉伊俄斯的人还没有受到惩罚。俄狄浦斯作为国王便着手去寻找凶手；发现罪犯原来就是他自己，而且伊俄卡斯忒就是他的生母。他便弄瞎了自己的眼睛，自我放逐。从这时候起，他就成了一件神圣的遗迹，仿佛是圣人的遗骨；虽然可怕，却是他所从属的城邦的“良药”。最后他死在雅典献给欧墨涅得斯的丛林里，她们是土地和黑夜的神灵。

---

① 布查尔（Butcher），英国学者，著有《亚里士多德论诗和艺术》。——译注

② 这一点作者有误。剧本中说，拉伊俄斯带了四个侍从，三个被俄狄浦斯打死。剩下的一个逃回忒拜，撒谎说是一群强盗把国王等人杀死。这个侍从正是从前伊俄卡斯忒差遣去抛弃俄狄浦斯的仆人。——译注

③ 斯芬克斯是人面狮身的妖怪。她坐在城外的山上，要过路的人回答她的谜语。这谜语是：什么动物早上有四只脚，中午有两只脚，晚上有三只脚。回答不出的人都被她吃掉。因此她对忒拜危害很大。俄狄浦斯解了谜语：这种动物就是人。人生下来是四只脚，长大了两只脚，年老了靠一根拐杖走路又成了三只脚。那妖怪听了便跳崖自杀，忒拜人因此立俄狄浦斯为王。——译注

即使这样的概述，也能明显地看出这一连几代的神话故事有着像《飘》[①]一样丰富的叙述性内容。神话就是这样，它们引出整个苦心创作的结果和各种不同的传说。它们这样富于启发性，仿佛要说出这样丰富的内容而又说得这样神秘，因而人的心灵不能满足于仅仅一种形式，而必须增补、解释或者简化，使它采用理智能够接受的表达方法。威廉·特罗伊（William Troy）提出："目前最必需的，可能是彻底恢复中世纪的四重解释的方法[②]。不应忘记，这种方法最初发展是为了这样的目的——使得深埋在神话的无可估量的人生问题的复杂性至少能够得到部分的解释。"[③]我的命题就是：索福克勒斯在他的剧本中成功地保存了俄狄浦斯神话中启发性的神秘力量，并且用统一完整的戏剧形式来表现；这一戏剧对于四种探讨方法来说，都有其用武之地。

谁都知道，索福克勒斯构思剧本的情节时，他几乎是在故事结束的地方开始的。那时祸患降临到忒拜城，俄狄浦斯与伊俄卡斯忒在那里相当顺利地统治已经有许多年了。剧本所写的行动不到一天，包括俄狄浦斯追查杀害拉伊俄斯的罪犯——询问阿波罗的神示，向忒瑞西阿斯先知求教，还有一连串的见证人，最后的见证人就是把他送给科任托斯国王与王后的那个老牧人。剧本是以俄狄浦斯明白自己无疑是罪犯而结束的。

表面上来看，这个剧本可以理解为神秘的谋杀案。俄狄浦斯当地方检察官，当他最后自我定罪时，我们要受到无比刺激的舞台效果的震撼。但是没有一个看戏或读剧本的人能满足于它的表面故事。关于它的含义的问题马上来了：俄狄浦斯真的有罪呢，还是神的牺牲品，或者是他那著名的潜在意识、命运、原始罪恶的牺牲品？他自始至终知道多少呢？伊俄卡斯忒又知道多少呢？碰到这样的剧本，我们思想上首先最深刻的本能的反应，是想把它的含义归到一种可以理解的哲学范畴中去。

理性时代的批评家与当时的哲学一致，把它解释为启发道德意志的故事。伏尔泰随着高乃依对剧本的翻译和评论可以说是典型的。他把它主要看做坚强正义的俄狄浦斯与恶毒的、酷似人的神之间的斗争，而神又受到腐朽的先知忒瑞西阿斯的帮助和教唆；他把它当成一本反宗教的小册子，抽出一个无可怀疑的道德教训来达到推理的要求。为了使听众同情俄狄浦斯，他尽可能避免乱伦的

① 《飘》为1936年出版的美国小说。——译注

② 即历史的，比喻的，神秘的和寓言的四重解释。——译注

③ 威廉·特罗伊：《神话，方法与前途》，1946年。——原注

主题，加上一个不相干的爱情故事。他明知道他的译本和解释不是索福克勒斯的，于是以他那个时期的自满的地方气，他把不同之处归罪于索福克勒斯生活时代的黑暗。

其他人解释《俄狄浦斯王》比伏尔泰来得含蓄，使我们更能了解这一剧本。弗洛伊德把剧本归类成他的心理学概念有很大启发性，展示了我们仍在探索的前景。谁要是看了傅斯代尔·古朗吉[①]的《古代城市》以后再来读《俄狄浦斯王》，便能了解：它表现了希腊人古代族长的宗教。对剧本的其他解释，不论是从神学、哲学还是历史角度，都不能说错，但都片面，都把索福克勒斯的杰作归到不相干的范畴中去了。因为索福克勒斯表现神话最独特之点在于：他把焦点集中在可悲的人生上因而保存最主要的神秘，其时人还低于或前于理性。布局既作这样的安排，我们就认为剧中行动好像同时可以从许多方面来解释。

由于剧本从故事结束时写起,在舞台上只出现俄狄浦斯一生最后的严峻的插曲，索福克勒斯把主角过去的和当时的行动一齐表现出来了，过去和现在相互映照，最终融成一体。俄狄浦斯追查杀害拉伊俄斯的凶手成了追溯他自己过去的隐藏的实情；当追查慢慢地达到高潮时，像心理分析家手下的关于病人所受压抑的材料一样——带有感觉上和情绪上的直接性，然而又能为人们所接受、所了解——他即刻的追查也达到了终点；他知道自己是城市的救护人和罪人，是忒拜祸患的制造者，他同时看到这些都是他一个人。

这样地表现俄狄浦斯神话，在某种意义上说，就是对神话的解释。索福克勒斯在俄狄浦斯的天性和命运的实质中所看到的，不同于塞内加、德莱登或科克托[②]所看到的。我们可以承认甚至索福克勒斯也还没有用尽神话材料的可能性。但是我的争论之点是：索福克勒斯对神话的“压缩”意义与别人不尽相同。

我已经说过，索福克勒斯表现的行动是一次追查，追查杀害拉伊俄斯的人；而且，当俄狄浦斯的过去在我们面前展开的同时，我们看到他整个一生是寻求他真正的天性和命运。但是由于追查的目标到最后才清楚，追查的行动就采取了多种形式，正像它的目标看来有不同线索一样。终了时，这个目标——最后的认识，“真情”——的确与开始如此不同，以致俄狄浦斯的行动本身似乎不像追查，而是相反——逃避。这样就很难说俄狄浦斯究竟是成功呢，还是失败。他

---

①傅斯代尔·德·古朗吉（Fustel de Coulangeo，1830—1889），法国历史学家。《古代城市》著于 1864 年，着重于描写宗教史实。——译注

②科克托（Jean Cocteau，1889—1963），法国诗人、批评家，属于所谓“立体未来派”。——译注

成功了，但他的成功正是他的败落。他失败了，从某方面讲他没有找到他寻求的东西，然而从另一方面讲，他的寻求却是十分成功。寻求他到底是怎样的人的企图，同样是模棱两可的。他仿佛发现自己一文不值，然而却由此认识了自己。他与神的关系又是怎么样的呢？他的追查可以看做逃避天意的英勇的企图，或者说，根据某种深刻的自然的信念，企图发现神的希望是什么，如何才是真正的服从。从某种意义上讲，俄狄浦斯碰到了他所无法控制和无法理解的力量，被命运戏弄，然而同时他的每一步骤都受到他自己理智意愿的支配。

我认为想从解决这种含混的问题着手,是无法了解剧作的意义或其精神内容的。剧本的精神内容就是索福克勒斯直接表现出来的悲剧行动；这一行动的实质是模棱两可的：胜利与毁灭，黑暗与光明，悲伤与兴奋，这些我们在任何时候都能同时看到。但这一行动也是一种形体，有开始、中间和结束，依次地……用勃克[1]先生的话说：“从意图，情感到认识。”这就是《俄狄浦斯王》中行动的旋律或形体。剧本作为一个整体，从追查杀拉伊俄斯的凶手的明白意图开始；我们感到：相继发生的事件把我们原先形成的那个意图破坏了。从这一经历和变化中产生了最后的认识：我们以一种全新的眼光来看凶手。剧本中每一场（如同较小的形体在整个行动中以不同形式重复出现）也按悲剧旋律行动，从意图到情感再到认识。

为了更细致地说明这些论点,最好研究一下俄狄浦斯与忒瑞西阿斯间的那场戏和后来歌队唱的歌。这一场戏在剧本（巨大的斗争）中出现得较早，可作为整个行动的试演，为悲剧旋律中的行动提供了一个清楚的、完整的例子。

二　英雄与罪羊[2]：
俄狄浦斯与忒瑞西阿斯之间的斗争

剧本开场部分一完就是俄狄浦斯与忒瑞西阿斯这场戏。我们已经看到忒拜公民请求国王设法消除祸患城邦的瘟疫。我们已经看到俄狄浦斯的入场（很庄严，只是跛足有点泄漏内情），他答应公民的请求，同时我们已经听到克瑞翁从得尔福神谕所带来的音讯：瘟疫的起因是由于杀死前任国王拉伊俄斯的凶手尚未伏

① 勃克（Kenneth Burke，1897—1995），美国批评家。——译注

② 罪羊，古犹太人在赎罪日放至旷野的替罪羊。——译注

法。俄狄浦斯悬赏任何告发凶犯的人，并以酷刑威胁任何隐藏或袒护他的人。与此同时他决定召请忒瑞西阿斯为第一个见证人，这是歌队所热烈赞成的。

索福克勒斯在《安提戈涅》中也曾经用过同一的忒瑞西阿斯当做倒霉的先知，来说明其他凡人难以看到和看到了不舒服的真情。[①]他眼睛虽瞎，但是俄狄浦斯和歌队长一致认为谁是凶犯只有忒瑞西阿斯一个人知道，在他神秘的内心里能够看到未来。当忒瑞西阿斯由一个孩童领着进来时，歌队长用这样的话欢迎他：

> 可是能指认出罪犯的人来了。看啊，他们把神似的先知请来了，尘世间只有他一个人才知道真情。[②]

剧本中，此时俄狄浦斯对于忒瑞西阿斯所知道的一切正是极端无知；这位英雄，君主，国家的掌舵人，斯芬克斯难题的解决者，这个胜利的人，他解释他的意图时用这样骄傲、清楚的话：

> 啊，忒瑞西阿斯，天地间一切事情，能说的和不能说的，你全知道。虽然你看不见，你知道城邦正遭受到致命的瘟疫。我们要找救护我们的人，主上啊，唯有你。即使报信人还没有告诉你，你一定知道：阿波罗回答我们的请求说，去掉这场瘟疫只有一个办法：查出杀害拉伊俄斯的人，不把他们处死，也得驱逐他们出境。因此，不管是用鸟声还是别的预言术。你千万不能隐藏预兆，而要拯救你自己，拯救城邦——拯救我，拯救我们所有的人——清除死者的污损。我们全靠你了。一个人最大的工作莫过于尽他所有，尽可能地帮助别人。

这段话是这场戏的开场白，是后来斗争的基础。这场斗争实际上分解了俄狄浦斯的意图；置它于更广阔的关系之中，这样俄狄浦斯就完全丧失了他原先的意图，而本文说明它是虚假的，值得怀疑的。这场戏结束时，俄狄浦斯感到一阵怒火和恐惧，其产生是合乎情理的，此后他才能振作起来，再度以一个明确的意图来行动。

斗争的第一部分中，俄狄浦斯采取主动，忒瑞西阿斯处于被动地位，想逃避回答。

---

①《安提戈涅》中，国王克瑞翁不许任何人埋葬战死的波利奈塞斯，因他引别国的兵攻打本国。波利奈塞斯的妹妹安提戈涅违反克瑞翁命令，埋葬了他的尸体，被国王关禁。先知忒瑞西阿斯警告克瑞翁他这样做会招致大祸。克瑞翁不听。结果他的儿子海门，即安提戈涅的未婚夫，向国王求情未成，就自尽了。海门的母亲因丧失爱子，也自杀了。——译注

② 参照人民文学出版社罗念生中译本译出。下同。——译注

忒瑞西阿斯：啊！真情得不出好结果的时候，知道真情是多么可怕！我虽知道这个道理，却一时忘记了，要不然我是不会来的。

俄狄浦斯：什么事情？……到我们这里来，你竟如此懊丧！

忒瑞西阿斯：让我回家去吧。只要你能答应我，我就容易活下去，你也容易活下去。

俄狄浦斯：你这种要求是不对的。你不肯说出真话，对养育你的城邦是不忠诚的。

忒瑞西阿斯：但是我看你的要求太过分，我怕我也要遭受到这样的——

俄狄浦斯：看在神的面上，你要是知道，不要走掉！对我们说吧，我们都在这里求你。

忒瑞西阿斯：你们全不知道。可是我——我决不能说出我的痛苦。也不能说出你们的痛苦。

俄狄浦斯：你说的是什么？你明知道，却不告诉我们？你是想出卖我们，毁灭城邦吗？

忒瑞西阿斯：我不想叫我自己痛苦，也不想叫你痛苦。你为什么还要追问呢？我什么都不会告诉你的。

俄狄浦斯:哎！你这个坏老头！石头也会被你激怒！你什么都不说吗？难道你对我们就这样无动于衷吗？

忒瑞西阿斯：你责怪我的脾气，却看不见你自己身上的东西；你自己看不到，反来责怪我。

俄狄浦斯：谁听了你那样蔑视城邦的话能不生气？

忒瑞西阿斯：我虽不说，事情总会清楚的。

俄狄浦斯：既然事情总会清楚，你就有责任告诉我。

忒瑞西阿斯：我什么都不说了。现在，你爱发多大脾气，就尽量发吧。

俄狄浦斯：好吧，我正在“气”头上，我把我开始明了的想法都讲出来，我看你是策划这件凶案的人。甚至人是你杀的，虽然不一定是你亲手所杀。你如果眼睛不瞎，我敢说准是你一个人干的。

上面引的最后一句话中，俄狄浦斯改变了策略，把意图引到另一方面；他控告忒瑞西阿斯，这使得忒瑞西阿斯进攻。战斗的第二部分中，双方相互开战：

忒瑞西阿斯：真的吗？我叫你遵守你自己宣布的命令；从今天起，你不许同在场的人说话，也不许同我说话，因为你不干净。你是污辱这个地方的人！

俄狄浦斯：你居然无耻到说出这样的话！难道你还想逃吗？

忒瑞西阿斯：我已经逃掉了。真情就是支持我的力量。

俄狄浦斯：谁教你这样的真情？不是你的预言术教你的。

忒瑞西阿斯：你教我的。你逼得说出我不愿意说的话。

俄狄浦斯：说什么？再说一遍，我就能更明白了。

忒瑞西阿斯：你还不明白？你这是激将我吗？

俄狄浦斯：我不敢说我真的明白了。你再说一遍吧。

忒瑞西阿斯：我说你就是你要追查的那个凶手。

俄狄浦斯：你两次咒骂我，你会后悔的。

忒瑞西阿斯：还要我往下说，叫你更生气吗？

俄狄浦斯：尽量说吧——反正都是无稽之谈。

忒瑞西阿斯：我说你不知道你自己的灾难，也不知道与你亲人在一起生活多么可耻。

俄狄浦斯：你以为你能这样说话，永远不受惩罚吗？

忒瑞西阿斯：知道真情就有力量。

俄狄浦斯：别人有，你却没有，对你说来真情毫无力量；因为你又瞎又聋又懵懂。

忒瑞西阿斯：你这个无能的人。你骂我的话，这里每个人都将骂还你。

俄狄浦斯：你只能在黑夜里生活，你不能伤害我，你不能伤害看得见阳光的人。

忒瑞西阿斯：你的劫数不由我注定。阿波罗已经够了，他会使你劫数难逃。

俄狄浦斯：这些花样是你的，还是克瑞翁的？

忒瑞西阿斯：克瑞翁没有害你，害你的是你自己。

俄狄浦斯：啊，财富，力量和技能——人生竞争中超越一切的技能——你们多么受人嫉妒！我忠实的老朋友克瑞翁为了城邦赐给我的、而不是我自己要的王权，想偷偷地爬过来推翻我！他已经收买了这个诡计多端的术士，这个骗人的叫花子，他只认得出金钱，论法术他是个瞎子！

现在告诉我吧，告诉我，你在什么地方做过真正的先知？当唱着歌的斯芬克斯到来的时候，你为什么不说话，为什么不救人民？她的谜语过路人是猜不出的，只有懂法术的才能猜出。可见你显然既不懂鸟语，也没有神的启示。当我来的时候，我，无知无识的俄狄浦斯，倒使她停止歌唱。没有鸟教过我，我靠智慧得出答案。而你想要使我垮台，将来好站在克瑞翁王位的旁边。

我看，你和你的同谋者会因此后悔的。事实上要不是我看你上了年纪，你这样无礼早就该受苦刑了。

这部分里，战斗双方的信念、看法以至意图都直接对立起来。因为双方如此完全地确信自己的看法和意图，战斗便由辩论完全降到不讲道理的水平：它成了人身攻击了。我们看到俄狄浦斯和忒瑞西阿斯内心深处无比地可笑；他们相互回避，仿佛对方神秘得不可思议。斗争最后，受伤更重的是俄狄浦斯；他那“啊！财富，力量”一大段话，与其说是他开始时那种有条不紊的说明，远不如说是抒发感情的话。

这部分的战斗以歌队长调解为结束，他努力提醒双方他们都有责任的最一般的意图，即发现真情，服从神明。

歌队长：我们看来，这个人说的是气话。你也是这样，俄狄浦斯。不必这样，请考虑怎样才能执行神的命令。

在斗争的最后部分，忒瑞西阿斯摆出他整个的先见，俄狄浦斯处于被动，十分震撼：

忒瑞西阿斯：你虽是统治者，但是我们同样有回答的权利：我也有这种权利。真的，我伺候的不是你，而是阿波罗；我也不希望受克瑞翁录用。既然你咒骂我是瞎子，那我就告诉你：你眼睛虽明亮，却看不到你自己的灾难，不知道你住在什么地方，与谁住在一起。你知道你是从哪儿来的吗？你不知道。你也不知道你就是你全家死人和活人的仇敌。你母亲和父亲的双重诅咒将恐怖地把你从这块土地上追逐出去。你现在看得清楚，到那时你眼前是一片黑暗。

到那时，你的哭声哪儿还有边际？喀泰戎山上哪一处不很快地有你的回音？因为那时候你才明白那件婚事了，你过去虽然一帆风顺，将来却要无家可归。还有许多你想不到的灾难会最后降临到你的头上，使你和你的孩子成为平辈。

你骂克瑞翁，骂我吧：尘世上没有一个人比你毁灭得更可怕的了。

俄狄浦斯：我真能听得下他这种话吗？你还不回去？还不去死？去受惩罚？还不离开这所房子？

忒瑞西阿斯：你要不召我，我根本就不会来的。

俄狄浦斯：我不知道你会说这些蠢话，要不然，我才不叫你到我这里来。

忒瑞西阿斯：我就是这样的人：在你看来是蠢，但在你嫡亲父母看来，我是聪明的。

俄狄浦斯：什么父母？等一等，生我的是谁？

忒瑞西阿斯：生你的，叫你死的，都是今天。

俄狄浦斯：你说的是多么隐晦的谜语。

忒瑞西阿斯：你不是最善于破谜的吗？

俄狄浦斯：好，你挖苦我这份才能。你总会知道我是有这份才能的。

忒瑞西阿斯：正是这份才能使你身败名裂。

俄狄浦斯：只要我救了城邦。那有什么关系呢？

忒瑞西阿斯：好吧。我要走了。孩子，我领走。

俄狄浦斯：把他领走吧。你在这里又碍事又讨厌，你一走总害不了我了。

忒瑞西阿斯：我说完话自会走的，我不怕你皱眉头！因为你不能伤害我。我告诉你吧，你大声威胁地一直去追查的、杀死拉伊俄斯的凶手就在这里。人家以为他是外地来的人，将来会证明他是忒拜的本地人，这是会使他痛苦的。从前是明眼人，将来是瞎子；过去是富翁，将来是乞丐，靠着拐杖，探着路走向外邦去。将来揭穿了再看，他原来是亲生孩子的父兄，是生他的女子的儿子和丈夫，他分享了他父亲的床，他杀害了父亲。

进去想一想。要是发现我说错了，你就说我不懂得预言术吧。

俄狄浦斯退出舞台，他那明确的意图消失了，浑身充满恐惧与愤怒。忒瑞西阿斯由孩子领走。留下来的歌队活动了，唱起曲子来，满怀交织冲突的感情，有启示性的然而又是神秘莫测的影像，这是斗争结果的情感在他们身上引起的：

歌队

（第一曲首节）

得尔福石穴的神所说的，
用血腥的手做出可怕事的人是谁?
现在，正是他
用像比风还快的骏马的速度
逃跑的时候了。
现在宙斯的儿子
带着电火向他扑去，
同去的是那可怕的
怒不可遏的复仇神。

（第一曲次节）

从帕耳那索斯雪山上发出新的神示：
到处寻找那躲藏起来的罪人。
在荒野的树林里，
在山洞或石穴间，
他像孤独的公牛一般，
徒劳无益地流浪。
想用白费工夫的脚
逃掉那最终的命运
那个天网恢恢的命运。

（第二曲首节）

我现在心里又怕又紊乱，既不能接受，又不能否定先知的话：我不知道说什么才好。

我忧虑彷徨，看不清
现在，看不清将来。
拉伊俄斯和俄狄浦斯家族之间
我没听说，从没听说过，有任何宿怨。
为了替没头案子复仇，
我看不能损坏他的声誉。

（第二曲次节）

宙斯和阿波罗是聪明的，人间一切
他们知晓：但凡人先知是否比我知道得多，
不敢确凿说，
虽然有人聪明过人。
唉，先知的话证实了我才能责怪他！
人人都看见，会飞的女妖曾经攻击过他；
那场考验中，他显出才智，对城邦十分亲切。
叫他罪人，我万万不能。

歌队的作用，下面将详细讨论。这里我只想指出俄狄浦斯和忒瑞西阿斯在这次斗争中，表现了悲剧旋律的“意图”部分；这转为“情感”，而歌队表现情感，亦表现随后的新认识。这一新认识是：俄狄浦斯可能是罪犯。但是他的轮廓是模糊的；也许这一看法本身是一种幻觉，一场噩梦。歌队长还没有达到追查的目的，这要等活生生的俄狄浦斯在他们面前无可怀疑地揭露出来确是罪犯的时候。我们只来到暂时憩息的地方，到达悲剧旋律借以表现的第一种比拟（指“意图”）的结尾。但是这一比拟是整个剧本形体的缩影。俄狄浦斯作为罪人的无常的和不愉快的形象，符合剧本终了的最后认识，或者说显现。

三　俄狄浦斯：仪式与剧作

古典人类学者中的剑桥学派已经十分详细地说明，希腊悲剧追随一种十分古老仪式的形式，即草木动物之神，或生长季节之神。这是过去几代以来一个十分有影响的发现，使我们对俄狄浦斯有一个新认识，虽然我认为俄狄浦斯尚未完全发掘清楚。索福克勒斯如何把俄狄浦斯神话改编为剧作，可以在这古老仪式中看到。这一仪式有相似的形式和含义——即是说，它也行动在“悲剧的旋律”之中。

古典人类学专家，也像其他领域中的专家一样，争论无数的事实与解释问题，这些问题只能令局外人敬而远之。较棘手问题之一似乎是神话与仪式哪个先出现。这古老的仪式是否仅是表演季节神——阿提斯，或阿都尼斯，或奥息里斯，或“渔夫王”[①]——的原始神话故事？仅仅表演英雄帝王神父祭司等与敌

① 参见赫丽生《古代的艺术与仪式》。——原注

手打仗，被杀被逐，然后又在春季复活？这些无数的神话之产生，是否“解释”一种为庆祝每年季节更迭而表演的歌舞仪式？

为了理解《俄狄浦斯王》的形式与含义，不必拘泥于这类史实问题的答案。俄狄浦斯本身形象提供了替罪羊的一切条件，被逐的国王或神的形象条件。剧本开始表现的忒拜的处境——生命攸关；它的庄稼，它的畜牧，妇女神秘地无生育能力，是城市遭灾的迹象，神明发怒的表示——像是冬天带来的枯萎，同样需要斗争、放逐、死亡和复活。这些悲剧性的连续事件正是剧本的实质内容。我们了解到神话与仪式在来源上紧密相连，是民族长年不断经验的两大直接模仿，这就够了。

但是，当我们把《俄狄浦斯王》看成仪式时，我们只看到它把一个故事——甚至说那一个故事戏剧化，这种方法是无法理解它的。赫丽生已经说明：狄奥尼索斯节日追根究源来自每年丰收庆节仪式，包括成长的仪式，像庆祝成年——庆祝一个人成长发展的秘密。同时，它祈祷整个城邦的繁荣，这种繁荣不应仅理解为物质繁荣，而且还是家庭的自然秩序，即祖先、现有成员和后代的繁荣；另外，还应理解为顺从妒忌的神，他们在这自然的神圣的秩序与比例中，掌握各自的领域。

我们必须知道，索福克勒斯的听众（整个城邦的人）来得很早，准备在露天戏院里消度一天。他们脚下是歌队的半圆形舞池和祭司的座位和祭台。再过去便是主要演员演戏的高高的戏台，背后是全能的象征性的舞台正面，此刻当做忒拜俄狄浦斯的宫殿。演员不是我们所谓的专业人员，而是为了宗教事务选出来的公民，索福克勒斯本人曾训练过他们和歌队。

当时观众对刺激和娱乐的兴趣一定不亚于今天看足球赛和滑稽歌剧的群众，索福克勒斯当然以动人的演出吸引观众。同时他的观众一定很注意剧中的诗和演出中的精彩部分，因为《俄狄浦斯王》与戏单上其他剧本一起进行比赛。但是这场戏的特殊成分，具有独特倾向与深度的，是索福克勒斯给予观众的仪式的期待。我们今天最接近这种戏剧仪式意义的，我想是复活节演出的《马太之难》[①]。不管怎样，索福克勒斯的观众一定聚精会神地观看演出，剧本所预示的悬念——歌队以歌舞表演出来的祈求；说理的辩论和双方可怕的战斗；悲痛、愉快和最后舞台场面或显现场面——正如模仿和祝贺人类天性和命运的秘密。这一秘密既是个人成长发展的秘密，又是人的城邦生活不安定的秘密。

我已经说明索福克勒斯如何在悲剧的旋律中表现神话中俄狄浦斯的一生。舞

① 天主教宗教剧。——译注

台上俄狄浦斯追寻他自己的出生，但同时，也求得城邦的安顺。当我们研究整个剧本的仪式形式的时候，很明显可以看出它表现整个城邦为它的平安而作的悲剧性的探索；可以看出在较大的行动中，俄狄浦斯只是主角，第一个和最重要的战士。剧中人物都以不同方法实现这个悲剧性的探索，但在全部行动的发展中，只有歌队才起与俄狄浦斯同等重要的作用——实际上是相对的人物。歌队掌握俄狄浦斯和他敌手间的斗争；表示他们斗争的进程，反复说明主题，并在每场斗争之后说明新的变化。古老的仪式或许只有一个歌队长来表演，没有人物性格发展及变化，《俄狄浦斯王》中的歌队仍有这一因素，这最能说明整个剧本的仪式形式。

歌队由"忒拜元老"12 人或 15 人组成。这群人并非全都是雅典或忒拜公民。剧本开始时，俄狄浦斯王宫门前有由忒拜公民组成的很大的请愿团，而歌队在开场之后才上场。歌队也不是直接为雅典群众说话；我们自始至终设想舞台是忒拜的集会场所。我想更确切的说法是，歌队代表整个忒拜的观点和利益，由此代表雅典观众的观点和利益。他们来俄狄浦斯宫前的任务，如同索福克勒斯的观众来到剧院一样：他们来观看一场神圣的战斗，这场战斗与他们自己有十分重要的利害关系。因此，他们以一种独特的方式代表观众和公民——不是适应某种暂时的感情而组成的一群人，而是一个相当自觉的团体：近乎"民族意识"而非一群人过分激动的情感。

根据亚里士多德的意见，索福克勒斯的歌队是在剧本行动中起重要作用的人物，而不是像在欧里庇得斯剧本中，只是于场与场之间奏奏乐。歌队可以说是一个群像，好像从前的议会。它有自身的传统、思想感情的习惯和存在的方式。从某一意义上说，它是作为一个活的实体存在的，不是鲜明确凿的个别性格。它能认辨，但认辨能力比单独的人更宽广又更模糊。它用它的方式置身于剧本整个行动之中。但它不能在一切方面行动，创立和试用策略的细节得靠主角，正如无权而能监督的议会得依靠首相来执行，但是首相垮台，它却能以特种的生活方式存在下去。

歌队在开场后进场，提出问题，祈求各种神明，焦点集中在城邦——雅典或忒拜——隐秘的危险的前途。这时候，主要剧中人物表，以及庆祝所必需的成分都全了，主要行动可以开始了。歌队作用就在标明这一行动的阶段，表演悲剧旋律中痛苦和认识部分。主角与他的对手发展"意图"，悲剧性的事件就由此开始；歌队个性成分较少，咏叹斗争，用一个字标志它们的阶段（像忒瑞西阿斯那场戏的中间歌队长所讲的话），并且用合唱、用感情体会这些结果和战斗结束的新认识。

歌队合唱的抒情曲子，不能只理解为语言的艺术，因为它们还要配合歌舞。虽然每个歌队都有自身的形体，有开始、中间和结束，它也代表全部行动变化中的一种感情或者悲伤。这种感情像悲剧旋律中其他要素一样，散布如此广泛，或者说，如此深入，以至能够包含尼采所感到的群众的残忍，也能包含另一极端的意思、祈祷的耐心。我引用的忒瑞西阿斯那场戏中歌队的话，可以说明这一点。

它开始于斗争结束时那种近乎粗野的情感，所用形象使人想到那残忍的“酒神疯狂”，而“酒神疯狂”大家认为是悲剧和旧喜剧的共同来源。歌队唱道：“现在宙斯的儿子，带着电火向他扑去。”在第一曲次节中，这些形象在我们领略追逐时更为清楚，我们想象那个飞逝的罪犯，越来越像俄狄浦斯，他是跛足的，永远与喀泰戎山上荒野的森林联系在一起。但是在第二曲首节歌队好像害怕它那冲突着的感情和想象中的可能性，就回复到更为阴暗和耐心的忍受姿态，“怕”，“忧虑彷徨”。在第二曲次节中，这发展到像正统基督教的祈祷态度，依靠信仰，设想到那时为止无法想象的真相的可能性，而且回答“宙斯和阿波罗是聪明的”等等。整个合唱的结束是以新的眼光看俄狄浦斯，看罪犯和看还需探索的城邦安顺的道路。这一看法仍然因歌队对俄狄浦斯作为英雄而表示的人情的爱而蒙上色彩，因为歌队还需完成本身的净化。到此为止，还不能完全接受其中的痛苦，也不能把俄狄浦斯当做替罪羊。但是它标明第一个完整的“意图、感情、认识”单位的结束，为下单位的新的意图打了根底。

歌队代表一种因素，这一因素是永远出现在剧本行动之中的，这是最深刻的感情因素，不是尼采说的最不成熟的意思。这种“感情”在斗争中可以体会到，它是对共同利益的没有希望的关心，歌队正是为这个利益而追随着斗争的。在战斗双方又怒又怕地分手后，只留下歌队来行动和歌唱，歌唱其敏感而丰富的幻象、梦想或者神似的灵感——于是“感情”本身便占据了舞台，成了主要行动。我们如果努力将整个剧本看成“模仿一个动作”，那么悲剧的旋律就在瞬息间分解了人的行动，把它分成连续不断的时机或者样式，像用一个晶体检验一道白光，在空间把它分解成光谱的色带。剧本中各种不同的成分，布局中的情节，人物性格，从推理到抒情的各种台词形式，舞蹈与歌唱，这一切更具体地实现了悲剧旋律——时间的“行动光谱”——中那些恰如其分的时机。

董衡巽　译

文学即整体关系：弥尔顿的《黎西达斯》

［加拿大］N. 弗莱

本文译自戴维·洛奇所编《20 世纪文学批评》（*20th Century Literary Criticism*），英国朗曼出版公司 1972 年版，第 433—441 页。弗莱[①]的这篇论文原为在国际比较文学学会第二次会议上的讲稿，后收入弗莱于 1963 年出版的《同一的寓言：诗歌神话学研究》（*Fables of Identity: Studies in Poetic Mythology*）一书。本文是弗莱将原型批评理论与文学研究实践结合起来的一个突出的范例。他早年便对弥尔顿有深入的研究，在一生著述中多次提到弥尔顿的这首悼亡诗《黎西达斯》。在这里，作者把这首诗放在自古希腊、罗马和《圣经》以来的整个牧歌体悼亡诗的传统联系中加以考察，探幽入微地寻绎出诗人创作中的构思、布局、结构安排、名称和意象的选择运用等方面的用意，从而明确地揭示出个别的文学作品怎样与文学整体有着千丝万缕的内在联系。文中还同时谈到原型的识别原则，原型批评与比较文学研究的交叉关系等问题。

我将要从一首名诗——弥尔顿的《黎西达斯》的简要探讨开始，希望从分析中引出的推论能切合这次会议的主题。[②]《黎西达斯》是一首属于牧歌传统的哀悼诗，为追念一位因溺海而死的名叫爱德华·金的青年而作。牧歌的产生，可以说有两个来源：一个来自希腊、罗马古典传统，由忒奥克里托斯[③]和维吉尔留传后世；另一个来自《圣经》传统——《诗篇》第 23 首中的牧人形象、作为牧羊人的基督形象以及教会中“牧师”和“羊群”的隐喻。在弥尔顿时代，这两大传统之间的主要联结线索是维吉尔的《牧歌》第 4 首，即所谓“救主歌”。[④]这

① 关于弗莱，请参看本书上篇第十二篇文章编者按。

② 指 1958 年在美国北卡罗来纳州大学举行的国际比较文学学会第二次会议，本文首次在会上交流。——原编者注

③ 参看本书上编第十二篇文章的注。

④ 参看本书上编第十二篇文章的注。

样看来，出现同时有两种传统典故影响的牧歌意象就很自然了。发现《黎西达斯》既是一首基督教的诗又是一首人文主义的诗也就不足为奇了。

在希腊、罗马牧歌传统的悼诗中，悼念的主人公不是被当做个人来对待的，而是作为死亡的自然精灵的代表。牧歌体悼诗看来同悼念阿都尼斯的仪式[①]有关。在摩斯彻斯[②]悼念死去的诗人拜翁[③]的诗中，运用了拜翁在他自己的诗中悼念阿都尼斯所用的同一类意象。在后来的牧歌中称这种意象为“死亡的神”并不是一种时代错误，维吉尔在其《牧歌》第五首中说到达芙尼[④]就用了下述语言：“deus，deus ille，Menalca[⑤]”（一个神，他是一个神，牧羊人梅那伽）。还有，弥尔顿和他的博学的同时代人塞尔登（Selden）或亨利·雷诺兹（Herry Reynolds）都知道“死亡的神”这一象征，就像出自同一古典来源的《金枝》[⑥]为任何一个现代学生所熟知一样。那种认为在理解和运用神话方面，20 世纪的诗人不同于前辈作家的看法是不值得详细追究的。我们看到，弥尔顿给他的主人公以一个同阿都尼斯相等的牧歌的名字——黎西达斯，并把他同自然的循环节奏联系起来。下列三点有特别的重要意义：太阳每天在空中的循环运行，四季在每年中的循环交替，水的循环，如水从井和泉中流出，经由河流回归于海。日落、冬季和大海都是黎西达斯之死的象征，日出和春天则是他复活的象征。全诗以清晨开始：“在黎明睁开眼睑之际”；以太阳西沉入海告终，正像黎西达斯自己没身于海中，而太阳又有待于重新升起，也好像黎西达斯将要复生一样。首段诗中的形象，“摧毁了你那尚未长成的花瓣”，指的是秋霜打杀了花朵；趋向终篇时列举了很多花名，其中大都类似“早生樱草”，是早春开花的，暗示着春回大地。再者，开头的祈祷是向“圣泉姐妹”们发出的，水的形象通过希腊、意大利和英国的诸河流而汇归于海洋——而在海洋中，黎西达斯的尸体正在安眠。

这样，黎西达斯便是爱德华·金的原型。我用“原型”这个术语指一种在文学中反复运用并因此而成为约定性的文学象征或象征群。把花的意象用在诗中，

① 关于阿都尼斯的神话与仪式，请参看本书中所选的弗雷泽《金枝》中的节译文《阿都尼斯的神话与仪式》。——译注

② 摩斯彻斯（Moschus），公元前 2 世纪小亚细亚的田园诗人。——译注

③ 拜翁（Bion），公元前 2 世纪小亚细亚的田园诗人。——译注

④ 达芙尼（Daphnis），希腊神话中的西西里牧人，相传为牧歌的创始者。——译注

⑤ Menalca，原指任何牧羊人或乡民，忒奥克里托斯和维吉尔都在他们的牧歌中运用了这个词。维吉尔《牧歌》的中译者杨宪益把这个词音译为“梅那伽”。——校注

⑥《金枝》，请参看本书上编第一篇文章。——译注。此处谓“出自同一古典来源”，意思是说，死亡的神与“金枝”这一名称都出典于维吉尔的诗作，后者出自维吉尔的《埃涅阿斯记》。——校注

这并不一定就是原型。但在一首关于青年人之死的诗中，把主人公同某种红色或紫色的花相联系，常常是同像风信子这样的春天的花相联系，则是约定俗成的。这种约定性的历史起源可以上溯到古代仪式中去，但其更为深远的源头则永远是潜在的，不仅存在于文学中，而且也存在于生活中，就像第一次世界大战中红罂粟花的象征所表明的那样。因此，在《黎西达斯》中，“铭记悲哀的血红色花”便是一个原型，一个在众多的同类诗中反复出现的象征。同样，黎西达斯本身也不只是爱德华·金的形象，而且是一种约定的或重复出现的形象，与雪莱笔下的阿都尼斯[①]，忒奥克里托斯和维吉尔笔下的达芙尼，以及弥尔顿自己诗中的达蒙[②]都属于同一类型。金在弥尔顿的意图中是要表现为一位牧师，同时又是一位诗人。因而，在选取了作为淹死的青年人的金的约定性原型之后，弥尔顿还得选取作为牧师和诗人的金的约定俗成的原型，它们相应的是彼得[③]和俄耳浦斯[④]。

俄耳浦斯和彼得二者都具有同黎西达斯形象相关的因素。俄耳浦斯也是一位“美少年”或自然的精灵，他几乎和阿都尼斯一样早逝，并被投入水中。彼得若没有基督的救助也会被淹死，因此，彼得在诗中不是直接以他的名字出现的，而是作为“迦利利湖上的舟子”而出现的，正像基督本人也不是直接出现的，而是作为“在水面上行走的人”而出现的一样。[⑤]当俄耳浦斯被巴克科斯的狂女们撕碎之际，他的头颅被抛入河中，“从奔流的希布鲁斯河漂流到列斯博岛”。水中拯救的主题同海豚的意象—— 一种约定俗成的救主类型——有着关联，海豚恰恰在死神之前不召而来，“飘送这不幸的少年回来”。

本诗的总体被安排为 ABACA 的形式，主题两次再现，中间插入两个插曲（B 和 C），好像音乐中的轮旋曲。主题是黎西达斯在他生命的盛年时不幸淹死；两个插曲分别以俄耳浦斯和彼得的形象为主导，分别地述及诗歌和牧师生涯。

在两个插曲中都出现了同一类型的意象：写到荣誉问题有由“可厌的镰刀”

---

① 雪莱曾用阿都尼斯神话原型写下悼念诗人济慈的哀诗《阿都尼斯》。——译注

② 达蒙（Damon）是维吉尔《牧歌》第 8 首中的牧羊人歌手，后人常用此名指“乡下的年轻情人”，弥尔顿曾借达蒙的原型为他的亡友查理·狄奥达蒂（Charles Diodati，死于 1638 年）写过一首哀悼诗《达蒙的墓碑铭》。——校注

③ 彼得是《圣经·新约》中的人物，耶稣的 12 个门徒之一。——译注

④ 俄耳浦斯（Orpheus）是希腊神话中的诗人和歌手，善弹竖琴，其琴声可使猛兽俯首，顽石点头。根据罗马诗人奥维德《变形记》中的记载，俄耳浦斯在酒神节庆期间被醉狂的女人们撕成碎片，其头颅与竖琴漂流于希布鲁斯河中。——译注

⑤ 《新约·马太福音》第 14 章第 25 节：“耶稣在海面上行走。”——译注

所代表的使人暴死的用具，写到教会的腐败则用“双手拿着的武器”。结构安排中最困难的部分是将这两个插曲的内蕴转回到主题上来。作者是通过暗示出牧歌传统中的伟大先驱者——西西里的忒奥克里托斯、曼特阿[1]的维吉尔以及在这二位之前的传说中的阿卡狄亚[2]田园诗人——来实现这种转换的：

啊，阿瑞土斯泉，光荣的流水，
明洲斯柔滑的河边，生长着能歌的芦荻……

还有下面的诗句：

阿尔斐俄斯啊，回来吧；
那威吓河流的可怕声音过去啦；
西西里的缪斯啊，请回来吧。

这里的暗示足以提醒读者：这毕竟是一首牧歌。不过，弥尔顿在此还暗示到阿瑞苏莎和阿尔斐俄斯的神话，后者是阿卡狄亚的水中精灵，为追求在西西里变成河流的阿瑞苏莎，把自己埋身于地底，又再出现于西西里。这一神话的运用不仅勾勒出牧歌形成的历史渊源，还把水的意象同消逝与复生的主题结合起来。

牧歌体悼诗中悼念死者的诗人常常同死者有密切联系，造成他自己的一种替身或影像，弥尔顿也同样把自己表现得与黎西达斯之死紧密相关。在首段诗中，未成年而死亡的主题巧妙地同作者对自己的“粗糙的、不成熟”的诗篇所做的习惯性的谦词联系了起来；诗人希望当他死时有一首同样的悼诗。在末段中诗人负起了救生的责任，写道：“明天走向清新的树林和初嫩的草地”，从而把悼诗引向一个完满的三重和弦音，或者说达到和谐。诗人以这种自我出现在开端和结尾的方式，在某种意义上，把这首诗表现为蕴涵于作者心中的诗。

然而，除了牧歌的历史传统，还需提到构成本诗背景的传统意念或观念的框架。我之所以称之为意念的框架，因为可能确有这样一种东西，不过在诗中，不如说那是一种意象的框架。它由存在的四种层次组成。第一层是由基督教所显示的秩序，即神恩、救赎和永生的秩序。第二层是人类原初本性的秩序，由《圣经》中的伊甸园和希腊神话中的黄金时代所代表的秩序，堕落的人类可以通过教育、信守法律、培养美德而重获那种秩序。第三层是自然物质世界的秩序，即那种从道德上看是中立的但从神学方面看是“堕落的”动物和植物的世界。第四层是违背天意的无秩序，伴随着人的堕落而进入世界的罪恶、死亡与腐败。

---

① 曼特阿（Mantua），意大利城市名，原为维吉尔出生地。——译注

② 阿卡狄亚（Arcadia），古希腊一山区，以人民生活淳朴宁静而著称。——译注

黎西达斯同所有这些秩序都有关系。首先，所有死和复活的意象都包含并且等同于基督的身体。基督是正义的太阳，生命的树，生命的水，死而再生的神，海中的救主。在这一层次上，黎西达斯进入了基督教的天国，在“美妙的各级天使，庄严的队队天军”之中受到“上界圣者”的接待。那里的语言乃是《圣经·启示录》一书的回声。与此同时，黎西达斯又作为海岸的守护神而得到了另一种神化，扮演起相应于《科玛斯》[①]中的伴随精灵的角色。这种精灵据说居住在一个位于我们的世界之上的世界，但那不是基督教的天国，而是斯宾塞所描绘的阿都尼斯花园。物质自然界的第三层次是日常经验的世界。在这里，死亡只不过是一种消失，哀悼死者的人须重新承担起他们的工作。在这一层次中，黎西达斯并没有出现，“不依我们含泪的祈愿”，仅仅由饰有花朵的空茔垒来代表。也正是在这一层次上，本诗被包含在作为拯救者的诗人的心中，就像在基督教的层次中被包含在基督的身体中一样。最后，死亡和腐化的世界得到了黎西达斯淹死后的尸身，这尸身很快将浮出水面并在“热风中翻腾”。这后一个意象是不愉快的、悲惨的。弥尔顿轻轻地触及它，在一处适当的上下文中再次使用到它：

只让它们喝风，吸收迷雾尘埃，
让它们内脏枯萎……

《黎西达斯》的创作具有四个特别重要的原则。说有四个并不意味着它们是各自独立的。一个是利用传统，把诗的素材改造加工，使之适用于主题表现。另一个是文体，选择恰当的形式。第三个是原型，运用合适的，因而是被反复使用过的意象和象征。第四个尚无名可称，那是一种事实：文学的形式是自发性的，就是说它们不存在于文学之外。弥尔顿不是在写讣文：他不是从爱德华·金及其生平和时代落笔，而是从悲悼主题的诗歌所需要的写作传统和原型落笔。

在上述分析中所说明的批评原则，其中有一个现在的读者不至于感到惊奇。《黎西达斯》得之于希伯来、希腊、拉丁和意大利文化的东西并不亚于它得之于英国文化的东西。甚至我在这里不能详说的措辞方面也显示出意大利的强烈影响。弥尔顿无疑是位博学的诗人，但只要是诗人，其文学影响就不会完全局限在他自己本国的语言之中。这样，文学批评的每一问题都是一种比较文学的问题，或者仅仅是文学本身的问题。

---

① 《科玛斯》，参看本书上编第十三篇文章的注。

其次的原则是我们研究任何一首诗都应抱有这样一种临时假定：这首诗是一个统一体。如果经过仔细的和反复的考察，我们发现一首诗不是一个统一体的话，那么我们就必须放弃上述假说，探讨它为什么不是统一体的原因。对《黎西达斯》的许多不高明的批评都是由于不能首先努力去理解诗的统一性。那种认为《黎西达斯》中有“节外生枝之处”的观点便是把错误的批评方法强加于诗所得出的典型结论。如果不是从诗着手，而是从有关诗的少量外部事实着手，如弥尔顿关于金的零碎了解，他作为诗人的雄心，他对主教制的讥讽态度等，那么这首诗就自然会被割裂为精确地符合于上述知识片断的一些碎片了。《黎西达斯》在较小的规模上所能说明的问题同样发生在一些较大规模的作品上，比如对荷马的批评。一些掌握了有关英雄歌和民歌的片断的特征方面知识的批评家从这种先入为主的知识出发去看《伊利亚特》和《奥德修纪》，史诗便很容易地被肢解为他们想要孤立看待的一些碎片了。另外一些批评家则把史诗作为一个想象的整体来研究，这后一种方法在今天看来无疑是更为令人信服的。

当我们对作品“渊源”的探讨变成了片断的或零碎的时候也会出现同样的问题。《黎西达斯》是在前代文学，主要是牧歌文学多种影响下融合和聚集而成的诗。心中记着《黎西达斯》去读维吉尔的《牧歌》，就可以看到，弥尔顿不仅仅是读过和研究过这些诗，他实际上拥有了这些诗，它们成了他进行创作的素材的有机成分。《黎西达斯》中关于饥饿的羊的那一段至少使我们想到另外的三个段落：一个在但丁的《天堂篇》中，一个在《圣经·以西结书》里，还有一个在赫西俄德《神谱》的开端处。这里，还可以看到曼图安[①]和斯宾塞的影响，《约翰福音》的影响，并且很可能还有同弥尔顿没有读过的诗的更为惊人的相似处。在这样的情形中，“渊源”岂止一种，没有一处可以说是这段诗的“出处”，或许如我们对这种寻找出处的愚腐臆想所应说的，出处就在诗人“心中”。《黎西达斯》所再创造的，因而也是再次发出回响的只有原型，或者说是文学表现的重现性主题。

另一原则是文学批评的重要问题存在于文学研究内部。我们看到，一旦离开了诗本身，我们所能得到的东西便会大打折扣。如果我们问，黎西达斯是谁？答案乃是，他是和忒奥克里托斯的达芙尼、拜翁的阿都尼斯、《旧约》中的亚伯以及诸如此类的人属于同一家族的成员。做出这种答案无异于构成了一种对文学及其构造原理和重现性主题的广泛的理解与深入的知识。但是如果我们问，谁

① 曼图安（Mantuan，1448—1516），意大利诗人，以拉丁文著《牧歌集》。——校注

是爱德华·金？他和弥尔顿有什么关系？他是怎样一位诗人？我们就发现自己糊里糊涂地闯进了迷津。在较小的问题上也是一样。如果我们问，《黎西达斯》中为什么出现双手拿着的武器的意象？我们可以沿着上面所说的线索找到答案，它能告诉我们这首诗是如何小心构思出来的。如果我们问双手拿着的武器是什么，那就会有40多种答案，却没有一种令人完全满意。不过它们是否令人满意，倒也是无关紧要的。

同类谬误的另一种形式是在个人的真实和文学的真实之间的混淆。如果从下述事实出发，即《黎西达斯》是完全因袭传统的，弥尔顿对金的为人只略知一二，那么，我们就会把这首诗看成是缺乏“真情实感”的“人为”之作。这种造作的作品虽然在三流的浪漫主义作家们那里更为常见，但萨缪尔·约翰生对《黎西达斯》的研究也认为此诗属于同样的作品。[①]约翰生学识渊博，但恰恰对这首特殊的诗抱有偏见，于是就有意得出了错误的结论。他可能并不曾怀疑过蒲伯的讽刺诗中对贺拉斯的传统的因袭，或者他在自己作品中对朱文纳尔的仿效。在文学中个人的真实没有位置，因为就个人真实来说，总是难以说清楚的。听到朋友的死讯，一个人会痛哭失声，但不会同时唱起歌来，不论是多么悲伤的歌。《黎西达斯》是一首极为真诚的诗。弥尔顿对葬礼的哀悼诗的结构和象征非常熟悉，自青年时起就一直在所能见到的丧葬场合练习写作这类诗，从大学中的职员直到因咳嗽而夭折的可爱的孩子，他都写过。

假如我们问到什么东西激发着一个诗人，回答往往有两种。一个机遇，一种体验，一件事，都能激起写作冲动。但是，写作冲动只能来自先前的文学积累。形式方面的灵感，围绕着新的事件而具象化的诗的结构，都只能从别的诗歌受到启发。因此，每一首新诗一方面是一种新的独特创造，另一方面也是类似的文学传统的再造，否则就根本不能认为是文学了。文学常常给我们一种从书本转向生活、从间接转向直接体验的幻觉，并因此而在外在世界中发现新的文学原理。不过这也并不是绝对的。不论华兹华斯怎样严密地把无益的艺术书卷关闭起来，并让自然当他的老师，他的文学形式却同以往一样仍是传统的，尽管也受到一些不常见的传统，如民谣和流行歌曲的影响。对个人的真实的要求本身也是一种文学的惯例，华兹华斯就作过许多直截了当的申明，在文学中这类申明表现出对个人的真实的含糊表达：

① 约翰生在他的《弥尔顿生平》中批评《黎西达斯》并不是出于真实的激情的作品。——原编者注

现在她没有动作，没有力量：

她听不见亦看不着。

但是一旦死亡成为一个诗的形象，这个形象便被其他具有死的性质的诗的形象所同化了，因而，露西不可避免地变成了普洛塞耳皮娜[①]的形象，正如金变成阿都尼斯：

加入了大地每日的往复变化

连同那岩石、碑石和树木。

在美国诗人惠特曼那里，我们甚至看到了一个比华兹华斯更为极端的礼赞个人的申明和对学识传统的回避。因此，了解一下《那时紫丁香在庭园中盛开不败》的内容是有益的。在诗中，死者没有用牧歌的名字，但也没有用他的真名。他被停放在一只走遍了大地的灵柩中，他被等同于“强大的西方之落星”，他是诗人敬爱的同志，诗人将紫丁香那深红的花朵洒在灵柩上；一只鸣唱的鸟儿为死者哀唱，正如树林和洞穴在《黎西达斯》中所扮演的角色。传统、文体、原型和自发的形式在惠特曼那里表现得如同在弥尔顿那里一样清楚。

《黎西达斯》是一首偶然之作，由一意外事件所引起。因此，它看起来是一首具有强烈的外部联想的诗。那些只能把一首诗理解为诗人个人的自述的批评家们认为，如果诗中述及金的成分不多的话，那一定包含很多关于弥尔顿本人的成分。于是，他们推论说，《黎西达斯》实际是自传性的，充满了弥尔顿自己的成见，包括他对死的恐惧。对于这一点我没有异议，除非弥尔顿按照传统把自己融进诗中的做法被误解为不合适的自我表现。对弥尔顿来说，即使按照17世纪的标准，他也是一个不寻常的职业的和非个人的诗人。在他所有的诗作中，明显失败的一首诗是《激情》（The Passion）。看一下该诗所使用的意象就可知道它为什么失败。这是弥尔顿唯一的一首在写作过程中抱有先入之见的诗。“我的缪斯”，“我的歌”，“我的竖琴”，“我的变动的诗行”，“我的福玻斯”等等一直充斥了八节，直至弥尔顿在厌恶中放弃了这首诗。弥尔顿唯一的一首自我意识的诗也恰是一首不能脱稿的诗，这并非偶然的巧合。在《黎西达斯》中，情况全然不同：该诗的“我”是一个装扮成传统牧人的职业诗人；假若把他设想为个人的“我”，那就等于把《黎西达斯》降到《激情》的水平上，使它变成一首首先应作为传记材料来研究而不是为了其本身的目的而研究的诗。以这样的方

① 普洛塞耳皮娜（Proserpine）是罗马神话中的冥后，即希腊神话中的佩耳塞福涅（Persephone）。——译注

式来对待《黎西达斯》，在那些不喜欢弥尔顿，希望他声望下跌的人看来是再好不过了。

还有一个批评原则，是我写本文想要说明的一个原则，它似乎不可避免地紧接着前一个原则。任何诗都必须作为统一整体来考察，但没有一首诗是孤立的整体。任何一首诗都先天地和同类的其他诗有联系。这种联系有时一目了然，如《黎西达斯》与忒奥克里托斯和维吉尔的牧歌之间；有时则此较隐蔽，如惠特曼与同样的牧歌传统，或者还可以推想，《黎西达斯》同后来的牧歌体哀歌。不言而喻，文学的样式或种类也是不能分割、孤立起来的，就像前达尔文生物学的诸体系与达尔文生物学有联系是一样的。每一个认真研究过文学的人都懂得，他不仅仅是从一首诗转到另一首诗，从一种审美经验转到另一种审美经验，他同时也在进入一种连贯的累进的文学修养。因为文学不是书本、诗和剧作的简单聚合，它是一种语词体系。我们的整个文学经验，在任何特定时间里都不是我们所读过的东西的记忆或印象的毫无联系的排列，而是一种想象的、有机的经验整体。

正是作为语词体系的文学构成了每一部特定的文学艺术作品的原始的“上下文”。所有其他的上下文——《黎西达斯》在弥尔顿创作发展中的地位，它在17世纪的思想或历史中的地位——都是次要的和派生的上下文。在整个文学系统中，特定的结构和文体的原则，特定的叙述和形象的构成，特定的传统和方法，以及一些惯用语[①]，都重复而又重复地出现。每一文学新作都是某些上述因素的再构成。

我们看到，《黎西达斯》正是由这样一种重现性结构原则所铸成的。这一原则的简明而准确的名称是“神话”。阿都尼斯神话使《黎西达斯》既是独特的又是传统的。诚然，如果把阿都尼斯神话当成独立存在的柏拉图式理念，我们是不会把它发展成一个批评概念的。但是，只有无能的人才会试图将一首诗简缩或同化为一个神话故事。在《黎西达斯》中的阿都尼斯神话乃是《黎西达斯》的结构。也正是在《黎西达斯》中以几乎同样的方式出现了莫扎特交响乐第一乐章中的奏鸣曲形式。这便是在使《黎西达斯》成为诗的因素和把它同其他诗的经验的形式结合起来的因素之间的联结环节。如果我们只注意《黎西达斯》的独创性，只分析其用语的含蓄和精巧，那么我们的方法本身不管多么有用，也无法真正把握这首诗；如果我们只注意传统因素，那么我们的方法就会把诗贬

① 惯用语，原文为希腊文 topoi。——译注

为一种引喻的陈词旧调的剪贴或拼凑了。这样，前一种方法把诗当成了它自己的回声，后一种方法使诗成了别的诗人的回声。假使我们从一开始就把握一种把这两种倾向相结合的统一原则，那它们一定会相得益彰的。

事实上，神话也在其他领域中出现，如人类学、心理学、比较宗教学。但文学批评家首要的任务是以神话为文学作品的构成原则。这样，对他来说，神话就成了某种类似于亚里士多德的“mythos”——叙述或情节的东西，也就是运动的形式因，亚里士多德把它称做是作品的“灵魂”。在构成作品的统一整体的过程中它主宰和统合着所有的细部因素。

神话，按其最简单的英文意义，指关于神的故事。黎西达斯，就诗的内容来说，是一位神或自然的精灵，最后成了天堂上的圣者，那是一般的基督徒所能获得的神性。在这一意义上，把《黎西达斯》作神话处理的原因是传统的；但传统不是任意的或偶然的，它产生于诗歌语言的隐喻性质。诗人不是简单地说黎西达斯离开了树林和洞穴，而说树林和洞穴用其所有的回声悲悼黎西达斯的逝去。这就是那种具有主客之间、物我之间的奇特同一性的语言，这种语言在诗人、疯人和恋爱的人那里是一样的。这是隐喻的语言，亚里士多德认为这是独特的诗的语言。在诸如日神和树神这样一些说法中，我们看到隐喻的语言和神话的语言是相互依赖的。

我已说过，所有的文学批评问题都是比较文学的问题。不过，大凡有比较的地方，总需有某种标准用来区分实际上可比较的事物和仅仅是类似的事物。科学家们早就发现，进行成功的比较，首先须明确用于比较的真实范畴是什么。比如说，如果你在研究自然史，那么不论你怎样为具有八条腿的东西所吸引，你都不能把一条章鱼、一只蜘蛛和一曲弦乐四重奏相提并论。在科学中，科学的和伪科学的东西常常很容易混淆起来。我怀疑文学批评是否具有这种明确的标准。在我看来，一个实际上坚持认为有一位牛津伯爵写下了莎士比亚剧作的批评家，他并没有意识到他是在作伪批评的陈述。我读到过一些关于弥尔顿的批评家，他们似乎要把弥尔顿混同于他们的阳性崇拜的父亲们——如果可以这样说的话。我将称他们为伪批评家，有些人把他们称为新古典主义者。人们怎样去判断呢？即使是正规的批评家也已经有如此多的派别。有些批评家善于在公共档案局中发现事物，也有些批评家，像我一样，找不到公共档案局。并不是所有的批评声明或处理都能同样奏效的。

我认为，第一步是要确定对学识作价值判断的依据。学识，或者说文学的知识，总是不断扩大和增长的，价值判断产生于一种以我们已经拥有的知识为基础的技能。这样，学识就具有了对价值判断的优先权和否决权。第二步是以一种统一的文学观来确定学识的依据。在我们之前已有了许多批评的分类法。我们需要更多地了解有关文学的结构原则，有关神话和隐喻、传统和文体的知识，这样才能有把握地区别出真正的影响和臆想的影响、富有启示性的类同现象和令人迷惑的类同现象，一个诗人最初的渊源和最切近的材料来源。给学识以方向的这一核心的批评活动，其基础是一个简单的事实，即每一首诗都是叫做诗歌的这类事物中的一分子。有些诗，包括《黎西达斯》，清楚地表明了它们是传统的，换言之，它们的原始的上下文就在文学本身。另一些诗则以某种期待把这一结论留给了批评家，尽管这种期待常常会落空。

叶舒宪　译　周骏章　校

附：

黎西达斯

[英] 弥尔顿

译者小引

这首牧歌式的、悼念同学少年的哀歌，是弥尔顿初期诗作的最后一篇。它的内容主要是哀悼的抒情，但突出表现了诗人自己的志向。那时他已搁笔三年不写诗，在家研读古希腊、罗马的作品，一面考虑、构思长篇诗作，但因同窗好友的死，不能不提起诗笔，再次攀折桂枝和番石榴、常春藤的柔条。本诗第一段表明了这个思想；全诗最后一行“明天将奔向清鲜的树林，新的草地”表示决心向自己初期的诗风告别，而朝着新的方向前进。

弥尔顿后期诗作的风格与初期的截然不同，《黎西达斯》成了过渡的代表作。《黎西达斯》中有两个高潮：第一个是从“啊！那有什么好处，不断熟虑”句开始的一段，说明诗人不想单在吟咏方面博得荣誉，要用整个生命去为国家、人类作出贡献。第二高潮是从“他抖动主教的发卷严厉地说道”句起的一段，斥责英国教会的腐朽，要把它彻底摧毁。

死者爱德华·金是弥尔顿在剑桥大学基督学院的同学，二人都是诗人、学者和有事业心的好青年，是校方精心培养的牧师人才，但因当时教会作风不正，弥尔顿在毕业时不愿进教会和他们同流合污，宁愿回家继续研究古典文学，关心社会，准备做一番事业。爱德华·金则在毕业前就溺死于碧海，免入狼群，保住一身清白，虽死犹生。

本诗的两个高潮，体现了弥尔顿的新风格。不是为作诗而作诗，而是“为事而作”，注意社会效果。他的十四行诗绝大多数是他中期的作品，充分发扬了这种风格，到了晚期便发展而为崇高的风格，为后人所敬仰。

原诗小引

在这首独唱的悲歌（Monody）里，作者哀悼一个亲爱的朋友。①他不幸于 1637 年，从切斯特渡海往爱尔兰去时，途中溺水而死，在诗中预言腐朽的僧侣阶级即将没落，那时他们正气焰高涨。

我再一次来，月桂树啊，②
棕色的番石榴和常春藤的绿条啊，③
在你们成熟之前，来强摘你的果子，
我不得已伸出我这粗鲁的手指，
来振落你们这些嫩黄的叶子。④
因为亲友的惨遇，痛苦的重压，
迫使我前来扰乱你正茂的年华；
黎西达斯死了，死于峥嵘岁月，他，
年轻的黎西达斯，从未离开过爹妈。
谁能不为黎西达斯哀声歌唱?
他自己也善于吟咏，气韵高昂。
他以波涛为灵床，漂浮在水上，
不该没人为他哀哭，他在风中翻腾，
该有一份感伤的泪珠儿为他滚滚。⑤

① 本诗作于 1637 年 10 月，最初发表于 1638 年剑桥大学纪念爱德华·金（Edward King）的诗集中。弥尔顿的同学、密友爱德华·金于 1626 年进剑桥大学，1633 年取得硕士学位，继续在原校深造，准备做牧师。1637 年夏，利用假期去爱尔兰访友，不幸在威尔斯港外船破人溺。《黎西达斯》是牧歌体的独唱哀歌。黎西达斯（Lycidas）是希腊、罗马神话中的牧羊美少年，人人称羡；弥尔顿借这古典牧歌中的形象来体现同学少年的形象。

② 月桂树象征诗歌的灵感，与诗歌女神缪斯（Muse）相联系。月桂、番石榴和常春藤三者都象征诗歌；桂冠由此三者编成。

③ 古代希腊人宴会时，歌人手执番石榴枝，象征司美女神的美，常春藤象征永生。

④ 诗人说自己的诗艺还未成熟。

⑤ “感伤的泪珠儿”指哀歌。斯宾塞（Spencer）曾以《缪斯的泪珠》为哀歌的题目。

开始唱吧，你们从育芙的宝座下[①]
喷涌的圣泉中出来的缪斯姊妹们啊；
开始弹吧，高拂弦琴的天风啊。
不用推辞，不用做忸怩的神情。
祈愿温柔的缪斯诗神，
也把祝福的言词赐给我的骨灰瓶，[②]
当哀歌轮到我的时辰，
请祝福我的卧尸，使得安宁！
因为我们俩，在同一小山上长大，
放牧同一羊群，在泉边、荫下和泽畔；
当高原的草场还在朦胧里，
晨曦熹微的时候，我们就在一起。
我们一同在田野上看管羊群，
一同谛听中午闷热时蝇蚋的声音。
早起喂养羊群，草上的鲜露晶莹，
直到夜晚的明星出现，晶光熠熠，
经行中天，直到西斜而低垂。
同时，少不了唱唱农家小调；
跟牧笛和谐，清音缥缈；
粗野的撒蒂尔们闻声起舞，[③]
偶蹄的芬恩们闻声就快快赶上，[④]
连老达摩塔斯也爱听我们的歌唱。[⑤]
　　但是，啊！来了个严峻的变化！
你去了，而且永远不再回来啦！
你，牧神，你，树林和旷野的各洞窟，
为野生的麝香花和柔藤所覆盖的洞窟，

① 九个缪斯女神是天神朱庇特（Jupiter）的女儿，从圣泉中出生，圣泉名沛涟，是九缪斯的神祠，在奥林匹斯神山脚下，育芙的宝座在奥林匹斯山上。

② 诗人为爱友写哀歌时，想到有朝一日也同样有人为自己写哀歌。

③ 撒蒂尔（Satyr）是森林之神，喜欢吹笛和跳舞。

④ 芬恩（Faun）和撒蒂尔在罗马神话中是一对快乐的牧神，芬恩的形象是偶蹄、有尾、有角，半人半山羊，略似希腊神话中的潘（Pan）。

⑤ 达摩塔斯（Damoetas）是神话中的老牧神。

以及各洞窟的回声，都在哭泣。
杨柳的依依，榛树丛的青青，
如今不再映入你的眼睛，
吹拂叶子的乐曲，不再供你倾听。
黎西达斯死去的消息传到牧人耳里，
好像锈病残暴地摧毁蔷薇，
传染病摧残新断奶的羊羔，倒在草地，
或严霜摧残披着鲜艳华服的花卉，
正当这样的芳时，五月花初吐蓓蕾

　　山林女仙宁芙们啊，[1]无情的深渊
把你们心爱的黎西达斯没顶时，你们在哪里？
你们既不在峭壁巉岩上嬉戏，
那是你们特鲁德老诗人们的长眠地，[2]
也不在莫拿高山那树木毵毵的顶上。[3]
又不在狄洼展开神奇河流的地方。[4]
唉，我愚妄地梦见“你们好像在那里”
——可是你们在那儿为他做了什么呢？
亲自生下俄耳浦斯的缪斯[5]，她自己，
又为自己俊美的儿子做了什么呢？
全宇宙的万物都为她的孩子哀悼，
他在混乱中发出可怕的喊叫，
他那血淋淋的头颅被抛入河中，
从奔流的希布鲁斯河漂流到列斯博岛。[6]

　　啊！那有什么好处，不断熟虑

① 宁芙（Nymph），希腊神话中的山林仙女。

② 特鲁德们（The Druids）是英国古代的哲人、僧侣和诗人特鲁德所创的教派，以威尔士西北安格勒塞岛为中心。

③ 莫拿（Mona），安格勒塞岛的高山，山上多长林木。

④ 狄洼（Deva），河名，在切斯特，爱德华·金出帆处。

⑤ 俄耳浦斯的母亲是缪斯卡里俄珀（Calliope），司叙事诗的。

⑥ 俄耳浦斯侮辱了赛累斯的女子，她们为了复仇而把他撕成碎片，他的头颅被抛入希布鲁斯河（Hebrus），漂流到爱琴海的列斯博岛。

这些平常的，受轻视的牧人歌曲，
深思冥想，苦吟无报酬的诗句？
和阿玛莱利斯在树荫下做做游戏，[1]
或者揪着尼艾拉的鬈发相嬉，[2]
像其他的牧童一样，岂不更惬意？
荣誉是鞭策，把纯洁的精神提起，
（使高贵的心灵把最后的弱点抛弃）
藐视逸乐，甘心过劳苦的日子；
但当我们希望能得到酬劳，
想要爆发突然的火光时，
来了瞎眼的复戾，带着可厌的镰刀，[3]
割断曼妙如锦的生活。福玻斯宣告，[4]
振动我们颤栗的耳朵般地说道：
“不用称赞，荣誉不是生长于尘世的花草，
也不是尘世上银箔镜子的倒影，反照，
也不靠传播广远的流言、风谣，
而是由判断万事的育芙大神的全智，
由他那双明察秋毫的慧眼使你升高；
他最后将宣布每个人的每一行为，
在天上有你盼望的荣誉，作为酬劳。”
　　啊，阿瑞土斯泉，光荣的流水，
明洲斯柔滑的河边，生长能歌的芦荻，[5]
所唱的曲子，表现更高的情意。
但现在，我的牧歌仍在开展，
并倾听大海的传令官歌唱，

① 阿玛莱利斯（Amaryllis），古希腊牧歌中的农家少女。

② 尼艾拉（Neaera），也是古希腊牧歌中的农家少女。

③ 复戾（Fury），罗马神话中的三个复仇女神，司厄运。弥尔顿在这里借用为残酷的命运。

④ 福玻斯（Phoebus）是诗歌之神，即阿波罗，太阳神。

⑤ 阿瑞土斯（Arethuse）本是神话中的山林女仙，曾为河神阿尔斐俄斯所追求，最终变成河流。明洲斯河在诗人维吉尔生长的地方。

他传达的是海神尼普顿的愿望。[①]
他责问浪涛，责问凶恶的风波，
为什么给这山乡少年这么大的灾祸？
他责问一阵阵飞过的暴风，
它们正从钩形的岬角吹过。
风和浪并不知黎西达斯的来历；
贤明的希玻达德斯代为说明心意：[②]
那一天他并没有从风的地牢放出大气；[③]
那时天空平稳，海上静谧，
漂亮的帕诺佩和姊妹们在海上游戏。[④]
那是因为命运和靠不住的船只，
制造紊乱，装载了可诅咒的阴翳，
使虔诚的头颅沉入深深的海底。

剑河之神，[⑤]可敬的祖先，行动缓慢，
他的斗篷毛毵毵，他的帽子是茅秆，
缀上惨淡的花边，他的帽缘
像是猩红色的花，象征灾难。
他说，“啊！谁夺去我最亲爱的孩子？”
最后来，而最后去的，
是加利利湖上的舟子；[⑥]
他带着两把不同的金属大钥匙
（金的管开，铁的管闭，十分结实）。
他抖动主教的发卷严厉地说道：
“小伙子啊，我免了你该有多好？[⑦]

---

① 尼普顿（Neptune），罗马神话中的海神。

② 希玻达德斯（Hippotades），风的管理者。

③ 这里把风拟人化了。维吉尔在《埃涅阿斯纪》中，描写风怎样被关在地牢里，有时又被放出来。

④ 帕诺佩（Panope）姊妹是海上的精灵，晴天出来游戏。说明爱德华·金溺水时并无风暴，海上平静，是船只本身出毛病，或命运作祟。

⑤ 剑河之神（Camus）或剑桥大学先辈之灵，来哀悼黎西达斯。

⑥ 加利利湖的舟子指耶稣的门徒彼得，他原先是加利利湖的渔夫，是初期基督教创始人之一。传说他管天堂的门，有两把钥匙，是第一任主教。

⑦ “免了你”，指免进腐朽的教会之门去做牧师。弥尔顿和金都是剑桥大学培养，预备做牧师的。弥尔顿拒绝了，金溺死了，都免了。

我看得够了，那些贪婪的贼，
偷偷地，连挤带爬地进了教会！
对于关心人的事，他们极少关怀，
却热衷于争夺剪羊毛宴会的席位，
那些值得邀请的客人却被挤开。
他们不懂怎样使用牧杖，瞎指挥！
起码的牧羊知识也没有学会！
该关心什么？它们缺少什么？全不理会。
他们自己吃饱了，爱听听邪曲的歪诗，
在劣等的芦笛上吹吹刺耳的曲子；
饥饿的羊群仰头求食，没有人喂，
只让它们喝西北风，吸收迷雾尘埃，
让它们内脏枯萎，瘟疫蔓延开来；
特别是那些残酷的狼，魔爪伸得长长，[①]
每天吞食羊群，他们却一声不响。
但那站在门口的，双手拿武器，
准备一劳永逸地把它彻底摧毁！[②]
　　阿尔斐俄斯啊，回来吧；[③]
那威吓河流的可怕声音过去啦；
西西里的缪斯啊，请回来吧，[④]
呼召山谷们，快把花种撒下，
种出钟形花和万紫千红的小花。
溪谷深深，在那儿常有温柔的对话，
谈到树荫、轻盈的风和洋溢的河洼。
连黑星也要向这鲜艳的溪谷瞟一眼，[⑤]

---

① 残酷的狼指罗马天主教会。他们剥削西欧各国的教民。

② 这两行预言英国教会将要被改革，“武器”，有人解释为斧子，如《马太福音》第 3 章第 10 节所说：“现在斧子已经放在树根上，凡不结好果子的树，就砍下来，丢在火里。”

③ 阿尔斐俄斯（Alpheus）是阿尔斐俄斯河的神，他曾追求山林女仙阿瑞苏莎（Arethusa），她逃到西西里时，月神把她变成河流；他便带他的河流穿过地下和海底赶到西西里和她合流。威吓河流的声音，典出《旧约・诗篇》第 104 篇第 9 节：“你的斥责一发，水便奔逃；他的雷声一发，水便奔流。”

④ 西西里的缪斯（Sicilian Muse）是司牧歌的女神。

⑤ 黑星指天狼星。

睁开你们英俊闪光的两眼，看一看
这绿色草地吸收甜蜜的阵雨，
三春的花朵染红大地，文采郁郁。
有早春开放，不见阳光便死的樱草花，
丛生的百脉根花，淡黄色的茉莉花，
纯白的石竹，三色堇装饰着点点划划，
生长着紫罗兰和麝香蔷薇花，
还有浓妆淡抹的忍冬花，
青白的西樱草挂在沉思的额头，
每一朵花都带愁容，蹙额凝眸。
叫不凋花倾注全部的美，
水仙花用眼泪盛满它们的玉杯
洒向黎西达斯长眠的诗人茔垒。

　　因此，我们暂且不必紧张，
让我们的意马心猿放开推想：
啊！浅水的海滩和深水的海洋
把你的骸骨远远冲去，卷向何方！
可能在西海多风暴的岛外洪荒，[①]
在那儿你沉在浪潮的下边，
到了怪物世界的底面；
或者是你不依我们含泪的祈愿，
去睡在古传奇所说的倍莱鲁斯的近旁，
那儿仿佛有伟大的守望者的岗哨山上[②]
可以监视拿曼柯斯和巴约那的哨岗。[③]
天使长啊，请多照顾故乡，慈悲为怀；[④]

---

①西海的群岛名希珀莱特群岛（Hebrides），约200小岛散布在苏格兰港外。爱德华·金是在爱尔兰海溺死的，可能被漂到北方去。

②倍莱鲁斯（Bellerus）是传说中英国南部蒙特湾地极区的巨人，地极区海上有个高耸的巉岩，其上仿佛有把椅子，传说是天使长弥迦勒坐在那上面瞭望的椅子。他从那巉岩上一直望到西班牙的拿曼柯斯和巴约那。因此那岩被称为岗哨山。

③拿曼柯斯（Namancos）和巴约那（Bayona）都是西班牙沿岸的地名。

④天使长弥迦勒瞭望时看得极远处，请他特别看顾近处周围，救救黎西达斯。

你，海豚啊，请飘送这不幸的少年回来！[1]

别再哭泣，悲伤的牧人，别再哭泣，
因为你们所悲悼的黎西达斯没有死，[2]
虽然他现在可能沉在碧波之下，
好像太阳沉落在海洋的眠床上，
不久又把那低垂的头颅高昂，
闪动着他的眼光，重新大放光芒，
从他那晨空样的前额射出金光：
黎西达斯已经升得高，虽曾沉得低，
通过那走在水波上的救主的大力，[3]
沿着高处别有的丛林和清溪，
有琼浆玉液洗净他鬈发上的污泥，
听聆意想不到的祝婚歌词，
享受那温柔国土的爱和欢喜。[4]
上界的圣者全部都接待他，
有美妙的各级天使，庄严的队队天军，
他们歌唱，用光辉的姿态歌唱，
永远擦干他双眼的泪痕。
现在，黎西达斯啊，牧人们不再哭泣；
从今以后，你是海岸上的神人，[5]
你的巨大酬报，将要恩及
一切在大海风波中颠簸的人们。

静谧的黎明时分，白茫茫一片，
他出去和粗野的牧童向橡树、小溪唱和，
在各种的芦笛上试吹温柔的曲调，

---

① 古代希腊的弹唱诗人阿利昂（Arion）乘船往哥林多去的途中，被舟子抛入海中，有海豚背负他，获救。他的音乐使海豚入迷。

② 说他活在天国。他的死像太阳沉落而又上升。

③《马太福音》第 14 章第 25 节：“夜里四更天，耶稣在海面上行走。”

④《新约·启示录》第 19 章第 9 节：“被请赴羔羊之婚筵的有福了。”预言末日审判后坏人灭亡而好人得赴羔羊的婚礼，一同享乐。

⑤ 罗马传说：溺水而死的人将变为该地区保护航行者的精灵。

吹出热烈的情思，谱出多利安的牧歌；[1]
直到夕阳西下，把群山的影子拉长，
射进西边深山中的凹地。
他终于起来了，披上蓝色的斗篷：[2]
明天将奔向清鲜的树林，新的草地。

朱维之　译[3]

① 古希腊牧歌的名作多是用多利安方言写的。
② 蓝色的斗篷是牧人的装束。
③ 选自《复乐园·斗士参孙》，上海译文出版社 1981 年版。——编注

好哈克，再回到木筏上来吧！

［美］L. A. 费德莱尔

本文选自魏伯·司各特（Wilbur Scott）编著的《文学批评的五种模式》（*Five Approaches of Literary Criticism*）一书。文章作者费德莱尔（Leslie A. Fiedler，1917— ）是美国文学批评家，生于新泽西州，先后在纽约大学、威斯康星大学、哈佛大学、剑桥大学求学。毕业后曾执教于蒙塔那州立大学、纽约州立大学、罗马大学等，1970—1971 年间兼任巴黎温西尼大学客座教授。亦曾任纽约《壁垒》杂志特约编委、圣马丁出版社文学顾问等职。主要论著有：《美国小说中的犹太人》（*The Jew in the American Novel*，1959），《美国小说中的爱与死》（*Love and Death in the American Novel*，1960），《不！雷声之中：论神话与文学》（*No! In Thunder: Essays on Myth and Literature*，1960），《论文选集》（*Collected Essays*，1971）等等。费德莱尔认为，人类的意识开始于"叙述"（mythos），即对于原型经验的直觉领悟。神话表达出原型性的生活境况，在后世仍然保持着与那些境况相应的人类情感因素，特别是惊奇与爱的情感。哲学和科学的兴起，带来了不可避免的"从直觉到观念的堕落"，只有在文学中仍然保留着直觉和情感。尽管昔日的神话已变成了艺术家个人签名的作品，但社会性的共同情感仍然借原型的力量潜伏在每一个作家的创作之中。因此，"对于艺术作品原型内容的考虑，乃是本质的考虑"。批评家不仅要关注作者的个性特征，更要挖掘他的作品中所传达（往往是无意识地传达）出的人类或某一社会文化群体的共同情感特征。费德莱尔的主张和实践代表着一种将原型批评和社会学批评加以结合的倾向，在本选文中，这种倾向表现得十分鲜明。作者通过对现代美国文学中具有普遍性的同性恋原型的分析，揭示了有关种族歧视等重大社会问题。

探索责任与失败的主题重新成了我们文学的主要关注点，在这样一个时代里，黑人和同性恋者成为常见的文学题材似乎是理所当然的。令人不安的是，这类题材所表现的矛盾是我们无能为力的道德冲突，我们没有办法来对付理论与实践之间产生的矛盾（没有谦恭的传统，也没有一套有效的玩世不恭的信条）。曾经流行过一种看法，认为清教主义是我们生活中鼓励人们虚伪的力量。实际情形恰好相反，清教主义强调坚定的信念和果敢的行动，要求人们在日常生活的许多平凡小事上显示自己的美德；因此，任何表里不一的态度、虚伪的行径，都会更加明显地被暴露，遭人唾弃，成为人所共知的原始罪恶。所以在美国，耸耸肩膀的动作会显得很不自然、很不得体，这是相当发人深思的（用耸耸肩表示对某种情况的充分谅解，或对某种难免的疏忽的认可）。

尽管如此，面临着同性恋的持续存在（我们有许多肮脏的粗话在助长这类事），面临着触目惊心的黑人聚集区（这些地方总是俗里俗气，恶臭熏人），美国的白种人必须作出选择，要么接受根深蒂固的矛盾现实，要么拿出崭新的对策。当然，也有权宜之计，也有避免作出最后选择的办法。最乏味的是那种夜总会式的特别场合——“同性恋者”会聚的咖啡馆，黑人、白人常去的夜总会，在那儿，黑人、白人都卖俏争俊，像在做广告似的；会讲笑话的人逗人发笑，大家昏昏惚惚，直到清洁女工来收拾桌椅，灯光熄灭。在早期的黑人剧团的演出[①]中，装扮黑人的演员必须涂上油和黑炭，以呈现黑色的面貌，而同性恋者则必须矫揉造作地乱扭肢体。

在今天的社会里，黑人的处境和同性恋者的状况提出了截然不同的问题，至少这两类问题需要完全不同的解决办法。我们关于同性恋的法律和遭到黑人深恶痛绝的种族偏见，必须大幅度地改变以适应严峻的社会现实，而作为社会现实的一部分，我们对待黑人的态度必须按法律和社会公德的要求加以矫正。当然，这一切绝不是那么轻而易举的。在另一种意义上说来，同性恋盛行的事实与全国性的男性之间的爱慕的说法是矛盾的，正如我们与黑人之间的真正关系与这种关系的神话是矛盾的一样。但是我们将看到，这两种矛盾总的说来是一回事。

同性恋的公开存在，威胁着美国人感情生活中的一个本质的方面：在运动场上的同伴友谊，钓鱼玩牌时的和睦交往——这是一种没有邪念的真挚感情，粗犷却是脱俗，相当于儿童的赤心，具有令人信服的纯洁性。假如要对这种纯洁

① 指起源于美国 19 世纪由白人扮演黑人，演唱黑人歌曲等的演出。——译注

性产生丝毫怀疑，便会破坏我们抱定的坚定信念：相信生活中确实存在一种自然淳朴、天真无邪的关系，身体的接触只不过像相互握握手而已。在我们今天的时代，19世纪那种童贞女性的神话已经明显地不再存在了。男人在吸烟室、兵营或集体宿舍里乱讲下流笑话时，往往对女人肆无忌惮地背叛童贞的行为群起攻击；但在这种尽是男人的场合，那些主张女人应当保持童贞的人也遭到讥笑。然而除了这类场合，还有什么地方可以见到无拘无束的欢谑气氛呢？正是这种自我解嘲的亲热劲头，这种令人惊讶的淳朴气质，既产生了无法遏制的同性恋心理，又造成了不愿正视同性恋（没有爱的爱情的最后一个阵地）存在的心情。

我们所知道的其他无数例子也证明了这样一点：这是美国生活中的返祖现象（指在这个专门意义上的返祖），这种对童年生活的难以排遣的怀念，虽是荒谬可笑却又令人可钦。美国人总是憧憬着童年，在我国文化遗产里为数不多的伟大著作中，有两本最令人神往的书，看见它们摆在儿童图书馆的书架上没有谁会感到吃惊。我这里指的当然是《白鲸》[①]和《哈克贝利·芬历险记》[②]，虽然在表现手法和使用的语言方面迥然不同，但同样是儿童喜欢的书，说得更确切一点，男孩子喜爱的书。

此外，还有库柏的皮袜子小说[③]，达纳的《当水手的两年》[④]，以及斯蒂芬·克雷恩[⑤]的不少作品，都是由于投合了男孩子的爱好才历久不衰的。人们开始预言，厄利斯特·海明威的作品[⑥]也会有类似的命运。美国历代最著名的小说家中，只有亨利·詹姆斯一人可以不算在儿童作家之列，即使是霍桑（确实写了一些儿童作品）[⑦]，虽然不同于马克·吐温和麦尔维尔的情形，其声誉也建立在他那些以青年人为题材的儿童所喜爱的小说上。当然，把《红字》[⑧]改写为儿童读本未免生拉活扯显得可笑，因为那并不代表生活中的共同经验。倘若在地区图书馆

---

① 《白鲸》（1851）是美国作家麦尔维尔（1819—1891）的最著名的小说，国内已有译本。

② 《哈克贝利·芬历险记》（1884）是美国作家马克·吐温（1835—1910）的小说。

③ 库柏（1789—1851），美国第一位重要的小说家，他的皮袜子小说指（按情节先后）：《猎鹿者》（1841）、《最后一个莫希干人》（1826）、《探路者》（1840）、《开拓者》（1823）、《大草原》（1827）等几部小说。皮袜子是这几部小说中的主人公纳提·邦坡的诨名。

④ 达纳（1815—1882），美国作家兼律师，小说《当水手的两年》（1840）根据他作为一名普通水手绕道好望角抵达加利福尼亚的亲身航行经历写成。

⑤ 克雷恩（1871—1900），美国作家。

⑥ 指美国小说家海明威早期创作中描写童年生活的一系列短篇小说，这些短篇已于1972年编成一集《尼克·亚当斯故事集》。

⑦ 霍桑的儿童作品主要指《奇迹故事》（1852）和《丛林故事》（1853）。

⑧ 《红字》（1850），霍桑的代表作。

的儿童书籍部分发现霍桑称之为“阴森可怖的书籍”，忆起《白鲸》一书以“我以魔鬼的名义为你洗礼”作为神秘的格言，人们不禁会在道德伦理的奥秘面前肃然起敬——这即是美国的“纯洁”观念。这些作品里什么都写到了，只是没有直言不讳地描写成年人的同性恋；说到底，儿童作品必须描写儿童喜爱的内容。

那么，这些作品有什么共同之处呢？作为男孩子喜爱的书籍，它们带着天真烂漫、羞怯无邪的气质，像是为感情的经验提供男性的童贞——这是特别引人注目的。在达纳的作品里，表现为故事叙述人对霍普的抑郁追求；在库柏的作品里，则是纳提·邦坡和金加古克之间的终生爱慕；在麦尔维尔的作品里，表现为伊西墨尔对魁奎克的眷恋；在马克·吐温的作品里，则见于哈克对黑人吉姆的感情。我们发现许多闻名世界的小说中所描写的感情都围绕着异性间的爱情展开，无论是“柏拉图”式的精神恋爱或是非法通奸、诱骗或是强奸，或者是延绵不断的调情。但在美国小说中，我们却发现一个逃亡的黑奴和一个无名小子并躺在木筏上随波逐流，枉费心机地逃跑，或者一个流浪水手醒来发现自己躺在叉鱼手的画着花纹的手臂上，他快要接近绝望的边缘。霍普对心爱的人喊道：“喂，亲爱的。哎，来吧！”他的这个心上人喜欢他胜过喜欢自己的白种同胞。伊西墨尔甚至毫无顾忌地明白告诉我们：“我感到魁奎克的手臂伸过来特别温柔可爱。你或许会认为我简直像是他的妻子……他仍然紧紧地搂抱着我，仿佛除了死亡之外，世界上再没有别的什么能把我们分开了……所以，我们就这样度蜜月似的心满意足地躺着——他和我，如胶似漆的一对儿……他把额头偎在我的额上，从腰间搂抱着我，还说从此以后我们就算结婚了。”

在麦尔维尔作品里，暧昧的关系被清楚地加以描绘，甚至可以说，被解说得明明白白。但这并不是偶然的笔墨或晦涩的象征（譬如在《哈克贝利·芬历险记》中，描写吉姆穿一件女人的衣服，那既可以说是含有深意，也可以说纯属偶然），而是作者煞费苦心、一步一步地将伊西墨尔和魁奎克之间纯真的结合揭示在我们眼前：他们两人先是一道就寝，战胜了羞怯的心情，又在一起亲昵地抽印第安人的大烟袋，消除了恐惧心理；然后是结婚仪式本身（像别的许多人的情形，他们的结婚仪式也在做爱之后），以两人的额头相偎作为象征；再后是正式同榻后的第二天清晨的别扭和犯罪感，仿佛自己已经无可挽回地做了一场噩梦；最后是象征地描写婚后的持续状态，象征物就是那条将一对情人紧紧地绑在一起的“猴绳”（为了这个象征意义，麦尔维尔脱离了捕鲸的真实细节，但这在全书中是唯一的一次），它象征着他们永久的结合，暗示他们将同生共死，活着时相互保护，临危时一道牺牲。

这些当然都牵涉到身体的接触，但归根结底仍然是清白纯洁的感情。恋人之间并未赤身裸体，而更像孩童之间的幼稚无知。即使在但丁的《新生》[①]里，也没有更少刺眼的描写或者更多的贞洁意味。要是认为这是由于那些人物还没有成年的缘故，似乎也不能说明问题。以伊西墨尔醒来后躺在魁奎克胳膊上的感觉，哈克不断失散又不断寻找吉姆的温情，印第安人与邦坡像伊甸园中的侣伴——这一切都铸自童年的生活情景，我们既不感到是初次发现他们，也不觉得曾经离开过他们。

这些故事所描写的童年状态和同性爱慕，我模糊地有些感觉，但只有通过努力才会发现：尽管我们有许多成年人由于肤色的差异而厌恶有色人种，甚至产生仇恨的情绪，这些故事都在歌颂白人与有色人之间相互爱悦的感情。这种意识受到公开事实的压力，只是不自觉地潜存着，完全与我们通常视为禁忌的事物背道而驰——这种爱慕感情只能存留在某种难以磨灭的象征之中，简言之，朦胧地体现于一个原型。在这个意义上，男孩子间的同性爱慕情怀，由于爱慕黑人而成为奇特的事物。

我希望我在使用“原型”这个常被滥用的词语时有特指的意思。我说的“原型”是指由观念和感情交织而成的一个模式，在下意识里广泛为人们理解，但却很难用一个抽象的词语来表达，同时它又是那么“神秘”，不经过周密的考察是完全无法分析辨明的。这种复杂的心理情结需要通过某种模式的故事，既体现它又像是在掩盖它的真正含义；待到它的原型意义被“分析”出来，或者根据表达它的语言找出了它的寓意之后，整个奥秘才会昭然若揭。

我发现我们分析的心理情结带有真正的神话性质，自然也包含着真正的原型所具有的那种可感而难见的隐秘性，这与豪厄尔斯[②]或马克·吐温夫人拘泥的指责拉扯不上，他们删去了《哈克贝利·芬历险记》中的粗俗用语，认为这些词语不适合儿童，却保留了司空见惯的理想爱情的套式。即使我们发现有的作家的作品把握住了神话的性质，也会显得梦幻朦胧。从这个意义上说来，《哈克贝利·芬历险记》与马克·吐温的其他作品之间的明显区别，就在于作者对哈克这个人物没有像通常那样有意识地操纵。不断地进进出出于黑暗，关于河上迷

① 《新生》(1292) 是意大利诗人但丁 (1265—1321) 的抒情诗文集，表达了他对贝雅特丽齐的爱情和他自己对爱情的理想观念。——译注

② 豪厄尔斯 (1837—1920)，美国小说家、批评家，也是马克·吐温的笔友。——译注

雾的描绘，老是闹不清谁是谁的混淆情形（哈克有十个或十二个名字，究竟谁是真正的叔叔，谁是真正的汤姆等问题），还有突如其来的暴力冲突，既不像发生在过去也不像是在未来——这一切都使整个作品（尽管作品中有大量具体而微的细节）呈现出梦幻的状态。对于《白鲸》来说，这一点更是不言而喻的。即使是库柏的作品，虽然绅士气十足，读起来觉得沉闷，要是孩子们继续往下读，拘泥做作的语言也掩盖不了作品中隐藏的秘密：幼稚的难以实现的梦境。D. H. 劳伦斯从库柏的作品中清楚地看见了男孩子所理想的乌托邦世界，生活在广阔的原野令人忘记沉闷的家室，"家庭主妇"也倾心于金加古克。

迄今为止，我似乎还没有看到有任何社会人类学家或心理分析学家谈论到在我们与黑人的关系之中，存在着孩子对黑人抱有深沉的爱情梦幻。（我这儿说的黑人，实际上指上边提到的所有作品中的可爱人物，有的是印第安人，有的是波利尼西亚人，"黑人"一词越来越多地被我们用来指有色人种，尤其是优秀的人物。）有一种陈腐不堪的观念认为：白种男人钦羡黑人男子的性的能力，但又惧怕黑白混种。受到这种观念的箍制，人们未能充分认识到黑白人之间存在着身体方面的相互吸引，也忽视了原始形态的黑白男人之间的爱慕。但是，无论是惧怕或是爱慕，单独存在都没有意义，只有两种心情合在一起才能说明问题。正如男人之间的纯洁感情总是与男人对女人的淫念相对立一样，将导致黑白混种的黑人欲念特别鲜明地与一个白种男人和黑种女人相结合的爱情针锋相对。詹姆斯·库柏是描写这种矛盾心理的第一个天才作家；事实上，黑白混种正是他在皮袜子小说中要表现的隐蔽主题，小说《最后一个莫希干人》尤其如此。纳提·邦坡经常吹嘘自己血液里"没有混杂的血清"，本能地回避所有女人的玷污，但是对一个印第安人，他却一反常态，情不自禁，几乎一度到了与她姘居的地步。在库柏虚构的原野上，时常有棕黑皮肤的强奸犯吓得白种女人遍地乱跑。可怜的科拉，由于血液里掺入了一滴异族人的血便不能和白种男人结婚；但另一方面由于她是白人，也不能和高贵的棕种人安卡斯发生关系；只有当她死后，他们最后才抱在一起，表现出男人之间的那种纯洁爱情，仿佛只有当女人死去才会是个好女人！然而，金加古克和捕鹿人却被允许连夜地守在篝火旁边，享受纯洁的家庭乐趣。只要血液没有混杂，在上帝创造的没有玷污的森林里，灵魂是可以相互结合的。

没有玷污的大自然——这是神圣的男性结合必不可少的环境。伊西墨尔和魁奎克手挽手扬帆起航，哈克和吉姆游泳在静静流淌的密西西比河上的木筏旁边

——在这里，水的流动完善了整个意象，使孤独的美国之梦得以漂浮。黑人作为贞洁的新娘的观念与大河入海和逃向大海的神话结合在一起。浩渺的流水暗示了孤独需要爱情，而流水的荒漠象征着使一切形式的爱情成为可能的惯例不再存在。因此，无论在《当水手的两年》《白鲸》或在《哈克贝利·芬历险记》里都有水，水成了各部小说的基本特征。在皮袜子小说里，库柏则展示了具有同样意义的另一种象征：原始森林。两者的修饰语值得注意——“原始的”森林和“神秘莫测的”大海。还应该看到，梦见了原始森林的库柏，也为我们创作了关于大海的小说，成为历史上第一个描写大海故事的美国作家，这绝不是偶然的。

许多笑话都谈到船长室与艄楼里发生鸡奸，这是对梦幻的亵渎。然而麦尔维尔一定也听说过这类不干不净的笑话，他曾在作品里间接地提到过一次，因为这类笑话威胁着他自己的梦幻。直到今天，这种梦幻仍然存在。戈尔·维达尔[①]的新作里就有一个例子：一个初次尝试同性恋者尚未弄清自己的感情，总爱拉着他的朋友朝海边奔跑，这似乎成了他至高无上的乐趣。人们都相信水手干得出鸡奸的这类事，并且认为这是由于他们没有机会与女人来往的不正常的结果，可是相反的情形也可能同样有道理：他们也许多少是有意避免女人以便同男性相交。无论如何，大海作为逃避和安慰的说法是有渊源的；男孩子专注的性欲和钟爱有色人种的隐秘是一回事。在我国文学的传统里，主要在麦尔维尔和马克·吐温以及一些次要的作家身上，原型的特征正式而又充分地体现了出来。黑人吉姆和魁奎克这两个人物使我们具体地感到，要是没有他们存在，我们获得的意识便会显得很模糊。原型总是体现在有意塑造的人物身上，非得我们去探索才能发现奥秘。试想俄狄浦斯沉默了多久的时间，索福克勒斯的用意才为弗洛伊德理解。[②]

从童年时代起，那些人物和他们代表的各种各样的含义就不自觉地占据了我们的心灵，除非树立某种新信念，我们很难摆脱固定的看法，那些家喻户晓的人物已经和我们的思想感情建立了千丝万缕的联系！外国人比我们自己更容易一针见血抓住事情的要害。D. H. 劳伦斯发现我们的经典著作贯穿着一个连贯的

---

① 戈尔·维达尔（1925—），美国当代作家。——译注

② 俄狄浦斯是古希腊悲剧作家索福克勒斯《俄狄浦斯王》剧中的人物，无意识地弑父而娶母。后世心理分析学家弗洛伊德认为，俄狄浦斯的行为是男性身上的恋母情结作怪的结果，“俄狄浦斯”一词也成了这种心理现象的代名词。

主题[1]：逃遁和纯洁的男性爱。甚至不阅读英文的洛卡，在《纽约的诗人》一书[2]中本能地抓住了哈莱姆和华尔特·惠特曼之间的紧密关系，发现仙女即指诗人本人。当然我们也不用老想着那些萦怀于心的固有观念，我们每一代作家的作品里，原型特征都重新出现，尽管有时反映得若明若暗，但总是存在着。在卡波特的《别的声音，别的房间》[3]里，虽然相互脱节，两种因素都表现出来了：书中的男孩游离于两个人的爱情之间—— 一个黑女仆和一个搞同性恋爱的表兄弟。在卡逊·迈克卡拉尔的《婚礼成员》里[4]，则出现了一个新人物：一个男孩子气十足的姑娘弗兰凯与一个黑人女厨之间发生了一场同性恋爱。到此，可爱的父亲般的奴隶变成了母亲般的奴仆身份的恋人，人物变换了，但仍然以黑人为对象。在同性恋公开化的时代，作家反映出这种原型心理是毫不足怪的，即使在福克纳那样刚强的作家身上也不例外，福克纳的小说《坟墓闯入者》里的黑人和男孩就令人想起这种原型。

最后我们注意到，在体现原型的故事里，转而钟爱黑人的恰好是些流浪者，贫穷的林中人，被人瞧不起的水手 （“叫我伊西墨尔！”）或者顽固不化的男孩（哈克在有希望被“教化”之前曾叫喊“我早就见识了！”）。但是我们不禁要问，美国的白人作为贱民的设想如何能与公众历来的梦幻——天之骄子—— 一致起来呢？或许，这仅仅是艺术家的自我写照，作家关在房里的臆想：城市中酒鬼的孩子，九死一生的亡命之徒那类人物。但绝对不是，伊西墨尔的特性可以在我们所有的人身上找到，作家将我们秘而不宣的恐惧反映到流浪的水手身上：正如外国的评论家指出的，我们忧心忡忡，害怕得不到别人的爱，引起别人注意的是我们的财产而不是我们自身，我们真切地感到孤独。正是这种恐惧心理说明了当我们被人奉承或受到宠爱时为什么不敢轻易相信，这即是所谓的“幼稚的谦恭”。

于是我们便对自己说，当我们被人抛弃或自陷困境时，我们亲爱的黑人兄弟

---

①D. H. 劳伦斯，英国小说家，曾著《美国经典文学研究》(1916)，对美国的古典文学发表了精辟的见解。

② 洛卡（1898—1936），西班牙诗人、剧作家，《纽约的诗人》(1940）是他的后期诗集之一，1955 年译成英文。

③ 卡波特（1924—1984），美国当代作家，《别的声音，别的房间》(1948）是他的第一部小说，描写一个男孩痛苦地寻找自我的故事。

④ 卡逊·迈克卡拉尔（1917—1967），美国现代小说家，《婚礼成员》(1946）是她的代表作，描写一个孤苦伶仃的少女弗兰凯的故事。

会收容我们，他既不会怀着怨恨也不会以宽恕来侮辱我们。他将我们搂在怀里，亲昵地呼唤“宝贝儿”，他会安慰我们，仿佛我们对他的种种不公正待遇并不是真实的，而且早已得到了他的饶恕。然而我们总忘不了我们的罪过，那些表现原型意义的故事，像是不由自主地描写了有色人种作为受害者的形象。达纳笔下的霍普死于白人的梅毒，魁奎克受到热病的煎熬，要不是从这个角度看，描写这个插曲完全没有意义；克雷恩写的黑人畸形得像个怪物；库柏笔下的印第安人面临着衰老，愤懑地预感到自己的种族即将灭绝；吉姆被描绘为身套锁链，受到汤姆以勇敢的名义加在身上的种种折磨。这种罪过感是难以得到慰藉的，正像肤色的差异无法调和一样（魁奎克不仅有棕色的皮肤，而且上面还画着可怕的花纹；金加古克身上涂了颜料，令人毛骨悚然；吉姆被描写成一个患病的阿拉伯人，浑身发紫），因此，彼此能够和谐相处更令人难以置信。呈现原型主题并不意味着要否认我们的残暴行为，只表明残暴的事实并不具有深远的意义，如果彼此相爱的话。

要不是有一种内疚不安之感和希望作出最后弥补的愿望，最终的和睦相爱情景是令人难堪的。美国白人惴惴不安地预见到总有一天，当他们不再是旅游者、合法的继承人或救世主，他们会遭到拒绝，在这个噩梦的背后，他们仍梦想着从受过自己蹂躏的人那里得到庇护。这是一个如此多情善感、情真意切的梦，它使我们对童年不只是感到怀念，甚至充满了感伤。

我们世世代代都在演示难以思议的神话，我们亲眼看见自己的孩子们这样做：街边路旁，随处都可以目睹白人和黑人的孩子在一起摔跤游戏，但是一旦成人，尽管走在同样的街边路旁却成了陌路人，彼此不屑一顾，连偶然的接触也不乐意。这时，梦影消退了，诚挚的感情和令人惊讶的和谐共处的日子，成了往昔的回忆和淡淡的悔恨，最后悄悄化作儿童书籍中经常出现的主题。“真是太好了，叫人不敢相信，宝贝儿。”吉姆对哈克说，“简直是做梦也没有想到。”

蓝仁哲　译

契诃夫作品中的神话作用

[美] T. G. 维恩尼

本文译自斯洛特（B. Slote）编的文集《神话与象征》（*Myth and Symbol*），美国尼布拉斯加大学出版社，1963 年版，第 71—78 页。作者维恩尼（Thomas G. Winner）是美国文学批评家，现任教于密西根大学。作者在这篇短文中从原型批评理论出发，指出了世界著名短篇小说大师、俄国作家契诃夫作品中为人们所忽略了的一个重要方面，即对于古典神话原型及前代文学杰作所提供的原型的自觉运用。通过原型与契诃夫小说之间的平行对比，作者从新的角度提出了对契诃夫作品独特的讽刺风格的理解和评价。作者在本文中所使用的“神话”一词是广义的，它的意义近似于“原型”。

契诃夫的作品中有着大量的文学的和神话的典故及暗示。没有必要在他的作品中再去区分哪些材料是来自传统意义上的神话，哪些取自文学名著，因为它们在契诃夫的艺术中的作用是相同的。根据诺斯洛普·弗莱对于原型的定义，我们可以认为这些材料在契诃夫笔下是作为原型而出现的。弗莱把原型定义为“一种反复出现的意象……一种把一首诗同其他的诗联系起来并因此有助于整合统一我们的文学经验的象征”[1]。契诃夫作品中的原型可以说是某些模式和主题的象征，它们是从那些能使人回想起传统文化价值的神话或伟大的文学作品中提取出来的。[2]

基于上述理解，对契诃夫的原型运用和演变进行一番考察，将有助于我们对契诃夫艺术的风格和意义的理解。在契诃夫的那些表现出完整的原型情境的作品中，文学的和神话的典故被用来作为达到多层意义——如嘲弄与讽刺同哀婉

① 弗莱：《批评的解剖》，普林斯顿大学出版社 1957 年版，第 99 页。——译注

② 参看大卫·毕德尼（David Bidney）《神学人类学》，哥伦比亚大学出版社 1953 年版，第 311—313 页。——原注

与情感深度——的手段。

契诃夫运用原型模式的方式有时是直接而明显的。有些主人公清楚地表现为神话原型。那喀索斯[①]的神话变化为“登场人物”[②]出现于契诃夫的《公爵夫人》《决斗》《蚂蚱》和《海鸥》中。麦克白夫人的主题在《三姐妹》中的索列内依身上重复出现。

不过，契诃夫对原型模式的运用常常是比较复杂的。它们可能只是间接地暗示，也可能是反其意而用之。所暗含的原型的类似物可以激起该“神话”[③]的发展中未能得到满足的一种期望。正是借助这种张力形成了契诃夫小说中的那种讽刺口吻和被人称为契诃夫小说曲线的东西。契诃夫笔下那些与原型人物相对应的人物常常不过是一个微弱的回声，一种可怜的反光，或对原型人物的嘲弄性、戏谑性模仿。

契诃夫小说中运用古典神话的两个例子可以说明这种运用原型的技巧。契诃夫的《阿里阿德涅》中的阿里阿德涅与神话中的弥诺斯王的女儿阿里阿德涅[④]之间的对应关系，由女主人公的名字和各种类似的情节显示出来。两个阿里阿德涅都被情人遗弃在荒岛上。希腊神话中的阿里阿德涅爱上了那个杀死半人半牛怪物的英雄忒修斯，而在忒修斯把她遗弃于那克索斯岛之后，她成了酒神狄奥尼索斯的妻子。契诃夫的阿里阿德涅以其前身为模特儿，她沉浸于一种征服欲之中，与一个才力平庸的个人野心家罗布柯夫私奔。在意大利被他遗弃以后，她找到了另一个恋人萨姆金。后者对她只是遥遥地膜拜，比柏拉图式的恋爱更加理想化。最后，由于阿里阿德涅的诡诈，萨姆金从迷雾中清醒，领悟到她并非神话中春天女神的化身。她的恋人们也都是神话中原型人物的变体。那个像忒修斯一样抛弃阿里阿德涅的罗布柯夫，是一个夸夸其谈的下等官吏。而那位清教徒式的萨姆金讨厌看到怀孕的女人，这与酒神狄奥尼索斯简直如出一辙。

波吉奥里[⑤]曾指出过契诃夫的小说《宝贝儿》与神话《厄洛斯和普绪喀》之

---

① 那喀索斯（Narcissus）是希腊神话中的美少年。他只爱自己，不爱别人。回声女神厄科向他求爱遭拒。爱神阿弗洛狄忒惩罚他，使他爱恋自己在水中的倒影，后憔悴而死，化成水仙花。后人以他为自恋者的象征。——译注

② “登场人物”原文为拉丁文 dramatis personae。——译注

③ “神话”原文为拉丁文 fabula，亦有寓言之意。——译注

④ 阿里阿德涅（Ariadne）是希腊神话中弥诺斯王的女儿，曾用小线团帮助雅典英雄忒修斯逃出迷宫。——译注

⑤ 参看波吉奥里（Renato Poggioli）《凤凰与蜘蛛》，哈佛大学出版社 1957 年版，第 122 页、第 128—130 页。 ——原注

间的联系。波吉奥里把契诃夫的小说看成是披上了现代外衣的神话，“好像是在隐约暗示，甚至那世俗生活的散文也能隐伏在诗的神圣火光之下”。然而，波吉奥里却没有注意到这部与神话相类似的作品中的讽刺意味。它会使人想起阿普列尤斯[①]的《金驴记》中所讲述的普绪喀的故事，她为厄洛斯所爱慕，但厄洛斯只在夜间出现而且不许她看自己。当普绪喀违反厄洛斯的禁令趁他熟睡之际悄悄凝视他时，厄洛斯立即消失了。波吉奥里指出，契诃夫的女主人公奥莉卡，被人称为“杜舍契卡”[②]，这也就是简写形式的“杜莎”（dusha）或“灵魂”。普绪喀，即神话中的女主人公，也是按照希腊词“灵魂”来命名的。这样看来，契诃夫这篇以女主人公的爱称命名的小说是暗含着古代神话的。小说中的女主人公和普绪喀一样具有一种盲目的爱情。不同于普绪喀之处在于，她的好奇心并没有驱使她去窥视自己所钟爱的人。波吉奥里根据托尔斯泰的批评精神写到，奥莉卡不自觉地意识到了普绪喀所未能理解的东西：爱是盲目的，而且必须继续盲目下去。那么，奥莉卡是一个比普绪喀聪明的女子呢，还是对其原型的一种嘲弄？那些奥莉卡所连续爱过的男人们——流动剧团的经理、木材厂主和那个兽医——都只不过是爱神厄洛斯的可笑的影子。假如奥莉卡也点着蜡烛来照她的爱人们，像普绪喀对厄洛斯所做的那样，那么她的爱人们可能也早已消失了。当然，这并不是说他们有着天神般不能容人细看的天性，而只不过是出于他们凡夫俗子的本性罢了。奥莉卡和她的情人们乃是神话人物降格的化身的又一些实例。奥莉卡性格之中的神话的反光远远超过了她的盲目恋爱史的贫乏风趣所给人的浪漫幻想。这也同时说明，契诃夫所塑造的这个必然要保持其幻想的奥莉卡是异常天真的，她简单到了无须观察和怀疑的地步。

在契诃夫所运用的那些取自于文学名著的原型模式当中，从《哈姆雷特》《浮士德》和《安娜·卡列尼娜》中得来的原型特别重要。我已在别的文章中探讨过，契诃夫在他的剧本《海鸥》中运用了《哈姆雷特》中的母题，其中有特列普列夫与哈姆雷特，阿尔卡迪纳与葛忒露德，尼娜与奥菲莉亚都具有同一对应的关系。[③]契诃夫的人物性格与环境的关系同莎士比亚剧中的原型相比恰似一种带有嘲弄意味的说明，在这种说明之中《海鸥》同莎氏悲剧的关系呈现为一种

① 阿普列尤斯（Apuleius）是公元2世纪的古罗马作家。——译注

② 杜舍契卡（dushechka）是一种爱称，类似于“亲爱的”，在契诃夫原著中意为“心肝”、“宝贝”。——译注

③ 维恩尼：《契诃夫的〈海鸥〉与莎士比亚的〈哈姆雷特〉：戏剧技巧研究》，载《美国斯拉夫和东欧评论》1956年第14期，第103—111页。——原注

倒转的关系。特列普列夫自认为是一个哈姆雷特式的人物，其实不过是个假哈姆雷特。他之所以不能成为一个艺术家并不是因为性格中的悲剧性缺陷，而是因为他自己的平庸无能。

《黑僧侣》中可以看到浮士德主题，这是一篇关于科学家科夫金的故事。他陷入一种幻觉：他是一个有大智大慧的超人，他将把人类引向永恒的真理。一个化身为黑衣僧侣的幽灵出现并称赞科夫金超凡的智力，就像靡菲斯特称赞浮士德一样。科夫金对全知全能境界的徒劳追求毁了他的妻子，就像浮士德在靡菲斯特的操纵下毁了玛甘泪一样。然而，这一对应又一次暗含着讽刺意味的倒转。与浮士德不同的是，科夫金只不过徒有一副貌似天才的外表。离开幻想就不能生活的科夫金，他的不幸之处在于，他不能像浮士德那样聪明地意识到自己知识上的不足。

也许，契诃夫作品中最常运用的文学原型是取自《安娜·卡列尼娜》的，至少有五篇小说可以为例。在《安娜·卡列尼娜》的故事中，一个富有激情的女子不幸嫁给一个平庸的男人。她为了摆脱自己的处境，最终以与一个浪漫情人私通的结局毁了自己。契诃夫的五篇受《安娜·卡列尼娜》影响最明显的小说是：《决斗》（1891）、《脖子上的安娜》（1895）、《超过爱情》（1898）、《带小狗的太太》（1899）和《新娘》（1903）。所有这些作品都写在契诃夫一度被托尔斯泰的哲学所吸引之后。[①]

在《脖子上的安娜》和《带小狗的太太》中，《安娜·卡列尼娜》神话在契诃夫作品里的作用是最清楚不过的了。在这两个有关私通的小说中，女方都沿用了托尔斯泰的悲剧女主人公的名字。两篇小说的发展线索起初都与托尔斯泰的长篇小说相类似，但后来就与原型分道而行了。《安娜·卡列尼娜》题词中所含的道德谴责意义（“申冤在我，我必报应”），在契诃夫的小说《脖子上的安娜》中被一种嘲讽意味所替代，而在《带小狗的太太》中则变为一种哀婉的情愫。

在《脖子上的安娜》里，一个酗酒成性的穷教师的女儿嫁给一个愚钝的、半老的小官吏为妻，为了能从物质上给自己家里以帮助，她一直对丈夫很畏惧。直到有一次，在为慈善事业而举办的一次舞会上，她的美貌使她一举成功，这就使她与丈夫的关系颠倒了过来。她知道丈夫的宦途升迁要仰仗于她，于是她控制了丈夫并且开始了一种快活、放荡的生活。这相对于她的原型——安娜·卡列尼娜

① 参看维恩尼《契诃夫的〈第六病室〉和托尔斯泰的伦理学》，载《斯拉夫与东欧杂志》1959年第17期，第321—324页。——原注

的生活来说恰是一种讽刺。

莫德斯特·阿列克赛奇同样是托尔斯泰的卡列宁的降格变形。安娜·卡列尼娜的丈夫的名字和父名是阿列克赛·亚历山大维奇，而契诃夫的安娜的丈夫则名叫莫德斯特·阿列克赛奇（即阿列克赛的儿子），其中似乎暗示了某种遗传关系。莫德斯特·阿列克赛奇所具有的只是卡列宁身上的恶行败德，而没有了后者那有限的一点高尚秉性。他们两人都是莫德斯特·阿列克赛奇所说的“有体面的人”和把官场生活置于私人生活之上的功名心切者。就像卡列宁对安娜的哥哥斯梯瓦的风流韵事深为不满一样，莫德斯特·阿列克赛奇无情地谴责安娜父亲的酗酒。他大谈特谈有关生活与道德的陈词滥调时也同卡列宁如出一辙。他使用的那些矫揉造作的双重否定句“我不能不提醒您”和一些类似的空洞词语“关于这方面”、“正如我所指出的”等等，都使人想起卡列宁那虚伪的官腔。[①]

我们还会看到托尔斯泰的渥伦斯基伯爵和契诃夫的阿尔泰诺夫之间的关系，他们都是可敬的安娜的情人。在《安娜·卡列尼娜》里，安娜和渥伦斯基在决定命运的结合之前，先是在莫斯科火车站上见了面，然后又是在一个风雪小站上邂逅。在这两次相遇之间，两人还曾在莫斯科的舞会上见过面。在契诃夫的小说中，安娜同样与她未来的情人相遇在一个小火车站上，然后在一个社交舞会上定情。不过，那长着一双突出的眼睛、患着哮喘病的索然无趣的阿尔泰诺夫只是渥伦斯基的滑稽模仿者，而安娜和阿尔泰诺夫之间的关系也不过是安娜与渥伦斯基的激情的一种淡淡的回光返照。

安娜·卡列尼娜的主题和潜在的文学结构使契诃夫的故事具有了出人意料的曲折发展。当契诃夫的安娜想到她自己的婚姻时，她觉得丈夫和那些像丈夫一样的人威胁着她，“像一团云雾笼罩着她，像一种可怕的力量在推着她，要把她压毁”。然而，托尔斯泰的安娜由于私通而备受折磨，最终导致卧轨自杀，被一列火车碾碎了。契诃夫的安娜并不痛苦，她的丈夫对她已经无能为力，只能恭顺地安居于他的新位置。契诃夫的安娜所感到的那种压力只是一种不祥之兆，最终却没有产生什么结果。相反，在小说结尾，安娜和她的情人坐车进城兜风去了。这样，尽管与托尔斯泰的小说在主题和情节方面有相似之处，但后者导致了显而易见的悲剧，而契诃夫的短篇的反向发展却十分突出。

第二篇与《安娜·卡列尼娜》最密切相关的小说《带小狗的太太》可以概述

① 可参看卡列宁写给安娜的信，在信中他提出自己的法则来限制安娜的行为。（《安娜·卡列尼娜》第 3 部第 14 章）——原注

如下：在黑海之滨的疗养地德米特里·古洛夫，一个愤世嫉俗的唐璜，寻求与一个已婚的年轻女人安娜·谢尔盖耶芙娜的友谊，他希望从中得到乐趣。当安娜成为他的情妇时，古洛夫为爱情所陶醉了。因为这种爱情已经不是寻常的夏季艳遇所能局限的了。

这个故事的线索同样与托尔斯泰的长篇小说相类似，只是对主题与结局的处理不同于长篇小说。两个安娜都在一次命中注定的旅行之中开始了恋情，而且都很快意识到她们的丈夫的无足轻重。安娜·卡列尼娜看清了卡列宁的卑琐小气的著名场景与"带小狗的太太"与她的新情人的谈话是异曲同工的："也许我丈夫是个老实的正经人。但他是一个卑躬屈膝的人。我不知道他在办公室里都干些什么。我只知道他是个卑躬屈膝的人。"

古洛夫的行径使我们想起了渥伦斯基伯爵。在他们的恋情开始时，"（古洛夫）急切地望着她，突然抱住她吻了她的嘴唇，她的花朵的湿润的芳香笼罩了他；他随即担心地向四周看了看：有没有人看见？"这种经常表现出来的姿态成为说明古洛夫对待安娜态度的一种手段。在小说的第二部分，当古洛夫在剧院的楼梯上吻安娜时，他就已经不再留意是否有人看到他们了："两个男学生站在他们上面的地方，抽着烟向下看；但是古洛夫不在乎，他把安娜·谢尔盖耶芙娜拉向身边，开始吻她的脸、颊和手。"在托尔斯泰的长篇小说里，渥伦斯基也要环视四周。在赛马之前的那个场景中，安娜告诉他自己已经怀孕了，"他想要跑到她跟前，但是想到可能会有其他人在场，他瞅了一眼门边，脸红了，像他平常脸红时一样，觉得他应当有所顾忌，应当环顾一下四周"（第 2 部第 22 章）[①]。在同一章后边，安娜自己也做出了类似的举动，"她听到儿子返回的声音，迅速地向门口打量了一下，很快站起身"（第 2 部第 22 章）。

两部作品中最引人注目的类同是诱惑的场景。渥伦斯基和古洛夫性格上的明显相似使他们之间的不同之处更为突出了。与渥伦斯基不同，古洛夫带有讽刺意味。面对安娜的耻辱，他对她的不幸若无其事，而且嘴里还在嚼西瓜。同样，契诃夫的安娜也有别于托尔斯泰的安娜，她很快就适应了自己的新境况，又变得很快活，同古洛夫一起欢笑起来。

《带小狗的太太》是对《安娜·卡列尼娜》契诃夫式的翻版，其男女主人公是些小人物，他们缺少托尔斯泰的主人公所具有的光彩和优雅，也没有那种异

① 这一段引文在中译本中没有。——校注

常丰富的感情。古洛夫是一个可笑的浪子，后来又成为痴情而伤感的恋人。然而渥伦斯基对安娜的感情却是一种激情。契诃夫的安娜是一个头脑简单的女人，她的房间里杂乱无章，充满一股廉价香水味。正像契诃夫的两个主要人物是退化降格了的原型，小说的结尾也是无力的。不像悲剧那样以沉重的结局收场，契诃夫小说的最后一节表明：减弱了的、短暂的欢娱，这就是等待着情人们的命运。

方汉文 译 叶舒宪 校

福克纳的《喧哗与骚动》

［美］C. 考林斯

本文选自《美国小说评论集》，香港今日世界出版社 1975 年版，第 301—310 页。作者考林斯（Cavel Collins）是当代美国批评家，现任麻省理工学院文学教授，侧重于研究美国小说，对福克纳尤感兴趣。著有《福克纳传》《福克纳及其批评家》等书。本文概括介绍和分析了美国现代小说家福克纳的代表作品《喧哗与骚动》，着重阐发了小说作者如何暗中运用基督原型使作品具有特殊的反讽寓意性的双重对应结构的。本文对于理解 20 世纪以来西方文学中日益增长的神话化倾向、作家构思中的原型寓意设计都有一定的代表性。

1929 年，威廉·福克纳出版《喧哗与骚动》，有些批评家认为这是一本佳作，作者是个有希望的作家。但是大多数人认为这本书毫无价值，销量令出版商大感失望。而今，30 多年之后，《喧哗与骚动》为多数人认为是福克纳的最佳小说，也是 20 世纪用英语出版的最佳小说之一。

这是一部复杂的作品，就是因为它的出现是走在时代的前面的，这本书更难以令人了解。这本书还得自己创造出读者来；或更确切地说，这本书也得等到读者们对他们所期望的小说内容有了通盘性的变更之后，方才能找到读者。此书初次出现时，许多美国读者要求的是与文学自然主义有密切关系的小说。文学的自然主义是 20 世纪初在此地大致上根据 19 世纪中叶某些欧洲作家们的写作方法才发展形成的。这样的读者中，有许多人认为小说多少是研究社会学的，形式颇为简单，情节的交代按年代顺序排列。这种书常能引发读者改善当今社会结构的欲望。

在《喧哗与骚动》里，福克纳所写的并不是这一类的书；相反，他写出的，是一本迎合了第二次世界大战后的后期自然主义美国读者要求的书。因此，这本小说引起了20世纪40年代广大读者的共鸣；早期的批评论断认为福克纳想要写美国南方的社会学研究，而却不知道如何写才好，现在新的一派人每看到这种早期不正确的批评论断便倒了胃口。当今大多数福克纳的读者了解福克纳写作时所瞄准的目标与诺瑞斯、法雷尔和杜·巴斯索斯所瞄准的目标并不相同。而且他们也了解他在写《喧哗与骚动》时，准确地击中了他的目标中心。再说，他的目标正是当今具有良好文学修养的读者希望小说家瞄准的。

《喧哗与骚动》并不是不熟练的文学自然主义，而是文学自然主义步入新的领域的扩展。詹姆斯·乔伊斯的小说就是它的模范。在《都柏林人》中，乔伊斯就开始发展艾略特对他的著名的《尤利西斯》评论时所提到的“神话方法”。在《尤利西斯》中，乔伊斯把这种方法发展到开花成熟的地步。艾略特说得很清楚，这种方法将是今后多年中许多作家采用的写作方法。

在《喧哗与骚动》中，福克纳巧妙地采用的这种写作方法，其主要特色是，观念简单，但是运用时非常困难。在细节上，它要使小说在表面上和自然主义小说一样逼真而且精确。同时，使表面故事里的重要事件、人物描写和对白与故事下面的神话或模式在细节上具有特殊意义的关联。在《都柏林人》和《尤利西斯》这两本书里，乔伊斯运用了他自己所谓的“谨严的锱铢必较”逼真地写出表面故事，同时使故事中的重要事件和人物与尤利西斯神话中的重要事件和人物之间有特殊意义的关联——这里所举的只是一个例子。

艾略特已经证实了他自己的预言，20世纪的作家会采用乔伊斯的手法。在一本又一本的诗剧里，他自己已使似乎自足的表面情节和人物描写让许多读者引起共鸣。因为他们了解他的手法；在戏剧的表面故事与表面故事下古典文学中的情节和人物之间，他创造出具有特殊意义的关联。艾略特的经验证明了批评家遭逢这类作品时的主要难题。在哈佛大学的一次演说中，艾略特说，他初次表示他是有意而且严谨地根据一个希腊剧写下他的一个现代剧。一般的人都不愿相信他的话。威廉·福克纳为了保持他文学上的秘密，常做出使人迷惑的公开谈话。因为他常否认他运用同样的美学手法，难怪有些批评家仍继续认为他写作没有计划，更谈不上有复杂而又有脑筋的计划了。归根结底，他们可以用他的话说，福克纳一再地说他是个农夫，不是个作家。

福克纳写《喧哗与骚动》时，不仅拿乔伊斯做模范，而且拿艾略特做指引。他写这本书时压根儿就没有想到它会付印出版。他的文学论述中有句话说，他最初出版的三本小说没有读者，他想做的只是写作，不管有没有人读；不顾大众和编辑的反应，不顾销路好坏，他着手写一本小说。结果写出了《喧哗与骚动》，这本书现在拥有众多的读者，受到大声的喝彩。

该书的表面故事颇为简单。康普生先生和夫人有3个儿子，另有一个女儿名叫凯蒂。康普生先生是个聪明人，是个时而慈爱但却软弱而自私的男人，经常在酒精中寻求逃避虚无之感。康普生太太是个自私的女人，患有忧郁症，无法给她的孩子们真正的爱。由于缺乏双亲的扶持，他们的孩子过着悲哀颓废的生活。

最小的孩子叫班吉，长成一个仅具三岁小孩智能的大男人，过着没有感情的生活。他的悲哀便是失去了姐姐的关怀，从患忧郁症的母亲那里得不到爱的时候，姐姐曾经热爱过他。

名叫昆丁的儿子的最大悲剧是他很想亲近姐姐，但是由于社会的习俗和自己的懦弱，他无法表现这种感情，得不到父亲的扶持，而又无法应付情绪上的矛盾，在哈佛大学一年级结束时，便跳河自杀了。

名叫杰生的儿子极为冷酷，不时与家人怄气。多年来与姐姐吵闹不休，因为他认为姐姐的行为太随便。他特别怨恨姐姐，因为她只能让他在一家店铺当店员，不能让他在姐夫的银行里当个出纳员。

姐姐凯蒂的悲剧是这样的，她见家人渐渐崩溃分离，不能帮助弟弟昆丁和班吉，或说是帮助爸爸。她被她所爱的男人遗弃，然后性生活变成非常杂乱，最后为了给孩子一个合法的父亲，竟嫁给一个令人讨厌的男人，但当这个男人晓得她早已怀孕时，又休弃了她，最后她变成了妓女，永远无法回家与家人团聚，也无法和私生女儿见面。

用以撰写这本小说的技巧使30年代和40年代初的许多批评家认为福克纳写作粗心大意，下笔不能自休。而今，话得反过来说才对：《喧哗与骚动》是伟大的现代小说中，最小心而成功地整理出来的一本。

全书共分四部，每部都编号并加注日期。前三部是内心独白，每一部由康普生兄弟三人中的一人叙说。第四部由作者以全能观点的身份来叙述。姐姐凯蒂并没有属于她自己的一部。但她却被巧妙地安排成三个兄弟的内心独白中每一部的中心主题。

班吉的独白，虽然跳跃在回忆他30多年生活中十几个家庭的插话式事件之间，却严谨地环绕贯穿在一个感情丧失的主题上。他最主要的损失，也是他不时想挽回的，便是凯蒂。她爱他，扶持他，但却随着性的成熟而渐渐疏远他，最后永远离开了家。其他的损失，在独白中用对比的方法引出来的，包括他的祖母、父亲和哥哥昆丁之死。早期的批评家认为班吉的那一部分难以了解，因为他的思想急速跳跃在他的回忆中。但是今日的读者知道他回忆的顺序，从美学的观点上来看，是严谨地被作者支配控制着。在康普生的院子里，有个秋千。这儿有交替得巧妙的场面，书中描述这几个场面的几页里，可以找到例子来说明班吉似乎杂乱的回忆，实在是具有特殊意义的排比并列。这些场面便是用来显示怜悯与暴行之间的对比。一方面，凯蒂怜悯班吉，因为她渐渐疏远他，而在性方面为一个年轻的追求者所吸引；另一方面，可以看到凯蒂的女儿对班吉的惨无人道。多年后，他又在院子里的秋千旁碰见凯蒂的女儿和一个在巡回游乐场做工的男人在一起，那晚她跟那个男人跑了，永远不回来了。

凯蒂也是杰生独白的中心主题。但他对她的反应与班吉对她的欲求正好相反：杰生恨她，狂乱地恨她。他那样地恨她，所以凯蒂离家出走时，他把怨恨加在她女儿的身上。这个女儿每天都在家，正好来代替出走的母亲受罪。

凯蒂又是昆丁独白中压倒性的中心主题。在开始他的独白前，她似乎早已是他决定自杀的理由了。在他度过准备自杀的那一天中，他不断地想到她，想法是带有双重意味的，有助于构成三个独白者对姐姐凯蒂的反应的美学模型。班吉在独白中只是需要她，杰生在独白中只是怨恨她，但是昆丁的独白在书中正好介于两者之间。昆丁在他的独白中是两面兼而有之，同时具有双重矛盾的感情的，他爱凯蒂远超过他可能给予任何女人的爱，同时又那么痛恨她和他自己的行为，因此最后决定自杀。

三种独白的文体巧妙地反映出三个独白者的态度与处境。班吉不会说话，本质上他只有一种文体，主要是根据视觉与声响的心灵阅历所构成，班吉并不直接为我们解释。譬如说，他的极度忧愁常常仅以他阅历别人观察到他在哭泣的方式显露出来。杰生在独白中通常是说话清晰，可以听得到的。本质上他也是只有一个基本文体，一种嘲弄的怒意，用颇合乎传统的句法表示出来。而且就像对伊丽莎白时代剧场中的观众所用的长长的旁白般，大声地说了出来。只有昆丁的独白，在美学上反映出他的两种相反而互相冲突的情感。他具有两种显著不同的文体，当他怀恨凯蒂而正准备自杀时，他的独白几乎大部分与杰生的独白一样清楚而直接。但是，他的心思从准备自惩中漂开，而让他对凯蒂的爱心浮现时，他的独白就转变成第二种文体，与班吉的文体非常相近。有人认为一个作家只能有一种文体，这种文体变换可能使他们懊恼；但是，就这本书说来，这种文体的变换是颇有意义的，在美学上也是成功的。

内心独白是福克纳从乔伊斯那里学来的写作方法之一。而且福克纳还给它以新的形式和功能。同时，他还从乔伊斯那里学得小说表面故事与某些外在的模型或结构之间有意义的对比法，这一点在本文开始时便已提及。

《喧哗与骚动》有好多这样的对比系统。对比系统最容易说明的例子是，康普生的孩子们所牵连的事件与基督所牵连的事件之间的对比，特别是与耶稣受难期间发生的事件比较。小说中的这种对比是嘲讽的：简单地说，对比所强调的是康普生家的悲剧源于缺乏爱，拿他们失败的生活与基督临死时的生活做个比较，基督临死时给他的门徒第 11 戒——“你们得彼此相爱”——然后便死了。基督徒相信由于他的爱，他曾拯救他的门徒。在乔伊斯的《尤利西斯》里，古典神话中能干有力的奥德修斯与 20 世纪都柏林城中懦弱的里奥柏·布隆姆之间讥讽的对比，大大地丰富了我们对布隆姆地位的概念。同样的，在福克纳的《喧哗与骚动》里，基督遗爱人间的动人日子与康普生家人所遇的苦难日子之间讽刺性的对比，大大地丰富了我们对生活悲剧在美学上的认识。

故事的前三部有 1928 年的日期，这些日子正巧都在那年复活节的一周间：基督受难日，复活节前夕和复活节。最后一部，昆丁的独白，有个 1910 年星期四的日期，这个日子正是基督圣体节的第 8 天——这一天就是重新再庆祝复活周的洗足沐曜日所导引出的最愉快事件的一天。就这样，小说的四部分别有四个日期与基督受难的四个主要日子相关联，康普生家每一个特定日子发生的事件正好和基督历史和祷告书里同一天发生的事情有关联。许多读者起初都怀疑这一点，因为他们愉快地阅读小说，不知道故事的表面下还有这类事情存在。他们也可以说是读得太马虎了。因为四个精确的日期作为故事四部的标题出现一定曾使小心的读者感到困惑。福克纳便是用表面故事上的这四个日期来引起读者注意故事表面下面所隐伏的意义。这情形就像乔伊斯用尤利西斯为书名，以便引起读者注意故事表面下可能进行的美学探讨，其实《尤利西斯》书中并不讨论这个神话人物。假使这些伟大作品的目的只是叙述这些表面故事，那么乔伊斯的书名、福克纳小心安排的日期便无功用可言。

这一个对比中的细节太多，我们在这简单的讨论中只好做些提示，不能有更详细的讨论。以下就是要点：

昆丁的独白中，有个具有特殊意义的星期四。昆丁经历许多事件，这些事件暗示着在洗足沐曜日基督经历的许多事件，这些事件彼此都有关系。昆丁久久思索过与他父亲的谈话之后，他被一群人抓住了，带到司法官面前。基督圣体节的主要特征是携带圣餐的面包排成队伍走过街道；与此相似的，是昆丁和意大利的小女孩也带着面包寻找她的家。具有特殊意义的，把对比倒置过来运用的手法在书中俯拾皆是。昆丁和他父亲冲突，便有这样的例子：星期四，基督要求上帝拿走苦杯和除去在十字架上钉死的苦刑；同一天，昆丁惩罚他，但他父亲拒绝这样做。

杰生的一部中，有 1928 年基督受难的日期。杰生的情形与那天被钉在十字架上的基督呈现相反的对比。杰生参加自私自利的棉花投机买卖的时间正是祷告书中提到基督大公无私地登上十字架的时候，基督死难十字架上的时候，正是令人憎恶的杰生被犹太掮客卖掉的时候。杰生咒骂犹太掮客的情形就像在基督受难日犹太人咒骂基督的情形一样。基督的精神从十字架上的尸体散放出来，以便拯救在地狱中值得拯救的灵魂；杰生则是从他商场上的十字架匆忙奔出，追逐这位说要往地狱去的侄女。杰生跟随着她的时候，他说他要使她在游乐场做工的情人的红领带成为地狱的拴锁带。

班吉独白的日期在 1928 年 4 月 7 日，这一天正是复活节的前夕。就在这一天，基督在下界拯救了特赦前死去的一些可敬的人们。沉浸在原始的心理状态，班吉牵连的事件都与复活节前夕发生的事件有关，而且这种关系都是嘲讽的、前后倒置的。例如，在传统上为孩子受洗命名的那一天，班吉的思绪就转向母亲不慈爱的行为上。他母亲知道他不再是个正常的孩子时，她就不愿他的名字与她娘家有关，于是便去掉他的原名。班吉的这一部，经常都牵涉到死亡的主题。复活节前夕基督在死人住的下界充满爱和希望。班吉正好相反，无法给他自己的生命以希望。基督在这一天控制了地狱和地狱的主人撒旦；而这一天班吉孤伶无依，完全被拉斯特所引领，这个从仆的名字也是有特殊的意义。他带给班吉痛苦，甚至用火烧他。

三部的独白之后便是第四部。这一部的日期是 1928 年复活节。这一天，基督的坟墓除了被丢弃的墓衣外空无一物；然而，这一天康普生家人发现，凯蒂的女儿的卧室，除了她匆忙逃走后留下的一些杂乱衣物外，也是空无一物。在小说中，从很多方面可看出凯蒂的女儿是用来做她母亲的替身。就这样，用象征的倒置式手法，康普生的孩子们在以后的日子里扮演着基督的角色。在故事结束时，他们混合了自私、挫折、失败的生活与基督的正好产生强烈的对比。

《喧哗与骚动》最后一部出现可爱的仆人迪尔西，她与自私的康普生家人迥然不同。从她那儿，读者看到可能比较好的一条生活道路。因此，读者感到小说的悲剧气氛减轻了。但是无论如何这个故事仍是个悲剧，因为迪尔西的出现绝不可能抵消康普生家人感情全盘崩溃的毁灭效果。

全书从头到尾，在细节上，诸如使用色彩或避免用色彩，铃响或铃不响，对白和说明所使用的许多话语，在悲剧意义上，都与耶稣受难周的祷告书吻合。一旦读者了解这一点，并且愿意让它影响他对小说的概念，那么所产生的全部效果便能使《喧哗与骚动》的意义更加丰富。这本书并不是低级的填字游戏，或者是故弄玄虚，卖弄着毫无关系的“隐藏意义”——它是这本书技巧上和美学上的精华。

小说里其他精心安排、小心运用的对比系统都是一样：《麦克白》，弗洛伊德对人格部分的认定，詹姆斯·弗雷泽的《金枝》中的神话，都是这样。关于《金枝》，在 1925 年福克纳就读过谢伍德·安德森的那一本。

30 年代和 40 年代初的问题是要说服批评家和读者们相信福克纳有足够的才具，他们都接受了；问题该是如何让他们了解，在像这样一本最佳作品里福克纳的才具是如何丰富。《喧哗与骚动》太复杂了，了解了那种复杂性，在美学上的报酬非常可观。在这篇短文中，无法作更详细的讨论，这里只是提示读者，使他们能够从美学观点上对这本小说作更进一步的欣赏。

《喧哗与骚动》似乎要在读第三遍时才能发出它最大的光辉。读第一遍时，大概只能注意到非常沉痛而动人的表面故事而无法了解隐伏其中的要点。读第二遍时，要慢一点，卖弄些学问，此外还得稍稍考察基督教的原始资料和其他的对比关系。然后，大约过了一段时间后，理想的第三读才会掀开小说比较丰富的内容，因为这时读者“童蒙未开”的第一读的新鲜活力，还加上了累积起来的，对不再隐藏着的对比关系有了更多认识时所产生的共鸣。

有的读者认为，他不要读任何需要读三遍才能产生完全效果的小说。对于这样的读者，我们的回答是，虽然没有必要叫他读这样一本小说，或任何其他像这类的小说，但是他得考虑一下，极少伟大音乐的爱好者会认为他们第一次聆听交响乐时，便会完全地体会与了解，为了增加效果的好处，他们不应该只听一两遍。

田维新　译

评福克纳《熊》中的神话与象征

[美] A. 科恩

本文译自斯洛特（B. Slote）编的《神话与象征》（*Myth and Symbol*）一书第 152—161 页，尼布拉斯加大学出版社 1963 年版。作者科恩（Alexander C. Kern），当代美国文学批评家，任教于爱阿华州立大学。本文评述了在对福克纳的中篇小说《熊》的评论中所出现的有关神话、仪式、图腾和象征的各种见解，并以弗莱的神话理论为依据，参照人类学方面的材料，对这一问题作了进一步的探讨。文中指出，可以对福克纳小说的神话基础作出分解，区别出印第安部落的仪式、习俗，基督教的神话与象征和美国神话这样三大部分，进而考察这些因素在作者构思中的关系和作用，对小说的深刻寓意主题作出理性描述。科恩的分析方法对于深入理解现代主义小说的立体性和多层次蕴涵具有一定的借鉴作用。

在对《熊》[①]的批评中，神话与象征都意味了些什么呢？当艾克·麦卡斯林在得以见到老贝——《熊》中的熊（这是他们首次相遇）——之前，便不仅把枪，也把手表和指南针扔到身后的时候，有人认为，这意味着生命仪式和神秘经验[②]。在艾克复生的神话中，熊本身被解释为图腾动物和伊士塔[③]的形象。[④]山姆老爹是一个祭司一类的人，他把艾克引进森林仪式中，去面对一头被称做“头人，……先父”的大公鹿。艾克后来也以同样的称呼去对待一条响尾蛇，这条

① 《熊》有中短篇两种，此处为中篇。——译注

② 肯尼斯·布拉德：《威廉·福克纳〈熊〉中的文化原始主义》，载《美国季刊》1950 年第 2 卷，第 325 页。奥迪斯· B. 勒尔：《福克纳的荒野》，载《美国文学》1959 年第 39 卷，第 29 页。——原注

③ 伊士塔（Ishtar），巴比伦生殖女神。——译注

④ 约翰·莱顿伯格：《福克纳〈熊〉中的自然神话》，载《美国文学》1952 年第 24 卷，第 70 页。理查德·丁·斯通斯弗尔：《福克纳的〈熊〉的结构》，载《大学英语》1961 年第 23 卷，第 219—220 页。——原注

响尾蛇在此被描绘为一个图腾。[1]再者，以撒[2]明白，他像《圣经》里与他同名的人一样，好不容易才逃过了被献作牺牲的宰杀。他更明白，他之所以成为一个木匠，是因为这称呼足以使人想起拿撒勒人耶稣，[3]有人以为这意识与犹太——基督教的传统有关。[4]最后，在小说的结尾，冷酷的布恩站在树身下拦截那些想逃跑的松鼠时（当艾克来清除这些蹦跳于树上的松鼠时），这被暗示为一个祭场[5]。所有这一切例子都暗示了一个宗教的背景，里面存在着另一个层次的东西，它被称为神话。针对于丹尼尔・布恩的经历、库柏的皮袜子[6]模式、托马斯・邦格斯・索普的"阿堪沙斯的大熊"[7]的观念，以及针对（按照弗雷德里克・杰克逊・泰纳的说法）关闭边境时对荒野的破坏，福克纳的暗示是，所有这一切都指明了这些世俗的素材在美国人的经验中可以转入神话读物的领域。

我希望分析的目的在于区分原始的、基督教的和美国的神话，尽管作为理智的建构而用美学的眼光去看待它们，这些神话会合而为一；因为这一建构把概念和情感都融化为意象[8]；或者尽管作为原始模式而用心理学的眼光去看待它们，它们也会合而为一，因为这一模式来自原始氏族的集体无意识，当它们在文学作品中出现的时候，会神秘地感动我们[9]；或者尽管作为原始信仰和道德智慧的实用特许状，而用人类学的眼光去看待它们，它们仍会合而为一[10]；虽然有这些困难，但我们还是要进行上述区分。既然我们接近于诸如马林诺夫斯基（Malinowski）、克鲁伯（Kroeber）和杜波依斯（Dubois）等人类学家的经验主义倾向，胜于接近荣格和纽曼（Neuman）的心理分析式批评的理想主义模式，那我将把注意力集中于那被称为契卡索[11]的习俗、基督教的象征和美国神话的对象，试图去解释《熊》。

---

① 卡尔夫・柯林斯：《对〈熊〉之结论的解释》，载《福克纳研究》1954 年第 2 卷，第 58—60 页。——原注

② 即艾克・麦卡斯林，名同《圣经》里的以撒。——译注

③ 基督教传说，耶稣之父为木匠。——译注

④ 奥尔加・威克利：《威廉・福克纳的小说》，第 131 页。怀特・瓦哥勒：《威廉・福克纳》，第 203、207 页。——原注

⑤ 卡尔夫・柯林斯：《这些是祭场吗？》，载《文学与心理学》1953 年第 3 卷，第 3—6 页。——原注

⑥ 指库柏（1798—1851）的"皮袜子小说"。——译注

⑦ 威廉・封・奥孔洛：《威廉・福克纳的烈火》，第 129 页。——原注

⑧ 亨利・纳希・史密斯：《处女地》，第 6 页。——原注

⑨ 艾利克・纽曼：《伟大的母亲》，第 3—4 页。——原注

⑩ 布洛尼斯洛・马林诺夫斯基：《巫术、科学、宗教及其他论文》，第 79 页。——原注

⑪ 契卡索（Chickasaw），印第安人的一支。——译注

熊人：印第安法器——披熊皮的法师木雕

这是一项艰难的任务，有理由对它提出异议。其一，福克纳不是一个简单的作家，实际上他是如此复杂，以至需要整整一代的学者和批评家去就他的作品的意义求得一致的观点，然而又没有一个人能够可望完全正确。其二，《熊》的故事的写作时间至少用了 7 年，并因而显示出福克纳的伦理学和美学目的之发展的清晰迹象。这一点我已在别的论文里探讨过。最后一点，福克纳非常有意识地使用神话，用暗示出神话的素材而又不亮出它们的全部讽喻意义的方法，来使自己的故事更富于内蕴。因此，我将勇气注入握笔之手，努力去阐述《熊》中那些象征的更多的重要意义。

请让我预先说出我的结论。这部由 5 章组成的故事的头三章，讲的是契卡索——印第安首领的儿子山姆老爹，用老贝（熊）对艾克·麦卡斯林所进行的森林伦理的教育，强调了印第安人的仪式和看法。与这三章联系最紧的是第 5 章，它包括一个领会神意般的顿悟，并引入了一个基督教的关键性象征，即蛇。第 4 章的位置其实是在第 5 章之后，是故事的最后一部分，它转而写艾克在"基督教"社会中的地位，表明作为在荒野中学习的结果，是它放弃了自己的大森林，并受制于基督教的象征物。这一切构成了迄今为止对有关荒野里的伊甸园的坍毁和亚当式主人公之命运的美国神话的最深刻、最精辟的探索。对于我来说，第 4 章的这种含义，产生了《熊》的故事的伟大，正如实际上的那样，从情节上看，它从传奇文学转向了浪漫主义，从人物上看，则从理想化转向了寓意深长的反讽。

按照诺斯洛普·弗莱教授的《神话理论》[①]，《熊》的模式属于传奇文学，同时又经过了某些讽刺性的改造和置换。我们引用一下《神话理论》里的话："传奇文学的完整形式很显然是成功的求索，这类完整的形式有三个主要步骤：危险的旅程……残酷的搏斗……主人公的胜利……传奇文学的中心形式是辩证的；所有事件的焦点，都集中于主人公与敌人的斗争，而读者的全部评价，也都与主人公密切相关。因此，传奇文学的主人公类似神话里的弥赛亚[②]或救世主。"弗

① 弗莱：《批评的解剖》第 3 篇。下面的引文见该书 1957 年普林斯顿大学版第 187—189 页。——译注

② 弥赛亚（Messiah），犹太教信仰中的救主，在基督教里指耶稣。——译注

莱继续说，理想的基督教的模式，是圣乔治屠龙的故事式的模式，那龙是蛇的化身，又象征着海中巨怪。也就是说，传奇文学是这样一种形式，它所包含的神话，实际上被简化为人的行为了。[①]若作适当的解释，这就是制造出了一种感觉，觉得原来的模式不知怎么竟被颠倒了。首先，熊并不是魔鬼海怪式的破坏者，老贝与莫比·迪克[②]的关系在此是重要的，它们二者都没有恶魔的遗传特征。把魔鬼的特征堆积在白鲸背上的是亚哈[③]，而把狮子的破坏错误地归结给熊的是德斯班少校[④]。老贝是被当做具有肯定价值的荒野之象征的，这就解释了受过打猎训练的艾克为什么不杀死熊，为什么他受了老贝和山姆老爹的教育后要宣布不继承土地的原因。

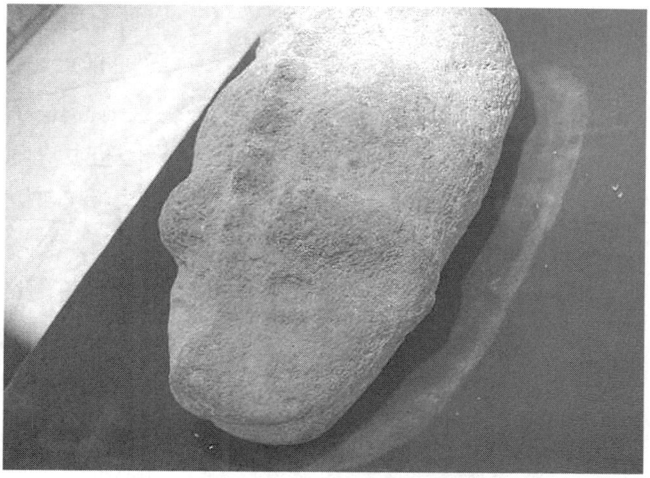

内蒙古林西县兴隆洼文化出土六脊齿石熊，距今 7800 年

《熊》的第 1、2、3 章和第 5 章，包括了大量的印第安仪式，我打算将这些仪式与人种学家所了解的契卡索文化进行比较，以见出福克纳是怎样把原始神话变成象征的。因此，我将考虑这三种能被作为图腾的动物：熊、鹿、蛇。现在，我要部分地把熊作为一个候选对象来处理，但是，既然小说叫做《熊》，而且它显然很重要，所以在本文的后部，我还会再回到它这里来。斯万顿（Swanton）是这一领域里起码的权威。他注意到契卡索人中有一支以鹿为图腾的支系，但是，根据这尽管不完全然而是最好的信息，我们知道了那里并没有熊或蛇的图腾。[⑤]

如果福克纳了解斯万顿的人种学，他将删除作为图腾的熊，哪怕他说契卡索的情况符合于斯贝克（Speck）和斯万顿的观点。例如契卡索人通常把尸体埋在家里的地下，不过，按照阿代尔（Adair）的记载："当他们有人死在远外时……

① 弗莱：《批评的解剖》，第 187—189 页。——原注

② 美国作家麦尔维尔（1819—1891）《白鲸》中的白鲸。——译注

③ 《白鲸》的主人公。——译注

④ 《熊》中的人物。——译注

⑤ J. R. 斯万顿：《社会与宗教信仰及契卡索——印第安人的使用》，载《美国人种科学年鉴》1928 年第 XLIV 卷，第 192 页。——原注

他们便把尸体放在一个架子上，盖上有槽的圆木，以免野兽和食肉禽的撕咬。当他们认为尸体的肉已经耗完，骨已经干透时，他们就又回到放尸体的架子那里，把尸体弄回家，然后在非常庄重的表情中把它下葬。”[①]这类知识能够说明《熊》第3章结尾处山姆的埋葬。

熊图腾皮衣：美洲西北海岸印第安人羊皮制品

另一方面，哈娄威尔（Hallowell）所曾记录过的熊的一般生活习性，[②]被明显地省掉了。福克纳没有利用关于冬眠的观念，而冬眠现象对原始人来说是如此神秘，又将熊与下界和复生全面地联系起来，以至于正如莱斯·卡彭特（Rhys Carpenter）对荷马神话所作的分析那样，那个曾到下界周游了一番的奥德修斯，正是一只熊的儿子。[③]然而，用惯常使用的刀来杀熊的方式，显然表明熊不是图腾。

如果熊不是图腾——这并不妨碍它作为荒野的象征而起到重要的作用，那么鹿作为图腾又怎样呢？在此，我认为这个说法是有根据的。鹿是被契卡索人奉为氏族或部落之祖先的图腾动物之一。因此，它至少也与部落的习惯称呼相一致——山姆老爹把那头大公鹿称做“老人”，在他举手说“头人……先父”时，他是把它作为可敬的祖先和图腾物的[④]。

是的，假如福克纳把全部已知的事实都用作图腾，那么这话是有点言过其实。由于契卡索是一个以氏族为组织的狩猎部落，这就满足了图腾崇拜的最基本条件，就像克里克斯和乔克托斯部落一样，它也是一个母系部落。然而，既然山姆的母亲是混血，她便无法宣称山姆是哪一个图腾崇拜部落的成员。但是，由于山姆是一个印第安人，他就应该有一个用作仪式的动物，而艾克·麦卡斯林是山姆老爹的义子，他便也该有一个不同的图腾。福克纳用了不起的创造手段安排了一个格局，将原始的狩猎情节与他作品中现代林场的部分联系了起来。

---

① 转引自斯万顿上文，第229页。——原注

② A. I. 哈娄威尔：《北半球的熊的仪式体制》。——原注

③ 莱斯·卡彭特：《荷马史诗中的民间故事、虚构和英雄传说》，第128页。——原注

④ 威廉·福克纳：《去吧，摩西》，第184页。——原注

在《熊》的第 5 章里，以撒碰到一条可怕的响尾蛇（这是在修订过的部分里，而不是在原来的关于“狮子”[1]的故事里），并用习惯的称呼机械地向它打招呼，称它为“头人”、“先父”时，他便被看做是山姆的儿子。但又有一点不同，那就是蛇并非契卡索人的图腾。不过，蛇是犹太—基督教的主要象征，这正像关于它的一段话所指明的那样：“这大地上古老而又可诅咒的、宿命而又孤独的……能唤起全部知识和对宗教与死亡之厌倦的造物。”这话可由福克纳在另一作品中的表述所证实：“这条蛇就是古老的先父，是那从天上堕落下来的古老的天使，是死不回头的不朽造物。”[2]因此，如果艾克在大自然中没有认可恶魔，他就确曾说过他是卡罗瑟斯·麦卡斯林的孙子，是基督教世界的儿子，而不是荒野伦理的完全继承者。认识到了他那来自具有象征意义的蛇的身世，他就不再待在乡下或者去山姆老爹的林中小屋里，而是向着杰佛逊去了。尽管许多学者说他放弃林子而回到了荒野，[3]但他确实是到城里住下了，并且只是利用休假才到渐渐缩小消失的荒野里去打猎。

河南方城县出土汉画像：应龙、铺首、熊神

在《熊》的第 4 章里，艾克回到基督教世界一事，被大量集中使用的《圣经》典故所象征，有时是用得简单的。例如，当以撒以自己的名字来说明，他有如自己的同名人一样，好不容易才躲过了被献作牺牲的宰杀时，福克纳极好地使用了偶然的事实，即这一名字来自他过去的一个狩猎伙伴。在此，这个名字第一次为另一人所采用。[4]艾克对基督的仿效——内证表明这是福克纳最后加上的内容之一 ——也是类似的用典方式，因为艾克并不是担负着世界罪恶的替

① “狮子”是《熊》中一只勇猛的猎狗。——译注
② 弗雷德利克·格温、约瑟夫·布劳特勒：《大学里所讲授的福克纳》，第 2 页。——原注
③ 奥尔加·威克利：《威廉·福克纳的小说》，第 134 页。——原注
④ 罗伯特·柯夫兰：《威廉·福克纳的秘密世界》，第 97 页。——原注

罪羊或祭献动物。就像卡斯所说的那样，他意欲寻机而逃，却是既无救星，自己又完全不能拯救自己，[①]于是他认识到没有一个人是充分自由的。福克纳用艾克不能接受家庭乱伦的结果来指明，这一事实是哪怕就像在《三角洲之秋》里所做的那样也包含着爱情，艾克也是无法接受的。这又涉及与基督相对的作为人的耶稣，他当然是福克纳思想和作品中的特征。

艾克在他 21 岁生日时，与卡斯有一段长长的对话，其中不断地引用《圣经》，这一情节足以抵消或者（我认为）否认这样一种观点，即艾克是一个属于爱默生[②]一类的罗曼蒂克的自然神秘主义者。[③]在艾克身上有大量的加尔文教思想，不论其来自长老派的思想还是来自弥尔顿式的思想。有一点要注意，对于他来说，上帝就是世界的创造者，而没有什么泛神的内在东西。还有一点，艾克早就明白上帝对人的失败是预知的，尽管人有选择的自由。但上帝也自有其计划，即使艾克自己不能成功，也将会有另外的成功者。这种希望有如《熊》所展示的那样，比早期作品的结尾部分所包含的要多，它就存在于精选出来的少量材料中。这意味着未来将与过去一样，个人的奋斗只能获得很少效益，因为自从伊甸园的堕落以来，人性就使人屈服于失败；这也意味着在当今的地球上，将不会有洪福。

对《熊》的考察，并不能使我确信福克纳是一个原始主义者。[④]在福克纳时代的后期，荒野就已逝去，他也只是对这一事实表示惋惜。然而，尽管定居式农业、私有财产，甚至蓄奴制已经代替了游猎，但若要认为在福克纳眼里一切都已付诸东流了，却又是一个误解。他对人生斗争的兴趣，远胜于对往昔的追怀，若非这个原因，他就决不会以为写《熊》的第 4 章是必要的。在《熊》的其他一些部分，艾克简直就像一个靠下意识满足愿望的传奇英雄，但却被迫去求助于那荆棘丛生、问题成堆且又不完善的世界，而我们自己也正是这个世界的一部分。福克纳把熊表现为一个好的形象，并让跛子布恩去杀了它，这就把原型性的基督教神话颠倒了过来。不仅如此，作者还让艾克重新回到了罪恶深重的世界。这样，作为传奇文学的《熊》就得到了向现实主义的转化，主人公也再度被缩小到生活的原有尺度当中。里维斯（R. W. B. Lewis）写过一系列有争

① 乌尔苏拉·布鲁姆：《荒野与开化：对福克纳的解释》，载《党派评论》1955 年第 22 卷，第 347 页。——原注

② 爱默生（1803—1882），美国作家。——译注

③ 欧文· D. 布隆：《爱默生的〈论自然〉和福克纳的〈熊〉的比较》，载《爱默生协会季刊》1958 年 13 号，第 22—25 页。——原注

④ 莱顿·伯格和拉布德均认为福克纳是原始主义者。——原注

泰国佛寺中的七头那伽（龙）

议的论文，所有以下的阐述便从这些论文的一部分中引发出来。他在这些论文里否认福克纳是原始主义者一类的人，因为这类人主张最好的人是最接近自然的人，而艾克则明显地摒弃了这一观点。艾克明白，“对于人性来说”，美国人并非“第二个罪人；也非最后一个罪人”，因为他认识到了原罪，这是当年来美洲定居的移民们随船一同带来的。这一认识使他脱离了天真的危险而获得自由，并使他发展了自身的良知。这样，原始性就被超越而进入了理想之境①。在此，詹姆斯·贝尔德（James Baird）专门给原始主义下的定义是非常重要的。他在《以实马利②》一书中阐述说，基督教文化的失败，迫使许多作家从原始宗教里采用材料来作为他们生活幻景的象征，他称这种用法为原始主义。当然，贝尔德也指出，作家不必把原始的仪式当成万应灵药，也不必把神话当成真实。③的确，福克纳也没有这样做，但他可能也没有把基督教的故事当真，因为他不止一次地提到强加在西方世界之上的“童话故事”。④这就使福克纳能够在对美国的过去进行非同一般的分析总结时，采用契卡索的和基督教的神话与象征。但是，

① R. W. B. 里维斯：《新世界的英雄：福克纳的〈熊〉》等。——原注

② 以实马利（Ishmael），原是《圣经·旧约》中被父亲赶出家园的人物，后泛指被社会抛弃的人。——译注

③ 詹姆斯·贝尔德：《以实马列》，第 6、16 页。——原注

④ 威廉·福克纳：《新奥尔良州的速写》，第 54 页。《去吧，摩西》，第 291 页。——原注

不论在通常的哪一种意义上说，这都不是原始主义。

现在，让我们再次回到熊的形象上来。有的批评家认为老贝是伊士塔的形象，艾克就是由她再生出的，他们坚决主张应该省掉《熊》的第 4 章。这一点非常重要，因为伊士塔的观念被神秘数字“七”所暗示：这部作品的其他每一章都有七个小节，假如省掉貌似多余的第 4 章则极不合适。[①]尽管福克纳后来自己也说第 4 章属于长篇小说《去吧，摩西》，而不属于较短的《熊》，[②]但是第 4 章还是照样放在它原来的位置，只有这样我们才能谈到复生，因此，为什么要否定伊士塔呢？

在《熊》的末尾是否有一个祭献牺牲的屠场，我并不知道，但我认为，从更为显豁的因素中可以作出判断。当一个读者读到书中对艾克发现那个家庭的不义和乱伦关系，以及尽管在放弃了那些该诅咒的土地之后艾克的诸多事情等令人痛苦的渲染时，他会带着这些观点去将那些富于结论性的经历视为内心看法或认识，这一看法和认识在艾克的生活中打上了道德的决心之痕迹，在《熊》的末尾，与蛇和布恩・洪冈贝克的相遇便是这一判断的来源。我已经解释过了前者，它作为对魔鬼的认识和认可，而成为人性中的一部分。布恩・洪冈贝克的有双关意的名字也是重要的，他既是杀熊者丹尾尔・布恩，又是提出不可能被满足的要求的贪婪者，他要求获得荒野所留下的一切，如松鼠之类被人不加考虑地滥猎之后残存下来的可怜的小生命。这样，艾克认识到了山姆和老贝的森林的不幸，也认识到所有残存下来的一切都转回到供自我否定的牺牲者所生活的社会，最后只剩下荒凉和孤寂。作为上述这一切的诸象征，必定不利于作为心理综合体的祭场，在我看来，这一点是不甚肯定的。

的确，我相信艾克的不完善是《熊》的最后效果的一部分，因为艾克既非传奇主人公，也非悲剧主人公，而福克纳却在此采用了一个悲剧的历史观，其中荒野的宿命是预知而且不可避免的，最有能力的人们的最大努力，也不足以去战胜邪恶或者战胜他们自身。福克纳在此还强调了像艾克・麦卡斯林那样的人的重要性，他能够从山姆老爹和大熊老贝那里学到骄傲与谦逊、勇敢与节制，并将这些品质应用到作为木匠或者有时是作为狩猎能手的实践中去。

段　炼　译　叶舒宪　校

① 斯通斯弗尔：《福克纳的〈熊〉的结构》，第 220—221 页。——原注

② 弗雷德利克・格温、约瑟夫・布劳特勒：《大学里所讲授的福克纳》，第 4 页。——原注

圣经文学与神话

［加拿大］N. 弗莱

本文节译自弗莱在 20 世纪 80 年代的著作《伟大的编码：〈圣经〉与文学》（*The Great Code*：*The Bible and Literature*）一书的第 2 章和第 7 章，英国罗特累奇与凯根保尔出版公司 1982 年版，第 31—48 页，第 169—172 页，题目为编者所加。从中可以看到弗莱的原型批评理论的发展和实际应用。本选文的前一部分，弗莱再次从历时性角度探讨了神话与语言符号演化的关系，提出了语言发展的“隐喻——换喻——描写”三阶段模式，并在此基础上论述了神话与文学、神话与神话体系及文化体系的关系。在选文的后一部分，弗莱用原型批评的方法析解基督教经典《圣经》，指出它不是一部信史而是按照神话思维逻辑创制出来的神话故事或诗。弗莱还从《旧约》文学中归纳出一种反复出现并统领全书的叙述模式——U 形结构，进而揭示出《新约》的编者以《旧约》故事为原型创作出关于耶稣生平的神话叙事之真相。

研究语言结构首先面临的是：它们是连贯的，须在一定时间内被读出或听到。这里，我将用“阅读”这个词来作为对一连串词汇的反应的典型方式。如果不认清与我们所说的神话相关的语言结构，就无法透彻地读《圣经》。因此，我们得先弄清楚在本书中“神话”一词的含义。作为一个文学批评家，我想从文学的角度来界定神话。神话首先是故事（mythos）、情节、叙述，或一般而言就是词汇的连贯序列。由于所有的语言结构都有某种连贯性，即使它们不一定连贯起来读（如电话号码簿），从基本意义上来看它们也是具有神话性的，这种意义实际上即某种重述性。

在极少有推理和抽象的语言的隐喻阶段，语言叙述大都采取某种故事的形式。

在故事中，人格与事件之间的联系构成推动性的线索，这种联系的典型构成形式是神的活动，而这些神则是这一阶段语言中的代表性隐喻。在语言的换喻阶段，语言结构仍表现为叙述，仍然一页接着一页地连贯起来阅读，直至终了。但是在这一阶段中典型的叙述形式是概念性的，或者用正规的说法叫做论述。在语言的第三阶段即描写阶段，其叙述的连贯性是由所描写对象的连贯特征实现的。不过，除了语词的连贯性以外，很难说有什么真正的连贯性。有人说，"事实为其自身说话"，这不过是另一种语言的比喻方式，从技巧上称为拟人化。

在我们的文化中，有些叙述采取的是人格与外在事件的连贯性相平行的形式，另外一些叙述则仅以事件的连贯性本身为基础。这种区别也就是"历史"和"故事"之间的区别。"神话"这个词，由于某些我们下面还要论及的理由，向来被人们列入"故事"的范畴，因而也就意味着"并非真实的"意思。有很多理由说明这是一种粗俗的看法，且不用说下面这个事实：在我们试图以某种方式证明神话有其真实性以前，实际上早已有过许多这样的判断了。无论如何，从神话作为语词序列这一基本意义说，不管它是否包含某种"真实"，神话的或叙述的结构总是存在的。在一部历史中，先有相应的事件，然后便跟着产生了某种语汇，达到一定的程度，但是有关语言叙述的材料取舍和安排是根本性的，那种认为连贯性的形成来自于语词之外的观点是似是而非的。

吉朋[①]的《罗马帝国衰亡史》旨在写一部信史，以丰富的材料和文献等忠实地记述罗马帝国末期的衰败。吉朋本人也是处于语言第三阶段的描写性作者，他注意到罗马的实际情况与罗马人关于他们在历史中的地位所持的基督教的或异教的观点之间的差别。但他的书名"衰亡"一词就表明了他选择和编排材料所依循的叙述原则：这便是他的"故事"（mythos），若没有这种"故事"，这本书就失去了它的形式。至于说《圣经》是不是一本同样类型的历史书，则是一个较复杂的问题，但是很少有人不承认《圣经》道出了一个故事（story）。在我看来，"《圣经》讲了一个故事"和"《圣经》是一则神话"，这两种表述实质上是相同的。

不过，"神话"一词作为语词序列这种基本用法太空泛了些，不切实用，因此我们常常在限定的语境中使用这一术语。在前文字社会的语言文化中，主要的构成物是故事，但这些故事中生产出一种特殊的社会功能作用，在其影响下，一些故事比其他故事获得了更重要的意义。特定的故事具有了专门的含义：它

① 吉朋（Edward Gibbon，1737—1794），英国历史家。——译注

们讲述了关于社会的重要情况，或者有关神，有关历史、法律方面，或者有关社会的等级结构方面。这类故事可以在第二层意义上称为神话，所谓第二层意义是就这些故事与民间故事——用于消遣和其他次要目的的故事——的区别而言的。于是，它们便成了与“世俗的”故事有别的“神圣的”故事，并构成《圣经》传统称为启示的那类文字的一部分。上述区别在许多“原始”社会中可能不存在，但迟早要产生。一旦这种区别产生出来，就会保持许多世纪。在西欧，至少直到18世纪，《圣经》故事都具有这种重要的神话意义。因而，在这第二层意义上，所谓神话的也就意味着“非真实”的反面：表示一种特殊的严肃性和重要性。神圣的故事表明一种特殊的社会性，而世俗的故事与社会问题关系较远，有时——至少在其起源时，并无多少社会意义。

不过，话又说回来，第二层意义上的神话和民间故事都同样是故事或语言叙述，因而它们之间并无根本的结构差别；内容上也无根本差别：在“信仰”中关于神的故事或作了崇拜对象的神的故事可能是神话，但并非所有神话都是神的故事。对西欧来说，《士师记》中关于参孙的故事是神话性的，因为它属于神圣经典《圣经》传说的本体。但在民间故事中也有结构类似的关于参孙的传说，而且参孙不是神。同样，奥德修斯和波吕斐摩斯（独眼巨神）的故事在第二层意义上对古希腊人也是神话性的，因为它出自荷马。然而在民间传说中亦有类似的故事。在换喻语言兴起之后，故事往往成了抽象观念论证的具体说明，换言之，成了寓意作品。这同在柏拉图那里神话的作用是十分相近的。我们还可以看到神话中的神话，如像耶稣的譬喻或《伊利亚特》结尾处阿喀琉斯关于宙斯的两个瓶子的寓言，后者也是说明性的，但其语境倒不是论说性的。参看下面的图表。

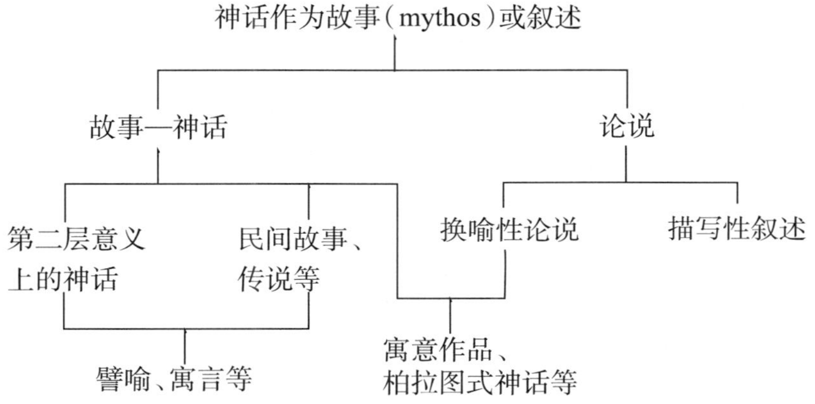

第二层意义上的神话具有民间故事所没有的两种特征,要记住这两种特征是指其社会功能和权威性方面而言的，而不是就其结构方面而言的。第一个特征，有某种“教义”的意义使各故事彼此关联：一个神话在一个神话体系中有其位置，所谓神话体系即有内在联系的一组神话。而民间故事则总是游走性的，在全世界流传并变换其主题和母题。为方便起见，我说神话形成了一种神话体系，但那可能不是正确的顺序,或许神话体系在某种意义上先于组成它的单个神话。第二个特征，神话勾勒出了人类文化的一个特殊领域，并使它同其他领域相区别。在近东地区出现的大量借用神话主题的现象并不影响下述进程：苏美尔神话的种子在赫梯文化中发芽，但却长成该文化的有机组成部分。植根于某一特定社会的神话体系及时地留下了该社会成员共有的幻想和语言经验的遗产，因而神话系统有助于创造一种文化史。

由于神话包含着大量传说和传说性历史,它也有助于确立我们所说的历史。这就是历史性叙述成为写作中描写技术最早形式的原因所在。但是，正如前一章所述，文学，尤其是诗歌，具有一种重新创造语言的隐喻用法的功能。因此，神话的直接后裔就是文学，如果我们在事实上可以称之为后裔的话。从我们所赋予神话的第二层意义上看，有些社会，如列维－斯特劳斯所研究的南美部落，拥有就实际目的而言可称为前文字的神话体系,虽然那也还是语言的一种形式。在比《圣经》中任何一部分都要古老得多的巴比伦史诗《吉尔伽美什》中，神话和文学已交织在一起了,就像在荷马笔下一样。荷马在年代上大致相当于《旧约》中较早的部分。鉴于这种情况，本书不可能把文学视为神话的混杂化。文学是神话发展的有机的和不可分割的部分。一个神话的意思是什么，会有各种不同的解答，其中有些解答我们即将加以考察。不过，对一个文学批评家来说，神话所意味的东西包括了它在后代文学中被赋予了的一切意义。

有许多谬误来自下面这样一种观念：“一则”神话有如一种被压抑的愿望，始终被埋压在它后来的文学发展之下。我们刚才提到《士师记》中的参孙故事，它比其他故事(如讲到撒母耳的故事)更加粗糙和朴野一些。我们会注意到，参孙的名字近似于早期闪族语中的“太阳”一词，而这个故事讲的是一个与庄稼之燃烧有关的富有超自然力量的英雄,他最终堕入西方的一间黑暗的地牢之中。显然，这个故事在结构或叙述上与有关太阳在空中运行的那一类型故事十分相似，没有一个忠实的故事讲述者会消除这种类似。但是要说参孙故事“源出”于太阳神话或太阳神话“潜伏”于参孙故事之后，则未免有些过头。用一个我曾在别处举过的例子来说，假若描述拿破仑的生涯，人们会用“日出”形容他的兴起，用“日当中天”表示他的声名，用“蔽日”表示他的命运。这里所运用的就是太阳神话的语言，但我们却不能说拿破仑的故事出自太阳神话。可以说明的是，神话的结构仍可给后代的结构类型的隐喻及修辞提供形式。参孙的故事与拿破仑的真实生活故事属于完全不同的类型，但是在它们之中的太阳因素仍然是隐喻的和修辞的因素。

早期的神话研究者似乎强烈反对这样一个事实，神话是一种想象的、创造性的思维形式，从而是一种自发的形式。神话的产生必有其原因。人们感到，如果我们说只因为人类制造神话所以人类制造神话，别无其他明确的解释，那么我们就等于什么也没说。弗雷泽就是这样一位早期研究者，对于一部像本书一样的著作来说，他是一个重要人物。这不仅因为他对文化的兴趣中心和我相近，而且因为他像文学批评家那样，把神话看成具有内在联系的故事类型，而不是强调神话在不同文化中的功能。不过，弗雷泽是一位古典学家和《圣经》学者，他读过大量人类学著作，自认为是科学家，并因此而偏重理性主义，这种理性主义像疾病一样折磨过他。在《旧约民俗》中，他以他那种典型的方式收集了遍布世界各地的洪水故事，从中得出推论说，在每一种情形中，一次地方性的洪水便是神话发生的潜因。诚然，在美索不达米亚低洼地区看来确实有过多次洪水，而真正特大的一次出现在《吉尔伽美什》[①]史诗中所记述的伟大故事之后。然而，人们为什么要以神话来对这样的事件作出反应呢？比起编制关于诺亚、丢卡利翁或乌特那庇什提牟[②]这样的故事来，当然还有更为简单的讲述大洪水之年的方法。而且，假使发生于苏美尔的一次洪水被编成了洪水神话并随着文化的传播流传到世界的各个角落，又为什么偏偏是这一特殊的神话如此容易传播呢？

多少世纪以来，由于《圣经・创世记》的权威，人们一直深信曾经有过一次全球性的普遍洪荒，广泛流传的各种洪水神话便是其证明。但是，用广泛流传的洪水神话来证明这样一种洪水的存在，并不比用普遍流传的创世神话来证明创世的存在更为有力。在我们今天，《创世记》的权威已大大削弱了，但我们发

① 《吉尔伽美什》史诗是古巴比伦时期编定的史诗，其中插入了关于大洪水淹没人类的故事。——译注

② 诺亚、丢卡利翁和乌特那庇什提牟分别是《圣经》、希腊神话、《吉尔伽美什》史诗中洪水故事里的唯一幸存者。——译注

现，信仰普遍性洪荒的愿望却同从前一样强烈，不过这种信仰常常和柏拉图的阿特兰提斯岛神话及其各种神秘的变体相联系。这不知是为什么。也许在其间存在一种有关洪水原型的集体无意识。不过这不是一种答案，只是问题的一种重述。说人们编造洪水神话是因为他们具有一种使他们编造洪水神话的集体无意识，这就像莫里哀笔下的医生说鸦片使人睡眠是因为它有催眠的功效。假如我们从荣格派转向弗洛伊德派，便可以在吉泽·若海姆（Geza Roheim）的《梦幻之门》中看到这样的提法：洪水神话起源于想要排尿的梦，它使睡眠者免于尿床。但是，这里出现了同样的循环疑问：为什么洪水的梦变成了洪水神话？

看来很明显，只有把洪水神话同其他的洪水神话加以比较，而不是同洪水加以比较，才能更好地理解它们。一次现实的洪水可以是一个洪水神话的产生时机，但很难说就是洪水神话的产生原因，因为在诺亚、丢卡利翁和乌特那庇什提牟的故事中有这样多的因素和洪水本身同样重要，甚至更为重要。我们还可以通过对洪水神话在整个神话体系中的地位的考察来理解某一洪水神话，如我们后面所要做的。问题的关键在于这一神话的那种使人无法忘怀的非凡力量。对这一点的传统解释是，诺亚故事是神的启示，它所告诉我们的东西是在任何别处无从知晓的。与此不一样，柏拉图的关于阿特兰提斯岛的记述不论会得到什么样的传说或历史事实的支持，总被人们认为是柏拉图自己的创造。不过这个神话的心理效应在两种语境中却是大致相同的。不论柏拉图在写关于阿特兰提斯岛的故事时他所意识到的是什么，他并不是在创造一个神话，而是在释放一个神话。其所释放出的东西的力量以及关于那魔法的海底国王的描述足以使我们的智力瘫痪，我们自己的文化的原型亦有待于在那海底王国中去寻觅。

神话体系并非一种数据而是人类存在的一种事实。它属于人类所创造并在其中生存的文化和文明的世界。由于一个神乃是一种人格和一种自然因素的隐喻化身，因此太阳神话、星辰神话或植物神话都可视为某种科学的原始形态的东西。不过神话的真正兴趣在于描绘出人类共同体的周围线并朝这个共同体的内部窥看，而不是去探索自然的运行。当然神话要吸取自然的因素，就像绘画和雕刻中的创造性设计那样。但是神话体系并不是对自然环境的直接反应，它是把我们从环境中分离出来的那种想象的隔绝的一个组成部分。星座神话是神话创造自主性的一个很好的例子。在自然中并不存在像星座这样的东西，当一组星星被说成是一只螃蟹或一只山羊时，它们实际上毫不相同，不论天文的观察会怎样最终构成神话的一部分，把星群和动物形状类同起来的神话创造活动显然并不取决于星群在其出没运动中所显示出来的任何东西。

在前一章中我们提到了皮考克[①]和雪莱之间关于诗的本质的争论。双方都认为诗在社会中重新创造了某种非常原始的和古老的东西。皮考克是以嘲讽的态度来看待这一点的，他宣称接受了一种作为整体的文明进步的观点，按照这一观点，文明的发展越来越明显地把诗人同他自己的时代分离开来。雪莱则以为，“发展”总是至少包含两种含义，一方面向改善的方向发展，另一方面也朝向灾难发展。诗歌表达着同现实的基本的和固有的联系，在这一意义上诗歌才是原始的。就诗歌而言，这一争论已湮没无闻了：没有一个严肃的批评家会认真对待皮考克的假说，像皮考克自己那样。就神话来说，这种争论就更加混乱了，它使社会科学家比诗人和批评家更急切地要认识到：不论社会条件如何变化，每一个心灵都是原始的心灵。它更容易使人们产生一种误解，以为前一章中提出的“隐喻——换喻——描写”序列是一种发展、进步的形式。然而发展可以是一个相对的概念，在人类生活的许多领域中，人文科学，用海斯利特[②]的话说，不是发展进步的。而神话学则属于人文科学。

作为想象的创造性的思维形式，神话并不随着社会或技术的进展而得到改善，当然也不会因此而消亡。正如非洲雕刻可以成为毕加索的高度精致的作品的强烈影响因素一样，澳大利亚土著的神话也同我们文化中的神话一样深刻并富有启示意义。一个世纪以前，由于受到一种把进化和进步等同起来的天真观念影响，许多学者认为神话式的思维是概念思维的一种早期形式。这种看法显然直接导致了下述发现：神话思维是非常拙劣的概念思维。于是，弗雷泽在另一次理性的“阵痛发作”[③]中说：“我从神话中看到的是对现象的错误解释，不管是人类生活现象还是外在自然现象。”这显然是旨在使欧洲人对待未开化大陆上的“土著”的态度理性化的那种观念形态的一部分，对此，现在无须给予多少注意了。

与此同时，神话体系由于其神圣性质会以一种无机的方式固着于某一社会之中，这就造成了有关自然秩序的一些假设或臆断，它们同对自然秩序的实际观察是相冲突的。而后者一旦产生，便使科学的解释取代了神话式的解释。我们

---

① 皮考克（T. L. Peacock，1785—1866），英国小说家及诗人。——译注

② 海斯利特（W. Hazlit，1778—1830），英国批评家。——译注

③ “阵痛发作”原文为法文“tic doloureux”。 ——译注

早已看到，哥白尼对我们来说，象征着科学的空间观念取代神话的空间观念，而达尔文则标志着科学的时间观念取代神话的时间观念。但是，神话传统的不幸并不是真正的神话体系的消亡，其中心的线索仍会由每一时代的诗人们再创造出来。

作为文学的一种发展，“世俗的”或尘世的民间故事和传说也就构成了文学的一部分材料。在西方文学中，但丁和弥尔顿都在神话的领域以内选择他们的重要主题；乔叟和莎士比亚则醉心于民间故事和传说。这种选择之所以可行，是因为神圣的故事同世俗的故事之间具有结构上的类似，如果不是等同的话。一旦神话的重要性质和特征被人们普遍接受了，诗人处理神话材料的自由也就被这一事实所限定了。索福克勒斯和弥尔顿在讲述俄狄浦斯或亚当的故事时不能不考虑他们的读者的期待和理解。当然也有像在希腊文化中那样的特殊情形，使喜剧诗人能以嘲弄的态度处理神话的主题。总之，传统神话的权威性是部分地独立于诗人之外的。如果诗人在基督教时代处理的是“世俗的”古典神话，那么从理论上讲，他是有自由处理权的。在这里，更有趣的是，从实践上看，诗人们对他们所处理的神话的完整性表现出极大的尊重。对于传统的同样的尊重的一种副产品说明了诗的永恒的引喻性质（allusive quality），即诗人们总是倾向于同一个熟悉的神话主题，把所有的战争都表现成特洛伊战争的回声。因此，我们获得一种强烈的感觉：一个神话是与其具体的语言表现相分离的东西，尽管这种分离实际上无法存在。

这样，就给我们带来了一个新的问题。假若《圣经》中的叙述就是我们所理解的“神话”，那么，它们是历史还是虚构？有这样一些语言领域，如报纸，在那里我们需要知道我们所遇到故事是真的还是编造的。对于《圣经》，这个问题同样十分重要，不言而喻，《圣经》也属于这种语言领域。

…………

我们先来看看创世故事和洪水故事，它们不仅在神圣故事的第二层意义上看来是神话，而且在通俗的和否定的意义上，作为对那些几乎不可能那样发生的事件的解释，也应看做是神话。它们和世界各地的其他创世神话和洪水神话十分相似，却不是这类神话的最早形式。让我们再看看好像是传说和民间故事的耶弗他故事和以利莎故事，前者轻率地发出了誓言，后者曾使一铁斧头漂在水上，它们也属于熟知的故事模式。同样熟知的还有叫做推源型的故事，这种故事旨在解释某一地名的由来。参孙用驴腮骨杀了一千个非利士人，于是那地方就叫做“腮骨山”了（《士师记》第15章第17节）。从其他地方与此类似的情形来看，是地名暗示了故事，而不是故事指示了地名。

亚伯拉罕的故事和出埃及的故事属于某种历史回顾的范围。也就是说，它们无疑包含着实际历史的内核，但其现有叙述的历史基础如何却是另一回事了。例如，埃及古物学家们看来不可能将以色列人出埃及一事看成埃及的某一段史实。显然，埃及人并不知道出埃及这回事，正如奥古斯都皇帝[1]不知道基督的降生一样。我们的目光一旦转向那些有确切日期和史实的接近于实际历史的部分，就会看出那是一种寄寓着教训的经过人工改造了的历史。北部的以色列和犹太的国王们的性格都被简单地赋予黑白两种色彩，虔诚崇奉耶和华时便是白的，否则便是黑的。

亚哈王便是一个这样的例子。他主要被描绘成一个凶险的丑角，他那腐化王朝被耶户在一场正义的愤怒旋风中一扫而灭。然而，出自不同材料来源的一段插话（见《列王记》上，第29章第1—34节）却把亚哈表现为一个精明强干的受到人民拥戴的统治者。这就足以使我们产生怀疑：《圣经》的作者们是否在大多数情况下并未有意选择那些可靠性不大的材料。不难看出，《圣经》是一部激烈的党派性之书，就像许多宣传形式那样，真实的东西也就是作者认为应是真实的东西，还有在写作中的那种急迫感也随处不加掩饰地表现出来，因为不会受到那些实际发生的事情的妨碍。

这里所体现的一个基本原则是，如果《圣经》中存在具有某些历史真实性的内容，那并不是因为其历史真实性而被写进圣书里去的，而是由于其他的原因。这些原因大抵同宗教精神的奥秘或意义有关。而历史真实却与宗教精神的奥秘没有必然的关系，除非强加上一种附会的关系。从未得到过认真对待，只被当成想象的戏剧的《约伯记》一书在宗教精神方面显然比唱诗班歌手的人名录以及《历代志》中的类似材料要深刻得多，这种花名册却是或包含有真实的历史记录。更为重要的是，当我们从明显的传说性内容转向可能的历史性内容时，从来没有一条清晰的分界线。这也就是说，历史事实的意识在《圣经》中并没有被区分出来。

也许我们可以在《士师记》中体会到《圣经》的特别倾向。这部书汇集了许多原先是部落领袖的英雄们的故事，它以基本上类似的方式叙述了统一的以色

① 奥古斯都（公元前63年—公元14年），罗马帝国的皇帝。——译注

列民族所经历的一系列磨难的历史。以色列人，由于具有某种特别明显的、一贯的叛教精神，不断地背弃上帝，所以就沦为奴隶，乞求上帝拯救，于是一位"士师"被派来拯救他们。在这里，有一系列不同的内容，却用反复的神话的或叙述的形式加以表现。由于道德兴趣的缘故，我们所听到的是一个又一个相同的故事。这种结构的重心表明它把所有单个故事都加以模铸，使之适合于自身的模式。它们同历史事件的遥远关联就好像抽象绘画同写实主义表现之间的关联一样。得到优先考虑的总是神话式结构即故事框架而不是历史的内容。

正像《旧约》中的历史并不是历史，《福音书》也不是传记。福音的作者们对于那些使传记作家深感兴趣的事件的性质毫不关心。他们所关心的只是把他们所写的有关耶稣的经历同他们从《旧约》中所看到的关于救世主的预言内容加以比较。事件的实际顺序看来对他们并不很重要，虽然彼拉多①和希律②都是历史人物，但其他的历史性质的指示，如《路加福音》第2章第2节中提到的叙利亚巡抚居里扭，却会使人更加困惑了。

…………

我们有时为了使福音更适合于"现代的"可信的教义，力图将它"非神话化"。在这种场合中所说的"现代"一般是指一百年前的时候。不过那种要除去不论什么明显不可信的内容的动机仍然是很自然的。如果可能的话，意识到下面一点将是有趣的：在耶稣的教训被混杂到他的门徒们所记述的神话和传说的曲解中去之前，耶稣本来的"历史的"面目是什么样的呢？不过，如果我们试图彻底了解到这一疑问的真相，那么很简单，《福音书》的内容就会几乎什么也留不下了。福音的作者或编者比我们精明得多，每当我们从历史方面发现某些独特而"真实"的东西，我们同样也会发现这一缺口早已被他们堵上了：他们用对《旧约》或当时犹太教仪式的某种反响或仿效预先解释了那些独特而"真实"的东西之所以存在的理由。不过，从下面这一点上看，他们也不算很高明：他们的目的显然是想告诉我们什么事情，而不是想对我们隐瞒另外一些事情。在基督教材料之外的世俗记载中也可以找到关于基督教兴起的证据，但是于《新约》之外却实际上根本没有任何有关耶稣生平的真实证据，这位重要历史人物的所有材料全都密封式地保存在《新约》之内了。不过，同样清楚的是，《新约》

① 彼拉多是罗马帝国驻犹太的总督，耶稣即由他判决被钉死在十字架上。——译注

② 犹太王，曾试图杀死新降生的耶稣。——译注

的作者们宁愿接受这种方式。

对于《圣经》学者们来说，这里所讲的一点也不新鲜了，他们早已意识到《圣经》只有对那种把它当做历史来看的历史学家才是混乱和令人恼火的。人们奇怪为什么在那种情况下他们关于《圣经》历史性的成见还不放弃，以便使新的更有希望的假说得以付诸考察。如果眼下的目的在于《圣经》批评而不在于历史的话，那么尝试从一大堆"神话的衍生物"中细绎出可信的历史事实，乃是一项劳而无功的事情。至少一个世纪以来，问题已很明显了：《圣经》就是那种"神话的衍生物"，其中包含着一点点能够或多或少地加以扩充的可信的历史事件。在荷马批评中，学者们会对荷马的事实意识表现出相当的和不断增长着的尊重，这种事实意识既体现在历史方面，也体现在地理方面。不过，这样一种增长着的尊重并不会使阿喀琉斯同河神搏斗或赫淮斯托斯[①]被从天上抛出的故事变成历史。也就是说，荷马的历史感并不意味着他在写历史。对《圣经》来说也是这样。假如《圣经》中的历史元素像盎格鲁撒克逊的编年志那样是一种具有宗教意识的、不精确和不完全的历史，那么不难理解它对于那段历史的重构是多么重要。

《圣经》在何种程度上切实记载了历史事件，对此可能无法作出确凿的判断。在《约书亚记》第 10 章第 12 至 14 节中我们读到：

> 当以色列军乘胜追击之际，约书亚当众向神祷告说："让太阳停在基遍，让月亮止在亚雅仑！"
>
> 太阳果然停住，月亮也不转动，直到以色列人向敌人复了仇。这件事详细记载在《雅煞珥书》内。那天，太阳停留在天的正中，没有匆匆地西沉约一整天。神这样垂听一人的祈求，自古至今，甚至将来，也没有同一样的。因为神要为以色列作战。

我们对这一段的第一个反应可能是说《雅煞珥书》的诗人的大胆隐喻被一个过度轻信而缺乏想象的文章注释者的机械移植所粗俗化了。然而一位相当有影响的作者，伊曼努尔·维里果夫斯基却写了一部书表明上述事件连同《列王记》下第 20 章中的希西家故事[②]都确实发生过，而且大致与书中所载相仿佛。他告诉我们，原因就在于当时新的行星金星进入了运行轨道。[③]

---

① 赫淮斯托斯是希腊神话中的火神和锻冶之神，亦出现在《荷马史诗》中。——译注

② 希西家曾请先知以塞亚向神祈求，使日晷仪的影子倒退了十度。——译注

③ 维里果夫斯基（Immanuel Velikovsky）：《冲突的世界》，1950 年版。——原注

维里果夫斯基特别显示出了一种解释神话的执著愿望，在其耸动之下的解释奇怪地满足于把当代的兴趣与古代的故事附会在一起。早在17世纪，化石和类似的地理现象就曾被用来确证《创世记》中有关洪水的记载的可靠性。[①]在科学幻想小说的时代，以西结那关于“轮中套轮”的天车的幻象如能当成来自另一行星的太空船的话就似乎更中肯了。

在这里，再一次从某种程度上显示了神话与诗歌之间密切的和必然的联系。或许应该像读诗那样来读《圣经》的神话，正如我们读《荷马史诗》和《吉尔伽美什》史诗那样。《圣经》中诗体的部分之所以是诗，乃是由于其历史的部分已不成其为历史。如果我们问：为什么《圣经》中的神话不是历史，而近乎诗呢？亚里士多德那一常为我引用于批评中的原则可以在此提供答案。历史记载特殊的东西，因此成了用真实与谬误的外部标准进行评判的对象。诗歌不讲述特殊的东西，因此不是用真伪尺度评断的对象。诗歌表达的是事件中具有普遍性的东西，也就是事件使其自身成为总是如此发生的那类事物的一个实例的那个方面。用我们的话说，历史中具有普遍性的东西就是由“故事”（mythos）即历史叙述的形式所传达的东西。一个神话的产生不是为了描述某一特殊的情况，而是为了以一种并不限制其意义的方式把特殊情况包孕在其中。神话的真实就在其结构之中，不在结构之外。

…………

我们已经说到过文学中那种重复的性质，运用典故和对传统的近乎执迷般的尊重。关于文学，我首先注意到的东西之一是其结构单位的稳定性。比如说在喜剧中，某些主题、情景和人物类型从阿里斯托芬时代直到我们今天都几乎没多大变化地保持下来。我曾用“原型”这个术语来表示这些结构单位，我是从这个词的传统意义上来使用它的，并不了解荣格对这个词的更为专门化的用法[②]怎样完全地垄断了这个领域。对于神话来说，这种重复性在其所有的语境中都是基本的。一个社会，即使已拥有了文字，也只有通过持续不断的重复才能将其核心的神话保留在人们心中。为此，通常采用的方式是把神话同仪式联系在一起，按规则的神圣的间隔时间进行象征性活动，包括神话内容的排演。墨西·艾利亚德

① 参看艾伦（Don cameron Allen）《诺亚传说》第5章，1949年版。——原注

② 然而，应加以补充说明的是，荣格在一个很不明朗的地方（《转变中的文明》1964年版英译本，第847页）确实如我所会做的那样界说了原型的特征：“世界文学中那些包含着普遍出现在各个地方的确定母题的神话和童话。”——原注

（Mircea Eliade）指出，对许多社会来说，所有处于时间中的事件都被看做是时间开始之前所发生的神话的原型事件的重演。在澳大利亚土著那里，这种前时间被称为永恒的梦幻时代。①

这样，神话又同“dromena”具有了不可分割的关系，所谓“dromena”指的是需要去做的事情或特殊的活动。伴随着神话演出而进行的仪式活动指向着该神话的原始情境。“摩西五经”中关于创世和出埃及的故事构成了律法的一部分背景，规定某些活动形式，正像耶稣在他的教诲中常常说的寓言那样：“你照着去做吧。”（《路加福音》第 10 章第 37 节）遵奉律法使一个人的生活成为可以预知的一系列状况的重复：安宁、繁盛、自由。不服从律法同样使一个人的生活成为可以预见的一系列灾难的重演：被征服、受奴役、悲惨命运。这一切在《士师记》中都可以看到。

我已经提到过《士师记》的结构，它把一系列传说的部落英雄的故事纳入一种以色列人叛教和复兴的不断重复的叙述模式之中。这样就表现为一种大约呈 U 形的叙述结构。叛教之后，紧接着就是落难和被奴役，然后是悔改，经过救助重升到落难之前的水平。这种 U 形模式倒很近似于文学中反复出现的标准喜剧形式。在这种形式中，一系列的不幸和误会使情节发展到危难的低点，此后，情节中某种吉利的线索又使结局发展为一种大团圆。把整个《圣经》视为一部“神圣喜剧”，它显然被包含在这种 U 形故事框架之中。开篇的《创世记》讲述了人类失去生命树和水，而最终又在《启示录》末尾重新得到了它们。在这两端之间，以色列人的故事被讲述为一系列的灾难，即先后落入各异教王国的掌握——埃及、非利士提亚、巴比伦、叙利亚、罗马，而在每一次灾难之后都接着出现一个短暂的相对独立的时期。除过历史部分之外，在约伯的灾难和复兴的故事中，在耶稣关于浪子的寓言中，也可以看到同样的 U 形叙述。偶然的是，浪子寓言是唯一把救赎表现为主人公方面自愿决定的结果的一篇叙述（《路加福音》第 15 章第 18 节）。

由于出埃及是一次决定性的救赎，而且也是其他救赎事件的基型，所以可以说出埃及是《旧约》中唯一实际发生的事件。依照同样的原则，整个《新约》所围绕的一个核心事件即基督的复活，若从《新约》的观点来看，一定是以出埃及的事件为其原型的。一旦认识到基督的生涯是按照这种形式表现的，那么我

① 参看墨西·艾利亚德《宇宙和历史：永恒归返的神话》第 2 章，1954 年版。——原注

们对《福音书》中有关他的记载就不会感到那么茫然了。

像许多神和英雄一样，耶稣的诞生是灾难性的：希律王命令杀死伯利恒地方所有的婴儿，耶稣则是唯一的幸免者。摩西也十分相似地从埃及法老灭绝以色列儿童的企图中逃生出来，正如以色列儿童后来从上帝对埃及所有头生的孩子的屠杀中逃出一样。婴儿耶稣被约瑟和玛丽亚带到了埃及，他从埃及返回，如《马太福音》（第 2 章第 15 节）所说，应验了先知何西阿的预言："我从埃及召出我的儿子。"（《何西阿书》第 11 章第 1 节）这话十分明显是指以色列人而说的。玛丽亚和约瑟的名字实际上是摩西的姐姐梅丽安（Mirian）和率领以色列家族去埃及的那位约瑟的回声。《古兰经》第 3 章看来是把梅丽安和玛丽亚混同为一个人了。为《古兰经》作注的基督教学者自然会认为这是荒谬的，但从《古兰经》所根据的象征意义的观点来看，这种等同又是有道理的。

摩西组织起了以色列人的 12 支派；耶稣则聚集了 12 门徒。以色列人跨过红海后，在对岸获得了民族的独立地位；耶稣则在约旦河中受洗后成为上帝之子。《马可福音》和《约翰福音》都从耶稣受洗这一点开始叙述，《马太福音》和《路加福音》中所记载的婴儿耶稣的故事或许出自后来的材料。以色列人曾在荒野之中流浪了 40 年；耶稣则流浪了 40 天。以色列人在流浪期间曾奇迹般地得到上帝赐予的食物，而聚集在耶稣身边的人也曾得到耶稣奇迹般赐予的食物（《约翰福音》第 6 章第 49—50 节）。摩西律法是在西奈山上受赐的，而耶稣的教义也曾以"登山训众"的形式宣讲。摩西曾将一铜蛇置于一根竿子上，用来疗救被"毒蛇"咬伤的人（《民数记》第 21 章第 9 节）；耶稣曾把这条铜蛇作为他自己被钉上十字架受难的范型（《约翰福音》第 3 章第 14 节），这样就在致人死命的毒蛇和伊甸园中引诱夏娃犯罪的蛇之间建立了潜在的联系。摩西死在上帝为以色列人拣选的"福地"①的外边，在基督教的象征系统中，这就意味着人不可能单靠律法就获得救赎。那块"福地"是后来由约书亚所征服的。这里的暗中联系是，耶稣和约书亚本出于同一个词，而且当童贞女玛丽亚听上帝的天使说应给她的孩子取名叫耶稣或约书亚时，便有了这样的象征意义：靠律法统治的时代已经结束了，而对"福地"（天国）的进发也同时开始了（《马太福音》第 1 章第 21 节）。

…………

叶舒宪　朱国屏　译

① 福地即指迦南地区。——译注

难题求婚型故事、成人仪式与尧舜禅让传说

[日] 伊藤清司

本文原为伊藤清司于1983年5月13日在北京中央民族学院所做的学术报告，原题目为《中国古代典籍与民间故事》，现在的题目为编者所加。作者伊藤清司（1924—2007），是当代日本著名的比较神话学家，生于日本岩手县，就学于日本庆应大学，致力于神话学和民间文学研究，曾任中国大陆古文化研究会成员，日本口承文艺学会常务理事等职，后为庆应义塾大学教授。主要著作有：《赫映姬的诞生》《“开花爷爷”的源流》《日本神话和中国神话》等等。这里所选的学术报告体现了日本学者文学研究思路和方法的一种较新的趋向。尽管作者并未直接引用西方的原型批评的理论作为自己的研究依据，但他所讨论的课题和所使用的方法无疑是与原型批评相通的。由于本文的研究对象是中国的民间故事和远古传说，涉及的文献材料都是国内较为常见的，所以，本文的研究方法或许能对我们有更直接的启发。

从古代宗教仪式出发追溯文学现象的发生，是以赫丽生等英国学者所代表的剑桥学派所倡导的研究方向。伊藤清司在本文中用人类学所阐明的成人仪式及神判考验作为原型参照物，探讨了在民间广为流传的一种故事模式——“难题求婚”型的发生根源，进而上推到中国古代典籍中关于尧舜禅让、象迫害舜的传说，认为在这个经过后代文人学者根据儒家思想加以改造了的故事之中，依然保存着远古仪式的考验内容。舜之所以经受了“焚廪”、“填井”和“死亡”的考验，因为那是古代部族中的成年者和即将就职的领袖所必须承受的神圣磨难。

民间故事中以结婚为题材的比较多，其中有一般称之为“难题求婚”型的故事。今天，我就以流传在中国各地的“难题求婚”型民间故事为例，谈谈中国

的古代典籍与民间故事的关系。

一 "难题求婚"型故事与成人仪式

（一）"难题求婚"型故事的分类

求婚或被求婚时，以出难题来解决婚配问题的故事一般叫做"难题求婚"型故事，而根据由谁出难题又可以分成 A、B 两种类型。A 型就是姑娘或姑娘的父亲向求婚的小伙子出难题。B 型则是有权势者为了霸占别人的妻子或女儿而向该人或其父出难题。其中属于 B 型的有流传在中国各地的《百鸟羽衣》型故事、四川省阿坝藏族自治州的《救白蛇》故事和朝鲜族的《善良的拔卫》故事等①。属于 A 型的有两种：一种是姑娘本人出难题的类型，比如，江西省南昌的《三女婿拜年》②，除此之外这样的故事还有好多好多；另一种是姑娘的父亲作为出难题人的类型，属于这一种类型的故事也流传在中国各地。A 型故事中的这两种类型的区别只不过是出题人的不同，要么是姑娘，要么是她父亲，可是这一区别却在故事情节的发展上带来较大的差异。比如，当姑娘提出难题时，难题一般为三个，而且分给三个求婚者去做，故事的结果则往往是最后一个求婚者做完难题，并与姑娘结婚。可是由姑娘之父提出难题时，情况就有所不同。虽然同样有三个难题，可是这三个难题都是交给一个人去做的，求婚者只有在做完全部难题后才被允许结婚。不仅如此，而且姑娘之父出的难题有时相当棘手，很难解决。在这种情况下，后一种故事就与其他"难题求婚"型故事不同，具有了特殊的意义，关于这一点，我准备在下面进行阐述。

（二）由姑娘之父出难题的民间故事

姑娘的父亲作为出难题人的民间故事，我们可以举出云南省的佤族和傈僳族的故事为例，先让我们看看佤族的《阿那和龙女的故事》③。故事的内容是这样的：

有个名叫阿那的年轻小伙子与龙王的姑娘相亲相爱，后来他到姑娘的父亲龙王那里去求婚。龙王听了，提出了三个难题：

---

① 田海燕编：《金玉凤凰》，上海少年儿童出版社 1961 年版。——原注

中国少数民族文学会编：《中国少数民族民间故事选（上）》，中国民间文艺出版社 1981 年版。——原注

② 江西文艺出版社编：《三女婿拜年》，江西文艺出版社 1955 年版。——原注

③ 云南人民出版社编：《云南民族文学资料》第 2 辑，云南人民出版社 1957 年版。——原注

（1）开垦一片荒地；

（2）然后，在那里种上绿豆；

（3）最后，一粒不剩地将那片绿豆全部收割回来。

龙王并且进一步要求，求婚者必须在很短的时间内完成它们。然而，在龙王女儿等帮助下，阿那终于完成了这些难题。

傈僳族的《鲍鱼的姑事》[①]其内容也基本一样，可以说是异曲同工。故事说：

有个孤儿出身的渔夫快要与龙王的女儿结婚了，龙王给他出了很多难题，其中有：

（1）要开垦荒地；

（2）要在那里种上小米；

（3）最后还要把小米收割回来，并一粒一粒地数出数儿。

此外，还要加上一个难题：要用一箭射落双鸽。然而，年轻的渔夫靠着龙王女儿的智慧也一个个地全都解决了，最后终于被允许结婚。

在上述的佤族、傈僳族的故事中，每个难题都体现了山区百姓所特有的思想表达方法。

在纳西族的神话《人类迁徙记》[②]里也有属于这一类型的难题求婚故事：

天地初辟，洪水大作，人类全都死亡了，世上只剩下了一个年轻人，名叫丽恩。丽恩和一位从天界下凡的天女相爱。后来丽恩上天界向天女的父亲求婚。于是天神向丽恩提出如下难题：

（1）一天之内要把九片森林砍倒；

（2）然后，要在一天之内烧掉所砍倒的树木；

（3）之后，要在一天之内播完这九片山地的种子；

（4）最后，还要在一天之内将九片山地上的谷物一粒不剩地收割回来。

可是在天女的帮助下，丽恩也顺利地完成了这一切。

纳西族故事中的这些难题就体现了适应于刀耕火种生活的山地百姓的思想表达方法。“难题求婚”故事中的难题多半是以老百姓的生活为根据的。比如说，蒙古族的“难题求婚”故事中的主要难题是有关射箭、赛马和摔跤的。

可是，民间故事的特点之一就是故事性，它非得引起民众的兴趣不可。由于这一特点，因而以实际生活为根据的难题后来就逐渐地改变成富于幻想的、以

① 宋哲编：《云南民间故事（上）》，宏业书局 1951 年版。——原注

② 和志武整理：《人类迁徙记》，载《民间文学》1956 年第 16 期。——原注

兴趣为中心的难题，并发展为凭着普通的能力或一般的智慧根本无法解决的异想天开的难题。贵州省苗族的《阿秀王》故事中的难题就是其中的一例：

从前有个皇帝，他两个女儿爱上了名叫阿秀的年轻小伙子。阿秀则只爱上她们中间的妹妹，并准备与她结婚。这时，皇帝向阿秀提出了如下难题，要求他完成：

（1）拉来一头角有两庹（约合十尺）长的母牛；

（2）用灰做成的绳把王宫绕上三圈；

（3）拿来三斗鸡肫和三升鱼眼珠；

（4）在三天之内一粒不剩地收完皇帝撒在山坡上的黄豆；

（5）拔来三根龙的胡须。

阿秀凭着机智并在两姐妹的帮助下完成了这一切。

很明显，这里所说的角有两庹长的母牛啊，灰绳啊，龙胡须啊，等等，在实际生活中是根本不可能存在的，然而这些东西在难题求婚故事中却不但存在，而且越发变得神奇，变得异想天开。流传在浙江省的“难题求婚”故事[①]中还有这样的难题：

（1）要提来一对白金羽毛的麻雀；

（2）要一粒斗大的夜明珠；

（3）要一张生龙皮；

（4）要一根重二钱，长一丈二尺的龙须。

很明显，这些难题绝不可能是一般的老百姓所能想象出来的。

此外还有一种使我们在分类时感到棘手的难题，它既不像以开垦、播种或赛马、摔跤等生活为根据的难题，也不像龙的胡子或生龙皮等随意凭空编造的难题。流传在山东省沂南的《春旺和九仙姑》[②]故事中的难题就是其中的一例。故事的梗概如下：

有个名叫春旺的年轻小伙子和一位下凡的天女结成了夫妇。这位天女是九个到下界来洗澡的天女中的最小的一个。后来，夫妇俩一同到了天界，这时天女的父亲——天神让春旺经受各种各样艰难的考验。天神一会儿将春旺关在有巨大虱子妖精的房间，一会儿将他关在有臭虫、蝎

① 朱雨尊编：《民间神话全集》，普益书局 1933 年版。——原注

② 载《民间文学》1957 年第 7 期。——原注

子妖精的房间，一会儿又将他关在筑在水井上面的有毒蛇盘踞的房子。此外，天神还让春旺用竹篮子给宽阔无比的花圃浇水。天神出的难题是相当荒唐的，可是春旺靠着从妻子那里获得的魔术梳子和咒语、法术，经受住了考验，解决了一个又一个难题，终于被允许和天女正式结婚。

护卫寺庙的三头那伽，摄于泰国普吉岛佛寺

（三）含有死亡危险的难题

还有一种难题，它不但让求婚者从肉体和精神上受到极大的痛苦，而且更进了一层，企图让求婚者死掉。它和那些要求将龙须拔来或者将虎奶挤来等含有死亡危险的难题还不同。它与其说是个难题，不如说是以杀害为目的的“死亡考验”。例如上面提到的纳西族的《人类迁徙记》中就有这类难题。当丽恩轻而易举地解决了好几个难题以后，天神就再让丽恩到山上猎取山羊，接着又让他到河里捕鱼。而天神的实际用心却是企图将他踢下山岩或推入河中，以达到害死丽恩的目的。可是天女事前已经察觉到父亲的用心，每次都指点丽恩，使他幸免于难。

云南省苗族的《天鹅姑娘》故事，顾名思义是个“天鹅处女”型故事①。故事梗概如下：

有个名叫阿根的年轻小伙子在泉水旁发现有十二只白天鹅变成了姑娘在那儿洗澡，他后来与其中的一位姑娘结了婚。过了一些时候，他与妻子一同去天界拜访岳父母。这时妻子递给阿根一个口弦，并对他叮嘱说以后无论遇到什么危险你都必须吹奏口弦。

后来，岳父果然想要害死女婿阿根。有一天，岳父命令阿根到山上开荒种地。正当阿根专心致志地在那里开荒地时，岳父却趁机在四面放

① 载《云南民族文学资料》第2辑。——原注

火，企图烧死他。阿根立即拿出妻子授与的口弦吹了起来，一霎时，狂风突起，野火顿时被熄灭。

这也是以杀害为目的的“死亡考验”。

那么，“难题求婚”型故事中的难题，特别是如上所述的姑娘之父出的难题或“死亡考验”说明了什么呢？第一，我想这些难题反映着劳动婚（也叫服务婚，或者赘婚）的习惯，我们大家都知道，过去婚姻上有过这样的习惯：结婚后，女婿要到女方家劳动一段时期。因为结婚后，女方家失去了一个劳动力，非得由女婿来补偿不可。婚姻上的这种习惯反映在民间故事中，也许就表现为向求婚者提出的棘手的难题。《人类迁徙记》中下述的一个场面也可以说明我这种解释的可能性。当丽恩解决了有关刀耕火种的一些难题后，姑娘的父亲就问他：“你准备了哪些彩礼？”丽恩马上理直气壮地回答说：“我已经为您砍倒了森林中的树木，并把它们烧掉，开拓出田地来，最后又收获了谷物。这就是比任何东西更为贵重的彩礼！”姑娘的父亲天神听了以后这才被说服，准许两人结婚。也就是说，姑娘的父亲提出的又被丽恩所解决的一系列有关农业的难题，反映了嫁入婚制必需彩礼的风俗。换句话说，这些难题反映着一种因失去姑娘而理应获得赔偿的劳动婚的习惯。

禹州禹王庙十二老母殿供奉的十二老母之一

那么，那些异想天开的难题，比如，拔来龙的胡须，挤来老虎的乳汁，用灰绳把王宫绕三圈等等，是否与劳动婚有关呢？我想它是为了增强趣味性而编入故事的难题，它只能在故事中存在，它与上述那些源于劳动婚的幻想型的难题有着不同的特点。我认为“难题求婚”故事中的这些荒唐的难题实际上是一种确定求婚者有无求婚资格的审查方式。

题为《苗侗开亲》[①]的民间

故事是一种特殊的“难题求婚”型故事。其内容为苗族的年轻小伙子和侗族的姑娘打破对异族通婚的传统的禁令而最终结成夫妇。在这个故事中苗族小伙子的母亲向侗族的姑娘提出一些难题，要求她在一天之内既要养蚕还要抽丝，并织成三里长的带子。另一方面，侗族姑娘的父亲也向苗族小伙子提出同样苛刻的有关农耕生产的难题。然而两个年轻人都出色地做完了难题，充分显示了其聪明才智，最后他们正式结为了夫妇。

这个故事中的难题虽然内容上有所夸张，可是有一点是很清楚的，这就是出这些难题的目的是为了判断求婚双方的智力与资格。这里值得我们注意的是那些为了考查资格而提出来的难题，绝不仅仅是有关劳动能力的问题。特别是对小伙子，不但要考查他的劳动能力，而且还要考考他的智力与胆量。至于他有无求婚习俗中所常见到的对歌才能，则更在必考之列了。为了避免烦琐我不再列举具体事例进行说明了。一句话，我认为异想天开的难题多半是一种在实际生活中对求婚者的智力与胆量进行考验的反映。

（四）“死亡”与“复活”的考验

可是，那些将求婚者禁闭在毒虫盘踞的房间里，以及对求婚者实行火攻等带有危险的考验，特别是以杀害为目的而将求婚者踢下山岩的严酷做法，对于考验求婚者的智力、勇气和耐性来说，我觉得是太过分了。我认为，这种威胁求婚者的身体或生命的死亡考验还有另一种动机，它与考验求婚者能力的动机不同。这些动机类似于未开化部族社会中在成人仪式上对适龄青年所进行的考验。过去，小伙子到了可以成为部族成员的年龄时，为了取得当部族成员的资格，他们必须从长老或长辈那里接受各种教育，并且经过各种各样的神裁的、严酷的考验（Ordeal）。据民族学者们的调查、研究，这种教育是多方面的。比如，要掌握部族所信奉的诸神的名字，熟谙有关的神话以及祭祀诸神的方法，还要熟悉各种严格的“塔布”（taboo）禁忌、秘密等。不仅如此，他们还要掌握农耕、狩猎、渔业等有关生产的技术。总而言之，你得掌握作为一名部族成年男人，在生活上必须具备的全部知识。另一方面，这些考试或考验多半会在精神上、肉体上带来痛苦。比如，割礼、文身、拔牙、在身上烧炙瘢痕等，对于他们来说，这些都是成年人光彩荣耀的标志。在各地的调查报告中我们也能看到如下的例子。比如，有的小伙子被抛弃在深山老林忍受孤独的煎熬，有的被迫在山野游

① 燕宝编：《苗族民间故事选》，上海文艺出版社 1981 年版（原载《山花》，1957 年）。——原注

荡以考验其胆量，还有的故事里小伙子被毒虫咬伤以致肉体毁损、流血过多，并昏迷不醒等。古代朝鲜有这样的故事，在年轻人后背的皮肤上穿上绳子，让他们拽着很沉很沉的石头爬坡。在南太平洋的新赫布里底群岛上，过去甚至还可以看到让年轻人从筑在丘陵上的高达数十米的望楼上摔下山坡。这些带有死亡危险的残酷做法是为了年轻人在进入成年时经受预备锻炼，验试勇气与耐力等等。这种死亡考验象征性地反映着成人仪式本身所含有的“死亡”和“再生”的意义。正如吉奈普（A. V. Gennep）和艾利亚德（M. Eliade）等许多学者过去和最近所指出的那样，成人仪式是“生命仪式”（rite de passage）的一种。成人仪式的本质是让即将成年的人在举行仪式期间“死”去一次，然后他作为成年人“再生”。也就是说，年轻人的大量流血和接受长老的教育，是意味着他与被母亲等妇女养育至今的未成年生活永别，即未成年阶段已经死去，然后则在成年人社会中复活。成年仪式一结束，已成为成年人的年轻人就故意装着将以往的生活经历和自己的乳名全部忘掉，并且装着连自己的母亲或姐妹们全都不认识。这种现象说明了这样一点，就是说，成人仪式象征着从母亲亦即女性的世界已转变到父亲亦即男人的世界，意味着年轻人的“死亡”与“再生”。在文明社会里，孩子一到成年就要用成年人的大名替代幼年时的乳名，我想这也是上述习俗的痕迹。

关于成人仪式这种考验，其中有一点是值得我们重视的，那就是结婚问题。候补成人，当他们通过成人仪式之后，就不但成为部族的正式成年男子，同时也获得了结婚的权利。也就是说，在那样的社会条件下，通过成人仪式是年轻人结婚所不可少的条件；经受不住成人仪式的考验，就绝对不能允许结婚。

在“难题求婚”故事中，故事的主人公需要经受肉体上的痛苦而残酷的考验，特别是经受“死亡”考验，然后才被允许结婚等等，这类考验实际上是与上述成人仪式的考验非常相似的。如果我们把民间故事中出难题的姑娘之父放到部族长老或长者的位置上，那就能立即发现，所谓“死亡考验”的难题就是那种以获得结婚资格为前提的成人仪式考验的反映。下面，让我们再举一个难题求婚的故事的具体例子，这就是贵州省苗族的《天女配九皋》[1]故事的前半部分。这是一个“天鹅处女”型难题求婚故事：

有个名叫九皋的穷小伙子，有一天在山上的水边遇见了下凡来洗澡的七位天女。他与其中最小的妹妹结了婚，两个人过着幸福美满的生活。

① 宋哲编：《贵州民间故事》，宏业书局 1962 年版。——原注

一天九皋上天去拜访妻子的双亲，可是岳父和姐夫们并不欢迎来自下界的九皋。不仅如此，而且还出种种难题企图害死他。他们一会儿带他上山，冷不防砍倒大树，想压死他，一会儿带他到旷野，突然从四周围放火企图烧死他。这种迫害是相当残忍的。然而九皋每次都在妻子的帮助下幸免于难。看到这种情况，岳父和姐夫们要求九皋到很远很远的地方去把铜鼓抬来，九皋在妻子的协助下，终于解决了这个难题，两人最后正式结成了夫妻。

这个故事与前文所述的山东省《春旺和九仙姑》故事一样，都是年轻人在结婚以后升入天界经受天女之父所出难题的考验。在这一点上这两个故事与其他难题求婚故事是稍微有点不同的。此外还有一个不同之处是出难题的除了天女之父，还有别的参与者。至于故事的结构，这些难题求婚故事倒没有多少不同之处，只是在其细节的展开上有着各种各样的差异。

（五）王位就任的考验

日本也有许许多多的难题求婚故事。写于8世纪的《古事记》中有大国主命的故事。其难题考验的具体内容与上面我提到的《天女配九皋》和《春旺和九仙姑》比较相似，这一点使人感到很有兴趣。下面是这个故事的内容提要：

有个名叫大国主命的年轻人被几个哥哥带到山上，哥哥们把大树从中剖开，塞上楔子，然后强令大国主命从夹缝里钻过去。他们等大国主命钻到树干中间时突然拔掉楔子想把他夹死。还有一次，哥哥们把一块从山上滚落下来的滚烫滚烫的大岩石说成是个红野猪，叫大国主命去把它捉住。大国主命不明其中内情，就赤手去捕捉，结果被活活烧死。可是，每次他都能死而复生。

其后大国主命与黄泉国国王的女儿相爱。国王见此情景，便把他关在有长蛇、蜈蚣、毒蜂的房间，后来又把他带到野外，放火烧他。可是他凭着国王的女儿授与的咒布经受住了死亡的考验，最后终于被允许结婚。

这个大国主命经受“死亡”考验的“难题求婚”故事一般反映了在举行成人仪式时长老和长者们所施加的考验。这个仪式并不单单是普普通通的仪式，而是特殊化了的成人仪式。也就是说，这是一种就任王位之前的考验，其目的是考查他有无当社会、政治领袖的能力和素质。为什么这样解释呢？这是因为大国主命在经过“死亡”的考验以后，从其岳父即黄泉国国王那里获得了特殊的许可，被准予携带具有法力的武器——刀、弓和琴，并被推举为王。获得了象

七星构图法：敦煌莫高窟第 249 窟西魏壁画

征王位魔力的宝器这件事以及大国主命这一主人公的名字都说明了这个问题。“大国主命”意即伟大的政治领袖，这个名字是主人公经受考验后新起的，这一点是再清楚不过了。

说到这里，我又想起了苗族的《阿秀王》故事。向阿秀出难题的不是别人，正是国王本人，而且最后阿秀也被任命为国王。纳西族的《人类迁徙记》虽然没提到丽恩后来是否成为领袖，可是他经过天神的考验之后，从天神那里接受了金银手镯，这很可能就是领袖的象征。丽恩后来与天女一起下凡，成了人类的祖先，并被后人祭祀。《天女配九皋》故事中提到九皋在最后执行了天神的命令，将铜鼓弄到了手，我想在部族社会里，这个铜鼓也可能是崇高的社会、政治地位的象征。

以上列举的“难题求婚”故事都存在着极其残酷的肉体考验，特别是“死亡”的考验，这种“难题求婚”故事远远超过劳动婚或单为获得结婚资格的考验范围。我们暂且不谈《阿秀王》的故事，因为这个故事明确地点明了求婚者后来继承了王位。即使那些内容为求婚者被准予结婚并从姑娘的父亲那里领受宝器的故事，也存在着领袖们在即位之前经受考验的痕迹。

与此同时，我们还必须注意的一点是，上面列举的“难题求婚”故事中的那些对年轻人出难题进行考验的姑娘之父，几乎都是天神、龙王等超自然的存在。那么，出难题进行考验的人为什么非得是天神等超人呢？在拙稿的后半部分我将继续探讨这个问题。

二 尧、舜禅让传说

（一）杀害舜的传说

1982 年出版的钟敬文教授编的《民间文艺学文丛》一书中有杨堃博士的一篇论文，题为《关于神话学与民族学的几个问题》[①]。杨博士在这篇论文中谈到《楚辞·天问》中“伯禹腹鲧”一句的禹鲧神话的原义。杨博士在解释这一句意思时还告诉我们关于产翁（couvade）的习俗，这是非常令人感兴趣的。现在我也仿效杨博士的研究，准备对尧、舜的禅让问题谈谈我个人的看法。我们大家都知道，尧、舜是与禹一起被尊为中国古代神话中的圣天子的。

相传，在尧禅让帝位的前后，舜对双亲极尽孝道，对弟弟也非常友爱。由于他这种孝悌行为在社会上的广为流传，使得身份低贱的舜得以被选拔来承继帝位。舜的孝悌是其能践登帝位的主要原因。一个男子因为孝悌而能够践登帝位，这确实是前所未有的破格事件。从而可以想见舜的孝悌并非一般品德。父亲双目失明，继母阴险狠毒，弟弟为继母所生，他们三人全都虐待舜，为了谋害他，经常对他加以迫害。可是舜对他们的孝悌之心却丝毫也没有改变。《孟子·万章上》对此事有如下记载：

> 父母使舜完廪，捐阶，瞽叟焚廪，使浚井，出，从而掩之。

《史记·五帝本纪》里也有关于此事的记载：

> 使舜上涂廪，瞽叟从下纵火焚廪。舜乃以两笠自扞而下，得不死。后瞽叟又使舜穿井，舜穿井为匿空旁出。舜既入深，瞽叟与象共下土实井，舜从匿空出，去。瞽叟、象喜，以舜为已死。象曰：本谋者象。

《孟子》和《史记》对此事都有记载，可是稍有差异。《史记》说，迫害者

① 钟敬文主编：《民间文艺学文丛》，北京师范大学出版社 1982 年版。——原注

是他父亲瞽叟和他弟弟象，尤其是弟弟象，象是中心人物。可是《孟子》说，迫害者是他父亲瞽叟一个人。不管怎么样，根据这些古籍来看，舜是受到了各种各样的迫害的。比如，当舜在粮仓上面修理时，他父亲和弟弟就把梯子撤走而且放火去烧死他，当他挖井的时候，其父亲和弟弟又在上边倾倒土石，想活埋他。在第一次遇险时舜以笠代翼安全地飞下平地，在第二次遇险时他又在井壁上挖洞，巧妙地逃出死地。

《楚辞·天问》中也有关于舜受迫害的记载：

> 舜服厥弟，终然为害，何肆犬豕，而厥身不危败？

王逸就这前二句和后二句作了注释。

王注：言舜弟象施行无道，舜犹服而事之，然象终欲害舜也。言象无道，肆其犬豕之心烧廪填井，欲以杀舜。然终不能危败舜身也。由此可见，王逸也同《孟子》和《史记》一样认为舜所受到的迫害的具体内容为焚廪和填井两个。王逸还以为迫害的中心人物为舜的弟弟象，并对《楚辞》的句子解释为象对舜的迫害不止，其邪心犹如犬豕之心。

然而，思想解放、从不因循守旧的学者闻一多却对《楚辞》另有更正确的解释。他解释说，《天问》篇的前两句有言外之意，那就是舜“受到焚廪和填井的两次迫害”，“可是舜对其弟依然如故，以德对待其弟”。“然而其弟还是不放弃杀兄之野心，对其兄进行了第三次迫害”，这一点，就记在《天问》的后两句里。闻一多在这样解释以后，接着又在《楚辞校补》①中继续阐述道：

> 释“肆犬豕”为“肆犬豕之心”，殊失之凿。且上云“舜服厥弟，终然为害”。下云，“何肆犬豕，而厥身不危败”。为害为象，则受害者舜，是“厥身不危败”谓舜身，而“厥犬豕”，亦当属舜言。考书传载象以谋害舜者，有完廪、浚井、饮酒三事。饮酒事惟见《列女传·有虞二妃》，其言曰：“瞽叟又速舜饮酒，醉将杀之。舜告二女。二女乃与舜药浴注豕，舜往，终日饮酒不醉。”注豕者，豕读为矢。……

闻一多根据《列女传》的记载解释说，《天问》篇所说的就是企图使舜醉死的第三次迫害。接着他对《天问》篇中的这后两句作了这样的解释：舜事前已想出对策，以免遭受迫害。然后，闻一多又举出了《韩非子·内储说下》中有关燕国人用狗尿解除诬惑的故事，现转述如下：

① 闻一多：《楚辞校补》，见《闻一多全集》第2卷，三联书店1982年版。

舜注矢以御醉，盖犹燕人浴矢以解惑。此其事虽不雅驯，然以秽恶禳灾，今民间巫术犹行多之。……本篇“肆犬豕”当即斥此。豕借为矢……

原来舜想好的对策就是事先施行咒术，用掺上狗尿的水浴身。

闻一多所引用的《列女传》就是今本《列女传》。这个记事中有一点值得我们重视的，这就是帮助舜从迫害中逃脱的乃是两个女人。其实这两个女人在前两次的迫害中已出现过。对这一点，《列女传》中有如下记述：

瞽叟与象谋杀舜，使涂廪，舜归，告二女曰：“父母使我涂廪，我其往？”二女曰：“往哉！”舜既治廪。乃捐阶。瞽叟焚廪。舜往飞出。

也就是说接到涂廪和浚井的命令后，舜也已感到大难临头，便与二女商量。这两个女子两次都回答说：“你去做吧！”当然，这就意味着在前两次迫害中，这两个女人也像在第三次舜受迫害时那样是给舜出了主意的，因此才对舜说出这样鼓励的话。

对于这一点，古本《列女传》有更为具体的记述：

瞽叟与象谋杀舜，使涂廪。舜告二女。二女曰：“时唯其戕汝，明唯其焚汝，鹊如汝裳，衣鸟工往。”舜既治廪，戕旋阶（应作旋捐阶——据袁珂氏注），瞽叟焚廪，舜往飞（去）。复使浚井，舜告二女。二女曰：“时亦唯其戕汝，时其掩汝，汝去裳，衣龙工往。”舜往浚井，格其入出，从掩，舜潜出。

一句话，舜在焚廪和填井两次迫害之前，都已从这两个女人那里得到了帮助，并赖此而免于被置于死地。二女第一次给舜出主意时就告诉他要穿鸟工的衣服，第二次又告诉他要穿龙工的衣服，至于什么叫鸟工或龙工的衣服，还有穿这些衣服意味着什么，这一点还是不大清楚。《史记》记述舜在第一次受迫害时以两顶斗笠为翼飞下仓廪。而《太平御览》卷一九〇的《史记》中却说“舜垂席而下”。我想这两种都是现实中的方法，舜的逃脱绝不会是这样的。

为了解释舜在第二次受迫害时的对策，袁珂先生是非常重视《敦煌变文集》的。在文集的《舜子变》中有如下记载：

帝释变作一黄龙，引舜通穴往东家井出。

袁珂先生从这一句话里得到启发，提出了一个假说：舜并不是靠帝释引导而是他自己变成龙从水井里逃出的[①]。我想这一推理是妥当的。所谓鸟工、龙工衣服，我以为同使用狗尿一样，也可能是一种咒术。舜也许从两个女人那儿学到

① 袁珂：《神话论文集》，上海古籍出版社 1982 年版。

了变鸟或变龙的咒术，而脱离了险境。

（二）舜受迫害传说的本质

那么，三次将舜拯救出来的那两个女人到底是谁呢？这在《史记·五帝本纪》中有明确的记载。她们就是尧的女儿，后来成了舜的妻子的娥皇和女英，这是毫无疑问的。尧围绕着继位问题询问过臣下，臣下回答道："民间有个名叫虞舜的男人，是个极有道行的人。"《史记》将其后的事作了如下记述：

> 尧曰："吾其试哉！"于是尧妻之二女，观其德于二女……

就是说，尧为了弄清舜嗣位的资格而将女儿嫁给舜做妻子。其后尧帝通过后文所述的过程，确认舜确实品德兼备，完全有资格成为帝，最后才决定把帝位让给他。

《史记》在这样记述后，接着对舜的家谱、家族作了说明。舜的祖先是贫穷的百姓，他的父亲是双目失明的残废人。母亲死后，父亲娶了继母，生了孩子。舜的父亲偏爱后母生的孩子，总想杀死前妻的孩子舜。可是舜每次都能够从其迫害中逃生。《史记》写到这里，又转而介绍其家族，然后说，舜的双亲和弟弟都图谋杀舜，可是舜却依然对他们尽孝悌之道。这个消息传到了尧的耳朵里，尧暗暗把舜看做自己的接班人，把两个姑娘嫁给他做妻子。《史记》重述这些内容之后，下面还接着写道：

帝尧塑像，摄于襄汾尧庙

> 尧乃赐舜絺衣，与琴，为筑仓廪，予牛羊。瞽叟尚复欲杀之……

就是说，尧赐给他絺衣和琴，并让他盖起粮仓。可是瞽叟却一心想要杀死他，于是如上所述，就对他施以焚廪、填井等迫害。

从《史记》的记载看，以上两次迫害，加上使舜醉死，共三个迫害，全在尧帝弄清了舜的为人，把他看做继承人并将自己的两个姑娘嫁给他做妻子以后发生的。这种情节的发展有很明显的不合理之处。舜的孝悌既然是尧擢升舜的理由，那么，故事理应对舜登位之前的孝悌作具体的说明。

还有一点，舜已被确定承继帝位，并已娶了尧的女儿做妻子，之后，还接二连三地受到自己的父亲或弟弟的迫害，这也是不合理的。不是说“君子不近危”吗？作为圣人的舜，而且是并非一般的圣人，他明明觉察到死亡的危险即将临头却不去回避它，这一点是令人费解的。还有一点，去不去危险的地方，他拿不定主意，与两个妻子商量让她们出主意，这个情节也显得很不自然。也许是看到了这些矛盾，清朝的梁玉绳才提出这样的疑问：焚廪、填井等迫害事件很可能是在战国时代，不知由谁伪造出来的。基于这种认识，梁玉绳说道：“如果这真是事实，那么，那迫害事件应发生在娶尧帝的女儿以前。”

我不同意梁玉绳的战国人伪造说，因为他根本没有什么根据。可是他的后一句推理是有道理的，可能性也很大。

从上述的不合理或矛盾中，我们还可以提出别的疑问。传说迫害舜的主谋者是其父或其兄弟，那么到底是谁呢？即使是故事中的事，瞽叟作为父亲能对亲生儿子这样一而再，再而三地加以残酷迫害吗？作为盲人，他能放火或者填埋水井吗？古代的知识分子和后世的历史学家们之所以替瞽叟的迫害行为苦苦辩护，说舜的弟弟象乃是主谋者——这种倾向十分明显，说明他们也发现了这样的疑点。

还有一个疑问。《史记》记述说，尧帝把舜内定为接班人，并给他以絺衣和琴。《孟子》则记述说，所赐之物除了这些以外，还有弤（涂上朱漆的弓）和干戈。为什么这些古书这样谈及那些所赐之物呢？古书在提到上述的焚廪、填井等事件之后，指出舜的弟弟象企图将皇上的赏赐物夺来据为己有，并企图霸占舜的妻子。《史记》中记载象企图抢占尧所赐的琴；《孟子》则记述除琴之外还有弤和干戈。那么弟弟象为什么想霸占呢？还有一点，古书说尧将琴等赐给舜的同时还要求他建筑仓廪。那么，这又是为什么呢？《史记》在紧接着此记事之后，记述瞽叟突然上场，让其子舜去仓廪涂廪壁，然后他自己则趁此机会在下边纵火。我设想，尧帝让盖的仓廪和瞽叟让涂壁的仓廪也许本来是同一个建筑物。

在这么多疑问中最紧要而且最根本的疑问，是不是可以归结为这么两项：

1. 舜在就位之前，为什么受到这样的“死亡”迫害？

2. 真正的迫害者到底是谁？

一些古代文献在记述尧舜禅让传说中的迫害事件时或多或少地有差异，其中还有不少矛盾。这就说明在这些古书用文字记录上述故事时，民间已经有好几种不同的传说，因而产生过混乱的现象。例如《史记》对迫害事件的具体内

山西襄汾尧庙

容只记述焚廪、填井事件，可是前后有三处出现了这样的句子："欲杀舜"；还有，有两处出现了有关舜的家族的说明；有关舜与瞽叟的关系的记述也显得很分散，很混乱；文章的记述也缺乏一贯性，文章的风格也不一致。我想，这些都因为当时已经有几种不同的传说。可是不管典籍上的记述有多么大的混乱，我们还是能够从古书上看到一些舜受迫害的传说的本来面貌的线索。

当舜被推举为尧帝位继承人时，尧宣布："吾其试哉！"《史记》在写到这里以后，接着就记述如下：

> 乃使舜慎和五典，五典能从……尧使舜入山林川泽，暴风雷雨。舜行不迷，尧以为圣。召舜曰："女（汝）……登帝位。"

也就是说，尧让舜学习五典，并命令他跋涉于山野之间。如果是凡人，在暴风骤雨的山野上肯定会迷路的，可是舜却并没有迷路。即使雷电轰击，舜也安然无恙。舜经受住了这样严峻的考验，证明他是圣人。我以为让舜跋山涉水，可以看做是对舜进行"成人仪式"的Ordeal。而考验的结果是舜帝将琴、弤、干戈等授予了舜。

这些赏赐物，恐怕是一种授予帝王的标记。这同日本神话中大国主命做国王时所具有的琴、刀、弓等宝器非常相似，正因为舜得到的琴等是帝王的标记，所以他弟弟象那样地想去抢占。我推测，焚廪、填井等迫害恐怕也是舜登上帝位之前所施行的Ordeal。正因如此，舜不但不回避这种种危险的考验，而且还能心甘情愿地去接受。至于焚廪、填井等是尧帝本人所施行的考验，还是尧帝以外的其他人所施行的考验，这一点尚难定论。不过尧帝不可能与此事无关。每当舜受到Ordeal时，尧帝的女儿们总是给舜以帮助，这就是一个证据。

（三）尧舜禅让传说与"难题求婚"型故事的对比

有些学者以为迫害舜的人是象，袁珂先生就是持这种观点的学者之一。袁珂先生将《楚辞·天问》中的头一句"舜服厥象"解释成"舜让自己的弟弟象服气”。他非常重视这一句，他举出商朝已经驯服野象的事实作证，并提出以下论断。他认为舜受迫害的神话传说的原义，无非是反映了舜作为殷民族的祖先神与野象搏斗，并最终驯服野象的事实。袁珂先生进而说，其后野象被拟人化，成了舜的弟弟，以致发展成骨肉残害的传说。他还说，后世的儒家学者为宣传适合于他们封建统治阶级的孝悌道德，利用了这个故事，并在《孟子》等典籍里加以歪曲。我想，正如袁珂先生所指出的那样，我们可以推定这个传说的内容已有所歪曲，并在内容上产生了种种变异。由于这个缘故，因此它变成了相当复杂的传说。在舜受迫害的故事中，是可能有古人驯服野象的内容的①，哪怕只有那么一两句。

不过，这个传说的本质是与“难题求婚”故事一致的，并且和领袖就任以前所必经的一系列 Ordeal 的故事有关，而后者正是以“难题求婚”故事为基础的。这个舜受考验的传说（标为 b）与“难题求婚”型民间故事（标为 a）有如下几点相似之处：

1.（a）民间故事中的求婚者大体上都是贫穷的小伙子，有的甚至是不幸的孤儿。“天鹅处女”型故事中的求婚者还是一位年轻的猎手。

（b）与此相似，舜是穷苦百姓的儿子，是个幼年丧母的不幸的年轻人。古书上称他为“虞舜”，而“虞”的原义乃是猎手。

2.（a）民间故事中求婚的对象（姑娘）多半是天神或者其他超自然的存在。她往往作为数个姐妹中的一个出现在小伙子面前。

（b）与此相似，舜妻娥皇、女英是尧帝的女儿。传说中的尧是人帝，而在别的神话中却为天帝，也是超自然的存在。因此尧的两个女儿也是天女。《山海经·中次十二经》里有这样的记载：“洞庭山，帝之二女居之。”就是一个证据。

3.（a）民间故事中天神等施行的考验的内容虽然有各种各样，可是哪一项都是棘手的，而且往往是带有死亡危险的。考验一般总是三天。在民间故事中特别是“难题求婚”型故事中我们经常能看到“三”这个数字。

（b）与此相似，舜所受到的考验也是“死亡”的考验。焚廪、填井这两次考验，再加上醉死这一次，也正好是三次。

4.（a）当然民间故事中的考验并不完全限定为三次，有时也有来自超自然的存在以外的人的考验。

① 袁珂：《神话论文集》，上海古籍出版社 1982 年版。——原注

（b）舜所受的考验除三次之外也还有跋山涉水等内容。施行考验者，除尧帝以外也还有别的人。

5.（a）民间故事中的年轻人一经考验通过，便可以结婚。

（b）舜与尧帝的女儿们结婚或许像梁玉绳所指出的那样，是在经受考验之后，也许这才是故事的本来形态。说尧帝将他的两个女儿许配与舜做妻子，以观察舜对妻子的态度（“于是尧妻之二女，观其德于二女”），这恐怕是后世儒家们之所为。

6.（a）在民间故事中也有这样的情节：小伙子与天女结婚后上天界拜访天神并受到考验，最后被允许正式结婚。

（b）《史记》所述舜的传说中则有这样的情节：舜在接受尧的考验之前已娶了尧的女儿作为妻子。我想《史记》的这个记述与上面提到的民间故事的情节是很相似的。

7.（a）民间故事中帮助小伙子经受考验的都是年轻的女子，而且后来都与小伙子结了婚。有时她则与（复数的）姐妹们一起给小伙子出谋划策。

（b）舜经受考验时，也依靠了作为结婚对象的女子的帮助。帮助者是两姐妹，也是复数。

8.（a）在民间故事中，女子向经受考验的年轻人传授的是咒术。

（b）舜在承受考验时，尧帝的女儿们向他所传授的也是咒术。

9.（a）民间故事中，有的考验可以说就是一种为就任领袖而必须经受的Ordeal。

（b）舜所经受的考验也是为了就任帝王而接受的Ordeal。

10.（a）在一部分民间故事中年轻人经受考验之后，从天神那里领受了象征领袖的宝器。

（b）舜在经受考验之后，也从尧帝那里领受了琴、弤和干戈等器物，这些赏赐物也可能是帝王之标志。

三　结　语

如上所述，舜所受考验的传说与那种以“难题求婚”型民间故事（女子之父出题）为原型的领袖就任的考验故事，结构相同，主要因素也相同。当然，古代典籍中的舜的传说已有了不少变异，内容也较为复杂。例如，舜将娶二女做妻，我想，这是古代一个男人与数个姐妹同时结婚的“媵”的习俗的变异。至于瞽叟迫害前妻所生之舜，而偏爱后妻所生的孩子，我想，这不但反映了在举行成人仪式时来自长老或者长辈的考验，而且也很可能反映了民间故事中所见到的“虐待前妻之子”等因素。除了瞽叟对舜施行迫害的问题之外，下面这个问题也很有必要作些解释，这就是瞽叟（即盲人）在当时是从事什么职业的，他又处于什么样的社会地位等等，我准备在另外的文章里加以论述。还有一点，弟弟象在策划杀害哥哥的阴谋之后，非常想霸占也许是作为宝器的琴、弤等，这一点也是不能忽视的。我想，有关篡夺帝位的政治、历史性传说也许混入了其中，成了尧舜禅让传说。

我们可以推定，舜经受考验的传说，在流传过程中有了很多变异，所以给内容带来了一些混乱。其中最大的混乱也许来自古代执笔的那些文人学者。他们也许把舜经受考验的传说看做“不雅驯”，于是根据儒教的思想意识，对其内容巧妙地作了一番脱胎换骨的改造。然后，根据封建孝悌道德观念，加以粉饰，致使传说的原来面貌有了明显变化。就这样，故事中出现了理想的圣天子像（这是捏造的），还出现了名为禅让，实则架空的所谓理想的王位继承的范例（这是创作）。那些儒家学者们就根据这些捏造和创作的东西来武装儒家思想集团的头脑，并把它当做宣扬本学派政治思想的工具。可能不管他们怎样乔装怎样粉饰，传说的真面目也不可能全部被掩盖。我们很幸运，在人民的创作中还有祖祖辈辈流传下来的民间故事，这些民间故事就是我们据以摸清传说之本来轮廓的线索。

最后，我想谈谈拙稿中前半部分末了所提出的疑问，也就是“难题求婚”故事中的出难题者即姑娘的父亲为什么往往是天神等超自然的人物。下面拟就这个问题谈点我个人的看法。

Ordeal 这个词含有考验的意思。这就是部族中的长老为了判断即将成年者是否真有资格成为成人，而在精神与肉体上对他们进行的考验。可是 Ordeal 这个词里还有另一种意思，就是“神裁”，或者“神裁法”。这就是全部族所信仰的神为判断即将成年的后备生是否具备成人资格，而施行的神圣的神裁法。“难题求婚”故事中出考验的难题者之所以是天神等超自然的人物，是因为他具有与 Ordeal 相对应的神裁的品格。在实际生活中执行、监督 Ordeal 的部族的长老等人其实具有替神进行神裁的代理执行人的品格。在 Ordeal 中出难题者所具有的这种双重品格，在舜经受考验的传说中，完全表现在出考题的尧身上。尧既是人帝又是天神，同样具有双重品格。至于尧在古书上之所以是帝，而不是长老，那是因为“难题求婚”型故事，后来改造变化为实际上根本不可能存在的所谓王位继承的禅让的政治故事，这一点是很清楚的。

中国古代典籍一般被认为是关于政治思想、哲学的书籍，或是关于历史的书籍。而在这样的中国古代典籍中也还存在着不少本质上与民间故事相通的记载。因此要对中国古代典籍作这方面的研究，那人民口头流传下来的故事必然是不可缺少的资料。

由于种种原因，今天我所运用的资料还是不充分的，有些问题也没能谈及，或者谈得还不够充分，有很多不完备的地方。可是我想还是应该就此结束我的短论了。

史有为 译　马兴国 校

从千面英雄到单一神话

——坎贝尔神话观述评

叶舒宪

学者的探索生涯往往有两种不同的展开形式：或是跳跃性的转换，研究者被兴趣和灵感所左右，出人意料地改变着对象和方向；或是循序渐进式的螺旋发展，研究者在一个领域中锲而不舍。皮亚杰的研究兴趣从蜗牛的习性跳到发生认识论，神奇般地在一个新领域获得始料未及的果实；而约瑟夫·坎贝尔则终生盯准一个问题作数十年如一日的思索，最后以同一主题的等身著述确立起自己在这一领地中理所当然的权威。

那个谜一般诱人的问题是：世界各地的神话是不是一样的，为什么？

这既是探索者的起点，又是他的归宿。

为了求解这个极简单又极复杂的难题，坎贝尔一生研究历程有如他著作中的探险英雄，在经历了启程、启蒙、回归这样一种仪式性的三阶段之后，完成一种向上的循环，画出一个首尾相贯的圆。

一 英雄启程:《千面英雄》

约瑟夫·坎贝尔（Joseph Campbell）1904 年 3 月 26 日出生于美国纽约。这个距神话时代最为遥远的现代文明最繁华的大都市却造就了美国当代最著名的神话学家。这不禁使人想起约翰·怀特《现代小说中的神话》一书引用的马克思的问话："成为希腊人的幻想基础，从而成为希腊神话基础的那种对自然的观点和对社会关系的观点，能够同自动纺机、铁道、机车和电报并存吗？在罗伯茨公司面前，武尔坎又在哪里？在避雷针面前，丘比特又在哪里？"马克思的提问方式意在表明神话的衰亡与技术的发达恰成反比的历史事实。那是 19 世纪

50 年代。在此稍前，马克思的老师黑格尔也曾郑重预言，以神话和象征为起点的艺术也不可避免地走向衰落。

一个世纪之后，神话的全面复兴使人们倾向于一种相反的看法：神话与艺术都是对抗技术异化的秘宝。神话思维与神话经验应该同电子计算机、原子弹和太空船并存。神话不仅是认识所需，而且成了“生存之需”。坎贝尔的《我们赖以生存的神话》（*Myth to Live by*）这样的书名便足以说明问题了。正是这种激进态度，使他被世人看做当今世界最虔诚的神话捍卫者。

坎贝尔对神话的兴趣始于少年时期。他最喜爱的书是美洲印第安人神话。后来在攻读英国文学硕士课程时，发现亚瑟王传说中某些重要内容与印第安神话的基本母题十分相似。任教于纽约州的撒拉·劳伦斯学院文学系以后，坎贝尔开始探讨神话原型问题。如果不算与亨利·莫顿·罗宾逊合写的《〈菲内根的觉醒〉导读》（1944），那么 1949 年问世的《千面英雄》是坎贝尔独立完成的第一部著作。当时他绝没有料到，作为他神话学研究的启程之作，这本篇幅不大的书成了他一生著述中最有影响的一本，是它奠定了他在神话学与文学批评两个领域中的声誉。

坎贝尔写《千面英雄》时抱有双重目的：一是证明世界各地的英雄神话都是类似的；二是确立研究英雄神话的心理学解释方法。

在归纳英雄故事的普遍模式方面，坎贝尔并不是首倡者。在 19 世纪，比较语言学与比较神话学借助于梵语和《吠陀》神话重构被文明史遗忘已久的原始印欧（雅利安）文化时，就有一位叫约翰·乔治·范汉的学者以 14 个故事为例，证明所有的印欧英雄都遵循着一个传记模式。20 世纪初，又有奥托·兰克用心理分析法加以解释的英雄模式和洛德·拉格仑用仪式加以解释的英雄模式。坎贝尔则主要从荣格的原型心理学出发，综合前人的观点构成更具普遍性的模式：

> 英雄的神话冒险的标准道路乃是过渡仪式中所表现的三段公式的扩大化：启程——启蒙——回归……英雄离开日常生活的世界进入一个超自然的奇特境地，在那里遇到惊人的敌对力量，获得决定性的胜利。英雄从这神秘的探险中回归，为他的人民带回恩赐。①

坎贝尔认为，正像解剖学必然忽略种族差异而专注于人体的普遍结构，英雄神话的研究也将着眼于相似性而不是差异性。模式的普遍性表明有某种出自人类

---

① Campbell, *The Hero with a Thousand Faces*（New York：Pantheon Books，1949），p. 30.

普遍心理的意义潜伏在各种英雄神话和传说背后。与此相比，差异性就显得微不足道了。

英雄之所以成为英雄有两个因素，一是他做了别人不愿或不能做的事，二是他是为自己也是为一切人而做的。普罗米修斯盗天火，伊阿宋取金羊毛，埃涅阿斯下阴间会见亡父似乎都是如此。神话中的英雄或是王子，或为武士，或是圣徒或神；他所寻求的珍宝或是财富、美人（新娘），或是能力与智慧；他或是为自己的人民或是为全人类而寻宝。所有这些外在差异都无关紧要，因为那只是象征的表面。从心理意义上看，字面上叙述的英雄发现了一个奇特的外在世界，实际上象征着他发现了一个奇特的内心世界。字面上的英雄发现新世界比物质世界更丰富，象征着他发现他的意识之外有更多的东西。字面上的英雄发现了那个世界的终极性质，象征着他发现了自己的终极性质：他发现了他自己究竟是谁。

这样，坎贝尔第一个把英雄神话的意义解释为“自我的发现”。英雄一方面找到了他和他的同胞以前未意识到的无意识真实，另一方面这也意味着神话的创作者、讲述者乃至听众也都相应地发现了无意识的意义，他们才是神话的真正英雄。借用耶稣的话：“上帝之国就在你们心中。”①

与荣格相比，坎贝尔可谓青出于蓝而胜于蓝。荣格认为所有的英雄神话是类似的，坎贝尔现在发现，英雄神话不是彼此相似，而是彼此相同。正如《吠陀》所言：真理只有一个，圣人用许多名称去讲述它。

二　英雄启蒙:《神之面具》

对英雄神话的研究作为坎贝尔的启程之处,预示了他日后的漫游方向和探求对象。《千面英雄》不仅确定了坎贝尔要进一步深究的那个问题，而且奠定了今后著述的方法论基础：他反对单个主义的方法，即个别地而非普遍地看待神话。因为千差万别的神话对他来说只是共同的人类心灵的表现窗口。在 10 年之后开始陆续推出的 4 卷本大著《神之面具》中，研究对象从英雄神话扩展到一切神话，而研究的结论也似乎只是原有结论的扩大化。如《千面英雄》那样，《神之

① Campbell，*The Hero with a Thousand Faces*（New York：Pantheon Books，1949），p. 259.

面具》的书名也是意味深长的：正像在数以千计的面孔之下其实只存在一个英雄，戴着多种多样“面具”的其实只是一个单一的神。

然而，要说坎贝尔在落笔之前已经得出这样的结论是不符合实情的。他是在漫游了原始神话、东方神话、西方神话和创造神话（文学神话）的广阔天地之后，才不断修正自己的见解，最终趋于“面具”之后的一神的。这种延续 20 多年的探索经历，就好比英雄发现自身的漫游和启蒙过程。

《神之面具》第 1 卷《原始神话》探讨的是前文字阶段的原始民族的神话。坎贝尔按照人类学家列奥·弗罗贝纽斯的划分，把所有的原始民族区分为两类：狩猎者和种植者。坎贝尔认为这种经济上的差别取决于地理和气候的条件，这种差别又派生出由神话所表现的社会的与思想的差别。狩猎与种植之间的差别乃是以杀生为食和以培育为食的差别，前者打断自然的循环，后者信守自然的循环。猎人不懂得自然的死亡，要么是杀生，要么是被杀。农人则从作物的生与再生中看到不死的象征。从社会意义上看，猎人是个人主义的，他们为自己狩猎。耕作则是集体性的，参与者必须放弃个人性。猎人在他们高兴的时间和地点捕猎，而农人则被时间和空间所束缚。[①]

除了差异，狩猎者与种植者还有相似处，那便是比差异更为重要的三种信念：不死、自我牺牲（猎物或作物）和神秘的同一性（猎人与猎物，农人与作物）。坎贝尔用这三个共同点消解了他区别出的差异性，狩猎者被视为改装了的耕种者。反之亦然。这样一来，神话群所显示的差别就成了“面具”上的差别。

第 2 卷《东方神话》与第 3 卷《西方神话》分别问世于 1962 年和 1964 年。从时间上看，它们都是“原始神话”发展的产物；从空间上看，东方神话包括印度、东南亚、中国、日本，美索不达米亚、埃及、前哥伦布的美洲和秘鲁；西方神话包括近东或“利凡特”地区，或者说是犹太教、基督教、伊斯兰教和琐罗亚斯德教，还有整个欧洲。这里把闪米特人划入西方是与众不同的。

在《原始神话》中，坎贝尔曾将狩猎者的社会视为父权制，耕种者为母权制。现在，他又认为东方神话源自原始农民，反映着以女神为主的母权社会；西方神话则主要反映着以男神为主的父权社会。从这一基本差异着眼，坎贝尔归纳出了东西方神话的六大差异特征：

1. 西方神话强调男神对女神的统治和神对人的统治；东方神话强调众神平

① Campbell, *Primitive Mythology* (New York: Viking Press, 1959), pp. 123 – 127, 235 – 242.

等和人神平等。

2. 西方强调男神女神之别和神人之别；东方强调男女神和神与人的神秘的“混一”。

3. 西方强调人的必死性；东方强调人的不死性。

4. 西方神话表现雄心与攻击欲；东方神话表现被动性与和平。

5. 西方追求英雄主义，东方则不，尤其当英雄主义体现为野心和斗争时。

6. 西方神话中的欲望在于建立强大、独立的自我；东方神话中的欲望在于消解自我，回归纯粹的无意识。

坎贝尔的这种比较观点在神话学领域引发了持久的争论,神话研究本身也成了文化寻根的一种有效方式。神话与民族性的问题实际上也就是人类学中的文化与人格问题。所不同的是，人类学家侧重于实地考察和田野作业，从案例分析中引出结论；坎贝尔则坐在他的书斋中漫游东西，俯视环宇，他所得出的论点难免带有传统的偏见和个人局限。比如他确认的第 4、5 两点差异，在我看来不过是西方传统观点的翻版，因为亚里士多德《政治学》就已判定：西方人性格强悍好进取，东方人性格卑弱易臣服。相对而言，坎贝尔在解析具体神话时倒是表现出更多的独创性。例如关于西方神话中父权制对母权制的取代过程。

赫西俄德《神谱》中描述了男神的胜利：以宙斯为首的神战胜与母权文化相联系的提坦诸神，不过地母神及其后继者赫拉依然拥有强大的实力。在巴比伦史诗《吉尔伽美什》中，男性英雄所获不死草被蛇所窃，这表明被战胜的母权文化以收回不死性的方式惩罚与父权文化相认同的人类。[①]《圣经》中的伊甸园神话也是失势的母权文化继续挑战的表现：夏娃怂恿亚当违背上帝诫命乃是对父权至上权威的反叛。而亚当夏娃被造时所用的尘土乃是大地母神的非人格化形式，犯罪的人祖死后归土意味着回归母体：那里没有性别之差，夏娃亚当复原为一体，就像被取下肋骨造夏娃以前的亚当。[②]坎贝尔的这种译解与女权主义标示双性同体为至高理想的做法不谋而合，不过他把亚当和普罗米修斯这样一些男性英雄解说为母权文化的英雄，倒是打破了女权论者们的纯性别偏见。在这一意义上，他成了 20 世纪的“巴霍芬”。

《神之面具》第 4 卷《创造神话》实指 12 世纪中叶以降西方的神话文学，这

---

① Campbell，*Occidental Mythology*（New York：Viking Press），1964，p. 92.

② Campbell，*Occidental Mythology*（New York：Viking Press），1964，pp. 29 － 30.

是他继《〈菲内根的觉醒〉导读》之后又一部文学批评著作。"创造神话"与以往神话不同，它的兴起是与西方人信仰的失落相同步的。信仰的失落也就是传统的神话及其价值观的失落，代之而起的个性主义价值观是使"创造神话"有别于原始神话、东方神话和早期西方神话的思想内核。个性主义产生出新的英雄主义精神，把人从对神的屈从和对群体的盲从中解放出来。坎贝尔将两部中古传奇——《特里斯丹和绮瑟》与《波西佛》视为新的英雄主义的初期范本，将托马斯·曼和乔伊斯奉为现代的典范。至此，坎贝尔似乎暗示出他即将结束在神话世界中所做的纵横游览，回归到启程时所关注的英雄问题。

三　回归:《神话的意象》

坎贝尔的晚期著作《神话的意象》（1974）以及《世界神话历史图集》第 1 卷（1983）可以视为毕生著述的总结。不论从方法上还是从观点上看，都表现出回归《千面英雄》的倾向。

首先，他不再像《神之面具》中那样探讨神话的差异性——狩猎神话与耕作神话、母权神话与父权神话、东方神话与西方神话，而是专注于神话的同一性，在更大规模上重申《千面英雄》的结论：所有的神话在本质上都是一样的。其次，在《神之面具》对神话的形而上阐释之外，又恢复了更大分量的心理学阐释。他不仅突出神话意象与梦幻意象的比较，而且像荣格一样，干脆把神话等同于集体的梦。

与前期著作相比，《神话的意象》的另一特征是图文并茂。作者认为神话与梦属于另一世界，解释则属于醒觉世界，二者本不相同。理解神话离不开对具体意象的直观体验。据粗略统计，仅第 2 章"宇宙秩序的观念"120 多页篇幅中就用了图片 110 多幅，近乎页页可观"意象"了。为了表明世界神话中"宇宙山"的意象，作者列举出自公元前 3000 年代的苏美尔坛台、埃及金字塔和巴比伦祭坛到公元 9 世纪的玛雅神庙、17 世纪的北京天坛等时空跨度极大的多种图像，让读者按照"眼见为实"的逻辑，心悦诚服地接受"只有一种神话"的见解。

坎贝尔在《千面英雄》中曾引用乔伊斯小说人物的话"单一神话"（monomyth）来概括所有的英雄神话。现在，批评家们据此创造了一个新术语"单一神话论"（monomythicism，或译单一神话主义）来概括坎贝尔的学说，认为它对当今流行的那种用单一模式解读作品的批评倾向产生了决定性影响。像美国批评家吉维特（R. Jewett）所提出的“美国单一神话”论，更是坎贝尔学说的继承与发扬。[①]

单一神话论尽管有简单化之嫌，但它所倡导的那种开阔的世界性视野对于局限在某一国别或地区之内的坐井观天式的研究，无疑是一大震撼。它要求从象征意义上而非字面意义上去理解神话，这同心理分析派和结构主义派的观点汇同一体，已经成为今日神话研究的主流。对神话象征蕴涵的发掘又反过来为现代作家和艺术家们提供了新的灵感之源。

印度史前母神

神话捍卫者坎贝尔一生的著述反复告诉人们一个道理：神话的终极意义总是同样的。从心理学上看，那是自我与无意识的统一，从哲学意义上看，那是自我与宇宙的合一。

① W. G. Doty, *Mythography*（Alabama：The University of Alabama Press，1986），p. 176.

苏美尔神话的原型意义

叶舒宪

今日中国的外国文学教科书和工具书中很难看到苏美尔文学的内容。这种欠缺对于一般读者和学生来说，是一个很大的遗憾，而对于专业工作者来说则是不能原谅的失职！因为现在已是21世纪，人称知识爆炸或信息时代，可我们的外国文学史却陈陈相因地重复着19世纪的错误。

更确切地说，一部世界文学史以古希腊为起点，在19世纪以前曾经被认为是天经地义的；以埃及和巴比伦为起点，在19世纪知识背景下算是较为新潮的，而到了20世纪则显得完全过时了。对于比较文学日益昌明的今日学界来说，似乎不宜再以讹传讹、重蹈覆辙。

20世纪50年代问世的《世界文明史》中写道："古代伟大文明中哪一个最为古老，这是至今仍有激烈争论的问题。有些学者的意见倾向于埃及文明，但更多的权威则支持底格里斯河—幼发拉底河流域的文明最早的主张。"①在全面介绍了两大文明之后，作者又回到哪一个文明更古老的问题，并且从影响的可能性加以回答：

> ……在20世纪的两次世界大战之间的发掘资料却似乎可以证明，早在公元前3500年，美索不达米亚就对尼罗河流域发生了重大影响。这种影响的例证有：圆筒形印章的使用，建筑结构的方法，艺术的主题，以及无疑起源于美索不达米亚的文字体系的成分。②

1956年，美索不达米亚考古专家克雷默（S. N. Kramer）教授出版了富有挑战性的书《历史始于苏美尔》，该书副标题似乎比正题更具轰动效应——"人类有史以来的27项'第一'"。细究之下，这27项第一之中属于文学方面的就占了10项。

---

① 伯恩斯等：《世界文明史》第一卷，罗经国等译，商务印书馆1995年版，第29页。

② 伯恩斯等：《世界文明史》第一卷，罗经国等译，商务印书馆1995年版，第32—33页。

在此之前，亲自从事美索不达米亚城址发掘的功臣伍莱（C. L. Wooley）已经提出如下观点："如果单纯从成就的大小评判人类的劳绩，那么在考虑到年代和环境的因素以后，应该认为苏美尔文化值得推崇，尽管它的成就并不十分卓越。但在对人类历史的影响方面，苏美尔文化的地位是很高的。它属于人类最早的文化，它的出现照亮了当时还处于原始的、野蛮的世界。过去以为一切艺术来自希腊，而希腊本身是像智慧女神一样，从奥林匹亚的宙斯的头脑里突然产生的。现在这种认识已经成为过去；我们现在懂得，人类智慧之花的蜜汁，实际是来自吕底亚和赫梯、腓尼基和克里特、巴比伦和埃及，然而我们还懂得，真正的源头还要古老得多；这一切都来自苏美尔。"①

本文从比较神话学角度探讨苏美尔神话的原型意义，考察的重点在于以下三种类型：创世神话、乐园神话和人祖神话。

一　苏美尔创世神话

创世神话是所有神话体系中最核心、最基础的部分。它所讲述的天地开辟、万物由来的故事往往构成特定社会的世界观与价值观的原型尺度，在原始意识形态中具有发凡起例、提供本根性的证明等重要作用。

现存的苏美尔神话中尚未发现完整的创世神话。关于苏美尔人的宇宙创造观念的重要材料是一部诗作开头引子部分。该诗被命名为《吉尔伽美什、恩启都和另一世界》。

苏美尔学家克雷默认为，可以通过对这首诗的引子部分的解读来重构苏美尔人的宇宙发生论。他译出的引子中可理解的部分如下：

在天空从大地移开之后，
在大地从天空分离之后，
在人类的名称被固定之后；
在安神（An）带走了天空之后，
在恩利尔带走了大地之后，
在埃列什吉伽尔（Ereshkigal）被作为库尔（Kur）的奖品而带进库尔之后；

① 西拉姆：《神祇、坟墓、学者》，刘乃元译，三联书店 1991 年版，第 338 页。

在他起航之后，在他起航之后，

在库尔的父亲起航之后，

在恩基（Enki）起航驶向库尔之后；

…………

克雷默指出，如果我们对这一节的内容加以解说和分析，则可表述为如下文字：天地原初时是合在一起的，后来被分开并且彼此相离去。因此人的创造才得以进行。天神安带走了天，而空气神恩利尔获得了地。所有这些似乎都是按照既定的计划进行的。但是，随后发生了某种造成分裂的事情。埃列什吉伽尔女神，相当于希腊的佩耳塞福涅（Persephone）——阴间女王，但她最初可能是一个天上女神，被库尔带进了阴间。无疑是为了报复，水神恩基起航去攻击库尔。后者显然被设想为一个巨怪或龙，它并没有袖手旁观，而是向恩基的船脊猛掷出大大小小的石头，并鼓动原始大水攻击恩基之船的前前后后。此诗没有交代战斗的结果，因为整个宇宙的或创造的引论与我们吉尔伽美什的作品的基本内容毫不相干，把它置于全诗开端仅仅是出于苏美尔书记惯于用某些涉及创造的引诗来开始他们的故事。[①]

从这引子的前半部分可以概括出下列的宇宙观因素：

1. 原来某一时期天和地合一。

2. 某些神在天地分裂之前就存在。

3. 天地初分之时，正如可以设想的那样，是天神安带走了天，但带去地的却是空气神恩利尔。

在这一段诗中没有叙述或说明的某些要点是：

天和地是否被设想为被造的，如果是，又是被谁造的呢？

苏美尔人构想的天和地的形状如何？

是谁把天和地分开来的？

幸运的是，这三个问题的答案可以从同一时期的其他苏美尔文本中找到。它们分别是：

1. 在一块记有苏美尔众神表的泥板上，用表意文字“海”写下的 Nammu 女神被说成是“创生了天和地的母亲”。所以说，苏美尔人认为天和地是原始海的产物。

---

① 克雷默（S. N. Kramer）：《苏美尔神话》，美国哲学学会 1944 年版，第 38 页。

2. 在“牛和谷物”神话中描述了牛和谷物之灵在天上的诞生，它们被送到地上来为人类带来繁荣。起始两行诗是这样的：

在天地之山上逗留之后，安引起了阿努纳基（Anunnaki）（他的追随者）的出生……

因此可以假设，天和地的合一被苏美尔人设想为一座山，其山基则是地底，其山峰则是天顶。

3. 鹤嘴锄的创造之神话描述了这个重要农具的形成和奉献。开始一段是这样的：

那主（Lord），他使适当的事物出现，

那主，他的决定不可更改，恩利尔，他从大地中带来了土地的种子。

（他）将天空从大地上分开，

（他）将大地从天空上分离。

这样看来，前述第三个问题就有了答案：是空气神恩利尔把天和地分开。

现在总结一下苏美尔人关于宇宙的或创世的观念，可以表述如下：

1. 首先是原始海（primeval sea）。关于它的起源或诞生没有任何说法。看来苏美尔人可能把它设想为永恒的存在。老子云：“有物混成，先天地生。”中国道家的宇宙发生论所推崇的开辟之前的混沌，巴比伦和希腊神话等所描述的原初黑暗大水，都与苏美尔的这一观念相应。

2. 原始海产生了由天和地结合构成的宇宙山。

3. 被想象为人形的神，安（天）是男性，基（地）是女性。从他们的结合中生出了风神恩利尔。

4. 风神恩利尔把天和地分开，当他的父亲安带走天时，他自己带走了他的母亲基——大地。他和母亲基的结合为宇宙的构成、人类的创造和文明的建立提供了空间舞台。这位母亲在不同的历史时期可能被等同于各种不同名称的女神：宁玛赫（Ninmah），“伟大的王后”；宁胡尔萨格（Ninhursag），“（宇宙）山之女王”；宁图（Nintu），“生育女王”，等等。[①]比较宗教学家给这类女神起了一个通名叫“原母神”（the Great Mother），汉语又可直译为“大母神”或“伟大母亲”。其信仰的由来可以追溯到旧石器时代那些巨腹丰乳的生殖崇拜偶像——“史前维纳斯”。[②]

① 克雷默：《苏美尔神话》，美国哲学学会 1944 年版，第 40—41 页。

② 参看拙著《高唐神女与维纳斯》，中国社会科学出版社 1997 年版，第 4—11 页。

从神话类型学上看，苏美尔创世观属于世界父母型的创世神话。天地的开辟被表现为原初父母从抱一状态的分离。弗雷泽曾指出：原始民族普遍相信天和地原来是合在一起的。天压在地上，二者之间空间太小，人无法直立行走。需要有某位强有力的大神或英雄出现，以便完成“顶天立地”的重任，使天升高并且得到固定。[①]苏美尔神话大体上因袭着这种天地分离的形式，让风神恩利尔充当分割天地的英雄。老子曾把天地之间比喻为一个大风箱，也是将天地间流动的气体表象作为比喻基础的。在古希腊开辟神话中，让天父地母分离的也是儿子。不过那场分离表演不像苏美尔神话那样在和平中进行，而是充满了暴力和血腥，同时也更具有故事性和戏剧性，据赫西俄德《神谱》所述：

> 广大的天神乌兰诺斯来了，带来夜幕，他渴求爱情，拥抱大地该亚，展开肢体整个地覆盖了大地。此时，克洛诺斯从埋伏处伸出左手，右手握着把有锯齿的大镰刀，飞快地割下了父亲的生殖器……[②]

子阉其父的母题出现为精神分析学所说的俄狄浦斯式冲突的文学表达开了先河。而在世界文学中对非男非女的阉人的关注，却也是由苏美尔神话首先记录的（详后）。

世界父母的分离作为宇宙时空开辟的最初的象征表现，相当于老子所说的“道生一，一生二”阶段。对其哲学的本体论蕴含已有不少学者加以讨论，而对其心理学意义分析发掘，则有荣格的大弟子纽曼（E. Neumann）的高论：创世神话表现了人类意识发展进化的重要阶段，天父地母的分离表明意识已脱离浑然不分的无差别状态，开启了二元对立的认知编码模式。[③]

二 苏美尔乐园神话

永生乐园或黄金时代的神话对后世的文学想象影响极大，在思想史上则为一切乌托邦式或桃花源式的幻想追求奠定了原型模式。

由于基督教在西方世界的广泛传播，《圣经·旧约》所讲述的伊甸园神话已成为世界范围内流传最广、知名度最高的一个乐园神话。其实，许多民族（包

① 弗雷泽：《自然崇拜》，麦克米兰公司 1925 年版，第 26 页。
② 赫西俄德：《神谱》，张竹明等译，商务印书馆 1991 年，第 31—32 页。
③ 纽曼：《意识的起源与历史》（英译本）第一卷，哈泼兄弟出版公司 1962 年版，第 102 页。

三斯芬克斯铜灯柱，摄于维也纳街头

括文明民族和原始民族）都有自己的乐园神话。现在所能看到的最早的该类神话之原型，无疑是率先迈入文明门槛的苏美尔人所提供的。今日的比较神话学家给这个神话取名叫《恩基与宁胡尔萨格》，是以故事的两位主人公之名来命名的。其中相当于伊甸的地方叫迪尔蒙（Dilmun），被描述成一片光明的土地和一座城市。现代学者认为就是指波斯湾的巴林岛（Bahrain）。

迪尔蒙是一处洁净、淳朴、光明的所在。群兽相安无事，彼此不加伤害；那里没有疾病也没有衰老。迪尔蒙唯一缺少的是淡水，在地母神宁胡尔萨格的要求下，水神恩基满足了迪尔蒙的这一需求。神话接着叙述恩基与宁胡尔萨格结合，生下宁萨（Ninsar），或是宁姆（Ninmu），作为植物女神。宁胡尔萨格怀孕期为九天，每一天相当于人类怀孕的一个月。恩基随后又和女儿宁萨结合，生下宁库拉女神（Ninkurra）；后者又和恩基怀了孕，生下另一位植物女神吴特图（Uttu），这个名字很容易同太阳神乌图（Utu）之名相混。宁胡尔萨格担心吴特图又被恩基占有，教给她如何对付恩基追求的招数。遵照这些招数，吴特图向追求者索要礼品：黄瓜、苹果和葡萄。这或许可作为婚礼的赠品（也可视为世

苏美尔城邦乌鲁克出土献祭浮雕

界文学中最早出现的“难题求婚”型的故事母题）。恩基毫不费力地带来了这些礼物，吴特图欢喜地接受礼物，于是和恩基结为百年之好。他们的结合生出了八种莫名的植物。可是在宁胡尔萨格还没有给这些植物命名和定性之前，恩基把它们统统吃掉了。宁胡尔萨格一怒之下，向恩基发出恶毒的诅咒，然后愤然离去。

众神对此惊恐万状。恩基因受诅咒而患病，身体的八个部位分患八种恶疾，日渐衰颓。一只雌狐自告奋勇，设法召回地母与生命之神宁胡尔萨格。她连续造出八位神，每一位都针对恩基身体上患病的一个部位，八神的名字也同那八个部位相互对应。奄奄一息的水神因此而获救并康复如初。全诗至此结束，末句似乎在暗示这八位神被视为恩基的孩子，他们的命运由宁胡尔萨格来确定。①

对这个神话所表现的文化意蕴，可以作如下阐释：

从人格化的象征叙事背后，可以清楚地透视苏美尔乐园神话得以产生的农耕文化基本经验，那也正是苏美尔文明赖以发生的文化基础。农业社会总是把农作物赖以生长的土地视为生命之母，以人格化的母神宁胡尔萨格的形象出现。作物生长又离不开水，于是神话思维把水和土地的关系转换为最基本的两性配偶关系，让水神恩基响应地母的召唤给迪尔蒙带来充足的淡水供给。对于农业初民们来说，没有比土地肥沃、水流充足更美好的自然条件了，所以苏美尔人构想的乐园就以这两位男女主人公的结合作为基础和前提。他们生育出的植物女神象征着有机生命在没有疾病和衰老的乐园中繁衍。这自然会使人联想到伊甸

① 克雷默：《历史始于苏美尔》，双日公司，铁锚丛书1959年版，第144—145页；《苏美尔神话》，第55—59页。

园的构成要素中也少不了土地、水流、生命树等，从而对农业文化意识形态所催生的生活理想类型有所领悟。尽管首创伊甸园神话的希伯来人起初并非从事农耕生产，但是神话所采纳的苏美尔乐园之原型使土地、水与植物生命的三联母题完全保留下来。

宁孙女神浮雕像

对苏美尔乐园神话的进一步分析可以看出，在性别文化的天平上，以农为本的苏美尔神话观依然沿袭着新石器时代以来重女轻男的价值模式：生命之本源为母神、地神；生命的创始和再生能力也取决于母神。从恩基与宁胡尔萨格的相互关系看，对于乐园起决定作用的不是男神而是女神。神话中的两性结合生育观和孤雌独立生育观同样明显：众多植物神虽是男女神结合后生出的，但最后八神却是母神自造的。这表明原始的知母不知父时代的生育意识同父权社会以来的新认识同时并存，后者尚未完全取代前者。从苏美尔神话到巴比伦神话和希伯来神话，男神如何在生命创造方面取代母神而具有决定作用，大致可以看出演变的线索。巴比伦的造物主神马杜克已是男性，不过他造人时仍需以原始混沌母妖的尸体为原材料。而《旧约·创世记》中的圣父耶和华终于可以不依赖女性而独立造出亚当夏娃了。

苏美尔乐园神话还表现出农业文化的生命观：土地和水皆为植物（农作物）生产所需之条件。在两者中土地是更加根本的条件：水神是应地母神之要求而来到迪尔蒙的。水神在某种程度上也受制于地母神，他的患病和再生直接由母神掌握。由此引出土地为生命力之源的观念体现在造人神话中，就是泥土为造人之原材料的母题。后代农业社会中普遍信奉的人源于土，死后归土的观念，可于此神话中溯其本源。

从精神分析的视角看，人们会对上述神话中另一个突出的母题——乱伦给予

乌尔出土青金石镶嵌礼仪图（局部）

关注。这也是世界文学中迄今可看到的最早的乱伦母题的文学表现。水神恩基不但与他的女儿宁萨结为配偶，还和他的孙女宁库拉、重孙女吴特图相继发生了乱伦之恋，并生下后代。如此极端方式的乱伦关系在古今各民族文学总是较为少见的，或许透露了苏美尔社会在伦常道德方面的某种不成熟性。从神话情节上看，恩基的不义之恋可以视为父权制社会中男性在婚恋方面享有更多自由的曲折反映。不过，他的违背人伦之举还是多多少少被当做某种堕落行为，并受到原配母神的诅咒惩罚。若不是众神对生命世界毁灭的忧虑和母狐的挺身而出，恩基很可能丧生于自己的罪孽之中。在表现神界理想国的乐园神话中出现如此惊人的罪与罚场面，毕竟给人以不和谐的感觉。不过从比较文学的意义上看，恩基的父女乱伦之罪及其惩罚同亚当夏娃的兄妹乱伦及其惩罚仍然呈现出某种深层的对应关系。所不同的是，苏美尔神话中的乱伦者是神，希伯来神话中的乱伦者是人。这一根本差异使得前者的罪与罚以复乐园为结局，而后者的罪与罚则导致人类永远的“失乐园”。胡克还提醒人们注意苏美尔文学中父女乱伦母题在希腊罗马神话中的千古回响：萨图恩（Saturn）与女灶神维斯塔（Vesta）的异常之恋。[①]我们似乎还可以在恩基吞食自己子女的情节中多少看到希腊父神克洛诺斯（罗马名为萨图恩）同类行为的影子。

三　苏美尔造人神话

开天辟地与人类由来是一切创世神话反复讲述的两大主题。人由神造的观念

① 胡克（S. H. Hooke）：《中东神话》，企鹅丛书 1963 年版，第 34 页。

国王斗狮子：苏美尔神庙浮雕

通过神话和宗教的传播，已经成为世界性的观念，对人类思想发展产生了不可估量的深远影响。追溯造人观念的起源，苏美尔文学无疑是唯一首选的对象。很可惜的是，以资料收集的广泛而全面著称的人类学家弗雷泽在《旧约民俗》一书中探讨造人神话时，苏美尔的宝贵文献尚躺在伊拉克漫漫黄沙之下等待后人发掘。因而他在上溯《创世记》人类起源观的远古渊源时，只涉及巴比伦、埃及的同类神话母题。[①]半世纪以后为弗雷泽大著作笺注的加斯特《旧约中的神话、传说与习俗》则弥补了这一缺憾，在亚当夏娃神话研究中引用了大量新出土的美索不达米亚神话素材，使同类题材的源流关系得到进一步揭示。

希伯来神话突出讲述了上帝耶和华如何用泥土（尘土）造出亚当；巴比伦神话则宣称，神造人类的目的就是要人侍奉神，使神灵们从谋食的劳作中解放出来。苏美尔神话的新发现表明，这两个母题同时由苏美尔人所发明。从古苏美尔废墟尼普尔（Nippur）发掘的一块泥板残片上记载着公元前三千年流传于当地的人类起源神话：诸神在获取面包方面遇到困难，特别是在女神问世以后，困

① 参看弗雷泽《旧约民俗》，简编一卷本，第一部第一章“创造人类”，麦克米兰公司 1923 年版。

难加剧。神灵们开始抱怨不够吃，可是苏美尔人心目中的智慧化身——水神恩基却有负众望，陷入酣睡状态，对众神的不满充耳不闻。于是，他的母亲，原始之海的化身，“生育群神的母亲”将众神的抱怨传达给恩基。她说：

噢，我的孩子，快从床上起来，快从你的……有要紧事等着你。

造出（fashion）诸神的仆役（servants），让他们可以生出他们的……

恩基想了一想，召来一批善良而尊贵的“造物者”（fashioners），对他母亲原始之海纳穆（Nammu）说：

噢，我的母亲，你叫出名字的那些生命已被造好，
按照神的……造成。
用取自深渊的泥土做心，
善良而尊贵的造物者们将泥土和粘，
你为被造者带来手足，
宁玛赫（Ninmah，地母神）在你上面工作，
（生育女神）站在你旁边帮忙。
噢，我的母亲，给（新生者）确定命运吧，
宁玛赫要按照神的……
这便是人……①

因下面的诗行残缺，叙述中断。再下面讲到恩基为诸神安排一次宴会，无疑是为了纪念人的造成。宴会中恩基与宁玛赫饮酒过量而醉，宁玛赫取来深渊上的泥土造出六种不同形态的个人，恩基注定他们的命运，并赐给面包让他们吃。六种新造之人只有后两种有明显的可辨识特征，他（她）们属于不会生育的女人和没有性别之人（或阉人）两种类型。诗行写道：

她（宁玛赫）造出一个不能生育的女人，
恩基的目光落在那个不能生育的女人，
确定了她的命运，让她住进“女人屋”。
她（宁玛赫）造出一人，他既没有男根，又没有女阴。
恩基的目光落在那没有男根又没有女阴的人，
让他立在王者面前，就是他的宿命。②

① 克雷默：《苏美尔神话》，美国哲学学会 1944 年版，第 70—71 页。
② 克雷默：《苏美尔神话》，美国哲学学会 1944 年版，第 70—71 页。

当宁玛赫创造的这六类人完成之后，恩基决定自己也尝试独立造人。他究竟用何种方式造人，因泥板残损而不得确知。但结果是明确的：所造之人先天不全，身体虚弱，智力低下。恩基渴望宁玛赫帮他拯救这残缺的生命，于是对女神说道：

你的手所造之人，我已确定他们的命运，并赐给面包吃。

我的手所造之人，请你也确定他的命运，并赐给面包吃。

宁玛赫接受这一请求去救治那先天残缺的造物，但没有结果。她对他说话，他毫无反应。她给他面包吃，他根本无法拿到面包。他不能站也不会坐，膝盖不会弯曲。下面是恩基与宁玛赫的长篇对话，因诗行残损而看不清其所谈内容。两人似乎发生了争执，最后宁玛赫对恩基发出诅咒，因为他造出这个残疾的无生命者。恩基因自己擅自造人失败，只好默认这一诅咒。

从上述情节看，苏美尔的造人神话突出表达了人是天神所造的，人的生命和命运完全掌握在神的手中。由此引发出的神人关系自然是以人对神的绝对崇敬和顺从为基本模式。人由神造的观念伴随着文明的开端而出现在意识形态中，在后来的五千年中由世界诸多文化所接受、诠释和演绎，至今仍通过犹太教、基督教、伊斯兰教等塑造着广大信仰者们的世界观。

具体分析又可看出，苏美尔人的神不是全知全能的，他们从事的两次造人活动一次成功一次失败。失败的原因在于酒醉之后的鲁莽和轻率。神的性格并非完美，神的行为也未必都正确无误。在造人过程中，女性的母神发挥着关键作用。无论是原始海水之母神纳穆，还是地母神宁玛赫，对于造人的作用和贡献都在男神恩基之上。后者的彻底失败表明男性在生命再造方面的能力远逊于女性。

如果说正常的个人都有性别特征，非男即女，那么异常的人则在性别方面模糊不清。女神醉后的造人冲动显然不符合正规的创造范式，所造出的六类人均为反常之人。“不能生育的女人”实已介于女性与非女性之间；“既无男根又无女阴”的人，介于两性之间，所以又叫阴阳人或阉人。神话中这一奇妙的情节喻示着某种超越了性别划分二元对立模式的思考，也就是在非此即彼的独断论之外把握对象性质的哲理，这确有发人深省之处，切莫以其荒诞不经而等闲视之。柏拉图哲学中的双性同体之原人，《圣经》中之人祖亚当[①]，印度《吠陀》神

① 亚当的肋骨能化为女人，这表明他不只是男性。关于亚当的双性同体特征的原型意义，参看弗莱《神力的语词：〈圣经〉与文学再探》，企鹅丛书 1992 年版，第 271 页。

话中的原初巨人普鲁沙，中国的盘古神等，皆可作如是观。

用泥土作造人之原料，这一母题得到多次强调。构成大地的泥土之所以被赋予创造生命的能量，主要出于农耕文化的下述直观经验：作物从土地中生长出来，土地一定具有孕育生命的潜能。神话中特别提示造人要取用“深渊的泥土”（the clay that is over the abyss），或许是因为深渊代表大地母亲的子宫深处，那里的泥土蕴藏着最充沛的生命能量？

女性的母神用泥土造人，此处三个相关母题在我国上古流传的“女娲黄土造人”的神话中也大体上具备。加斯特在补注希伯来的上帝用土造亚当神话时，一连举出巴比伦、埃及、希腊、澳洲土著、新西兰毛利人、塔西提岛民、美拉尼西亚土著、达雅克人、萨摩亚人、菲律宾岛民、爱斯基摩人、美洲印第安人、非洲土著、古代印度人等遍及五大洲的数十个同类神话。[①]如果再加上中国汉族和诸少数民族的材料，足以证明用土造人观念具有跨文化的普遍性。

土和水结合为泥，这是简单易得的可塑性造型材料。神话在讲述神用泥土造人时所用的语词 fashion，本指“形状”或“做成某种形状”。造人的巧匠们又叫“赋形者”（fashioners），这就表明神造人的方式取法于人用陶土制造器皿的实践。换言之，具有一万年历史的新石器时代以来的制陶术的广泛流行，成为用土塑造人形的神话观念得以发生的现实基础。在这些应召而来参与造人工程的“赋形者”身上，分明可以窥见原始陶工的影子。制陶术在史前世界的大普及，可以反过来解释为什么用土造人神话具有跨文化的普遍性。[②]

苏美尔造人神话为后世提供的另一个母题是造人的动机。神因为没有足够的食物才想到造人，让人降生到世上就为了侍奉神的生存需要。从宗教学的角度看，神话对造人动机的陈述实际上为人的祭祀行为提供了法定的理由：人必须定时供祭食物给诸神分享，因为人正是为了完成这一职能才被造出来的。从生产关系的角度看，人的被造同时催生出完全不劳而食的寄生者——神。在另一则题为《牛和谷物》的神话引子部分，再度表达了神造人的目的所在。当天神们降生于世，家畜神尚未出现，谷物神也未出生。世上既无牛羊又无粮食。天神们不知道吃面包，也不懂得穿衣服。后来在天上的造物楼中造出了家畜神拉哈尔（Lahar）和谷神阿什难（Aahnan）。但是天神们仍然得不到供养。在这种情

① 加斯特：《旧约中的神话、传说与民俗》，哈泼兄弟出版公司 1969 年版，第 8—19 页。

② 庄子的一个妙喻“其尘垢粃糠将犹陶铸尧舜者也”（《逍遥游》），正是建立在这种以制陶术为经验基础的造人神话观上。参看拙著《庄子的文化解析》，湖北人民出版社 1997 年版，第 65 页。

形之下才有造活人之举，目的就是照管羊栏并为神提供服务。[①]

苏美尔印章：祭神仪式景观

我们知道人类在漫长的旧石器时代中是不会吃面包、穿衣服的，与数百万年的茹毛饮血生活相比，农耕、纺织和畜牧都是伴随着近万年前的新石器革命而来的“新生事物”。苏美尔神话将畜牧神、谷神、吃面包、穿衣服之类事物联系在一起，作为神的历史上划时代的标志性事件。这可以说是一万年前那场意义空前的文化大变革在五千年前的神话思维中所留下的深沉追忆、遥远回响和颠倒的表达。只有把作威作福的神看成人的变相投影，被颠倒的进化内容才容易理解。从积极的方面看，人作为奴隶而降生于世，其天职在于为神提供牛羊肉和面包。此一构思的人类学蕴涵是：新石器时代之前未掌握畜牧和农耕技术的人，在神话作者眼中还不算是人。换言之，是这些代表文化进化的技能使人成为人。人类的起源的上限被划定在农牧业生产的起源上。从消极方面看，这个构思又将劳动异化表现为人类与生俱来的宿命。难道是农业和牧业的发明将劳动作为枷锁强加给新问世的人类，让他们从此开始了强化生产、追逐技术革命的永无止境的劳作？在这里，进化与反进化的巨大思想张力通过神话的种族记忆得以凸显；如果结合史诗《吉尔伽美什》中不会吃人饭的野人恩启都代表善良与正义，文明城邦的领袖却代表暴虐和罪恶的情景来看，人类为了提高生产和技术进步所付出的代价是不是太大了呢？

历史学者考察苏美尔文明时难免留下一种印象：苏美尔人具有高度智慧和发

① 克雷默：《苏美尔神话》，美国哲学学会1944年版，第73页。

明创造能力，他们留下了世界上最早的物质文明遗产，令后人叹为观止。但是苏美尔人的人生观却具有浓重的悲观色彩和宿命论情调[1]，未免让今人感到压抑和困惑。参照该民族的造人神话所确定的神人关系，其悲剧人生观的产生也就容易理解了。黑格尔所说的人之为人的本质在于自由意志，苏美尔人显然尚未达到这种自我意识的高度。人被神造出仅仅是为了神本身的利益和需要。人和神相比只不过是依附性的存在，尚没有获得自己独立存在的理由。死亡是人的宿命，只有神灵才享有永生。"只有神才会筹划，人只能俯首听命于神。"[2]至于神在醉后造出虚弱不堪的废人，更显出人的被动性和渺小无助，如同神灵掌中的玩物。胡克由此一细节联想到希伯来语中指"人"的词 enosh，该词根的另一层蕴义即为"弱"或"病"。在希伯来人的诗歌中也常强调人性的这一方面。[3]从思想传承上看，在抬高神的权威的同时贬抑人的地位和价值，其始作俑者非苏美尔人莫属。

苏美尔神话遗产就这样因为造人主题的沉重表达而显得悲凉而阴沉。对这些伴着世界文明之曙光而最先刻写下来，又因古文明的覆灭历经千载尘封之后失而复得的珍稀文本的解读，不仅有助于我们增长知识、开阔思路、培养历史感，而且能激发我们更加觉悟人之所以为人的道理。

---

① 参看斯诺夫里阿诺斯《全球通史——1500 年以前的世界》，吴象婴等译，上海社会科学院出版社 1996 年版，第 123 页。

② 克雷默：《历史始于苏美尔》，双日公司，铁锚丛书 1959 年版，第 104 页。

③ 胡克：《中东神话》，企鹅丛书 1963 年版，第 30 页。

法原刑始

——释“诰”

臧克和

一

据有关学者的专题研究，中国上古刑罚的原始意义和机能，在于把恶人逐出社会。[①] 这应是中国法源意义上的一个特点，但这里似乎还可以补出相应的另外的一个方面，即维护部族共同体的团结。因为说到底，将恶人逐出社会，最终目的不外乎通过纯洁部族社会，增强族群共同体的凝聚力。

在《尚书》文献系统里，我们看到将恶人逐出社会，可以概括为两个类型：一个是精神上的放逐，即断绝其与上天的联系；一个是肉体上的放逐，即处以流刑、极刑和其他肉刑，由此而使被放逐者定型化。二者所施对象的共同点是都被视为不洁。“把恶者放逐于社会之外，这是中国刑罚的起源。1920 年就已把《汉书·刑法志》译为德文的威尔纳·佛吉尔，在考察上古五刑后，得出五刑的目的是‘无害化’的结论。这个说法值得再次评价。”[②]

《尚书》文献在刑法意义上的约束，也不外是由这样两个方面的规定体现出来的：一是上天“降罚隔绝”模式，像“上天降丧”（《酒诰》）、“天坠厥命”（《召诰》）、“天用剿绝其命”（《甘誓》）、“遏绝苗民，无世在下”（《吕刑》）等；一是人间惩戒模式，像“象以典刑”（《尧典》）、“敬明乃罚”（《康诰》）、“五刑

① 滋贺秀三:《中国上古刑罚考——以盟誓为线索》,见刘俊文主编《日本学者研究中国史论著选译》第八卷《法律制度》,中华书局 1992 年版。

② 滋贺秀三:《中国上古刑罚考——以盟誓为线索》,见刘俊文主编《日本学者研究中国史论著选译》第八卷《法律制度》,中华书局 1992 年版。

之属三千”（《吕刑》）等。人神结合，宽猛相济，恩威并施，所以《尚书》文献中的“德”字义尚具有正反对待、多边共存的结构形式。

在28篇“今文尚书”里，比较集中反映这两方面规定内容的就是“诰誓”一类文献。其中诰类文献构成为“今文尚书”文献系统的主体：直接以“诰”名篇的就有《周书》部分的《大诰》《康诰》《酒诰》《召诰》《洛诰》等5篇；而虽不直接冠以“诰”名，实际上亦属于诰体的诰词又有《梓材》《多士》《无逸》《君奭》《多方》《立政》《顾命》《吕刑》《文侯之命》等9篇。另外，上古文献多在“告诫”意义上使用“誓”字，这与“诰”的本义和功能也是一致的。要是连这一层关联也考虑进去，《周书》部分则有《牧誓》《费誓》《秦誓》，《商书》部分有《汤誓》，《虞夏书》部分有《甘誓》；整个《尚书》文献系统占去了基本的部分，尤其是《周书》部分仅剩2篇。还有，《商书》部分中的《盘庚》（包括上、中、下篇），史家向与“周诰”并称，从其文体、词气、内容各方面来看，其实仍不外乎为一篇诰诫的文字。由于“今文尚书”上述文献构成，孔颖达《尚书·正义序》特即以一“诰”字概括其全体大用：“夫《书》者，人君辞诰之典，右史记言之策。”研究中国上古刑罚的法原意义、功能意义，都不能不注意《尚书》的诰类文献。

二

《魏三体石经·多方》存“诰”字，其字形结构上部是“告”，下部近“丌”形。这个字形有着很古的来源。《何尊》《史䛐簋》《王孙诰钟》等器铭文中的“诰”字，《说文·言部》“诰”下著录的古文，这些字形之间存在着较为明显的可资比照的流变关系。《汗简》收录了𢍜字，有关文献注明其出处为《古尚书》。金文的𠬞符讹变为丌，言符变换成告符。按《史䛐簋》铭文说：“乙亥，王𢍜毕公。”𢍜字用作告，所指是上告下的关系。唐兰在《史䛐簋铭考释》中认为：“《说文》里的古文，都指六国古文，就是壁中经，像《尚书》之类。《尚书·大诰释文》：‘诰本作𢍜’。那么，许慎所见的壁中古文是从言从𠬞作𢍜，传写《说文》的人把𠬞部误为取了。《玉篇·𠬞部》有𢍜字，‘公到切，古文告。’日本僧空海所著《万象名义》是根据原本《玉篇》节录的，在𢍜下注‘公到反，语也，谨也’。上一义用的是《广雅·释诂》‘告，语也’，下一义是用《尔雅·释言》‘诰，谨也’。可见𢍜不但是古文告，也还是古文诰。这是因为言本作[illegible]，和告作相近，就把从言从𠬞的弇改为从𠬞告声的弇字了。其实弇字的从言从𠬞是由于诰是由上告下，作诰的是奴隶主贵族，用双手来捧言，以示尊崇之义。𠬞也是声，𠬞读为共，龏就是龔，龏王就是共王，可证。𠬞音失去 ng 的韵尾，就读如告。《说文》：‘拲，两手同械也。’‘桊，拲或从木。’又，‘梏，手械也’。其实拲就是拱字，桊和梏也是一个字，后来加以区别，才把两手同械叫做拲或桊。桊和梏的关系，正如弇和诰的关系，弇字从言𠬞声，可读为诰是无疑的。”①

从告、诰关系来看，《尔雅·释诂上》：诰，告也。《说文·言部》：诰，告也，从言告声。据段玉裁《说文解字注》：以言告人，古用此字，今则用告字，以此诰为上告下之字。《康诰》“听朕告汝”，诸写本作“听朕诰女”。《酒诰》“厥或诰曰”，九条本诰作“告”。《新集古文四声韵》卷四“告”下著录《籀韵》作，该字形的来源，就是上面列具文献中的弇字。诰字从言，复可从𠬞替换作弇或弇，表明诰之为言，是一种具有约束控制功能的语言。《吕刑》开头说：“惟吕命，王享国百年，耄荒，度作刑，以诘邦国。”郑玄注：“诘，犹禁也。”而《吕刑》篇中这个诘字，敦煌本等唐写本又写作“诰”。《立政》篇“其克诘尔戎兵以陟禹之迹”，敦煌本伯 2630 传文训“诘”字为治，而该写本“诘”字作诰，九条本、内野本、足利本等亦皆作诰。《易·姤》：“姤，后以施名诰四方。”《国语·楚语上》：“近臣谏，远臣谤，舆人诵，以自诰也。”王引之《经义述闻》疏证说：自诰者，自戒敕也。

诰字有禁戒约束义，可以从其与“告”的联系中发现：

梏，手械也，从木告声。与拲略同，两手共一木曰拲，在足曰桎。（朱骏声《说文通训定声·孚部第六》）

窖，地藏也，从穴告声。（朱骏声《说文通训定声·孚部第六》）

牿，牛马牢也，从牛告声。（朱骏声《说文通训定声·孚部第六》）

嚳，急告之甚也，从告，学（學）省声。按从斆省，从告会意，告亦声。《一切经音义》十五引《说文》：急也，酷之甚也，非是。今系于此，字亦作偺，从人告声。（朱骏声《说文通训定声·孚部第六》）

按“告”字《甲骨文编》卷二所著录主要形体有：

（《甲》174）（《甲》600）（《甲》1581）（《甲》2674）

（《铁》6.2）（《菁》6.1）

---

① 载《考古》1972 年第 5 期。

《续甲骨文编》第二著录“告”字形体：

（《甲》2127） （《甲》2260） （《甲》9073）

《金文编》卷二录存主要形体如下：

（《告田罍》） （《亚中告簋》） （《告田鼎》） （《田告作母辛鼎》）

（《田告父丁簋》） （《何尊》） （《沈子它簋》） （《多友鼎》）

（《中山王譽壶》）

金文部分“告”字有两个特点：一是与“田猎”之田合成辞例，亦可倒文作“田告”；一是后期部分金文告字讹变作从丬符，至少到《中山王譽壶》已完全认定告字从口，否则不会发生直接替换作曰符的现象。另外，《古陶文字徵》3.949告字作，应是省形的结果，这也是为后人释字认作告字从丬的形体。《包山楚简文字编》所收“告”字尤肖从丬结体，如（131）、（159）。

东汉许慎《说文解字》将“告”释为“牛触人，角著横木，所以告人也，从口从牛”。段玉裁在注中已经指出：“牛口为文，未见告义。且字形中无木，则告义未显。”许慎既将“告”字分析为从牛从口，但又不将其归入《口部》，而是系于《牛部》之后，单置一部，这也许正反映了《说文解字》的一种无可奈何的处理。段玉裁以为该字当入《口部》，从口牛声，牛可入声读玉也。如果段氏所说可靠，则“告”径可视为“诰”字初文，因为古文字阶段，言符和口符是经常互换构成异体的，像“信”从言，又从口作“㐰”。而在初文基础上再孳乳同类的字符形成异文，如“若”与“诺”字的关系。朱骏声《说文通训定声》也看出牛、口二符关系的难以索解之处，认为告当从口从之会意，或曰从口、牢省声。但朱氏显然是被已发生了讹变的字形所遮蔽。林义光《文源》据此为说，以为“口之所之为告”。王襄《簠室殷契徵文考释》则以为是“小吉定兆坼之象”，这种认识可能源于孙诒让。叶玉森《殷墟书契前编集释》认为甲骨文“乃省，即告字。卜辞之告为祭名，孙诒让氏误释为吉”。王国维在《国学论丛》第二卷第二号又提出告字从牛符是正确的：许云角著横木者，龟板文有（释为牛），正象角著横木形，许君所见告字或从作也（刘盼遂《说文练习笔记》）。明义士《柏根氏旧藏甲骨文字考释》首次将“告”字下部分所从释作器形：许训未确，或从牛作，其始义为告祭，象荐牛于器（盖象器形）以祭之形。告祭于祖先，引申为告诉之告。日人高田忠周《古籀篇》考证说：《说文》所释之告，当为牿字本义；而告为祭告。祭必献牛羊，又必具册词。《论语》“告朔之饩羊”可证。告字从牛从口，会意之旨，甚显然矣。又告诰古今字，犹各洛、古诂、咸諴、合詥、周调之类。《尔雅·释诂》：“诰，告也。”以正字释异文也。又按告牿亦实古今字，已从牛口作告，又从牛，此为复，而其意共声无异。牿字最古正文作Ұ作¥，此为象形字，后借告为之；又别作牿，以为分别。吴其昌《金文名象疏证》释告字之最初本义确为斧形，“告”之本义为斧，引申之则为刑具，《易·大畜》“童牛之牿”，《九家易》作“童牛之告”，此“告”当即为刑牛之斧。“告”为刑牲之具，故其后刑牲以祭曰告。“告”为斧，为刑具，故又引申为残酷之酷；斧类刑具，是酷物也。[①]按吴说“告”字名象，特意将铭文“告”字字形结构侧置，以肖斧形，这是不足信据的，所引《尚书·洛诰》“告”字文例亦不确。斧斤可用以宰牛，但宰牛之具不必就是斧，且即杀牛又何必牵合“刑”字（“刑”、“型”古今字参见下文）？杨树达《积微居金文说》以铭文互证，以为告也就是讼，二字同义，本可互用。今语诉人罪者，尚云告状，有原告被告之称，正周代之遗语矣。其余或释告与言舌同类者，仍不外是试图建立“告”字与“告诉”词义的联系。马叙伦《说文解字六书疏证》卷三联系告、衡二字，一从口得声，一从行得声，皆舌根音。

在诸多考释中，清代金石学家刘心源《奇觚室吉金文述》卷三关于《告田敦》的考释，第一个将“告”视为牿字初文：告已从牛，牿又从牛为赘。其实，类似“告”重复牛符孳乳分化的现象，在古文字系统中是比较常见的。刘氏还同时区辨了口、ᗜ、冂等字符的使用情形：

> ᗜ象槛穽形，牛陷入ᗜ为告，与牛在凡中为牢同意。篆法ᗜ字不必专指口舌之口，亦有用以象物形者。如仓（倉）舍邑谷等。篆本从口，亦从ᗜ（详《师首鼎》）。许不知告以ᗜ象形，故牵合楅衡为训。

比较起来，从语源联系、文献用字等方面来看，刘氏的解释是比较接近实际的。“告祭”之告作祰，“告田”之告作牿，械手之告作梏，藏物之告作窖，告诫之告作诰，在未发生分化之前，皆用一告字。甲骨卜辞有“贞，王告𡊅戠，若”（《甲编》3008），铜器铭文习见“告田”或“田告”辞例。刘心源以告为牿字初写，列具的文献书证是《尚书·费誓》：“今惟淫舍牿牛马。”源于唐写本的日人九条本“牿牛马”之牿字注音为“工毒反”，但接下来又于“牿之伤”处牿字注作“子毒反”。该抄本书写草率，后者当系“工毒反”之误。内野本该处仍注为“工毒反”，牿字左侧日语假名注音读作おり，在日本语中“おり”的词形“当用汉字”记录作“槛”，该词有两个互相联系的义项：其一为圈闲兽类用的笼和

① 载于《文哲季刊》六卷一号。

栏，如铁笼、铁槛；其二为监禁犯人等的牢笼、牢房。出土文献如《告田敦》铭文：“作祖乙□侯文叔尊彝告田。”铭文辞例“告田”或“田告”，二字连言复合，田就是田猎，告就是圈陷捕获。另外，《奇觚室吉金文述》还提到告（牿）牢二字同意的关联，也是成立的。告（牿）牢二字形音义皆存在相应的联系：二字系在《说文·牛部》和相比列并置的《告部》。牿被释作“牛马牢”，牢则训为“养牛马圈”，这是二者在字义上的关联。牿音属见母沃韵，牢音属来母豪韵，沃豪二部可以通。还有见、来二母，虽一在舌根，一系舌头边音，发音部位不同；但类似“考”、“老”二字在《说文》中被分析存在转注关系，声母虽然远隔，二者亦理有可通。“说文学”研究者已经指出，见［k］系声与来［l］母在上古汉语中构成［kl］、［k‘l］、［gl］复辅音声母语音形态，是下列这些语音现象的逻辑前提：《说文》形声字中见、来二母互谐；古文献中二者互假；一字又音中二者共存；复合词上下二字中见前、来后等，这些语音现象综合而一致地反映出上古汉语存在有舌根塞音和舌头边音结合成复辅音声母的事实。[①]这又算得是告（牿）、牢二字语音上的关联。“告”字形体结构已具上文，《说文·牛部》：“牢，闲，养牛马圈也，从牛、冬省，取其四周帀也。”甲骨文“牢”字作：

（《甲》392） （《前》3.24.1） （《京都》2324）

（《乙》1983） （《铁》161.3） （《宁沪》1.521）

以上列具牢字字形见于《甲骨文编》卷二，与告字结体相比较，其圈闲部分皆在上部，即地面之上；告字所从的“槛穽”部分，则无一例外位于下部，即地面之下。“地面上作棚栏或在干阑建筑楼下养牛马处曰牢，于地面下作坑穴以养牛马之处则曰告。类化之，其字作窖：《说文·穴部》：窖，地藏也，从穴告声。藏牛马羊于地穴之处曰告。扩大范围，凡藏牛马、粮食等财物于地穴之处则谓之曰窖（地藏）。古汉语名动相因，作为动词，凡穿地作坑穴而将事物放入其中亦曰告，一般书写作窖，四川方言有此词，如把植物种子种下地，说成‘把豆子窖下去’；把死了的猪、狗、猫等动物埋下地，说成‘把它窖了’，窖不读‘叫’（jiào），读同‘告’（gào）。卜辞‘窖’作、、、、等形。以上诸‘窖’的结构，象以牛、犬、人等为牺牲置于穴窖中用以祭神之形，专用之字作祰。《说文·示部》：祰，告祭也，从示从告。按此字结构当释作：从示从告，告亦声。埋牲而祭以祷请于神，必有所诉，于是孳乳派生为‘诉告’之告。”牢亦从穴结体，

① 参见李瑾、王兴业《论〈说文〉牿牢二字同源之语音条件及其分化方式》，《说文解字研究》第一辑，河南大学出版社1991年版。

《玉篇·穴部》：窂，力刀切，牢实也，与牢同。《广韵·豪韵》：牢，养牛马圈，亦坚也，固也……鲁刀切。窂，上同。东汉以降，石刻中从穴之窂字屡屡出现："祠孔子以少窂"（《史晨碑》）、"郡遣吏以少窂祠"（《韩仁铭》）、"奉少窂祠于家堂墓次"（《徐美人墓志》）。"牢字从穴作窂，证明：（1）告乃窖、牿之本字，建牛马圈于地穴；（2）牢窂二字异体，告、牢、窂三字亦异体。"建牛马圈于窖中，其义为"告"，引申为限制，其字作"牿"。据以上所考，以表析之如下：

告[klau]→[kau-lau]
- [lau]
  - 牢
  - 窂
- [kau]告
  - 窖
    - 名词：地藏
    - 动词：埋牲—祷请于神
      - 告
      - 诰
  - 靠：坚固
  - 牿
    - 名词：牛马圈
    - 动词：限制—梏
      - 名词：手械
      - 动词：梏手

（参见《论〈说文〉牿牢二字同源之语音条件及其分化方式》）

至此，有理由推断告字下部所从之⊔符并非口符，而是如刘心源所考的"槛穽形"，其功用在于圈闲。要是据人类学者所考察的资料，在田猎对象的蹄腿部位画成陷坑状的槛穽，初民猎狩者认为这就是真实地对田猎对象施加了某种控制的巫术力量。阴山岩画资料中，反映猎狩生活的部分不少内容就是在动物附近画出一"○"形，或是将猎狩对象局部（一般是蹄腿部位）置于"囗"形之内。人类学者考释，这是有助于猎获的巫术关联类型。

"告"字功能意义在于控制，从告孳乳之"诰"自具"约束"的"诰诫"意义。这就是一般理解的"诰"之为体，为什么必然是"上告下"的关系。《酒诰》"文王诰教小子有正有事"，诰、教连言复词。疏通了这一内在关联，对于《魏三体石经·多方》"诰"字作𢍪，相应于金文的𢍪字，表达所谓"尊崇之言"的联系也就清楚了。上古部族联盟首领的诰词，本身就具有神圣的监察约束力，《说文·卧部》"监"字下出重文作警，即替换为从言符的异体结构。

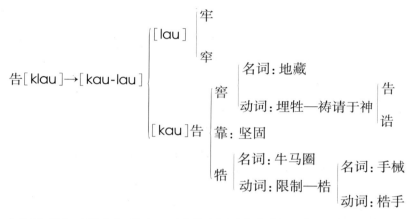

三

《尚书》文献中反映出殷商王朝的立国特点在于“尊神尚鬼重刑”，[①]所以《商书》五篇文字是充满“鬼治”与刑罚的精神。周初八诰是集中记载周人控制殷人的各种法术措施，《东坡书传·多方》云：“自《大诰》《康诰》《酒诰》《梓材》《召诰》《洛诰》《多士》《多方》八篇，虽所诰不一，然大略以殷人不心服周而作也。余读《泰誓》《牧誓》《武成》，常怪周取殷之易；及读此八篇，又怪周安殷之难也。”对此，刘起釪先生在《周初八〈诰〉中所见周人控制殷人的各种措施》中有专题的分析：周初周人面临着实际上仍比自己国力较为强大的殷人势力，周武王早逝，造成内忧外患的严重局面。“在这紧要关头，周初大政治家周公起而承担了这一镇抚殷代余存势力巩固周王朝统治的历史任务。这八篇诰词，就是周公全力解决怎样镇抚控制殷人惨淡经营的历史记录”。[②]《周书》部分所规定的法的基础，其逻辑起点便是出于对旧殷商人的控制。人治鬼治结合，人神沟通手段专断，人神交往方式独占，措施严厉而又充满人情，规定常刑而又讲究权变，宽猛相济，恩威并施。这些法原精神，使得后人将《周书》奉为“宰相读本”治策文件汇编。唐兰曾讨论用出土铭文研究中国法律史，认为《舜典》所记刑法是我国法律史上最早的文献，《左传·昭公十四年》引《夏书》：“昏墨贼杀”，皋陶之

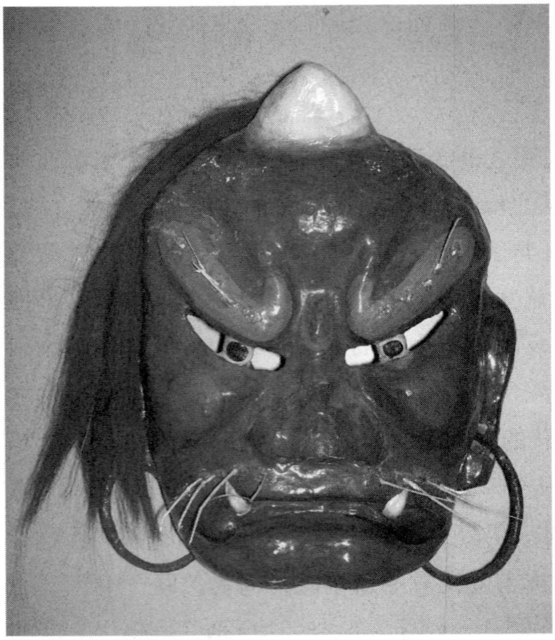

五台山青庙戏《五鬼闹判》面具

① 参见刘起釪《古史续辨·从殷商的尊神尚鬼重刑到西周的德教之治》，中国社会科学出版社 1991 年版。

② 刘起釪：《古史续辨》，中国社会科学出版社 1991 年版，第 358 页。

刑也。《昭公六年》：夏有乱政而作《汤刑》，周有乱政而作《九刑》。现在《尚书》里，还保存着穆王时代的《吕刑》。作为出土文献，西周后期《倗匜》铭文，就是中国法律史上一篇判决词。[①]在上述周初诰文中，除了《吕刑》全篇直接就是讲刑法，较多地谈这方面一些具体内容的那就是《康诰》，而系统论刑狱的诰书则专设一篇《立政》——可见周初执政者的主要政务活动，也就是执法问题了。以下提出“刑——法的定型”、“绝——祀的独占”、“行——德的多边”三个问题来讨论。

（一）刑——法的定型

“今文尚书”28 篇文献中，“刑”字共使用达 60 次之多。其中一部分“刑”字与法学意义上的刑罚显然还没有直接的联系，像《尧典》篇的“观厥刑于二女”等即属于这一类。而诰类文献中所用的“刑”字，合成词最常见的有“五刑”，如《吕刑》篇用到的就有“罔择吉人观于五刑之中”、“断制五刑”、“惟敬五刑”、“五辞简孚正于五刑”、“五刑不简正于五罚”、“五刑之疑有赦”、“五刑之属三千”等等。

从《尚书》文献用字来看，“刑”与“型”存在着字源方面的联系。《尧典》敦煌本伯 3015“观厥刑于二女”，《尧典释文》敦煌本伯 3315“刑”字作列，注作“古刑字，法也”。列体罕睹，《改併四声篇海・一部》以为与“象形”之形同音。《尚书》各篇写本“刑”字，《书古文训》皆作“[illegible]”，[illegible]字所从之㓝，即刑字正体。刑，《散盘》铭文作[illegible]，《诅楚文》作[illegible]，《说文・井部》：“㓝，罚罪也，从井从刀。《易》曰：‘井，法也。’井亦声。”是“刑”本作㓝，讹变作刑，现在最早见于梁武祠画像题字。《汉石经・康诰》“无或刑人杀人”，存“刑”字作㓝，《书古文训》即作“[illegible]”，《汗简》录存了[illegible]字，黄锡全注释说：“楚帛书‘刑首事’之刑作[illegible]，《好蚉壶》‘大吉刑罚’之刑作[illegible]。”[②]由这些文献用字之例可以推知，刑的本义应该就是定形之范型。刑字正体从井作㓝，也可以帮助读者寻绎这一久湮不知其源的刑字本义存在的理据。马叙伦《读金器刻辞・井姬鬲》揭示过“井”的语源意义：古读井盖如硁，由井凿地出水，语源于凵，凵为坎之初文。在金文中，表示刑、型词义，皆由一井符承担，像《兮甲盘》铭文：“[illegible]即井（刑）。”“[illegible]亦井（刑）。”井字所指为刑罚、惩处义。《曆鼎》铭文：“考（孝）𠬪（友）隹（唯）井（型）。”井字所指为法、法则义。《盂鼎》铭文：“令

① 唐兰:《唐兰先生金文论集》,紫禁城出版社 1995 年版。

② 黄锡全:《汗简注释》卷二,武汉大学出版社 1990 年版。

女盂井（型）乃嗣且（祖）南公。”井字又用作动词，引申为效法义。陈梦家《西周铜器断代》分析得出的结论是：西周金文隶定为井者可以分为两式：第一式是范型象形，井字两直上画常是不平行而是异向外斜下的，中间并无一点。第二式是井田象形、井字两画常平行的，中间常有一点。[①]

按传世文献用字，“井—— 阱（穽）”亦存在对应关联。《易·井》：“旧井无禽。”王引之《经义述闻·周易上》：“井当读为阱。”高亨亦注云：“旧井之井，谓捕兽之陷井。多作陷井，古无阱字，只作井。”该井字犹《尚书·费誓》“杜乃擭，敜乃穽”之穽，九条本写作穽，该写本传文称“穽，穿地陷兽”。《书古文训》作汬，为《说文·井部》所录存阱字古文。阱、穽异体字，为井字后出分化字。《说文·井部》：“阱，陷也，从阜从井，井亦声。穽，阱或从穴。”《广雅·释诂一》：“井，法也。”王念孙疏证：“《越绝书·记地传》云：‘井者，法也。’井训为法，故作事有法谓之井井。《荀子· 儒效篇》：‘井井兮其有理’，是也。”井的范型义后来作“刑”。《荀子·强国》：“刑范正，金锡美，工冶巧，火齐得，剖刑则莫邪已。”《淮南子·谬称训》：“金汤不消则不流刑。”型范义当是刑字本义，刑的型范义后来分化出“型”这一专字。《说文·土部》：“型，铸器之法也，从土刑声。”型就是按所铸器形制而挖掘的起规范作用的土坑。段玉裁《说文解字注》辨析说：“以木为之曰模，以竹曰范，以土曰型。”因此有的研究者认为，“井”这一词形，最初不仅可以表示水井，也可以表示陷阱和范型，这并非出于字的假借，而是这一词的本身就涵盖了这些意义。这些意义是相通的，都是基于“人为的坑穴”这一总的意象之上。[②]

从《尚书》文献反复出现的“刑法”来看，“五刑”与流放构成中国上古刑罚体系的中心，与《周礼·秋官·司刑》所见“五刑”内容相印证，五刑实质上也就是最终导致肉体的毁伤。联系上面所作的字源考索，毁伤肉体，也就是在上面留下特定的“型”；在受刑者身上打上了某种“法”的规范标志，也就等于向社会成员宣布受刑者业已被永久性逐出社会。《国语·周语上》记载周内史过说，古先王敬神教民，定制度文物，但不顺之民仍须临之以刑罚：“犹有散迁解慢，而著在刑辟，流在裔土，于是乎有蛮夷之国，有斧钺刀墨之民。”其实，依照《尚书》文献的刑罚规定，对于“不顺之民”施加五刑和流放，本身就是一种定制，其“体示”犹《尧典》的“象以典刑”，曾运乾《尚书正读》：盖刻

① 载《考古学报》1955 年第 9 册。

② 侯占虎:《说“刑”兼说“井”》,载《中国文字研究》1999 年第一辑。

画墨、劓、刵、宫、大辟之刑于器物，使民知所惩戒，如九鼎象物之比。按“九鼎象物”，《左传·宣公三年》有记载：“昔夏之方有德也，远方图物，贡金九牧，铸鼎象物，百物而为之备，使民知神奸，故民入川泽山林，不逢不若，魑魅魍魉，莫能逢之。”此为夏禹时事，周鼎著饕餮之象，则见《吕氏春秋·先识》。王引之《经义述闻》卷十七：饕殄一声之转……盖饕餮本贪食之名，故其字从食，因谓贪得无厌者为饕餮耳。还有《吕氏春秋·离谓》记载周鼎著倕象，《适威》篇讲到周鼎著窃曲之象，《达郁》篇保存周鼎著理通之象，等等，皆为画铸图像以寓法戒之类。日本学者白川静《金文的世界——殷周社会史》考察商代青铜器的特征一在于“强烈的造型意欲”，一在于文样的复杂寓意。殷人制作铜器，与其说是按其用途而选择相应的形态，不如说他们似乎想透过器物全体之造型而达到表现某种意义的目的。也因此，铜器上的文样，一并成为这种表现的担纲者。“九鼎象物”是以悬象器物来固定法型，刻画身体是以永久性标志来体示“法型”，二者功用，殊途同归。

《尚书》诰类文献中所反映出来的中国原初形态的刑法意蕴是十分丰富的。关于决策者的“立政”原则，强调精力不应花费在各种具体狱讼上面，而强调要着重治理执法者。像《立政》所谓“继自今文子文孙，其勿误于庶狱庶慎，惟正是乂之”，“庶狱庶慎，惟有司之牧夫，是训用违”，是说文子文孙从今以后希望不要在各种具体狱讼上面忧虑，惟治理当职者。这一执法立政观念，在周初的文献里竟有如此清晰的表述。对执法者自身有自律方面的具体要求：如《吕刑》篇里所提醒的：“五过之疵：惟官、惟反、惟内、惟货、惟来。”岩崎本传文说：五过之所病或尝同官位，或作反辞，或内亲用事，或行货枉法，或旧相往来，皆病所在。陆德明《经典释文》解释是：“来，马本作求，云有求请赇也。”段玉裁《古文尚书撰异》分析：“按官者畏其高明也，反者不畏而矫枉过正也，此二者疵之最甚者也。内者女谒行也。货者苞苴行也，来者谓虽非女谒苞苴而请托于其间也。来、求字异训同。”《吕刑》规定：身为执法者如有上述“五过”，则与犯法者“其罪惟均”，马融说：“以此五过出入人罪，与犯法者等。”这里对于执法者要求廉洁自律、惩办贪贿腐败吏治的几个方面，切中肯綮；这是首次关于执法者自身的法治约束，尤具法学史上的意义。守常处变，知经达权，为中国古代经典法学的又一精义。《吕刑》篇特别表明，在初具体法规不怎么健全的情况下，执法者需要与世推移，依据具体情况，作出符合实际的变通；守法而又不拘泥于成法，应该说是与当时的法律水平相适应的。如《吕刑》规定："上刑适轻，下服；下刑适重，上服。""轻重诸罚有权。""刑罚世轻世重。""惟齐非齐，有伦有要。"施用刑罚强调平正，要求慎重，这是贯彻《尚书》诰类文献实现"敬德保民"思想的法律保障。《立政》："兹式有慎，以列用中罚。"《多方》："罔不明德慎罚。""慎阙丽，乃劝。"《吕刑》："士制百姓于刑之中，以教祇德。""罔择吉人，观于五刑之中。"《康诰》："敬明乃罚。"这些内容，在法制观念上，与《尧典》篇提出的"惟刑之恤哉"是相通的。

除了对具体违法行为有相应的处罚规定之外，在道德伦理层面，也试图建立某种法律约束机制。诰类文献中，除《吕刑》之外，比较集中传达有关法的观念文字就是《康诰》篇了。王国维《古史新证》据该篇有关文字推断所谓"孝友"之罚的法原："不孝不友之罚，自文王始。"《康诰》有明确文字规定："不孝有罪。"看来，远在周初，立法者已经意识到，即使是在"孝友"这类社会伦理关系层面，也应实现必要的法律处罚机制，以救助道德约束之穷；或者说，以此形成最初的"道德律"。但是数千年的中国社会，该层面的法律调节观念一直极其淡漠，甚至二者走向对立。直到今天，某些地方还穷于应付，不得不正式制定"老年人保护法"之类的地方法规。深层的原因是，诰类文献反映的古代刑法，还有相当的成分是由上天来加以体现完成的，当时的"德"也还处在多边多元的形态。

（二）绝——祀的独占

有关人类学调查材料显示，古代社会曾长期存在"天罚神判"之类维系社会集团日常生活正常运行的法制形态。原初的法就是由至上神来完成并付诸实施。这里只要看《盘庚》（上）的"法"，《书古文训》作佱，《吕刑》"惟作五虐之刑曰法"之法，《书古文训》作灋。灋字形多见于西周金文、《睡虎地秦简》等出土文献，《说文·廌部》解释灋字从廌："刑也，平之如水，从水，廌所以触不直者去之，从去。法，今文省，㳒，古文。"看来灋字结体所从之廌，本身即具"法象"的功能。《说文·廌部》："廌，解廌兽也，似山牛一角，古者决讼，令触不直，象形。"

《尚书》反映的时代，历史跨度大。由诰类文献系统传达的惩罚执行情况来看，该时代尚呈现出由"神判"向"人判"过渡的特征。具体说来，在诰类文献中我们看到，当时普遍存在"上天降罚"的观念，这个层面的"法"的实现，就是由上天降临执行：使受处罚者被割断与上天的联系，精神上从而被彻底放逐，也就是与社会集团断绝了根本的联系。表面上看来，过分强调这种刑法机制似乎意味着人间的执法力度的缺失、刑法制度的不健全。其实，这种现象表明了当时人与人关系的变化，如考古学者张光直所揭示："经过巫术进行天地人神的沟通是中国古代文明的重要特征，沟通手段的独占是中国古代阶级社会的一个重要现象；促成阶级社会中沟通手段独占的是政治因素，即人与人关系的变化；中国古代由野蛮时代进入文明时代过程中主要的变化是人与人之间关系的变化，而人与自然的关系变化，即技术上的变化则是次要的；从史前到文明的过渡中，中国社会的主要成分有多方面的、重要的连续性。"[①]

诰类文献中来自上天的刑罚类型主要表现在相反相成的两个方向：一是降罚，一是断绝。以下是常见的"降罚"例："天降割于我家不少延"（《大诰》）；"予不敢闭于天降威用"（《大诰》）；"天降威知我国有疵"（《大诰》）；"矧今天降戾于周邦"（《大诰》）；"天降威我民用大乱丧德"（《酒诰》）；"故天降丧于殷"（《酒诰》）；"旻天大降丧于殷"（《多士》）；"厥惟废元命降致罚"（《多士》）；"降若兹大丧"（《多士》）；"天降丧于殷"（《君奭》）；"乃大降罚"（《多方》）；"天降时丧"（《多方》）；"天惟降时丧"（《多方》）；"降咎于苗"（《吕刑》）。如同殷墟卜辞中上帝一身兼具"降福佑"与"下灾祸"的双重品格，诰类文献中的"降……"结构式也反映出这种特点，像《多士》讲到"予大降尔四国民命"，《多方》提到的"惟帝降格于夏"等。另外，"上天降罚"的法制模式，在诰类文献中也还见到不使用"降……"结构表述的用例，这里就从略了。

关于"断绝"类型的天罚模式，诰类文献直接使用"绝"字表述的地方并不算多（当然，像《召诰》"今时既坠厥命"、《酒诰》"今惟殷坠厥命"等也可以归结到"断绝"的结构类型中去），有影响的、经常提到的就是《吕刑》篇在详述刑法的源流过程中所说的重黎"绝地天通"故事：

> 上帝监民，罔有馨香德，刑发闻惟腥。皇帝哀矜庶戮之不辜，报虐以威，遏绝苗民，无世在下，乃命重黎，绝地天通，罔有降格。

关于这段文字的理解，一般都援引《国语》作书证立说，我们在《释〈尚书〉中的"格"字》[②]文中已作过一些解释。这里参照《国语·楚语下》的有关文字，还有几个问题顺带讨论一下。《国语·楚语下》："昭王问于观射父曰：《周书》所谓重黎实使天地不通者何也？若无然，民将能登天乎？对曰：非此之谓也。古者民神不杂。民之精爽不携贰者，而又能齐肃衷正，其智能上下比义，其圣能

---

① 张光直：《中国古代史在世界史上的重要性》，见《考古学专题六讲》第一讲。

② 文载中国古文字学年会《纪念徐中舒诞辰一百周年论文集》，巴蜀书社 1998 年版。

光远宣朗，其明能光照之，其聪能听彻之，如是则明神降之，在男曰觋，在女曰巫。是使制神之处位次主，而为之牲器时服，而后使先圣之后之有光烈，而能知山川之号、高祖之主、宗庙之事……于是乎有天地神民类物之官，是谓五官，各司其序，不相乱也。民是以能有忠信，神是以能有明德，民神异业，敬而不渎，故神降之嘉生：民以物享，祸灾不至，求用不匮。及少皞之衰也，九黎乱德，民神杂糅，不可方物。夫人作享，家为巫史，无有要质。民匮于祀，而不知其福。烝享无度，民神同位。民渎齐盟，无有严威。神狎民则，不蠲其为。嘉生不降，无物以享。祸灾荐臻，莫尽其气。颛顼受之，乃命南正重司天以属神，命火正黎司地以属民，使复旧常，无相侵渎，是谓绝地天通。其后，三苗复九黎之德，尧复育重、黎之后，不忘旧者，使复典之，以至于夏商，故重、黎氏世叙天地，而别其分主者也。”

这里有几个问题需要首先弄清楚，才有可能准确解释“绝地天通”的本义。一是地天相通能否断绝？一般理解“绝地天通”为禁止民间巫术。其实，作为沟通天地人神的民间巫术恐怕是无法禁绝的。二是观射父的说明在“古者民神不杂”的社会，也有“明神降之”，即男觋女巫。“绝地天通”不过是针对“民神杂糅”、“家为巫史”的文化秩序而采取的一种巫祀制度的改革措施。三是完成“绝地天通”这项整顿文化秩序的工作者为重和黎，而重、黎据《吕刑》岩崎本传文称就是羲与和。羲和在《尧典》里是礼拜太阳、职守天象的专职人员；《胤征》篇也讲到羲和为职掌天地四时之官守却以耽饮酒而致荒废；《吕刑》岩崎本传文释“尧乃命羲和掌天地四时之官，使民神不扰，各得其序，是谓绝地天通。言天神无有降地，地祇不至天。明不相奸也”。出土文献像《长沙子弹库战国楚帛书》乙篇也讲到羲和“四子格通天地四时”：“是襄天𢦔（践），是各（格）参（柒）𢼸（废？）逃。为禹为万以司堵，襄咎（晷）天步。……山陵不𣳚（𡿂）。乃命山川四𣳚（海），☐寮熙（气）……未又（有）目（日月），四神相戈（隔），乃步以为戢（岁），是隹（惟）四寺（时）。”要是考虑到以上的关联，重黎“绝地天通”，毋宁说重黎们首先是交接天地以相通。正是由于出现了重黎这类专司天地四时的官守，民间那种“夫人作享，家为巫史”的巫祀活动才有可能被取代。所以，在重黎一边，“绝”字取“通”义（犹《荀子·劝学篇》“假舟楫者，非能水也，而绝江河”之“绝”，《吕氏春秋·悔过》“今行数千里，又绝诸侯之地以袭国”之“绝”字）；在下民一边则“绝”字相应就取“断”义了：正是一体双向之例。部族政治权力的加强，首先体现在祭祀权利的独占。一

"绝地天通"之传说，传递出天人沟通、神人交接由有序到无序、由无序到统一的历史演进过程。人类学者调查许多民族志的资料发现，"在道德方面，原始至上神，都是正直的……至上神所以具有这种特征的来源，是因为他是道德律的制定者，也因为他就是道德的来源"。"我们有很详细资料的矮人，及萨摩耶人，虾夷人，北中部加利福尼亚人，阿尔贡钦人，火地民族，东南澳洲人，他们都相信至上神是道德律的创立者。""因为至上神监督人类的行为，所以也能在道德方面赏善罚恶。大多数原始民族都异口同声地说，至上神在世上赏罚的主要方式，是长寿与短命"。①

（三）行——德的多边

由诰类文献有关刑法用字反映出的上述祭政合一、天人交通、恩威并用、赏罚兼济、守常处变的法原基础所规定，《尚书》文献中"德"字使用相应呈现出比较复杂的结构特点。具体地说，28 篇"今文尚书""德"字共使用了 117 次，其中诰类文献中占了大半。在这些地方，"德"字还较少见到像后来所习用于"道德律"的一边倒的字义，而是一"德"字兼具正邪明晦赏罚褒贬的品质，甚至还指涉一般事物特性。"同此事物，援为比喻，或以褒，或以贬，或示喜，或示恶，词气迥异；修词之学，亟宜拈示。斯多噶派哲人尝曰：'万物各有二柄'（Everything has two handles），人手当择所执。刺取其间，合采慎到、韩非二柄之称，聊明吾旨，命之'比喻之两柄'可也……比喻有两柄而复具多边。盖事物一而已，然非止一性一能，遂不限于一功一效。取譬者用心或别，着眼因殊，指（denotatum）同而旨（significatum）则异；故一事物之象可以孑立应多，守常处变。"②日本语"柄"字所构成的类义词，可指涉各种复综关系语义。如"间柄"一词所指为"人际关系"，"事柄"一词即称"事物关联"。而关系复杂，自具积极与消极即肯定与否定两极的倾向，如"日柄"一词，指向"日子的吉凶"，是"二柄"兼具之例。所以，这里现成移用钱锺书先生所拈出的语言修词品目，概称《尚书》"语言天地"里，"德有两柄而复具多边"。以下就诰类文献中"德"字主要用例作一初步统计分析。

《康诰》篇中，"德"字共使用 9 次。其中"克明德慎罚"，"克"字所关涉的对象是一个并列结构，即"明德"与"慎罚"对举，解释为"勉于德慎于罚"是讲得通的；因为《尚书》文献"明"字不少是用作"勉"的。那么，这里的"德"

① W.施密特:《原始宗教与神话》,萧师毅等译,上海文艺出版社 1987 年版,第 338—339 页、第 342—343 页。

② 钱锺书:《管锥编》卷一,中华书局 1979 年版,第 37、39 页。

字显然是与“罚”相对待而使用的。“德”在上古文献中有“恩惠”的语义，《伪古文尚书·武成》：“大邦畏其力，小邦怀其德。”《左传·成公三年》：“无怨无德，不知所报。”《玉篇·彳部》：“德，惠也”。又《尚书·康诰》“告汝德之说于罚之行”，王引之《经义述闻》卷四以为二者亦是并列结构：“于，犹越也，与也，连及之词。行，道也。言告汝德之说与罚之道也。”“德”、“罚”二字也是对言关系。

《酒诰》篇中，“德”字凡用 8 次。其中“越庶国，饮惟祀，德将无醉”，诸写本传文释作“以德自将无令至醉也”；后来的注家也多取“以德自将”、以将为扶助立说，如清人孙星衍《尚书今古注疏》之类。“德”字在这里不过是作为一个中性词在使用，即酒性之性；将，王引之《经传释词》卷八释“犹其也”；无，毋，表禁止，《论衡·语增》引该句正作“德将毋醉”。醉，《说文·酉部》：“卒也，卒其度量不至于乱也。一曰溃也。”都是与酒性的规定有关，“德将无醉”等于说是“性其毋乱”。又如“越小大德，小子惟一”，德有大小之别。又如“作稽中德”，“德”字之前须加“中”字以限定修饰，如此一“中德”结构才相当于今语之一“德”字，亦征《酒诰》中“德”字尚作中性词使用。又如“兹亦惟天若元德”，元，《礼记·王制》郑注释作“善”，“德”而有待元即善的限定，说明“德”亦有恶之一边，否则即无所谓“元德”了。此亦为“德”具两柄例。又如“弗惟德馨香祀”，《左传·僖公五年》引《周书》作“黎稷非馨，明德惟馨”，“德”有待于“明”字修饰、“馨”字陈述界定，亦为具两柄之例。

《梓材》篇“德”字共出现 3 次，其中有两次使用是与“明”字结合在一起的：“先王既勤用明德”；“亦既用明德”。《尚书》文献中“明德”凡 14 见，“德”字有待“明”字规定，是相对于“昏德”，为两柄之例。其中还有一部分“明”字用作勉，在这种情况下，“明德”，就等于说勉于行，这要看其前后的语言联系：联系本身就是一种限定，合成结构就是意味着语义的损失。《召诰》篇“德”字共用了 9 次，其中 5 次是与“敬”字相联系，构成“敬德”、“敬……德”结构。一般认为，这里的“敬”是用作表示谨慎的行为。敬德，就是谨于行；因而这里的“德”字也还是中性的。《多士》篇“德”字用了 4 次，其中有两次是与“明”字结合出现的。《无逸》篇共用了 2 次，其一是称“酒德”（“无若殷王受之迷乱，酗于酒德哉”），其一称“敬德”（“则皇自敬德”）。后者已见上文，前例称“酒德”，钱锺书先生分析过：“抑古人言‘德’，有二义焉。一指行为之美善者（Tugend）……一指性能之固特者（Eigenschaft），如《礼记·缁衣》：子曰：小人溺于水。……夫水近于人而溺人，德易狎而难亲也，易以溺人。‘德’正指水性。《老子》第五十一章：道生之，德畜之。……夫莫之命而长自然。王弼注：

道者，物之所由；德者，物之所得也。《庄子·庚桑楚》：鸡之与鸡，其德非不同也。《徐无鬼》：执饱而止，此狸之德也。刘歆《七略》述邹衍论五行之‘终始五德’[①]，‘德’乃金、木、水、火、土五物之生克性能。”[②]

《君奭》篇除了上述“德”字使用的有关情形之外，还出现了“耇造德”的用法，“德”字依靠“耇造”修饰，也是二柄兼具用例。《多方》篇中还见到“凶德”的用法，照今天的说法就是“恶行”，如此“德”有善恶的区分。《立政》篇中也有几个“德”字用法比较醒目，如“训德”，“训、顺、驯”字通用，德有顺逆之分。如“桀德”，径与夏桀暴君发生联系，足征周初“德”字可作中性词使用，指涉一般之行为。如“暴德”，今天就讲成暴行，“德”字与“暴”结缘，又构成驯、暴二柄结构关系。如“义德”、“容德”，德有待于义、容修饰。《顾命》篇有“德”字还用以指涉具体的动作行为，如“王义嗣德答拜”（《伪古文尚书》归《康王之诰》），《说文·彳部》：德，升也。《吕刑》篇中可注意者，有“德威惟畏，德明惟明”的提法，《礼记·表记》引这句作“《甫刑》曰：德威惟威，德明惟明；非虞帝其孰能如此乎？”德威，指行为威虐者；畏，使（之）畏，谓惩罚之。德明，行为光明；惟明，指显扬之。这里“德”本身就是指中性的行为，由“威”、“明”字限制，同样构成一种二柄对立结构类型。

在《洪范》篇里，我们还可以看到，当时以协韵的短语，唱出“德”的具形，还是以“行道”的形式出现的。诰类文献中“德”字的使用虽然也有一部分已趋于道德律令的规范功能，但就上述部分用例的初步统计分析来看，当时还未出现“一边倒”的倾向，而呈现出“两柄多边”的结构形态，这也是《尚书》诰类部分文献用字反映出的单位观念史的事实，这与当时正由神判天罚逐渐向世俗刑法过渡，道德价值取向呈现多元化的法源学基础是相适应的。原初的法，就是当时的道德律；至上神和部族首领、巫师为法的共同制定者（即法的来源）、监督执行者。作为中国古代法律史上第一篇系统的法学文献《吕刑》最后这样规定说：

> 王曰：呜呼！敬之哉，官伯族姓！朕言多惧。朕敬于刑，有德惟刑。今天相民，作配在下。

“有德惟刑”，在这里，天与人、德与刑的结构关系得到了统一的表述。

---

① 《全汉文》卷四十一。

② 钱锺书：《管锥编》卷三论《全汉文》卷二十四。

佛经文学的原型意义

侯传文

佛经是东方文学的一个象征渊源和原型库,因而对其进行原型分析是大有可为的。荣格和弗莱等人的原型批评理论主要基于对西方文学传统的研究考察。他们是站在欧洲中心论的立场,以狭隘的文化视野创建自己的理论体系的,而对于更丰富更广阔更加源远流长的东方文化和文学所知甚少,间或涉及也是无知妄说,难免偏谬。这样建立起来的"文学人类学"[①]当然是有缺陷的。实际上,原型批评是文学的一种文化批评,其理论方法和对象都与一定的文化传统相联系。不同的文化传统,就应该有不同的原型系统。弗莱标榜他的原型批评是像物理学、天文学、化学和生物学一样的科学,然而只根据一种文学传统建立起来的文学理论,充其量只能算作一种假说,是否科学,还有待于其他文化系统的检验。即使假定它是科学的,也需要其他文化系统的材料进一步补充和完善。弗莱在创建和阐述其原型批评理论时曾广泛借助于《圣经》,将其视为"西方传统中未经置换变形的神话的主要来源"而着重研究。[②]实际上,佛经无论在古老程度、规模容量、影响的范围和深度方面都不亚于《圣经》。如果说熟读《圣经》是全面了解西方文学的必要前提,那么,也可以说熟悉佛经是全面了解东方文学的重要前提。因为产生于南亚又在东亚、东南亚和中亚一带广泛流传的佛教,在东方诸文化之间起了沟通和整合作用,作为佛教文化主要载体的佛经便成为东方文学的一个原型库。本文用原型批评方法来研究佛经,旨在挖掘佛经中蕴藏的丰富的文学原型,进一步揭示佛经的文学价值及其在东方文学史上的地位,并通过佛经文学与原型批评理论的互相阐发,丰富和发展原型批评。

---

① 弗莱:《文学的若干原型》,见胡经之等编《西方二十世纪文论选》,中国社会科学出版社 1989 年版,第 381 页。

② 弗莱:《文学的若干原型》,见胡经之等编《西方二十世纪文论选》,中国社会科学出版社 1989 年版,第 181 页。另外弗莱 80 年代还出版了《伟大的编码:圣经与文学》一书,进一步用原型批评方法解读《圣经》,并通过解读《圣经》进一步发展和完善其原型批评理论。

一　模式的探讨

原型批评的显著特色是对文学的宏观分析和整体观照，其具体成果是从文学史上林林总总的文学现象中归纳出了几种原型模式。弗莱在这方面用功最多，成就也最大，他所概括的一些原型模式在佛经文学中既有对应，也有差异，值得进行比较研究。

第一是死亡—复活的原型模式。特点是将英雄神话原型扩展为一种普遍的生—死—复活的循环模式。[①]在佛经文学中，与这种生死复活模式比较接近而又分量相当、地位相称、具有可比性的是轮回转生模式。轮回转生（Samsara 流转／Punarjana 转生）理论认为人有前生、今生和来生，其间生命主体不断生死流转。这种理论与业报理论相结合而形成业报轮回思想，由生命主体生生世世所作的善恶不同的各种业力，决定其转生的不同档次，从地狱、饿鬼、动物、人类到天堂神仙，无一不受业报轮回的制约，在宇宙中生生死死流转不息。佛经文学中的主角佛陀是经过无数次的轮回而生为释迦牟尼的，《佛本生经》便描写了他五百多次转生的故事。佛的弟子们也都有自己的前生后世，佛祖说法中时常点出某一角色是某位弟子的前身或预言某弟子的来生前途，《佛五百弟子自说本起经》则集中讲述他们的前生故事。轮回转生观念在印度源远流长，而且通过佛教的传播为东亚和东南亚地区各民族所普遍接受。轮回转生与生死复活模式相比有相同之处，如同样基于对死亡的恐惧和超越的集体无意识心理等，但二者也具有明显的差异。其一是不同的原型特征。生死复活模式的个体具有不变性，而轮回转生是在不同的生命个体之间进行的。其二是不同的伦理内涵。二者都表现了对人类死亡悲剧的象征性超越的生命意识，但轮回转生与众生平等和善恶报应等伦理观念紧密联系，表现了对和谐的自然和社会秩序的追求。其三是不同的象征渊源。与生死复活模式基于自然节律不同，轮回转生的象征渊源更为深广，也更扑朔迷离。学者大都认为轮回转生观念源自非雅利安的印度土族文化，可以追溯到公元前三千年前的古印度河文明。但由于古印度河文明的文字还未破译成功，因此难以找到确凿的文字材料和可靠的神话阐释，只

① 弗莱:《文学的若干原型》,见胡经之等编《西方二十世纪文论选》,中国社会科学出版社 1989 年版,第 382—383 页。

佛教建筑象征，摄于呼和浩特大昭寺

能根据蛛丝马迹来推测和想象。如有的从图腾崇拜中寻找其象征之源；有的从宇宙演化中探索其想象基础。[①]也许二者的结合才形成轮回转生的神话原型，因为轮回转生中既有和图腾相关的人类与动物之间的亲缘关系，又有时间无限循环不息的宇宙意识。

第二是文学类别模式。弗莱以主人公的能力大小及与他人和环境的关系为依据，将文学作品划分为五种基本类型。一、主人公在种类上高于他人和环境，即是超自然的存在——神，关于他的故事便是神话。二、主人公在程度上高于他人和环境，其行动卓绝超凡，但他本人是人而非神，关于他的故事便是传奇。三、主人公在程度上高于他人，但并不高于他的环境。他是那种领袖人物，具有超出常人的权力、激情和表现力，但他的所作所为仍然处于社会批评和自然法则的制约之下。关于他的故事属于“高贵的模仿”模式，大多数史诗和悲剧均可归入这一模式。四、主人公既不高于他人，也不高于环境，是同我们一样的平常人。他的活动遵循着我们在自己的经验中所获得的那种可然性准则。关于他的故事属于“低贱的模仿”模式，大多数现实主义作品都属于此类模式。五、主人公在能力和智力方面低于我们，使我们感到是在居高俯视一个受奴役、受愚弄的人或荒诞的场面。这便是讽刺模式。[②]在佛经文学中，这五种模式都可以找到对应的人物和作品。如被神化的佛祖如来和诸大菩萨属于在种类上高于他人和环境的神。他们神通广大，超越任何时间和空间的限制，自在变化，任意而为。佛经——尤其大乘佛经——实际就是以佛和菩萨为主人公的系列故事。

① 轮回转生观念起源的图腾说见《季羡林学术论著自选集》，北京师范学院出版社 1991 年版，第 513 页。宇宙循环说见渥德尔著、王世安译《印度佛教史》，商务印书馆 1987 年版，第 30 页。

② 参见叶舒宪《探索非理性的世界》，四川人民出版社 1988 年版，第 104 页。

作为教主和导师的释迦牟尼佛和他的一些著名大弟子则属于传奇主人公。释迦太子的出生与众不同，有许多异兆和奇迹，构成佛经中十二分教（或九分教）之一的“未曾有”或“希有法”。他的出家、求道、悟道和传教过程都具有传奇性。他的一些大弟子或者有不平常的经历，或者具有非凡神通，也都富有传奇色彩。释迦牟尼和他的大弟子在程度上高于他人和环境，行动卓越非凡，但他们是人而不是神，因而以他们为主人公的早期佛经，大部分属于传奇作品。佛经中也有一些属于“高贵的模仿”的作品，主人公或者是佛弟子，为佛教事业鞠躬尽瘁；或者是佛陀前世转生的人物，行善立德，舍身求法。如《太子须达拿经》中的须达拿坚持信念不惜施舍一切，《贤愚经》中的尸毗王割下自己身上的肉来换取一只鸽子的生命，都属于佛教所提倡的高尚行为。有些写实性比较强的作品可归入“低贱的模仿”之列，主人公大都是来自现实生活的普通人或佛的一般弟子，具备七情六欲，常有错误过失，是那种既不高于他人、也不高于环境的平常人。如《中阿含》中的《赖吒和罗经》中的主人公就是一个普通僧人，他先要求出家，父母不同意，他便不吃不喝，父母只好任其出家，没有任何神奇高贵之处。一些律经中常有关于戒律制定缘由和过程的故事，一般是有的僧人犯了过错，佛陀因此订立规章作为惩戒。至于主人公在智力和能力方面都低于常人的讽刺性作品，在佛经文学中也不少见。佛教强调智慧的作用，因而常以愚痴为讽刺对象。如《百喻经》（又译《痴华鬘》）便是一部专讲愚人故事的作品，收集了近百个小故事。另外，《贤愚经》《佛本生经》等佛典中，也有许多讽刺性作品，有的讽刺不明事理的愚人，有的讽刺贪财吝啬的商人，有的讽刺忘恩负义的小人。弗莱总结的五种文学类别模式具有普遍意义，但他以

千手观音像，摄于呼和浩特大昭寺

五种模式的依次更替来解释文学发展过程却显得牵强。从佛经这一文学现象，便可以看出这种模式存在的问题。如果把佛经看做是一个时代产生的一部作品，其中便存在着各种各样的人物模式，不存在循环问题。如果着眼于佛经产生的历时性，是历经千年不同时代的产物，有一个发展变化的过程，那么这一过程与弗莱的循环模式也相去甚远。早期的阿含类佛经写实性最强，基本上忠实地记录了释迦牟尼传教说法的真实情况和佛教僧团发展的状况。数百年后产生的大乘佛经才开始神化佛陀，创造神通广大的菩萨形象和有关他们的神话故事。佛陀形象经由原始佛教、部派佛教和大乘佛教的不断创造，逐渐神化。而弗莱的五种模式却打破了这种创造的历时性。另外文学类别以主人公能力大小为基础划分也有问题，如佛陀在佛经中具有不同的身份，他是经过无数次轮回而生为释迦王族的太子，他是经过长期出家求道、修行圆满而得道的觉悟者，他是创建僧团、游行教化的沙门导师、教主、世尊，他又是全智全能、大慈大悲的救世主。因此关于他的故事就不能只属于一种类型。

第三是关于文学的意义和叙述的辩证模式。弗莱认为文学中存在着两种基本的叙述运动，一是自然秩序之内的循环运动，二是自然秩序和启示世界之间的辩证运动。自然循环的上一半是传奇和天真类比的世界，下一半是现实主义（反讽）和经验类比的世界。由此可以得出四种主要的叙述运动类型，即传奇中的上下运动和经验中的上下运动。向下是悲剧型运动，向上是喜剧型运动。这样就有了四种文学叙述的基本要素，弗莱称之为叙述程式或类属情节。[①]其叙述程式之间的辩证关系可以用这样一个循环运动图示来表现：

←传奇（浪漫主义）

愿望：（天真类比的世界、理想的境界）

悲剧↓　　　　↑喜剧

焦虑：（经验类比的世界、非理想的境界）

反讽（现实主义）→

在佛经文学中，这种辩证模式有普遍性的表现。四种基本叙述程式完全具备。属于传奇式叙述的有关于 33 天的天界故事，有关于佛国净土庄严殊胜的描绘，还有关于未来理想社会的讲述等等。相对的反讽和现实主义的叙述有关于地狱的故事，有对现实苦难和不幸的描绘，还有关于未来世界劫难的讲述。有些作品比较客观地反映了佛教初创时期的社会现实，真实描写了僧侣们出

① 参见叶舒宪选编《神话—原型批评》，陕西师范大学出版社 1987 年版，第 214—215 页。

家前后的生活，也属此类。向下运动的悲剧性叙述有关于佛陀灭度的故事，如属于小乘佛典的长阿含中的《游行经》和属于大乘佛典的《大般泥洹经》等都是描写释迦牟尼寂灭涅槃的作品。另外还有关于人生无常、盛者必衰的故事等皆属此类。向上运动的喜剧性叙述有大量的善有善报的故事，有历经磨难最终团圆的故事等等。由四种基本程式的辩证运动而形成的混合型叙述模式在佛经文学中也大量存在。如许多结局美好的神话故事都属于喜剧性传奇，许多舍身求法的神话和民间故事都可以看做悲剧性传奇，许多愚人故事属于反讽式喜剧，大量恶有恶报的故事可以看做悲剧式反讽。坚实的文化人类学和分析心理学的理论基础使原型批评具有广泛的和普遍的适用性；而佛经的神话特性、传统构成和包罗万象的巨大容量，使其能够接受各种批评方式和文学理论的解剖。

甘肃武威海藏寺释迦牟尼像

二　母题的研究

原型与母题的关系比较复杂。母题是19世纪以来民间故事和神话学研究的主要范畴。到本世纪初，故事母题研究成为一门成熟的显学，而且超越了民间故事和神话的范围，在更广泛的领域产生越来越大的影响。母题研究也是原型批评理论的来源和基础之一。[①]但原型和母题是两个不同的概念，二者只是在作为文学叙述的基本结构形式、基本构成因素和交际单位方面有所交叉。一些宏观的原型模式和大量微观的原型意象都不能看做母题；一些以取材改编和流传影响为基础的题材类同型的母题，以及由于故事的主题或结构相似而形成的故事类型

① 参见叶舒宪选编《神话—原型批评》，陕西师范大学出版社1987年版，第104页。

朝鲜18世纪彩绘“番使礼佛图”（局部），摄于韩国江原大学博物馆

意义上的母题，一般不具有原型意义。只有那种具有叙述代码性质的原型和那些具有神话象征渊源和广泛交际性的母题的结合，才能构成“原型母题”。①原型母题首先是具有古老的神话象征渊源，即与人类的原始仪式和亘古之梦相联系。其次是作为叙述代码，它具有很强的伸缩性，大可以接近叙述模式，小可以近似具体意象。在作品中它可以大于故事，即一个原型母题可以涵盖许多故事；也可以小于故事，即一个故事中可以含有若干原型母题。其三是广泛的交际性，在空间上它超越民族国家甚至文化圈；在时间上它跨越不同时代，具有长期延续性，而且不因具体时代的文学潮流和时尚而改变。这也体现了原型批评的文学人类学特点。

原型批评家们在西方文学中挖掘出的一些常见的原型母题，在佛经文学中也大都有所表现，只是在具体内涵和表现形式上有些差异。比如西方文学中常见的“拯救”母题，在佛经文学中有大量的关于佛和菩萨救苦救难的故事来表现。而且拯救母题中所包含的救世与救人的双重意义在“救苦救难”母题中也能够对应。但是二者也存在差异，拯救母题一般与审判相联系，体现了正义和公正；救苦救难母题一般与慈悲相联系，体现的是悲悯与仁爱。类似的情况还有牺牲、殉道、启悟、漫游、历险、堕落、探求等等。佛经中具有原型意义的母题很多，这里仅就因缘果报、神变斗法、出家求道三种略作讨论。

“因缘果报”（相依缘起）是佛教的基本思想和核心命题之一，所谓“因缘”

① 故事文学母题有不同层次，根据其叙述代码象征性的深浅程度可将母题分为“显型”、“隐型”和“原型”三类。

或“缘起”是指一切事物有赖他事物而生起而存在，其经典说法是“此有故彼有，此生故彼生”。作为佛教哲学的缘起论，主要解释宇宙生成演化和说明诸法性空的本质。然而原始佛教和早期佛经主要关注人生问题，对因缘的阐述也主要在人生层面进行。所谓“十二因缘”即无明—行—识—名色—六入—触—受—爱—取—有—生—老死，便是人的生命之流循环不已的十二个相继而生的阶段。所谓“果报”又称业报，是在自然事物的因果律中加入了人的行为因素。“业”即造作，是人的行语意等运作而产生的能量。每人所作的善恶之业作为因，总会得到应有的报作为果。而且这种因果关系具有“已作不失，未作不得”的绝对性。果报与因缘相结合，共同构成一种关于人生道德伦理的因果关系。佛经以大量的故事来表现，从而成为佛经文学的基本主题。而且其更古老的神话渊源和作为文学叙述代码的深远影响，使其具有原型母题性质。因缘果报母题在文学作品中有多种表现和多方面的意义。其一，解释说明人际关系。人际关系的延续性构成因缘果报母题的基础，前世的亲仇爱恨会延续到今生和来世，而且由于恩恩相还和怨怨相报还会不断加强。佛经中常常讲到佛陀与其弟子、亲人和敌人的前世因缘。后世文学创作中，因缘母题常常与爱情题材相联系，要么是重续前缘，要么是来生再聚。其实恩怨未了，都是有缘，只是说因缘者特别强调情缘罢了。其二，强调善恶报应。善恶有报是一种非常普遍的宗教伦理观念，它基于人类共同的对自然和社会的有序性的心理期待。尽管各宗教关于善恶的所指不尽相同，但都主张赏善罚恶。佛教的赏善罚恶没有执法者，全由个人的“业力”依因果律自然进行，从而与因缘母题合二为一。

“神变斗法”是佛教神话中最具魅力的拿手好戏。神变即神通变化，是佛、菩萨及罗汉们的看家本领；斗法是指具备变化神通的敌对双方，通过比试神变来制服对方，决定胜负。这实际是将一般人的肉搏以及智者的舌辩等提高到神话层面。神变斗法在佛经文学中有许多精彩的表现。如《贤愚因缘经》中有须达长者为佛买花园建精舍的故事，其中描述外道六师不服，要与佛弟子比赛神通道术。在国王主持下，佛大弟子舍利弗与六师中的劳度差斗法。劳度差先变作一棵大树，舍利弗变作大旋风将树连根拔起。前者又变成一个水池，后者变成六牙大白象将池水一饮而尽。前者又变作七宝庄严山，后者变作金刚力士，用金刚杵将山击碎。前者又变成一条十首龙，后者变成金翅鸟王，将十首龙撕碎吃掉。前者又变作大肥牛，后者变作大雄狮。前者又变成夜叉厉鬼，后者化作毗沙门天王。夜叉一见大骇，正想逃走，却被四周大火围住，只有舍利弗所在的一方无火，劳度差只好拜倒在舍利弗脚下认输求饶。舍利弗制服对手后意犹未尽，继续表演神变，忽而高大如天，忽而微小如尘；忽而分身万亿，忽而又合之为一，以无比法力震慑众外道。《根本说一切有部毗奈耶药事》卷九有如来世尊降服龙王的故事，其中也有神变斗法的描写。龙王先使神通，向如来身上降注雹雨和土块；如来人慈心定，使雹、土变为檀香。龙王又向如来施放各种兵器；如来又将兵器化为莲花。龙王又放烟云，如来亦放烟云。龙王不敌，逃入宫中。如来让随行的金刚手药叉激怒龙王。药叉以金刚杵击倒山峰压向龙池。龙王忧惧欲逃。如来入火界定，使十方火聚，唯世尊足立处寂静清凉。龙王欲逃无路，只好顶礼拜佛。《佛说菩萨本行经》卷中也有一个佛陀降服恶龙的故事，其中也有精彩的斗法描述。这两则佛陀降龙的描述与舍利弗斗劳度差不仅神变斗法的母题相同，而且如来和舍利弗制服对手的方法也一样，肯定是一家先出，另一家抄袭模仿。根据成书时间和神话逻辑，应该是如来降龙故事在前。[①]此类神变斗法故事在佛经中比比皆是，由此形成一类故事母题。这种母题在后世神话传奇小说中最为常见，敦煌变文中的《降魔变文》和《破魔变文》直接取材于舍利弗与劳度差斗法的故事。著名神话传奇小说《西游记》中孙悟空的神通变化，以及他先与杨二郎斗法，后在西行途中与各种妖魔斗法的故事都是佛经中神变斗法母题的再现。[②]这种神变斗法母题在神话小说中是神通幻力和仙法道术的赌赛，到武侠小说中被置换成内力武功和剑法拳术的比拼，到现代战争和警匪文学中，则进一步置换成枪法战术的较量。由于神变斗法具有深远的神话象征渊源，在文学——尤其东方的具有神话传奇性质的文学——中普遍存在，使其成为具有原型意义的文学母题。

“出家求道”中的“求道”是一个普通语汇，包含各种学习修养，泛指一切知识追求。“出家”却不是一般的离开家庭，而是一种求道的方式，又称为“舍家”、“无家”、“出离”等。“出家求道”有特定的文化背景和宗教内涵。作为文化现象，出家求道主要源于印度。这种现象在印度源远流长，在古印度河文明时代已经存在，并影响了后来的雅利安人，出现了一些远离社会人群的修道士仙人，他们大都出身婆罗门阶层，是婆罗门教的基础。然而正宗的出家人主要

---

① 汉文《贤愚经》并无梵本，而是昙学等八位僧人将在于阗无遮大会上听到的故事整理汇编而成，时间是公元 5 世纪。参见方广锠《佛教典籍百问》，今日中国出版社 1989 年版，第 29—30 页。三者中《根本说一切有部毗奈耶药事》属小乘律，产生最早，一般在公元前 3 世纪以前。

② 参见季羡林《〈西游记〉里面的印度成分》，见《中印文化关系史论文集》，三联书店 1982 年版。

指与雅利安人的正统婆罗门教相对抗的“沙门”。他们舍弃家庭，脱离世俗生活，专心学道，追求解脱，建立僧团，游行教化，不聚财物，以乞食为生。虽然佛教只是众多沙门僧团之一，但由于其世界范围的巨大影响，“出家人”成了佛教和尚的专用名称。佛经中讲述最多的是出家求道的故事。无论是佛陀本人还是佛的弟子们，都是出家求道者。关于他们的故事，便集中表现了出家求道的文学母题。作为文学母题，出家求道与启悟比较相近，都含有追求知识获得教养的内容和四处游行参访的形式，但二者又有很大差异。其一，启悟主人公虽然也常常离开家庭，但不是“出家”，他们最终要回家或建立家庭。而出家求道者是一去不回，永远离家。其二，启悟主人公是入世者，积极参与世俗生活，他们求道的目的是为了创业；出家主人公是出世者，他们远离世俗生活，视人间现世为苦海，为羁绊，求道的目的是为了解脱。其三，启悟主人公所求之道是建功立业的本领，具有外在性；出家人所求之道是一种智慧境界，具有内在性。另外，“出家求道”母题与“漫游”和“探求”等文学母题也有一定的联系，同时也有鲜明的区别。可见文学原型母题大都具有一定的交叉性。

三　意象的整理

意象（形象）是文学作品中的基本成分，是文学交际中最小的独立单位，相当于语言中的词汇。原型即“一种典型的、反复出现的意象”[①]。因而在意象层面，原型获得最细致、最充分的阐释。借鉴弗莱《批评的解剖》中的分析方法，我们可以将佛经文学意象进行归纳整理。启示、天真类比、理性类比、经验类比和魔幻五种基本意象类型与神明世界、人类世界、动物世界、植物世界、无机世界、建造世界和自然现象世界等七个层面的具体物象互相对应，可以构建一个佛经文学的象征意象体系。（见表一）

从表一的简单列举可以看出，佛经文学中启示和魔幻两类意象最丰富，最有特点。这是与其神话特色和宗教文学性质相统一的。相反，其中理性类比意象则比较薄弱。天真世界基本是启示世界在人间的对应物，经验世界与魔幻世界也有相似的对应关系。下面对一些影响较大的重要意象略作分析。

① 叶舒宪编：《神话—原型批评》，陕西师范大学出版社 1987 年版，第 151 页。

物象层面 \ 意象类型	启示意象（神话）	天真类比意象（传奇）	理性类比意象（高贵模仿）	经验类比意象（低贱模仿）	魔幻意象（反讽）
神明世界	如来佛、菩萨、罗汉、佛国、净土等	天界、天王、天女、龙宫、龙王、金翅鸟等		夜叉、阿修罗、紧那罗、罗刹等	魔王波旬、阎摩、女妖、饿鬼、地狱等
人类世界	释迦牟尼、弥勒、诸佛及菩萨各应化身	转轮圣王、声闻弟子、护法大王等	国王、大臣、上座高僧、有德长者等	婆罗门、梵志、普通僧尼、芸芸众生	提婆达多、暴君、外道、淫女、恶世等
动物世界	狮子、孔雀、九色鹿等	猴子、大象、虎、牛、马、鹰、鸽、兔等		羊、狗、狼、豺、鸠、猪、蛇等	鳄鱼、鼠、鳖、蚁、蝼，及各种死的动物
植物世界	莲花、菩提树、杨柳枝、旃檀香等	璎珞树、园林（祇园奄罗园）、阎浮果等	吉祥树、花园、金花、芒果等	药草、稻麦、田野、一般花草树木	荒野、槁木、糠秕、坏种子等
无机世界	琉璃、七宝、灵鹫山、须弥山等	如意宝珠、金刚、水晶、清凉山等	金、银、玛瑙、玉石、雪山、恒河等	铜、铁、土、石、沙砾、微尘等	黑铁、污泥、地洞、死灰等
人工建筑	化城、宝塔、寺庙、佛像、净瓶等	金城、宫殿、金瓶、鼓钟、灯烛等	楼阁、僧舍、静室、袈裟、学堂等	房舍、厨、厕、琴瑟、弓箭、车船等	监狱、刑具、废墟、坟墓、火宅等
自然现象	日、月、光明、甘露、雷音、电光等	星宿、雷电、净水、海洋、风雨等	静寂、明亮、四大缘起、大千世界等	风雪、烟雾、灰尘、浪涛、火焰等	黑暗、腐朽、泡沫、坏劫、火灾、寒冰等

表一

神灵世界中的启示意象佛、菩萨、罗汉等，都是佛教的崇拜对象，在后世宗教和世俗文学中都影响深远，有待专题讨论。神灵世界中的天真意象主要是天界中的天王。佛经中的天界不同于基督教的天国。天界的居民称为“天”或“天人”，有一定的神性，在环境和能力方面都高于人类。天界包括 33 天，有欲界 6 天，色界 23 天，无色界 4 天。诸天居民身材一个比一个高大，寿命一个比一个长久。但他们不同于一般意义上的神，他们不具有永恒性，也有生老病死，也受业报轮回规律的制约。他们对人类没有主宰能力和审判权力，也没有救护的责任，所以也不是崇拜对象，只是人类的一种向往或对人类世界的理想化，因而属于天真意象。诸天的天王在佛教神话中占有一定地位。他们有大威力、大神通，在佛教中主要起护法作用。天王有许多，可大致分为三类。其一是具有天帝特征的大天王，主要是帝释天、大梵天、那罗延天、大自在天等。他们都来自古老的吠陀神话和婆罗门教的万神殿，在后世佛教，特别是密宗佛教中，他们也成了崇拜对象。帝释天即因陀罗，是吠陀中的雷电之神，婆罗门教的主神。在佛教中居天帝位置，相当于一般所谓“天爷爷”和神话小说中的玉皇大帝。大梵天是婆罗门教的造物主，他和帝释天在佛经中经常出现，有时是对菩萨愿力进行考验，有时是对菩萨功德或佛的说法表示赞叹。这些形象既可上溯到雅利安人的原始信仰，又可下探到近代传奇文学，因而具有原型意义。其二是佛教寺院中常见的“四大天王”，即东方天王提多罗吒、南方天王毗琉璃、西方天王毗留博叉和北方天王毗沙门，他们是帝释天的下属，居住在须弥山的半腰，各自率领其眷属和部下护持一方天下，因此称为“护世四天王”，俗称“四大金刚”。这些形象也有古老的神话渊源，因而具有原型意义。他们具有降魔伏怪的威力，对后世神话小说影响很大，如人们熟悉的托塔李天王和哪吒父子，便是由毗沙门天王父子形象演变而来。其三是诸天界的众天王，他们以群体形象出现，经常率领部族参加佛陀法会和菩萨道场，是所谓“天龙八部”之一。[①]

龙和金翅鸟虽然是动物形象，但它们基本上是幻想的产物，属于“天龙八部”之列，常在神话传奇小说中出现，因而归入神明世界中的天真意象。龙（Naga）音译那伽，是介于动物、人、神、怪之间的一种形象。他们一般住在水里，有自己的国度，统治者是龙王。龙这一形象比较复杂。它与蛇（Naga）同名，其间肯定有一定的渊源关系，但不应等同，可以说龙是在蛇的基础上想象和创造出的一种特殊生命。龙的外形有时现人形，有时现动物形（身长无足，近似蛇），有时半人半兽（人首蛇身）。龙的神通一般在人类之上，能腾空飞行，能行云布雨，能变换形体。龙有善有恶，善龙在佛宴坐时曾为佛遮挡风雨；恶龙曾危害人类，与佛为敌，后被佛降伏。龙的种类数量很多，著名的有八大龙王，各有臣民无数。佛和大菩萨都曾教化龙众，龙众皈依佛门成为佛教的八部众之一，传说龙树曾入龙宫取得大乘佛典。龙的形象不是佛经所创造的，在两大史诗等非佛教文学中也有关于龙的故事，他们都来源于更为古老的印度神话。据学者研究，这种半人半兽、半神半魔的龙，与原始的图腾崇拜、太阳崇拜和性崇拜都有联系。[②]佛经传入中国，Naga 被译为“龙”，与中国传统文化中的“龙”相融合，成为中国传奇小说中经常出现的文学意象。龙的外形也发生了很大变化，一般是头上有角，身上有

① “天龙八部”是佛教护法队伍中的杂牌军，包括天众、龙众、乾达婆、夜叉、阿修罗、紧那罗、迦楼罗和摩喉罗迦，又称“八部众”。基本来自婆罗门教万神殿和民间神话传说。

② 参见石海峻《斯芬克司与那伽》，载《东方丛刊》1995 年第 4 辑。

鳞，体若长鱼。

夜叉、阿修罗和紧那罗等虽然都属于佛的八部众之列，但由于形象不美，本性不良，因此我们将其归于神明世界中的经验类比意象。夜叉（Yaksa）又译“药叉”、“阅叉”等，是一种食人恶鬼形象。常供天神驱使担任巡逻、守卫或抓人之职。皈依佛门后成为护法部众，仍受天神差遣。他们非常勇健，行动轻疾隐秘，能腾空土遁。夜叉分布很广，有的在天上，有的在空中，有的在地下，有的在海里。夜叉在非佛教文学中是一种小神仙，是大天神的侍从，形象比较可爱，如迦梨陀娑的长诗《云使》中的药叉是财神的仆从，因耽于新婚之娱失职被罚，在流放地思念妻子，托云传信表述衷情。在佛经中，夜叉是半神半鬼半魔的形象。传入中国后，夜叉在神话传奇作品中经常出现，其形象已失去神性，与魔鬼基本等同。阿修罗（Asura）意译“非天”，即似神非神，形丑而有神力，原属凶神一类。皈依佛陀后行护法之责，但仍不安分。阿修罗常与帝释天为敌，传说他们拥有美女，帝释与之争夺美女，引起大战。阿修罗在印度吠陀神话中被视为魔鬼。同时吠陀中的阿修罗又与波斯古经《阿维斯塔》中的天神“阿胡拉”同源。[①]吠陀神话和古代伊朗神话中常有同源神祇善恶相反的现象，可能是由于他们属于古代雅利安人中的两个敌对部落。紧那罗（Kinnara）又译“歌神”、“人非人”等。所谓歌神是因为他们善于歌舞，常以音乐赞佛。所谓“人非人”是说他们的形象似人非人，其男性一般是马首人身（或人首马身），女性则非常美丽。佛经中有许多人兽同体的神话形象，天龙八部中的龙、紧那罗和摩睺罗迦（人首蟒身）都是。神形的人兽同体是神话创作一定阶段的产物，是由以具体自然物为象征的自然神到作为人自身理想的对象化的神人同形中间的一个过渡阶段，是由自然崇拜到对人的自我力量的肯定之间的过渡，因而具有深刻的象征意义。

神灵世界中的魔幻意象主要是地狱、阎王和魔王。佛经中的地狱像但丁笔下基督教的地狱一样，是一种恐怖的非理想境界。但佛教的地狱居民也不具有永久性，只是六道轮回中的一道，是众生恶业所得的一种果报，如果发善心作善业，地狱众生也会往好处转生。地狱有很多种，最基本的是八热地狱和八寒地狱，合称十六根本地狱。这些地狱都处于地下世界，有十八层地狱之说。其中最令人恐惧的是无间地狱，又叫“阿鼻地狱”，处于最底层，集所有地狱之苦，是罪大恶极者所堕之处。另外还有许多称为边地狱和孤独地狱的小地狱，其数目成千上万，多处于海

① 参见张鸿年《伊朗古代文明》，见《东方文化知识讲座》，黄山书社 1988 年版，第 292—293 页。

边、山间或旷野。地狱之王是阎摩（Yama），俗称阎罗王或阎王。佛经中的阎摩不是魔鬼，不同于基督教的地狱之王撒旦，而与古埃及的奥息里斯等冥神有些相似。阎摩及其部下也信受佛法，地狱众生也是佛菩萨救护的对象，因此阎摩形象并不恐怖丑恶，他的宫殿所在是一个优美的地上花园。阎摩形象源远流长，古老的《梨俱吠陀》中便有死神阎摩形象。传说他是第一个死人。由于吠陀中还未形成明确的地狱或者下界阴间观念，所以死神阎摩居住在天国，他的臣民——死人也跟他一起居住天国，因此吠陀中没有对死亡的恐惧。[①]还有一种说法，阎摩（Yama）意思是“双”，是兄妹两个，他们是太阳神的儿女，共同主持地狱之事，兄管男，妹管女。故阎摩又有“双王”之称。[②]另外，阎摩又与波斯古经《阿维斯塔》中的人类祖先伊摩（Yima）同源，而伊摩又与伊朗古代英雄贾姆席德的传说相联系。阎摩形象不仅有古老的神话渊源，而且有广泛深远的影响。他在佛教中掌管地狱，在印度教中仍司死神之职。传入中国后，他成为主管阴曹地府的阎罗王，不仅是地狱之主，而且管辖所有死人；不仅管死人，还掌握着每个活人的寿限。在佛经神话的基础上，中国佛教徒还创造了“阎罗殿”和“十殿阎王”的神话故事。阎摩及其所领导的地狱不是佛的对立面，而是佛的信徒和救助对象，只有“魔”才是佛的天然对头。佛经中与佛作对的主要是魔王波旬，他经常破坏佛陀、菩萨及佛弟子的修持，干扰佛的说法活动。释迦牟尼成道之前，他曾派魔女诱惑，诱惑不成又派魔军攻击，终被菩萨击败。释迦牟尼灭度前，魔王波旬再三催促，致使佛祖先答应了他而不能接受弟子们让佛常住人间的劝请。[③]

佛经中许多动物意象也具有文学原型意义。一是传说中的动物，如前述龙和金翅鸟等，宜归入神明世界。二是传统中印度人公认的吉祥动物，如狮子、孔雀等，佛经中也因袭了这些传统，宜归入启示意象。三是佛陀前世曾无数次转生，其中多次转生为动物。佛陀转生过的动物，包括鹿、大象、猴子、牛、马、兔等，都具有一定的神圣性。特别是一些有大善事迹，影响巨大，形象较美好的转生动物，如《佛说九色鹿经》中的九色鹿等，经过历代传诵和各种文艺形式的改编塑造，成为影响深远的具有启示意义的原型意象。菩萨转生过的动物大都形象可爱，可归入天真意象。

---

① 参见季羡林主编《印度古代文学史》，第 21 页。

② 宽忍编著：《佛教手册》，文史出版社 1991 年版，第 129 页；中国社科院世界宗教研究所佛教室编：《佛教文化面面观》，齐鲁书社 1989 年版，第 163 页。但《梨俱吠陀》中阎摩之妹另有名字“阎蜜”（Yami），因此单说“阎摩”似乎不应看做双王。

③ 见《长阿含》卷三《游行经》。

西藏罗布林卡藻井图，摄影桑吉扎西

在众多的植物意象中最具原型意义的是菩提树和莲花。菩提树即毕钵罗树，是佛教的圣树。菩提即觉悟，由于释迦牟尼在一毕钵罗树下觉悟成道，因此而有菩提树之称。菩提树是一种常绿乔木，叶子卵形，茎干黄白，花隐于花托中，果实称“菩提子”，可以做念珠。圣树现象在宗教中非常普遍，印度教中也有类似的圣树。古印度河文明遗址出土的浮雕中也有圣树，可能是后世印度各宗教圣树的渊源。[①]圣树是远古时代植物崇拜的遗存和积淀。尤其在炎热的印度，一棵浓阴大树很能激发人的快感和想象力。莲花是佛经中出现频率最高的一个植物意象，也是一种具有启示意义的象征。佛经中有许多故事将莲花与佛相联系。如《瑞应本起经》讲述了释迦牟尼前世向燃灯佛献莲花，因而被燃灯佛授记的故事。许多佛经将莲花与佛理相联系，如《妙法莲华经》的题意即是将大乘妙法喻为莲花。此外，以莲花譬喻清净圣洁具足圆满在佛经中比比皆是。另外在佛教艺术中莲花也常与佛、菩萨形象相伴随，有的以莲花为坐台，有的手持莲花，有的脚下生莲。莲花成为佛教圣花不仅由于其美丽可爱，更由于其出污泥而不染的特殊品格，与佛家生于世间又出世离欲的精神相通。另一方面，正如莲花不能脱离其污泥之根本，佛门弟子也不能完全脱离世间人生而存在。莲花作为具有丰富内涵的象征意象不仅属于佛教，也频繁见于佛典之外的印度古代文献和文艺作品，并且渗透到印度民族审美心理中去，眼睛或面容如莲花成为美女的象征。莲花意象还有更古老的象征渊源，在古印度神话中莲花曾与大地女神信仰相联系。据说“此类图形是大地神格化形象的固有情节所不可或缺的”[②]。

---

① 参见渥德尔《印度佛教史》，商务印书馆 1987 年版，第 23 页。

② 参见塞·诺·克雷默等著《世界古代神话》，华夏出版社 1989 年版，第 294 页。

此恨绵绵无绝期

——论《长恨歌》“自我牺牲”的心理原型

杨　朴

《长恨歌》之所以成为千古绝唱，成为古典诗词中具有巨大艺术魅力的辉煌篇章，我以为最根本的原因，不在于对皇帝的讽刺暴露，不在于表现爱情的专一，也不在于既暴露又歌颂的双重主题，更不在于诗中隐藏了“皇家逸闻”[①]，也还不在于在李杨的爱情悲剧中宣泄了诗人自己的伤感痛苦。《长恨歌》艺术魅力的最根本因素是《长恨歌》以李杨爱情悲剧的描写，表现出了一个最基本的心理原型——“自我牺牲”心理原型。这个“自我牺牲”心理原型，既和李杨的爱情悲剧有关，是李杨爱情悲剧形式所蕴涵的意味，又与作者的情感体验有关，是作者爱情、人生、生命体验在李杨爱情悲剧中的投影，更与读者的心理、情感、生命体验密切相关，李杨爱情悲剧形式所蕴涵的“自我牺牲”原型模式，是无数读者的共同心理、情感、生命体验。他们虽然没有经历过李杨式的爱情悲剧，但他们却都浓浓淡淡、深深浅浅地经历过了李杨爱情悲剧结构所表现的“自我牺牲”的生命感受。《长恨歌》以“自我牺牲”原型的表现，触摸到了一种最深潜的心理内容，揭示性地表现出我们这个民族成员的一种最基本而又最模糊的心理体验，最强烈而又最隐秘的生命感受，最伤感而又最无奈的人生况味，最痛苦而又最难以摆脱的命运形式。“自我牺牲”的原型又是超时空的，不论在什么时代，不论在什么民族，只要是有人的地方，就会有这种原型体验，因而，也就会欣赏这首诗。《长恨歌》因原型的表现，属于全人类。

① 俞平伯：《〈长恨歌〉与〈长恨歌传〉的传疑》，载《小说月报》1929 年 2 月号。

一　独立文本的爱情悲剧

《长恨歌》首先是一个爱情悲剧故事。不管我们对《长恨歌》作如何理解和研究，它也必须被当做一个完整的爱情故事来看待，而且必须当做一个艺术中的爱情故事而不是史实中李杨爱情悲剧来看待。只有明确这一点，才会进一步看到，这个爱情故事的形式结构所表现的人的思想情感结构的内容和潜隐着的文化心理原型意蕴。

结构主义的批评方法告诉我们一个最重要的原则：即整体性。它来自于结构语言学的启示。结构语言学所重视的是每个词在整体语言系统中的位置和关系。词被孤立出来，离开了整体，看不出它的确切意义，而只有在上下文的语言关系中，才显示出它的特定意义。就是说，一个词本身的意义会在整体语言关系中被改变，被这个语言系统赋予新的内涵。

以这种方法来重新阅读《长恨歌》，就会破译一些令人困惑不解、争论不休的谜团，看到它的整体意义和真正主题。

《长恨歌》之所以被理解成是对皇帝的讽刺暴露，之所以被理解成是既批判又歌颂的双重主题等，原因就在于研究者没有看到《长恨歌》是一个完整的整体，没有看到这个整体是受一种“内在规律”支配着，没有看到这个受“内在规律”支配的整体在构成整体时，已经改变了各部分单独看来的性质，而是把《长恨歌》当做由有独立意义的诗句和各部分相加的“混合物”。《长恨歌》所表现的整体是一个爱情故事。诗人之所以叙说这个爱情悲剧，是要表达他对爱情、对人生、对生命的体验与理解。因而，这种对爱情、对人生、对生命的体验与理解便是支配、构架、排列组合这个故事的“内在规律”，是作品的整体意味，是笼罩各个诗句、各个部分的意义。也正是它，朝着相反的性质改变着某些诗句的意蕴。

《长恨歌》共一百二十句，可分为严整的四部分。

第一部分（前三十句）是写爱情的诞生和爱情的缠绵；第二部分（第二个三十句）是写爱情悲剧的发生；第三部分（第三个三十句）是写唐玄宗对杨贵妃的相思；第四部分（第四个三十句）是写杨贵妃对唐玄宗的思念。这是爱情悲剧故事整体构成的四个部分。因而，读者阅读也必然从这爱情悲剧的整体的内在规定性来理解各部分的构成和各部分具体诗句的内容。从结构上来说，正是第一部分极力地渲染出爱情的纯真、热烈和缠绵，才使第二部分的爱情悲剧有着浓重的悲剧色彩和深厚的思想文化意蕴，也才导致第三部分唐玄宗的相思苦恨和第四部分杨贵妃的悱恻之情值得同情，具有震颤心灵的力量。这四个部分是互为作用的整体，在构成中，前一部分作用于后一部分，而后一部分又反过来激发影响前一部分的内容。也就是说，唐玄宗和杨贵妃的相思之苦之恨愈发显出悲剧的意义，同时，也使第一部分的爱情显得更加缠绵、美好和动人。这样看来，第一部分就必然地从整体构成上被当做对爱情美好的表现来接受（或重新理解），也使单独看来具有讽刺意味的诗句改变了性质，变成为对爱情追求的描写。“汉皇重色思倾国，御宇多年求不得”，“春宵苦短日高起，从此君王不早朝”，“缓歌慢舞凝丝竹，尽日君王看不足”，只能理解为唐玄宗对美的爱恋，而不是讽刺他的“荒淫”；“回眸一笑百媚生，六宫粉黛无颜色”，只能理解为杨贵妃的美艳无双，而不是“狐媚”、“惑君”；“承欢侍宴无闲暇，春从春游夜专夜”，只能理解成李杨爱情的痴迷，而不是批判李的“无度”。在整体构成作用下，第一部分的一切都被赋予了美的、好的意蕴，也是在整体的“自我调节”作用下，“姊妹弟兄皆列土，可怜光彩生门户”，或是被当做爱情的铺垫来理解，或是被整体理解所剔除而忽略不计了。

从创作的角度看，诗人也正是在整体即爱情悲剧所投射蕴藉的心理感受的驱使下，才避开了杨曾是李的儿媳等历史真实，而写成“杨家有女初长成，养在深闺人未识”，“天生丽质难自弃，一朝选在君王侧”。这些描写，意在使诗的文本与历史封闭，构成一个新的艺术世界。如果我们也能够注意到第四部分所描写的杨贵妃死后在仙境中以托物寄词表现的相思之苦，纯属诗人的想象、虚构，就会进一步认清《长恨歌》艺术世界的独立性、自足性。正是幻想的形式，才使诗脱离了历史及其意义，使其成为表达情感的整体艺术符号。

二　象征符号的形式意味

诗人为什么要写一个皇、妃的爱情故事呢？为什么非要这样而不是别样地从整体上结构他的故事呢？我认为，这是诗人在寻找一种形式，创造一种符号来表现他的心理与情感的形式。诗人在民间流传的皇、妃的爱情悲剧形式中，发现了与他感受、体验和理解到的心理情感形式的对应与同构。一方面，这个爱情悲剧形式使诗人较为明确地发现和印证了他自身的心理情感形式，使内心复杂模糊难以用普通语言加以描述的体验有了对象化、客观化、具体化、直观化、感性化的形式；另一方面，诗人又以这种悲剧形式揭示出来的心理情感形式重新组构那个爱情悲剧形式，使爱情悲剧故事克服了“历史的外在现象个别性”（黑格尔），爱情悲剧形式与心理情感形式达到了完美的统一，表层的爱情悲剧故事包容了深层的心理情感内容。

文学不是模仿外在现实的，文学是人的内在现实，即人的情感、人的心灵、人的生命的形式表现。人的情感、人的心灵、人的生命体验是相当复杂、相当隐蔽的。如苏姗·朗格所说，它“是不可能有名称的，因为我们从现有的语言中就找不到任何字眼去表达它们”，“能够表达这种全新概念的一种最为普通的方式就是寻找一种作为它的天然符号的事物，并运用这种符号的名称去表示它”。[①]“艺术品也就是情感的形式或是能够将内在情感系统地呈出来以供我们认识的形式”。[②]《长恨歌》的形式正是表现情感、心灵和生命“全新概念”的形式符号。正因为诗人欲使李杨的爱情悲剧在《长恨歌》中成为一种表达他情感和生命感受的形式符号，因而，诗人才重新去组构它，才从整体上去把握各部分，使它呈现新的不同于历史真实的形式。它的整体轮廓、结构样式显然是为了对应和同构情感的形式、心灵的形式、生命的形式。也正是这种对应、同构，才使《长恨歌》中李杨爱情悲剧形式本身就包含了巨大的情感、心灵、生命的内容，本身就是一种情感、心灵、生命的样式，使其成为一种本体象征形式，从而使一种无形的情感、心灵和生命感受变为一种有形的呈现。

在《长恨歌》中，李杨的爱情悲剧，他们的热恋、生离死别和相思的无限悲苦都是符号化了的。由于诗人强化了结构的功能，这种“结构”就成为一种命运的符号。李杨的爱情悲剧被“命运”化了，就已经不单是历史上的皇、妃，而被视为一般人的情感符号了；在他们身上所发生的已不单是皇、妃的爱情悲剧，而是一切人可能经历的情感体验、生命感受；他们所经历的“命运”样式也已经成为一般命运样式的符号，皇、妃的个别爱情悲剧是“表示成分”的“能指”，而普遍的情感体验、生命感受则是“被表示成分”的“所指”。这样，《长恨歌》

① 苏珊·朗格:《艺术问题》,中国社会科学出版社,1983 年版,第 101 页。

② 苏珊·朗格:《艺术问题》,中国社会科学出版社,1983 年版,第 24 页。

中的一切都成为一种情感体验、生命感受的符号。“汉皇重色思倾国”、“三千宠爱在一身”、“芙蓉帐暖度春宵”已经成为对美的追求和爱情痴迷沉醉的符号；“回眸一笑百媚生”、“温泉水滑洗凝脂”已经成为美的符号；“六军不发无奈何，宛转蛾眉马前死”、“君王掩面救不得，回看血泪相和流”已经成为生命分裂的符号；“黄埃散漫风萧索”、“鸳鸯瓦冷霜华重”已经成为情感失落的符号；“上穷碧落下黄泉，两处茫茫皆不见”也已成为情感失落、生命分裂的无可奈何的怅惘、痛苦和绝望的符号。《长恨歌》的总体结构：爱的真诚、纯洁和美好，悲剧对美好爱情的撕裂、摧残以及李杨相思之悲苦，则是作品整体形式的符号。这一结构形式所表现的是诗人彻骨铭心的情感体验、生命感受：美的毁灭、爱的毁灭、自由的毁灭、人的毁灭！《长恨歌》的爱的得而复失、失而不能复得的总体形式、意义、意境，必然地造成总体感受、氛围和情调：一种失落、一种悲凉、一种感伤、一种苦痛、一种怅惘、一种凄迷、一种飘零、一种孤独、一种无奈、一种绝望，它是《长恨歌》形式的深层意蕴。尽管这是不难理解的，但也仍为过去的研究所未曾充分注意到。

艺术是一种情感的符号，由于符号的结构形式就是人的情感、生命形式的投影，因而这形式就与读者的情感、生命形式产生对应同构。因此，读者在欣赏这形式时，就不只是在看外在于它的故事，不是从政治、道德的角度看它的意义，而是暗暗地从自己生命内部、心灵隐秘的深处对应着形式，体验着自身情感的意味，是在结构符号中理解、感悟和体验了人自身。我以为，这是一切优秀文学作品包括《长恨歌》在内之所以“伟大”的秘密所在。

这样看来，《长恨歌》之所以有魅力，不是对李杨爱情专一的描写，不是对李杨的同情，也不是表现了爱情的美好，更不是“惩尤物，窒乱阶，垂于将来也”（陈鸿对《长恨歌》主题的概括，王拾遗先生等许多研究者都持这一观点），而是表现人的心灵、情感、生命的一种巨大失落、巨大创痛和巨大悲哀。

三　深层结构中的心理原型

艺术从本质上说，是艺术家以情感形式、心灵形式、生命形式对生活形式的占有、重构和创造。因此，在研究一部优秀的作品譬如《长恨歌》时，就不仅应该注意到它的表层结构内容，更应该注意到它的深层结构内容；不仅应该注意到被它说出来的内容，更应该注意到它没有说出来而恰恰正是它所要说的潜意识的内容。

《长恨歌》有双重结构：表层是叙事的，深层是抒情的；表层是写李杨爱情悲剧的，深层是写诗人心灵感受的；表层是表现皇、妃生活内容的，深层是表现一切人心理原型的；表层形式是明确的，深层意识是隐蔽的。正像地毯正面的花纹图案是由地毯背面的经纬结构所决定的一样，《长恨歌》的表层结构是由其深层结构所决定的。

《长恨歌》的爱情悲剧形式无疑带给我们一种毁灭感，但毁灭感仍然不是《长恨歌》的深层意蕴。《长恨歌》的深层意蕴是这种毁灭感掩盖和包含的"自我牺牲"意识，即"自我牺牲"原型，这才是《长恨歌》的魅力之谜。

原型是一种积累起来的典型的心理经验，是一种心理结构、一种情结、一种模式。荣格在《集体无意识的概念》中说："与集体无意识的思想不可分割的原型概念指的是心理中明确的形式存在，它们总是到处寻求表现。"费德莱尔说："原型是指由观念和感情交织而成的一个模式，在下意识里广泛为人们所理解，但却很难用一个抽象的词语来表达……这种复杂的心理情结需要通过某种模式的故事，既体现它又像是在掩盖它的真正含义。"文学批评的任务就是透过种种模式，探索出产生该模式的秘密起因和"真正含义"：心理原型。

《长恨歌》所表达的就是一种"心理中明确的形式存在"，一种"由观念和感情交织而成的一个模式"。这个"形式存在"和观念情感模式就是"自我牺牲"。因而，我称之为"自我牺牲"原型。

在《长恨歌》中，造成李杨爱情悲剧的原因是什么，《长恨歌》长恨的是什么，《长恨歌》并没有直接表现出来。但《长恨歌》的深层结构却体现出了它的"心理中明确的形式存在"——《长恨歌》中李隆基和杨贵妃的爱情被一种更强大的"超我"势力所摧残毁灭，在这种"超我"面前，两个人都成为牺牲：一个牺牲了"自我"，一个牺牲了生命（实际上都是人的牺牲）。这种"自我牺牲"的心灵感受、情感感受、生命感受，是诗人"心理中的明确形式存在"，然而，诗人"很难用一个抽象的词语来表达"，只能寻求一个故事来复现它。这就造成了《长恨歌》"既体现它又像是在掩盖它的真正含义"的现象。

《长恨歌》的总体结构是爱情——悲剧（别离）——长恨。它对应了人的美好的东西——失去——长恨的心理结构形式。但是，在这个结构中还包含更深层的灵魂的重大秘密。为什么会出现这种结构（悲剧）？或者说为什么会出现这种心理感受？《长恨歌》的前面是美好的爱情，后面则是爱情悲剧发生后的生离死别、天上人间的痛苦思念。造成爱情悲剧和无尽长恨的原因是什么呢？在这个结构中有一个枢纽、焦点和关键，是它导致了前后颠覆性的变化。那就是“六军不发无奈何，宛转蛾眉马前死”，“君王掩面救不得，回看血泪相和流”。为什么“六军不发”就得牺牲爱情呢？在这里同开头的“杨家有女初长成，养在深闺人未识”造成一个封闭的文本不同，诗人在诗的内部又创造了一个开放的空间，利用读者对那一历史事件的了解，表现一种深刻的意味。这虽然只有四句，但却是理解全篇的“总纲”，是这四句使全篇所有其他成分都获得了深层的心理意蕴。它至少有如下两层蕴涵：

一是蕴涵了李隆基的“自我”成为“超我”的“牺牲”。生活中的任何一个人，他的精神结构、人格结构中都包含自我与超我的内容。“自我”属于人的角色，它是人对感性、个体、人的自由、人的价值的确证；“超我”是属于人对理性、社会群体的认知，也可以说是它们摊派给人的角色。它是外在于人，外在于人的“自我”的。在封建社会中，每一个人都被封建专制和封建文化所“结构”，每一个体都被这个整体赋予“超我”的本质。所谓“存天理、灭人欲”、“克己复礼”就是“超我”对“自我”吞没的最好的阐释、概括和规定。李隆基虽然是个无所不能的皇帝，但是，他同样被封建社会的整体所“结构”。他不能不早朝，不能不以皇帝的角色来塑造自己。这就必然迫使他放弃“自我”而服从“超我”，使他的“自我”成为“超我”的“牺牲”。“六军不发”只不过是个最典型的极端形式罢了，它把“超我”对“自我”的压抑突现得最为明确化了。因而，李隆基所长恨的，不能不是这种“超我”的异化力量。

二是蕴涵了李隆基撕裂灵魂的痛苦。“君王掩面救不得”，从社会角度看是“超我”对他“自我”的逼迫，是外在势力杀掉了杨贵妃；从李隆基的角度看，又是他杀了杨贵妃，使杨贵妃成为一种“替罪羊”式的牺牲。是李隆基自己把“自我”、爱情和杨贵妃高高地举献在“超我”的祭坛上，用他们的“牺牲”交换了“超我”的角色（皇位）。《长恨歌》后面写杨贵妃相思之苦，实际就是写李给杨造成的牺牲的悲剧，这给李隆基的灵魂深处带来一系列缠绕不解的复杂矛盾和难以言说的悲苦。他获得了最美的美人，然而又是他“亲手”杀死了他最爱的美人；他最爱她，然而他又不能不杀她；他杀她，又处于无限的思念、悲哀痛苦之中。这样，他不能不恨自己，痛恨、忏悔、谴责都是这“长恨”的内容。然而，这“长恨”还有另一重更凝重、更深邃的内涵，那就是“苦”！在“超我”面前的“牺牲”之苦，对“超我”的屈从之苦，“自我”分裂之苦，负载罪孽之苦，懊恨之苦，丧失自我之苦，重新寻找自我而不复得之苦，苦不堪言，乃生长恨也！

从“六军不发无奈何”、“君王掩面救不得”的特定层面来看《长恨歌》的整体，前后的段落中无疑包容着巨大的心理内容，前面对爱情的描写是对自我的肯定，中间悲剧的发生是对自我的否定；而后面的相思又是对自我的重新寻找；天上人间的苦苦相思则又表现了自我不可能再次获得。这样，整部作品就表现出“花非花”实乃“美非美”、“人非人”的深层意味。“来如春梦几多时，去似朝云无觅处”（白居易《花非花》），就是白居易对《长恨歌》主题的最好注解。

“自我牺牲”是《长恨歌》的原型。这个原型表现了一种最普遍的心理结构形式，一种最典型的命运样式，使每个人在感性与理性、个人与社会、主体与客体、自我与超我之间的矛盾冲突中所经历的前者成为后者的牺牲的情感体验得到了形式化的表现。

诗人正是在这种“自我牺牲”心理原型的驱使下，才创作了《长恨歌》的。王拾遗先生所发现和论证的白居易和湘灵的恋爱悲剧，恰好印证了这一点。

白居易在写《长恨歌》时，他本人就经历了屈从外在压力而葬送爱情的悲剧。他与邻居湘灵真诚相爱，但不敢公开；离家之后，又同有地位的杨汝士的妹妹订婚。然而情感深处他并不满意这门婚事，还深深眷恋着湘灵。在怀念湘灵的诗作中深刻地表现了他心灵深处的矛盾和痛苦。《潜别离》这样写道：“不得哭，潜别离；不得语，暗相思；两心之外无人知。深笼夜锁独栖鸟，利剑春断连理枝。河水虽浊有清日，乌头虽黑有白时。唯有潜离与暗别，彼此甘心无后期！”（《白香山集》卷十二）对爱情的珍视和对外在势力的屈从构成白居易“自我”与“超我”的矛盾。一方面，他割舍不了自己的爱情，这是最真实、最诚挚、最刻骨铭心的爱；另一方面，他又屈从于家庭与社会的门第观念，为了仕途而割断了这种爱。“深笼夜锁”和“利剑春断”既是表现着外在势力的“超我”对白居易“自我”的束缚、禁锢，同时，也表现着他自己对“超我”的屈从、认可。是他自己把自己的爱情、把所爱的湘灵、把“自我”奉献在了“超我”的祭坛上，使他们都成一种“牺牲”，从而去换取“超我”价值的认同、允诺和接纳。也正因为此，他才深深地陷入无穷的痛苦之中。

正是这种心理原型，才导致了诗人对李杨爱情悲剧产生了创作冲动。在李杨爱情悲剧中，他是“别有幽愁暗恨生”（《琵琶行》）。在李隆基的爱情遭际上，他感到他们“同是天涯沦落人”（《琵琶行》）。诗人是在李杨爱情悲剧中看到了自己的爱情悲剧；在李隆基的爱情遭际中，他感到了他同他们一样“花非花”的命运；是在李隆基内心矛盾和痛苦的情感结构中表现了自己的矛盾痛苦的情感结构；是在李杨爱情悲剧故事中，投射了自己对爱情、生命的理解；是通过李杨爱情悲剧把平时的人生命运的感性体验显形化、凝聚化了；是在重构的李杨爱情悲剧的结构形式中宣泄了自己难以诉说的苦闷、惆怅和绵绵无尽的长恨。说到底，诗人是以自己的原型心理，重新编织和结构了“历史”。

四　民间心理的牺牲原型

然而，我们还须进一步看到，“牺牲”之所以成为一种原型，还在于，诗人在以自己的情感重构和创造李杨的爱情悲剧时，依据的不只是史实中的李杨爱情悲剧事件，也不只是自身的生命感受，还有民间传说。诗人在很大程度上是在民间传说的基础上加工和创作了《长恨歌》。民间传说的李杨故事虽然也来源于历史，但却经过了“民间”心理情感的“濡染”和“过滤”。尽管我们缺少“民间”对李杨爱情故事描绘的资料，但有一点是可以肯定的：“民间”是以自己对爱情、生命的理解来重构这个故事的。诗人在没有重构它之前，它就已经是一种心理原型，就已经是一种先在的“结构”，就已经是一种有意味的形式了。《长恨歌》的形式之根是深扎在“民间”心理之中的。换句话说，是“民间集体无意识”重新编构了这个故事。

“民间”之所以对李杨爱情故事感兴趣，原因可能是多方面的。如以李杨爱情的专一、美好，表现对美好爱情的向往，以杨贵妃的美表达对美的倾慕，以杨贵妃的死表现美的毁灭等等。但这些都是显意识的。真正表现“民间”心理、情感的则是故事的基本“结构”，这是潜意识的。是这个基本结构体现了他们对人生、生命不自觉的理解——爱、美、自由、人性的内容总是被剥夺，人、自我总是成为一种“牺牲”。这种心理感受是弥漫在普通人内心中最浓重而又最不具形式的感受，是千千万万个作为个体的人与群体、社会发生关系时一次又一次所反复经验的情感“模式”。由于皇帝特殊的地位，他能够得到最美、最理想、最自由的东西，即把普通人性的欲望显形化；又由于皇帝有至高无上的权威但也不得不屈从异己的力量，使“自我”成为“超我”的牺牲，即把所有人的这种感受典型化了。也可以这样说，“民间”的情感深处本来就隐藏着“牺牲”的心理感受，是皇、妃的爱情悲剧把这种原型感受裸露、突出、强化了。皇、妃的爱情悲剧使“民间”自我牺牲的原型心理找到了一个“有意味的形式”。他们为了使李杨爱情悲剧结构更好地对应、同构于自己“牺牲”的心理原型结构，就大胆地改造了李杨的爱情故事。“民间”是在借李杨爱情悲剧故事表达自己对生命的理解。

《长恨歌》的形式之根深深地扎在“民间”心理的土壤上，因而，它才具有巨大的概括性。原型之所以成为原型，就不是个别的、偶然的，而是发生在所有人身上，并反复出现的。在皇帝身上，在诗人身上，在“民间”都重合着这种心理结构，也就存在这种原型。诗人在运用“民间”传说时就运用了原型模式的力量。原型批评家鲍特金深刻地指出：“一个伟大的诗人利用在群体幻想中已具形式的故事时，被他加以客观化的不只是他个人的敏感。诗人既然是用非凡的敏感对已经表现群众感情经验的那些词汇和形象发生反应，他安排这些词汇和形象时便能充分地利用它们的召唤力量。这样，他自己便见到他本人的灵魂和他周围的生活之间所产生的经验并占有它；并且，只要别人对他用的词汇和形象能充分地反应，他便是向别人传达了既是个人的又是共同的经验。”[①]这就是伟大诗人对原型的运用。鲍特金又说：“在诗歌中——在这里我们将特别考虑悲剧诗歌——有一些题材具有一个特殊形式或模式，这个形式或模式在一个时代又一个时代的变化中一直保存下来；并且，这个形式或模式是与被这个题材所感动的人的心灵中的那些感情倾向的某一模式或配搭相呼应的；我们可以断定诗歌中这样的一些题材的一致性。”[②]这个特殊的形式或模式就是悲剧诗歌中的“自我牺牲”。读者被《长恨歌》所感动，也正在于读者自己生命感受中的这个“自我牺牲”的心理原型与《长恨歌》所表现的悲剧诗歌的模式的对应、吻合与同构。

---

① 叶舒宪编:《神话—原型批评》,陕西师范大学出版社 1987 年版,第 126 页。

② 叶舒宪编:《神话—原型批评》,陕西师范大学出版社 1987 年版,第 121 页。

石头的言说：《红楼梦》象征世界的原型批评

傅道彬

一 引 言

《红楼梦》里存在着故事与象征两个世界。故事的《红楼梦》描绘的是大观园里一群青春烂漫的生命的苦乐悲欢，展示的是贾府内外一群人沉浮升降的生活历史，故事的《红楼梦》是写实的、经验的、动人的。而象征的《红楼梦》则是以一群人的故事讲述人类集体的故事，大观园、贾府是整个世界的缩影，它借贾府的故事为人类的命运洒同情之泪，所谓“千红一窟（哭），万艳同杯（悲）”，指向了寂灭空幻的生命意义。象征的《红楼梦》是写意的、超验的、启示的。你可以从未涉足大观园里花团锦簇般的生活，但你不能没有人生从真实走向空幻，生命从壮丽走向残破的悲凉体验，这样《红楼梦》里的天上人间的大观园、青春烂漫的少男少女和他们许许多多的故事，便都具有了象征意义，正所谓：“雪芹一世家，能包括百千世家。”①

最生动的故事往往具有最深刻的象征意义。王国维《红楼梦评论》谓：“夫美术之所写者，非个人之性质，而人类全体之性质也。惟美术之特质贵具体而不贵抽象，于是举人类全体之性质置诸个人之名字之下。”故事是象征的依据，象征是故事的归宿，不指示象征的故事是苍白的、贫弱的。

《红楼梦》里最富象征意义的还是大荒山里青埂峰下那块冷峻顽固的石头。石头是一种人格，它代表着与世俗抗争的人格风范和情操；石头是一种结构，它

① 二知道人：《红楼梦说梦》，见一粟编《古典文学研究资料汇编·红楼梦卷》，中华书局1963年版，第102页。

是曹雪芹构思《红楼梦》的结构线索；石头是一种传统，石头的精神规定性是从传统文化中获得的；石头是哀婉的，它代表着一代知识分子被弃的命运，反映着出世的清净的理想世界；石头是无言的，但它又是一种最深刻、最彻底的哲学和艺术言说。总之，石头是象征的，要理解《红楼梦》的思想和艺术蕴涵，我们先要说破石头。

二　石头的故事:《红楼梦》的四时结构

王蒙先生说《红楼梦》里“最动人的还是石头的故事，窃以为《石头记》的名称比《红楼梦》好，《红楼梦》这个题名起得多少费了点劲，不像《石头记》那样自然朴素，‘不着一字，尽得风流’。至于《情僧录》《风月宝鉴》《金陵十二钗》云云，就透出俗气来了”。《石头记》的命名之所以比《红楼梦》朴素生动，是因为曹雪芹描绘的是石头的故事，石头是全书的主要结构线索。小说由石而玉，由玉而石，石头在全书结构中起着重要作用。《红楼梦》在总束全篇时，借王夫人之口说道：“就连咱们这一个，也还不知怎么着呢！病也是这块玉，好也是这块玉，生也是这块玉——”虽然，以王夫人对世界的执迷，她难以看到“玉”是“石”的幻相，但却可以看出，这里的玉（即石）在整部小说中具有总领全书的意义。全书主要人物的命运，人物性格的矛盾冲突都系于一石。

清代二知道人《红楼梦说梦》谓：“《红楼梦》有四时气象：前数卷铺叙王谢门庭，安常处顺，梦之春也。省亲一事，备极奢华，如树之繁阴葱茏可悦，梦之夏也。及至通灵失玉，两府查抄，如一夜严霜，万木摧落，秋之为梦，岂不悲哉！贾媪终养，宝玉逃禅，其家之瑟缩，直如冬暮光景，是《红楼梦》之残梦

“金玉良缘”：西汉玉龙金虎带钩，摄于广州南越王墓博物馆

耳！”[1]虽然二知道人是以贾府荣枯兴衰为线索，把《红楼梦》的故事划分为春夏秋冬的，其实《红楼梦》的四时结构，是以石头的履历为线索的，衔玉而生春也，摔玉而痴为夏，失玉而病为秋，弃玉而归为冬也。但二知道人提出《红楼梦》的四时气象，却是真知灼见。《红楼梦》的四时气象是明显的，贾家的四个小姐：元春、迎春、探春、惜春。人们只注意到“原应叹息”的隐喻意义，其实“原应叹息”只是它的字面意义，它的深层意义是春夏秋冬的象征意义：元是起，是始，是发源；迎是应，是承，是继续；探是叹，是变化，是转折；惜即息，是合，是结尾。元春是贾府的保护伞，是大观园的创基者；迎春素有木丫头之称，凡事无可无不可，她是承；而探春之探与叹谐音，因此她的主要性格体现在贾府处于变异时期，一展身手；而惜春则是息，是停止，因此这个在前半部没有什么戏的四小姐，只在最后才真正出场，她是富于总结性的人物。贾府中的元春、迎春、探春、惜春四个小姐，她们名字的字面意义是“原应叹息”，其深层底蕴则是春夏秋冬的起承转合，春天是起，夏天是承，秋天是转，冬天是合。

文学的“四时结构”源于大自然春夏秋冬循环往复的心理暗示。弗雷泽说：“大地外表上经历一年一度的巨大变化强烈铭刻在世世代代的人类心中，并激发人们去思索：如此宏大如此神奇的变化出于什么原因呢？”[2]中国绝大部分地域，春夏秋冬，四季分明，但大自然的变化不是毫无意义的重复，它在人类精神领域留下了起承转合的心理模式。梁启超《清代学术概论》谓：“佛学一切流转例分四期，曰生、住、异、灭。思潮之流转也正然，例分四期：一启蒙期（生）、二全盛期（住）、三蜕分期（异）、四衰落期（灭）。”仔细辨认，这正是四季变化的心理残留，对于生命来说，春天是生，夏天是住，秋天是异，冬天是灭。

中国文学讲求起承转合，起是春天是生，承是夏天是住，转是秋天是异，合是冬天是灭。不仅散文尤其是八股文讲究起承转合，诗歌的起承转合的变化也是相当清楚的，最富典型意蕴的是绝句和律诗，以王之涣的《登鹳鹊楼》为例，这个问题显而易见：

白日依山尽——首句——起——春
黄河入海流——次句——承——夏
欲穷千里目——三句——转——秋

① 一粟编：《古典文学研究资料汇编·红楼梦卷》，中华书局1963年版，第84页。
② 叶舒宪编：《神话—原型批评》，陕西师范大学出版社1987年版，第48页。

更上一层楼——四句——合——冬

律诗的首联是起是春，颔联是承是夏，颈联是转是秋，尾联是合是冬。以石为中心意象的《红楼梦》也是沿着春夏秋冬变化“四时结构”来构思全书的。

曹雪芹一开始展现在读者面前的就是被弃于青埂峰下的那块石头：

> 却说那女娲氏炼石之时，于大荒山无稽崖炼高十二丈，见方二十四丈大的顽石三万六千五百零一块，那娲皇只用了三万六千五百块，单单剩下一块未用，弃在青埂峰下，谁知此石自经锻炼之后，灵性已通，自去自来，可大可小，因见众石俱得补天，独自己无才，不得入选，遂自怨自愧，日夜悲哀。

这块石头来得冷峻突兀，气韵不凡。茫茫大士、渺渺真人将此石携入红尘引登彼岸，于是有了“无才可去补苍天，枉入红尘若许年”的经历和故事，石头与《红楼梦》故事的发生发展高潮结局相始终。

（一）起——衔玉而生——故事的发生

对于《石头记》而言，衔玉而生是起，是故事的发生，是起点。围绕贾宝玉出生，作者紧锣密鼓地铺排奇石出生的非凡气氛。石的来历是神界，在神界与俗界之间是甄士隐炎夏永昼的南柯一梦——“如今现有一段风流公案正该了结——这一干风流冤家尚未投胎入世——趁此机会，就将此蠢物夹带于中，使他去经历经历”。然后于第二回由冷子兴演说荣国府中照应前文，冷子兴的演说意味着神界之石已堕入俗界，转眼间大荒山下的弃石，幻化成婴儿口里一块五彩晶莹的玉。大荒山里青埂峰下往来穿梭的一僧一道，是神界，而甄士隐长夏永昼的一场白日梦，沟通着神界俗界天上人间，冷子兴与贾雨村的肆中对饮，则是俗界，是世间，这样神界俗界天上人间相互照应，扑朔迷离，为《红楼梦》的象征意义伏笔张本。

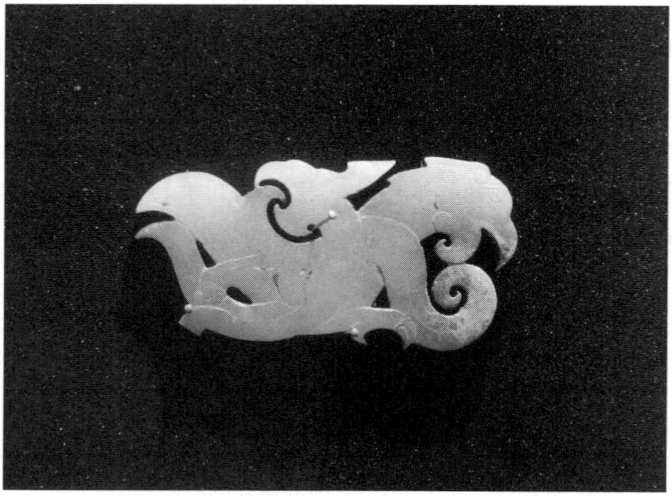

春秋玉雕龙凤佩，私人藏品

（二）承——摔玉而痴——故事的展开

自贾宝玉摔玉开始进入《红楼梦》的展开部分。宝玉与黛玉的形象正面出场，在宝黛相见“不是冤家不聚头”第一场的冲突里，宝玉黛玉似乎还保持着久远的原始情境的回味，因此他们一见面都有似曾相识的感觉。而饶有兴趣的是宝黛相见却以问玉开始，宝玉急于知道的是“可有玉没有”，这一问是对本源的发问，是对自然的追寻，因此脂砚斋不住叹道：“奇极怪极，痴极愚极，焉得怪人目为痴哉？”痴性乃天然之性，痴性乃石性的表现，而玉性才是社会之性、文明之性。石性与玉性是冲突矛盾的，作者唯恐读者将贾宝玉理解成玉，所以他一出场不是护玉，而是摔玉、骂玉。宝玉听了黛玉无玉之后：

> 登时发作起狂病来，摘下那玉，就狠命摔去，骂道：“什么罕物，人的高下不识，还说灵不灵呢？我也不要这劳什子。”

这一摔摔出了贾宝玉的痴狂，摔出了他的自然之性，“我也不要这劳什子”，不啻是大声宣言，是他石性的流露。玉在他人是通灵，是命根子，但在宝玉心中却是“劳什子”。石乃玉之根，玉的根本还在于它是青埂峰下的顽石，这里脂评曾意味深长地发问：“试问石兄，此一摔，比在青埂峰下萧然坦卧如何？”

摔玉不仅是贾宝玉性格的奠基起点，也是故事展开部分的主要情节。从第三回到第九十四回是全书的展开部分，按照故事原理，展开部分是全书的主体部分，而这一部分除了摔玉之外，作者还精心设计了赏玉、砸玉、骂玉等一系列情节，来显示不同人物的性格情操。

在薛宝钗那里是品玉、赏玉，第八回“贾宝玉奇缘识金锁，薛宝钗巧合识通灵”，宝钗将“通灵宝玉”托于掌上细细鉴赏，使读者第一次领略通灵宝玉的真正面貌——“只见大如雀卵，灿若明霞，莹润如酥，五彩花纹缠护”。

与薛宝钗的品玉、赏玉不同，林黛玉不仅从未说过经济文章的混账话，也从不对玉表现出什么兴趣。而贾宝玉则更是以砸玉、骂玉等行为，反抗玉所象征的世俗与礼教社会的束缚，表达他对社会的反抗，表达他对自然生命的热爱。玉是石的幻相，它代表着世俗世界的欲望，代表着封建士大夫富贵荣华的梦想，所以贾宝玉对它是由衷地憎恨。

第二十九回林黛玉奚落“金玉良缘”时，贾宝玉“便赌气向颈上摘下‘通灵玉’来，咬咬牙，狠命往地上一摔，道‘什么劳什子，我砸了你，就完了事了’，偏生那玉坚硬非常，摔了一下，竟公然不动。宝玉见不破，便回身找东西来砸”。表面上的冲突是宝黛之间，其实质还是金玉代表的世俗的婚姻，是金玉代表的人的生命的异化。贾宝玉的本性是石的，所以他是用整个生命来抗拒社会对他进行的“玉”的改造，反抗社会强加给他的“通灵宝玉”的角色。即使在梦里他也忘不了大骂：“和尚道士的话如何信得？什么金玉良缘，我偏说木石姻缘！”可见对玉的反抗已嵌入贾宝玉的生命深层了。

石与玉把《红楼梦》中林林总总的人物矛盾划分成两大阵营。红楼世界的许许多多激烈的矛盾冲突其本质都是石与玉的冲突（详见后述），本质的石与幻相的玉，是《红楼梦》两个世界，即神界与俗界、自然生命与社会异化的根本象征物。

（三）转——失玉而痴——故事的高潮

整个《红楼梦》最重要的事件是通灵宝玉的丢失，失玉发生在第九十四回“失通灵宝玉知奇祸”一回中。许多红学专家都认为查抄大观园是《红楼梦》的转折点，但如果我们把贾宝玉作为《红楼梦》的中心人物，把贾宝玉林黛玉的爱情当做中心情节，把石头作为全书的中心意象的话，那么全书的转折只能是发生在第九十四回的失玉。

就整个故事而言，贾宝玉林黛玉的爱情故事是中心故事，因此只要宝玉黛玉的爱情能够延续，只要“木石姻缘”的理想未曾破灭，不管贾府里发生什么重大变故，那么整个故事就不会进入秋天的转折。第九十四回中贾母、王夫人、王熙凤等认定了宝玉与宝钗的婚姻，它意味着在世俗世界里以玉为代表的“金玉良缘”彻底战胜了以石为代表的“木石姻缘”，这才是全书的根本性转折，是整个《红楼梦》的高潮部分。与此相应的是，“金玉良缘”确立之后，那块贾府上上下下都视为宝物、“命根子”的通灵玉竟莫名其妙地丢失了。

于是整个故事进入了秋天的肃杀，失玉以后的贾府就像一株晚秋的枯树已是落叶纷纷了。先是宝玉痴迷，沉疴又起；然后是元春薨逝，贾府失怙；再就是黛玉泪尽，魂归九天。一连串的变故预示着荣宁二府的根本性衰败，接下来是探春远嫁，迎春丧命，贾府被抄，而贾母寿终，熙凤托孤，是贾府这株大树上最后两片黄叶的飘零，因为贾母与王熙凤是贾府的灵魂，她们的离世是秋天里一点生机的最后幻灭，故事的冬天到了。

（四）合——还玉而归——故事的结尾

还玉而归是全书的总结部分，是合，是冬，是全书的结尾。这一部分从一百一十五回开始，直至全书终结。《红楼梦》进入收束部分的两个人物颇有寓意，一个是在整个故事中出场不多的惜春，在“勘破三春”之后，渐渐成为重要人物。惜者，息也，止也，故事进入总结部分。另一个人物是甄宝玉的正式登场，《红楼梦》里关键的是“真假”二字。贾宝玉是假宝玉，真石头，甄宝玉是真宝玉，假石头，甄宝玉才是真正的玉，所以他的言行才符合“玉”（社会性）的规范。贾宝玉初见甄宝玉自称“弟是至浊至愚，只不过一块顽石耳！”这才是道出底蕴的话，贾宝玉是自然意义上的石头，所以它与社会赋予“玉”的角色扞格不入，而甄宝玉才是真正社会意义上的玉，因此他一腔经济仕途的理想，开口闭口“显亲扬名”、“著书立说”、“立德立言”之类的混账话，引得贾宝玉“愈听愈不耐烦”。甄宝玉的出场，才揭破贾宝玉的玉之幻相，还他以石的本质。真玉出场，假玉就要收场。

癞头和尚还玉而来是宝玉斩断尘缘的契机，毗陵驿畔白茫茫旷野里的歌声，是宝玉顽石角色的最后证明，“我所居兮，青埂之峰。我所游兮，鸿蒙太空”。一个恢弘的故事结束了。由石而玉，由玉而石，历尽凡劫，形质归一，是一个完整的故事，这个故事的核心是石头，它叙述的乃是石头的故事，描绘的是石头的履历。

值得回味的是《红楼梦》的帷幕恰好在冬天里降落，贾政、宝玉父子最后相见是在“天乍寒下雪后”的“微微雪影里”。此时的大观园已风流云散、红消香残。大观园里那些青春烂漫的少女们死的死，走的走，只留下“金陵好大雪”的薛宝钗，在寒冬里过着寂寞枯淡的生活，薛是雪的谐音，她身上的清清冷香和她常服的“冷香丸”，这里都有了交代。只有她这位薛（雪）姓小姐常服冷香丸的人，才能耐得住那寒冷的冬天，“金簪雪里埋”这里也有了照应。

《红楼梦》在思想意趣上充满了道家旨归、禅佛情思，而饶有兴趣的是，在全书的各个部分都有超尘脱俗、妙语天机的歌唱：

第一部分有一偈云：“无才可去补苍天，枉入红尘若许年。此系身前身后事，倩谁记去作奇传？”因为这部分是起是源，所以此偈里有点括全书、提纲挈领的作用。

第二部分在宝玉因赵姨娘作祟，命若游丝之际有佛家偈语：

> 天不拘兮地不羁，心头无喜亦无悲。只因锻炼通灵后，便向人间惹是非。
>
> 粉渍脂痕污宝光，房栊日夜困鸳鸯。沉酣一梦终须醒，冤债偿清好散场！

这段偈唱出现在故事的展开部分，因此癞头和尚的偈语也具有承上启下的作用，一方面它有“天不拘兮地不羁，心头无喜亦无悲”的任性天然、逍遥自适生活的原始回味，一方面也有“粉渍脂痕污宝光，房栊日夜困鸳鸯”的现实生活的指责，这里自然的灵性与欲界的追求、神界的超验与现实的无奈交织在一起，这才是故事的展开。

第三部分出自宝玉失玉后，妙玉扶乩时的谶语：“噫，来无迹，去无踪，青埂峰下倚古松。欲追寻，山万重，入我门来一笑逢。”失玉是处于故事的转折点上，“入我门来一笑逢”似乎已暗示着一种无可奈何的悲凉归宿。

第四部分佛唱是全书的总结处，在一片白茫茫的旷野上，天地间响起了一僧一道及贾宝玉三人悠扬苍凉的歌声：

我所居兮，青埂之峰。我所游兮，鸿蒙太空。谁与我逝兮，吾谁与从。渺渺茫茫兮，归彼大荒。

这是全书的总结，是故事的合，所以它揭示了贾宝玉的命运归宿。既然故事是无奈的、凄凉的，作者只能让他的主人公走向大荒，走向鸿蒙，走向空幻，走向象征，在象征世界里获得精神的解放与逍遥。作者精心设计的佛家歌声，是对全书四时结构的提示。《红楼梦》是以石头的履历精心安排起承转合的结构变化的。

三　石与玉:《红楼梦》里的两个世界

余英时先生在《红楼梦的两个世界》一文中指出：“曹雪芹在红楼梦里创造了两个鲜明而对立的世界。这两个世界，我想分别叫它们作乌托邦的世界和现实的世界。”[①]余英时先生两个世界的划分带给我们许多启示，但遗憾的是余英时先生把理想的世界看做是大观园，而把现实世界视为大观园外的世界。其实大观园并不是曹雪芹的理想世界，因为大观园虽然区别了贾府，但它仍然有种种欲望、种种追求，因此它不可能是作者的理想世界。作者的理想世界是石，现实世界是玉，石与玉是《红楼梦》理想与现实、神界与俗界的根本象征。

在中国传统文化中，石与玉有着不同的符号象征意义。

第一，石头代表的是自然，是原始，是不假雕琢的本真，晋人孙贽《石人铭》谓石：“大象无形，元气为母。杳兮冥兮，陶冶众有。”

石头是混沌自然的元气所成，它的本质由“杳兮冥兮”的“道”构成，这是

① 余英时:《中国思想传统的现代诠释》,江苏人民出版社 1989 年版,第 340 页。

古人对石头自然属性的本质理解。宋代杜绾《云林石谱》谓："天地至精之气，结而为石，负土而出，状为奇怪。"石是对自然、对造化的最本质言说。石隐藏着世界的全部秘密。某些星球可以没有阳光，没有空气，没有水，却不能没有石头。元代刘诜说："石者，天地阴阳之核，故蕴神毓异，无所不见。"[①]石头是自然的、本源的，因而也成为自然美的最高象征——"大以大成，小以小成，千态万状，天然之巧"[②]。

良渚文化玉璧，摄于首都博物馆"早期中国展"

与石相反，玉所象征的是人为，是文明，是崇尚雕琢的人工。《说文》谓："玉，石之美。"就其本性而言，玉的根本乃是石。玉的地位之所以高高凌驾于顽石之上，完全是凭借社会的承认，没有文明，没有世俗的价值判断，则玉无异于石，玉的地位完全是依靠社会的承认实现的，离开了社会价值和文明尺度，无论金无论玉都什么也不是，因此玉所象征的意义只能是雕琢，是人工，所谓"玉不琢不成器"，正道出了这一底蕴。在文明社会里，玉象征着政治秩序和社会地位，《尚书·舜典》有"班瑞于群后"的记载，瑞，即玉，它是社会秩序的象征。《周礼·春官·大宗伯》云："王执镇圭，公执桓圭，侯执信圭，伯执躬圭，子执谷璧，男执蒲璧。以玉作六器，以礼天地四方。"所执的玉器不同，代表的品阶地位也就不同，于是玉成为一个人身份的象征。古代贵族以玉炫耀自己的富有尊严，成为一种普遍的风气，不仅贵族阶级广泛搜集，甚至连一个国家也以拥有玉玩珍宝为贵，《左传》《史记》都曾记录过为争夺玉器而发生的大规模战争，这样，玉的根本意义，就代表着世俗的种种欲求。王国维谓"所谓玉者，欲也，不过生活之欲之代表而已"[③]，正是这个意思，玉的这种品性与石的自然本真、超越世俗是根本对立的。

① 刘诜：《端溪砚石赋》。

② 胥自勉：《赋名诸石》。

③ 王国维：《红楼梦评论》，见一粟编《古典文学研究资料汇编·红楼梦卷》，第250页。

女娲补天，天津大港农民画

第二，石象征着傲岸孤介、独立不群、超凡脱俗的人格精神。中国古典文人往往以石自况，引石自喻，他们追求的正是这样一种人格精神。《周易·豫》六二爻辞谓：“介于石，不终，贞吉。”《象》曰：“不终日，贞吉，以中正也。”这里石被赋予中正不移的人格精神，《淮南子·说林训》谓：“石生而坚，兰生而芳，小有其质，长而愈明。”坚贞孤介是石的自然属性，也是它的人格属性，但这种人格精神往往不为世俗世界所容，因此石在世俗世界的命运是悲剧的、无用的、被弃的。白居易《太湖石》一诗谓：“天姿信为异，时用非所任。磨刀不如砺，捣帛不如砧。何乃主人意，重之如万金。岂伊造物者，独能知我心。”石生有异质，而不为流俗所重，不合时宜，面对茫茫尘世，百无一用，只有对自然造化剖白一片心迹，这正是一代中国知识分子的命运写照。太湖石以白居易等人的推重而名闻天下，而这里表现的是诗人无可奈何的人生感喟，这样，石的人格精神必然是出世的、隐遁的、逍遥的。

与石的落魄命运相反，玉在世俗社会里为世人珍重，因而它的人生意义也就不同，它的人格风范是入世的、拯救的、取悦于世俗的。《论语·子罕》“子贡曰：‘有美玉于斯，韫椟而藏诸？求善价而沽诸？’子曰：‘沽之哉，沽之哉，我待善价者也。’”玉是孔子及其门徒的人格意象。自比美玉反映着他们精神自信、高标自置，而待价而沽是他们人生理想的选择。古代知识分子的修炼琢磨都是为了使自己成为思想智慧的一块美玉，而所谓“明主”、“知音”就是他们的“善价”，这是以儒家为代表的古典士人的“达则兼济天下”理想的最高象征，这就是所谓“君子比德于玉”。《礼记·聘义》把“君子比德于玉”发展得更具体形象了，即曰“九德”——“温润而泽，仁也；缜密以栗，知也；廉而不刿，义也；垂之如坠，礼也。叩之，其声清越以长，其终诎然，乐也；瑕不掩瑜，瑜不掩瑕，忠也；孚尹旁达，信也……天下莫不贵者，道也。诗云：'言念君子，温其如玉。'故君子贵之也"。儒家把无生命的玉理想化、人格化了，人类的优秀品质都集玉一身，其实并不是玉具有如此之多的优秀品质才被世人推重，恰恰相反，它是由于人们的推重才被赋予如此之多的优秀品质，《礼记》的话是富有意味的，"天下莫不贵者，道也"，可谓卒章显志之语，人们之所以以玉为象，比德于玉，追求的还是"天下莫不贵者"。像玉那样为世人推崇器重，是引玉自喻的根本目的，因而以玉为象征的理想必然是建功立业传之久远，争取社会的认同。

第三，石与玉是代表着不同的人生体验的哲学语言。儒家重锻炼，重陶冶，重入世，因此玉是儒家哲学的重要象征物，玉是他们智慧与才情的比喻，待价而沽是他们的人生选择。而佛道两家贵自然，法原始，重遁世，因此石是佛道思想的深刻表现形式。石为玉之根，玉的本质是石。但玉又是被文明异化了的石头，人们推重玉是因为它是雕琢，是文明，是入世，但在佛道看来，石才是本真，是先天，玉是空幻，是后天。石是本相，玉乃是幻相，所以佛道哲学往往选择石作为哲学语言，表达对宇宙人生的体验，道家把自己的隐居之所称为石室，佛家讲求"聚石为徒"，都把它作为一种哲学语言。佛家有一则顽石点头的故事说，晋僧竺道生尝于虎丘山聚石为徒，讲《涅槃经》，群石皆为点头。过去人们都把"顽石点头"看做是佛法巨大的感动力量，其实，它还有一层寓意，顽石是最自然、最本真、最无成见的存在，顽石点头是对佛法最根本的默认，而石头本身也是一种深刻的哲学语言，选择何种意象作为哲学的语言，就体现着怎样的思想情趣。庄子在自己的著作里经常描写的是那树于"无何有之乡，广莫之野"的树木，而曹雪芹描绘的则是大荒山中青埂峰下的一块顽石，石头是艺术意象，也是一种哲学语言。

在《红楼梦》里始终贯穿着石与玉两个世界的冲突，这正像一枚硬币的两面，石是玉的根本，而玉又是异化了的石头，这样二者又构成了根本冲突，石与玉的冲突是建立在传统文化规定性基础上的。

在时空世界里，石代表的空间是神界，时间是原始，玉代表的空间是俗界，时间是现实。石源自于神界，玉跌落于俗界；石是本真，玉是人为；石代表自然无为，玉代表世俗欲求。

《红楼梦》就是以石在神界中诞生而开篇的。石头来自于女娲炼石补天之时，于大荒山无稽崖炼成的三万六千五百零一块的弃而无用之石，女娲意味着造物，是神界，“无用”是这块石头的根本属性。用是适用规范，是合目的性，而无用才是自然，才是本真，这里的“无用”是出世，是本源，是无目的。而在道家哲学看来“无用”才是最自然、最本真的，是自然的“无用之用”。《红楼梦》将这块石头放到“无稽崖”下，正是指示原始混沌的苍茫远古，石正是从神界、从远古中获得了神性品格。

从神界跌落于俗界，是由石而玉的结果。玉，即欲，用王国维的话说，是人世间种种欲望。驱使石幻化成玉的内在动力有两种：一是利欲，一是情欲。利欲体现为顽石“见众石俱得补天，独自己无才，不得入选，遂自怨自愧，日夜悲哀”，这体现了入世欲望。情欲体现为对三生石畔绛珠仙草的灌溉之恩，用小说的原话就是“携带弟子入红尘，在那富贵场中，温柔乡里受享几年”。富贵场，主要指功名利禄，限于男性世界，它是利欲；温柔乡，主要指儿女私情，连接女性世界，它是情欲。“玉”是利欲与情欲的集中体现。玉是异化了的生命，因此它是悲剧的。曹雪芹不遗余力地嘲笑讥讽玉的目的正在于此。第八回有一首《嘲顽石幻相》的诗：

女娲炼石已荒唐，又向荒唐演大荒。
失去幽灵真境界，幻来亲就臭皮囊。
好知运败金无彩，堪叹时乖玉不光。
白骨如山忘姓氏，无非公子与红妆。

诗题为“嘲顽石幻相”，石之幻相就是玉，玉是锻炼，是人为，是造作，这个过程是失真，由石而玉在曹雪芹看来是异化的过程，是一个由真生幻，是由“幽灵真境界”走向“亲就臭皮囊”的过程。在世俗的眼里是金玉生辉，而曹雪芹看来，由于失去了自然灵性正是“金无彩”、“玉不光”。因为曹雪芹一直向往着青埂峰下逍遥任性的原始境界，神界的石才是理想的逍遥游的世界，即：“天不拘兮地不羁，心头无喜亦无悲。”虽然玉为世俗所贵重，但它一经琢磨，失去自然，必然是束缚，是羁绊。

但是，“红尘俗界之玉，既然本源于神界之石，是由一块真石蜕变而成的假玉，因而假玉在红尘中的生涯又必然是短暂的，最终还是要还原为石之本真，复归于神界本源，从哪里来，必然要回到哪里去”①。所以一僧一道应允携石头下凡时，曾

① 梅新林:《“石”、“玉”精神的内在冲突》,载《学术研究》1992 年 5 期。

有预言："待劫终之日，复还本质，以了此案。"经过十九个春秋的悲欢离合、生死磨难后，最终又将其携回原处，形质归一，应了当年的预言。石与玉把《红楼梦》的世界划分成神界与俗界两个层面，神界是理想世界，俗界是现实世界。《红楼梦》是一个由神界到俗界再回归于神界的过程。形式上由石到玉，再由玉还原于石的循环历程，也是从象征到故事，再从故事到象征的过程，这个过程可以概括为：

世　界	形　式	表　现
神　界	弃　石	象　征
↓俗　界	↓宝　玉	↓故　事
↓神　界	↓顽　石	↓象　征

在情感世界里，石与玉代表着神缘与俗缘两种爱情世界，神缘的爱情是以石为象征的"木石姻缘"，而以玉为象征的"金玉良缘"则是世俗的婚姻。

以木石与金玉作为理想与世俗两种姻缘的象征，作者是颇费匠心的，木是道家经常选用的自然本质符号，庄子经常描绘那些"树之于无何有之乡，广莫之野"、"不夭斤斧，物无害者"的大树，它是自然之道的象征。选择天然任性的"木"与冷峻寂寞的"石"相配，构成一段神缘的象征，本身意味着这种情感是天然、富有神性的。而金玉姻缘则另有寓意，金与玉一样，它们都依靠世俗社会的承认，适应人们的富贵荣华的欲求，而有了非同寻常的意义。金与玉本身就是世俗的选择，金与玉在传统文化里是最具人为意义的符号，这样玉只能与金相配，构成《红楼梦》的世俗姻缘。

木石前盟源于神界，它源于自然的生命，这一爱情的基础是不期而遇的，甚至是宿命的。绛珠仙草（木）有感于神瑛侍者（石）的"甘露之惠"而下凡以泪相报，这是命运的、必然的，同时又是反世俗的。贾宝玉林黛玉的爱情是建立在反世俗、反礼教、重感情、重本源的神性基础上的。他们依靠的不是父母之命、媒妁之言的后天培养，而是似曾相识、一见钟情的先天吸引。黛玉的任性、心直口快是她石性性格的体现，林黛玉一出场，作者就借宝玉之口点出她的名字出处："西方有石名黛，可代画眉之墨"，虽名为玉，本质是石性，黛玉不过代玉耳，是假借。而另一桩金玉良缘，却是人为，是造作，是世俗。一方面这桩婚姻依附的是贾母、王夫人等世俗社会的承认，贾母等人为着传宗接代、富贵荣华的梦想，刻意地、精心地撮合这段姻缘，而不是自然生命的相互吸引。

另一方面薛宝钗为着实现这桩姻缘也不遗余力，按照一种礼教规范去雕镂自己的天性，在世俗欲望的驱使下把自己规范成一个举止言谈望之如春、温其如玉的大家淑女形象，因此自然的、源于神界的“木石姻缘”与人为的、源于俗界的“金玉良缘”构成了《红楼梦》情感世界的根本冲突——“都道是金玉良缘，俺只念木石前盟，空对着山中高士晶莹雪，终不忘，世外仙姝寂寞林，叹人间美中不足今方信，纵然是举案齐眉，到底意难平。”

贾宝玉身上体现着石与玉两种精神。他本质上是石，所以向往木石前盟，但他的社会角色又是“通灵宝玉”，于是他又无奈于世俗的选择。在世俗世界里，金玉良缘战胜了木石前盟，但在精神领域里则是木石前盟战胜了金玉良缘，因为木石前盟是神缘，它是精神的契约，而金玉良缘为俗缘，它是肉体的结合。作为“石”的贾宝玉只能与“木”结缘，它排除了肉体的结合，在精神上始终向着“木”，这样，木石前盟就只能是纯精神的呼应与认同，是圣爱不是性爱，而神缘与圣爱只能以“泪尽而逝”的生命毁灭为祭礼。而作为“玉”的贾宝玉又必须与“金”相配，它可以实现肉体的结合，但精神上却永远彼此分离。对于“金”即宝钗来说，她可以配到玉，却永远配不到玉的本真——石，玉不过是他的俗界幻相，最后他还是复归于石并且与木复合的，尽管他们完成了肉体的结合，是金之于木、俗之于神的胜利，但这是虚假的胜利，表面上是喜剧，实则是悲剧。①

在人的世界里，石性与玉性代表着不同的人格精神。石与玉把《红楼梦》里的人物划分为两大阵营，石头体现着超越世俗、返回本真的人格美学，而玉则反映着执迷现实、追功逐利的人生理想。主人公贾宝玉是石，甄宝玉才是玉，这一点以后我们还可以谈到。林黛玉是石性的，薛宝钗是玉性的；晴雯是石性的，袭人是玉性的。在结构性人物里，甄士隐是石性的，贾雨村是玉性的。石性与玉性体现着《红楼梦》里的人格冲突。

以贾政为代表的封建贵族阶级费尽心机地要把贾宝玉雕刻成适应他们贵族阶级需要的通灵宝玉，玉代表着他们对功名利禄的追求，代表着传宗接代、香火延泽的梦想，因此他们规劝贾宝玉的是经济仕途，逼迫贾宝玉去读孔孟之道、四书五经，考取功名。而贾宝玉却总是以自己的石性对抗着社会对他的改造异化，对贾府上上下下视为命根子的通灵宝玉，他表现得漫不经心，甚至摔玉、砸玉、骂玉，他既不想接受经济仕途的人生梦想，更不接受世俗世界为他安排的“金

① 梅新林：《“石”、“玉”精神的内在冲突》，载《学术研究》1992 年 5 期。

玉良缘”，而追求本真自然的“木石前盟”。

林黛玉的基本性格也是石性的，林黛玉与贾宝玉性格的相通是石性的相通，林黛玉不屑于人情世故，一任天性，她更不与宝玉去谈功名事业之类的混账话。黛玉对那块“通灵宝玉”表现得格外冷淡，贾宝玉几次摔玉、砸玉、失玉，大家乱成一团，而独黛玉冷漠置之，比起玉来黛玉更注重宝玉的人本身。而薛宝钗则不同，她的命运始终与玉联系着，她对于玉是欣赏的、赞美的、艳羡的，所以作者有意描写了她赏玉的情形，把那“大如雀卵，灿若明霞，莹润如酥，五色花纹缠护”的宝玉，托于掌上，品评鉴赏，这是一个极富象征意义的细节，这不仅意味着薛宝钗端庄淑雅、温润圆熟的玉性品德博得贾府上下的喜悦，也预示着薛宝钗的命运也与玉所代表的世界相始终。

《红楼梦》中还有两个石性与玉性的结构性人物，石性的代表人物是甄士隐，玉性的代表人物是贾雨村。《石头记》的序幕是由甄士隐的出场而拉开的，他是神界与俗界的中介人物。他是先知者，他在梦里最早获得了石头身世及“木石前盟”的种种秘闻。他是先觉者，他在接连发生的“失女”、“失火”等重大变故后，率先看破红尘，跟随一僧一道出家，为贾宝玉从玉（俗性）复归于石（神性）作了示范。而贾雨村则是玉性（欲界）的代表人物：他的出场是《红楼梦》欲界泛滥的开始。他从“葫芦庙”走向世俗世界，他从一介贫寒书生，通过科举功名，世故斡旋，在富贵场、温柔乡里实现着世俗的追求，他是欲界的先导者，因此贾政等人把他作为一种人生典范常常引荐给贾宝玉。另一方面他又是林黛玉的启蒙塾师，然后又由他带着黛玉到贾府，与贾宝玉在俗界相合，象征着情感的欲求。

《红楼梦》的那块欲望象征的“通灵宝玉”，映照出贾府里众多人物的心灵世界，展现着不同的精神追求。贾母、王夫人、袭人、王熙凤等人把“通灵宝玉”视为至命之宝，他们用性命护卫着象征世俗欲求的玉。第三回宝玉摔玉时，吓得众人一拥争着拾去，贾母更是露骨地说：“你生气，要打人骂人容易，何苦摔那命根子。”在世俗界里“欲”（玉）即是命根子，这一点是富有启发意义的，而宝玉失玉一回中，整个贾府都慌乱起来，袭人甚至哭道：“要是上头知道了，我们这些人就要粉身碎骨了。”“欲”（玉）是世俗的基础，是社会秩序的代表，因此每一次玉的变故，都在贾府中引起巨大的变动，而看破幻相的作者，是以冷峻的眼光去看贾府里护玉的人们，作者的目光无疑是奚落的、冷峻的、嘲讽的。因为作者看到的是石头。贾宝玉在癞头和尚还玉后说的一段话颇有意味：“你们这些人，原来重玉不重人，你们既放了我，我便跟着他走了，看你们就守着那块玉怎么样？”

就《红楼梦》而言，“重玉不重人”是点题的话，玉是秩序，玉是符号，玉是社会，玉是世俗，而石才是人，才是本真，才是自然，才是神圣。重玉不重人，是对人类整个存在的颠倒，作者是借助玉与石来控诉文明对人类的异化，是向整个社会的大声抗议。一块玉把《红楼梦》划分成了两个世界，也划分出人类自然生命与社会生命的两个层次。贾宝玉看破了玉，说破了玉，自然也就识破了人，说破了社会，说破了人生，这正是《红楼梦》的创作主旨所在。

四　哀婉的石头：贾宝玉的双重角色

《红楼梦》是中国文学史上真正具有悲剧意义的小说，鲁迅先生深刻指出《红楼梦》是“悲凉之雾，遍布华林”[①]。石头是《红楼梦》的中心意象，因此《红楼梦》的悲剧意义是通过石头来体现的，从这个意义上说，《红楼梦》里的石头是哀婉的、悲剧的石头。贾宝玉是石头的化身，哀婉的石头是因为有了哀婉的贾宝玉，悲剧的石头是因为有了悲剧的贾宝玉。

贾宝玉的真正悲剧是他担当着石与玉双重角色。贾宝玉是源于神界的石头，他的原型是女娲炼石补天遗留下的弃石，但俗界里他却是灿若明霞、莹润如酥的通灵宝玉。贾宝玉的自然角色是石，是出世，是顽劣，而他的社会角色是玉，是入世，是机巧，人们往往只注意到他玉的角色，看不到他的本质，因此贾府上上下下的人都对他寄予玉的呵护、玉的希望。不仅贾政、贾母、王夫人等长辈想把他雕刻成一块晶莹澄澈、惹人喜爱的宝玉，希望他做一位入世的有所为的贵族阶级的继承人，即使薛宝钗、史湘云等人也屡屡提醒他要在仕进科举上有所作为。贾宝玉不是玉，而在世人眼中他却是玉，人们按照玉的标准衡量他，要求他，雕琢他，这是贾宝玉性格的根本冲突，贾宝玉的真正悲剧是一块自然本质的石头坠入尘世成为他无力承担的通灵宝玉。戚序本第三回脂评：

> 补不完的是离恨天，所余之石岂非离恨石乎！而绛珠之泪偏不因离恨而落，为惜其石而落，其人不自惜，而知己能不千方百计为之惜乎！

曹雪芹是为石头一洒同情之泪的，而石是人的象征，人类命运系于一石，所以绛珠之泪“不因离恨而落，为惜其石而落”，正是从这种悲剧意蕴出发，曹雪

① 见《鲁迅全集》第8卷，第193页。

芹描绘出一块哀婉的石头。

为了说破贾宝玉玉的幻相，《红楼梦》设计了另一个人物甄宝玉。王希廉说："《红楼梦》一书全部最要关键，是真假二字。"[①]而人们往往只注意了甄士隐之"真"，贾雨村之"假"，而忽略了贾宝玉之"假"，甄宝玉之"真"。贾宝玉是假宝玉、真石头，甄宝玉则是真宝玉、假石头，因此甄宝玉才符合玉的精神、玉的品格，于是他第一次出场就是一番经济道德之类的言论：

> 后来见过大人先生，尽都是显亲扬名的人，便是著书立说，无非言忠言孝，自有一番立德立言的事业，方不枉生在圣明之时，也不致负了父亲师长养育教诲之恩。

幼年的甄宝玉也曾与贾宝玉有一样的容貌、一样的禀赋，而在"大人先生"的教化之下，他向世俗世界妥协了，一块自然的石头被同化成贵族阶级宠爱的宝玉，这同贾宝玉最终不肯向世俗教化妥协形成了鲜明的对比，因此贾宝玉对甄宝玉的禄蠹旧套极为反感，对他寄身功名的理想"愈听愈不耐烦"、"冰炭不投"，他自称是"至浊至愚的顽石"，恰恰说明他最终未被同化，而最终成为与统治阶级抗衡的顽石。

贾宝玉的本质是一块顽石，因此他的精神气质里一直渗透着向世俗挑战的顽石精神。脂评谓宝玉是"今古未有之一人"，这一形象之所以亘古未有，正因为他是一个具有顽石精神的人。尽管以往的文学也塑造了许许多多正义、向上、奋发有为的形象，但他们或殉家国，或取功名，并未跳出英雄模式的窠臼，他们最终免不了是一块玉，他们的冲突往往是正义与非正义、正统与非正统的冲突。只有贾宝玉形象完全脱离这种冲突模式。贾宝玉一任天性、追求个性解放的自然品格，是以往文学形象中少有的，他始终以他的顽石品格向同化他的社会道德文明教化作斗争，贾宝玉并没有具体的敌人，与他冲突的不是某种政治力量、某个人物，而是整个人类被异化的命运。

贾宝玉的顽石精神是世俗世界不能承认、不能接受的，第六十六回兴儿对尤三姐有一段评论贾宝玉的话：

> 成天疯疯癫癫的，说话人也不懂，干的事人也不知。外头人看着好清俊模样儿，自然心里是聪明的，谁知里头更糊涂，见了人，一句话也没有。所有的好处，虽没上过学，倒难为他认得几个字。每日也不习文，也不习武，又怕见人，只爱在丫头群里闹。再者，也没个刚气儿，

① 王希廉:《红楼梦总评》。

有一遭见了我们，喜欢时，没上没下，乱玩一阵；不喜欢，各自走了，他也不理人，我们坐着卧着，见了他也不理他，他也不责备，因此，没人怕他，只管随便，都过得去。

顺着兴儿的目光我们可以看出世俗眼光里的贾宝玉，他“也不习文，也不习武”，是因为没有功名事业之类的利欲，因此不想学那套经济文章；他厌恶世俗，不屑于与王公士人之类人物来往，因此“他又怕见人”，而他对那些天真烂漫的少女们情有独钟，他爱女性的天生丽质，无功名利欲的追求；他任其天性，童心洋溢，因而绝无主子的威严。这一切顽石本性，在人欲横流的世俗世界里，是不能被人理解的，必然被视为荒诞怪异，被视为“疯疯癫癫”，他的话人听不懂，干的事人不理解，这样的品性在欲界泛滥的世界里，必然是孤独的、寂寞的。

贾宝玉的孤独悲凉体现在他不是某个时代、某种政治力量的叛逆者，而是整个历史、整个文明的叛逆者。贾宝玉的原型是女娲炼石补天的弃石，弃石意象很能说明问题。在传统文化中，女娲是创世者，是历史的起点，是文明的象征，而被女娲所弃，说明贾宝玉的精神是为整个文明、整个历史所遗弃的，他是历史和文明的放逐者，他的精神源于比女娲创世更古老的原始、太一。

贾宝玉的悲剧源于他跌入俗界成为通灵宝玉，这种由石而玉、由神性坠入世俗的悲剧并不是贾宝玉一个人的，而是整个人类的悲剧。在顽石入世以前，茫茫大士明明知道他“没有实在的好处”——“于国于家无望”，于是在顽石上镌刻上“通灵宝玉”，蒙骗世人认为他是奇物，又刻上“莫失莫忘，仙寿恒昌”八字隐语，叮嘱其保全石的本性。这样在他身上就有两种力量牵引着他：一是潜藏于他身上回归本真、鄙弃利禄的石的力量，一是使他贪恋红尘、默认世俗的玉的力量。

但是尽管宝玉具有先天之石的回归本真的倾向，而一旦跌落到俗界之后，又必须完成他作为“玉”的种种欲求之后，方能还原为石，由俗性回归于神性。

顽石入世后，有两次大的劫难。两次劫难事关宝玉的生死，而两次均是石性的迷失。一次是被人世的“声色货利所迷”，失去了灵性，抵御不了马道婆、赵姨娘制造的邪祟，癞头和尚所说“粉渍脂痕污宝光，房栊日夜困鸳鸯”，意即宝玉沉溺于富贵环境中，终日与少女们厮混在一起，为情爱困扰，失去了顽石的自然属性，顽石经和尚的摩弄，宝玉的狂疾才霍然痊愈。另一次是顽石的丢失，这次的丢失时间最长，所历劫难也最长，这一方面是因为木石前盟破灭，金玉良缘成为事实，世俗的性爱战胜了神界的圣爱；另一方面贾宝玉面对强大的世俗力量显示出无奈而悲凉，他不满家长操纵的婚姻，怀念黛玉，又默认金玉良缘，“把爱慕黛玉的心略移到宝钗身上”而安于现状，他由鸳鸯自杀想到聪明灵秀钟于女儿之身，又感到她为主子殉身是可敬的人物，如此等等。世俗的牵引使他石性迷失，使他的生命处于枯萎痴呆状态，每一次石性的迷失都使灵秀俊气的宝玉呆痴衰钝，灵气丧尽。作者的寓意是深刻的，以石为象征的自然生命，是人生命的根本部分，脱离了自然生命的属性，人必然是一个毫无亮色的空壳。《红楼梦》在象征意义里揭示的是石头在世俗世界里的哀婉无奈。

哀婉有两方面的意义：一则意味着石头在现实世界里与世扞格，难为世俗所容，一方面自然的属性又被现实的物欲情欲吸引，而失去它的光彩，给生命带来危险。

荷尔德林诗云：“哪里有危险，哪里便有救。”拯救正源于危险之所在，石头的拯救者是一僧一道所代表的自然本真的佛道思想，是对世俗的逃离和否定，在否定了形形色色的现象世界之后，作者指示的只能是本真而空无的自然世界。这样，玉在经历了人间的种种劫历之后，必然回归到石。

贾宝玉生命灵气的两度高扬是从他石的觉醒开始的，从此宝玉从垂危软弱中振奋起来。当他看到甄宝玉石性丧尽，堕落成热衷功名的“真宝玉”时，公然说自己“只不过一块顽石耳”，这是石性恢复的开始，照应了“莫失莫忘，仙寿恒昌”的话，因此，贾宝玉坚决地走向玉的反面——石，所以他对甄宝玉一套禄蠹理论大为反感，重新燃起反对“文章经济，为忠为孝”的怒火。贾宝玉身上的彻底反抗，是在顽石的作用下，面对贾政让他参加乡试的强大压力，决心牺牲荣华富贵，抛弃妻妾父母，遁入空无，形质归一，回到茫茫大荒山下，这是贾宝玉最有光彩、最动人的一章，也是贾宝玉石性大放异彩的一章。

毗陵驿宝玉与贾政的相逢是有象征意义的，这时的“宝玉光着头，赤着脚，身上披着一领大红猩猩毡的斗篷”，在一僧一道的挟持下，了却尘缘，飘然而去，唱着“渺渺茫茫，归彼大荒”的歌，消逝在迷迷茫茫的远方，而在毗陵驿的雪夜中，贾政追赶着随僧道而去的宝玉，累得气喘吁吁，最后只见“白茫茫一片旷野，并无一人”。

贾政是贾府男性势力的最高代表，在他身上体现着深刻的玉的精神，一方面他是立在贾宝玉等晚辈面前的入世的楷模，一方面他又处心积虑地想把贾宝玉雕刻成晶莹温润、为世推重的“宝玉”，但他最终面对白茫茫大地一无所获，这象征着玉的失败，石的胜利。通过故事高唱自然人性战胜世俗的欲望，除曹雪芹外尚无第二人。

贾宝玉源于石，必归于石，因此贾宝玉的归宿不是出家成了和尚，而是重新回到大荒山下成为顽石，这就是甄士隐所说的“形质归一”，形是玉，质是石。许多人指出贾宝玉后来应当出家为僧，遁入空门，其实这只是皮毛之见。贾宝玉的基本性格是石，他的性格是沿着弃石、顽石、迷石、醒石的线索发展的，所以《红楼梦》在全书的结尾处又重新让石头出场，以照应全书：

方知石兄下凡一次，磨出光明，修成圆觉，也可谓无复遗憾了。

在历尽红尘凡劫之后，贾宝玉重新归结为一块冷峻寂寞的石头，比他出家当和尚更有精神的震撼力，更能揭示世俗的悲剧，揭示生命的空幻。正是在这一点上，我宁可相信后四十回不是续书！

五　石头的来历：顽石意象的文化和文献来源

曹雪芹对石头情有独钟，他不仅写石，也画石。他的生前好友敦敏《题芹圃画石》诗谓：“傲骨如君世已奇，嶙峋更见此支离。醉余奋扫如椽笔，写出胸中块垒时。”雪芹画笔下孤傲峥嵘、冷峻峭拔的顽石形象，与《红楼梦》里孤介不群、飘然物外的贾宝玉的形象是一致的，顽石形象寄托着曹雪芹的人生感悟和艺术体验，以石写情，以石寄志，借石写出他的抑郁愤懑——“写出胸中块垒”，是曹雪芹写石和画石的创作本意。

虽然《红楼梦》和曹雪芹画笔下的顽石都突兀奇异，但石头的意蕴却根植于中国思想和艺术传统。源远流长的中国石文化和古典诗人对石头的歌唱，启发和激励着曹雪芹的艺术创作灵感，从这个意义上说，《红楼梦》里的石头是大有来头的。

石头在中国文化中有相当重要的地位。人类历史曾经历了漫长的石器时代，原始人类高举着石斧，在蛮荒中艰难前行，石头是人类最早的工具之一，也是人类最早崇拜的偶像。我国四川摩梭人崇拜一种叫“久木鲁”的灵石，妇女祈求生育，即向久木鲁礼拜祭祀。《太平御览·地部十七》记四川南部的凉州有一种乞子石：“乞子石在马湖南岸，东石腹中出一小石，西石腹中怀一小石，故僰人乞子于此，有验，因号乞子石。”在万物有灵的观念里，石头不仅不是无生命的客体，而是孕育巨大生命创造力的灵物，因此就有了石能生人的种种神话传说。

佚本《淮南子》记大禹与涂山氏相恋，子孕腹中，大禹化熊治水被涂山氏偶然遇见，涂山氏羞愧而去，化为一块石头，大禹追随而至，高呼“归我子”，于是石生下启。[1]神话石能生人的传说，极大启示了后代艺术家的创作灵感，《西游记》中的孙悟空就是由顽石演化而来的横空出世的敢作敢为的英雄。

河南登封启母石：表现石头生人的神话观

贾宝玉也是由一块顽石演变而成，其中渗透着石能生人的观念。而这一形象负阴抱阳，秉天地之灵气，贾宝玉“愚顽怕读文章”，不屑于经济仕途，但其诗文造诣极高，大观园里的题藻，实令腐儒汗颜，这一点连贾政后来也不得不承认：“你看宝玉何尝肯念书？他略一经心，无有不能的。”贾宝玉是石性的，他不谙世故，但气韵非凡，通脱潇洒，在经济仕途上他愚呆笨拙，而在天真烂漫的女儿国，他则英气逼人，超迈群伦。这一形象倾注了曹雪芹对石头的挚爱之情，他把天地之灵气集于石，又把石之灵气集于宝玉一身，宝玉是人格化的石头，在贾宝玉这一形象上，我们似乎听到了中国古典文化对石头的礼赞和歌唱。

歌唱石头是中国文学的传统，爱石、品石、赏石是传统文人的雅好。在西方石是一种器皿，是一种建筑材料，而在中国它则是诗，是艺术。崇尚自然、独立不群的诗人，常引石为知己，视石为同类。李白在黄山对石饮酒赋诗，醉中绕石三呼，袁宏道每遇一石，无不狂呼大叫，李开先与石为友，“把酒浇石示同志”，僵冷的石头融入了诗人的无限寄托、无限诗情。

①《汉书·武帝纪》，颜师古注引《淮南子》，今本《淮南子》无。

石外表粗糙，形质狞厉，往往被赋予痴顽之性，而正是这一点引起诗人的赞美，诗人以此表现自己远离尘嚣、逃避世俗机巧的胸怀。石有痴性，诗人也以痴性待之。宋代的米芾即有石痴之称，《石林燕语》卷十记米芾：“初入州廨，见立石颇奇，喜曰：‘此足以当吾拜。’遂命左右取袍笏拜之，每呼曰‘石丈’。言事者闻而论之，朝廷亦传以为笑。”米芾带领下属，奉上袍笏，拜一顽石，足见其爱石之痴，爱石之奇。《梁溪漫志》卷六云：“米元章（米芾字）守濡须，闻有怪石在河壖，莫知其所自来，人以为异而不敢取，公命移至州治，为燕游之玩。石至而惊，遽命设席，拜于庭下曰：‘吾欲见石兄二十年矣。’”与石称兄道弟，倾述思念之情，米芾是第一人，曹雪芹在《红楼梦》中呼石为“石兄”，是对米芾石兄的回应。第二十五回和尚将通灵玉擎在手上，一声长叹道：“青埂峰下，别来十三载”，一个欲见二十年，一个别来十三载，都将石设为知己，倾诉相思，与米元章的情感相承一脉，这种痴气、愚气构成了石性的重要特征，正像人们不理解许多石痴一样，宝玉不耐俗物，喜聚不喜散，整日与女儿厮混，都是痴气、呆气、愚气的石性表现。

在中国文人眼中，石不仅不是僵硬冷峻的存在，而是最丰富、最复杂的情感世界，李时珍《本草纲目·总序》云：“飞走含灵之为石，自有情而之无情也。雷震星陨之为石，自无形而成有形，大块炎炎，鸿钧炉鞲，金石虽若顽物，而造化无穷焉。”石是无情之物，又是至情之物，而这至情是历代诗人把自己的思想情感移情的结果。白居易《北窗竹石》诗云：

一片瑟瑟石，数竿青青竹。向我如有情，依然看不足。

情因人生，石传人情。苏轼以赏石著称，而将自己的情感志趣与石融为一体，石在东坡那里成为言情明志的载体，他在《题过所画枯木竹石》一诗中自信地说：“老可（文与可）能为竹写真，小坡今与石传神。”他自信最能传达石的情操、石的品格。东坡乃至情之人，石也成了至情之石，苏东坡对他喜爱的石头，无论巨细美丑，多用诗文记录，足见其用情之深、用情之专。东坡《杨康功有石状如醉道士为赋此诗》云：

海边逢姑射，一笑微俯首。胡不载之归，因此顽且丑。求诗纪其异，本末得细剖。吾言岂妄云，得之亡是叟。

诗人把顽固而丑陋的石头，当做庄子笔下“肌肤若冰雪，绰约若处子”的藐姑射神人，对它含情微笑，似有所悟，石头在这里已被赋予情韵悠长的灵魂。

曹雪芹同样赋石以至情。贾宝玉对大观园里的少女们无不倾以真情、至情，不分贵贱，无论贤愚，他把心捧给了林黛玉，也献给了大观园里所有的人。

象征是一种传统，人类是借助传统使用象征的，曹雪芹正是站在传统文化基点上描写石头的故事，歌唱石头的性格，创造出贾宝玉这一至痴、至情、至灵的顽石形象的。

石头的意味与传统文化的联系，不仅表现在宏观的象征情韵上，而且在具体的文献资料上也给曹雪芹以启示，由此可以看出《红楼梦》与传统文化的深刻联系，兹举几例：

（1）“怪石似玉”

《尚书·禹贡》记青州有“铅松怪石”，孔安国注云：“怪，异，好石似玉者。”《山海经·中山经》谓：“荀床之山，无草木，多怪石。”郭璞注曰：“怪石似玉者也。”“怪石似玉”有三个方面的意义：第一，怪石是超乎寻常的，相对于常，它是怪，是异，是奇。第二，怪石的外表近乎于玉，石的形式是玉。第三，怪石的本质是石，似玉而非玉，似玉而实石。贾宝玉正是一块似玉之怪石，在世俗的眼光里，他的举止异常，言行异端，这就难免在贾府内外被视为怪，是异，是奇；贾宝玉又似玉，他先天地拥有一块举世罕见的“通灵宝玉”，玉是他的招牌，这就难免世人以玉视之，按照玉的标准要求他，琢磨他；但石的宝玉又注定是不可雕琢的石，这一点决定他必须回归到无稽崖畔，成为一块冰冷的石头。

苏轼甚至将这种怪石供奉到佛龛前，他在《怪石供》中说：

> 《禹贡》青州有铅松怪石，解者曰怪石似玉者。今齐安江上往往得美石与玉无辨，多红黄白色，其文如人指上螺，精明可爱，虽巧者以意绘画，有不能及者。岂古所谓怪石者耶？凡物之丑好生于相形，吾未知其果安在也。使世间石皆若此，今之凡石复为怪矣。海外有形语之国，口不能言，而相喻以形，其以形语也捷于口，使吾为之不已难乎。故夫天机之动，忽焉而成，而人真以为巧也，虽然自禹以来怪之矣。
>
> …………
>
> 而庐山归宗佛印禅师，适有使至，遂以为供，禅师尝以道眼观世间一切混沌空洞，了无一物，虽夜光尺璧与瓦砾等，而况此石。虽然愿受此供，灌以墨池水，强为一笑。使自今以往，山僧野人，欲供禅师而力不能办衣服饮食卧具者，皆得以净水注石为供，盖自苏子瞻始。

苏东坡这篇《怪石供》对考察《红楼梦》的怪石渊源具有重要意义。欣赏怪石是中国文化的一个传统。从《禹贡》《山海经》到苏轼再到《红楼梦》，有一个源远流长的历史过程，用苏东坡的原话即“自禹以来怪之矣”。《禹贡》欣赏的是“怪石似玉”的形状，苏轼深爱的是“怪石似玉”的情韵，而曹雪芹塑造的是“怪石似玉”的性格，讲述的是“怪石似玉”的故事，怪石在曹雪芹笔下更具体、更生动了。

苏轼把怪石供奉到佛龛前，他自信以石奉佛，“盖自苏子瞻始”，使石沐浴、浸染了佛家精神，这一点也深为曹雪芹继承，《红楼梦》里的石头也总是和尚的掌上之物，由僧道带入红尘，其间顽石蒙尘纳垢之际，又经佛掌摩挲而灵光恢复，最后又在一僧一道引导下复归于大荒山，曹雪芹也是以石为供，只是他奉献的不是一块具体的石头，而是石之精神。

（2）“夫宝玉题之以石”

《红楼梦》石头意象的另一个来源是大家耳熟能详的和氏之璧的故事，这个故事见于《韩非子·和氏》：

> 楚人和氏得玉璞楚山中，奉而献之厉王，厉王使玉人相之，玉人曰：“石也。”王以和为诳而刖其左足，及厉王薨，武王继位，和又奉其璞而献之武王，武王使玉人相之，又曰：“石也。”王又以和为诳，而刖其右足。武王薨，文王即位，和乃抱其璞而哭于楚山之下，三日三夜，泣尽而继之以血。王闻之，使人问其故，曰：“天下之刖者多矣，子奚哭之悲也？”和曰：“非悲刖也，悲夫宝玉而题之以石，贞士而名之以诳，此吾所以悲也。”王乃使玉人理其璞而得宝焉，遂命曰：“和氏之璧。”

和氏璧的故事代表着中国古代知识分子怀才不遇的命运，“夫宝玉而题之以石”是富有象征意义的话，古代士人都自比“宝玉”，自比“和氏璧”，但都得不到统治阶级的重视，被当做顽石，弃而不用。曹雪芹在《红楼梦》里是反其意而用之，这里表现的不是“宝玉题之以石”，而是“石题之以宝玉”，因为在曹雪芹的世界观里，人的悲剧不是才而见弃忠而被逐，恰恰相反，人的悲剧是为了种种世俗的欲望不断地改造自己、异化自己，把自己雕塑成为世俗世界所接受、所称颂的“才”，这个过程用艺术的象征语言表现就成了“石题之以宝玉”。玉虽为世人珍重，但它却丧失了天真与自然，这一点曹雪芹是紧承庄子的。庄子在《马蹄》中说，伯乐并不是千里马的知己，千里马未被伯乐发现之前，渴饮溪水，饥食丰草，性之所至，引颈长啸而一日千里。及之被伯乐发现，千里马被饰以笼络，穿以铁鞋，加以鞭策，日负重千里以致远，虽然受到世人推举，却由此失去了自由驰骋的草原，失去了本真天然的生命。应该说曹雪芹是深得庄子深致的。庄子笔下伯乐是文明的象征，它代表世俗，代表欲望，千里马则代表自然的天性，而曹雪芹是用玉来象征欲望与世俗，用石来象征本质自然，象征的形式虽有不同，但其命意都是一致的，都批判了人类与自然的异化。“宝玉题之以石”，固然是悲剧，但它至多是世俗的悲剧、欲望的悲剧，而“石题之以宝玉”才是真正的悲剧、彻底的悲剧，这正是曹雪芹反其意而用之的用意所在。

（3）“三生石”

贾宝玉与林黛玉的爱情源于三生石畔的灌溉之恩：

> 只因当年这个石头，娲皇未用，自己却也落得逍遥自在，各处去游玩。一日来到警幻仙子处，那仙子知他有些来历，因留他在赤霞宫中，名他为赤霞宫神瑛侍者。他却常在西方灵河岸上行走，看见那灵河岸上三生石畔有棵绛珠仙草，十分娇娜可爱，遂以甘露灌溉，这绛珠草始得久延岁月，后来既受天地精华，复得甘露滋养，遂脱了草木之胎，幻化人形，仅仅修成女体，终日游于离恨天外，饥餐秘情果，渴饮灌愁水，只因尚未酬报灌溉之德，故甚至五内郁结着一段缠绵不尽之意，常说“自己受了他雨露之惠，我并无此水可还，他若下世为人，我也去走一遭，但我把一生所有的眼泪还他，也还得过了”。

神瑛侍者与绛珠仙草这段缱绻动人、扑朔迷离的神界恋情演化成“石黛碧玉相因依”①的人间故事，但它的原型都是三生石畔。三生石是宝黛爱情的乐园。其实早在《红楼梦》以前，三生石已有了一段感人至深的友情故事。《浙江通志·杭州府》记：

> 三生石在钱塘县天竺寺后山，唐李源与惠林寺圆泽友善，同游三峡。泽亡，期后十三年见于杭州葛洪川畔。后如期至，忽闻牧童隔水呼源，乃圆泽也。歌曰：“三生石上旧精魂，赏月吟风不要论，惭愧情人远相访，此身虽异性常存。”歌毕拂袖而去。

三生石畔的友情故事与《红楼梦》里的爱情故事，有异曲同工之妙，绛珠仙草发誓以泪报石兄灌溉之恩，圆泽报李源友善之情，亡魂相期十三年后相见，他们同是“三生石畔旧精魂”，他们的故事都是发自灵魂深处、情感深处的故事，在形式上都以还愿报恩的方式出现，尤其是两则故事都有某种悲剧意义。贾宝

① 杜甫：《阆水歌》。

玉林黛玉的爱情固然以泪尽而逝的悲剧而告终，而李源圆泽的友情只能以亡魂形式传达出来，又何尝不是哀婉动人的，三生石有传达至情的象征作用。僧人修睦《三生石》感叹道："圣迹谁会得，每到一徘徊。一尚不可得，三从何处来。清宵寒露滴，白昼夜去偎。应是表灵异，就情安可猜？"正因为"三生安可猜"，所以曹雪芹把宝黛之间超越凡俗、超越肉体的神圣感情，放置到伊甸园般的三生石畔。

（4）"尤物已随清梦断"

石头是佛家说破幻相、指点迷津的象征符号，佛家的许多公案、机锋都因石而发，石头被赋予警示愚顽的作用，所以佛家有了觉醒的石头，顽石点头中的顽石即是觉醒的石头、感动的石头，《红楼梦》里的贾宝玉最后也成为一块醒石。

苏轼在湖口时曾见李正臣蓄异石——"玲珑宛转若窗灵然"，心中颇爱之，欲以百金购之，但时值东坡南迁，此事未果。八年后东坡重访湖口时，石已为他人取走，东坡怅然之后，心有感悟，作诗记之：

江边阵马走千峰，问讯方知冀北空。
尤物已随清梦断，真形犹在画图中。
归来晚岁同元亮，却扫何人伴敬通。
赖有铜盆修石供，仇池玉色自璁珑。[①]

一块宛转玲珑的石头失去了，但诗人并不执著于占有，而是从中有所领悟、有所启示——"尤物已随清梦断"，仿佛在经历了一段沧桑世变之后，已领悟到某种真谛，大梦初觉，飘然而去，只给诗人留下了"真形画图"，这即是"尤物已随清梦断"。《红楼梦》借一僧一道的口吻，常称石头为"蠢物"、"尤物"，而这尤物经历了一段锦绣繁华、世态炎凉之后，幡然醒悟，了却俗缘，辞别红尘，返回本真，在这一点上，《红楼梦》又是一个"尤物已随清梦断"的曲折故事。

从上面分析可以看出《红楼梦》的石头意象，联系着复杂而敏感的中国古典哲学和艺术的神经，它汇聚了从女娲补天到三生石，从禹贡"怪石似玉"到苏东坡"尤物已随清梦断"的丰富历史内容，因此叩响了石头就如同叩响了历史和艺术的钟声，使我们听到了千百万石头的歌声，这使我想起了海德格尔欣赏的一句诗：

蓝色的花，在古老的岩石中轻轻发出鸣响。

---

①苏轼:《壶中九华其二》。

六　石头的言说：石头的语言及修辞意义

石头是无言的，但无言的石头比起喋喋不休的言辞是更本真的言说。陆游有诗云："花若解语还多事，石不能言最可人。"沉默的石头蕴涵着最丰富、最生动的世界秘密，"石不能言最可人"，实在是一句道破石头底蕴的话。

海德格尔认为石头沉默的言说是存在的言说，它是宁静的言说，也是召唤的言说。海德格尔在《诗中的语言》中说："石头在言说，痛苦本身有言辞。沉默了很久以后，石头现在对追随陌生的灵魂的漫游者讲说它自己的力量与坚忍。"[①]石头以沉静的方式言说着世界的秘密，石头以沉默的方式召唤人加入到世界的原始宁静中。因为石头是最本源的，它比人、比时间都更古老，比原始更原始，它是世界的见证人，因此它隐含着一切关于人类和宇宙的秘密。海德格尔分析了诗人特拉克关于"石头"一词的运用之后说："石头的外观投射出它那来自太空破晓的寂静之光的远古本源，此作为开端的最早破晓渐渐投向那正在形成的万物，使万物的本质存在呈现出来。"[②]在存在主义哲学里石头是以存在的象征物出场的，因此西方存在主义哲学家总赋予它以最神秘、最本真的东西，石头成为自然的代言人。

以石作为神秘力量的代言人，《左传》就有记载，昭公八年记：

> 八年春，石言于晋魏榆，晋侯问于师旷曰："石何故言？"对曰："石不能言，或冯焉。不然，民听滥也。抑臣又闻之曰：'作事不时，怨讟动于民，则有非言之物而言。'"

依师旷的解释，石非言之物，石头说话意味着神灵的凭借，或者是人的行为得罪于上天。总之，石头是代表上天的意志代表神灵说话的。《汉书·五行志》将师旷的回答略作一点修改："石不能言，神还凭焉"，正是石代神言的最好阐释。石是沉默的，却是最高的言说，荣格的学生阿涅莱·亚费说："在古代社会和原始社会，甚至粗糙的石头，也具有高度的象征意义。粗笨、天然的石头通常被认为是幽灵或神的住处，在原始文化中，它们被用作碑石、界石或宗教崇拜物。"[③]石头是神的住处，是宇宙的神圣启示物，这是远古文化的普遍现象，《旧

---

① 转引自余虹《思与诗的对话——海德格尔诗学引论》，中国社会科学出版社 1991 年版，第 182 页。
② 转引自余虹《思与诗的对话——海德格尔诗学引论》，中国社会科学出版社 1991 年版，第 181 页。
③ 荣格：《人及其象征》，史济才等译，河北人民出版社 1989 年版，第 235 页。

约全书》曾记过雅各的梦：

> 雅各……向赫兰走去。他偶然发现了一个地方，准备整夜待在那儿，因为太阳下山了，他拿过一块石头，把它作为枕头在那里睡觉。他开始做梦，看见一架竖起在地上的梯子，梯子的顶端达到天国，他看到上帝的天使在梯子上上下来回。看到上帝站在上面，并说，我是神亚伯拉罕，是你的始祖，是以撒：我将把你躺的这块地方赐予你和你的后代。
>
> 雅各从睡梦中醒来，说，上帝确实在这里，但我不知道。他有些恐惧，说，这个地方真可怕！这不是别的地方，正是上帝的住处，是天堂的大门。早晨雅各一大早就起来了，拿起他当枕头用的石头，把它当一个柱子，竖起来，把油灌到石头顶上。他把这个地方称为"圣地"。

阿涅莱·亚费认为，这石头就是一个完整的启示，石头是雅各和上帝之间的中介物，石头把人带到了神的面前。这正是石头言说的意义，这种言说是超逻辑、超常识的，所以吴无奇游黄山遇怪石，往往大叫"岂有此理，岂有此理！"石头的言说是神性的，非常识、非理性的，这样的言说只能是"岂有此理！"

海德格尔认为真正的诗与诗人，是神性的言说。诗与诗人注定被抛在上帝与众生、神性与俗性之间，成为神性言说的代言人，这就难怪思想家、艺术家要借石寄志、抒怀了。

石是无言的，而诗人就成了石的代言人，虞淳熙曾写过《代石言》的诗：

> 石告贵人曰，我石无口，口在世间，我石不言，言在天下。

诗人自信自己是顽石的代言人，沉默的石因为有了诗人而有了说话的凭借，这似乎又可以颠倒过来，不是诗人代石言，而是石借诗人在说话。

石头在《红楼梦》里也是人神之间的媒介，它是指示神秘宇宙的象征物，犹如雅各梦中的石头指示了上帝的住处一样，《红楼梦》的石头，也把读者带到了混茫宁静的本真境界，作者即谓要"因空见色，由色生情，传情入色，自色悟空"，空是冷静而本真的存在，而指示存在的就是冷峻的石头。作者还通过石头的觉醒把人带出现实的执迷，走向神界的空灵，贾宝玉在离开贾府之前所说的"走了，走了，不用胡闹了，完了事了"一段话，是石头给读者的最后启示，它是双关的，也是象征的，它意味着贾宝玉玉的角色的终结，是石头向人们的呼唤。

石头不仅是哲学的语言，也是一种艺术语言，它不仅具有智慧的启示意义，也有美学的修辞意义。

石头是自然美的象征，出于中国深层美感心态的规范，中国人认为"无不忘也，无不有也，澹然无极而众美从之”。因此，往往推重那种“入水不濡，入火不热”“御六气以应无穷”的自然生命，从而也推重不假人工、不事雕琢的天然之美，反对“终身役役而不见其成功，苶然疲役而不知其所归”、“与物相刃相靡，其行尽如驰，而莫之能止”之类的人为努力和造作。石头之所以成为自然美的象征，关键是它的纯任自然，寂寞无为。“一方面，它是无始终，无生死，无喜怒，无爱欲，无意志的，成方成圆，任丑任陋，在它是无足轻重、无需费神之事。另一方面，它又将‘处于材与不材之间’的永恒生命状态，作为自己的目的，从来不生发扬蹈厉奋进征服之念。因此，在石头身上，体现了一种合规律与合目的、必然与自由的原始统一。”①一块元气结而成石，因此它才符合中国人的“大美”，大美乃是自然美。

石头又高扬了尚奇的审美风范，石的峥嵘突兀显示出与中庸相对立的审美精神。苏东坡说过“石文而丑”，一般认为石之丑是与美相对立的，其实“石文而丑”是与“常”相对的“奇”，郑板桥喜欢画石，他解释说：“一丑字则石之千态万状，毕从此出。彼元章（米芾字）但知好之为好，而不知陋劣之中有至好也。东坡胸次，其造化之炉冶乎？燮画此石，丑而雄，丑而秀。”丑的实质意义是峥嵘奇厉而超乎寻常的审美风范，这里的丑是至美，是“丑而雄，丑而秀”。

石头美学是宁静的。中国古典美学一直追求审美的澄澈宁静，但中国古典美学的静，不是寂灭，而是静化活动、静化状态，在这种状态里“语言言说着。……语言作为静的声音而言说”②。《红楼梦》的石头在描绘了种种锦绣繁华、兴衰存亡之后，归结为宁静无声的石头，言辞已是多余，而这艺术化的石头不是寂灭绝望，它是一个与万物、与自然融而为一的境界。

石头是哲学的，石头是艺术的，石头是人生的，石头是语言的，选择了石头意象的艺术表现也就选择了石头的哲学、石头的艺术、石头的人生，因为它代表着人类所有的哲学启示、艺术体验、人生领悟，这样石头就是语言的，《红楼梦》的石头就是这样一种语言，在这样的语言里，石头讲述着人类的故事，讲述着人类的命运，讲述着思想和艺术传统，从而显示出伟大的艺术震撼力。

---

① 潘知常：《众妙之门》，黄河文艺出版社1989年版，第270页。

② 转引自余虹《思与诗的对话——海德格尔诗学引论》，中国社会科学出版社1991年版，第182页。

七　结　语

刘熙载《艺概·诗概》云：“山之精神写不出，以烟霞写之；春之精神写不出，以草树写之。故诗无气象，则精神亦无所寓矣。”凭借云烟霞辉可以写出山的精神，凭借碧树青草可以写出春天的精神，那么人呢？人的精神靠什么写出呢？曹雪芹选择的是石。《红楼梦》里的石头最终还是人，是人的命运和精神的寄托。石头是自然人格的化身，代表着原始人类的存在，石头是人的命运的写照。在世俗世界里，石头又注定是被弃的。石头是人类未来的指示，由石而玉，再由玉而石意味着人类必然从本质到异化，再由异化返归本真。

《红楼梦》是从传统中国哲学和艺术中获取石头的意义的，但它又是创新的，曹雪芹赋予传统石头以新的生命、新的灵魂、新的人格，在《红楼梦》里石头不再是哲学家抽象思想的形式，也不是诗人笔下具体的情感符号。曹雪芹笔下的石是一个人，也是一群人，是一个符号，更是一段具体感人的故事。石头意象在《红楼梦》里有说不尽的意趣。

有说不尽的《红楼梦》，也有说不尽的石头。

图像原型与视觉艺术

段 炼

一 原型与图像

在中国当代艺术中，为什么有如此多的图像被不厌其烦地大量抄袭、重画、复制？这原因除了商品社会的经济诱惑和俗文化时代的恶俗潮流外，除了艺术家个人的懒惰、缺乏思想外，还有没有更深层的原因？如果我们确信还另有原因，那么会是什么原因，我们该怎样去寻找并挖掘这原因？

寻找原因的方法多种多样，其中之一便是研究作品的原型。原型批评（archetypal criticism）是出现于20世纪前期的一种文学研究和批评方法，大体上以分析心理学和文化人类学为理论基础。到20世纪中期，原型批评在西方学术界达到高峰，美术史学家和艺术批评家们也借鉴了这种方法。其中，德国犹太裔心理学家和艺术理论家埃里克·纽曼（Erich Neumann，1905—1960）的专著《亨利·摩尔的原型世界》（1959）及论文集《艺术与创造无意识》（1959）最有成就。本文作者在20世纪80年代后期翻译了《艺术与创造无意识》，原拟出版，却未能付印。

在我国文学研究和评论界，原型批评在20世纪末曾风靡一时，但在美术研究和艺术批评领域，却很少读到相关著述。由于笔者在20世纪80年代后期发表过关于原型批评的著述，此处只打算从原型的角度来探讨视觉图像及图像重复的原因。

顾名思义，原型批评旨在通过原型研究来阐释作品。那么，何为原型便是我们首先要解决的问题。从分析心理学的角度说，荣格提出的“集体无意识”便是原型的一种终极形态，而从文化人类学的角度说，人类的早期神话，以及文学和艺术作品中潜在的神话变型则是原型的一种显现方式。

原型（archetype）一词来自希腊语，arche 意为本源、开端，typos 意为模式。对视觉艺术而言，原型的本意是指最原初的图式。在文学作品里，原型隐藏在那些反复出现的意象、叙述、母题中，而在视觉艺术作品里，原型则潜伏在那些反复出现的图像、构思、制作方式中，例如当前流行的大批判、大咧嘴、大光头、大动画、大照片之类图像。辨认这些反复出现的图像其实相对容易，但要紧的是追根溯源，通过这些重复的图像去发现原型。

对长于视觉思维的艺术家来说，追溯图像原型比小说家和诗人容易些。原型批评的泰斗加拿大学者诺斯洛普·弗莱（Northrop Frye，1912—1991）在原型批评名著《批评的解剖》（1957，此书已有中译本）中，建议文学批评家要像画家那样去发现原型："要看一幅画，我们或许会站到近处，去分析笔法和刀法的细节，这与新批评的修辞分析大体相似。若向后站一点，构图设置便显得清楚一些，我们借此可以研究作品的内容，而这正是我们观看并阅读写实主义的荷兰画派的最佳距离。越向后站，我们就越能清醒地看出画面组合的构思设计，例如站在极远处看一幅圣母像，除了圣母的原型，我们便一无所见，那原型就是画面正中的一大片蓝色，其中心是具有视觉反差的兴趣点。在文学作品中，我们也常常不得不从诗歌向后站，以便洞察其原型的构成。……如果我们从莎剧《哈姆雷特》第 15 场的开头向后站，我们就会看到一个坟墓在舞台上打开，男主人公、他的敌手、女主人公都跳了进去，而紧随着的便是舞台上的一场殊死搏斗。"（英文版第 140 页）

当然，这只是一种感性的视觉溯源方式，是通过增加空间距离来剔除繁复的细节，从而删繁就简，抽象出视觉图像的原型图式。另一方面，弗莱也谈到理性的分析和归纳方式。弗莱说，原型是一个典型，是一个反复出现的意象，是将某件作品同其他作品联系起来的象征；原型可以整合我们那些零散的阅读体验，可以使我们的认识合为一体。如果我们实施弗莱的说法，就可以将绘画作品中那些反复出现的图像单列出来，将相同者归为一类，再从这同类图像中总结归纳出内在的结构模式，其中，那最本初的模式便是原型。例如，中国当代艺术中的大批判原型，就是"文革"符号与西方名牌的并置，而并置则是这原型的结构方式。作为视觉原型，并置的"文革"符号和西方名牌，可以有无数的变型，例如，这"文革"符号可以是奋笔疾书大字报，也可以是高举镰刀斧头；而西方名牌则既可以是可口可乐，也可以是麦当劳。然而万变不离其宗，这些变型都是同一原型的重复，是同一图式的批量复制。任何一个人，无论艺术水平高低，只要把握了这个原型，只要收集了足够的“文革”符号和西方名牌的标志，只要懂得原型的结构模式（此处是并置的方法），就可以制造出数量巨大的大批判系列。

这当然是一种抄袭甚至剽窃，但原作者莫非不是在抄袭甚至剽窃自己？否则，将同一原型以无数变型的方式来进行批量复制，我们就只能说是作者的无能，或另有目的，例如人所共知的向西方献媚或向市场折腰的目的。

对于当代艺术批评来说，原型研究有什么意义？我认为，这意义是见仁见智的，但在当代艺术的观念化和图像复制的俗套中，通过探究原型，我们至少可以拂去作者有意无意设置的视觉障碍，而不被那些貌似高深、看似复杂的图像所迷惑，也不被作者的自我叫卖和批评家的无边吹嘘所迷惑，我们可以洞悉作品原型，并一针见血地指出作者的肤浅与流俗。

二　从具象到抽象

在此，我们已经涉及原型与变型（variation）的问题。在视觉艺术中，既然原型是本初的终极图式，那么它显现在具体的艺术作品中，便会有不同的外观，并以不同的象征符号、不同的意象、不同的图像出现。例如咧嘴傻笑的大头，可以头戴花冠，可以头戴大盖帽，还可以留秃头，这些都是原型的变型。我们正是通过对这些变型的分析和归纳才追踪并辨认出原型。

如果说我们对大批判和傻大头之原型的挖掘，是采用了分析的方式，那么弗莱所说的看画时“向后站”（stand back）方式，则是一种归纳的方式，是利用视觉效应而从具象到达抽象的过程。这是从充满细节的具体的个别的图像，缩减、退回、还原到一个省略了具体细节而只有视觉主体的抽象的结构模式。也就是说，探究视觉原型的过程，除了分析而外，还可以有一个从具象到抽象的感性过程。

在视觉艺术中，“具象”是一个与“抽象”相对的概念，具象既指对人物形象的具体描绘，以求视觉的可感性，更指再现可见的客观世界，而不局限于人物形象。“抽象”正好相反，它不指涉可见的物像世界，无论是客观的存在物还是虚构的想象物。抽象艺术归纳、综合、简化了客观事物的可视特征，不去描摹外在的图像和细节。在这个意义上说，从中国远古岩画上的符号，到西方现代的极简主义，都是一种抽象艺术。注意，作为艺术流派“抽象主义”与此处的抽象概念并不完全重合，因为在抽象主义作品中，会有半抽象的物像，例如美国抽象表现主义画家德库宁笔下那些形体破碎的女人形象。实际上，由于艺术中物像变形现象的存在，在具象和抽象之间，尽管界限分明，二者却有一个接壤过渡的灰色地带。

照美术史的一般说法，现在已知的最早人造图像，在中国是内蒙古阴山的旧石器时代岩画，例如面相图案等；在西方是法国拉斯科洞穴（Lascaux caves）壁画中的野牛图像，距今已有一万五千多年。中外这两例，若用现在的眼光看，既非具象也非抽象，而是居中的半抽象或半具象，但若用当时人的眼光看，也就是用英国历史学家科林伍德（Robin George Collinwood，1889—1943）所倡导的“重演”（reenactment）理论的眼光看，那些图像制造者都尽了自己的最大努力去拼命接近具象的再现，怎奈他们的观察方法和再现方法都有局限，属于儿童式的观察和再现，因而无法企及成熟的具象再现。虽不成熟，但正好透露了史前艺术的迷人之处，童真。

从人类文明的发展史来看，图像制造的成熟过程，走了一条从并不完美的具象到相对完美的具象，再从高度完美的具象到半抽象、抽象和纯抽象的发展道路。换言之，当具象艺术趋于成熟时，抽象艺术便应运而生。中国传统的山水画就展示了这样的演进过程，只是这个过程尚未完成，便因文人画的兴起和西方写实绘画的引入而终止。例如，北宋范宽和郭熙的山水画，将英雄主义和理想主义的具象再现，推到了当时的高峰，结果，到了南宋便从李唐和李迪而急转直下，出现了马远和夏圭的相对简约，到宋末元初更出现了牧溪和玉涧等禅僧画家的写意山水，他们笔下山水图像的极度简约，揭示了从再现客观世界到表现主观世界的心理转变。当然，目前有不少学者反对用中国的文人写意来讨论抽象艺术，认为二者没有史实的联系，认为抽象艺术仅仅是西方的文化现象。在我看来，这种观点所说的，只是作为西方一个具体艺术流派的抽象主义，而没有顾及作为普遍意义的抽象艺术和抽象概念。

其实，即便西方绘画也有类似的历史进程，这是欧洲艺术从传统到现代的发展要义，例如从法国巴比松的写实风景画，到塞尚非写实风景画的演进，再到蒙德里安笔下抽象的灰色苹果树。虽然这是宏观的美术史的案例，而微观的个案，则可举出毕加索的抽象艺术，那是人类具象再现的能力空前成熟之后的产物。毕加索的绘图手稿向我们展示了牛之图像从具象到抽象的简化过程，此过程的最后一步是转化为一种视觉符号。毕加索之例，既让我们看到了视觉思维怎样进入到抽象思维，也让我们通过毕加索之牛的变型而看到了原型。

由上观之，艺术中的视觉原型是一个抽象图式。从文化人类学的角度说，越是人类早期的图像，越是接近集体无意识的抽象原型。与此相仿，若用类比的方式而在发展心理学的意义上说，儿童是人类成长的早期阶段，儿童的记忆和思维，比成年人更接近集体无意识，所以我们才会看到，年龄越小的儿童，其图画越抽象。然而，随着人类的发展和文明的进步，随着儿童的成长和思想的成熟，随着艺术的演进和画家技巧的日趋完善，具象艺术越来越远离本初的原型图式，越来越戴有变型的面具。

于是，当某个原型以不同的变型而在作品中显现为具体图像，并成为流行时尚时，这个图像便有可能被万人模仿，被大量重复，被无限复制。这模仿、重复和复制，通常会有两种相互对应的互补形态。第一种是图像原型的显性重复，即重复外在形貌，就是我们通常所说的不用大脑的盲目跟风之作，例如无数人一窝蜂地恶搞政治人物形象，这属于万人共用同一图像。第二种形态是图像原型的隐性重复，即重复内在图式，这比前者要稍微聪明一点，通常是某位艺术家重复自己，例如重复各种傻笑的大头像，这属于同一图像有万种用法。尽管后者稍微聪明，但仅是商业和市场意义上的聪明，在艺术上说，则暗示了作者的江郎才尽和黔驴技穷。

三　原型与图式

为了进一步说明具象和抽象的关系，并通过此关系来探讨原型与图式的问题，我在此提供一个研究个案，这就是台湾著名雕塑家朱铭，不久前他在北京的中国美术馆举办过轰动一时的展览。若用历史和发展的眼光看，朱铭的作品，展现了他的艺术从具象到抽象的演化过程，以及从图像到图式的简约过程。这过程与人类发展和儿童成长的方向正好相反，于是可以帮助我们从具象到抽象去逆向追溯原型。不过我们应该清楚，这里所说的朱铭的逆向发展，是指他的艺术成熟之后的发展，而不是指他从童年到成年的成长经历，这就像中国的山水画，在经过了长期的成长之后，于宋代达到写实高峰，然后才转向了写意山水。

朱铭出道时，其雕塑作品多为写实的世俗人物图像，施以两三个鲜艳明亮的色彩，具有浓厚的乡土气和民俗味。随后，当太极人物出现时，朱铭简化了对形象的刻画，他不仅完全放弃了色彩，而且放弃了图像的细节，例如人物的面容和五官的刻画。这一简化，使他的作品开始从具象走向抽象。但是，朱铭作品的基本造型，是练习太极拳的人物造型，不管他的语言多么简练，正如作品名称所揭示的那样，太极动作仍一目了然。因此，这样的作品只能称为半抽象作品，其基本特征是高度简化的具象。通过这一简化，物像外形的丰富细节消失了，朱铭手里只剩下雕塑造型的厚重感，也许这是为了反衬和强调太极之气的轻灵。我猜测，作者是想以此把握道家思想和太极精神的灵魂。然而，这种半抽象雕塑，仍继承了作者过去之民俗彩塑的一贯方式，将作品的制作，建立在貌似简约但仍可辨认图像的形似基础上，这位艺术家离不开物像给予的灵感。

再后来，朱铭的雕塑有了一个质的飞跃，这就是抽象作品的出现。当我第一次在公共场所看到朱铭的抽象作品时，我深为震惊，相信这位艺术家悟了道。他超越自己，转而从一个旁观者的角度，看清了自己过去对具象和形似的固着，便终于放弃了太极图像，而进入无图像的抽象境界。

不过，由于我了解朱铭以往的民俗彩塑和太极图像，所以当我细读他的抽象作品时，我还是看到了潜在的太极图式。这图式以隐蔽的方式潜藏在抽象雕塑的造型中，这是作者构思时有意无意的预设图式。面对朱铭的抽象作品，如果我们的格式塔完形视知觉比较敏感，便能够在这抽象作品中看到太极图式。

就个人品位而言，我不太喜欢朱铭过去那些半抽象的太极雕塑，因为这类作品太造作、太矫情，透露了作者在具象与抽象之间的挣扎，这样的作品看得人累。但是，我欣赏朱铭后来的抽象和纯抽象雕塑。这些作品让我们看到，作者已从上述挣扎中解脱了出来，他不再固着于具象之形，他超越了尘世的形象羁绊，而获得了灵魂的自由。在我看来，这才是真正的太极精神。

在朱铭的纯抽象作品中，潜在的或隐藏的太极图式少到几乎为零。但是，由于以往解读朱铭作品的经验，我仍执意用太极的眼光去看这些作品，并看到了已被删除的太极图式的些许痕迹。这就是粗大而笨重的立方块和僵硬而笔直的结构线。我知道，这是残留在我记忆中的格式塔完形图像，与朱铭作品中已删除的太极图式之痕迹发生了呼应和互动。不了解朱铭往日太极雕塑的人，绝然看不出这一图式，在他们眼中，这些作品是毫无图像可言的纯抽象形式。

无论是具象、半抽象，还是抽象、纯抽象，朱铭都完成了一个从具体图像到抽象图式的演进过程。他的图式，是图像的终极简化，其简化过程的要义，在于最终企及了纯抽象的形式。这形式，就是朱铭之太极雕塑的原型图式。一旦挖掘出朱铭雕塑的原型图式，我们就能够由此出发，来回顾朱铭的艺术历程。这样我们就可以清楚看到，这位艺术家先是依据沉淀在他记忆深处的原型，即属于集体无意识的太极图式，来大量制作各种各样的具象的太极雕塑，尽管这太极人物的外在造型各不相同，但却是同一原型图式的重复。然后，这位艺术家步步返回自己的原型，最终通过抽象而到达了纯抽象的原型图式。朱铭的作品，正是根据这一原型图式而进行大规模复制，也因此而千篇一律、大同小异。

面对朱铭的原型图式，也许有人会将他的简约语言指向极简主义。但是，极简主义别有内涵。从艺术史和风格演变的角度讲，20 世纪中期美国极简主义雕塑的一大目的，是要颠覆欧洲传统雕塑最基本的结构原则，例如具象的原则，例如将直立的雕塑放倒，例如将繁复的图像简化为单纯的图示，等等，以此挑战往日的审美概念和美学原则。朱铭的意图不是这样，他那简约和纯化的雕塑语言，没有极简主义那样的历史价值，而仅是东方元素的空洞的形式符号。

无论具象还是抽象，朱铭从未停止过重复和复制自己。本文举出朱铭的个案是想说明，复制行为来自集体无意识，并以其动作机械而肤浅乏味。艺术家们只有清晰地明确个人意识，而不是在集体无意识中随波逐流，不借用别人的大脑来思考，才有可能创造出具有个体性的内涵丰富并相对深刻的作品。

原型与汉字

叶舒宪

一 引 言

“弗莱与中国”这一主题之中蕴涵着文化人类学所说的“文化传播”（diffusion）和“涵化”（acculturation），因而可以从人类学的角度去观照。按照美国人类学者赫斯科维茨（M. J. Herskovits）的区分：“传播是对已经完成的文化变迁的研究，而涵化则是对正在进行中的文化变迁的研究。”① 换言之，文化涵化可理解为外来文化要素在本土的传播过程，而这一传播过程中实际发生着两种文化相互作用的结果。20 世纪 80 年代以来的中国文学批评在西方各种理论流派的冲击和影响下发生了重大的变革，弗莱的原型批评和精神分析理论、接受美学等外来学说一样，在不到十年的时间里就已在中国的学术土壤之中扎下了根，并且日益扩大其影响力，滋生出越来越广泛的花果。文化涵化过程中常见的“取代”、“增添”、“排拒”、“综摄”等现象均有不同程度的表现，原型批评同中国原有的批评模式如何在相互适应和调整之中求得新的变化生机，已成为译介引进的热潮之后学界所瞩目的课题。

据人类学家的看法，文化涵化中最有效也最具生命力的不是单向的移植和取代，而是双向交融的“综摄”。以此来评估“弗莱与中国”这一主题，似应从双重意义上获得理解：弗莱的原型理论对中国文学研究的启示和借鉴作用，以及中国的文化传统对于弗莱的文学人类学构想所应有的启示和

① M.Herskovits, *Cultural Dynamics*（New York：Alfred A.knopf, 1964）, p.170.

帮助又是什么。关于前一方面，学者们已作出了相当的努力，出现了不少应用原型批评方法于中国古代和现当代文学研究的实例；可是后一方面的问题却几乎没有得到相应的关注，甚至还没有作为学术课题提到议事日程上来。笔者过去也曾致力于弗莱理论在中国的介绍和传播，在本文中拟对后一方面被普遍忽略的问题做一点探讨，以期使西方的批评理论同中国文化土壤达成更加有机的“综摄”（Syncretism）性融合。

二　原型批评的中国视角

在《批评的解剖》一书中，弗莱强调了原型批评特有的视界对于系统理解文学现象的重要意义，并且相当成功地为如何从上古宗教与神话中探寻和把握文学原型的问题作出了示范性的说明。按照弗莱的看法，对于西方文学传统而言，有两大文本体系构成了原型的渊薮，那就是古希腊的神话和希伯来人的《圣经》。相对于中国文学传统而言，是否能够按照同样的方式从神话与宗教中梳理出原型意象的完整体系呢？我对此持保留态度，理由在于，在中国的汉语文化史上，既不存在像希腊、罗马神话那样丰富而完整的神话体系，也没有产生类似于犹太—基督教那样的人为宗教及其圣典。我们只有少量残缺、零碎的神话文本片断和叙事规模尚未成熟的史诗雏形，其原型意义显然不能同西方神话与史诗相提并论；在上古时期的中国，像犹太—基督教那样占据着意识形态中心地位的是“儒教”——个别学者认为它构成了中国式的人为宗教，多数人则认为它还不是宗教，只是一种社会政治和伦理的思想体系（儒家）。儒家虽有圣人、凤凰等神话信念，却过度推崇礼乐，不利于神话叙事的繁荣。以神话史诗为源的叙事文学在中国文学史上先天发育不良，直到封建时代的后期才以小说和戏剧的形式获得相对的发展。有鉴于此，在中国文化中探求文学原型的尝试似应与西方批评家弗莱所倡导的途径略有不同。笔者在此着重探讨的是汉字对于原型研究的重要价值。

三　原型、汉字与“象”

中国古代神话体系的相对不发达，并没有使中国文化中源远流长的神话思维传统受到阻碍和挑战。与西方哲学相比较，中国哲学并没有向形而上的抽象思辨方向获得长足发展，反而在相当大程度上保留着神话思维即象征思维的特征。《周易》所言“观物取象”和“因象见意”，儒家诗教所倡导的“引譬连类”，都表明中国传统的思维方式以具象符号为媒介的特点。为什么神话文本的匮乏和神话思维的盛行在中国文化中并行不悖呢？其主要因素似乎在于汉语文字。

中国汉族神话的零散和无系统是以世界上保留神话思维表象最丰富的符号系统——汉字的象征性为补偿的。汉字的早期形态本身就是研究神话思维象征系统的极宝贵的直观性材料，它会为象征人类学作出重大贡献，可惜这笔罕见的文化遗产尚未得到人类学家的足够重视。今以原型批评的眼光来看，古汉字对于原型研究确实大有补益。

从荣格和弗莱等人对“原型”的释义来看，它实质上是一种以语言为主要表现媒介的形象。正因为是形象，才与哲学思维的符号形式——概念范畴区别开来。荣格说原型是人类集体无意识的显现形式，它近似于列维－布留尔所说的“集体表象”和毛斯所说的“想象的范畴”。①这些说法都暗示出原型的具象特征。弗莱不像荣格偏重从心理学的意义上解说原型，而是侧重从文学艺术角度去解说，他把原型界定为文学中典型的反复出现的意象；②在另一场合又说原型是一些“联想群”（associative clusters）。③不论把原型理解为“意象”还是“联想群”，它在有“象”这一点上都是一致的。汉字之所以和原型有内在关联，因为作为象形文字的古汉字也正是以“象”的保留为其符号特性的。成中英先生指出汉字的构成规则“六书”均与“象”有关：

> 中国语言以形象为主导。中国文字是象形文字，“六书”就以象形或取象为主，当然也有象声，都是对客观自然现象的模仿。指事也以形象—符号显示自然关系，模拟自然关系。会意则是对事态的复杂关系的

① Jung, *The Concept of the Collective Unconscious*, In: *The Collected Works of C.G.Jung*, Vol.9, (London: Routledge and Kegan Paul, 1968), pp.42 － 43.

② Frye, *Anatomy of Criticism* (Princeton: Princeton Univ. Press, 1957), p.99.

③ Frye, *Anatomy of Critcism* (Princeton: Princeton Univ. Press, 1957), p.102.

显示，不是单纯的象形。这基本上决定了中国文字的形象性。转注、假借则是语义的延伸，是象形文字的形象性延伸出去。语义的延伸也代表了形象的延伸。[①]

殷墟出土商代玉象，摄于台北中研院文物馆

既然汉字本身保留了造字之初的许多集体表象、象征意象和模拟性形象，这对于发现和归纳原型的尝试显然大有裨益。举例来看，汉语中意指"象"这个概念的字，其本身至今仍保留着产生概念化抽象意义的那个具体的表象。如古文字学家唐兰先生所述，象形字的来源便是图画字，先民造字者描摹一种物形的时候，由于观察和表现上的偏差，显得不很逼真。经过长久训练后才能把物体画得逼真。当一头巨象的图画完成后，看画的人不约而同地喊出"象"，于是"象"这个字在中国语言里就成了"形象"、"想象"、"象效"、"象似"等语的语根。[②]在这里，中国人关于"象"的概念之原型可以从这个字的古写法中直观地加以认识——甲骨文中的"象"字乃是当时中原地区常见的大象之写生符号。弗莱在《批评的解剖》结论部分赋予批评家的职能——重构或再造（reforge）被历史遗忘的一些原始联系，如在创造与知识、艺术与科学、神话与概念之间的联系，[③]我们可以利用汉字的活化石作用去更有效地完成。汉族先民如何通过直观理性从大象这一庞大动物的表象中细绎引申出与形象相关的各种概念，都将在语源材料的参证下得到明确揭示，而此种"再造"功能，是无法从西方的表音文字中直接完成的。[④]如汉语中"象征"和"想象"一类概念皆由"象"这一原型表象中抽象

① 成中英：《中国语言与中国传统哲学思维方式》，载《中国思维偏向》，中国社会科学出版社 1991 年版，第 191—192 页。

② 唐兰：《古文字学导论》，齐鲁书社影印本 1981 年版，第 73 页。

③ Frye, *Anatomy of Criticism* (Princeton: Princeton Univ.Press, 1957), p. 354.

④ 参看赵元任：*Chinese as a Symbolic System*, In: *Papers of the CIC Far Eastern, Language Institute*, Vol.4 (University of Michigan, 1973). 中译见叶蜚声译《赵元任语言学论文选》，中国社会科学出版社 1985 年版。

而来：

象征：《周易》用卦爻符号象征自然变化的人事休咎，用象辞加以解释，构成一种因象见义的象征思维模式，对中国哲学思维影响深远。《系辞》："是故易者象也，象也者像也。"孔疏："谓卦为万物象者，法像万物，犹若乾卦之象法像于天地。"

想象：《韩非子·解老》："故诸人之所以意想者，皆谓之象也。"

"象"既用于象征类比式的推理，更适用于想象活动，在汉民族的精神活动中占有极重要的地位。构成汉字的基本原则"六书"，如果从"象"的标准来看，皆可视为"象形字"、"象意字"和"象声字"三类，三者依次发生和衍化的过程正与华夏文明的展开过程同步。

四　汉字中的原型表象与文化重构

原型批评注重再造文学与原始文化的联系，其溯本求源式的历史透视眼光对于发掘汉字中的原型表象，重构华夏文明的发生线索，是颇有启发的。汉字中原型表象的发掘和系统研究也将反过来对原型理论作出相应的补充，使神话思维研究获得实证基础，并且对文学人类学的建构提供宝贵的素材。

从原型批评立场出发探寻中西审美观念的本源，我们发现西方文化中"美"的概念导源于神话思维时代的爱与美女神。希腊神话中的阿弗洛狄忒作为"世间最美者"的形象正是哲人所云美的理念之感性呈现。美神的原型是爱神即性爱之神、生殖与丰产母神[①]，由此可推知，希腊人的审美意识与性活动和性快感密切相关。中国文化中没有爱与美女神，从感性形象入手探寻美感概念的唯一有效途径为语源学和字源学。汉字中的"美"字从羊从大，最早的权威性解释出自《说文解字》：

> 美，甘也，从羊从大。羊在六畜主给膳也，美与善同意。

甲骨文中已发现"美"、"善"等字，其字形上部均为羊的头角形象，作为给膳对象的羊因体大肉丰而为初民称道，"美"字本义显然专指食快感。我们知道中华始祖之一的炎帝为姜姓，甲骨文中"姜"、"羌"二字通用，意指从河西走廊过来的牧羊人种，由此可推知，游牧民族在融入中华大家庭的过程中把基

① 参看拙作《爱神的东方家园》，载《东方丛刊》1993 年第 4 辑。

于肉食饮食习惯的味觉美观念输入意识形态中，形成汉语里美、甘互训的情形，留存在“美”字中的原型表象不仅使我们可以直观把握由具体到抽象的概念发生轨迹，而且对“美、善、羌、姜”等从羊字例的系统分析还将具有文化寻根的重要意义。

羊的圣化：西周玉牺尊的重叠式造型

中国哲学的最高范畴“道”和“一”，均可根据由文字本身提示的原型表象得到溯源性的认识。“道”常被类比为古希腊哲学中的“逻各斯”（Logos）。笔者曾从太阳运行规则的角度解释“道”概念的发生，认为其中蕴涵着生命之道循环往复、运行不息的意思。[①]现在再就字形构造而言，造字者创制这个会意字时保留了相当古老的猎头巫术信仰的祭祀表象——人头。“道”从首从辵，前者即人头，后者表示行进、运行。农耕文化中的猎头者坚信人首中蕴藏着生命力和生殖力，并可同谷物之头（穗、种子）中的生命力相互感应，循环不已，故于祭谷时供献人头，以祈丰收。“道”这个形而上概念正是此种信仰古俗在文明社会中哲理化的产物。

“一”与“道”相通，在道家文本中常用。如《老子》第 10 章、第 22 章所言“抱一”，第 14 章所言“混而为一”，第 39 章又言“得一”：

> 昔之得一者，天得一以清，地得一以宁，神得一以灵，谷得一以盈，万物得一以生，侯王得一以为天下贞。

《庄子·天地》也将“一”作为宇宙创生的本源来陈述：

> 泰初有无，无有无名；一之所起，有一而未形。物得以生，谓之德；未形者有分，谓之命……

老、庄的话相互参照，可知这神秘的“一”既可隐喻作为万物本源的“道”（“万物得一以生”），又可隐喻作为生命原动力的“德”（“物得以生，谓之德”）。所谓“抱一”为天下式的圣人理想，老子五千言《道德经》的核心主题，皆可

① 参看拙作《探索非理性世界——原型批评的理论与方法》，四川人民出版社 1988 年版，第 164 页；《中国神话哲学》，中国社会科学出版社 1992 年版，第四章。

佛光出一乃是道生一

用这个数字“一”来概括。

“一”作为哲学理念是如何从初民的朴素思想中归纳出来的？它为什么具有如此神圣而又神秘的形而上蕴涵呢？要回答这一类难题，正是弗莱赋予原型批评的职能之一——重构从神话到哲学的原始联系。具体而言，就是如何探求形而上的概念“一”的形而下原型意象。汉字的象形特征在此又一次呈示其优越性，使我们得以窥见这个千古哑谜的谜底。

“一”是汉字中笔画最简单的，的确无法从其字形中看到神话表象了。不过，与“一”相互置换的“壹”字却保存着完整的神话表象。古文字学家们只确认二字间的通用及语义差别，但对其间的神话联系几乎忘却了。许慎《说文解字》释“一”的一段话很像是表述创世神话的主题：

惟初太始，道立于一，造分天地，化成万物。

从“一”到“万物”的过程，也就是哲学上说的“一”与“多”的转化。许慎的这十六字真言中包含了中国哲学宇宙发生论的观念系统，它与神话传统密不可分。“一”在神话思维中并不只是单纯的数字，而是作为创世后万物有秩序存在的“多”之对立面，喻指创世之前的神秘状态。神话描述这种状态时常常使用各种异形而同质的象征意象，如混沌、鸡卵、元气、人体、葫芦等等。从象征性着眼，这类意象都与“一”相通，意指那种无差别、未分化、原始混一的浑融状态。创世过程的展开则表现为此种浑融体的分化，分化的第一步通常是所谓“元气剖判，乾坤始奠”；或天父地母从拥抱合一状态的分离；或宇宙之卵的一分为二；上壳为天，下壳为地；或葫芦瓜的中分两半；或混沌海怪肢体的分解离异，等等。万变不离其宗，都是在演出老子所说的“道生一，一生二”的创世活剧。

了解到“一”的宇宙论语境，再来看“壹”字的原始表象，就可以心领神会了。《说文》释“壹”云：“壹，专壹也，从壶，吉声。”从古字形上看，正像一有盖之壶的表象。朱骏声《说文通训定声》云：“《易·系辞传》：‘天地壹壸。’按：气凝聚也。亦双声连语。”这里说的“壹壸”又可写作“氤氲”或“细缊”。丁福保《文选类诂》释为“元气也”，亦指创世前的未分化状态。而“壹”字取象之“壶”，则是葫芦剖判创世观的活化石。上古“壶”、“瓠”二字通用，瓠即葫芦。高鸿缙《中国字例》说“古代之壶则极类胡芦”，似乎天然生成的葫芦为人工造成的器皿提供了模型。由此看来，“壹”字取象实为葫芦，这正说明了“壹”与“一”的宇宙论意蕴源自葫芦剖判型创世神话。验证于至今流传在中国少数民族的神话传说，葫芦作为原型意象仍具有相当的普遍性。中国哲理所说的“一分为二”或“合二为一”均可在瓠瓜的剖瓢现象中获得形而下的具象原型。

《道生一，一生二，二生三，三生万物》，Tanet Sonti 作，曼谷银行基金会收藏

从弗莱的原型批评观的形成过程看，有一个核心性的原型发挥了催化剂的作用，那就是弗雷泽等早期人类学家所揭示的神之死而复生。弗莱在其处女作《可怕的对称》中详尽分析布莱克诗歌的意象系统，已经意识到文学想象受制于某种自然生命循环的基型，甚至进而把它视为“所有宗教和艺术的根本要旨”，那就是“从人的死亡或日和年的消逝中看到一种原生的衰亡形象，从人类和自然的生命新生中看到一种超越的复活的形象”。[①]在十年之后的《批评的解剖》中，弗莱把从此一基型中获得的启迪扩展建构为以春夏秋冬的生命循环为基础的原型叙述程式系统。笔者曾依据弗莱的叙述程式理论重构中国上古神话宇宙观的模式系统[②]，在此拟就汉字中的此类原型表象与中国神话的发生再作探讨。

汉语中“神”这一概念的发生正得益于死而复生的原型。“神”字从示从申，

① Frye, *Fearful Symmetry* (Princeton Univ. Press, 1969), p.217.

② 参看拙作《探索非理性世界》，四川人民出版社 1988 年版，第 146—165 页。

“申”在《说文》里释为神，字形象征七月阴气自屈而申。从现已发现的甲骨文、金文材料判断，“申”字本作“”或“”，这种表象的原始意蕴似乎不是阴气的屈申，而是生命的运动不息，即生而死、死而复生的永恒循环。《周易》把大地母亲特有的生生不息的生育力命名为“坤”，这才是“神”概念产生的信仰根源。训诂学中，“申”字本来就有循环往复之义。《诗经·小雅·采菽》“福禄申之”句，毛传：“申，重也。”《尔雅·释诂》和《广韵》等均以重释申。生命的绵续秘诀就在于重复，其最常见的经验现象乃是大地一岁一枯荣的循环变易，初民理解为地母的周期性孕育。汉字中“地”从土从也，而“也”字是公认的女阴符号，可见“地”的概念和“坤”的概念都源于原始的地母崇拜。中国汉族关于“神”的观念显然植根于此。《论衡·论死》便这样解释说：“神者，伸也。申复无已，终而复始。”这和弗莱作为一切宗教和艺术观念核心的死而复生原型正相吻合。

值得关注的是，汉字中还有一系列与这个原型相关的表象，对它们的分析识别有助于神话文本的解读和文学与文化关系的重构。日与月，在神话思维中都是典型的死而复生之神，其周期性升落变化被理解为生命、死亡与再生的永续过程。屈原《天问》曾对月神的这种再生能力提出理性质疑：“月光何德，死则又育？”与月神相认同的嫦娥则被神话表现为窃食不死药的妻子。嫦娥又叫婵娟，这两个女性化的名字若去掉其女字旁，换上虫字旁，便可露出其各自的原型意象——蛾与蝉。这两种动物都是以周期性改变形态为特征的。初民观察到从产卵、成蛹、化蛾（蝉）飞行，再到产卵的循环过程，视之为永生不死的象征。至于月中有蟾蜍的中国神话也当从此一原型获得解读。蟾蜍作为水陆两栖动物，它同陆空两栖的蝉、蛾一样，也有明显的周期变化：蝌蚪到蛙再到蝌蚪。难怪它也成了不死的象征呢。中国神话中最著名的女神叫女娲，又叫女娃或女蛙，相传她具有“一日七十化”的生命力，从原型的角度看，不正是生育力旺盛的蛙类图腾的人格化吗？

用原型批评眼光分析汉字中或显或隐的神话思维表象，可以对流传千古的神话文本作出新的理性认识，也可以通过对汉字中保留的丰富的形象化材料的发掘整理，对原型模式理论作出修订和补充，以期构建世界性的文学人类学体系。

原载《弗莱研究：中国与西方》，中国社会科学出版社 1996 年版

附录

中国圣人原型新考

—— 中华文明探源的人类学视角

主讲人：叶舒宪（中国社会科学院比较文学研究中心主任、教授）

主持人：杜国景（贵州民族学院文学与传播学院院长、教授）

嘉宾：张敬国（安徽省考古研究所前任所长、研究员）

录音整理：祖晓伟（四川大学文学院博士生）

时间：2008 年 11 月 30 日 21：00—22：30

地点：贵州民族学院二号教学楼 204 教室

听众：贵州民族学院文学与传播学院师生

杜：下面我们以热烈的掌声欢迎叶先生为我们作学术报告！（掌声）

叶：大家都很疲劳了，我也就节约点时间。5300 年的中华文明根源刚刚看完，对于学习语言学、文学、民族学的同学来说，这是非常难得的一个视觉大宴，尤其是去年刚出土的（安徽凌家滩文化大玉猪等），报告还没有发表，全世界想看还看不到，咱们真有眼福啊！回去以后，对所看到的东西，你们每个人都要作自己的心得记录。新材料的出现对于改变我们思考中国文化的方式应有很大作用。

我现在接着讲的题目是"中国圣人原型新考——中华文明探源的人类学视角"。为什么讲这个话题呢？这次来贵州民族学院开文学人类学的年会，主题就是"神圣与世俗：人类学写作的思考和对话"。民族学院的学生恐怕对民族学、人类学比较熟悉，就不多讲了。下面我就把几个问题梳理一下：

第一个问题是从"夏商周断代"到"中华文明探源"。1949 年新中国成立以

安徽含山凌家滩出土的八角星陶纺轮，距今 5300 年，张敬国供图

来，我国有史以来最大的一个文科研究项目叫“夏商周断代工程”，集中了文科以及一些理工科如地理学和化学的一流学者，要把夏商周的断代搞清楚。这样一个问题从哪儿来呢？20 世纪初曾有一学说叫“中国文化西来说”，刚才张老师讲的主要是专业考古学家的报告。我现在介绍一下，中国的考古学开始于一个瑞典人，名字叫安特生，他在 20 世纪 20 年代被北洋政府聘为地矿顾问。什么意思呢？就是在中国挖一挖看有哪些矿藏，结果一不小心挖出了史前的墓葬。他也不做矿藏顾问了，就转做新石器时代考古。像考古学上讲的仰韶文化、马家窑文化、齐家文化、辛店文化，所有这些命名都是他挖掘的功绩。从那时才有了我们的考古学，到今天 80 多年了。刚开始在河南渑池县仰韶村挖出彩陶时，中国没有考古学，所以人们不知道是什么器物。老乡家里遇到这些东西要不然打碎，要不然放进猪圈里。为什么？因为都很忌讳从古人坟里挖出来的东西，除了盗墓者为了生财之道，铤而走险，不顾这些，一般的老百姓是不要这些东西的。安特生挖出来的这些彩陶在中国被当做是不吉利的东西，但是在西方的考古学界引起了一个看法，为什么？因为亚洲的西部，也就是今天的两河流域是人类最早的文明发生地，在那里早已挖出彩陶，很多

安徽含山凌家滩出土八角星陶纺轮线描图，张敬国供图

花纹、色彩与之相近，于是中国彩陶刚出土，就普遍认为不是本土造的，应该是外来的。从哪儿来的？从西亚、中亚迁移过来的。这就叫“中国文化西来说”。当时国学的那些头面人物基本上都相信这个，因为当时随着这个传来了西方的科学。这样一来，考古学一开始认为挖出来的东西证明中国文化是西来的，所以中国的人种到底是怎么样就很难说了。

马家窑文化半山类型鸟形彩陶壶，摄于甘肃省博物馆

这个争议观点在新中国成立以后逐渐就平息了。为什么？因为在中国大地上出土的东西越来越多了，学者们终于发现本土的文化是独立传承的，特别是发现了旧石器时代的遗址。旧石器时代一般在一万年以前，大量发现的一两万年以前的文化遗物不是外来的，而是在本土产生的，它有它自己传承的脉络。这样一来就要研究中国历史到底是怎么起源的。

按照司马迁的记载，我们的文明起源于黄帝。黄帝哪一年登基，在位多少年，建都什么地方，谁是他的大臣，他将王位传给了谁？一切都是问号、未知数。按照西方历史科学的标准来看，没有年号、没有在位的年表、没有传承，这是不是历史呢？他们认为这是神话传说一类的东西。所以到20世纪二三十年代出现了所谓的疑古学派，就是根据西方的科学标准重新看待中国的历史，从黄帝、炎帝、颛顼、帝尧、虞舜、夏禹，整个儿这些都被看成什么？看成神话传说，也就是说是后人编出来的。受西学影响最深的有胡适先生，是留美的，（他）有一句名言：“东周以上无史。”东周是孔子的时代，也就是春秋时代。因为西周以前的年表、年代是不清楚的，古书有各种记载，但是彼此矛盾，所以疑古派走得有点过头，说东周以上的历史是靠不住的、是传闻的，需要重新调研。这样一来，夏商周处在一片迷雾之中，也就是说断代工程的提出一方面要回应疑古派对中国历史的这样一种反问，同时我们中国号称是五千年文明古国，需要拿出证据。世界上最早的、有文字记载的文明是苏美尔，距今大约5500年，跟

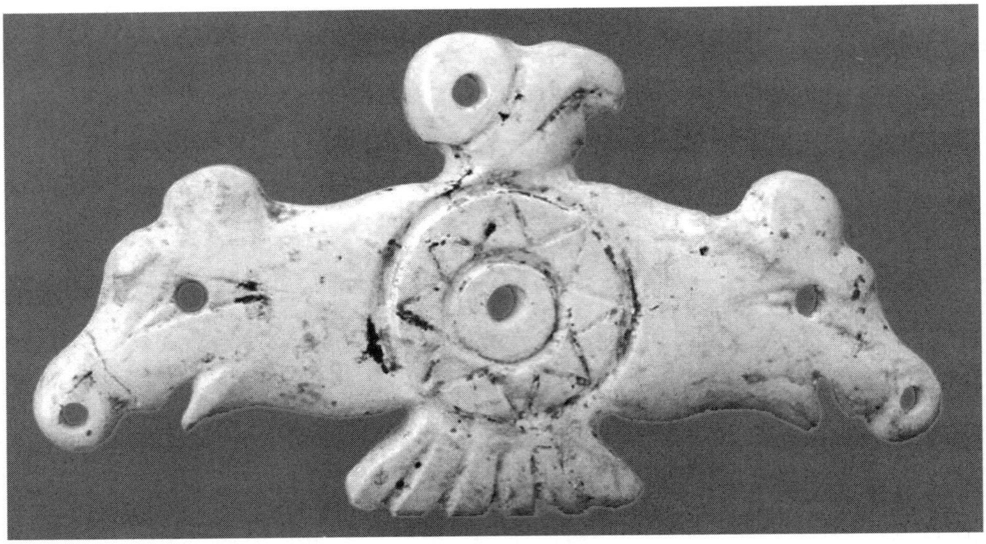

安徽含山凌家滩出土的玉雕鹰熊（猪）合体神像，张敬国供图

咱们刚才看的（凌家滩文化）时间是一致的，但绝没有这么多精美的玉器。苏美尔有陶器，发明了度量衡、车辆、天文学、六十进位制，最重要的是有了书写文字，有了系统的王表，哪一个王在位多少年，传下来了。苏美尔文明的再发现对 20 世纪的人重新看待世界史的开端具有深远的意义。苏美尔就在今天的伊拉克，所以伊拉克战争最惨的就是人类最早文明留下来的这些文物被摧残得很厉害。很多美国大兵、政府官员、记者回国时被海关查到什么东西？不用说了，因为集束炸弹一爆炸，不要说什么博物馆、什么文物，人都没有了，伊拉克人谁还顾得上这些东西？

在这个背景之下反观中华文明，我们的文字确实是晚了一些，殷商时候的甲骨文距今 3000 多年，从 3000 多年前有文字记载的时期，到 5000 多年前这一段时期，怎么办？这也就是“夏商周断代”工程要解决的问题。20 世纪末这个工程基本告一段落，出版了几种版本的报告，基本是由北京的世界图书出版公司出版的，我估计咱们学校有这些书，有兴趣的同学可以看一看。主要是把商周的（断代）理得比较清楚了，夏代由于没有文字，基本还处在半明半暗之中，也就是曙光露出来了，但是没有文字，我们不敢说大禹哪一年建立夏王朝，建都在什么地方，登基在位多少年。这些都说不清楚，只能还是按照司马迁以来记录的一些传闻去理解。

21 世纪我们国家启动了“夏商周断代”的一个后续工程，叫“中华文明探源”，张先生所在的安徽考古所也承担着其中的重要任务。但是探源工程的主要精力没有放在长江流域。放在哪里？放在中原。为什么？因为古书都说“禹都阳城”，在河南嵩山脚下曾经出土过一个战国的陶器，上面写着“阳城”字样。所以战国人认为阳城在那儿，应该是夏代留下来的古城。所以考古界的重心和大量的人力、物力投在中原，希望在那里找到夏代的都城。这样的话就打开了从 5000 年前到 4000 年前的历史。按照传说，夏代距今 4100 年，这样一来就把这段真正的历史接续上了。现在这个工程正在进行之中，离出报告还早着呢！也是集合了全国的考古界、史学界、地理学界、矿物学界、化学界、天文学界的一批精英学者在进行工作。

我们提出了从人类学的角度对这个工程做一些支持，是不是有这个资格也不知道。反正我们希望能够把文学和人类学的知识结合起来，提出一个四重证据法。把用文献来证明的叫一重证据；如果这个文献不是从古代传下来的，而是从地下挖出来的，就像甲骨上刻有文字，青铜器上有铭文，叫二重证据，也就是出土的文献；三重证据就是咱们民族学院所学的民族学、人类学方面，很多是民间口传的神话、传说、礼仪、风俗，没有被汉字，甚至也没有被少数民族文字记下来，但是今天还在民间传承，我们把它叫三重证据；所谓四重证据就是刚才一两个小时看到的这些直观的出土文物。我们在本次会上提出把叙事这个概念从文学课堂和历史课堂上拉了出来，我们讲到文字的叙事、口传的叙事、图像的叙事，像凌家滩的玉鹰啊、玉猪啊，都可以说是图像。还有一些是根本没有经过加工的玉料，这算什么叙事呢？有没有叙事？也有叙事。玉料绝不是平白无故放在墓里的，而是从某个地方采来的。考察玉料的来源就能讲出一段被失落的历史，所以我们把这叫做物的叙事。所以叙事的概念现在已经有四层了，再加上仪式的叙事（共五层）。刚才已经看到史前祭坛了，对吧？祭坛是干什么用的？祭坛是举行仪式的，像我们今天叫开国

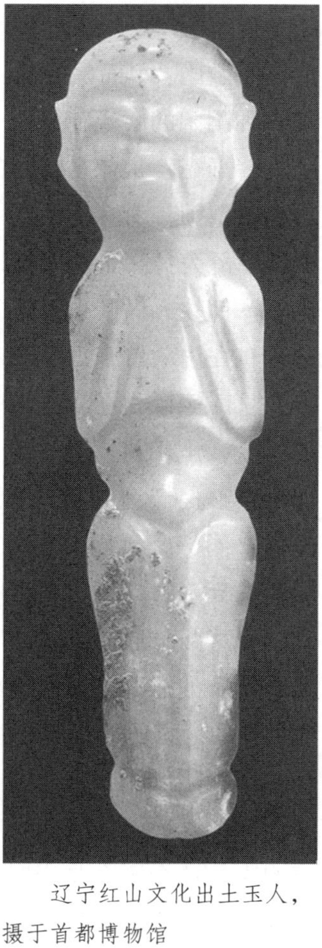

辽宁红山文化出土玉人，摄于首都博物馆

大典，奥运会开幕式、闭幕式等，这些都是仪式。当时的国家规模比较小，大禹的时代号称“禹会万国”，有一万个国家。所以像良渚这样的文化至少是一个部落国家联盟，它不是一个国家。如果当时中国有一万个方国，那么一个国比今天一个县还要小，所以国的概念应该是很小的，像凌家滩文化，后来的良渚文化，还有北方的红山文化，应该都是部落联盟。最令人吃惊的就是刚才看到的一种玉签，还有一种叫斜口形器的玉器，这到底是干什么用的？我想请教一下张老师。红山文化出土的同类玉器叫马蹄形器，这个咱们叫斜口形器。这个咱们怎么解释？

张敬国：凌家滩的发掘解决了红山文化的这个问题，它肯定是一种占卜的东西。

叶舒宪：刚才好像是三个，底下是玉龟，上面放三个，是吧？里面那个是什么东西？

张敬国：里面是玉签，玉签应该就是一种阴阳的标志，也可以说是道家起源的一种阴阳的解说吧！

叶舒宪：是像马蹄形的，然后旁边还钻了孔？

张敬国：对。

叶舒宪：这非常神秘，它叙事了没有，大家想一想？它不但叙事了，而且叙出了一件让人做梦也万万想不到的事。什么叙事呢？红山文化可能大家不熟悉。它分布在内蒙古东部、辽宁西部，即西辽河流域。凌家滩离长江只有几十公里。那么长江流域和辽河流域中间隔着多远啊？安徽上去是河南、河北、内蒙古，对吧？今天坐飞机要走好半天呢！但是从红山文化出土的玉箍形器，就像头上的一个发箍一样，或叫马蹄形器，和刚才看到的非常类似。如果这两个文化年代相似，同一个年代出现的东西也是一样的，它说明什么？如果说我们又在非洲那儿看到了，在欧洲那儿也看到了这东西，那可能是大家巧合了。全世界都没有，就这两个地方有，说明什么？说明这两个文化之间在秦始皇以前3000年时就有统一的雏形了。这种统一可能不是由中央级权力造成的，是由文化交往造成的。一、同样崇拜玉；二、同样把玉造成这种形状。但是在红山文化墓中，玉马蹄形器刚好放在墓主人头顶的位置，横放着，只有一个，跟凌家滩玉筒在用途上好像不一致。因为这玉筒里还有玉签，玉签如果在里面摇的话能不能敲出声响来？这会不会是当时的一种发声的法器？因为后来出现的铃就是这样一种东西。因为没有文字记载，一切靠我们去解读，靠我们用所知道的知识去解读。

安徽含山凌家滩出土玉雕生命树叶片

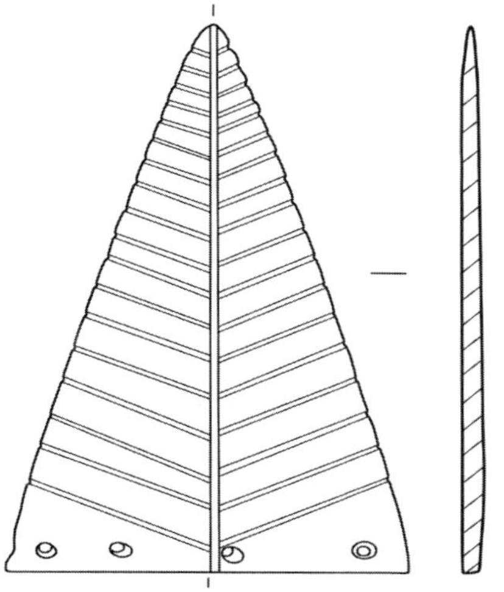

安徽含山凌家滩出土玉雕生命树叶片线描图

从民族学上讲，这里值得探讨的内容很多。土家族有一种舞，就是巫师的舞，叫八宝铜铃舞。唯一重要的法器就是一种东西，它是代表神的，它一响神就来了。什么东西？铜铃。石器时代之后进入青铜时代，一般认为文明开始是殷商时代，那是青铜器盛行的时代。铜铃的前身会不会是玉铃呢？在龙山文化，也就是距今4500年的文化中，很多地方发现了陶铃。陶铃就是可以摇响的，这种东西出现绝不是当时给小孩玩的，它是法器，都是在高等级的墓葬中出土的。再往后就是陶寺文化，在山西的南部地方，距今最早是4500年，晚一点是4200年，这里出现了中国第一个铜铃。都知道中国是礼乐文化，对吧？礼乐是从哪里来的？缶应该是中国比较早的乐器，但是它又是实用器，实际上是可以盛酒的，就是瓦盆儿一类的东西，丝竹管弦都是后来出现的。最早的、现在考古能看到的乐器就是铃。陶寺出土的铃是中国第一个金属乐器，它的意义就在于把中国礼乐文化的脉络非常清楚地呈现了出来，因为后来所有的镛、钟、编钟这些代表中国礼乐文化最独特、最丰富的乐器都是从小小的铜铃演化而来的，它们只不过是更大的铃而已。原来是一个铃，后来发展成一排大铃在那儿敲，这就是编钟，所以进化的迹象是清楚的。这样一来我们就找到了什么？找到了语言文字根本没有记载的叙事的线索，我们把它叫做物的叙事。这就是我们所讲的四重证据法。

本讲座的主要问题是中国神话的一些关键的概念，关于中国本土的神话特点。从古汉语中的关键词看，不是“神”字，而是“圣”字。因为孔子自己说得非常清楚，叫“不语怪力乱神”。古希腊的神庙里到处供奉神，中国人祖先时代是供奉神的，到孔子时避而不谈，并不是说不喜欢了，而是要谈另外的东西，要谈现实的人生的东西。一方面不谈神，另一方面又把另一个概念即“圣”的概念推崇起来。《论语》中说：“若圣与仁，则吾岂敢？”意思就是说有两个人生最高的价值，我作为孔子还远远够不上，我怎么能说是圣人或者仁人呢？研究儒家思想一般把“仁”字研究得较多，“圣”字被冷落了。神和圣结合起来就是这次会议要讲的神圣和世俗的关系问题。这样一来，我们可以把“圣”看做是儒家的一个至高的理想，孔子都认为自己做不到，但是孔子的弟子认为他们的老师就是人间的大圣人，而且叫“天纵之圣”，就是天降下来的圣人，不是在人间随便能够产生的。孔子的这样一种理想，在孔子的后学这里变成了对老师的圣化。这一来不要紧，中国的宗庙之中供奉的不是天上的神，不是宙斯、雅典娜，也没有耶和华，庙中供奉的全是什么？儒家所讲的圣王，像尧、舜、禹、汤、文、武，刚好是从夏商周排下来吧，这六位圣王就是孔子时代最为推崇的，也就是儒家所推崇的政治理想，古人都认为他们是圣王。那么加上孔子怎么样呢？孔子后来被称为素王，他没有称王，官儿当得也不大，周游列国，席不暇

湖北曾侯乙墓出土漆器上的神巫击鼓乐图

暖，甚至在陈国七天没饭吃，差点儿饿死。这样的一种困顿，结果被后人封为素王，就是没有坐上王位的王。为什么还要封王呢？整个儒家思想讲的就是“内圣外王”。什么意思呢？就是说你只有把自己在人格上修成一个圣人，这个时候天下才会臣服于你，你才能成为所谓的素王。这是我们中国最大的神话观念，就是把世间的凡人能够升到庙堂上变成神，变成圣。

现在大家看到的是在河南禹州，就是以大禹的名字命名的地方。在禹州的山上有个禹王庙，大家看看那些条幅，“功盖日月”，就是纪念夏代的第一任圣王。人间的王能够变成圣人，后来的孔子被当做圣人，这样的一个传统应该说是儒家神话的一个脉络。

神话学这个概念传到中国来一个世纪多一点点，一般的都是在《山海经》《楚辞》《淮南子》这些比较属于道家脉络的，或者说是主流意识之外的怪怪的书里找神话。古人是看不起《山海经》的，因为什么？因为里面不但讲了孔子不让讲的“怪力乱神”，还讲了什么？还讲了非常辽远八荒的奇妙的事情。一头猪长了两个头，儒家就不信这个东西，那就属于“怪力乱神”。刚才咱们已经看到了，史前文物造型很多动物是两个头。也就是说被当成虚无缥缈的《山海经》里的东西，实际上不是虚构的，它的渊源非常深厚。儒家不讲的这些东西，后代文人们爱讲，陶渊明“泛览《周王传》，流观《山海图》”，什么意思呢？《周王传》就是周穆王到昆仑山上去找最美好的玉去了，是这么一个故事；《山海经》里只要讲到一座山，首先要告诉你这座山出不出玉、出什么样的玉。就此而言，《山海经》太真实了，没有比它更贴近玉神话信仰的书了。在没有考古发现的史前玉文化以前，我们看不懂《山海经》，都以为这里面是什么人编出来的莫名其妙的内容。所有的山都先看有没有金，再看有没有玉，然后再看有没有奇禽异兽之类怪怪的东西，然后再讲到有什么祭祀仪式。现在我们看懂了，为什么？借助于地下的东西，我们知道这是一个大传统，它比用文字书写的传统要深远得多。这样一来，在儒家有没有神话的背后我们其实找到了中国文化最有原型意味的一种造神运动。不论是到张飞庙，还是在关帝庙里我们看到的，都是人间的人被当成了圣人。中国的神话概念把“神”字放掉，从“圣”的概念去入手，非常有意义，也就是把儒家背后的传统还原出来。

下面谈和儒家相对的道家。一般都认为孔子曾经到老子那里求学、拜师，所以老子被认为是更早一些，也是春秋时代的人。看看老子的雕像最大的特征是什么？耳朵大。老子姓什么？是不是姓老呢？全名老聃，把“聃”字在纸上好

战国双螭连体玉璜，私人藏品

好写一写，看看什么意思。给老子塑这个像实际上完全紧扣他的名字，“聃”就是一个巨大的耳朵，这样命名代表着什么？代表着中国古代的这些智慧如果用人体的一个器官来象征的话，那还不是眼睛，也就是我们今天说谁聪明不聪明，你绝不能在英语中给人家翻译成“明聪”。为什么不说“明聪”而说“聪明”呢？耳聪先于目明，明白了这个道理吧？就是耳朵的重要性比眼睛的重要性还要大。为什么这么讲呢？你把圣人的“圣”字还原成繁体字（聖），一下子就明白了。不会繁体字，了解文明之源就稍困难一些，因为简化字是今人用的符号。

繁体字发生在殷商甲骨文的时候。那是世界上仅存的至今还在使用的象形书写符号。象形特征就是字背后是什么？就是素描，或是一个动物的写生。你看看大象的“象”字，写下来，然后把它90°放倒，那就是一只象。研究美学的说什么“意象”、“形象”，这就是我们用眼睛能够看到的最大的陆地动物，用它来代表了一切物象。你再把“物”字写一写，是什么东西？不是一般的牛，是花色的牛。古人在造字的时候就有原型啊！当你有了人类学这套知识，你就会知道这里能够叙事的东西太多了，字本身就叙事。最大的祭祀动物是牛，古代叫“太牢”，必须牛、羊、猪齐全，其中牛是最贵重的。再把“熊”字写一写，然后用一个横杠把下面那四个熊爪子划掉，这就是“熊”的本字——“能”字。所有咱们刚才讲的这些，在古人的心目中都曾是神圣的，绝不是今天在动物园里看到的、在你们家牛圈里看到的东西，它们都是代表天神的象征物，是神圣的象征物。

《老子》在第七十章里有一句比喻是讲圣人的，圣人有一个标志就是穿着麻布的衣服，走在街上跟乞丐差不多的，但是他怀里怎么样呢？“被褐怀玉”。良渚文化墓葬里有成百块玉陪葬的，墓主人就是圣人，就是古人所最崇拜的人间的超人。为什么？因为“圣”字在古书中解为“通也”，谁通谁呢？就是把人间的利害通过占卜、神谕和天神沟通，所以看甲骨文你就知道，所有的甲骨文没有一个是记录百姓俗事的，绝不记这些事，全部记的是王者出行、王者打猎等吉利不吉利，能不能这样做。天旱不下雨，这是不是天神发怒了？甲骨为什么叫殷墟卜辞，就是占卜用的。咱们刚才已经看了 5000 年前的玉器，加上 3000 多年前的甲骨，这是一个脉络，所有这些都用来干什么？人和天神沟通用的。“圣”为什么训“通”，这时大致明白了。而且为什么人在沟通天神的时候要用到玉？所以《老子》不是跟咱们写作文一样，随便来一个比喻，那是异常深远的玉文化传统在老子时代的体现，那就是 2000 多年前对 8000 多年前开启的玉文化的一个概括。

今天我们敢说这个话就因为 20 世纪，特别是 20 世纪后期的中国考古学家们给我们奉献出了这么多丰富的、新的考古发现。咱们比较熟悉的话语就是“切磋”、“琢磨”。如“今天这个问题没弄懂，回去切磋切磋”。这话什么意思呢？刚才的问题就是 5000 年前玉器上 0.1 毫米的孔怎么钻出来的。没有金属，那个时候绝不可能有金属。张老师刚才讲了好玉硬度为 7 度，大家可能也不知道 7 度是什么概念。窗玻璃的硬度基本上是 5 度，拿玉在玻璃上一划，哗啦就是一道子下来，像玻璃刀一样的。在没有金属的情况下古人拿什么去加工 7 度的玉，在上面钻出 0.1 毫米的孔来？我觉得这比造金字塔还要难。金字塔工程确实特别大，也有人说是外星人造的，但是中国人的心思都用在哪儿了？你现在看出来了，它不是用在宏大的（工程上），秦始皇时有一个长城，那才 2000 年，5000 年前中国人的心思用在哪儿呢？这就看明白了。从凌家滩文化向东南看，长江一过就是良渚文化（长江三角洲到杭州湾一带），大约是 4500 年吧，那时的玉器上雕出了精细纹饰，眼睛不好的人根本看不清楚，要用放大镜才能看。那上面一个神徽，精细的程度让人惊叹。当时拿什么雕的？其技术应该跟马克思说的希腊神话一样，已经到了珠穆朗玛了，再往后就开始衰落了，有些东西已经失传了，今天的人根本就做不出来。怎么做出来的呢？就是切磋、琢磨。我们今天讲学习的所有这些用语是一个小传统，是从深远的大传统即琢磨玉器的生产实践中借来的话。你由此可知这个传统有多么了得。

清乾隆白玉雕鹰熊双联瓶，北京故宫藏

汉语中讲“归真返璞”什么意思？刚才看的大玉猪88公斤，据张老师讲是用一整块儿籽料制作的。未经雕琢的籽料就是璞。我估计99%的同学不知道什么是籽料。今人开采玉料一般都到山上去开采，因为什么？籽料太稀有了，籽料的价格一般是山料的十倍甚至一百倍，就在北京古玩城像小拇指这么大的一块儿新疆和田白玉的籽料标价多少？大家猜一猜，就小拇指头这么长，上乘的白色的籽料。标价是十万，比黄金还贵。那是论克，刚才的玉猪是88公斤，当然它不是新疆的玉。

张敬国：我来给大家看一看什么叫籽料。

叶舒宪：好，现场展示。

学生：哇。

叶舒宪：一会儿得找几个保安。新疆的籽料吧？

张敬国：新疆的。山料和籽料的区别是，我们在山上现开采下来的叫做山料，从山上滚落到山脚下，再经过几百公里甚至上千公里的河水的冲刷，再经过千万年，或者少则几百万年，才能形成籽料。

学生：哇。

叶舒宪：这就把籽料也了解了吧？贵阳肯定也有古玩市场，周末的时候去看一看，千万不要乱买啊！因为很多贩子当街叫卖：“籽料！籽料！十块钱卖了！”全是玻璃和人工合成的，绝不可能买到便宜的籽料。好籽料都在大的古玩城里。

那么这样的一种现象说明什么呢？古人对玉的鉴识能力远远超过今人，你们有没有读过春秋战国时期“完璧归赵”的故事？在高中课文里头有，你们回去再好好复习一下，看看那块玉璧能值多少钱，就知道中国人对玉的这种崇奉绝不是那个时候人们制造出来的小说，它的传统是大传统，有8000年在后面。所以如果要找中华文明的源，没有文字怎么办？玉就是一种文字，是一种符号，而且是独门独传的。

这样的一种符号在道家那里作了那样的比喻，在儒家这里就更不用说了，“君子比德于玉”，或者叫“古之君子必佩玉”，你如果不想当小人赶快去弄一个先佩挂上。还不是挂一个，那墓中成组的玉璜你们都看了。手镯都是十个，都成串成串的，当然那是古代的圣人标记，或是象征财富地位，主要是通神的能量的一种象征。后来只有帝王才能享受金缕玉衣的待遇，一般人弄这个是犯礼法要杀头的。而且不同层次的玉讲起来时间就长了，非常复杂，好的玉刚才说了没办法用价钱来衡量，差的玉今天在辽宁岫岩县有个玉矿，批发价是八块钱一斤，比萝卜白菜也强不到哪儿去。所以在古玩界叫做“千种玛瑙万种玉”。

四节大玉琮（商代），金沙博物馆藏

今天的概念太抽象了，没法儿讲。先看看《穆天子传》，再看《说文解字》里边从王字旁的那些字，你就明白了，王字旁都是玉字旁。什么碧瑶啊，什么琳琅满目啊，这些字全是用来区分不同种类的玉，古人的心思全都用在这上边去了。老子把玉作为圣人的标记，儒家把它当做君子的理想、圣人的理想。再看看后来的道教讲的天上最大的神叫什么？玉皇大帝。都知道孙悟空跟他作对，但是不知道跟有 8000 年传统的天神作对，他能斗得过吗，一个猴王？

要看文学中的表现，就太多了。回去再把《红楼梦》好好读一读，看看贾宝玉是怎么出生的，整个儿的故事都可视为在 8000 年叙事中的小叙事。一个人从石头里生出来这是典型的采玉叙事。籽料的意思就是什么，它是在河床里面经过水流千万年的冲刷，外面形成了一层皮，所以表面看上去跟石头没有什么两样。《疯狂的石头》都看了吧？那个不是讲玉，是讲翡翠的，那是后来中国人在清朝的时候从云南、缅甸那边进口的，但是原理是一样的，就是外表看什么也不知道，里面都可能是一个了不得的籽料。这样的一种鉴别功夫今人就是靠赌了，古人是有这种能力的，能把河床中几十公斤的璞玉拿来给他们当时的领袖作为神圣的法器来陪葬。这样的现象全世界独一无二。西方人最推崇的就是黄金、钻石、珠宝，玉顶多是陪在所有这些器物之中作为一种点缀，只有中国有这种传统。

更惊人的就是在良渚文化、凌家滩文化、北方的红山文化、西部距今 4000

辽宁建平牛河梁出土的红山文化女神像

年的齐家文化，全都出土了大量的玉璧，这说明什么？这说明在史前时代绝不像我们想象的都是小国寡民，民至老死不相往来。如果你们到成都去参观，先看看三星堆博物馆，再看看成都市区新开的金沙博物馆，那里有个一尺长的玉琮，外方内圆，玉质非常好，看着像流油一样，一看器形就知是良渚文化的产物。也就是说长江上游地区跟下游地区是有文化交往的，它是一个文化传播的产物，所以这样一看秦始皇的统一（公元前221年）太晚了。在他之前谁统一了？由一个共同崇拜、信仰玉的文化统一了。它统一了，到底统一到什么程度我们不知道，但是这在世界上也是绝无仅有的。所以在这里我们把考察中国文本上讲的圣人，完全用物的叙事一下子上推到了遥远的新石器时代。

刚才大家都看了凌家滩的玉，由于江南这一带地质、气候的原因，大部分玉都呈现鸡骨白状，为什么叫鸡骨白？吃完了烧鸡，里面的骨头蒸酥了是白色的，所以玉学界起了这么一个名字。红山文化与此年代是相当的，但是很少出现鸡骨白，为什么？北方相对干，土壤干湿程度不一样，所用的玉料也不一样。

这就是当地的红山文化的玉料，也雕出了所谓的玉龙，到底是什么龙呢？辽宁省考古所的前所长郭大顺他们刚挖出来（这个玉龙）时叫猪龙，随后仔细研究，改了名字叫熊龙。为什么这么改呢？除了从相貌上判别以外，昨天我还专门问了一下张老师，凌家滩出土的玉鹰是两个猪首，是不是还有别的看法，他说还有人认为是熊首。看来猪和熊是很难分的。这两者不要争哪一个高，哪一个下，两者在那个时代都是神圣的象征。

为什么辽宁省考古所的前任所长后来又说是熊龙了呢？因为在这个墓的上面发现了神庙，神庙里供的是什么？找到了一个真熊的头骨。旁边是女神像，这边是真熊头骨。所以把它称做“东方的女神庙”或者叫“东方维纳斯的再发现”。这是20世纪80年代的事。红山文化的名声要比凌家滩大，因为当时媒体参与的程度比较大。在古玩市场上早有人收藏了类似的东西，以前也不知底细，只知道是古代传下来的。红山文化一测年代，距今 5500 年，好家伙，价值成百上千倍地就上去了。由于发现了女神庙，有了女神的头像，所以中国考古学会前理事长苏秉琦先生在辽宁省博物馆玉器展厅上题了词，指着这个女神的头像说："她是红山文化的女祖，也是我们中华民族的共祖。"这么一个题词不要紧，因为他是考古学界当时的第一权威，红山文化的名声大振。

你们今天走在街上看看华夏银行用的什么标志，（C 字形玉龙）现在看来中华龙有一争啊！那边也是龙，这边也是龙。凌家滩的玉龙是合口的，红山的这个玉龙中间开了口。但是这 C 字龙不是考古挖掘出来的，现存在国家博物馆，现在内部装修不能展出，将来你们可以看到的，高 26 厘米。它不是挖掘出来的，是文物工作者在老乡家里喝水、歇脚的时候看到一个小孩儿拖着一个玩具在跑，文物工作者一看是什么东西："呦，这是什么东西？"仔细一看，不是石头啊，是一个玉龙。最后就说："这个东西在地上拖多脏啊，咱们把它买了吧！"就给了 20 元，买走了"中华第一龙"啊。这一段儿就看郭大顺写的《龙出辽河源》就明白了。

非常巧合的就是在凌家滩我们也看到了龙，在北方这边儿也看到了龙。这两者又是什么关系？我们知道龙是一个虚构的动物，恐龙灭绝了以后在大陆上没有这种东西了。我估计任何一个古人都没有考古知识，也不会认识到几亿年前曾经有恐龙存在。你把繁体字的"龙"和繁体字的"熊"在一块儿写一写，再听听发音，大致就可以找到线索，因为龙是神的标志，黄帝骑着龙可以升天，为什么？沟通天神和人间的世界。是不是"通"啊？它是一个"通"的标志，它又是"阴阳不测谓之神"，龙神秘莫测，可以升天，可以潜渊，你看看《周易》里面，"亢龙有悔"、"飞龙在天"、"见龙在田"等等都是围绕龙来的。因为它很神秘莫测，这样的一种周期性变化，又阴又阳，一会儿在一会儿不在，其实和陆地上一种动物的生活周期是有关系的，也就是我们讲的熊。它能够冬眠，几个月不见了，钻到洞里好像是死掉了，来年的春天怎么样？又出现了。这样一来，在中国人所讲的神圣的东西背后我们找到了和圣人匹配的圣物——玉，找到了和圣人匹配的神圣的动物象征——熊和龙。

这是长沙战国墓中出土的一个帛画，上面又有龙又有凤，在升天，说明什么？还是表达了人间如果要和超自然世界能够沟通的话必须借助这些神圣的使者、神的象征物。这个道理就明白了。

圣人与圣物之间的这种对应就可以把我们研究圣人的目光带出文本的界限，进入图像叙事的广阔的天地之中。在《论语》里面孔子曾经提到过凤。凤跟龙一样是虚构的动物，刚才我们已经看到凌家滩的一件信物，左边是龙，右边是凤，贵州旅游景点古建筑上都有这样的东西，你们都很熟悉。现在的这个是上海的玉龙庙里，神凤同样代表了神的征兆、神异的征兆，见到这种东西不是天下太平就是有好事，如哪个圣王要登基了。古人非常相信这个，今天的人不信了，把它挂在身上就是装饰，你们家装修房屋的时候可能弄一些点缀一下，但是你的信仰中没有它。在古人那里，在孔子以前的时代这都是圣物。这幅图是泰国的，泰国的人面鸟身神，爪子是鸟的，头和上身是人的。这就是把圣物和人的形象变形，神话我们知道都是“变形记”。

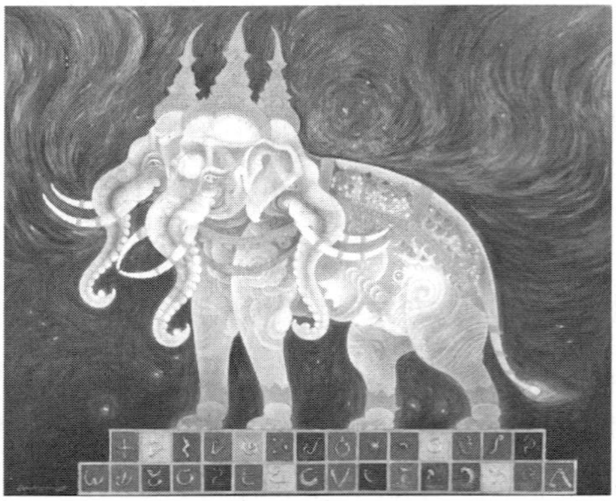

三首大象代表至高神圣，当代泰国画家 Apichai piromrak 作

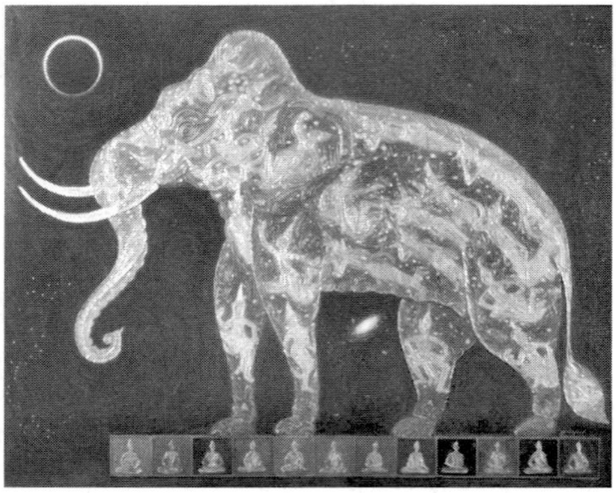

身上体现着 24 神的大象，当代泰国画家 Apichai piromrak 作

泰国有，中国有没有呢？在陕西神木县出土的 2000 年前的汉代画像石非常珍贵，是彩绘的。两个神人一个拿着太阳，一个可能是月亮，都是鸟的爪子、鹰的爪子。下面还有虎，左边还有类似龙或虎这样的神兽。这都表示死者怎么样呢？死者凭借着这些圣物的符号能够升得天国，升仙的，也是“通”的意思。

把圣物从现实的动物转换到神话的，我们刚才讲到了大象的问题，金沙遗址出土了成吨的象牙。这个博物馆是去年刚开张的，那里面展出了几吨重的象牙，是什么意思呢？因为象在古代人心目中也是神圣的东西，在泰国的寺庙中往往最高的塔供奉舍利子的地方有两个象牙张起来，所以一看你就知道这是通神的信物。在神话的创造中，这是泰国一位修行的画家、当代的艺术家幻想出来的，多头的神象，实际上是这种古老的以圣物来表现神圣的传统在今天的再现。

同样在中国的佛寺出现这样的东西千万不要以为是装饰，它到后代意义消失了，变成纯粹的美观的、美化的东西，但是它传承的传统是几千年以前的圣像。图板上又出现了两个圣物，一个距今 28 万年，辽宁的金牛山，是旧石器时代遗址，在人类居住的洞穴中发现了巨熊头骨，上下都是獠牙。你看熊和龙最大的特点就是上下四个大獠牙龇着，只不过是在熊头上又加上了鹿的角，再加上老鹰的爪子，再加上蛇的身子，你就不认识了，它都是幻化，咱们讲了从现实的动物到神幻的动物的这一变形。台北有个故宫博物院，1949 年装了几千箱子文物从内地海运过去，旁边那个文物就是其中之一。今天北京的故宫基本上空了，建筑还留着，桌子、椅子留着，历代皇帝珍藏的宝贝大都运到台北阳明山，放在山洞里，建了一个故宫博物院。这里打的广告就是“中华七千年”，靠什么说话？就是这边这个红山文化玉熊，距今也是 5000 年到 6000 年之间。当然这个玉熊不是考古工作者挖出来的，是台湾的文物工作者在玉器市场上重金购回来的。

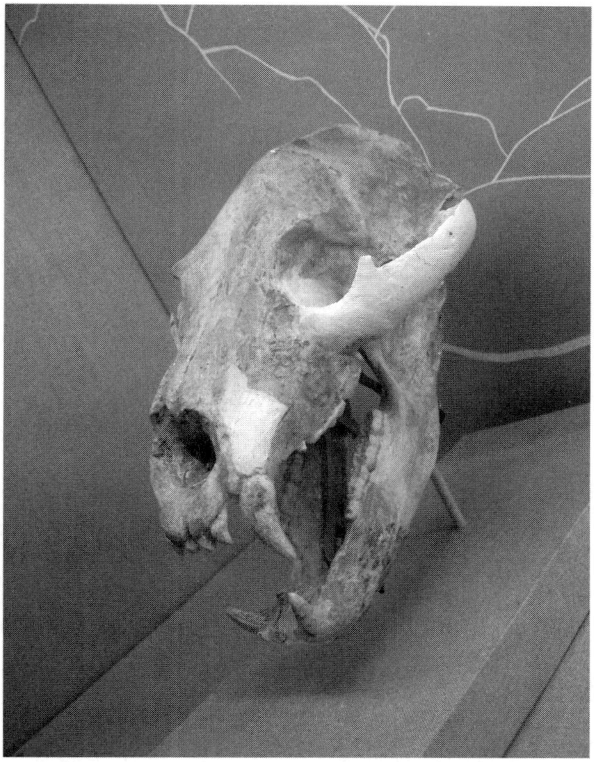

辽宁金牛山旧石器时代遗址出土熊头骨，摄于北京大学塞克勒考古与艺术博物馆

不管是怎么样吧，这样的一种形象说明什么？在恐龙灭绝以后陆地上最大的食肉猛兽就是熊。大象是食草动物，不吃肉的。吉祥（象）如意，古人身上如果佩戴一个象，那么谐音“祥”，又谐音“封侯将相”的“相”，古人非常讲究这个。任何一个玉佩挂到身上全有故事，全有一整套叙事，它们都是图像的叙事，今天人猜都猜不出来。弄四个蝙蝠什么意思？四个蝙蝠，一个钱，中间一个钱眼儿，叫什么？叫“（蝠）福在眼前”。多吉利呀！但是在西方见了蝙蝠就

吓住了，蝙蝠是非常可怕的恶魔、恶兽，所以不同文化对一个东西的理解是需要解读的。

这样一来我们把失落的圣物和圣像追溯到了几千年前。我们再还原一下，圣人是能够通神的人。刚才张老师一再强调，凡是最高等级的墓都是当时最大的巫师的。在北方草原地区、东北亚、西伯利亚又叫萨满，在咱们这边又叫跳傩的、跳神的，就是能通神的人。

现在看到的是2005年江西省委省政府举办的一个国际傩文化周，一周的时间在全世界请了30个能够跳神的表演队，现在看到的是韩国跳神表演队。后面这个老太太70岁了，胸前挂满了勋章，在我们这儿就是巫婆吧，30年前抓住要进监狱的，和反革命是一样的。因为啥？封建、迷信、落后、反动，是不是这样？但是在韩国这一类的人物被奉为国家的功勋。刚才那些日本人为什么会跪在凌家滩墓前来朝圣呢？在我们眼中是俗的东西在他们的眼中是神圣的。这说明什么？在我们这里神圣的传统怎么样？彻底地断裂了。这是非常可悲的一件事情。我们要借助于他者来反观自己才知道，原来人家看这个（东西）都是神圣的。这位70岁老太太当场就表演了什么？一个刀梯立起来，赤着手脚就上去了，身轻如燕。在民间考察的肯定都熟悉这个。

贵州应该是傩的大本营，傩是非常丰富的。近几年讲科学发展观，要开发本土文化资源发展文化产业，哪个地方的领导先觉悟过来，就先人一步。江西那里建立起一平方公里的中国傩园。你可以跟它合作，但是贵州再建也不能叫这个名字了。因为后现代的非物质经济不是靠生产电视机，不是靠耗资源、污染环境及廉价的劳动力来挣钱了，全是靠文化资本打造文化符号来生产利润。我就举一个简单的例子，韶山你们都去过没有？毛泽东有几间房子留在那儿，来旅游的人一年多少，你们知道吗？我们不是有红色旅游吗？那都是由党和各级政府组织的，一来就是几百上千人，一个导游告诉我们今年的指标是1500万人。仅仅一张门票就100多块，更不用说餐饮、住店。你就算一算，就那三间房子抵你开多少工厂，建多少污染的企业！这就是符号经济的好处。

我问了张所长，他们省考古所就15个人，就15个人员啊！盗墓的人员是考古人员的十倍、百倍以上。很多珍稀的东西全都在国外的博物馆先展出了，然后我们才知道这个东西是从中国来的，然后政府给考古所打电话："你们考古所怎么搞的？"人太少了，中国现在的博士生产制度今年宣布已达世界第一，超过美国了，都在研究什么？你们去看看吧，你看看满街书店里卖的那些东西，都是你抄我，我抄你，重复过来，重复过去，光生产《中国文学史》就1000多种，还在像滚雪球一样地以几何基数抄下去。各种教材，电大的、夜大的、成人的、成教的，只要能卖出去，一切为了利润。所以我们的教育畸形发育，走偏了方向，又与现实严重脱节。真正需要的没有，专业工作者不够。

四川三星堆出土巨型青铜神巫面具，摄于三星堆博物馆

在这种情况下，我们讲的中国圣人的文化，应该可以反思很多东西的。刚才讲了巨大的耳朵，现在请看这个三星堆青铜面具。在这里除了一个超人的耳朵之外，还看见什么了？古人讲的圣人“通也”，他能够通什么？耳朵能够通圣，眼睛能够通圣。用这样一种夸张的造型，它叙事没有呢？你回去写多少字也说不完这一个形象的叙事内容。

这是世界上最大的青铜面罩，距今大约3000年。华夏号称是全世界成文历史最齐备、史书最多的国度，关于这个三星堆文化却没有留下一个字的记载，所以说要靠物的叙事走出书本，走到考古现场，走到这些出土的神圣器物面前。一般的解释说，这是通神的人、巫师用的巨型象征面具。玉器时代结束了，石器时代结束了，人类进入了青铜时代，在这里出现的就是这样的一种法器。你就看出来，所有这些人间认为是最珍惜、最宝贵、最神圣的物质材料一开始都不是用于世俗的目的，明确了吧？全是用来沟通天人的。这就是我们从这些器物中所读到的神圣叙事的历史。

也许有人说，你讲的猪龙、熊龙好像不太明白。那么我们还有第三重证据。第三重证据指的是什么来着？回忆一下，咱们刚介绍的。汉字里没讲，文献中没有，出土的文献也没有，怎么办？到民间口传的神话、习俗、礼仪中去找。《周礼》讲到傩的一个非常重要的标记，就是“方相氏掌蒙熊皮”，它没有说老虎皮，没有说龙皮，非常明确是蒙熊皮。但是白纸黑字写在这里，古人也弄不明白为什么。熊这种动物在今天用在骂人话里：“看你那熊样儿！”马上就要吵架了：“你怎么能说我熊样儿呢？”因为熊的神圣已经彻底失落了。你不信熊的神圣，就把《山海经》打开：“熊山有熊穴，冬闭而夏启”，后面一句是“恒出神人”。熊就是神，出土文献也告诉你了，汉字“能”字也告诉你了，你还不信，第三重证据上来，披着熊皮的通神者——实际上就是傩的形象出来了，你还不信吗？四重证据对历史的重新阐释是立体的，是直观的，如果把四重的和三重的加上二重的、一重的，那你获得的信息量是惊人的。比光在古书里去找真理确实是耳聪目明了许多。我们可以直观地看到萨满通神的情景，虽然几千年前不一定完全是这个样子，但是你看看他手里、腰上的神牌、铜铃、法器，一样不少。这样的造型告诉我们什么呢？通神的这些圣人为什么神圣？儒家理想中的这些圣王为什么都被神化了？就是因为他们有平常人所没有的本领。

接下来咱们又看到了 84M11，这指的是 1984 年在河南偃师二里头出土的编号 M11 的墓葬，一边是铜铃，一边是铜牌，当你看了三重证据的铃和牌的组合，这一点你是不是明确了？这时候没披熊皮，但是把熊做成了一个什么？这是中国迈入青铜时代的第一步，没有铸鼎，那时候鼎还很小，上面还没有刻花纹，是素的，青铜还用在哪里了？用来做铜牌，牌面用几百块绿松石，每一块之间磨合得连一个头发丝都塞不进去，然后镶嵌在铜牌上，用一种当时的胶粘上。三千七八百年后挖出来完好无损。今天只有西藏的法器，就是像海螺一样，上面镶满了同样的绿松石，可看到这种工艺的现代流传。

为什么“夏商周（断代工程）”把力气全用在中原了？因为都认为那里是夏代的都城。今天的考古学界有个别不同意见，主流都认为这就是夏王朝的都城。这样的话，一个铜铃，一个铜牌，夏朝的二里头遗址迄今已经出土了大约四百座墓葬，出现铜铃、铜牌的只有三座。说明了什么？跟你们刚才看到的顶级的墓葬一样，不是一般百姓的，也不是一般的铃铛弄来响一响，是通神的法器。你再看一看土家族的八宝铜铃舞，你马上就明白了。再看羌人的神杆，一只杆子，上面飘着一面旗，旗上画着一个动物，旗子下面还要有铃来响。铃响意味什么呢？土家族讲得太明确：“铃声一响神就到。”跳神是干什么的？是让神降下来。你再看看屈原讲的《九歌》是什么意思，全是礼神的，先降神，最后还要送神。熟悉了民族学第三重证据再看看第四重证据，我们觉得是最有效的文化解读。当然对器物的解释不是绝对的，可以有各种不同的争鸣和意见。

这样一来我们从玉器时代进入了最初的青铜时代，找到了中华礼乐文化根源。铜牌、铜铃，一个是视觉的，一个是听觉的。最为奇妙的一点就是中国人讲的“金声玉振”就在墓葬中得到了证实。绿松石是古代四大美玉之一，除了用绿松石做熊牌以外，在铜铃的舌部位用了一块玉做玉舌。用放大镜一看，玉舌边缘都磨损了，肯定是在墓主人生前就被摇过。你就知道为什么古人讲“金声玉振”，玉不光美观、好看，还能够发出奇妙的声音。古人身上有玉组佩，走起路来人还没有到，你就能够听到玉的声音，这种声音也被认为是能够通神的，所以这就是圣人最重要的标志物。看这个铜铃的铸造，考古学上叫合瓦形，就像两片瓦合在一块。后来所有的青铜乐器，一直到最神圣的编钟都是用合瓦形的范铸造出来的。

今天在河南郑州市博物馆、湖北省博物馆保存着中国出土最齐整的战国编钟的复原件。它不光展览，每天上午还要表演，在郑州博物馆是上午 10 点，在湖北省博物馆是上午 11 点。如果旅行的话一定把时间算准了去听一下。编钟是十几个一大排，用不同的音律敲下来，能够演奏我们今天所知道的一切音乐。最后演奏的曲子是贝多芬的《欢乐颂》。诺贝尔物理奖获得者李政道看了湖北编钟就不走了，惊呆了。他是学物理学的，他为什么呆了？因为每一个钟所用的铜里面添加的稀有金属成分不一样，敲出的音色就不一样，一个钟能敲出几个声音来。你看了这个就会知道世界上最古老而最复杂的音乐都在这儿。怎么样？今天完全失传了，所以在奥运会开幕式上 2008 个演员在敲由瓦盆演变成的缶，阵容很壮观，但是真正代表我们华夏礼乐文化的应是编钟而不是缶。李政道是物理学家，他认为这是个奇迹，他说这是比秦兵马俑更重要的世界奇迹。其所代表的音乐传统，到今天也断裂了。

打开《诗经》一看就是钟和鼓，国内任何一个古老的城市包括县城都有钟楼和鼓楼，你就知道所有这一套东西是我们文化中的核心价值所系，它首先是沟通天与人的，是圣人的象征，同时又变成民间娱乐、民间的日用，“当一天和尚敲一天钟”。如果要介绍一下人类学的文献，大家去看一看弗雷泽写的《旧约民俗》这本书，英文名叫做 *Folklore in the Old Testament*，汉译本还没有出版，其中专门讲到上帝在西奈山给摩西规定十诫以后要设立祭司制度，设置神圣的祭司礼服，上面要有神牌像，下面要缀满金的铃铛。弗雷泽为了注这个，引了三十多个民族的材料，这就是人类学的力量。在人类早期文化中有很多东西是完全一致的。弗雷泽的引注从欧洲转到亚洲，把世界转了一圈儿，就是中国的没太引。把土家族的、羌族的、北方特别是草原地区的所有萨满墓葬的这些铃和牌汇集起来，我们一下子就看明白了，这就是中国的传统。那么它的特殊点在哪里？刚才讲用玉做铃舌，大家知道吧？出土的磬一看就明白为什么“磬”字从石字旁。古人还说“玉石不分”，石头都能敲出美妙的音乐来，更不用说玉了。玉除了能看、能听，还能怎么样？我们还说“锦衣玉食”，能不能吃呀？回去看

《山海经》吧，这个咱们不讲了，留在课后，看看玉到底能不能吃。

这就是湖北战国时期曾侯乙墓出土的复杂的编钟。这是一个复原件，但是演奏贝多芬《欢乐颂》时，你观察一下，中国观众一般听完就走了。所有的外国人都呆在那里。为什么？他们万万也想不到中国公元前4世纪，距今几千年的乐器能够演奏西方人认为是乐圣的贝多芬的最复杂的音乐，而且奏出的这种奇妙的音响是你在任何一个音乐会、任何卡拉OK厅里都听不到的。今天卡拉OK的靡靡之音跟古人礼乐是没法比的。什么叫“黄钟毁弃，瓦缶雷鸣”？这就是形容最宝贵的东西被毁掉了，剩下一个瓦盆儿还在敲。这就叫“黄钟毁弃，瓦缶雷鸣”，这些成语大家好好体会一下，这里边能叙出多少故事来。

这是我们讲的中国圣人的原型。由于时间关系咱们就稍微快一点。把北方萨满墓葬出土的神牌，往往是神兽作为神的象征，同时还有铜铃、铜牌，就是说要从听觉、视觉两方面进入通神的境界，就是要和世俗的世界相隔离时需要有这些符号。还可以举出更多民族志的材料，由于大家都是学民族学的，对此较熟悉，就不用说了：满族的、彝族的、赫哲族的、珞巴族的、土家族的、纳西族的、普米族的、瑶族的。在我们这个多民族的国家有一个好处，你可以做像弗雷泽那样的工作，一下子就把一个问题基本上说明了。对不对？古代的考据学有一说法叫“孤证不立”，就是只找到一个例子那什么也不是，拿到法庭上人家也不认，有可能是假的。有两个好一点，五个以上就不用证了，已经快成公理了。

关于圣人原型的考察最后下一个结论：文学与人类学的结合，可将文本的概念扩大。文学研究是研究文学作品的，这是传统的说法，20世纪较时髦的说法是把作品改成文本，解读文学的文本。人类学借用了文学批评的文本概念，把整个文化看成是一个文本，英文是culture as text。对文化的解读可以借助于研究文学作品的那种修辞细读的方式，我们用这样的方式、用立体重构的方式可以把失落的文化相对地寻找回来。把人类学的文化文本和文学文本作对照，哪一个更重要？它们是一个母、一个子的关系。假如我摇着铜铃，拿着神牌，跳着八宝铜铃舞，唱着通神歌，你们把歌词记下来，写成汉字了，于是你们今天在文学课堂上研究我的歌词“神来了，神来了”，这就是今人所研究的文学吧。我们说那是一个已经僵固了的，失去了整个的仪式的叙事，图像的叙事、声音的叙事都没有了，多媒体没有了，这就是今天文学教学中主流所研究的“纯文学”。

为什么要强调文化文本的解读呢？让我们重新回到一个深广的大传统中去，

体察文化的厚和重。神圣感的发生要靠视觉和听觉双重媒介的刺激。我们把“人类学写作（文化）”的方式看成一种立体叙事，若用四重证据法标示出来，就是现在看到的（五种叙事）：文字叙事，如果这个文字是传世的文献，我们叫一重证据；如果是地下挖出来的，或者是从文物市场买回来的，像很多战国竹简是从香港买回来的，叫二重证据；再下来口传叙事，叫三重证据，背后还有很多其他的内容；从图像、物到仪式，也就是礼和乐的整个行为，统统地看成四重证据。这样一来为语言文学专业提出了一个崭新的课题，就是回应了张老师讲的 5000 年前的文化。

这里再把红山文化类似的出土墓葬情况让大家看一看。一左一右两只熊龙在墓主人的胸上，玉器没有那么多，但是头下就是所谓的玉箍形器，如同一个枕头放在那里。它是不是代表了通神的意义？红山文化墓葬不用木棺，所以名叫积石冢，就是把石头打磨成石板，然后垒出墓穴的狭小空间。这就是在牛河梁女神庙下方，当时的红山部落酋长的高等级墓葬。这个墓葬的玉稍微多一点，你看看那个玉兽面（形牌饰），刚好在主人的什么位置？玉璧、玉环这些东西是怎样的位置？长江流域和辽河流域彼此之间相隔几千里，为什么当时的人能够都用同样的方式（只是数量上有差别），来埋葬他们的部落酋长或者巫师长呢？这就是本讲座叙事留下的千古未解的问题。

刚才讲到中国的用玉有 8000 年历史，刚才我们看到的全是 5000 年的，现在看到的比红山文化更早的在同一个地区——赤峰地区的兴隆洼文化，这是最早的一批玉器，那时候还没有玉雕动物造型，全是一些玉环、玉玦、玉璜，距今已经 8000 年了。这就是《红楼梦》写贾宝玉含玉而生的叙事大背景吧。

今天的讲座就到这里，谢谢大家！

杜国景：今天我们就不提问了，已经十点半了。让我们再一次用热烈的掌声向叶舒宪先生、张敬国先生表示感谢！